人民艺术家·王蒙
创作70年全稿

小说编

中篇小说
（二）

王　蒙

目　　录

风息浪止 …………………………………………（ 1 ）
深渊 ………………………………………………（ 46 ）
黄杨树根之死 ……………………………………（102）
名医梁有志传奇 …………………………………（128）
要字8679号 ………………………………………（163）
十字架上 …………………………………………（196）
一嚏千娇 …………………………………………（222）
球星奇遇记 ………………………………………（263）
蜘蛛 ………………………………………………（325）
九星灿烂闹桃花 …………………………………（396）
郑重的故事 ………………………………………（454）

风息浪止

一

　　一九八二年一月二十二日下午五点四十分,在我国北部山区 W 市,地委第一会议室。

　　临近春节,天色已晚,下班时间已过,路灯已亮。在路灯灯光下,飘落的雪花你追我赶,旋转穿插,显示出一种急匆匆的景象。正像这个小城的职工,在这个时候忙于挤车赶路、填条取款、投书汇钱、打酒买肉、排队办货——准备过一个安定快活的年。

　　会议室灯火通明,烟雾弥漫,杯盏狼藉,热气扑脸。这里不存在些微年前的兴奋和浮动,人们还都沉浸在对于工作的讨论里,顾不上那些尘嚣俗务。

　　会议已进入最后阶段,敲定关于大年初四就要召开的地区年度先进个人与先进集体代表座谈会的各项准备工作。参加会议的有地委办、政府办、宣传部、工会、共青团、妇联、科委、体委、文联、文化局、教育局、广播局、报社、《山桃》文学季刊、展览馆、新华社记者站、中央电视台与中央人民广播电台记者站、首都报纸与省报记者站。主持会议的是地委秘书长(据悉,不久将提为副书记,已经酝酿多日并呈报上级了)项图。项图同志今年五十一岁,神采奕奕,衣装整洁,微胖适度,微笑得体,弯眉大眼,厚唇白齿,威严而不失和蔼,朴素而不失仪态,精明而不失温厚,决断而不失从容,热情而不失持重。项秘书长是讲求工作效率的,与会同志都一致认为,像今天这样的内容庞杂、人员包罗万象、时间紧迫的会议,除了项图同志外再没有别人能主持得如此有条不紊,议而能决,谋而能断。

会议已决定事项如下:

一、大年初二(下略)的座谈会名称,原定名"五讲四美积极分子座谈会",经项图提议,一致同意改名为"年度先进个人与先进集体代表座谈会"。已印发的会议通知和会议开幕式请柬(发首长用)作废重印,已做好的巨幅红绸横标,废弃重做。

二、会议主要报告及开幕词、倡议书(草案),原则通过并提出了十四处文字(主要是一些提法)修改意见。

三、会议议程:通过。

四、会议伙食、住宿、文娱及参观游览活动作了适当调整后,通过;并责成有关公司、处保证各项标准、计划的实现。

五、会议预算,通过。否定了追加预算的建议。

六、会议的宣传报道:

1. 开会当天在地区报纸上发一简讯。

2. 会议第二天在地区报纸与电台新闻节目里发关于开幕式的消息。

3. 会后发一综合报道。

4. 发几个会议发言材料,并配以先进典型人物的照片。

5. 《山桃》及报纸副刊发这方面题材的文艺作品。

6. 组织地区文工团创作组干部及业余作者写有关报告文学。

7. 把全部材料提供给省级及中央级新闻单位的记者,并提供一切方便,如果他们愿意报道这次会议或与会的先进人物的先进事迹的话。

七、其他:包括少先队献旗献领巾;搞一次扫雪(气象台预报将有大雪),如未下雪,就代以其他清洁、美化环境的劳动;医疗服务;防火防盗防震(一九七七年这里发生过地震);会上的小卖部和售书部的活动等。

八、与会代表名单。

二

项图同志把名单问题故意放在最后;本应是放在前面讨论的。但是"名单学"与"关系学"一样,是一门新兴的学科,奥妙较多,容易引起争议,故而,干脆最后谈。

果然,七嘴八舌,议论纷纷。团委提出,年轻代表太少,与会者的平均年龄偏高。妇联提出,女代表少了,不合惯常比例。工会提出,工人少了。统战部提出,少数民族代表少了。政府办提出,现行名单中没有知青联社的代表,是一重大缺陷……

项图似听非听地歪着头,只是对政府办的提意见的同志看了一眼,略略把头一点,表示他们提的意见很有价值,其意义超出了通常的各部门各单位为本行本口争名额的老套子。然后,他皱了一下眉,这是进行全面掂量思索的表情。然后,他推了一下面前的因为反复加水而淡成了白色的茶水,举起左手来,用加重的语气说:"最大的缺陷是竟然没有建立家庭精神文明,促进家庭和睦方面的代表。"

要言不烦,与会者一致宾服,头点得彼起彼落。毕竟是水平不同,敏感性不同啊。

看到大家表示首肯,项图轻轻敲着桌子说:"就这样,再增加一名代表。条件是:第一,促进家庭和睦,促进自己的或别人的夫妻、婆媳、妯娌团结。第二,要知青联社的人,不要全民所有制单位的正式职工。第三,尽量年轻,最高不得超过二十二岁。第四,女性。第五,少数民族。时间紧迫,二十四小时以内,把姓名和事迹简介报上来。工、青、妇每个单位至少要报两名。其他单位也可以推荐。"

"五项条件,上哪儿去找?"团委的同志咕哝了一句。

"那就看你们日常工作的基础了。对于这样的好人好事应该心中有数。六亿神州尽舜尧！好人好事多得很，就看你是不是官僚主义了！散会！"

三

　　工、青、妇的同志饭也顾不得吃，各自忙着给各县的所属下级组织打电话，要求报名单。该死的春节！何至于为过一个破年就松垮到这般地步！多数县，连值班干部也找不到了。

　　然而最上心、最伤脑筋的是报社社长吴道永。他回到家，见到塑料贴面方桌上已摆好了酥肉、面筋、豆腐干、熏马肠，不由一惊，这才明白，原来今天是自己的"银婚"——结婚二十五周年纪念。他微微一笑。

　　然而他的笑容一闪即逝，笑后仍是满面愁云，一脸晦气。小小的个头，皱眉噘嘴，样子像是正在接受青霉素G钾肌肉注射。

　　"你怎么了？"老妻问。

　　"需要找一个人。"

　　"找谁？是不是李副主编的傻儿子跑掉了？"

　　"不是，不是。"

　　"是谁？"

　　"谁也不是。要知道是谁就好了。需要一个女的，要年轻，要在联社工作，要少数民族，要……"

　　"算了，算了，吃饭。喝一杯。我等了你快两个小时了，一会儿一开门，四下里探头，一听到什么动静就以为是你回来了……"

　　老妻递过酒来，吴道永的脸上昙花一现地一笑，笑完了，又是愁容。

　　"现在也很少人像你这样的了，这么晚了，回到家来，仍然是一脑门子工作。等明天天亮了，上了班，再办你的公不行吗？你又不是什么大官！"

"问题就在这里。"吴道永竟真的有些生气了,"如果都像你这样想,中国的事情就永远办不好。在四十年代和五十年代,那时候我们是怎么样做工作的?如果有一个晚上既不开会,又不写材料,又不找人谈话,就会觉得没抓没挠,就好像……对了,我想起来了!"

四

吴道永同志想起来的是一个月以前他看过的一份来稿。一看那淡绿色的劣质稿纸,把每个格儿都撑得满满的复写出来的方正而又拙笨的字迹,他就知道这是黑石县文化馆长陈志强的手笔。陈志强寄稿子来,这是一件相当令人头疼的事。当他看完了那篇错字连篇、文理不通、不会分段落、标点令人莫名其妙却又分明是十分卖力地罗列了许多材料的稿件以后,不出所料,他接连接到了三个电话和两封便信,来自专区的领导同志和他的老友,提醒他:"陈志强同志给你们写了一篇稿子呀,还要请你好好看一看呀,多帮助呀……"

吴道永对于陈志强的这种作风十分反感,他的稿子总是和他的关系网一起抛掷过来。吴道永去过一次黑石县,那更像是掉进了陈志强的网里。那位其貌不扬、职位不高、水平相当低的写稿者具有罕见的顽强性、耐心和活动能力,他连哄带骗把吴道永终于拉到自己的家里,并且用好酒好肉好菜硬是把吴道永招待了一次。吴道永狼狈不堪。虽然事后买了几本书送给他借以还"情",但是总觉得自己与这位"作者"的关系有点不纯洁、不干净。好像是一碗粥里掉进了一只苍蝇,即使立即把苍蝇捡了出去,粥的品质也不能不变得有些可疑起来。

这次的复写稿是关于黑石县城镇知青联社的一位团小组长金秀梅的先进事迹的报道。由于稿子是直接寄给他的,而且作者是他认识的(招待过他嘛),所以他先过了一下目,印象不佳,便把它交给负责看专题报道稿的助理编辑小赵处理去了。

一月二十二日晚上,他忽地想了起来。恰恰是这篇不知所云的稿子里,似乎提到金秀梅是满族,才二十二岁;百拿不厌,百问不烦,服务态度好;热心公益,乐于助人,学习雷锋好;学习马列,学习文化,自学成材好;态度和蔼,扶老携幼,五讲四美好……总之,各方面都好。

她就没有做过什么促进家庭和睦的好事么?

陈志强的稿子提供没提供类似这样的线索呢?

对,对,有了!似乎有这么一句话来着,说是别人有什么困难,她都关心,她对同志、对顾客,总是春风般的温暖,总是……该死的陈志强啊,什么时候他能不让材料和事实淹没在套话里呢?

五

实在的,八十年代,能像吴道永这样积极工作的人已经不那么多见了。这正是吴道永有别于他人,使他受到一部分人的称赞,并挨到更多的人骂的地方。

连夜弄了个鸡飞狗跳。自己的"银婚"酒没有喝完,使老伴十分不满,又叫来了助理编辑小赵,又找来了编务组管收发通联的小李,东翻西找,终于从废稿篓里找出了陈志强的稿子《一株金光闪闪的红梅——记模范售货员金秀梅》。

沙里淘金,终于找到了,确有这么一句:"有一次,有(又一个有字,累赘)一对夫妻为买与(与字可删)不买一件涤良衬衣而争执起来,在柜台前闹起了别扭(不具体),后经金秀梅耐心解释和说服教育(这里用说服教育四字不伦不类),达到了良好的效果,既扩大了营业额,又做到了心情舒畅(愈发不通和不明确了)……"

不太合格,但是有门儿。

长途电话,千难万难,一个半小时之后终于找到了陈志强。

"喂,我是报社老吴,上次你寄来的反映金秀梅的先进事迹的那篇稿子……"

"老吴同志,快过年了,我托一个司机给你带去了两瓶黑石特曲,明后天就会送到……"

"我不要,不需要,我是说稿子……"

"不要紧,你给我钱嘛。是啊是啊,那篇稿子县委张书记看过的,团省委办公室的刘副主任也认为写得好,你们还是用上吧,我说老吴啊……"

"现在我们需要的是搞好家庭五讲四美的先进材料啊……"

"有,有,有,有这方面的材料,我正在写,我马上寄给你们,我还有两篇稿子……"

……电话挂上了,老吴批评精疲力竭、厌烦无奈的小赵说:"你怎么把人家的稿子扔到了废纸篓里?"

"咳,他那个稿子写得不好不说,而且每次都是复写十几份,全省全国地投寄。什么一稿两投,他是一稿八投,一稿十几投,你说怎么用他的?又有什么退的必要呢?"

说完,小赵打了一个大哈欠,眼泪、口水都流出来了。

六

经项秘书长审查批准,农历正月初一,金秀梅到达了W市。

陈志强辛辛苦苦写的三份有关金秀梅的材料被项图同志枪毙了。他批道:

"这三份材料写得不好,套话连篇,重点不突出,有些事实和提法三份材料互相矛盾。我意另外组织人力,于明晚前将金秀梅的事迹材料写好送我。"

这个"另外"的"人力"叫华章,原名朱焕章。因为他喜欢文艺,近几年颇发表了一些大胆、泼辣、闯禁区的小说作品,还在省里得了一回奖。这些作品的署名是"华章"——当然比朱焕章体面得多,所以,现在一般人都以笔名来称呼他。他个头儿不高,脑袋很大,脸长,戴一副在这个偏僻的地方已经算是很"洋"了的秀郎式双拼方框近视镜,经常现出一种笔杆子——秀才——作家——思想家的风度。可能是由于他有点翘尾巴,也可能是由于庸众的嫉才,反正大小领导乃至一般干部背后对他的非议颇多。倒是项图这位亚伯乐对华章这位百里驹还算赏识,地区的领导干部中,也只有项图能让他服,能使得住他。

华章接受了项秘书长亲自交办的任务,兴冲冲地来到地委二招待所,找到了金秀梅。原来是一位如此可爱的姑娘!金秀梅身材适中,面色红润,脸蛋凸凸的,浑身透着健康、机灵、喜兴;未言先笑,说话大方,活泼而又谦恭有礼。见到华章以后,刚一介绍,她立即反应过来,抢着说:"我读过您的获奖小说!"接着左一口"华作家"右一口"华作家"地称呼起来。华章虽然一再制止她这样称呼,但内心深处还是甜滋滋的。

乘兴前进,顺风扯帆,人逢喜事精神爽,笔遇良人文采多。果然不负所望,金秀梅就是确确实实调解过一次家庭纠纷。并非那次买涤良衬衫的顾客,而是她所在的联社的同事,小林(男)和小闵(女)一对小夫妻,两个人因为家务劳动、金钱收支、赡养老人等事闹得不可开交,小闵跑回娘家一个月,赌气不回"林家",后经金秀梅等联社同志多方细致入微地做思想工作、调解、心理治疗,终于小夫妻和好如初。

当天晚上,华章写好了材料,材料写得是虚实结合,情理并茂,既有恩格斯和倍倍尔的语录,又有当前最流行的新词——诸如"美丽的心灵""温暖着千家万户""平凡中的不平凡""新人的光辉""报春的燕子""冻僵以后的复苏"……

项图同志在这份材料上用粗重的铅笔批了一个"好!"字。临时确定,金秀梅为此次会议的特邀代表。

七

荣誉是怎样来的？不可思议的？事出有因的？受之有愧的？当仁不让的？

比起同样年龄的女孩子，金秀梅对这几天她的生活历程中的突发的奇迹般的变化，还算是沉得住气的。她并没有感到十分意外。从小学，她就因为活泼、勤快、听话、嘴甜、大方、热心——这些品质现在统称曰"积极"——而担任班干部了。"真积极，假积极，为什么不当班主席？"这样一条含意朦胧的儿歌不胫而走已经多年了。金秀梅没问题，她是当班主席的材料。

金秀梅的功课——特别是数学不算太好，她没考上高等学校。这也没什么，她们黑石县只有七个人在高考中出了线。她知道她身上有比数学更要紧的东西。学好数理化，到哪儿都不怕？她不迷信这个。

成立知青联社以来她仍然保持着班主席式的积极。几个月以后她就被选为团小组长。她的服务态度很好，为顾客设立的意见簿上常常出现对她的表扬感谢字样。"给我机会吧，我照样也可以上去！"当观看纪录影片上一些出人头地的名人的生活、工作情况介绍的时候，她雄心勃勃地想。

但这次是爆了冷门儿。她之所以被特邀参加积极分子的会是因为搞好家庭五讲四美——调解了小林小闵一对小夫妻的家庭纠纷。"其实小两口吵架，吵过了就会好的。"这话已经到了嘴边，但是她没有对"华作家"说，她本能地觉得这样说不太合适。"其实不光是我，大家都给他们劝了架。"这她说了，而且还特别提到她们的团支部书记，一个外号叫李二嫂的女同志。这位李二嫂很干练，善于做人的工作，在为小林小闵调解纠纷上起了很大的作用。华章根本没在意，"你态度谦虚，把功劳归于大家，这是很好的。当然啦，任何事都不是一个人做得成的。你在会上发言的时候,应该强调归功于党,归功于集体。当然啦,这是理所当然的事情……现在,我要问问你,那么你自己呢?你自己是怎么处理恋爱、婚姻这些问题呢?你还没有结婚,有对象了吗?"

金秀梅恰如其分地忸怩了一下,她略略放低声音,说"有"。

"谁?在哪儿?"

"叫李大公,是县农机站的拖拉机手。"

"大公?拖拉机手?好极了!你们之间又是怎么样的呢?"

"……"

"我是说,你们一起学习吗?互相提意见吗?他有什么缺点,你给他指出来过吗?比如说,他说话带不带脏字,是不是有时候随地吐痰?还有,你们有没有过,比如说已经约好了看电影却临时因为要赶任务而放弃了电影,作废了影票?你们反对不反对买卖婚姻?你们互相送过书、送过笔记本没有?你们的恋爱是妨碍了还是促进了工作?你对于爱情、婚姻、家庭是怎么样想的?你为什么相中了李大公?你们在一起,谈论过自己的理想、志趣和祖国的四个现代化事业吗?你们在一起,碰到了一些什么保守思想、封建思想、资产阶级思想、左的和右的思想的干扰打击……"

其实用不着华章的多方启发,金秀梅侃侃而谈,生动、具体、不多不少,恰恰证明,她自己的恋爱,也符合五讲四美的原则。

于是她的讲话稿就更加丰富了。"精神境界""崇高""攀登""胸襟"……又一串词儿出来了。

金秀梅接到以高效率弄好的打印的自己的发言稿的时候,困惑了那么一小会儿。这是我的发言吗?怎么好像别人的?我的发言真的打印成会议的材料了吗?总算有了这一天!荣誉,这就是荣誉的前奏啊……远远胜过了十个班主席!

一定要实事求是,决不能吹嘘自己!一种微醉的陶然醺然中,她努力苦斗着以保持自己的清醒,用一种严格的乃至挑剔的态度来审

视华章代拟的发言稿:

不行,吹得太过了,怎么这么多好事都成了我一个人的了?

但这不都是自己说的吗?又有哪一点是假造的呢?

噢,我明白了,谁能不干点好事呢?一年,两年,一件好事不干,除非是大坏蛋。整材料就好比沙里淘金,把金淘出来,把好事挑出来,集中到一起,当然亮闪闪地晃眼,怎么能和沙相提并论呢?

整材料又好比锦上添花,就说这些词儿吧,多像珠宝首饰,同样的一个脑袋,戴上它可就大不相同了。

不,我不讲这些词儿。

可这是组织上的意思,我又没给自己加这些词儿。积极,积极,一贯从小积极,不怕讽刺,不怕打击,容易吗?

讲就讲!

八

恰巧省委书记沈明来到了会场。沈明同志本来是要到 V 市听取关于春耕准备工作的汇报的,谁想到他乘坐的上海牌小轿车的油箱坏了,需要在 W 市焊接修理,沈书记便在计划之外决定在 W 市停一天。听说 W 市正开这样一个会,当然很有兴趣,他歇也不歇,连宾馆的茶也没顾上喝一口,便立即来到了会场。

正碰到金秀梅发言,她不认识沈明,但从全场起立鼓掌这一举动意识到是来了一位大领导,不由得自己也激动起来。领导,领导,这就是领导啊!领导在注视着自己,领导在倾听着自己,我金秀梅能畏缩吗?能含糊吗?能吞吞吐吐吗?在关键的时刻,我能狗肉包子上不得台盘吗?

她清了清喉咙,向新来的首长微笑点头,目光炯炯地环视会场,信心十足,有声有色地讲了下去。

地委第一书记老苏向项图做了一个手势,项图立即把自己的已经打印好了的《金秀梅同志的发言》材料拿给了老苏,老苏立即把材料送到了沈明同志面前。

沈明同志找出了花镜,戴上看了几个字,他不看了,金秀梅的质朴热烈,铿锵有力的声音完全吸引了他。讲得好!讲得好啊!发言中间,他就带头鼓了两次掌。发言以后,他把金秀梅叫到自己的旁边,会务人员立即搬来了椅子,他和金秀梅握手而且夸奖她讲得好。

会议快结束的时候,台上台下一致强烈要求沈明同志讲几句话,他不好推辞,便说:

"我没有什么好讲的,我参加这个会是来受教育的。(鼓掌)今天发言的这位年轻的女同志叫什么名字来着?金——金——对,金红梅同志,那确实就是像一株红梅啊,那是很好的呀。由于林彪、'四人帮'的破坏,目前,我们的社会风气,就是有许多问题。怎么办?一方面要打击犯罪分子,一方面就是要树这样的红梅!(笑声、掌声)我们要向金红梅同志学习。(金秀梅小声说:首长,我不叫红梅,叫秀梅。)什么?不叫红梅?好好好,秀梅也好,反正是鲜红的旗帜,鲜红的心嘛!(笑声,热烈鼓掌)我们要有这样一个信心,发扬正气,打击歪风,就在今年,要实现我们的任务!(鼓掌)我的话完了……噢,对,下个月省里也要开这样的先进人物会。金秀梅同志,还有别的同志,你们要好好地努力喽!要创造新的成绩喽!祝你们进步、进步、再进步!"(非常热烈的鼓掌)

第二天,省报头版头条登出了消息。大标题是:W市先进人物盛会,沈明同志到会讲话;副标题是:省委负责同志勉励金红梅进步再进步。

第四天,省报第三版用近一个版的篇幅刊出了华章的报告文学《一株光灿灿的红梅》。

第七天,新华社发了一篇电讯稿,对这个省的"五讲四美"活动做了综合报道,并提到了金红梅的名字和沈明同志对她的勉励。省报再次把这条电讯稿刊登在头版的显要位置上。

不用说,地区报纸也刊登了所有这些消息和文章。不同的是,吴道永终审的时候把金红梅改回来了:金秀梅。

九

黑石县地处山旮旯里,是W专区和这个省最边远、最小的一个县。一九五八年,这里只是一个大公社,一九六二年调整经济、充实基层、缩小"大""公"规模的时候才经国务院批准设立了县的建制。严格地说,这个县的所谓县城,只有一条大街,一幢楼房,一个电影院,一所中学,一所小学,一个汉民食堂,一个回民食堂,一个百货店……这里还收不到电视,甚至如果收音机的"管儿"太少,连省城的广播也收听不太清楚。

这个县上难得有点什么新鲜事,一辆崭新的吉普车驶过那条唯一的大街也会引起波动:来了什么官儿了?大家会争相打听。有一年省文工团的一个小分队来到这里,其中包括一位穿连衣裙、梳高髻儿、唱洋嗓子的女歌手。文工团小分队走后四个月了,这位女歌手的眉眼头足、顾盼行止、台风舞步、踩鸡脖子似的声音及关于她的私生活的种种猜测传闻,仍然是全县三万多人议论的中心。

从W市开始,金秀(红)梅冲击波到达了黑石县。特邀代表,沈明同志勉励,上专区报纸,上省报,报告文学……简直使人傻了眼。

开始,基本上是一般惊叹词,或加简单的带有惊羡意味的短句。谁知,等了好几天,W市的会早开完了,没见金秀梅回来,说是留在W市继续深入一步总结经验,介绍宣讲,丰富材料,以参加省级的同类性质的会议。于是,开始出现了"路边社"的最新消息。

"听说金秀梅改成全民所有制的正式职工了!"

"什么职工?提干!专区妇联宣传部部长!"

"什么专区妇联?最新最可靠的消息,她爹都不知道,调任团省委的副书记!"

"团省委的副书记？那不成了厅局级？跟地委书记平起平坐了！那就出门有小车了！"

"金秀梅到了省城了！"

"金秀梅要上北京，坐飞机去！"

"说是金秀梅进了代表团了，要去意大利！"

与此同时：

"爬得高必然摔得重！"

"火箭上去的倒栽葱下来！"

"瞎猫碰上了个死老鼠，谁服？你服吗？"

"还不是仗着眼珠黑、脸蛋儿红、腿脚灵便、嘴巴甜！"

"听说她一直到四岁了还尿炕！"

"呸！"

如果说这些还都属于水面涟漪，水波摇曳，那么，在几个人身上，却已经开始出现浊浪排空的大动荡了。

第一个动荡起来的是文化馆长陈志强。开始接到专区报纸负责人吴道永的长途电话时，他很兴奋，一心以为鸿鹄将至。谁知各种报上出来的消息、报道、报告文学上根本没有他的名字，只有新华社记者、报纸记者、作家华章，却没有他。很简单，人家用完了他提供的材料以后，立即把他一脚踢开了！

陈志强气得浑身发抖。这几年，他没少结交文人，没少请编辑、作家、记者们吃狗肉和给他们送山货土产，可全坑了他！他写的洋洋大观的长文硬是不给他发表，或者一万字的稿子居然能删改掉百分之九十八，只用一个二百字的消息，稿费一元四角，简直是侮辱！当然，比不登出来强。为了这一元四角的收入，他甘愿付出十四元至二十四元的代价。反正不管怎么说，在黑石县他也算一名笔杆子——作家了。《山桃》文学季刊按月赠送。他也为《山桃》的主编弄了两块五夹板。

他还从来没有碰到过像这次一样被人"坑"的事。简直是资产阶级知识分子专了无产阶级的政!他立即想起了这句当年说过无数次的话。"文化大革命"当中他当过群众组织头头,也正是在那场史无前例的大"革命"中,他被鼓动起来了,下决心登上上层建筑舞台,占领文艺阵地。他对这句话是熟悉的,他现在深深感到,只有这样的话才能搔到痒处,一语中的,一针见血!气杀人也!

但这样的话现在不兴说了,虽然事实明明就是这样,他感到了被专政的痛苦。那么应该怎么样呢?对,剽窃!这是剽窃,是抄袭!对一对华章的报告文学和他写的三篇报道吧,何其相似乃尔!我搜集的、我写过的那些材料,他华章都用了!还有报道,什么金红梅!简直是胡闹,一点都不实事求是,对,不实事求是,违反了真实性!

短而胖、衣衫褴褛的陈志强是有一股子犟劲的,他想当作家(他认为记者当然也就是作家),那他就不计代价,不择手段,不达目的绝不休止。这种斗争,正是通向他的目的的必由之路的一部分。他认定,光靠写作是当不成作家的,当作家的努力,必须包括狗肉席、山货、五夹板、打官司、告状、托人情……

他选定的突破口是华章。"文化大革命"当中他去W市和省城串连的时候就知道华章其人、其家庭及其个人生活上的种种丑事。他复写了三十封信,寄给省委、地委、省检察院、省报、地报、省作协分会、地区文联、新华社总社、分社,然后是远在北京的中共中央书记处、国务院、人大常委会、政协、最高法院、最高人民检察院和首都各大报刊的编辑部。他又写了二十封私信,给各级领导和业务部门的在他家吃过狗肉或接受过他的山货的熟人——关系户。此外,他私人出钱打了三个长途电话给在省里和地区工作的老首长。总之,就他来说,堪说是搞了个天翻地覆。

第二个坐卧不安的是金秀梅的"对象",拖拉机手李大公,更准确一点说,不是李大公本人,而是李大公的父母和妹妹。

在《一株光灿灿的红梅》当中,有一段是这样写的:

> 爱也是文明,爱也需要文明。……像火,它温暖着每一个阴

冷的角落。像风,它吹净了心头的尘埃和暗影。像水,它洗涤着庸俗和倦怠。像翅膀,它的目标是万里长空……高些,更高一些……于是秀梅告诉她热恋中的男友李大公:"爱也是攀登,你可不能不懂。"大公憨实地笑了。"让我们一起攀登精神的高峰。"秀梅继续说,"知识、道德还有艺术的女神在向我们招手,仅仅能驾驭钢铁的拖拉机,那是不够的。我们要驾驭的,是年轻人的艰难而又宏大的理想。你要成为真正的大公,而不是口头上的大公,行动上的小私。而攀登又是具体的,具体问题得具体分析,正像列宁同志所教导的,乃是马克思主义的活的灵魂……"所以,秀梅向李大公约法三章:第一,上班时间不许给我打电话,不许因为爱情的私事影响我的和你自己的工作的一厘一毫。第二,在我满二十五岁以前,不准和我谈结婚的问题,你也要抓紧婚前这几年完成广播函授业余大学的课程。第三,不吸烟、不喝酒、不打麻将扑克,一切时间、物力都用来学习……憨实的大公一一答应了,谁又能不在这耀眼的光灿灿的红梅面前感到敬佩、感到服膺、感到五体投地和五内俱热呢!

最早发现这一段奇文的是李大公的妹妹李小师,她气急败坏地拿着报纸回了家,把正在换穿满身机油味儿的工作服准备去上夜班的哥哥叫住,"快看看,咱们没过门的嫂子是怎么样糟践你的!我看是要挖咱们李家的坟头儿了!"

李大公接了报纸去,看完了,面红耳赤,头如斗大,但又似懂非懂,只听见在自行车修理部负责"开票"的伶牙俐齿的妹妹喊道:

"连我也骂上了,要做大公,不要做小私(小师),这不是骂我吗?我哪一条得罪她了?还没过门就欺负人!她哪次来咱们家不是我侍候完了吃又伺候喝,就差给她……(下三字不雅,略。)

"瞧瞧!女神在向你招手!谁是女神?不就是说她自己吗?臭美!让咱们全家供着她,烧香磕头!你懂什么叫'五体投地'吗,就是胳臂肘、膝盖、脑袋瓜全着地,磕!

"还有约法三章!还没来咱们家就把你管了个服服帖帖……你呢?憨实!什么?你不懂?不懂查查字典去!那是瞧不起你!糟践你!骂你……"

经妹妹这样一解释,李大公确实觉得是祸事临头了。

二老双亲目瞪口呆,虽然文理深奥,二位看不懂,但对基本精神也已心领神会。老妈妈压根儿对未来儿媳过于活泼而且每天抛头露面与千百个男人打交道耿耿于怀,遇到这种事,立即发作。

"这样的儿媳妇咱们李家娶不起,咱们祖上没积过那德,没那造化,小庙养不起大和——尼姑!什么什么?金秀梅要入党、提干、做官了,我的娘哟,咱们家要来上这么一位积极分子可就要了命了……你没听说吗,红山口赵家儿媳妇,'文化大革命'的时候给她丈夫打了小报告了,她婆家一家四口全进了劳改队……"

爸爸是退休小学教师,头脑稍冷静些,他劝阻情绪激动的家中的二位女公民说:

"先不忙生气!先不忙生气!报纸上的文章嘛,都是那些个作家记者们写的嘛,那都是些个死人能够写活了,煤球能够写白了的能人啊!你们一个劲儿地骂人家秀梅这个孩子做什么?"

"不是金秀梅胡说八道,它报纸从哪儿知道的哥哥?还有我?"妹妹反驳道。

李大公确实是个憨实的人,一遇到事,特别是一生气,就一句话也说不出来。他涨红着脸叹了一口气,跺了一下脚,"我去开车去了……"他说了一句,走了。

谁料到一到拖拉机站就被那儿几个工人包围了:"哈哈哈,李大公敢情这么怕——还算不上的老婆!""傻大个子,发面的,草包!"接着还有"顶灯""下跪""喝洗脚水"之类的字眼。

"李大公是好样的,就应该对人家小金紧跟照办,一句顶一万句!"这是女人们的评论。

"别说了!"李大公忽然喊了一声。

"有本事……"看到李大公的怒容,调侃者把后半句咽了回去。

李大公家内家外遇到的险情暂且按下不表,再说第三家的奇峰突起。

不是别人,而是最为当事的,被金秀梅帮助、调解了的小闵与小林。接二连三的报道使这二位小夫妻晕头转向。

"这是怎么回事,金秀梅高升,拿咱俩垫底儿?"小闵噘着嘴。

"咳咳,说这些干什么,我们俩吵个嘴也让她登了报……"小林说。

"有人愿意嘛,有愿意打的有愿意挨的,有愿意买的有愿意卖的……还瞒着我呢!"

"什么?什么?你是说的什么胡话呀?"

"我当然是说胡话啦,我糊涂嘛,我又不是先进模范,积极分子,我能说一句明白话吗?我配吗?"

"你这是怎么了?"风云突变,枝节横生,小林全懵了。

"哼哼,嗯嗯,嘻嘻……"只有冷笑。

问不出来,小林气得脖子涨、肚子疼、胸口憋、脑筋蹦,他只好垂头认真精读各条报道和报告文学。总算小林还不笨,他终于找到了风源浪母,原来《光灿灿》中有这样一段:

……为了他人的幸福,小金与小林谈话到深夜,字字句句如滴滴春雨,滋润着被十年动乱搞得受了伤的莽撞的青年的心。"你该休息了,明天去找小闵道个歉吧。"小金向小林告辞,缓缓地起身。"谢谢你!你对我们的关心简直像阳光一样温暖,我永远、永远不会忘记你的帮助……"小林心头热乎乎的,两道眼泪刷地落了下来……

要命!

该死!

这些反响,其实还都是序曲,真正的大波澜,还在后头呢!

十

　　金秀梅对于黑石县已经发生的、正在发生的、将要发生的针对她的诡波谲云浑然无觉,她正愈来愈多地体会着生活的快乐、荣誉的快乐、积极的快乐。

　　人应该积极!她从小就是这样的,积极工作,积极劳动,积极开会,积极发言!

　　积极是源泉!积极了,就会有成功,荣誉,褒奖,提拔……当然。

　　她在二月底来到省城参加了五讲四美评比总结会。住在全省最高级的九层高的朝阳饭店,那儿每个房间里都有卫生间,有白得令她惊异的澡盆。在这个会上她的发言又获得了极大的成功,她像一个"本色演员",靠自己的单纯、乐观、开朗、积极的本色征服了观众,上上下下都认为她是一个可爱的姑娘。沈明同志,杜省长,周、邹、仇、柳、甄副书记和柳、甄、赵、邵、茅、廖副省长一一与她握手。她在彩色电视上看到了这些省级首长与自己握手的情景,觉得非常满意。(现在,她看彩色电视也不像初到 W 市时觉得那样惊奇了。)会议发给她一本纪念册,一个人造革软夹,一叠活页纸,一管英雄钢笔,笔上刻着五讲四美字样和她的名字,还给她发了一枚绿底白花的纪念章。会议每天晚上都组织看演出或电影,最使她惊叹而又有点不好意思的是芭蕾舞《天鹅湖》,原来人间还有这样的妙技、这样的身体、这样的享受。各种报纸和杂志的记者来采访她,给她照相,可惜的是虽然听到快门喊喊喳喳地乱响,而且都答应"洗好了送给你一张",她却一张照片也没有得到。当她向一位背着令人敬畏的大相机和闪光灯的记者追问"那天您给我照的相片在哪里"的时候,记者态度冷淡,与追着她照相时的殷勤热情劲儿完全不同。她有点怀疑,是不是他们的相机里未曾装有底片,喊嚓咔嚓地按快门不过是造气氛,糊弄人……

糊弄就糊弄吧，毕竟不是坏事，造成的是节日般的欢乐气氛，她摆出来的是一个又一个美好而又欢乐的姿势。这就够了。照相的快乐不在于得到照片而在于被照。一个一般的人，能有这么多人给他照相吗？

同样，开会的乐趣不在于要贯彻什么，发扬什么，解决什么，而在于开会本身。

荣誉的快乐也是这样。荣誉，这是一种精神享受！谢谢你，沈书记！谢谢你，项秘书长！谢谢你，华作家！谢谢各位领导，各位同志，我做得还很不够，我要向各位学习……干杯！

十一

W地委第一书记，常常在家养病的苏正之正在看陈志强的来信。苏书记是本省资格最老的干部，入党比沈明还要早一年，级别与沈明一样，只是因为文化水平和身体健康方面的原因，他才"终老"于地区。他思想端正，作风正派，不过头脑反应稍迟钝了些。从五中全会以来，他就自觉地准备交班了，但在由谁接班的问题上他和地委的其他几个书记存在着严重的分歧。他本能地对头脑敏捷、口齿伶俐、敢想敢干的人抱一种怀疑态度，他希望按照自己的模子选择接班人，所以他始终对项图很看不惯。"能力强、能力强……栽跟头的都是能力强的！"这是他最爱说的一句话。

与陈志强是"文化大革命"期间打的交道。那时，苏正之作为"走资派"被"革命群众"押到了黑石县，由陈志强看管他。陈志强是真不错，不但照顾他的生活，帮助他传递信件，而且当"革命委员会要实行三结合"的指示一出来，陈志强担任"勤务员"的那一派首先提出来要结合他，力申他是革命的领导干部的代表。

陈志强的信写得有点糊里糊涂，但苏书记还是看出一点眉目，信里提到地区的三个人的名字：华章、项图和吴道永，前两个人都是他不喜欢的。还提到一个小丫头被树为先进模范的事,苏书记一面看一面摇头。"唉,吹吹打打,吹吹打打!这些个事情呀,这些个笔杆子呀!实事求是,实事求是,真正做到实事求是就这么难!真正做到实事求是了,看这些笔杆子、'先进'们怎么活!"他慨叹了。他忽然想起,原来那个小丫头就是金秀梅。金秀梅的材料正是项图递给他,他亲手交给沈明同志的,这使他产生了一种被欺骗了的感觉,因而更加不快。

有人找他,正是他心目中相中了的、没有被地委常委通过的接班人、组织部长周长胜。周长胜蔫蔫的,稳稳的,很中苏书记的意。

"最近老没见你呀!"苏正之说。

"我刚从黑石县出差回来。"周长胜答。

"黑石县?你……"于是苏周之间谈起了关于金秀梅的事。

"是有些反映,捧得太高,太快了。"周长胜大略地、颇有节制地叙述了一下他听到的一些反映。

"这儿有一封信。"苏正之拿起了信对周长胜说,"你抓一下。抓五讲四美,精神文明,这是当今工作的一个重点,是完全必要的。问题在于一定要扎扎实实,不要大轰大嗡。多年来,我们在抓典型、树标兵方面也不是没有过教训的。你想想看,先进集体、先进人物,真能经得住实践检验,经得住时间考验的有几个?人为地树起来,最后搞得下不得台,甚至于是垮了台,也不是没有吧?"

"沈明同志……"周长胜有点嗫嗫嚅嚅。

"沈明同志的用意当然是好的喽,扶正祛邪嘛。但是具体工作要我们做,分寸要我们掌握。"

"那么陈志强呢,陈志强的信又怎么办呢?"周长胜的特点是一板一眼,项项认真,一定要请示清楚。

"陈志强这个同志还不错嘛,你看看吧。要不,跟报社的老吴议一议?"

周长胜根据苏书记的指示,又仔细考虑了一下与项图和华章的关系,斟酌以后,做了几件事。

　　首先他打了一个电话,给黑石县的县委书记张龙,他力求全面、稳妥地指示说:"你们一定要注意,不要挫伤金秀梅的积极性,要教育群众正确对待先进人物。同时要教育金秀梅,谦虚使人进步,骄傲使人落后。对待报纸上那些吹乎,要教育她正确对待,要有自知之明,不要头脑发热,翘尾巴。同时,对于她的材料,还是要核实一下,该肯定八十条的,不要说成八十一条,也不要说成七十九条。这是老苏的意思,我并没有抓这个具体工作喽,但既然有反映,我们也不能坐视不问。具体工作嘛,地委分工是项秘书长项图同志抓的喽,你们还是要按他的指示办喽,但是该汇报的,一定要汇报,该坚持的一定要坚持,该执行的一定要执行,该提意见的我们一定要提意见。过去,我们不是没有教训的,钦差大臣满天飞,最后,留在当地擦屁股的,还是当地党委。老张啊,这个意思你明白了吧,不要搞偏了噢!"

　　其次,他找吴道永议了议,把陈志强的信拿给吴道永。其实,陈志强已经把信的另一复写文本寄给了老吴,老吴也已经读过了。吴道永颇感苦恼。他通过陈志强抓金秀梅的材料,完全是为了工作,为了完成项秘书长交下来的任务。项图同志"枪毙"了陈志强的三份稿子,另外组织华章来写,他也是赞成的,同样是出于公心。陈志强的文章叫人怎么用?华章的报告文学发出来以后他有点不以为然,太花哨了,但他自己不是搞文学的,这几年文学上出来的新名堂多得很,"意识流"啊,"朦胧诗"啊,都是让他五迷三道的,他自知知之有限,不愿意"越界"去干预华章的风流文采。就在这时候收到了陈志强的来信,信虽然写得火气大了些,有几处语法修辞上有错误,但的确言之成理,事情没法不叫陈志强感到冤屈。作为一名老编辑,他想到本来这里有另一种解决办法,按照陈志强提供的材料,重新组织、删节、加工一下,搞一个东西仍然用作者陈志强的名字发出去。对于一个编辑来说,这样为人作嫁,为客渡船,并没有什么稀罕。当然,华章是不会答应这样做的。结果,岂不亏待了陈志强!到这时候,他再翻开华章的文章,就越发觉得不是味儿了。什么文风!无实事求是之意,有哗众取宠之心!

吴道永与周长胜议了很久,周长胜显得犹豫不决,啰里啰嗦,既说左又说右。说来回话——北京人管这样说话叫做"拉抽屉"。从言语上,他似乎特别注意维护项图的威信和保护华章这位地区第一流的作家。但同时他又唉声叹气,为陈志强抱怨不止。吴道永是直肠子,他终于挺身而出,说:"好了,华章同志我们也是常打交道的,我与他谈谈好了,算是我个人意见。我准备建议他把文章再改一改,最后定稿用他与陈志强合作的名义收到集子里,或者请他给陈志强写一封信,建议另搞一个两个人合作的,华章多出些力也是应该的。另外,我准备和陈志强联系一下,再约他写点配合当前形势的东西,我们想方设法帮他搞出来,发出去……"

"那就好,那就好。"周长胜说,"还是充分听取一下陈志强的意见,同时作一些必要的解释。更重要的是我们自己要吸取教训,工作是很不容易的,很复杂的,图痛快是不行的,一定要统筹兼顾,面面俱到,谦虚谨慎,戒骄戒躁!"

最后,周长胜直接给陈志强打了个电话,长途电话打了二十多分钟:"小陈啊,苏书记对你很关心的喽,我们已经做了安排,与你们的张书记也打了招呼的喽……你看是这个样子,工作愈是紧迫、重要,我们愈是要过细,对党负责,对人民负责,难道我们党吃这种主观主义的亏还少吗?我们是唯物主义者,我们是老老实实的人,我们靠科学吃饭……你是不是再摸一摸啊,那个金什么梅的材料,是不是都符合实际啊?对对对,不管谁肯定过,我们问的是事实,这可是思想路线的问题哟……"

黑石县委书记张龙接到周长胜的电话后,把县委宣传部长、县知青联社主任兼党支部书记和县知青联社的团支部书记三个人找了去,谈了很长时间。团支部书记——金秀梅向华章介绍过的李二嫂——是金秀梅的好友。李大公和李二嫂之间有一点拐几个弯的亲戚关系,正是经过李二嫂的介绍,金秀梅与李大公才搞上了对象。现在,各种矛盾线正在向李二嫂那里集中,小林、小闵、大公……都找到李二嫂这里来了,不知为什么,这样倒使李二嫂觉得轻松了许多。报纸上刚登金秀梅的事迹的时候,李二嫂和知青联社的其他人都感到那么紧张,他们本来团结得很好,工作得很好,生活得很安稳,金秀梅的突然"走红"使他们觉得好像挨了一棒。现在各方面反映来了,张书记出面了,最后落实到李二嫂身上,要求李二嫂多做些工作。李二嫂笑了,说:"好吧。"带着一副"包在我身上"的神气。她是团的书记,她当然要识大体、顾大局、忍辱负重、清理善后、弥合裂纹、平息波动、成全他人的好事。

吴道永和华章的谈话则完全失败了。吴道永没有想到华章变得脾气那么大了——真像个作家啦,士隔三日,刮目相看喽。

华章一下子就跳了起来,"简直是讹诈!"他一出语就定了高调,"文学题材难道是可以垄断的么?你认为他写得有基础报社为什么不用?为什么转载我的?我写金秀梅是根据项秘书长的指示,文章是省报先登的,我并没有把稿子投给你们。你认为不实际你可以不用。这和黑石县那位陈馆长有什么关系?我不认识他……"

"上次我把他写的三份稿子都交给了你嘛。"吴道永紧皱着双眉,提醒说。

"我根本没有看。那样蹩脚的东西我根本看不下去,水平还不如小学生。我写文章全部是抓的第一手材料,我与金秀梅谈了多少次话,你知道吗?陈志强有什么资格来伸手摘桃子?……什么什么?他告我?你让他告吧,这倒给我提供了新的创作素材,我要再写一篇,题目就叫《先进事迹发表以后》,要不就叫《伸手摘桃子的人》,或者叫《讹诈者与诽谤者》,或者叫《后面的沉思》……"

"我希望你冷静一点,不要急躁。大家都是革命同志,在战争年代,也许我会用我的身体去掩护你,也许你会用你的身体去掩护陈志强……"吴道永实在听不下去了,提高了一点声音,咳嗽得直不起腰来了。

"这些老一套的空话能解决什么实际问题？完全是空对空嘛。光说一句'革命同志'就能进入'无差别境界'了吗？林彪和江青还都是'亲密战友'呢！"华章挥一挥手，抽了抽鼻子，随手拿起一本大型文学期刊，摆出了一副不屑于与吴道永再辩论的样子。

吴道永有点伤心。现在的工作，怎么这样难做？现在的人，怎么这样自由主义、自以为是？华章连个党员都不是，自己的党龄，比华章的年龄还长，而华章却拿他的话当耳旁风！现在的革命同志之间，怎么完全失去了战争年代的那种阶级情谊？

不仅如此。两天以后，吴道永在地委碰到了项图，项图叫住了他，"怎么回事？"项图的语气是冷淡的，"这是什么人的意见，让你找华章谈话？总要看主流嘛！"

从来实实在在、不会拐弯更不会说谎的吴道永打了一个冷战，他想起了关于项图和周长胜的关系的种种传闻，如果他在中间传话，实际上会起一种挑拨作用。他有义务维护领导同志的团结，他又有义务说实话，两种义务在他脑子里打开了架，他结结巴巴，答不出话来。

"算了。"项图挥了挥手，转过了身，留下的语言是无声的。

吴道永与陈志强的交流则非常成功。吴道永去了信以后，立刻收到陈志强回复的电报："即将寄呈新稿请多帮。"三天以后，收到的不是稿件而是陈志强托人带来的一塑料袋核桃。吴道永毫无办法，只得收下，并寄给陈志强两块钱，在汇款单附言中写道："万勿再给我带东西。"陈志强回信道："核桃是四角钱一袋买的，(天知道！)我不能多占你的钱，下余一元六角将购买蜂蜜不日送上。"

七天以后，蜂蜜与稿件都到了吴道永手里。吴道永看完了"新稿件"大吃一惊，原来写的又是知青联社的先进人物，采写表扬的对象是该社团支部书记李二嫂，文中写的李二嫂的先进事迹竟有百分之七十与金秀梅撞车：同样是调解小林与小闵的纠纷，同样是文明售货、礼貌待人，有许多形容词竟然与华章的"报告文学"毫无二致，然而主语显然是更换了，金变成了李，团小组长变成了团支部书记，未婚的姑娘变成了已婚的少妇。究竟是谁抄袭了谁？谁剽窃了谁？哪个是真？哪个是假？哪个是虚？哪个是实？

令人震动的还在于，这份新稿件的最后一页盖满了图章：知青联社的，县商业局的，县团委的，县工会的和县委宣传部的和县妇联的。所有图章前都附有一个含义明确的批语："本报道采写情况属实。"

十二

金秀梅回黑石县的日期一延再延，除了接受采访、参加座谈以外，主要是有一大批来信需要回。她的事迹在省报和 W 地区报纸上发表以后，立即有雪片般的信向黑石县、向 W 市、向省城的总结评比会议飞来。中国确实是一个十亿人口的大家庭啊！什么事都会引起特大的反响。这些素昧平生的写信者，真诚地向她祝贺、致敬，并纷纷提出了自己在思想上、工作上、生活中的问题请她帮助分析解决，提得最多的则是恋爱、婚姻、家庭关系方面的难题。在省城会议上就收到了三十多封信，开始，金秀梅觉得很新鲜，很兴奋，出名原来也不难！稍稍一出名原来就这样受到尊重、信赖，可真有意思！信看得多了，她不免头昏脑涨起来，尤其是，她还是个未婚的姑娘，而来信的人提的有关夫妻关系的一些问题，对于她来说不但是生疏的，而且是不该接触、不该知道的，非礼的。根据会议组织人员的指示，当然也是根据礼貌的要求，她还是一一回了信，有的只回答几个字。这样一整天一整天地写回信，"有点像个大人物呢。"她想。"可也真受罪。"她又想。

然后她回到 W 市，这里的信更多，还有远自新疆和海南岛寄来的，真想不到那里也有关心这个省、关心金秀梅的读者。有一个在外地公共汽车上售票的女青年寄来了一张照片，说是希望与她结拜干姊妹。有一位驻守在高寒山区的边防战士寄给了她一听午餐肉罐头和十五块钱,说是要表一表心意。金秀梅不知如何是好,去问华作家,华章建议她把罐头和钱转赠给W市托儿所。她这样做了,华作家又写了一篇短短的通讯:《千山万水心连心》。

最后她回到黑石县的时候,已经是四月一号了。一出来就两个多月,她的命运竟发生了这么大的变化!

又好像什么变化都没有。她到达黑石县长途汽车站的时候竟没有一个人来欢迎她,她事先给李二嫂和李大公都写了信的。"不论是多么红的先进人物,一回本单位就没有戏唱了!"她想起一位老模范的经验之谈来了。看着吵吵嚷嚷的长途汽车站附近的卖葵花籽、卖旱烟叶、卖涂了红皮的煮鸡蛋的小贩,她不免有些寂寞之感。

"李大公下班以后会来的。"她这样想,在家等了半天又一个晚上,没有。她生气了,气得第二天连早点都没有吃,噘着嘴上了知青联社。大家都和她招呼,和她寒暄,和她握手,但她觉得别人的眼神有点异常。"回来了?"人们向她皮笑肉不笑地笑笑。"哎呀,我这回可……"她满腔热情、一片真心想把两个月来自己的见闻、感想,自己打开的眼界和见到的大人物、得到的荣誉、鼓舞、教育告诉大家,让大家与她一起分享这快乐和见识。但在她兴冲冲地张开口的时候,忽然看到了一面冰冷的墙,对方的笑容不见了,只有冷冷的打量,只有疑惑不解的神情,只有敬而远之的躲闪,甚至对方扬起了头、皱起了眉、噘起了嘴,是一种自卫的自尊。"你有什么了不起?你还不是蒙上的?你有什么可吹的?"她几乎听见了对方的潜台词。

一团火碰上了一盆凉水。本来嘛,人家为什么要听她的快乐的见闻呢?她的突然的青云直上也许只能使别人感到憋气。这不过是一个由待业青年们组成的"知青联社",他们没考上大学,他们不是国家职工,他们没有铁饭碗、劳保福利、公费医疗,这种身份使他们甚至交异性朋友的时候也常常自觉矮人一头。他们没有去过省城,还有的人连W市也没去过。从黑石县到W市要坐六个多小时的长途汽车，汽车沿着盘山公路旋转，令人头晕目眩，冬天雪大的时候常常发生汽车滑坡事故。不要说汽车了，连羊群里带头的山羊也常常在暴风雪中跌入黑石山的峡谷。黑石县到W市的汽车票价是七元四角六分，而七元四角六分，可以打二斤散白酒，再买三斤羊肚、三斤猪蹄、半斤海蜇皮、二斤黄瓜以及芝麻酱、大蒜和高醋。总之，花七元四角六分就可以请四五个朋友在家聚一聚、叙一叙、唱一唱、闹一闹、笑一笑，这就是黑石县的无可替代的纯朴的乐趣。当然还有看电影，电影上的每一幢楼房都令人咋舌，每一辆汽车都让人眼花，每个女人都像天仙或者狐狸精，每个男人都像小白脸或者好汉。对了，一个是就地取材饮酒吃肉，一个是像看另外一个星球一样地去看电影，这就是黑石县生活的极致喽！此外，所有的空闲时间，男人们盖房、挖菜窖薯窖、锯木头做家具、砍柴劈柴、拆灶拆火墙和修灶修火墙，女人们做饭、洗衣、缝补、弹棉花、打毛衣（现在毛线衣的花样可是越来越多了）、挑窗帘、做衣裳……大家过着这种勤劳、正直、简朴、自得其乐的生活，谁也用不着特别羡慕谁，谁也甭想压人一头，好也好不到哪儿去，坏也坏不到哪儿去。当然，外界也不断有人来人往，那是别一种人，来往的人就像流过的水，水流去了石头还在原地，当地人是石头，不是水。

  然而现在忽然出现了这么一个不起眼的毛丫头！秀梅心里清清楚楚，自己谈不上有任何特殊之处，没有革命历史、没有汗马功劳、没有出生入死、没有舍身救人、没有发明创造、没有特异功能……这么个毛丫头自己也不知道为什么一下子就上去了，就去了W市，去了省城，不但用不着自己花车钱而且走到哪里都待若上宾……这才叫气派，这才叫人生，这才叫开眼啊！知青联社的兄弟姊妹们啊，你们没坐过小汽车、没住过宾馆、没看过电视、没坐过电梯……你们好可怜哟！我的突然的成功能使你们不可怜自己吗？你们还能自满自足，浑浑噩噩吗？你们能闭眼不看你们的日子、你们的青春有多么的平凡单调、暗淡无光吗?你们能不苦恼、不眼红,而真诚地为我高兴吗?你们能不觉得我讨厌、觉得我搅和了你们的平静的生活吗?

但这难道是秀梅的过错吗?她的成为先进难道碍了别人的事了吗?她是踩着别人、挖了别人的坟头儿才爬上去的吗?她是坑、蒙、拐、骗才成了特邀代表的吗?二十多年了,像班主席一样积极,对谁都是笑脸,一个月拿三十块钱工薪,一年领十六尺布票,一个星期学习一次团课,一天打扫两次卫生,每次会上都积极发言,时刻响应号召和检查自己,她容易吗?她不该先进先进、荣光荣光吗?至于别人,你们也干嘛!各有各的前途,各有各的机会哟!

才两个月就觉得有点生疏了,黑石县原来是这样小,这样寒碜,省城的一辆大长无轨电车大概就能把这里全县城的职工、包括清真食堂做豆腐脑的师傅装下,他们的联社销售点儿原来是这样狭窄!农机厂不做拖拉机了,做了一大批铁皮刷油漆的活动房子,给知青联社、给社队企业、给饮食服务公司、给个别"暴发"了的个体户用。几片铁皮,几排货架,牙膏牙刷,鞋油发卡……就是他们用武的天下……省城的百货公司,就连厕所也比这儿明光,乳白色的瓷砖,写着英文字的洗手池,昼夜不停地流淌的自来水……噫!

而专区和省里的同志又是怎样对待她,亲切、诚恳、春风化雨!官儿愈大的心愈好,态度愈可亲!省委书记沈明同志的话,连同他的笑声和咳嗽声,连同他把她的名字叫错和他风趣、机智的解释,像一曲难忘的乐曲一样在她的心头萦回缠绕。

领导同志的关怀如暖流流遍了金秀梅的全身,她的眼睛湿润了,她真想大哭,大叫:谢谢您!谢谢您!谢谢领导的关心!……

"耳朵丢到哪儿去了?听见没有?要那袋肥皂粉,不要塑料袋的,要纸袋的!不是这一袋,是那个白猫牌的!"

一位年轻的顾客不耐烦了,他的话实际是对金秀梅的批评。金秀梅的遐想妨碍了她接待顾客,但顾客说话也实在无礼。他把"洗衣粉"叫做"肥皂粉",真是小地方,没见过世面的人啊!可他还算好，这里的大部分人，还是只认得肥皂，不习惯用合成洗涤剂的。而且还有各种各样的说法，什么肥皂粉烧手啦，毁衣服啦，洗不净啦……

"给你，四角七分！"金秀梅拿起了洗衣粉，递给了顾客，走近了，才认出来顾客不是别人，正是拖拉机站的徒工，李大公的徒弟小丁。

漫不经心的小丁似乎也才认出金秀梅来，"怎么？是你，秀梅姐！你……还要站柜台？"

"怎么？你这是说什么？"

"都说你高升啦，要到省里当干部去啦……连李师傅都说……"小丁突然嗫嚅起来。

金秀梅的脸一红，她警觉地问："他说什么了？"

"……没……没说什么！"小丁匆匆付了钱，不等找零钱，拿起肥皂粉就走。

小丁的话对于金秀梅来说，只能作出恶意的解释。调到省里当干部，为什么还站柜台，这种不咸不淡的语言不纯粹是讽刺吗？为什么去开了两个会就不拿她当自己人看了呢？虽然，她明知道小丁是个单纯、乐天的调皮鬼，不会对她有任何恶意的。

那么大公呢？为什么不来看我？究竟是怎么了？不是有点不对劲儿吧？

中午，县联社主任兼支部书记、三等残废军人老吕与团支部书记李二嫂来看她，她兴冲冲地谈自己在专区和在省城的见闻，但她觉得，二位的态度相当冷淡，老吕皱了几次眉，而李二嫂是用一种居高临下甚至可以说是怜悯的眼光看着她。

怪呀！

她止住了话。本来，她有多少话要向领导汇报啊！她还以为，她一回来就要安排团员会、青年会、群众会由她来传达领导部门召集的两次盛会呢！

"好，好。"老吕似乎没有觉察出她的话还没有讲完。看来听不听她讲完话对于老吕来说是并不重要的,重要的是老吕自己有话要告诉金秀梅。

"好,回来了,好好工作!当先进人物可不是容易的事,我在部队里,四好连队、五好标兵,我见过的多了,有哪一个能真正先进下来?倒是垮下来的居多。不实事求是嘛,一步登天,还能不来它个倒栽葱?我早就说过,咱们的事坏就坏在这些个报社记者、文艺作家身上,他们听见个风就是个雨,你要什么就给什么……唉,唉,我见得多啦!秀梅呀,可不敢翘尾巴呀!可得踏踏实实、踏踏实实啊!"

李二嫂黄面皮,长圆脸,虽已二十大几了,按这里的风俗,还梳着两条大辫子,她的眼珠灵活,平和中显出机警。她的话比老吕周到一些:

"好事情啊,这是我们大家的光荣,看什么时候,团支部开会的时候给大家谈谈吧?好事儿嘛,好事儿嘛……"

李二嫂不住嘴地肯定着那是"好事儿",然而,她的口气轻飘飘,并没有认真把秀梅出席两个会议、取得了大成功当做一回事。说到在团支部会上讲一讲,好像也只是不得不应付一下,只有公事公办的冷淡,做出来的欢迎状,却失去了往日的亲切与热情。

从前,李二嫂与金秀梅不是好姐妹吗?她们一起研究毛线衣的花样,互相帮着"三针上""三针下"地织毛线;她们互相通报着县里、社里、铁皮房子里和各个家庭里的大事小事;她们互相帮着梳头、卷发、剪发,彼此做购买新衣饰时候的参谋;她们也常常在一起发牢骚、说怪话、对待业知识青年的境遇颇多不满……但今天是怎么了呢?为什么显得陌生了呢?

因为你已经不是原来的金秀梅了。

我已经不是原来的金秀梅了吗?对。不!你们不高兴了?都不高兴了?

而专区和省里的领导是怎样对待我的!金秀梅想哭,整整一天她魂不守舍,恍恍惚惚,她觉得自己人虽然回到了黑石县,但魂儿却丢在了省城和 W 市……这个黑石县是多么狭小、多么呆板,对她又是多么不友好啊!

十三

不友好的事还在后头呢。

到了通知金秀梅开团支部会的那一天,金秀梅一到会场就凉了。整个团支部有团员二十一个人,竟有九个人请假,只到了十二个人。金秀梅听到小闵在门口对李二嫂说:"我们俩请假。"

"两个人都请假?留一个人吧!"这是李二嫂的无可奈何的声音。

"留谁?留他?让他们俩再谈到深夜去?都是什么呀!你先进我们没碍着你,可你干吗踩乎我们?你倒是光荣啦,可我们呢?这心也太狠点了……"是小闵的怒气冲冲的声音。

"嘘……"

"我才不怕呢!听就听,我还憋着跟她理论理论呢!"

她想起了前三天的遭遇。金秀梅决定去看望一下小林和小闵,不管怎么说,她的先进事迹里头一条就是帮助同志建设和睦的家庭。她理应关心他们,问候他们,使他们和睦更和睦,文明更文明。小林小闵家在县城边上的农村,自己盖了两间瓦房,围起了一个有三分多地的院子,院里种菜种花,还栽了葡萄苗。金秀梅一进他们的院子,一只黑狗便狂叫着向她扑来。"黑子!黑子!"她叫着狗的名字,黑狗听了叫,迷惑起来,但仍然认不出秀梅,不放秀梅往里走。"上省城开了两月的会,连黑子都不认得我了吗?"秀梅觉得伤心而又气恼。这时,她看到了小闵撩开窗帘,隔着窗玻璃朝她看。"是我呀!"她叫着,向小闵招招手。窗帘垂下来了,却不见有人出来迎接她,而黑狗从主人的冷淡中得到了暗示,重又凶狠地狂叫着向她扑来,她且战且退,心想赤手空拳的她并不是狗的对手,但小闵的态度让她纳闷。只是在她快要退出院子、快快地离去的时候,才看见垂头丧气的小林蔫蔫地从房里走了出来。"呵,是你,真不巧,小闵正在生病,她不愿意……是这样,小金,你不该把我们的事——本来算不上事——对报纸的记者说,不该把我们两口子拌嘴的事宣扬得绕世界都知道,你看,你看……"

这次拜访,甚至没有进被拜访者的屋子。

十二个人参加的团支部会,却还安排了许多别的内容。先是李二嫂念上级团委的一个书面通知,念得结结巴巴,还念了几个大白字,把"陶冶革命情操"念成了"陶治革命情操","衷心感谢"念成了"哀心感谢"。然后是组织委员报告团费收支账目,啰里啰嗦,一句话说得清的事偏偏要说十句,反而更加说不清了。然后又由宣传委员谈办黑板报的事,其实,那黑板报上的稿子全部是抄自北京和省城出的各大报纸,从来没有人看的。最后才轮到"金秀梅同志传达'先代会'情况"。金秀梅完全没有任何兴致了,那另外十一个人呢,更是毫无兴趣,只盼着秀梅快点说完,快点散会回家。

最要命的是李大公。金秀梅回来三天了,哪儿也找不到他,到他家,说是他在上夜班,第四天在拖拉机站才见到了他。他从口袋里掏出一卷裁好的报纸,再拿出秀梅为他做的一个绣着红花的烟荷包,捻烟叶,卷烟,点头,抽烟。烟草和报纸都发出一股呛味,特别是报纸上的油墨,烧起来更是难闻。在专区、省上开会的时候,抽烟的同志也不少,可人家那个烟是什么味的呀?旁边闻着都是香的。

大公不说话,她说了几句,问了几句,大公只是"嗯""嗯"了几声。"你到底是怎么啦?"憋了老半天,她带着哭音问了出来。

"……我落后……配不上……报上登了的……再说,你在黑石县也呆不长了……"

"谁说的?"停了一会儿,她又问:"谁说的?"声音是悲怆的。

"……你找二姐去吧,我把话都对她说了。"

李大公竟站起身来，走了。

委屈、失望、受辱，再加上一阵暴怒。过去对李大公也不是一百一的满意，他太粗率，没有那种女人所需要的细致入微的体贴，但秀梅还是爱上了他，他的那种健壮、正直、憨厚的劲儿是很有男子气的。谁知道竟混到了这般地步！在她的生活里出现了新的转变、新的可能，出现了无比光辉灿烂的前景的时候，他竟向她耍起混蛋来了！她不仅伤心，而且产生了一种前所未有的愤慨心情：莫非黑石县这个狭小的山村环境，造就了它的县民的鼠目寸光、狗肚子鸡肠，因而无法理解更无法达到她所理解的一切和她所达到的境界了么？是的，在这里的居民当中，世代流传着一句箴言：天底下没有受不了的罪，只有享不了的福。天底下没有人受不了的罪，她可以根据自己的生活经验理解这句话的含意，它既鼓励人们咬紧牙关，克服一切艰难困苦，又流露着一种毫无出息的莫可奈何。至于有人所不能享、享受不了的福，她不懂，难道"幸福"不是愉快的、受欢迎、易于被接纳的，而是沉重、可怕的吗？

她好像开始懂了一点点。

大公让她去找二姐即李二嫂，这使她心头一动。这和李二嫂有什么关系呢？虽说排起辈分来李二嫂是大公的本家姐姐，但这是一种八竿子打不着的亲戚关系，他们过去来往并不多。李二嫂倒是两边都认识，还介绍他们俩搞对象。其实呢，金秀梅与李大公相互早有所知，也都有意，只是黑石县的风俗，如果不经介绍自己就"对上了象"，容易受到非议，他们才需要李二嫂这位介绍人。现在，又有李二嫂的什么事情呢？

她便去找李二嫂，李二嫂吞吞吐吐。她在闹什么鬼？莫非……都说李二嫂是个好人啊，唉！

李二嫂说："你刚回来，我没有急于和你说。再说，我还要再劝劝大公兄弟，我还要找几个人一起劝说劝说，挽救挽救……主要是他们家里和社会上的舆论，他们都对报上的文章有意见，说你是故意踩乎大公,还没过门就要把大公管个服服帖帖。小师那个丫头也实在太厉害,她非说你是变着法骂她,说你说的'小私'指的就是'小师'……叫人可怎么办呢?他们又怕你高升了,眼皮高了,调走了,把大公一甩……"

"谁说我要调走的?谁造谣?"金秀梅喊了一句,又后悔自己的失态,且听人家说完嘛,难道我就那么不值钱、没志气,离了他姓李的傻大个儿就没人要了吗?

"……大公写了封信,让我交给你。我说,我可不干这种缺德的事儿,这不是,信还在我这儿呢。我是想解劝解劝,让他把信再收回去……"

"什么?给我的信,你干吗不给我?"

好个金秀梅!在这种风云突变面前咬紧了牙关,她没有哭天抹泪,没有倏然变色,更没有头晕体凉,看完李大公建议中止二人的交往关系的信以后,她冷笑了一声,站起身,转脸就走。

"我说秀梅……"李二嫂慌忙解释。

"谢谢你的好意吧……"金秀梅头也不回,远去了。

十四

小地方就是这样,一个人过生日全村吃寿面,一个人吹气全县刮风。金秀梅和李大公吹了的消息不胫而走,好奇的、慰问的、幸灾乐祸的、试探开辟新战线的可能、打算另给说媒的纷至沓来,找上门来了。

"没有这么回事!甭听瞎说!造谣!"秀梅咬紧了不松嘴。

当然也有全心全意站在秀梅这一边、帮着秀梅分析形势、出谋划策的。县团委副书记刘群来看了她一次,态度庄严地说:

"哼,所谓人怕出名猪怕壮,树大招风,枪打出头鸟,说穿了不过是嫉妒二字!现在社会风气就是不正常,谁受表扬大家就孤立谁、打击谁,这还得了,你就是积极嘛!你就是表现好嘛!我们了解你嘛!报道的那些事迹,基本上都是事实嘛!你站稳了,不要怕歪风邪气!"

邮递员小苗,秀梅初中时的好友,则向她悄悄耳语:"你要小心!要防着点!你取得了这么大的成绩,肯定有人看着不忿,他们会算计你的……我看你们那个……"秀梅没有让她说下去。

遇到不顺心的事而很快找出罪魁祸首,人们会因而得到施加报复和反击的目标,因而会大大减轻那种意识到自己的无能为力、无法有所作为的痛苦和困惑,并从而得到一种清明感和充实感。其实用不着小苗她们的提醒,金秀梅从回到黑石县并感到不痛快以后,她就开始下意识地去捕捉她的敌人、给她制造一切不愉快的罪魁祸首了。现在,她已经清楚了,就是她!

就是李二嫂!别看她大模大样,装了个匀称!她能容得下金秀梅吗?

四月二十四日,邮递员小苗风似风、火似火地跑来找金秀梅,"你看你看,这是什么!"小苗激动得声音都哆嗦了。

她拿出一本南方某大城市出版的刊物《文明生活》,这本刊物在此地是很畅销的。本期刊物上登载了一篇文章,题目叫《崇高》,作者署名是两个人,陈志强和晓钟。翻到那一页,首先映入眼帘的是文章题头的李二嫂的照片。再往下一看,金秀梅心乱如麻,她介绍过、上过会议材料、上过报的那些"先进事迹",一下子都变成了李二嫂的了。而且,文中有这么几句话:

"她(指李二嫂)就是这样默默地为群众、为青年做着好事,她不居功、不自诩、不吹吹拉拉。待到山花烂漫时,她在丛中笑,她总是把荣誉让给别人,把困难留给自己。让那些花花哨哨的机灵鬼和轻薄儿去冒功自吹自擂吧,她是沉默的,她是坚实的,像山,像大地……"

金秀梅只觉得脸热,血往上涌。

"这不是说的你吗?"小苗手指着"花花哨哨的机灵鬼和轻薄儿

去冒功"几个字,愤怒地说。

十五

在这一系列意外的、莫名其妙的打击之下,金秀梅更加感到上面领导给她的关怀的可贵,一想到这,她就忍不住滚滚的热泪。

回黑石县不久,金秀梅首先收到省委办公厅秘书小赵同志的来信:

"……遵沈明同志嘱,特写此信给你,望你回县后再接再厉,争取更大的成绩,更大的光荣。你有什么困难,碰到什么问题,有些什么希望、要求、批评、建议,望及时与省委联系。领导同志对你是非常关心的,请务必不要辜负领导同志对于你的关心和期望……"

金秀梅很自觉。她想,沈明同志工作那么多,时间那么紧,还想着叫秘书给她写信,这已经是最大关怀、最大信任、最大爱护了,她还好意思再去提什么要求、诉什么苦吗?即使她碰到一千个困难,她也应该自己想办法去克服,她没有权利、没有资格去打扰沈明同志。如果她碰了钉子,自己可以揉揉额头,如果她被打落了牙齿,那么连血污一起吞到肚里去。对于沈明同志,她只应微笑着十遍二十遍地表示感谢,她只应微笑着请领导放心,一百个放心。

"……请转告沈明同志,我万分感激你们的关怀,我这里一切都好……"她的信是这样写的。

几天以后,她又收到W市的作家华章的来信,来信说:

"……有什么情况望及时与我联系。我已觉察到某种动向,似有一些无聊至极者做小动作,例如你县的文化馆长陈某,便是一例。上级领导对你极为关心。切切珍重,切切珍重……"

终于,来自各方面的打击超出了金秀梅所能经受的限度,在她看完了《文明生活》上刊登的《崇高》以后,只觉得身上冷一阵、热一阵,脸上红一阵、白一阵,她找出纸笔,给"华作家"写道:

"……从省城和 W 市回到黑石县,真像是从温暖暖的太阳下掉到了冰洞里……出席了先进人物会议,这难道是我的污点,我的罪过吗?难道是我偷了东西、我捡了钱包昧起来了吗?……我对您说过,李二嫂也是做了工作的,但是正像您开导我的,做了工作的人多了,也不能人人都去开会呀!组织上让我去开会了,这能怨我吗?为什么她们要这样恨我呢?是我借了她们的钱,欠着她们的账,没有偿还吗?我……"

华章接到了金秀梅的信,既惊且怒。他去找项图,项秘书长不在,到上海出差去了。华章费尽九牛二虎之力把长途电话打到上海,找到项图,把情况一说,项图也很恼火,他嘱咐华章不要轻举妄动,先把《文明生活》上的文章和华章原来写的报告文学与金秀梅的近日来信放在一起研究研究,做一些对比、摘要,准备一份材料。接完华章的电话,项图把电话挂到省城,找沈明同志的秘书小赵,把金秀梅近日的遭遇讲了一下,小赵听了以后不敢怠慢,把沈明同志请了来,电话听筒里只听沈明同志说:

"怎么搞的嘛,要查一查!看问题在哪里……如果真有什么问题的话,那一定要抓一下嘛。金秀梅还是不错的嘛,是做了工作的……这样,很不好……不要迁就,要抓典型……"即使从电话里,也可以听出沈明同志的倾向和他的不快。项图觉得心里有了底。

恰巧这天晚上一位老战友请项图吃饭。这位老战友是近年名扬全国的一位理论家,在各大报刊上发表了一系列批判唯意志论、批判形而上学与教条主义、批判空想社会主义与农业社会主义的文章。这位理论家名叫杨巨艇,身高一米八,相貌不凡。宽额头,大下巴,长头发,戴一副粗框大镜片的眼镜,说话的时候微仰着头,长发一颤一颤,像一头雄狮。项图一面呷着五粮液,就着金华火腿,一面说起了金秀梅的事情。"现在的事情就是这样,"他愤愤地说,"你只要表扬一个人,马上就群起而攻之。提拔干部也是这样,没有说提以前,你好、我好、大家都好,刚一传出去要提拔某某人了,告黑状的、递黑材料的都来了,心还挺齐。某些人的原则就是这样,自己上不去,也不许别人上去,上去了还要给你拉下来!"

"有意思!"杨巨艇用弯曲的食指叩响了桌子,"这正是我眼下研究的课题,我们的上进心、进取心,干脆说是竞争心理也行,是怎样被扼杀、被歪曲的……这是个典型事件,我要解剖这个活麻雀……好的,我要去一趟黑石县,亲自动手,去抓第一手材料,你帮我安排一下……"

"那太好了!"项图高兴地举起了酒杯,"有了你的理论武器,事情就好办了!"

十天以后,杨巨艇带着介绍信来到了W市。恰好省团委来了两位领导干部,他们也是听说了有关金秀梅的一些情况,特来调查的。于是杨巨艇,加上华章,更加上省团委的两位同志,结伴而行,来到了黑石县。

"上级来了调查组了!"消息马上在黑石县传开。其实,他们四个人,并没有"组"的名义。杨巨艇一来,和金秀梅一见面,对金秀梅的朴实、热情、殷勤、健康,印象很好。金秀梅也像见到了久别的亲人一样诉起苦来。根据杨巨艇的建议,四个人做了一些分工配合。杨巨艇主要是和金秀梅谈,团委两位同志主要是找县委领导和县联社领导谈,华章主要是找李二嫂、李大公、小林、小闵和其他有关的人谈。每天晚上,四个人在一起碰碰头。

杨巨艇到达的当天晚上,陈志强就找上门来了,带着一摞稿子,还带着一瓶自制的酱菜,说是怕杨老师吃招待所的饭不一定合口味。陈志强那种脏脏破破、委委琐琐、东张西望、探头探脑的样子给杨巨艇极坏的印象,再一翻看他的稿子,再看看那瓶酱菜既无色泽又无芬芳的样子,不由来了气,当场训开了陈志强:"你不要搞这一套,快拿回去……"

陈志强既不显尴尬,也不生气,他仍然笑嘻嘻地坐下来,顽强地、一字不漏地讲完了自己的意见,特别是关于华章如何剽窃他的文章,他讲得非常细致。

"问题太多!"四个人碰头的时候,杨巨艇总要背着手踱来踱去,眼睛不看任何人,仰着头,深思熟虑而又咬文嚼字地说,"完全反映了一种封闭的、狭隘的、落后的小生产者的精神状态。小生产,自给自足,没有扩大再生产,产品的商品率很低,这就必然是保守的、鼠目寸光的、害怕变革的……当然更是反现代化的……李大公离开了金秀梅,这好像是一件偶然发生的事,然而,偶然是处在必然的交叉点上的。黑格尔说过……实际上,金秀梅的事情是一个挑战,一个突破,一个冲击,可以说,金秀梅宣布了黑石县的这种小生产者的封闭性与狭隘性的死刑,它们具有水火不相容的性质……"

连华章也听得目瞪口呆,他本来以为自己的文词已经够多了,够用了,但是和杨巨艇一比,他深感自己只是小儿科。他的那些个心灵啊,美啊,温暖啊,春风啊之类的词儿,不过是轻飘飘的羽毛,而杨巨艇的词儿,都是一颗颗惊心动魄的炮弹。华章的文章原来是轻如鸿毛,而杨巨艇的语言却重如泰山压顶。

团委的干部经过和县委、县联社领导谈话,觉得事情不是单方面的问题。首先,金秀梅树得就不牢固,一些报道、介绍又吹嘘得过了头,特别是那种把好事人为地集中到一个人身上的不实事求是的做法最易引起群众的反感。当然,当地群众中确实也有那种种不健康的心理,还有其他种种因素,包括陈志强的写稿子与华章的写稿子,恐怕都有缺点,才造成了这么一锅糊涂糨糊似的矛盾。其实,这件事既不复杂,也不深奥,只要能平心静气地听取各方面的意见,做出符合常识的判断,是不难处理的。他们两人本来想提出这方面的意见,但刚一说就被华章和杨巨艇打断了。特别是从大地方来的大人物风度的杨巨艇,一张口就把他们两个人给镇住了,不但那么多名词他们是没有听到过的,就是他的眼镜的式样,他的发式,他说话时的姿势,都是这两位团委干部没有见过的。他们这两只瓜皮小船,怎么敢和巨艇相碰撞呢!

华章与李二嫂谈得不欢而散。华章口气强硬地要李二嫂检查他们团支部与她本人打击金秀梅的问题,特别要检查把金秀梅的功劳抢到自己身上的那篇《文明生活》上的文章的问题。谈完话,李二嫂哭着回到了县联社,县联社的五个年轻人大为不平,跑到招待所找"调查组",他们一起证明李二嫂如何之好、如何之公正、谦逊、顾全大局、忍辱负重。他们说,不是李二嫂抢了金秀梅的功而是金秀梅抢了李二嫂的功。小林和小闵看到李二嫂受了委屈以后就更激动了,特别是小闵,她找到团委的同志(因为他们不愿找华章),干脆矢口否认金秀梅对他们两口子有任何帮助,相反,她拿不出根据,却一口咬定是金秀梅在破坏他们的家庭。李大公也急了,他坚决否认华章指控李二嫂破坏了他与金秀梅的恋爱关系,并要求与金秀梅当面对证,到底二姐做了什么对不起她的事。老实人犯起倔脾气来就更犟,他干脆声明,宁可一辈子打光棍,绝不与金秀梅恢复友谊。

当四个人在晚间碰头过程中谈起这些情况的时候,华章恨恨地说:"简直岂有此理!我看是有人在背后操纵,简直是要闹事!陈志强、李二嫂、小闵,这几个人的品质有问题!李大公,完全是被利用!"

"问题不在于哪几个人。个人品质对于历史的进程不但不起决定作用,也不起主导作用。"杨巨艇说,他沉浸在自己的思维、分析、综合、判断、推理之中,沉浸得很深很深,他全神贯注地运用着、掂量着一系列心爱的概念,对于另外三个人谈起的具体人和具体事并不十分感兴趣,"这是一种思潮,更是一种心态。平均主义是弱者的哲学,它追求的不是自己赶上去,而是把别人拉下来,这其实是一种反竞争,是竞争的一种变态。拿破仑说,不愿意当元帅的士兵就不是好士兵。美国的一位前总统信守的箴言是问自己:'为什么不是最好的?'英文里有个词叫做 aggression,原意是侵略,但它发扬的是一种开拓精神。中国就不同了,古代只提倡清心寡欲。老子在《道德经》里提倡的是什么呢?为什么薛宝钗终于战胜了林黛玉了呢?……这牵扯到国民性的问题,鲁迅先生早就提出来过了……"

团委的两位干部更加头昏脑涨,华章却从敬畏一下子变成了失望,怎么成了一个清谈家?原以为是个重量级的拳击手呢!

"到底怎么办吧!"华章的问话有点不客气了。

"我要写一个东西。"杨巨艇说,"指名道姓地引用黑石县这个金秀梅事件,一个也不客气,全给他揭出来……另外,你们可以搞一个给地委和省委报的材料嘛。"

华章点了点头,也只好如此了,又有什么新鲜招数呢?金秀梅,李二嫂,李大公,小林,小闵,五个年轻人……他觉得头疼了,以后还是少写报告文学吧,多写小说,改头换面,任意发挥,想怎么写就怎么写,谁也抓不住。

事情愈闹愈大,金秀梅也傻了。她当然不愿意和本县、本联社的人闹僵,她没有想到华章来了之后与李二嫂等人吹胡子瞪眼,而杨巨艇除了和她谈话与海阔天空地进行分析以外拿不出任何行之有效的办法。她终于哭了,她当着四个人的面哭诉说:

"算了,算了,我本来也不配!先进人物我也不当了,先进会我也不开了,先进材料本来也不是我自己写的。是我对不起领导,我不值得你们支持,就让我踏踏实实地站柜台吧!我呆会儿就找李二嫂,小林,小闵……还有李大公道歉去,都是我的错,都是我的错,都是我……"

金秀梅愈哭愈伤心,杨巨艇和华章颇感狼狈。还是杨巨艇的气魄大一些,他听着心烦,干脆不听,把正在吸的香烟从口中取出,威严地皱着眉看了金秀梅一眼,又巡视了一下另外三个人,似出声非出声地从鼻孔里冷笑了一下,转身走了。

十六

四个人的到来,特别是华章的一些说法和做法,在黑石县联社引起了轩然大波。一开始县联社的领导与县委的领导摸不着底,诚惶诚恐,忧心忡忡,生怕本县捅了什么娄子,引出什么祸事。县委书记张龙想起了地委组织部周部长与他通过的电话,便连忙再打电话向周长胜请示。周长胜说:"省团委的两位同志是做团的工作的,他们去了解青年中的问题,应该协助。但在条条和块块的关系上,当地团委主要是接受同级党委的领导。华章同志是一个作家,是要笔杆子写小说的,他不但不代表地委,而且根本不是党员。至于杨巨艇,既不是本省的也不是本地区的,人家那是客人。金秀梅的问题嘛,要按党的原则办,按实际情况办,按上边的指示和下边的反映办,该怎么办怎么办。苏正之同志正在住院,为这样的事情不好打搅他,等他出院以后,我再跟他谈谈。你有什么意见,也可以直接找项图同志谈谈嘛!"

周部长谈问题从来都是这样严密、周到,滴水不漏。他特别喜欢说一些同义反复的话,说了好像没有说,但又包含着一种稳定、慎重、胸有成竹的自信心,使张龙放下电话以后觉得踏实了许多。

及至后来,张龙与团委的两位同志谈了几次,觉得这两位同志还是比较客观和公正的,又见到县联社的青年人都不赞成华章的那种咄咄逼人的劲儿,他更觉得有了底。

地委书记苏正之出院以后听到了这些情况,他又在电话里与县委张书记谈了一次。恰恰在这个时候,一份在北京出版的权威性的刊物上发表了一篇文章,文章内容是对杨巨艇的某些文章中的观点的批评,批评的措词相当严厉。苏正之把黑石县的张书记叫到了W市,又把周部长、项图、报社社长吴道永找了来,他问:

"这是怎么回事,把黑石县搞了个鸡飞狗跳!整天讲实事求是、实事求是,要实事求是就那样难吗?搞吹气冒泡就那么顺当吗?老张谈谈看,群众反映这么大,你们说怎么办?"

项图抓住了两条,一个是沈明同志的指示,一个是目前社会上确有打击先进的歪风邪气。他还拿出《文明生活》上的文章,诘问这是怎么回事。"

"沈明同志那里我已经在电话里谈过了,所有的情况我都告诉他了。"苏正之说到这里咳嗽起来,等了好半晌,他断断续续地说:"沈明同志的用意当然是好的,具体工作还要我们去做。首先我们要向领导同志汇报真实的情况,全面的情况,专拣领导爱听的夸大其词地往上报,这就是作风不正,党性不纯!我把情况告诉了沈明同志,沈明同志的指示是十六个字,叫做:实事求是,团结为重,帮助先进,共同进步。这十六个字很好嘛,哪里是让我们……"他又咳嗽了起来。

大家都认为沈明同志的指示是正确的,无可争议。吴道永把华章和陈志强都指责了一顿。苏正之拿出了那本有批评杨巨艇的文章的刊物。项图指出,报刊上开展争鸣,是正常的事情,同时,他也指出,杨巨艇毕竟是个书呆子。散会以后,苏正之边咳嗽边发了一句牢骚:"中国的事,坏就坏在这一拨笔杆子身上了!"

十七

几天以后,项图和周长胜一同来到了黑石县,把沈明同志的十六字指示传达给大家。数月之后,慢慢风平浪静了,最主要的是,在经过一段曲折的过程之后,李大公与金秀梅和好如初了。不,不仅是如初,而且是大大超过了初。年轻人的恋情嘛,如顺水行舟,只要不翻船,就会迅速前进。据说,他们计划一九八三年春节或者"五一"就结婚。李大公现在利用一切空闲时间做木匠活,打家具。嘴尖心软的李小师也对未来的嫂子相当殷勤,还帮哥哥为美化家具四处讨寻高档的调和漆。小林和小闵吵吵好好,常吵常好,但由于金秀梅与李大公情感日笃,有目共睹,小闵再也不为华章那篇文章上对于小林与小金深夜促膝长谈的莫须有的描写而不快了。有一次突然变天下雨,小闵没有带雨具,最后与小金共用的一把伞。倒是李二嫂,从这件事以后老是与金秀梅保持几分距离,金秀梅也惯了,随她去吧。

华章写了一篇小说,描写某地对某先进人物的讽刺打击,还写了一个仗义执言、中流砥柱式的记者,这篇小说寄给几个刊物都被退回,最后发表在外省某专区的一个只发行两千册的文学刊物上了。黑石县没有任何人看到这篇东西。杨巨艇写了一篇杂文,论及了"国民性"的某些问题,发表在一张大报上,由于报纸太大,而杂文的文笔又深奥,因此黑石县也没有什么人去注意。陈志强,仍然是愤愤不平地、孜孜不倦地奋斗着,他又发表了两篇通讯,都是和别人合作的,他出材料,别人出文笔。他甚至不念旧恶,给华章写过一封信,带去一包花椒,建议与华章合写一篇以待业青年生活为题材的小说,使华章哭笑不得。

地委给沈明同志报了一份材料,把金秀梅的事说了一下,最后总结了三条经验教训:

一、要继续大力开展学先进、赶先进的活动,但在这一工作中,一定要实事求是,一定要处理好个人与集体、个人与群众、个人与组织的关系。一定不要搞主观主义、形式主义,夸其一点不及其余,更不能把事实装进先验的模式。

二、一切简报、汇报、单行材料、通讯报道的写作一定要严肃认真、诚恳老实,严禁弄虚作假、哗众取宠,反对华而不实、投人所好。

三、加强集体领导,集思广益,既要听正面的意见,也要听反面的意见,不得各行其是、分散主义。

沈明同志看了材料后批道:"这三点很重要,值得同志们深思。我意还可加一条,即领导同志了解情况要细致,表态要慎重,说话要全面。"

不久,对项图同志任副书记的报告批下来了,后来,又加了一个副书记,即是周长胜同志。

金秀梅的生活恢复了常规,只是有些时候她忍不住要想一想,什么时候能再次碰到那样的好事呢?

发表于《钟山》1983 年第 1 期

深　　渊

　　我诅咒爱情,我诅咒文学,我双倍地诅咒那花言巧语的爱情文学……想不到我的一生竟成了最俗气的爱情小说的最没味儿的翻版。我要把我的事告诉后生的小姐妹们,当心啊,当心,从十五岁就要当心,不要用幻想的肥皂泡欺骗自己,不要去追逐梦里的影子,不要听书掉泪、顾影自怜,不要把自己的大好的生命、大好的青春纠缠在那像一锅粥、一锅稀糨糊一样的虚情假意里,不要以为朦胧而又有一点美丽的言词能够化粗俗为高尚,把渺小点缀成了不起,不要让傻唧唧的情感弄瞎自己的眼,不要把狗屎当成黄金,更不要相信那天花乱坠下面的卑琐、脉脉含情下面的低级,趁着你们年轻,在生活里站稳脚跟吧,真正的幸福只属于站得稳的人。

　　而我……我明白了,我终于拿掉了蒙眼的黑布,我已经四十二岁了,肝炎、胃溃疡和肾盂肾炎,还有神经官能症……

第 一 章

　　我生于一九四〇年,名叫高桂琴。我嫌这个名字太俗气,在一九七九年那个骗了我一生的人恢复名誉以后,我要求改一个名字。为改名字的事我们吵了一个月,哭了一场,砸碎了一个玻璃杯子,最后我改名叫高袅。他原来让我叫高鸟,他说这个"鸟"字最俗,但没有任何女人叫这样的名字,所以最不俗。他还说——假得让我呕吐,现在提起来我就脸红——我就像一只叽叽喳喳的鸟。不知道是哪个混稿费的四等作家的小说给了我灵感,我想起了"袅袅婷婷"四个字,和这四个字一起摽着的还有"柳叶眉""水汪汪的眼睛""樱桃小口""甜蜜的笑靥""波浪(现在还有一种装腔作势的说法说是像'瀑布')一样的青丝""高耸的胸脯""柔软的腰肢",还有什么"纤纤玉指""鼻如青山",总而言之除了"三寸金莲"以外,这些轻薄的陈词滥调早就在我的心里生了根……这些烂舌根的作家哟!

我们的原籍是苏州,虽然我从来没有见过苏州是什么样子。从照片上我看到过虎丘塔,它使我非常失望,还不如我们 V 市的旅游宾馆大楼好看。唯一的痕迹是我大概还具有苏州女子的白净和秀美,当然说的是从前,现在已经是三分像人,七分像鬼。

从我记事的时候我们家就生活在北方的 H 小镇。城关有一条河,现在河滩已经种满了庄稼,河水已经引导到著名的跨省大渠跃进渠里去了。当年,河水忽大忽小,水大的时候河面上走过摆渡小船。当年,镇上只有一座两层楼房,说是当年的最高学府、现在的第一中学,从我记事的时候,我爸爸便是这个学校的校长。

我爸爸身材瘦长,脸像一个倒置的等腰三角形,带着一副度数并不算深的眼镜,但他总是眯着两眼,瞎觑觑的样子。他稍躬着腰,由于常吸劣质纸烟而熏黑了指甲和牙齿,服装永远那样单调和整洁,步伐永远那样迟慢而端正,所以没有一点才气。他甚至于在我妈妈面前从来没有说过一句发音清楚和语法完整的话,他好像总是心不在焉。据说他本是学数学的,解放前夕经一个好友带动,帮助尚处于地下的党组织做了些工作,解放以后便成了学校的领导干部。

我的妈妈一切都与爸爸截然相反,小个头,圆圆的脸,睁眼能看到正在飞的蚊子,小碎步迈得如飞,说话声音清亮。我设想她曾经当过舞蹈或唱歌演员,至少是报过幕。她如果报幕,不要麦克风也可以使第四十二排的观众听得如同第一排一样清楚。然而不,她和艺术无缘,解放以前她是家庭妇女,有一张高中毕业文凭,据说是花钱买的伪造品。解放以后她当了售货员，又提拔成了管钱的出纳。她在家里具有绝对权威，说一我爸爸不敢说二，据我小时候的观察和思量，关键问题在于爸爸不会骑而妈妈却把自行车骑得很好，这就决定了他们当中女尊男卑的不平等地位。小镇里没有那么啰嗦的交通规则，出门的时候都是妈妈骑车，而爸爸坐在后面的货架子上。看到高高的爸爸要让妈妈带着走，妈妈由于腿短，骑男车的时候屁股一扭一扭，而爸爸却一无作为地哈着腰坐在后面，我实在羞得无地自容，我完全不理解这样的爸爸怎么竟然能够当校长而不被老师和同学轰下台去。

不能说他们俩的关系有什么不好，两个人当中有一个下班回家晚一点另一个便坐卧不宁，遇到有好菜妈妈便给爸爸拿出酒瓶，他们老俩单独说话的时候似乎也不乏好言好语。叫我不能理解的是只要一当着人，两个人就要拌嘴。妈妈千方百计地埋怨爸爸，说他无能，说他不管家，说他只会吃，说他不认路，说他买的东西都不能用，说他抽烟能呛死人，说他喝起酒来像个傻瓜。而爸爸在一旁冷笑，有时候作出一副傲慢的样子，摇头叹气，悄悄骂一声"低能！"如果妈妈听到了这两个字，就会爆发一次真正的战斗。真正的战斗一爆发，爸爸就低头不语，如聋如哑。甚至于我才满十岁，他们就对我诉说。妈妈对我说："看你爸爸，连个地都扫不干净，我要是死了咱们家就得臭了、烂了。"爸爸等妈妈不在时又对我说，"你妈，唉，什么水平！"

一直到了八十年代，到了他们都进入了古稀之年之后，我才学到了一个概括他们的共同生活的词儿——那就是无爱的婚姻。那是不道德的？

有生以来第一次读到的爱情小说我现在还记得它的题目——《点绛唇》。这篇小说原来发表在《369画报》上，后来收在《369小说集》里。我不记得任何人物和情节，因为，我读它的时候才十岁，完全读不懂，而且，那是从一个卖开花豆的老头儿那儿弄来的残缺不全的旧书。它本来的使命是撕成一张一张的去包油炸开花蚕豆。

但是我似乎从十岁就感到那篇小说里的甜蜜的悲哀,我清楚地记得读那篇小说的时候我流了泪,合上书以后我感到无限的怅惘,好像丢失了一点什么。我的脑子里出现了一个男人的形象,他的腰上别着一支枪,手里拿着一根手杖,而且——信不信由你,他穿的是一身乳白色的西服。我不知道我是否曾经见过拿手杖和穿西服的人,也许到那时为止我只是在电影里看见过,但是看完了老的、解放后早已经绝版了的小说《点绛唇》以后我好像惦记着这样一个人,这是事实。

不要以为我夸张。从小人们就夸我长得好看和聪明,每天听到这样的夸赞决不少于十次,还不算爸爸和妈妈的当面赞美。我是他们的独女。任何小女孩在这样每年三千六百次的夸赞中都会想入非非,也许想得远远比穿白西服、挎枪和手持文明棍更离奇。

后来我"爱"上了不止一个电影演员,当然我只是在银幕上看到了他们。他们不再是拿文明棍而是骑马的了,我"爱"的人都骑着马,伏在马背上,马鬃是竖起来的,马尾巴是扬起来的……不说了吧,虽然这并不算笑柄。少女——也许还算不得少女——有幻想的权利,少女也有隐瞒自己的幻想的权利,或者还有义务。

在我十二岁的时候我就开始记日记了,记格言、记课外阅读的心得,也常常记几行诗。

> 你像天上的流星,
> 转瞬间便消失在空中。
> 你像水里的浮萍,
> 转眼间便漂流得无踪无影。

这是谁的诗呢？我不记得。

我功课好,积极。我是少先队的中队长。给在朝鲜的中国人民志愿军写慰问信,我写得最多,收到的回信也最多。

我相信生活是属于我们这一代人的。我相信我的生活将要比爸爸妈妈强一百倍，美一百倍，崇高一百倍。而那个骑马的人，高大，善良，智慧，温存，天底下唯一的一个人，最终会自天空降临。

小镇的生活有它特有的舒适和亲切，也有它特有的单调和贫乏。如果你上街，半天的工夫可以两次碰到同一个熟人，总共就这么几条街，几个商店，几个可以去的地方。镇里百分之七十的人都是互相认识的，虽然不一定叫得出名字，也从来无缘交谈。假如唯一的两路公共汽车上换了一位新售票员，或者最大的那一幢卖百货的两层大楼有一位售货员请病假，差不多所有的乘客或者顾客都会觉察出来，相互投以疑惑的神色并感到大不自在。每个家庭和每个个人的私事，特别是那实有的或实际上没有的桃色丑闻都能成为全镇的话题，有一些人（主要是女人）说得唾沫星乱溅、有声有色，听的人也目瞪口呆、心旷神怡。如果新调来一个人或者新迁来一户人家，那么，不得了，一定会涌现一批为艺术而艺术的斥堠、侦察员、间谍、包打听，效率极高而准确性极差。而如果来了一位县委的科长或者地委书记的司机——更不要说是书记的秘书了，马上也会发生一场不大不小的骚动，有的人削尖了脑袋往前钻，有的人缩着脖子往后退，有的能拉上点关系显得美滋滋，有的不知道因了什么原因而慌兮兮……

在这个小城里我生活了十六年，在第十六个年头，我分外感到了这个小镇的可怜。

然而我自己正在黄金时代。我功课在前五名，十四岁以后是团支部的委员。我参加了学生合唱团和美术小组。我写的一首欢庆五四青年节的诗，发表在省青年刊物上，虽然诗被编辑改得面目全非，然而署的名却是一点也没掺假的高桂琴三个大字。

十六岁的时候我在新建立的镇第二中学上高中一年级。我对自己的前途有明确的设想。等到十九岁的时候考大学，即使考不上名牌大学至少也能考上一个外地的大城市的一般高等学校，本科不行还有专科。反正我要离开这个小小的 H 镇……爸爸和妈妈,将来我在外地的大城市定居以后,我要把他们接到我的身边,但要警告他们,再也不许拌嘴和废话连篇。

就在我十六岁这年——一九五六年秋天,爸爸的学校来了一位新教员,没来以前已经传遍了全镇,说是来的人是一位"胡风分子",在肃反当中"有问题",从某个全国第一流的大城市 V 市处理下来的。大城市的胡风分子,对于这个小镇,其新鲜感与唤起的危险感大概不下于乌鸡国里的狮子精。吵吵了很久,据说镇里的领导拒绝接受这样一个危险人物。何况还弄清了,来者姓梅,镇上的一位大秀才又考证出来,胡风的妻子就姓梅——这还了得!说不定是胡风的小舅子,至少也是外甥。

后来他还是来了。穿着一件旧风衣,敞着上衣最上面的一枚扣子,提着一只破皮箱,拖着懒洋洋的步子来到了 H 镇第一中学报到。报到当天爸爸就把他让到家里。

他脸上浮现着一种懒散的苦笑,微皱着双眉,目光恍惚、若有所思,只是在见到生人的时候,他的苦笑会变成一种既高贵又文雅的甜甜的微笑。即使微笑的时候他的眉头仍然是锁着的,即使和别人握手和交谈的时候,他的眼神仍然是恍惚的。他中等身材,脸庞清瘦,眉眼之间似乎有一种女性的妖媚,鼻子略嫌平板,薄嘴唇,长下巴。惊人的是他的一口洁白的牙齿,与爸爸的黑牙和妈妈的黄牙成了鲜明的对比。更加惊人的是他的黑发,留得不算长,但是又黑又密,额头上自然弯曲的一些头发有时会落在眉毛上,遇到这时候他就会轻轻把头一甩,把乱发甩上去,那姿势真是帅得叫人透不过气来。

这一切都是不寻常的。在梅老师到来之前,H 镇上不曾有过任何一个人穿过这样的风衣,提过这样的皮箱(H 镇多数人家都是使用漆木箱和柳条包),迈过这样懒洋洋的步子,不曾有任何人会有这样含蓄的苦笑和这样文雅的微笑,甚至也不会这样皱眉头——似忧非忧,似豁达似嘲弄,更不要说这洁白的牙齿了(在我十六岁的时候，H镇至少还有三分之一的人是没有刷牙的习惯的）。而他的头发与那潇洒的一甩，不但不是H镇的人所能比拟的，而且，我以为也是全中国全世界任何人都无法达到的。

　　他的到来使我们全家沐浴在一种神奇的光辉里，我并没有和他说一句话。爸爸说："叫叔叔。"我看着他那文雅的迷人的微笑，痴呆了。他向我伸出手，我没有去握。他眨了眨眼，用一种因为过分标准因而不像北京人的优美的普通话自我介绍说："我叫梅轻舟，轻轻的轻，舟船的舟。"爸爸见我没叫叔叔，便又说："叫梅老师！这是我的女儿桂琴。"我想叫，但是嘴里好像堵着什么东西，叫不出口。我躲到了里屋，不敢出来，拿出功课，又无心做功课。

　　他坐了不长的时间就走了，谢绝了爸爸和妈妈邀他一起吃晚饭的真心实意。我看着他坐过的椅子，我收拾了烟灰碟里的烟灰——他也吸烟。我好像还听得到他的低沉的声音、颤震在我们家的简陋的房间里的声音，我感到一种莫名的激动，喜悦与伤感像两股潮水一样交替涌起。

　　从此小镇上起伏着关于他的传闻。有人说他是个大富豪、大地主、大官僚、大资本家的儿子，父亲在黎元洪当大总统的时候当过部长，母亲是最受宠的三姨太，双手戴着四个金镏子，还有两个翡翠戒指。现在，他的父亲在台湾，他的母亲在香港，他企图给胡风集团与香港台湾美国拉线，未遂，下放了。但上级在他四周布置了天罗地网，正在放线钓鱼。有人说他是个手脚不干净的穷光蛋，有一次在新华书店偷胡风分子路翎写的书，被店员发现，他当众给书店店员跪下了，痛哭流涕，叩头如捣蒜，因此再不能在大城市呆下去。有人说他很有本事，会三国的文字（刚到H镇来的时候，他买草纸，他嫌"草纸"这两个字不好听，说出了一句打嘟噜的洋文，无意中露了馅），但是自己不承认，因为怕公安部门审查他和外国的联系。有人说他写过电影，而在H镇，电影被公认是最高深最伟大的技术。（这里不兴说艺术，只说是技术。至于工艺技术则说是"艺"——手艺。）有人说他抽过鸦片,被劳改五年。由于县里领导人中有一个他的亲戚,所以在他无处收容的时候被安置到了这里。

最有趣也最离奇的是妈妈的商店里的一位爱噘嘴的同事说的,她说梅轻舟在大城市原有一位相好的女友,二人如胶似漆,就等办结婚手续,突然,女友不明不白地吃安眠药死了。据有关部门分析,可能是梅轻舟向女友暴露了自己叛国投敌的反动思想并且对女友威胁和折磨,女友既无法自拔,又不愿意跟着他做坏事,被迫自杀,也说不定是被他灌了毒药。另外还有一种嫌疑,这个梅轻舟乃是冒名顶替,因为发现在一千里以外的某城,曾有一进步学生叫梅轻舟在解放前夕被特务暗害。"那问题就大了,谁知道他是偷渡来的还是跳伞来的?不敢说,不敢说。"爱噘嘴的女售货员一面说一面倒抽冷气。

没有人对她的报道提出异议。她说话的时候嘴噘得老高,气呼呼的样子,话里还常常加一些脏话。如果你敢向她表示丝毫的不信任,照她那架势,那是一定要对你宣布绝交,弄不好还可能骂你一顿或者咬你一口。

这些谈论不知为什么扯动了我的心。看来并没有什么恶意的背后闲话像一根一根的针一样刺得我流血。我梦见梅轻舟戴着手铐被鞭子抽打。我还梦见一个满脸血污的女鬼掐着他的脖子。上课的时候我常常想起他的来历。他究竟是个什么样的人?做作业的时候我常常想起他的风姿。他与众不同,这究竟是一种教养、一种邪恶还是一个秘密?而且我开始关心他的命运,我觉得他在 H 镇是那样委屈、那样孤独……

一天晚上放学晚了一点,回家的时候夕阳已经下山,半个天空是橙红色的云霞。回家的路上我看到了他,他坐在小河边的草地上,左手扶着膝,右手托着腮,歪着头注视着河里的流水。就连歪头托腮的姿势在这个小镇上也是独一无二的,催人落泪。我鼓起勇气——不,这里没有什么"鼓起"不"鼓起"的问题,我不假思索地走到他身边,叫他"梅老师"。我问:"您到底是怎么回事?您为什么来到我们这里？现在好多人都在说您,您知道吗？"

他仍然只是淡淡地一笑,他说:"这个小镇的黄昏真美。"

是的,这里的黄昏很美,我怎么从来没有发现过呢?

他并没有表现出多少关切,他的疲劳的苦笑似乎在说:"别人爱说什么就说什么吧,与我有什么关系呢?"

但是我要告诉他。我告诉了他一切。

他终于严肃起来了,他的声音更加低沉,没有一个人能发出他那样深沉的声音,他说,他不是胡风分子,只是在肃反当中,他检讨过自己曾经是路翎和绿原等人的作品的崇拜者。他的家庭很简单,父亲是老中医,早已去世,母亲是家庭妇女,家道小康。他这一年(一九五六年)二十六岁,从××大学中文系毕业已经四年,来 H 镇以前在××剧院工作,担任编剧,他已经发表过一些剧本和散文,他正在写一部长篇小说。他的不幸是由于他的女朋友的自杀,不错,那是真的。那个人是他中学和大学的同学,从高中三年级,他就和那个人要好。大学毕业以后,她分配到了一家报社当记者,他们已经决定了结婚日期,但是她忽然怀疑起他来。他在剧院工作,他的任务是写剧本,写剧本的目的是为了能在舞台上演出,所以他必须和演员接触,而演员既有男的也有女的。他的女友却为他和女演员的往来而嫉妒、发狂、哭闹、不可开交……最后,她死了。他完全不明白她为什么要死,他自问于心无愧,然而他的心碎了,他好像成了罪人,别人也以为他有罪。除了他,又能有谁对死者负有责任呢?于是个人的不幸之外又加上政治上、组织上、事业上的打击,他的一个剧本本来已经排练就绪,就要公演了,现在停了。他本来早已申请入党,而且听过两次党课……总之,全完了。

说完这些他站了起来。像长辈对孩子似的摸了摸我的头,他说:"我为什么要说这些呢?小妹妹,你还是个孩子,你是那么天真,好心,你不应该知道这些不幸的事情。狭隘、怀疑、嫉妒、疯狂……你不应该知道这些。算了,你不必担心,我这不是很好吗?我可不准备吞安眠药片……谢谢你,小妹妹,想不到在 H 镇能碰到你这样一位善良的小姑娘。"

我说不出话来。牙床咯咯地发抖。

第 二 章

从这天晚上我开始失眠和多梦。似乎是一夜一夜地睁着眼,听着父母的鼾声,听着在夜间行驶的载重汽车的马达声,听着狗叫、蛙叫和虫子叫,我也听得见小风吹动树叶、电线、纸糊的窗户的声响,直到天明。但又像是一躺下就入梦,一个梦接一个梦,一个清醒接一个清醒,一切都混起来了。在我明明知道是起了风的时候,我又仿佛看到了大树、房屋和我自己的旋转,在明明知道是卡车驶过的时候,又仿佛是山崩地裂,在明明知道是沉睡的父母的呼吸的时候,我又仿佛看到鞭子在空中飞舞。做得最多的梦是学会了并没有学会的本事和做到了根本做不到的事,我梦见我开汽车,开得飞快。我梦见游泳,在大海里像一条鱼。我更梦见飞翔,好像是长了翅膀,好像没有翅膀也照样凌空,叫人害羞的是往往飞了半天发现自己没有穿衣服,一着急,又听到了窗纸沙沙作响,我自己都奇怪,原来我贮有着那么多梦,我的小小的身躯原来是梦的仓库,是谁把仓库的闸门打开的呢?

醒来的时候我是快乐的,虽然嘴里发苦,心跳也过速。我好像突然长大了,懂事了,把频率调准以后,能接受一个成人的世界的千种万类的信息了。

我本来就爱唱歌,但现在才知道每段曲和词的真正精妙,我会流着喜泪唱一个莫名其妙的小曲:

> 我送我的大哥,黄草坡,
> 黄草坡前,黄羊多,
> 一对对黄羊,一对对角(喂),
> 哎呀我的妹妹,送大哥。

或者更加莫名其妙的苏联歌儿：

> 有一个人，骑马来自远方，
> 是年轻的哥萨克，
> 哎，那哥萨克纵马飞驰，
> 在库班的大路上。

表面上若无其事，上课的时候却总是集中不起精神。透过教室的窗户，我宁可去望一望蓝天、白云、枝头的小鸟，哪怕是昂首而过的一只可笑的正在脱毛的雄鸡。那些数理化，那些外语单词，那些地名、人名、年号，那曾经吸引了我的全部心力，使我得以表现出自己的聪明伶俐的高中必修课程，与我的突然唤醒了的活泼泼的生命相比，是多么呆板、繁琐而且多余呀！连团的会议我也开始觉得太多太长，太浪费时间……我宁愿去看小说，《红楼梦》和《啼笑姻缘》，《简·爱》和《卡门》，《只不过是爱情》和《初恋》，我都看，都感动，都掉泪。一次我上课的时候看小说被老师发现了，团总支书记找我谈话，我说："干吗管那么多，讨厌！"于是，改选的时候我再当选不了团支部委员了，考试分数也大幅度地下降了。

然而我不在乎，我终于发现，过去当命看的分数（学生们有一种说法：分儿，分儿，学生的命根儿）以及学校的表扬、家长的满意、班干部的责任与荣誉，都是没有意思也是没有意义的。我看小说，生吞活剥地只挑着爱情描写看，看"完"了《安娜·卡列尼娜》以后我为自己做了一身黑色的连衣裙，正是穿上这件衣服以后，我才成了我自己。而过去那个用功的好学生，则变成了别人……

这是"爱"吗？每当想到这个字我就几乎昏倒在地，我不敢问自己，因为这太可怕，比山还重，比火还烫。比雷电还强烈，比毒蛇的信子还更能置人于死地，我只是想大哭一场，然后，死了算了。连续好多天，我想着死的甜蜜。

但是我不能哭，我必须学会像梅轻舟一样微笑。因为梅轻舟常常微笑着向我走来,在现实生活也在我的幻想里。从那天的河边谈话之后他就对我推心置腹,我真不知道怎样报答他的信任。他说话的声音特别温柔,带一点鼻音,带一点话剧演员念台词的情绪,温文尔雅,慢条斯理,他从来不用粗俗的俚语,他从来不着急。他从此称我为"小妹妹",确实像一个兄长一样对待我,我以为是纯洁而又亲昵。慢慢地,他把他的死去的女友的照片给我看,眼圈发红,声音压低。我真不知道怎样安慰他,减轻他的痛苦。又过了一个月,他急急忙忙地找我,把我叫到他的房里去,他说,那个曾经引起他的女友的怀疑和嫉妒的女演员给他来信了,寄来了好几张她的最新剧照,这使他非常矛盾。他不能回避自己的内心,他不能屠戮自己的情感,他感谢这位比他大三岁的著名的女演员对他的情意,在他倒霉的时候,在他来到H镇以后,她对他反而更加热情了。说到这里,他让我看那演员的信。演员的字写得歪歪扭扭,但是写得那样大胆,它使我惊呆了,我从来不知道一个女子可以这样给一个异性写信。

等我面红耳赤地看完那位大演员的信以后,梅轻舟突然哽咽起来了,眼泪挂在他的面庞上,他吸着鼻子,搔着自己的头发,用一种悲悲切切、狂乱而又自制的声音问:"这么说,二英(对他死去的女友的爱称)的死当真是我造成的了?我成了杀人的凶手!我真恨不得掐死我自己!"

我慌了,我也哭了,我说:"别,快别这样说,爱情总不能是这样狭隘的!"不知道我是怎样无师自通地学会了这样的理论,说完了我哭得更厉害了,于是他又来安慰我。后来我们都平静了,他又拿出了女演员的最新剧照给我看。我说什么呢?不论是女演员还是他,在那个时候对于我都是云端的神,不是凡人,不是H镇的人能够仰望的人。而对于神,嫉妒是不适用的,我只有崇拜,只有敬仰,只有向往。而且正是在这一次我感到非常惬意,我觉得我特别纯洁,应该说是伟大,是的,愈是这样我愈觉得自己了不起。

最后梅轻舟破涕为笑了,他给自己倒了一杯葡萄酒,一扭一扭地端着酒杯走到我的近前,凑到我的耳朵边,他嘴里喷的气使我的右耳朵潮乎乎、热乎乎的,他恢复了他那带有舞台腔的声音,而且带着气声(气声这两个字是很久以后才知道的)说:

"小妹妹,我祝你幸福。"

我融化了。

当然,H镇的好事之徒不会放过我们,各种议论传到了父母耳朵里,他们将信将疑。一九五七年寒假,我的数学不及格,需要补考,于是父母坐不住了,他们大概已经计议了很久,我看得出来。

"桂琴,听说你……"父亲先结结巴巴地开了头。

"以后少到姓梅的那个家伙那里去!"妈妈一针见血。

"哪儿来的胡放屁!"我大哭大骂,手一挥便摔碎了一个茶壶和四个茶杯,碎瓷片割破了我右手拇指上的动脉,鲜血洒到父亲的衣服上,他们吓坏了,拥着我上医院。我挣扎着不去。费了好大劲、好长时间,流了许多血,好不容易才止住血和包扎好,每天要打两次预防破伤风的针。

回家以后,爸爸与妈妈小声互相埋怨,在我面前大气也不敢出,流了一阵血以后,我倒平静多了,我告诉他们所有的流言都是胡说,H镇最可恶的特产就是谣言。我告诉他们梅轻舟是一位有教养的师长,我到那里去是为了补习功课。我告诉他们梅轻舟是有对象的,那是大城市的一个演员。"别拿你们的女儿当宝贝,人家还看不上呢!"不知道为什么,我要这样说。

"流血事件"不仅堵住了父母的嘴,而且坚定了我自己。好像已经定就了格局。我是梅轻舟的亲爱的小妹妹,梅轻舟是我的亲爱的老师,我们无拘无束地在一起,他微笑着用温柔的声音给我讲各种新鲜事。他的声音是迷人的,他的举止是迷人的,他讲的事情也是迷人的。说来难以置信,我们在一起时的很大一部分时间是谈论他过去的和现在的女友——那个女演员。女演员给他的每封信他都给我看,我真诚地给他分析情况,出主意,安慰和鼓励他,用一个真正的小妹妹的细心和好意。我终于承认(自己悄悄地)我爱梅轻舟,而这种爱是高尚的与无私的。我爱听他说话,爱和他在一起,爱看他的样子。我甚至爱闻他的烟味,爱看他用拇指和中指握着香烟,嘴唇一凸一凸吸烟吐烟的样子。他吐出的烟好像也特别潇洒雅致,温柔高贵,在空中浮动着和变幻着,像一幅幅画。而爸爸吸烟的样子是那样寒酸、委琐。我需要得到的正是他的信任,他的推心置腹。他肯拿出时间来和我说这说那,这就够了,这就让我永远感激。真正的爱是无私的,真正的爱是一种牺牲,真正的爱只知道付出,都不需要获取。这些无师自通的观念使我如醉如痴,沾沾自喜。我在那一年看过一首诗,诗里有这样两句:

爱,这就够了,
爱,这本身就是报偿。

我拜倒在这样的诗句面前,我觉得自己沐浴着一圈灵光。荒谬吗?有时候荒谬的东西比正确的东西显得更美丽。真理只有一个而荒谬万万千千。真实的与合理的东西往往显得平凡一般,虚构与怪诞的东西更容易使人激动。真理要受事实的约束,而荒谬像风一样自由。不论怎么说,那些别人看来我是一天天走下坡路、愈来愈倒霉的年头是我一生中最幸福的年头,所谓幸福,不常常就是荒谬的吗?

一九五七年下半年,梅轻舟被划为右派,他在"鸣放"的时候有言论,据说大城市的那个剧院还转来了什么材料。我愤怒、不平,但我似乎暗暗有一点庆幸(!):这样,云端里的神一样的他似乎与我接近了一点。头两个月他情绪极坏,我尽了一切的力量去安慰他和鼓励他,给他扫地,给他洗衣,给他炒肉,给他炖鸡。在他心乱如麻的时候提醒他不要忘记给女演员写信,并且帮助他设计写信的词句。他降了两级,到城关公社去劳动,走以前我为他缝补了衣服,拆洗了被子。

由于我"同情右派,丧失立场",加上一年来"表现很坏,影响很坏",而又"拒不接受挽救教育",被学校团组织开除团籍。我铁青着脸,却没有哭。为了这,我和父母也彻底闹翻了。"反右"以后父亲从校长的岗位上下来了,据说也和我有关系。妈妈企图采取强硬的措施,然而我更强硬十倍,我明确表示,我可以离家出走,也可以死,同时我一再向他们保证,我与梅轻舟没有任何不正常的关系。将来我会嫁一个合格的丈夫的,到时候谣言自然会屁随风散。这一切都是为了你!为了梅轻舟!我要奉献,我的奉献才刚刚开始,我这样自己告诉自己。

一九五八年我高中毕业。参加高等学校入学考试的成绩可想而知,再加上政治审查中明显的不合格——开除团籍呀,当然,我只是白白地花了报名费。

一九五九年,在家里闲呆了一年之后,我被招到镇上的幼儿园当老师,我总算有职业了。

一九六一年梅轻舟摘了"帽子",回到了学校,那个著名的女演员终于抛弃了他,我又暗自感到庆幸。但是他告诉我说,他在劳动期间认识了一位同样被划为"分子"的女同志,那人本来是省报的记者,结过婚,有一个孩子,由于被划右派,丈夫和她离婚了。"我爱她,我离不了她,我要和她建立共同的新生活。"梅轻舟说,他搓着手,姿势已经不像原来那样潇洒,却显得更加深沉。"有什么办法呢?"他抱歉地看着我,好像在请求我的宽恕,"我也不知道我为什么那么重感情,感情那么丰富。一个女同志,被划成了分子,和我们一样地挑担、挖土、锄地、割草。我真难过……而她的丈夫竟在这个时候抛弃了她,真是心狠……这简直像一篇小说,像一出戏……"

我第一次感到了忧伤,我差不多要说出来了:"你怎么会想不到我呢?我就在你的身边哪!我为你牺牲了一切,你不是感情丰富吗,你怎么不动感情呢,我这又是一篇什么样的小说,什么样的戏剧题材呢?"

但是不,我没有说出这自私和俗鄙的话,他说的是一个不幸的女子,他对于这个不幸的女子的爱一定包含着崇高的动机,不能用H镇的标准来衡量他的行为和情感,更不能向他提出我自己。我的爱(眼泪流到肚子里,脸上显出微笑来吧)、我的牺牲,终究会让他明白的,如果现在不明白,那就十年以后再明白。如果在他婚前不明白,那么等他婚后。如果在我们生前不明白,那么当我弥留之际我会把这一切都写信告诉他,我虽然比他小十岁,但是身体愈来愈单薄,我会走在他前面的。我不能向他开口,我不能向他乞求爱情,我也不可能再去爱别人,我的命运只是爱,只是奉献,只是等待,也许根本无可等待,但愿我能给他留下一个永远美好的记忆。

每当他忘情地和我谈他的私生活的时候,他总不忘记凑到我的耳边,用温柔动听颤抖娇媚的声音祝我幸福。于是,我的心里盛满了悲哀也盛满了感激……

第 三 章

我们的这种非驴非马的关系一直继续到了一九六六年。我二十六岁了,离开H镇的梦想已经全部破灭,我不过是H镇的最平凡的女性之一,而且,好像有可能做老处女。这中间有人追求过我,父母张罗过我的婚事。幼儿园热心的同事也曾给我介绍,主观上我并没有完全拒绝,但是任何一个具体的男人都会使我逃之夭夭,哪有什么人能与梅轻舟相比?梅轻舟漂亮吗?不,他已经三十六岁了,岁月和逆境使他过早地显出苍老,原来润滑的皮肤变得粗糙,已经拔掉了四颗牙齿,瘦得腮帮子都凹进去了,讨厌他的人给他起了个诨名叫"骚猴子"。一个灰溜溜的"摘帽右派",同样潦倒在小小的H镇里。但是他的一切已经深深地印在我的心里,直到今天,我没有看到过任何一个老的少的男人像他那样多情,像他那样一副脉脉含情的样子,不仅是面容、眼睛、声音、话语,连他的呼吸、连他的步子、连他的脖子和后背,都是那样含情脉脉,一个真正的情种!从十六岁他就占据了我的心,把我的生活塞得满满的,我能够放别的人进来吗,何况,他三十六岁了,还没结婚!

一九六一年他"摘帽"回来以后的五年中,他又换了几次女友,我不能再写这些事情了,免得叫大家作呕……一九六六年四月二十四日,在他又一次被拒绝之后,他找我来了(由于和父母关系不好,从一九六三年我就搬到了幼儿园的单身宿舍)。

"我完了。"他捧着自己的头,盯视着我,但脸上仍然有一种迷人的微笑,虽然这微笑是悲哀的。"一个肥皂泡接一个肥皂泡,全破灭了。爱情,事业,荣誉,全是零,零,零!这些女人,她们都不拒绝和我接近,但到了决定命运的时候都吓跑了,因为我搞文艺,而文艺是个危险的事情。现在又批上《海瑞罢官》和《燕山夜话》了,××剧院今年是第三次说是要排我写的剧本,可现在到处'批'文艺,又完了,我也永远调不回 V 市了!真想不到我的一生就这样一事无成!"

"但是你应该有信心,你应该相信未来。你有才能,又有感情,你有一颗比女人还温柔的心,你不知道……"我说,落了泪。

"我知道,我知道。"他急促地说,像惯常那样在碰到难题的时候来回踱着步子,并且扭动着自己的指关节,发出响声,"我知道,我知道……"他又说,我听出了不耐烦的口气。

原来他知道!原来他知道!一瞬之间我忽然充满了怨恨,出的气都变粗了。

他突然停住了步子,走到我的面前,双手捧起了我的面颊(毫不犹豫,好像他早就有这个权利),他说,"我们俩结婚吧!"

我昏倒了。

他把我扶到了床上,他拉过了唯一的一把破旧的椅子,坐在椅子上,弯着腰,眼睛看着地面。"小妹妹,我要请你原谅。我已经把我的感情挥霍光了,我的心像一个黑洞,空空荡荡。我不能应许给你火热的爱情,但我绝不会对你不好,我不忍心……"

我挣扎着搂住了他的脖子……

四月二十五日,我挽着梅轻舟回到了我的家,我搬到幼儿园去住以后,爸爸好像显得更衰老,妈妈好像显得更矮小了。我们到家的时候,屋内的空气里充满了尼古丁雾。他们一见到梅轻舟,立刻就紧张起来了,那表情和在床上发现了一条蝎子差不多。

按照我们事先安排好的程序,梅轻舟给我父母深深地鞠了一个躬,"爹,娘,"他学着H镇的口音叫道,"我和桂琴已经决定在'五一'结婚,我一定对她好,我一定尽自己的力量。自打来H镇以来,整整十年了,我感谢你们对我的关怀和照顾,现在,我也是你们的孩子了……"说到这里,父亲已经面色灰白,落下了眼泪。母亲满脸涨得通红。但是梅轻舟不顾这些,继续说下去:"'五一'那天我请两桌客,就这么办了,请你们一定来……"

他们面面相觑,谁也说不出话来。憋了一会儿,妈妈蹦出一句:"晚了,我们算没有这个女儿了!"父亲盯着梅轻舟,嘴嚅动了一阵,没有出声。

父母没有出席我们的婚礼,但是给我们送来了二百块钱现金和一块大英格表。"生米已经成了熟饭,我们没有话说,但是我们不能认姓梅的这个女婿。"这是他们传来的话。经过和梅轻舟商议,我们退回了钱,收下了表。他们的反对增加了我的决心,他们的出乎意料的决绝的姿态,给我的新婚增加了一层悲壮、决绝、伟大的色彩。

就在我的那间只有八平方米的潮湿阴暗的宿舍里,我们用两条新枕巾,一个铁皮暖水瓶(原来是竹皮的),一条新床单和一盏新的却是减价处理的台灯布置了新房。我们度过了至少在我来说,是真正甜蜜和幸福的一个月。

六月一日,我们婚后整整一个月,梅轻舟在方兴未艾的"文化大革命"中被揪了出来,反革命、杀人犯、右派、胡风分子、流氓……这些大字报都上了街,在我的门框上的双喜字还墨迹未干的时候。

六月三日,第一次牛鬼蛇神游街。第一名便是梅轻舟,因为他是大右派,在 H 镇,上哪儿找一名大右派去!他戴着高帽子,脸上涂着黑墨,后背上还贴着一张白白的圆纸,上写一个"右"字。这倒是 H 镇的一个创造,可能是看连环画书学到的。古装的画书里,兵丁的背后不是要写一个"勇"字吗?

批斗大会就在我们幼儿园门口的"广场"开。园长规定我们要带上孩子远远地看一看,让孩子从小受到阶级斗争和基本路线的教育。梅轻舟站在最突出的位置,被抓住头发按住脖子,"群众"高呼口号,我亲眼看着这撕裂人心的一幕。连我带的大班的孩子都认出来了,他们迷惑不解地对我说:"阿姨!叔叔!坏蛋!"

我站着,看着,注视着他被侮辱被折磨的全过程。这就是妻子,这就是一个"牛鬼蛇神"的新婚的妻子的爱情。

蒙头盖脸,连皮带肉的一次次批斗立即摧垮了梅轻舟的精神。他经常哆嗦,两条腿哆嗦,两只胳膊哆嗦,脖子与后背都哆嗦,听到一点响动,特别是听到红卫兵锣鼓声——呛、呛、喊噔喊噔喊噔呛,他就打战,牙齿咯咯地响,他吃不下饭。他两眼发直,听不见我说话。晚上他一夜又一夜地失眠,不停地起夜,刚上床就起,一夜起十几次。"我完了,他们要杀死我的!""我确实有罪,我应该死,我成了一只不折不扣的癞皮狗!""桂琴,我对不起你,不该让我拖累了你……如果我死了,快一点丢开我!快一点往前走,找一个合适的……"他哭着说这些话,鼻涕和眼泪擦得满脸孔都是。说这些话的时候,他歪着嘴角,咧着嘴,缩着鼻子,皱着眉毛,他变得那样丑陋,丑得我心都碎了。

"你瞎说什么呀?"我也哭了,我搂着他的消瘦的身躯,"这一切都不过是暂时的乌云,迟早天空会变得晴朗!你的才能,你的智慧,你的情感,一定会开花结果!从十年以前我第一次见到你,我第一眼就看出来了,你是一个不平凡的人!你不平凡!你了不起!像你这样的人,是人里头的精华,人里头的尖子,他们加在一块儿也比不上你的一根脚趾头！我懂！我知道！我信！这些乱七八糟的事儿都会过去的！有我呢！我愿意做你的牛，做你的马，做你的拐棍，做你的扇子，做你的火炉，做你的筋骨！天塌下来我接着，地陷下去我挡着，别怕！别怕，一切都会过去的！"

我抚摸着他的手、他的脸、他的头发，我拍打着他的头、他的背、他的肩，像拍打一个惊风失闪的幼儿。瑟缩发抖的他渐渐变得平静，我洗好拧干热毛巾为他擦净脸上的泪污，他那么老实，那么天真，那么可怜……那么可爱而且亲切。

第 四 章

我想到了这里也说到了这里，想到和说到了一九六六年"文化大革命"的开始，我们的屈辱和痛苦。然而我完全迷糊了，事情似乎是，一九六六年是我至今常常怀念的一个年份，他无依无靠，世界像飓风中的碎片，而我是他唯一的一块不会沉没的地面。他失去了一切，却找到了我，我失去了一切，却得到了他，而对于我，他就是一切，他胜于一切。他至今常常说："桂琴，那十年若是没有你，我早就死了。"他真诚地相信这一点，我也相信这点，这不正是我所想，我所要的吗？

爱情和婚姻，哪个女孩子没有做过令人昏头涨脑、筋疲力尽的美梦？实际上呢？就拿我同班的几位女同学为例吧，秀燕嫁给了一位汽车司机，"文化大革命"那几年，她家里总是有很多的菜籽油和剔骨肉、前门烟和西凤酒，连夏天贮藏起来的大蒜辫子也以他们家的最好，清一色的大紫皮蒜，她大概是最有福气的吧？然而福气并不是幸福，听说近来他们也经常吵架，她还挨了他的打，唯一的孩子在集市上偷鸡被民警给抓住了……玉英和郑雄好了四年，最后硬是与郑雄断了来往，谁都知道郑雄爱她，但是她嫌郑雄太爱看书、爱思考、主意大、不随和，她判定跟这样的人在一起虽然能谈得开心，却无法过日子。跟郑雄断了不到半年,她与粮食局的会计,一个小矮个、一个结巴子结了婚,这位矮子倒是听她的话,对她唯命是从。而郑雄呢,一九七一年娶了一位女工,一九七七年考上了北京的一个研究院,做研究生,三年研究生期满了,提出来要和他在麻纺厂纤维处理车间当杂工的妻子离婚……莫非是玉英正确,玉英有先见之明?最可悲的是我们班的尖子,长得又好、功课又好的淑芳,追她的人无其数,父母亲友给她介绍的人无其数,她哪一个也瞧不上,到如今还是独身,人老珠黄……然而她一九五九年考上了医科大学,现在是H镇医院的主治大夫,最近当选为省人民代表大会代表、人大常委会委员,可又听说她得了乳腺癌……

呵,生活,这究竟是怎么回事呢?也许一个人所能得到的幸福和所蒙受的痛苦常常是等量的?每个人所能得到的,都是他所失去的,每个人所失去的,都是他曾经得到的。这样说,究竟是痛苦曾经给我带来幸福还是幸福正在给我带来痛苦?

当我回首往事的时候我常常奇怪,那动乱的十年里我竟然得到了那么许多。人的一生中又能几度出现那种信赖、靠拢、安慰和向往?

梅轻舟一九六六年被揪出来,年底,由于大家批判工作组,他这个"死老虎"反倒无人过问了,他的日子大大轻松好过了,我买上猪头肉、买上酱油煮黄豆,再拿出两个用花椒盐水自腌的咸蛋,然后我们两个对斟对饮,可以一气喝上四两衡水老白干。为了陪他,我也学着喝酒,虽然至今我一喝白酒就呛得咳嗽。一九六七年,全国批判"资产阶级反动路线",梅轻舟突然来劲了,他参加了一派群众组织,成为这一派组织的重要的"笔杆子",大街小巷张贴着他起草的大字报,散发着他起草的传单,《老保小宝儿,保保宝宝贝儿》,这是他编的嘲讽对立面组织的"儿歌",《七评军区支左的大方向》,这是他起草的社论稿。我劝他不要陷进去,他瞪大眼睛把桌子一拍,"不能做房檐底下的麻雀,而要做风暴中的海燕!"好像忽然变成了陌生人……结果是被抓被打。到一九六九年,他被定为"敌我矛盾按人民内部矛盾处理",保留公职,下放到本专区山区劳动,每月只发生活费二十元。

他每月休息一次,回家四天,遇到农忙,这四天就会被推迟、被侵占。然而这是非常甜美的四天,每次送他走的时候我都去长途汽车站,嘱咐他劳动的时候要注意安全、注意休息、注意和农村干部及其他下放干部的关系。每次送他走的时候临上车我还要往他的已经塞得很满的书包里塞进两张芝麻酱糖饼、两个梨、一盒银翘解毒丸。奇怪的是我们常为"塞"与"反塞"冲突起来。他总是拒绝,总是磨磨叨叨地耷拉着脸埋怨我给他装了很多不必要装的东西,把书包挤坏了,又难看,又增加途中负担,又影响不好。"我说了一千遍了,用不着。为什么不听我的呢?"他的脸上显出了厌烦的表情,我的眼泪在眼眶里打转。于是他苦笑了,拉住我的手,显出抱歉和乞怜的神情,他的神情可真可怜,瞧,他也哭了,一滴泪出现在他的右眼角,我赶紧用我的手指给他去擦。司机跳上了驾驶室,车站维持秩序的工作人员粗暴地嘶吼:"车开了,车开了,到底还走不走?"轻舟挨着训斥走上车去,发动机突突地响,车开动了,我挥着手,喊一声:"别惦记我!"他好像也喊了一句什么,看口型好像是"快回去吧!"他拼命做着笑容,虽然满眼都是泪光,这笑容比任何愁容或者哭泣都让人难过、让人愁苦。"我为他做得还是太少、太少了,我应该加倍地为他而贡献出自己。"我这样对自己说,一面向幼儿园方向走去,一面计算他下次休假回家的日期。

三天之后我就会收到他的信,他在这离别后的第一封来信上必定要检讨在车站上当我送行的时候对我态度不好。"请你原谅我,离别让我心烦意乱。"他说。而我又有什么原谅或不原谅呢?"离别让我心烦意乱",这简直是诗一样、音乐一样的语言,倒退五年我会把它记到笔记本上去的。不论是秀燕的司机还是玉英的结结巴巴的矮子,都不可能说出这样的言语,这不正是我的骄傲、我的牺牲的报偿么？"我的一切都好"，"我们这儿很好"，"我爱上了这个山村"，接下去，他一次又一次地这样写。难道我还看不出么？他不过是怕我惦记他罢了。"我的一切都好"，"我们这儿很好"，我也是这样写信的。我们都粉饰生活，我们都报喜不报忧，我们谁也不直面人生、揭露矛盾冲突和阴暗面。我们都想着对方，觉得对方已经够苦的了，不能让对方再为自己而忧愁。在那些年月，我们互相写了多少互相安慰的假、小、空话啊。

然而有一点是真实的，不仅我计算着，他一回乡下便也开始计算下次休假的日期。"我回来已经三天了，那就是说，再有二十三天我们就又见面了。而这封信在路上还要走三天，那就是说当你收到这封信的时候，只要再等二十天我们就又见面了。二十天，不到三个星期，那就是说，你过一个礼拜日，再过一个礼拜日，然后，我们就见面了。下次回去的时候我给你带两个青玉米，好吗？"

他算得很精确，比买东西数零钱的时候精确得多，他本来是不善计算的呵！

是的，二十，十九，十八，十七，十六，十五……我们的心里都装上了精密的倒着计算时间的仪表，十、九、八、七、噢，只有一个星期了，七完了就是六，六完了就是五，五完了就是四，我想唱歌，我想跳舞，我的——我们的快乐的节日就要到来！不论高帽子还是黑牌子，不论白眼还是恶称，都阻挡不住我们的节日，然而，猪头肉、酱油煮黄豆和衡水老白干，这是最起码的，还有龙井茶……我虽然从上一代就生活在北方，毕竟是苏州的血统，而他呢，原籍也是在南方。我们不喝花茶，我们要喝真正的龙井，是的，猪头肉、酱油煮黄豆、腌蛋、衡水老白干和龙井茶，这是不可短缺的节日物资，但是买这些节日物资的钱在哪里？

他的生活费是二十块钱，我的工资是四十二块钱，每次休假回来临走的时候我都要塞给他十块钱，还要塞给他他所不乐意要的芝麻酱糖饼、梨、银翘解毒丸。"我吃得少，我的钱根本花不了。"我对他说,他摆摆手,不让我再说下去,说钱的事干什么,我们的爱情与钱不钱毫不相干。而且,我也后悔了,不该提钱的事,这会刺激他,使他想起自己屈辱的处境和生活的艰难。"我将来会加倍地偿还你!"有一次他收下我给他的十块钱以后,他激动地说。我捂住他的嘴,"你这是说什么呀,还?"他的"还"字使我充满了忧伤,但是他说的"将来"两个字又使我欢欣鼓舞。我想尽一切办法,用尽一切力量,不就是为了让他看到"将来"、想到"将来"么?"是的。"我说,像一个小孩子,"将来你会有很多钱,我们会阔得不得了,你会成为一个了不起的艺术家,也许,你会买一座大山送给我!"我说,说得我们都笑了。他已经好久没有这样笑过了。

但是这个月买不到猪头肉和白酒了。肉食供应紧张,买黑市的肉要花两倍半于国家牌价的价钱。白酒也同样缺货,连红薯干做的散白酒也不好买,但同样可以从黑市上买到,价格是官价的四倍。我需要钱!我们的爱情的欢乐的节日需要钱!钱能带来欢乐,带来对于将来买一座山的梦想!

于是我去卖血。我填写了登记表,我携带了介绍信,我接受了一般健康状况检查,我的血是O型的,我在收据上盖章,我拖着疲乏的步子往幼儿园走,我计划着三天以后他休假回来时每个晚上的食谱。

他不知道我卖血的事,他甚至没有发现我越来越消瘦,脸孔愈来愈苍白。我有一点怨他,但我总是能原谅他,他目前的处境比我更苦,他消瘦得像一根香蕉。他的脸黑里透黄,黄里透青。他回家休假的目的是享受和轻松,在我身边是他唯一能够轻松和享受生活的乐趣的地方,我的任务是让他快乐,是做出最真诚无忧的笑脸……而且大概从一九五六年我十六岁的时候起,我就一直是消瘦和苍白的,我又有什么权利要求他注意到我的消瘦和苍白呢?在全国人民都变得消瘦、变得苍白的时候。

于是我们的节日充满了快乐。喝上两杯老白干或者一杯真正的西湖龙井之后,他的眼睛开始发亮,他的神态开始复归到原来的那种骄傲和优雅。他点起一支烟,眼睛看着房梁,脚轻轻打着拍子,吹起口哨来。他吹的口哨是五十年代曾经流行过的一个苏联歌子《遥远啊遥远》,俄语发音是"达列阔依、达列阔依",他吹上一段口哨,意犹未尽,忽然,他用"达列阔依"的谐音乱七八糟地唱了起来。

　　大铁锅,大铁锅,
　　两毛五能买一个,
　　价钱虽然不贵,
　　可惜一碰就破……

　　于是我们两个人咯咯咯咯地笑了起来。笑得前仰后合,笑得眼泪哗哗……亏他能想出来,"大铁锅,大铁锅",伤感温存的歌曲变成了滑稽的文字游戏,而他的声音确实还有点像苏式男高音,像聂恰耶夫,抖颤、抒情、悠远……

　　"我将来要写一个剧本。"他突然站了起来,用双手扶着我们的家里摆着的从幼儿园借来的小而破的桌子,身子向前倾,两眼盯视着我,"题目就叫《遥远的铁锅》,我写庄严的东西变成了滑稽,写人们在痛苦中会变得玩世不恭,哈哈大笑……"

　　"你写,你写,你写吧!"我看着他,好像已经看到了在舞台上演出的他写的戏,我甚至想到了在那出戏里大概也会有一个我这样的傻姑娘,傻妻子……噢,话剧!我还只是在收音机里听过,在舞台记录影片里看过话剧的哟!有史以来,没有任何话剧团到H小镇来过,不仅H小镇上的人是不懂话剧也不喜欢话剧的,县城的居民同样不接受话剧。一九五八年大跃进的时候,据说北京一个著名的大话剧院搞什么送戏下农村,派了一个演出队到县城俱乐部演《降龙伏虎》。大幕拉开,第一场开演了十几分钟了,台底下的观众喊了起来:"怎么还不开戏?""你们几个(指已出场的话剧演员)在台上吵闹什么?下去,下去,让会唱戏的上来!""怎么还不打锣鼓点?"有人解释说,这就是"戏",台底下更是乱成了一团,"怎么不上行头?""怎么不拉胡琴?""怎么没有叫板?"最后县委宣传部长上台"镇压"了一顿,说现在演的是跃进的剧、革命的剧,破坏演出就是破坏跃进、破坏人民公社、破坏革命……第二天,有百分之九十几已经买了票的观众前来退票。

"可这样的戏是没有办法演的,即使我写出了《遥远的铁锅》,又有谁肯演呢?现在需要的是三突出……"他的目光突然暗淡了,他咳嗽起来。像一个老人一样捶着自己的背。我也慌了神,怎么办呢?《遥远的铁锅》生不逢时,被否定了。

"要不我写一个农村的戏。"他咳嗽完了,又呷了两口酒,气色又好了起来,"我要写农村,写知识青年上山下乡,移风易俗,震动了千家万户,震动了全世界,触及了每个人的灵魂,同样也打中了我们的敌人,地富反坏……"他好像在犹豫要不要说出下面的"右"字。

"你写,你写,你快写吧!只要写好了,只要有东西,别的,什么都不用管……将来一定会有那么一天,到处都演话剧,到处都来找你要剧本,可你呢,你没有存下一点货,那可怎么办呢?中国的事就是这样,老变着呢,我就不相信你会跟他们一样,就一辈子囚在 H 镇……将来呀,将来只怕北京、上海都来请你,你还要考虑考虑,挑拣挑拣,拿拿糖呢!"

我愈说他的眼睛睁得愈大,我愈说他脸上的喜气愈多,胸脯慢慢挺起来了,头颅慢慢扬起来了,顺着每根头发梢开始流露出自信来了。"真的,真的,你说得真对呀!我现在就得准备,我现在就得屯货呀……是呀是啊,福兮祸所伏,祸兮福所倚。物极必反,文章憎命达,魑魅喜人过。天生我材必有用,千金散尽还复来。冠盖满京华,斯人独憔悴。天将降大任于斯人也,必先劳其筋骨,饿其体肤……"砰!他拍响了桌子,站了起来,"为了我们的未来,"他举起酒杯,期待着我的一碰,降低了声音,温情地说:"为了你带给我的信心和希望,为了你的幸福……"

可我又有什么幸福呢?他说的是"你的"幸福,而不是"我们的"

幸福,然而我早已经没有了"我的"幸福,我要的是"我们的"幸福啊!

我咬住嘴角,眼泪簌簌地向下掉。

"你怎么了?"他走过来,拉住我的手。

我一阵冷,手在抖,我不知道我究竟为什么难过,我究竟有什么话要说,但我不假思索地说了:"轻舟,当你这只轻舟放到万里长江里的时候,当你行了时,发了迹,真正成为一个了不起的大人物的时候,你还要我吗?你还要我这个小镇上的保育员吗?你一定会抛弃我的吧?轻舟,我的心里好像有一个小鬼,好像流着毒汁,我甚至于有时候想,就让轻舟当一辈子右派或者反革命吧,只要他能永远在我的身边……"

"这是开什么玩笑啊!"他恶狠狠地喊叫起来,"难道你还嫌我苦得不够,众叛亲离,公私俱败……你是H镇的小小的保育员,我呢,我连H镇的城镇户口都没有了,我是打入另册的人物,我是牛鬼蛇神,懂吗,不算人!你是'革命群众'!"他哇哇地哭了起来。随手拂掉了一个酒杯,酒杯落在地上,摔成了三瓣。为了这只酒杯,需要再抽我多少CC血呢?

哭哭笑笑,吵吵闹闹,那时候的饮酒品茗,促膝谈心有多么亲热,多么自由,无拘无束,无遮无拦!在"四人帮"的"专政"下面我们建立了我们两个人的自由王国,爱、理想、艺术、未来,这就是我们谈话的题目,这就是我们的王国的基柱。除了梅轻舟,我又能和谁谈这些呢?有一次梅轻舟顺口告诉我,通向他劳动的山区的架在山洞上的一道木桥有点朽了。他走了以后我整夜整夜地睡不着觉,我担心这道朽了的木桥会把他摔到山涧里去,他会摔个粉身碎骨,他的美丽的头发会被血粘在他的破碎的前额上,他的脸上会显出愁容,他再也听不到那折磨了我十几年的翻滚在心里的话,他到现在还不知道我曾经、我已经怎样长久地和痛苦地爱着他,我还没把所有该说的话说给他听过呢。

如果他从桥上跌下来,我一定也结束我自己的生命,不超过得知噩耗的当天的夜晚。让我们的灵魂双双飞升,在冥冥中继续我们的哭哭笑笑,没完没了的谈话……

也有时候我们的谈话非常顺利,进入真正的业务学术领域。看完一个样板戏拍的影片,他会发表许多看法,关于导演、关于调度、关于表演、关于化妆、关于照明和摄影、关于剪辑和音响……这些神秘而伟大的话题吸引了我,我好像是他独传的弟子。渐渐地,我也能插上一些嘴了,我也能发表一些见解了,我也偶尔用一下"交流""造型""潜台词"以至于"蒙太奇"这样一些伟大得叫我寒战的字眼了。虽然多数情况下他对我的插嘴、我的见解根本不予注意,但也有时候他点头称是:"好!非常好!妙极了!"他会像老师对小学生那样地夸奖我,而我,就觉得飘飘羽化而登仙了。

在第一次卖血以后的两个半月,我又卖了一次血。我卖血的消息早已不胫而走,但由于我们结婚时父母的做法实际上等于已经和我们"断了交",他们对我卖血的事忍而未发。又过了两个月,我第三次卖血的消息传到了他们耳朵里,就在这个月梅轻舟休假回来的第二天晚上,他们两个人铁青着脸闯进来了。

我与轻舟正在对酌,见到他们来势不善,不由站了起来。梅轻舟后退着向门边挪移,他想溜走。

"姓梅的,你在喝我们桂琴的血!"妈妈喊叫了起来。抓住了梅轻舟的衣领,"你这个无赖!骗子!杀人犯!右派!反革命!流氓!"妈妈又哭又骂,爸爸唉声叹气。梅轻舟终于弄清了这是因为我卖血的事,他惊讶而又痛苦地看着我,好像是我偷偷摸摸地干出了见不得人的事,然后他低下头,一言不发,任凭我妈妈的撕扯辱骂。

"住手!"我冲了过去,像一只真正的母豹,我抓住妈妈的胳臂,只一拽,妈妈就坐在了地上,用另一只手捂住被拽的这只胳臂的肩关节尖叫起来。

"滚!滚!滚!"我这一生中的恶全部聚集起来、发作出来了,"我爱姓梅的,你们管得着吗?你们生气,气死活该!我生是姓梅的人,死是姓梅的鬼,姓梅的过去和好多个女人勾勾搭搭,我愿意!……你们干瞪眼!你说姓梅的是右派,我爱的就是右派!不是右派我还不爱呢!你说姓梅的杀过人,我就爱这个杀过人的,他杀了我,我心甘情愿!他真杀了人,有公安局,你们俩算哪一号?我开除了团籍,不开除我压根儿就想退团呢,退团有枪毙的罪过吗?即使枪毙也绝不连累你们,你姓你们的高,我姓我的梅!你们还有脸教训我呢,你们俩在一起过的是什么日子,不怕我嫌你们恶心!从我十岁我们就互相背着在我面前说对方的坏话,你们这一辈没有爱情,还不许我有爱情吗?"我口若悬河,我滔滔不绝,我气如泰山压顶,我每句话都如毒针毒箭,毒液四溅,"卖血怎么样,为了梅轻舟,我还想卖命呢!"我大喊,说着,从腕子上撸下他们给我的最后的礼品英格表,摔到我父亲的身上,"拿去你们的臭表!说吧,我从小吃了你们多少盐,喝了你们多少水,说出个价来,我去卖血换钱还给你们,从此咱们谁再也认不得谁!"

他们两个狼狈不堪地溃逃了。我兴奋地笑了起来,我感到分外骄傲。"咱们接着喝!等等,我再炒个过油肉片去!"我说。梅轻舟却受不了了,他呕吐起来,有气无力地央求我:"你再也不能去卖血了!"

我再也不能去卖血了,当然,因为一九七一年我怀孕了。我将给梅轻舟生一个孩子,这生命来自我们的生命,这使我感到柔情万种。

但是我面黄肌瘦,营养不良。由于缺钙,腿肚子抽筋抽得我常常跪在地上站不起来。我的牙龈出血,眼睛夜盲,按一下手指甲盖,半天半天血液都流通不过来。这样不行!梅轻舟着急了,我也着急了,这样下去会毁掉我们的孩子,我三十一岁,他四十一岁才有了的第一个亲爱的孩子!

所以需要鸡蛋、牛奶、猪肝、水果和鱼肝油,不能从胎里就虐待就挤榨我们的孩子啊!想到这里我们两个都哭了。

但是钱呢?他说他去卖血,被我苦苦地劝阻了。他已经有了明显的胃溃疡症,而且他瘦得也是皮包骨。

于是我想起了那只英格表。英格表被我摔了一次,但是既没有损坏也没有被拿走。没拿走我也不愿意戴了,谁仇视梅轻舟谁就与我有仇,即使是亲爹亲娘我也绝不宽容,然而为了还在胎里的孩子,一九七一年四月七日这一天,我从破箱子里把这只九成新的瑞士名牌表拿了出来。

当时这种表的市价是二百四十块钱,问题是市场上这种表很难买到。如果拿这只表去卖黑市,也许可以卖二百五十块钱,就是说比原价还高。但我们不敢,去寄卖行,估计标价可以在二百块钱以上,但要拖延一段时间,而我们是急用。我们决定去旧货收购站卖现金,估计至少也可以卖一百七八十块。

四月七日这一天,梅轻舟休息的第二天,我也倒休休息一天,我们两个人吃完早饭就出去了,计划着用一百七八十块钱买些什么好吃的。依梅轻舟的意思,要大量贮购奶粉、代乳粉和糕干粉,不仅为了我孕期食用,而且为了即将出世的婴儿,我却想着用这只败兴的表换的钱给他买一双皮鞋。"我现在不能穿皮鞋,人家会有反映。"他说。"偏偏要穿!"我说,"什么'矛盾'什么'帽子',那是别人的事,我们不是!我不承认!休假回来,你就是要理发刮脸,穿上一身好衣服,穿上崭新的皮鞋陪我在H镇的街上走!就是要让那些势利眼的小人看看,我们堂堂正正地走路,挺起胸膛过日子!"

"真想不到,桂琴,你有这样坚强的性格!你比我坚强十倍百倍,我是一根脆弱的枯枝,你才是一棵冬夏常青的松树!"他握住我的双手,由衷地赞美,"但我还是不能穿这双皮鞋,你为我做的事情太多,你牺牲得……"他的眼圈红了。

天啊,这是他唯一的一次真诚地对我表示赞扬和感激的谈话。

到了八十年代,在那一个又一个痛苦而又漫长的不眠之夜里,我常常想起这次谈话。在我哭湿了枕头的同时我也感到自慰,他总算说过一次通人性的话,这就是我整个的青春,整个的生命,整个的生活,整整一生所得到的报答!

再回过头来说一九七一年的四月七日,我们达成协议,用卖表的钱尽可能多尽可能好地购买营养品、"进口"货,其余的钱存起来,不是存在银行,而是存在我们的一个小匣子里。银行里的钱有可能被冻结,因为他毕竟是"另册"上的。

我们到了旧货收购站,一个戴着圆圆的老花镜的老头拿起表来打量了三分钟,打开表的后盖又打量了三分钟,盖好表扬起头看看我又看看梅轻舟,又打量了三分钟,共计九分钟以后,他说:"一百四十五块。"

没有讨论的余地,他说的话便是最后的判决,我们的一切解释和央求都无济于事,最后,他含含混混说了一句话:"给多了我会犯错误!"

原来如此,原来这里也有"阶级路线"!当然,他认出了我们,这可诅咒的H镇的狭小和消息灵通!

就在梅轻舟要把英格表交给他的时候,我坚决地阻止了他,不,我受不了这口气。"走,我们到县城去,那里还有一个收购店!"

我们等了一个钟头的汽车,最后车来了,是那种支撑着帆布篷子的卡车,车厢里没有座椅,人又多。梅轻舟拼命保护着我,怕把我挤流了产。想不到他那样照顾我,又有那么大力气,在拥挤肮脏的车上用脊背和两臂给我创造了一个不受干扰的天堂。下车的时候,几乎是他把我抱下去的。我简直是欢呼雀跃,至少有十五年了,我没有这样幸福、这样轻松、这样乐观过。我们说着跳着笑着来到了县城的旧货收售商店,"我们有一只表,瑞士表。"我向县城商店的一位比较年轻、态度却更加冷漠的店员开口说,这时梅轻舟惊叫了一声。

他面如土色,上气不接下气地告诉我:"表丢了。"

"表不是戴在你的手腕子上么?"我也呆了。

"不,从H镇旧货店出来,我不愿意戴这个表,就把它放到口袋里了……"

于是我摸他的所有的口袋,不仅上衣口袋,而且裤子上的口袋,连衬衣的口袋都摸遍了。然后又翻他的提兜。

"你们是坐帆布篷子车来的吧?"店员问。

我们点点头,我们每人一头虚汗,已经没有答问的气力了。

"那还能不丢?"神态冷漠的店员断言说,"坐这样的车什么都能丢掉,戴在手上的表都能让人扒走。有一天有一位农村男青年带着他办喜事用的五百块钱坐这趟车到县城来,他怕钱被偷,放在衣袋里,用两个别针把衣袋口别死,还用手紧紧按着衣袋。结果下车一看,衣袋下方被划破一道两寸长的口子,人家是用两根手指头从破口袋伸进去,就这么一夹,五百块钱一分钱也没剩。"他做了一个精彩的姿势,冷漠的脸上显出了笑容,就像他是目击者或者干脆就是他干的似的。"后来那个小伙子下得车来,一边哭一边在客运站的墙上撞头,别人问他,他说他整整一个媳妇被偷走了。"他笑了两声,好像也觉得气氛不对了,便停下笑长叹了一口气,并且友好地对我们说,"先别急,再好好找找!"

还怎么找呢?我把梅轻舟口袋里所有的东西,包括所有的分币、污黑的破手绢、几张废纸、两节草棍(还是从农村带来的呀!)全掏出来了,把他所有的衣袋裤袋的里子布都翻在了外面,我拍打了他的全身,像一个熟练的善于搜身的特工人员。我干脆脱下他的罩衣,我恨不得给他来个脱光搜查。然后,我又开始掏自己的口袋,他也帮着我检查,可我全身上下只有四个兜,而且我明明知道表一直是他拿着的。当恨不得把我也脱光了查一遍而表的踪迹全无以后,我们又都伏下身,恨不得把这座店铺的地面来个掘地三尺。

整整七个小时我们进行盲目的、无望的和狂热的搜寻,沿着我们来的路线,向每一个向我们投来关切或者疑惑的目光的陌生人诉苦并且求援。天底下还是有不少好人的,多数人在听到我们的遭遇的时候同情地摇头叹气,有的人给出主意,有的人帮我们分析情况,有好几个甚至学着我们的样子低下头寻找起来,似乎我们走过的每个地面、每个角落、每堆砖头瓦块破瓶子烂铁砂子石头草棵子里都可能隐藏着一块英格表……

无望的,一切都是无望的。我们徒步走回了 H 镇,我们又在 H 镇旧货商店与汽车客运站之间来回走了四趟。表啊,我的英格表啊,这么大的世界竟然就没有给我接住那只英格表吗?

精疲力竭,天也黑了,我的腿肚子抽筋又犯了,梅轻舟把我搀扶着回到了幼儿园的家。幼儿园的几位同事也听说了丢表的事,那是和我比较要好的几个同事,我们经常来来往往,互通有无的。他们见到满脸尘土汗污的我们,一个个羞愧地低下了头,因为她们明知我们的痛苦却无能为力,因为她们觉得按照做人的道德,她们本来应该帮助我们,她们哪怕只是做做姿态,表示要给我凑几十块钱,也会大大地减轻我们的痛苦。但她们连这样的姿态也不敢做,这样的许诺也不敢说,虽然她们明知道我不会收受她们的一分钱。人穷志短,她们的工资有的比我还低呀!

这一晚上,我与梅轻舟抱头痛哭,我们没有吃饭。我们早就该抱头大哭一次了,这次,总算有了完全相通的痛苦、悲伤、近乎绝望的失望!

然而在半夜奇迹发生了,半夜下床的时候我碰了一下他的小棉袄,小棉袄的下摆里有一个硬东西。我激动得浑身打战,我不敢再去摸第二下了,万一不是怎么办?他显示了真正的男子汉气,他打开灯,摸了一下小棉袄的下摆,两手一扯就把下摆撕开了线,从棉花里掉出了一个发亮的妖魔一样的东西,正是出产在中部欧洲瑞士国里的英格表!

原来,早晨他是穿着小棉袄出去的,从 H 镇旧货商店出来的时候,他把表放在小棉袄的侧兜里,侧兜里破了一个小洞,拽出里子布来看时不大看得出来,但足够使英格表溜到下摆棉花中去。等我们搭上帆布篷子汽车的时候,太阳晒得热起来了,四月初的北方天气嘛,他便把小棉袄脱下来放到了提兜里。后来找表的时候,我们虽然也找了提兜,拿出了小棉袄摸索了一阵子,但我们俩主观上都认为表是放在罩衣兜或裤兜里的。而且,从梅轻舟在县城百货商店惨叫了那一声的那一刻起,我们俩都已经确认那表是丢了,我们都认定再找也是徒劳无益的了。在那样的年代,一切噩耗是怎样被人们视做理所当然和无可逃避地被深信不疑地立即接受了啊!相反,只有好事才能引起人们的将信将疑。表情冷漠的店员的分析更加强了我们的反面的自信,而后七小时的麻烦不过是明知徒劳无益的垂死挣扎而已,我们又怎么可能找上这只表呢?

找着表以后我们两个人只穿着内衣互相搂抱着大笑起来。我们说感谢上帝,我们又说感谢观音,梅轻舟又说了一句"感谢江青同志",我们笑得更欢了。我实在不知道我们的英格表的失而复得与"江青同志"有什么关系,但只有提到这位主宰我们命运的"旗手"才最解气,才能充分表达我们的狂欢。后来我们从这个表谈起瑞士,谈起日内瓦,谈起阿尔卑斯山,谈起国际红十字组织,谈起钟表,谈起铜兽滴漏,谈起八音盒子,谈起上海外滩海关上的大钟,谈起腿肚子,谈起维生素丁、紫外线和胆固醇,谈起未来的孩子的名字,男孩子应该叫"惜时",女孩子叫"格英",就是"英格"的颠倒。他的每一句话都给我带来新的知识、新的趣味和新的情意,在这样的狂欢中我真希望自己像一块奶油糖一样融化在他语言的波涛里⋯⋯

第 五 章

如今,一切梦想都实现了。

一切实现了的,都超过了曾经梦想过的。

却又⋯⋯都失去了。

失去了挣扎,失去了苦熬,失去了期待,失去了奋斗,失去了对于四十二块钱与二十块钱的计算,失去了叮嘱、忧愁、安慰,失去了相濡以沫与相依为命的暖和。

一九八二年七月二十三日,整整一夜我兴奋得睡不着觉,因为第二天,二十四日,已经出差半年的梅轻舟将要回来。他前两个月来信就说到了这个归期,归期近了,我心花怒放。后来的三封信他重申了这个日期。然后第四封信,七月二十一日收到的,他说已经订好了火车票,是在软席车厢。我告诉了邻居阿芸,轻舟是坐软席卧铺车回来的,后来,我脸红了。

二十三日中午,我又接到了他的电报。从那时候起我就像上足了发条的机器,再也停不下来了。我擦桌子,我拖地板,我整理六个月来他不在期间积压的大量书信邮件,我买水果、买糖、买带过滤嘴的香烟、买人参白兰地酒、买甜食、买熏鸡、蹄髈、糟肉、买罐装的咖啡和蜂皇精银耳酪。我洗澡、理发、换衣服、梳妆。二十三日下午理了一次发,回家以后怎么照镜子怎么别扭,我哭了一场,二十四日上午又换了一家理发店洗了头重做——已经是大城市的人了,大城市的理发馆可多着呢。

二十四日下午我一会儿拉拉桌布,一会儿撑撑书橱,一会儿敲敲鱼缸,一会儿挪挪花盆。七楼的李大姐来收电费,我忍不住告诉他:"加嘉(我们的孩子)他爸爸今儿个晚上回来!""哦,哦,哦,两块四毛五。"她回答说。我抻抻窗帘,又把烟灰碟原地旋转了一百六十度,看看高低柜上的小钟,时间过得怎么这么慢?不,现在还不能包馄饨,如果做得太早,煮出来就不鲜美。门响,是加嘉,"快换拖鞋,快换拖鞋,不要把地板踩脏!"我喊叫起来,喊得加嘉吓了一跳,他惧怕而又疑惑地看了我一眼。我又看了看手腕上的海鸥牌坤表,好像腕上的表比小钟快四十秒钟。我站起来,把小钟向前拨了一点,一不小心,又拨快了五分钟。听说钟表是不能倒拨的,于是我只好大圈大圈地往前转,转了十二圈,又提前转到前面去了,又是十一圈,然后小心翼翼地把分针和时针对准。我给自己倒一杯茶,暖瓶的水溅到了地板上。我拿来拖把擦地板,发现拖把的木棒很脏,把我的手弄黑了。

我用温水洗了手,重新刷洗了一遍洗脸池,又往手上擦了护肤珍珠霜。我回客室坐到简易沙发上,突然想起刚刚冲完一杯茶。我一下子没有能站起来,两膝酸痛,两腿无力,头嗡嗡嗡地响,这儿的噪音太大了!大城市真是鬼地方!记得一九七九年我们终于离开H镇,搬到了V市的时候,一到V市郊区,看到那么多辆轰轰作响、风驰电掣的卡车、轿车、面包车、吉普车与小卧车的时候,我落了泪——那五分钟我看到的车,超过了我自打记事以来在我的可怜的小H镇看到的汽车的总和啊,还有电线杆子呢。

我终于站了起来,腿酸酸的,头嗡嗡的。真是的,为什么不安静一会儿?为什么不能精神焕发、状态佳好地迎接他的归来?这么一副疲劳、衰弱、过分激动的样子我自己也知道并不讨人喜欢。呵,毒汁又在我的心上流了。我拿起茶杯,啜了一口。不对呀,不对,怎么二级西湖龙井变成这样的味道?茶不绿,叶片不整齐,不是应该一色的两叶一芽吗?不同样是一块七毛六分钱一两的吗?怪不得人们说不能到东大街的菜市去买茶,要买好茶,宁可多走三百米,要到西大街大玻璃门脸的远芳茶社去。梅轻舟是讲究喝茶的,现在对茶就更讲究了,东大街菜市的茶叶怎好拿来为他洗尘?"加嘉,妈妈出去一下,就回来。你扣好门,有人敲门,你先不要开好了。"

一分钟一秒钟地挨着,终于到了晚上七点。他的那次车到站的时间是二十点二十四分,我七点过七分便忍不住下了楼。真奇怪,怎么无轨电车来得这么快呢,往常一过晚上六点半,车要七八分钟才来一趟的啊!结果,我到火车站的时候只有七点二十九分,灯光指示牌上标出了他要来的那次车将会正点到达的预告,我更高兴了,然而还要等五十九分钟。我买了站台票要进站,我想,就在站台上望着黑洞洞的远方等待那一辆奇妙的车的到来吧。然而车站工作人员拦阻了我,她说什么要听到广播通知才可以进站,简直岂有此理?有什么用呢?和谁讲理去呢?

我在车站近旁徘徊,才发现,车站一带新建了这么多知青商店,卖酸牛奶和橘子水、卖"魔方"和没有穿衣服的洋娃、卖尼龙绸和衬裙，也卖烟酒糕点、书报杂志。我进入一个门面虽小但生意兴隆的书刊门市部，抬头一看，只见是梅轻舟的照片！

梅轻舟这几年可真红火！一九七七年他在我的拼命鼓动下写了一个批判"四人帮"的四幕八场话剧剧本，由于他的什么什么矛盾什么什么处理，本省没有人敢要。结果一九七八年Ｓ省剧团决定排演这个本子。Ｓ省剧团邀请他去修改本子，他是多么高兴啊！我从秀燕的汽车司机丈夫那里，借来了一块一九五九年试制的国产半钢手表，虽然这块表走走停停，快快慢慢，连参考作用都谈不上，但也总能给轻舟的腕子装点一下门面啊！否则，堂堂一个剧作家，胳臂腕子竟是空空如也，岂不是不成样子吗？我从爸爸那里找来一身的确良咔叽制服。从有加嘉之日起，我们终于和爸爸妈妈实现了和解。他就是这样开始他新时期的事业的，到Ｓ省省城以后，他马上来了信，说是Ｓ省话剧团对他待若上宾，让他住在省委招待所的单人房间里，房间里还有电话哩！从此，一个成功接着一个成功，一个进展接着一个进展。改正、平反，不仅六十年代的事平反了，五七年的事改正了，而且一切的一切都平反了，改正了。工资补发了，在我们已经不那么需要工资的时候，他的话剧得了奖，又改编成了电影，而且导演选定由他自己来主演影片的男主角。他有艺术天才，他有从娘胎里带来的艺术细胞，这我早就知道。然后他又写了一个旅游片和一个爱情片。爱情片写完了电影以后又写成了中篇小说，题目叫《哦，爱情》，小说和电影都风靡一时，于是他调回了Ｖ市，带着家属，我向往半生的夙愿终于达到了，在我三十九岁的时候，我成了Ｖ市的具有正式户口的居民。在我离开Ｈ镇前，有二十几家人为我们饯行，每天都吃醋拌海蜇粉条与油炸龙虾片加花生米，简直把我都吃怕了……然后他成了电影家协会、戏剧家协会和作家协会分会会员，然后他当选了三个理事、四个委员和一个外省专区文艺刊物的顾问，他的名字登在每期刊物的屁股后面。然后他又发表了一组散文诗，其中一首是《给

妻》,有几句是这样的:

> 我们就这样风雨同舟,
> 度过了一个又一个年头,
> 在动荡的浪涛里,
> 你始终托举着我,
> 我没有下沉,也没有没顶,
> 一切是因为有了你哟,
> 在漆黑的夜里,
> 你的眼睛便是我的明月,我的北斗。

这首诗发表以后光我自己就收到十几封老同学和老同事的祝贺信。还来了两位异想天开的夫妻记者,两个人打扮得都非常时髦,要采写我们"患难夫妻"的经历,说是要写一篇报告文学,题目已经起好了,叫《暴风雨中的鸳鸯》……他们一边采访,一边颂扬我与梅轻舟结合说明了我的"远见卓识",好像我会算卦,在 H 镇已经算就了他今天的走运,就这么押对了"宝"。

然后他参加外事活动了,家里出现了他和外宾一起照的彩色照片,后来又出现了一瓶"约翰尼·沃克"——"人头马"牌的威士忌酒。一九八〇年三月我得了重感冒,发烧到三十九度六,但是他外出深夜未归。凌晨四点钟,他回来了,我呻吟着怨他不顾我的死活,他喊道:"你不知道我这是去参加外事活动吗?"

那是我第一次在来到 V 市以后怀念起 H 镇来了,多么好的 H 镇啊,那没有凌驾于一切之上的"外事活动"的地方。

然后是一次又一次的出差,夏天向北而冬天向南,春秋则是遍及东南西北。

然后,这次最漫长的出差终于结束了,那虽然有三间屋子,有小康的木器家具和家用电器却没有他的一百七十几个孤独的日夜终于结束了,他再过四十分钟就会从软席车厢上跳下来,他跳得很有风度,风度翩翩,含情脉脉。而现在,他在书刊门市部,在 S 省电影制片厂编的电影画报的插页上侧着脸向我微笑了,我好像听见他低声地说:"有什么办法呢?家里的事就多靠你了。"

当然,家里的事是我的,来到 V 市以后,由于我不愿意再做辛劳繁琐的保育幼儿工作而又安插不进理想的工作单位,在梅轻舟的动员下,我干脆退了职。"做一个家庭妇女有什么不好呢?辛辛苦苦地外面上班,家没有人管,孩子没有人管,一个月挣四十多块钱,不够雇一个保姆,最后弄得男人不像男人,女人不像女人。其实,在发达国家,有教养的女人都不出来工作,她在家里能够享受更多的幸福,也能发挥更大的作用……她的丈夫呢?也会更安心,更无后顾之忧,一个人完成原来两个人一起都完成不了的工作。"他这样动员我。

他说的好像也有理。我们到了 V 市,他成了真正的艺术家、名人,我还去做保育员,给幼儿们洗手、揩屁股去吗?我有这个必要吗?

七点五十分,就是十九点五十分了,离火车到达的时间只有半个小时了,我又走到入站口,等候通知广播。

直到前十分钟才放人进站,我还没有见过这样可恶的官僚主义。怎么还听不到火车的汽笛声和车轮的声音?

可又有什么着急的呢?难道我还不善于等待吗?从一九五六年到一九六六年,我等了十年才等到我的爱情,才和梅轻舟结了婚。从小到一九七九年,我等了三十多年才离开了 H 镇,到达了大城市。从他这次出差到现在,我也已经日夜等待了这么久,这么久了。

只要我活着,我就能等。

呜——随着这一声欢呼,明亮、温热、亲近、意气风发的列车向我开来!来了,来了,火车头载歌载舞地驶来了,车厢里的灯拉成了长线,铁轨叮叮咚咚地敲起了小鼓,火车头喘气了,我也长出了一口气。软席,在前面?快往前跑!在后面,赶快转身!瞧,一个又一个的列车员打开车门跳下来了,瞧,那不就是他吗,穿着短袖衬衫,头发一甩,"轻舟!"我叫起来了。

噢,不是,我怎么会认不出他来?这不是他,比他更胖,也比他更老。他还在后面,是的,他办什么事都是优柔寡断、磨磨蹭蹭的。又下来一个妇女,还有那个车门,不,那个车门不是,那个车门下的是硬席卧铺车厢的,这一次车,软席只有这一节。又下来两个外国人,一男一女,下车的时候你搀着我我挽着你,他们可真亲热!又是一个老头,他稀疏的头发在站台的聚光灯下面显得雪白,又是一个胖子……那……

没有他。所有的人都下来了,清点着自己的行李,与接自己的人简单地说着话,然后一个又一个地高高兴兴地走了。有的人显得悠闲,走以前还与列车员打个招呼,与同车的旅伴打个招呼,大部分人急匆匆,有什么东西等待着、催促着他们。

然而我没有等到,无可催促。"同志,这是××列车吗?"真奇怪,人走光了,我开始向列车员打问,列车员点了点头,跳上了车厢,把车门关上了。偌大一列车,所有的客人都下来了,腾空了,像一间间腾空了的房子,多么寂寥和丑陋,它冷冷清清,它被抛弃了。

莫非是我看错了车次?"同志,今天晚上,还有从S省那边开来的车么?"我问戴着红袖标的站台工作人员。

"××次,二十三点零两分。"她的职业性回答是简洁的。

然而我不可能看错电报,那电报热乎乎地被我握着读了好几次,我还拿起电报放到自己的脸蛋上,挨着,亲着,好像那电报是梅轻舟亲自写下和送来的。

然而他自己可能搞错!对,一定是他自己搞错了!从恢复了他的艺术生活的那一天开始,他又变得精神恍惚起来了,为这个事连加嘉都不高兴了。"爸爸,污垢的垢字是什么意思?"有一次加嘉向他问一个字,问了五声他只是"嗯、嗯、嗯"地"嗯"着,却不回答。还有一次,他把写给S省的信装到了写着R省的信封里,把寄到R省的信又装到了写着N市的信封里。他怎么能不把车次搞错呢?

也可能没有搞错,那他一定是误了车。唉,他怎么这么啰嗦!只要来一个客人他就跟人家没结没完,如果来客是个女性他简直就不让人家走。呵,毒液又在流淌了,这个问题我一九七九年就发现了,我给他笑着提了出来,他也笑了。"是这样的吗?我不是有意的。我喜欢接触女性,研究女性,这样我才能写出成功的女性形象。"他说,非常坦然,使我无话可说。今天,准是他上车以前又跟哪一位女性说起话来……是的,他误了车,二十三点零两分他就会到了……

我继续站在站台上,眼睛看着火车前来的方向,各种信号灯,各种曲来弯去的铁轨,各种摇曳的光线和阴影点似乎都有他的线条、形体、生命,我觉得我还充满希望。

这样等了大约两分钟,一阵凉风吹散了身上的燥热,也吹得我头脑似乎清醒一些了。软卧车票,他能误车么?不是一定会有人送他上车么?不是送他上车的人大都是精神正常、并不恍惚的么?即使他嗦,他误了时间,人家是不会啰嗦,不会晚点,不会坐视他把价格高昂的软卧车票作废的呀!

不,他不可能是改坐二十三点零两分那次车。也许,也许我没有看见他,他也没有看见我?也许他从另一个车门下的车?他糊里糊涂,提着手提包走啊、走啊,直到前面一节车厢里去了,从那边的车门上下来了……那么,他现在到家已经三刻钟了,他找不着我,他还没有吃饭,他不知道远芳茶社的茶叶放在哪个罐里,结果,他沏的是东菜市卖的骗人的所谓龙井,他问加嘉:"妈妈呢?"他到处找我……

于是我气急败坏地跑出了车站,气急败坏地赶回了家。加嘉已经睡了,家里是绝对的、压得人喘不过气来的空旷和寂静。

也许他是中途站下车买香烟的时候误了车?也许他在临上车前两分钟突然病倒了?也许他碰到了强盗、坏人?听说S省的社会秩序不太好……那也总应该通知家属。

我又拖着沉重的步子去到了火车站,一切都是沉重的,无轨电车叫我足足等了十分钟。二十三点零两分的那一次车晚点二十二分钟,二十三点二十四分车才到。有许多的人下了车,有许多许多来接亲友的手持站台票的人接到了客人,然而这里面没有他,我什么也没有接到。

但我仍然觉得他会回来,他来过信,又来过电报,这个日期是铁定了的,我曾经给他去过几封信,催他早一点回来,我说有许多事要和他商量,有许多事要等他办,我甚至说,再那样等下去,我会得精神病的,我害怕会见不到他了。他回信说他实在太忙,实在离不开,但是到了七月二十四日,他就会回来。今天呢?就是七月二十四日,真的。

我回到家,已经夜十二点三十分。我躺到了加嘉的身边,一会儿听到风声,一会儿听到树叶声。有人在说话,是不是他?是不是他在楼下和什么人告别?也许是在和出租汽车的司机算账?人声渐渐远了……这是什么声音?拖拉机?卡车?他坐着卡车来?咣咚,是楼门在响。乒乒,乓乓,是他在上楼。是他,我听得出他的脚步,我就像日本电影《绝唱》上那个痴情的女子一样,一里地以外就能听出他的脚步声……我忽地起了床,披上衣服就去开门。空空洞洞,只有街灯的光亮透过楼窗在楼道里摇摆,他的脚步声,呵,他的脚步声到底在什么地方呢?

第二天上午我收到了他的电报,他的归期要再推迟十天,没有别的解释。而且,从电报上标明的日期看来,他电报发得很晚,他根本没有考虑我的期待、迎接和准备。

我好像得了一场大病,我觉得我抬不起头、直不起腰来,我好像做了什么对不起别人的事,偷别人的东西而被警察当场抓住了手,结果,我不得不交出了不属于我的物品。是的,我曾享受了迎接亲人归来的喜悦,我曾自己以为相会的快乐已经在握,然而,命运已经告诉我,我不配将这些快乐据为己有。

十天之后我迎接了他。一见到他,那些怨恨、那些不满、那些愁苦和愤懑便云消雾散了,我高兴地给他换拖鞋打洗脸水,递手巾递香皂,给他拿烟拿火柴拿烟灰缸,给他沏真正两叶一芽的龙井,然后给他找出业已分类整理妥帖了的邮件信函资料。他叼着烟、啜着茶、翻着信件，我收拾他的包箧、他换下来的脏衣服，然后预备菜、预备酒、预备馄饨和银丝卷。

"××没有来信么？""××来过没有？""××送钱来了么？""××一直打电话打到了Ｓ省，我让他到家里来找你。怎么，他没有来？"……他吃着、喝着、吸着，问这问那，唯独没有问一下我自己，我沉默了。

"怎么你不回答我的话？"他问，似乎觉得大不可解。

"你怎么就不问问我呢？我是怎么过的？十天以前我到火车站去接你……"

"唉唉唉唉，"他迭声叹气，打断我的话，"一下车我就说了嘛，我没有办法，我没有办法呀，许多许多事，许多许多麻烦……"

"麻烦？"

"是啊，麻烦得很呀，我简直活不下去啦。我忙。我感到无穷的压力。工作、工作、工作，做不完的工作。会议、会议、会议，开不完的会。人、人、人，见不完的人。我都快要累疯了！我的神经都快爆炸了！"他滔滔不绝，他大发牢骚，连发牢骚也没有办法和他比。他的牢骚又大，又深，花样又多，词汇丰富，而我的牢骚是那样平凡、渺小，没什么了不起。他的牢骚像一头牛，而我的牢骚不过是一只胆怯的小老鼠。

最后还得我来劝慰他："得了得了，别说这些了，把这点酒干了，我给你盛馄饨去，刚到家，吃点连汤带水的……"

只是在收拾完饭桌，洗涮完毕，累得我腰椎生疼以后，我才忍不住又发了一点渺小的牢骚："我现在是什么？不过是你的厨娘，你的女仆而已。"我又加了一句，"我还是你的秘书。"

他听了这话却很开心，哈哈哈大笑起来，"那也不错嘛，那也不错嘛，你知道现在有多少人想做我的秘书，想做我的保姆吗？她们还做不上呢！"他走了过来，抬起我的一只手，我知道爱抚和融化的时刻到了,我期待着……然而没有拥抱,没有他的两臂、身体和嘴唇。他放开了我,走到写字台前,匆匆拧开了电灯,刷刷地翻阅着他不在期间的各种来信。"嗯,"他鼻子眼里哼了一声,读道:

"您是真正的艺术天才,我做梦梦见了您,您是中国的卓别林,中国的斯坦尼斯拉夫斯基。您像田汉,又像曹禺,又像梅兰芳,又像周信芳……"

读完,他笑了起来。又翻出一封信,又哼了一声,读道:

"我是您的才能的崇拜者,您给舞台和银幕带来了真正的艺术……尤其是您写的那些女性,您是从哪里了解了我们女人的隐秘的快乐和苦恼的呢……"

读完,又笑了。他这样自读自笑,完全忘记了我的存在。最后翻出了一张硬纸头的请柬。他看了看,脸上放出光来,又看看手腕上的日历表,他分明在说:

"我在家呆三天。六日中午出发,去 D 省 M 湖疗养区开座谈会。"

他是向着台灯说这句话的,好像这话只需要台灯听到。

我呆了。

他回来了,像是一个贵族前来视察一个荒芜已久的别墅。像是走走过场。像是在中转站临时过夜。像是因为天气不好,航班临时取消,他才不得不沮丧地耽搁下来。

第二天一边吃早点他一边得意洋洋地吹嘘:"S 省文化厅长请我在迎宾楼吃晚饭,完全是外宾规格。"说到这儿他放下了筷子,去翻他的提包,把我好不容易给他整理好的提包翻了个乱七八糟。我问他找什么,他不说,最后什么也没找着,他气呼呼地说:"以后不要随便动我的东西。"

喝完一杯热咖啡以后,他说:"我把菜单留了下来,想给你看看,菜单精美极了,比贺年片……比结婚证书印得都漂亮……我们吃一道菜换一次盘子，每两个人后面站一个女服务员，女服务员都一般高，而且都是双眼皮……"

我皱了皱眉。

"怎么？你不高兴吗？再给我倒一杯咖啡来，不要放奶和糖。马克思就是专门喝 black 咖啡的。你懂吗？就是黑咖啡。"他端起第二杯咖啡，"我现在也成了新闻人物啦，走到哪里都有人注意。昨天我一下火车，就听见站台工作人员议论：'快看快看，那个人就是梅轻舟……'"

"你多伟大呀！"我讥讽说。

他不认为是讥讽，煞有介事地说："我总算也尝到了做'名人'的滋味……你知道吗？"他的脸上忽然现出了亲切的笑容。这笑容使我的冰点以下的心热了一刹那，他说："我在 S 市，收到一封信，原来是河南的一位女性。她说她看完了我的电影以后再也控制不住自己了，如果不见我一面她就活不下去，她打听到我是在 S 市，便自己花了上百元的路费跑了去，如果我不答应见她，她就跳江。"

"后来呢？"

"后来我见了她……长得黑乎乎的……"

"如果长得不黑呢？"

"长得不黑我也不会怎么样的，真无聊……如果我现在找对象的话，只要一传出去，一个小时以后就会排成长队，和买豆腐的队差不多……"

"你算是……你算是一块什么样的豆腐呢？"

他不高兴了，觉得我冒犯了他的尊严，嘴撇着，鼻子翘着，他说："我就知道你会不高兴的，我的成名对你有威胁，知名度愈大你就愈不放心……你说过的，你说愿意我永远当右派反革命，好永远伏在你的裙子底下……"

"我什么时候说过这样的话，我连裙子都没穿过哟！"

"不是说裙子，是说这个意思……"

"不是这个意思……"

"就是这个意思!"

口角了一阵,他不言语了,挥挥手,做出一种不能与我一般见识的架势,"算了,我还要工作呢。"

他的"工作"当然是无比神圣的,他坐到了客室的写字台前,我立即端去了龙井茶和麦乳精,递去了双喜香烟和景泰蓝烟灰碟,然后坐在他旁边的小沙发上给他削红铅笔,又端来一盘洗净的苹果。这是自打来V市以后我们共同建立的规矩,是我们的操作规程。他挥挥手,我退出去了,洗碗、扫地、擦洗器皿。我刚开动洗衣机他便推开了门,大叫:"停下!"我连忙切断了洗衣机的电源,而后连大气也不敢出。

当你的家里有一位活的卓别林加斯坦尼斯拉夫斯基加梅兰芳的时候,你应该缩到哪里去呢?

快到午饭时间了,来了一位戏剧家协会的工作人员,通知他下午去政协会议室开会——奇怪,怎么他一到家会也就到了家了呢?他的"工作"警报解除,我走进客室收拾他的香烟屁股和烟灰,一上午,除了香烟屁股和烟灰以外,他没有生产出什么。

遇到这种时候我的经验是需要倍加小心翼翼,他这时候会变得更加脆弱,易怒和易迁怒。午饭期间我随便问了一句他在S省半年搞了点什么,他忽然火了,用一种夸张的悲愤声调说:

"搞出了什么了?搞出了个屁!所有的人一见面就问我:又有什么新戏呀?好像我不是人,是一个生产剧本的机器。"他沉了沉,干脆放下筷子,饭也不吃了,又点起一支烟,猛吸了几口,"想当年我充满了热情,充满了理想,充满了真诚,我追求艺术,我追求爱情,我追求伟大的人生……但是我没有经验,我不会做人,我不懂得生活的窍门。我挨的是一记又一记耳光,我根本失去了艺术、失去了人生,也失去了爱情。终于,我'改造'了自己,我安于简洁,安于做一个小镇百姓。这时候工作条件回来了,对我的尊重、期待和鼓励也回来了,我好像会写了、会演了、会处世了,也有了人生阅历了。然而,我的热情、理想、真诚已经没有了,我现在只是依凭着对往日的热情的回忆来写点东西,我自己并没有热情。等我这点回忆用完了,我也就吹了……你应该知道,一九五六年你刚刚见到的那个梅轻舟,他已经死了……"说着说着,他落泪了。

原来,他有着这样难言的和惊人的痛苦,我好像被针刺了一下。原来,他的痛苦是这样伟大、高深、沉重!与他的痛苦相比,我的那点痛苦和牢骚,是多么渺小,多么不足道啊!时代、人生、事业的重担都压在他的身上,我怎么能再用我那琐细的期待、失望、挑剔和纠缠去加重他的痛苦呢?我后悔了,我说:

"轻舟,别难过了,都怪我不好,我太自私了。你的工作多,各方面对你的要求高,你已经够辛苦了……你就专心致志地去从事你的事业吧,谁让我是一个艺术家的秘书加保姆呢?谁让我这个 H 镇的小小的保育员,却跟上了你这个新闻人物……"我没有力气再说下去了。

梅轻舟竟没有听出我的自嘲中的怨意,听到我降低了调子,他好像取得了胜利似的轻轻一笑。

午觉他睡得一塌糊涂,摊着四肢,打着鼾,流着口水。睡着了以后,他显得是那样疲劳,那样苍老,那样可怜,下眼皮上好像有两块伤疤,从鼻孔旁延伸到嘴角的两条线深如刀刻,前额和嘴巴都有些浮肿。一种难以描述的怜爱心情涌上了我的心头,综观他的一生,痛苦大概比欢乐多……而且他现在是这样有名气,他的知名度确实是愈来愈大了。当我来到 V 市以后,当我也和几个有限的人交往以后,遇到陌生人,人们都是这样介绍我的:"这是梅轻舟——那位大戏剧家的妻子。"然后多数情况下,被介绍的新朋友会惊叫一声,显出"久闻大名,如雷贯耳"的表情。也有极少数人,提到了梅轻舟、戏剧家却无动于衷,对于这样的跟不上时代、缺乏文化教养的人,我不能不感到十分厌恶和轻蔑。

四点钟,他醒了,门咚咚咚地响,开开门,是一位摄影记者,说是要在下期刊物上刊登他的照片和对他的访问记,记者油头粉面,年岁不大,但样子很"油"。梅轻舟说他现在没有时间,约记者第二天上午来。把记者打发走以后,他又是擦皮鞋,又是换上装。

"你要出去?"

"嗯嗯。"他开始拿电动剃须刀刮脸。

"你到哪儿去?"

"工作。我是有工作的人,你不知道吗?"我不知道他为什么那么不耐烦。他皱着眉告诉我,他要去拜访本市的戏剧评论权威、老剧评家赵威猛。

"赵威猛?赵威猛是谁?不是下午在政协开会吗?"

"你不认识,我认识。"看看表,"政协的会不去了。"他叫了一声又急又气地走了,对我的打搅十分不满。

六点多钟他回来了,我已经准备好了饭。吃饭的时候他告诉我,第二天晚上他要在山东饭店请赵威猛吃饭。他已经与赵威猛谈判好了,赵威猛要就他的戏剧艺术写一篇评论文章,登在中央一级的权威报刊上。但是赵威猛年纪大了,有糖尿病,工作也太忙,实在没有时间写,故而由他自己来写一篇评论——吹捧自己的文章,用赵威猛的名义去发表,稿费归赵威猛。

"这样?"我惊疑地睁大了眼睛,"这算什么?你不应该这样干……"

"你懂什么?文艺的事就是需要捧!你看北京那几个作家名声多响,还不是捧出来的!现在人们就是吃这一套,用赵威猛的名儿,在中央一级报刊上发一篇文章,我的'格儿'就不一样了,你懂吗?"

晚饭刚刚开始吃,门又响了,来了五位客人,有两个是年轻的剧作者,有一个是外号叫"万事通"的人物,还有一位年岁虽然不轻但身材很好、打扮得也非常俏的女画家,还有一位扁平鼻子、大嘴、上唇长而厚、下唇短而薄的歌唱家。

"我们就是专门在吃饭时间来,好堵住你这位艺术大师!"他们推开门,一起笑着,由这位歌唱家用浑厚又略带嘶哑的女低音宣布说。

他们说是已经基本上吃过饭了,但是不反对喝酒,于是我们忙于准备酒菜。精疲力竭地忙了一阵以后,重新摆桌,五位客人和梅轻舟团团坐下。女低音抓着了我,喊道:

"为我们贤惠的女主人干一杯……"

我还没吃饭呢。我本来有许多话要与轻舟谈呢。这些个如入无人之境的不速之客呀!我谢绝了与他们一起坐下的"盛情邀请",回厨房炒腰花去了。一边炒着腰花,一边落泪,有一滴泪水落在腰花里了。

一片喧闹声,带泪的腰花吃下去以后变成了一片嘈杂。吹捧,吹捧,无尽无休与无边无际的互相吹捧,哦,梅轻舟,你现在离了吹捧就过不了日子了!"大师""天才""高峰""突破""里程碑""史诗""传世之作""爆炸性的成就""振聋发聩""大手笔""已入化境"……吹捧完了就是谩骂:"那些个人无非是嫉妒!""混蛋!""愚昧!""落伍!""假正经!""伪君子!""圈套!"然后是交头接耳,然后是哈哈大笑,然后是旁敲侧击、煎炒烹炸,然后是大喊大叫、拍桌子抡拳头、神气活现……然后是再打开瓶,噗,瓶盖随手一扔。

来到V市以后,这样的场面我已经见多了,然而这天晚上的这个临时强加的聚会特别让我反感。我愈反感,梅轻舟似乎就愈高兴,他和这些人在一起,如鱼得水。他也不疲倦了,他也不忙碌了,他也不痛苦了,眉头也不皱了,面色也红润了,鼻孔也不喘粗气了,连嘴角边的两条线也变得圆滑温柔了,滔滔不绝,废话连篇,自我欣赏,自我沉醉,心甘情愿地把时间和生命放在这样的谈话里,舌头翻滚,口吐白沫……

于是我摔响了厨房的门,于是我把自来水开得哗哗地响,于是我大声叫加嘉:"快铺床,该睡觉了!"

……客人们走了,梅轻舟与我喊叫起来:"你这是什么意思?你拆我的台!这些人是我的'死党',现在干什么事没有一伙人行吗?我不在 V 市,有人想暗害我,全仗着他们……"

"不,我们要好好谈一谈。我觉得你现在心是浮的,气是躁的、是邪的。这样下去,你会完蛋的,你会毁掉你自己,也会毁掉我们的家……从前我们在一起是多好啊,那时候是那样艰难,我们互相鼓励,互相安慰,心贴在一起……"

"原来你是怀恋我受罪的日子?很好办,你回 H 镇去吧,你还可以建议重新把我打成敌我矛盾,戴上帽子,你的幸福就是这,你只配有这样的幸福……"

"轻舟!"我发抖了,我觉得我已经支持不住了。

这时门轻轻地响了,进来的是他们剧院演出队的一位年轻的女学员。他的脸上立刻出现了美好的笑容,他的动作温柔、优雅、彬彬有礼,他的声音也变得丰满起来,有腹腔、胸腔和鼻腔的共鸣。他把深夜来访的客人让到了客室,虚掩上门,两个人唧唧地谈了起来,我听不清他们在说什么,但听得见梅轻舟那抑扬顿挫、既有旋律又有节奏的说话音调。他打开门,面带笑容,轻松愉快地走到我面前。"给我们倒两杯咖啡来。"他命令说,并且亲昵地拿起我的手捏了捏,从他回家还没有对我这样亲过呢!我还真得感谢这位年轻的女客,每逢有这样的客人,暴躁的梅轻舟会变得安宁,粗暴的梅轻舟会变得温良,对我冷酷无情的梅轻舟会变得笑容可掬、脉脉含情……我想,等到他患了脑溢血或者心肌梗塞或者肝癌,在他恶性发作的那一刻,在死神狞笑的那一刻,不需要医生,不需要针药也不需要氧气,只要告诉他,来了一位年轻的女士,他说不定会立刻从病床上一个蹦子站起来……

我曾经把我的这个恶毒的念头告诉他。他反过来责备我狭隘,自私,盲目嫉妒,封建……

一阵风把客室的门吹开了,我听到了梅轻舟的脚步声,我听到了

95

我最熟悉的、曾经把我征服了的毫无办法的梅轻舟特有的压低了的柔软的气声,那声音分明是:

"小妹妹,我祝你幸福。"

我哇的一口,呕吐起来。

第 六 章

我醒过来了,在医院的病房里。窗外有一株梧桐树,树叶已经开始黄了。

我不知道我度过了一个什么样的夏天。我不知道我度过了三年多什么样的幸福的日子。在我苏醒过来的时候,我干脆不知道我究竟是谁,我遭到了什么。头是沉的,胳臂、腿、腰都是沉的,为什么我得不到一个永远的安息?永远睡过去,永远解脱,再也没有一点痛苦……

嗡的一声,旧事变成了黑烟。我什么也看不见了。

然后分明还有加嘉叫"妈妈"的声音。"小鸟,你醒醒……"这是他的声音。一听到这声音,就像吃了催吐的药,我整个的胃都翻出了里子,呃,呃,一股又酸又苦的水不但从嘴里,而且从鼻孔里向外流、呛得我喘不过气来,我真想撕裂我的胸口……

这一个夏天的事像一团乱麻,像一马桶排泄物……他在八月初回来,神气活现地呆了三天,走了。有什么办法呢,他是个"新闻人物",而我现在只是个家庭妇女,无知的、来自穷乡僻壤的家庭妇女,也许我本来应该裹上一双小脚的。

我耐着悲凉,整理他丢在家里的衣服。就在他的衣袋里,我发现了三封出自三个不同女人之手的给他的信,两张女人的照片,信上的话和照片背后的话对于我简直像五雷轰顶,什么"给你一千个吻",什么"既然你已经拿去了我,就不要再丢开"……还有一封他写的又揉皱了没有发出的信,原来是给那个深夜来访的演出队女学员的。

我落在深渊里了。最使我感到可怖的倒还不在于这样的信和这样的照片。他就是这种人,我不能说我原先不知道,我原来以为我的痴情、我的善心、我的奉献能感动他,他再也不会是这样的了……结果,变本加厉,比以前放肆了二十倍。最可怖的是,他居然把这些东西就带在身边,就放在家里,他丝毫不考虑这些东西会给我带来什么痛苦,也许,他从来就没想到过我的存在。

多么不公平的命运!我为他……活该!

多种病在我身上爆发并且串成一片,加嘉吓得哭,叫来了邻居,叫来了领导,往 M 湖给梅轻舟拍了电报:"妻重病,速归。"根本没用,连封信都没有。

一口气在胸中萦回,却硬是挣不断!我只盼着一件事,等梅轻舟从 M 湖回来的时候,我变成一个冰冷僵硬的尸体,开始发臭了就更好,即使加嘉变成一个无人照管的孤儿,即使加嘉遭到不幸,我也宁愿。这口气我实在出不来呀!

然而不争气的身体却没有宁折不弯的志气,它凑凑合合地挨着,居然卧了五天床以后我又下了地!而且我继续支撑门面,不但继续照料孩子,而且照旧接待宾客,他们大多是梅轻舟的朋友或者来找梅轻舟的。"你们可真不容易呀!""你们可真是患难夫妻呀!"……每一个来访者都要对我说类似的话,"现在可好了!"他们衷心地为我们祝福。而我不断地点头,不断地微笑,不断地肯定我们确实是苦尽甘来,幸福美满,芝麻开花节节高。

客人们走了以后我痛哭失声,哭了一声就捂住嘴。这里是大城市,这里虽然住得密集,却彼此没有来往,关上门谁也不管谁,不像在 H 镇,不论是和丈夫顶嘴和儿媳妇吵架和领导怄气都可以向差不多任何迎面遇到的人诉说。如果一九七一年丢表是丢在这个大城市,你连哭都没处哭去。在这里,哭也不能大声,因为周围住的都是艺术人,知识分子。

幸福?呸!三年来只要我不高兴,梅轻舟就质问我:"你到底要什么？大城市，三间房，沙发、洗衣机，钱……"那个意思是说，我现在沾他的光享了福。然而我宁愿要我卖血的钱，那每一分钱都来之不易，都有价值。我确实追求过大城市、三间房……而这些东西从一到手的那一天就变成了恶狠狠的嘲笑。这里只有梅轻舟，有他的趾高气扬，有他的洋洋得意，有他的脉脉含情，却没有我的一个立锥的地方。他现在像恩人、像施主一样地对待我这个老妈子，还不如回 H 镇，回到幼儿园那个破烂的小屋，冬天天刮起大风，从墙缝里进风进土，还要用破布条去堵墙缝，还有那张小小的、本来是给幼儿园用的桌子，在那里的生活虽然苦，却还有点人味儿。

而我是多么傻呀，连工作都辞了。我每天盼着他想着他等着他，这反而使他更加不耐烦，连在家呆都不愿呆了，给我几个钱，避开我的"纠缠"……

他在 M 湖玩够了，喜气洋洋地回来了。当天晚上睡得像死狗，我哭了一夜，他不知道，即使我立即喝敌敌畏，然后躺在他身边，挣扎、抽风、断气，他也不会醒来。我顺手一摸，手到擒来，从他的衣袋里又摸出一张女人照片，这次他去 M 湖新结识的。

醒来以后他看到我这个半死半活的样子，他先拧眉头，再对我来一套花言巧语，什么我永远是他的小鸟，什么他结识的所有女性都佩服我的远见和羡慕我的运气，什么艺术家的妻子就应该守空房……这是一种特殊的乐趣，什么他准备帮助我也搞一点写作……哄骗不成变成了反击、威吓、暴跳如雷："你到底安的什么心？在所有的人向我微笑和挥动花束的时候，你老是哭丧着脸！你这个晦气鬼！去趟 M 湖都不让我舒心！你就是要承认差距，我是艺术家，你不是，这赖谁去？"最后干脆宣告："我不是六六年结婚以前告诉过你了吗？我没有剩下对你的感情，我本来就不爱你，是你不依不饶地缠着我……"

然后他安静了些，开导我认识时代："现在真正文明的人普遍怀疑婚姻制度的合理性，婚姻成为枷锁、家庭成为牢狱是普遍反映。现在的爱情关系应该是开放的而不是封闭的,自由的而不是作茧自缚的,灵活的而不是僵硬的……比如说,你爱我,很好。爱是什么呢?是一种吸引,而不是占有,那么你就像一个情妇一样地来争取,来吸引我吧,最可怕和可恶的是你摆出一副合法夫人的架势来……"

我多么想啐他一口啊!可是我连啐他的气力都没有,我该死,我活该!

等我把信和照片的事讲出来以后他先是哈哈大笑,"这有什么稀奇?×××,×××,××,××……"他一口气说了十几个名字,介绍他们的风流故事,证明所有的人莫非如此。见我不言语,他不知怎么一想又害怕起来,便说现在他的小辫子抓在我手里,我要他生就生,要他死就死,要他身败名裂就身败名裂……他说他天生就是情种,他有感情,但没有意志,他不能拒绝那么多追他的女人,那些人同样有爱的需要和爱的权利。女人们喜欢他正是因为他感情丰富,我爱他不也是同样的原因吗?为什么我不能原谅他呢?

我说我从来没有怪罪过他,他有行动的充分自由,我的痛苦全是自找。如果他真的爱上什么人,我并不想成为他的枷锁,构筑他的牢狱,我可以和他离婚……

不等我说完他就大叫起来:"这是什么意思呢?如果咱们离了婚,各方面会怎么看我?'对立面'会怎样攻击我?"

我继续说,我所要求的不是他对我个人的忠实,而是他对自己的爱惜。小半辈子已经那样过去了,现在是刻苦做出点成绩来的时候,他不应该这样荒废自己,他不能这样不爱惜自己的时间、生命、身体、情感……

他感动了,搂着吻我,使我衰弱的身骨都散了架,他说:"我到处寻找爱却忽略了自己的妻子,原来我真正的爱人就在这里,就在我的身边……"

我终于摆脱了他的狂吻,只觉得喉咙里漾着酸水。

他表示完全接受我的意见,哪儿也不去跑了,把自己关在家里写新东西。然而,他在家一个小时也安不下心来,他不读书、不看报、不记笔记也不写作。半个月过去了,除了几封吹捧他的旧信以外,他反复阅读的只有一篇文章——便是剧评权威赵威猛写的(其实是梅轻舟自己写的)《梅轻舟论》,这篇文章倒是他去 M 湖的一个收获。他写完,寄给赵威猛,再由赵威猛寄到北京,发表出来了。不读这篇文章的时候他就抽烟,有烟灰碟却偏把烟灰抖落一地。然后坐在沙发上把脚放在高凳上,眼望着天花板出神。然后站起来气冲冲地踱来踱去,抓耳搔腮,像关在笼子里的猴子……

这个时候剧院领导找了他,原来他在别处搞的那些我至今也弄不清的暧昧关系的事情发了,麻烦找到他的组织头上。从剧院回来他大哭大叫大闹,说是我对他捅了刀子——告发了他,他要自杀,他要杀我,他要杀加嘉,他要点一把火……后来弄清了,我没有告发他,恰恰相反,我一直守口如瓶,为他打掩护。于是他悲喜交集,感激涕零,他哭起来了。

这些日子里,他充分表现了自己的戏剧天才,他悲,他喜,他怀疑,他愤怒,他痛苦,他委屈,他猛醒,他追悔,他希冀,他气恼,他请求原谅,他笑,他踱步,他突然坐下或突然站起,他有沙发不坐却半坐在木凳上,而且把木凳的三条腿跷起来,只一条腿着地。他颓然瘫坐在沙发里,他弯曲自己的指关节,他托腮,他挥手,他叉腰,他拍胸脯,他咳嗽,他打喷嚏,他打哈欠,他肚子疼并且急着上厕所……一切都有板有眼,有姿有态,有腔有调,有造型有亮相,有起伏有波澜……

然而我看得清清楚楚,他的心是再也收不回来了,不论是对事业还是对家还是对我,这不是链子所能拴得住的。

于是我通知他他完全自由,我绝不限制他,不告发他也再不和他纠缠,如果他需要,我还可以继续做他名义上的妻。他拼命控制自己不要太轻浮,他甚至还演出了一个悲戚动人的场面,他说他还是爱我的,这与他的行为并不矛盾,因为人们正在建立新的观念。我点点头,表示我也懂,我也"新"。他欣喜若狂地第二天就走了,我病得更重了。他是倒退着离开了我的,打开房门后便迈动轻快的步伐下楼,他的脚步声像敲击着轻快的鼓点。

我昏倒了,住了院,又醒过来,全身的骨节好像都生了锈,全身的肌肉都扎着刺。我落在深渊里了,渊是黑的、深的,不见底,没有水,只有泡沫,还是泡沫。

我完全不明白,这究竟是一出什么戏?为什么过去几十年的迫害和冷遇并没有摧垮他,而小小几个成功就使我们活不下去了?

我完全不明白,梅轻舟到底是个什么样的角色?性格悲剧?时代悲剧?思潮?道德?坏分子?

我呢,追逐了一生,只是得到了一个肥皂泡。当我终于抓住了这个五颜六色的肥皂泡的时候,一声轻响,破灭了。

给我点理智,给我点力量吧!虚荣和所谓爱情,你们害得我好苦!如果我还有一口气,我要回 H 镇,回幼儿园,回到年迈的爹娘身边,回到那城关旁长满了绿色庄稼的河滩,我还要告诉年轻的姐妹们,要长点志气呀……

发表于《小说界》1983 年第 3 期

黄杨树根之死

一

一九七八年七月十四日,这一天,正是马文恒的三十五岁生日。他鼓起勇气,拿起自己写了四个月、改了六次、誊了两次的短篇小说稿,来到一幢不起眼的灰楼,心怦怦跳着,敲响了《文学月刊》编辑部小说组办公室的门。

心跳得实在太厉害了,似乎在胸腔里横冲直撞,硬是要把人击倒。

天也太热,口干,舌燥,七窍生烟,细胞液变得黏稠滞重。报纸上预报的白天最高气温是摄氏三十五度。

从走近这个楼起,就好像置身于十盏聚光灯的照明之下,他的生理的与心理的、外在的与内涵的、先天的与教育的全部缺点不足,纤毫毕现。

头呈不规则的球形,头发怎么梳也无法使那种说茄子不像茄子、说南瓜不像南瓜的脑瓜变得规范一些。左眼比右眼大,两只眼都是肉眼泡。颧骨太高而下巴又太宽,牙齿缺了三枚,影响嘴唇的端正饱满与口齿的清楚伶俐。上下身不合比例,脖子太长而小腿太短。手太大而脚太小,堂堂男子穿的竟是三十八号小鞋。进入这个他神往了二十五年的权威性文学月刊的编辑部灰楼的时候,他甚至怨恨父母,为什么把他身上的每一个零部件都没加工好,他简直是一件用废品草草组装起来的处理品。

真想回炉再造呀!

稿子送去以后等了一个月。这一个月,他重又做起了少年时代常常做的梦。他有一种罪恶感,他已经三十五岁,娶妻生子,前一年刚刚提了一级工资。超过了做梦的年纪而去做少年时候的梦,就像一个老太婆硬要把自己打扮成少女招摇过市,那是罪过,招人厌恶的。

但他还是梦了,梦见自己的小说发表出来,梦见白发苍苍的主编请他吃饭,梦见他跻身文坛,与作家、大师们碰杯祝酒,梦见书店的柜台上摆着他的著作《文恒选集》。梦见他在巴尔扎克、歌德、托尔斯泰的故居参观,梦见契诃夫给他托梦,说:"我凄凉……"梦见多情的女读者给他寄来泪水打湿了的、带香粉味儿的信,梦见他在文学大会上发表演说,他妙语如珠、才华横溢、潇洒自如,连小腿都加长了七点五厘米。他还梦见他走过一个城镇,玫瑰花天降如雨,一架飞机平地起飞,一座半身青铜雕像落成剪彩,汽笛长鸣,海涛滚滚,生活变成了高速公路,他把整个世界都甩在了后面。

醒来后,他面红耳赤,无地自容。他想打个电话给那个接他的稿子去的面部无表情、眉毛向上挑的女编辑,说他决定收回他的稿子,无劳编辑大驾审读。他又不敢。退稿,受辱,最后到了搞运动的时候还要挨批,这是他二十郎当岁儿,没娶媳妇,没抱孩子时的经验。幸好谢天谢地,史无前例的非常及时的(对于他来说简直是晚了一些的)"无产阶级文化大革命"治好了他大概从胎里带出来的爱好文学癖病,当他把他最喜爱的《家》《骆驼祥子》连同《贵族之家》《樱桃园》《复活》……投到火焰里的时候,他觉得他确实是获得了精神的大解脱、大解放。大风起兮云飞扬,大火起兮书烧光,无牵无挂兮游四方,滚你文学的蛋兮……咚,咚,锵!

旧情未断兮红尘误,死灰复燃兮泪如注,再写小说兮名《春雨》,心怦怦而意怯怯兮送到编辑部,日复一日兮周复周,音信杳然兮何以自处？

　　马文恒抽出一张扑克牌，按他的说法是这样：红桃，上上，小说发表，一鸣惊人。方块，中，小说发表，无人理睬。梅花，中下，原稿退回，鼓励一番。黑桃，下下，原稿枪毙，遭到嘲笑，甚至还有别的麻烦。

　　马文恒骑自行车过十字路口。他默想着，如果自行车到达的时候绿灯仍然亮着，将意味着写作成功，如果变成红灯了，将又是一场空！偏偏绿灯一闪一闪，变成了黄灯，这不可知的文运呀！

　　我怎么变得这样庸俗和卑微？文学是神圣和崇高的事业，我写作的时候怀着那么多诗情、哲理、善良和高尚的思想……如今，却为几篇稿纸、几格歪字的命运而断肠！

　　难道一个人的命运竟与一篇四两重的文稿相连？

　　无怪乎契诃夫小说里的人物说："我凄凉……"

二

　　三个月后，金风送爽，天高云淡。

　　经过修改，在编辑同志亲自动手帮助下，《春雨》发表出来了，获得了一致好评。

　　谢谢你，编辑同志，让我吻一吻《文学月刊》的散发着亲切的彩墨气味的封面。谢谢你，评论家和读者，你们竟注意到了我这么一个无名小辈，不吝啬你们的聪明的夸奖，什么来着？"生活的哀歌与赞歌""清新隽永，萦绕心头""可喜的新人，可喜的新收获"，还有那令人不好意思的"值得重视的才华……"

　　天！三十五岁了，从十岁起就喜爱文学，就在小本子上偷偷试笔，没上大学最后当了出纳，把一切业余时间和挤出来的金钱都用在文学事业上，茹苦含辛，怕呀怕呀怕（怕失败，怕嘲笑，怕前功尽弃），终于，被承认了"才华"！

　　君不见，黄河之水天上来。笔落惊风雨，诗成泣鬼神。指点江山,激扬文字。哎呀呀,王老五,说你命苦真命苦,白白活了三十五!

谢谢了,生活!谢谢了,时代!活了三十五年以后,经过无数次希望和失望,终于绝望,而最后又产生了希望之后,终于,人们可以发展自己的兴趣、自己的爱好、自己的才智、自己的情感、自己的心灵了!人们的精神生活,受到的不再是粗暴的践踏与任意的捉弄,而是鼓励、是关怀、是温暖。谢谢你了,祖国的太阳!

十月下旬,马文恒收到了当地作家协会分会的通知,请他去参加一次小说作者的茶话会。作家协会,这四个字真让人想哭一鼻子。少年的幻想,青春的美梦,成功的魅惑,完全不是那么回事的现实……都已成为凋零的往事。他已经不像二十多岁的时候那样懂得语言的美,文学的美,艺术的美了。他已经不像二十多岁时那样甘愿为了文学而憔悴,为了文学而献身,为了文学而把自己点燃了。他已经不那么膜拜文学、信赖文学了。他甚至曾经为自己经不住内心的诱惑而写了这个《春雨》而后悔不迭。他本来已经不愿意打破自己的比上不足,比下有余的平静的生活了……在灰尘已经撒满他的生活的时候,叮叮叮,砰砰砰,作家协会自己来了,敲他马文恒的门来了。

如醉,如痴,如舞,如歌,许多过去只是在梦里,在日记本里,在书刊上出现过的名字和名词开始出现在他的生活里了。"不,这样太芜杂。"灰白头发的副主编说。虽然他说话带着山西口音,但他运用这些名词的纯熟精当仍然使马文恒神往。比如,他不说"杂乱",也不说"啰嗦",而说"芜杂"。特别是那个"芜"字,音发得多么优雅,多么好听!还有一位让他五体投地的中年作家,五十年代这位作家已成名,后来他受到了不公正的待遇,如今复出文坛,已经连发了三篇精美绝伦的作品。这样的人物简直带传奇性……也和他坐在一起喝茶,开会,并且人家主动与马文恒握手。马文恒慌忙站起来,撞倒了茶杯,茶水溅到了人家衣服上。人家毫不在意,连眼睫毛也没动一下,紧握着他的手不放,用浑厚低沉宛如刘秉义的嗓音对他说:"《春雨》写得不错,我看了,《春雨》写得蛮好。"然后,中年名作家把住家地址留给了他,"有空到我那儿坐坐去……"好久,马文恒想不清这句话是什么意思,看不懂××大街××巷××号这一行字,他的大脑停止了思维。难道这是真的了么?从此,他将成为名作家家里的座上客?

作协分会的负责人是一位老散文家,他并且是党委的分管文艺工作的宣传部副部长,高身量,阔脸庞,带着一种半深思半矜持而又时而出现微笑、旋即转变成庄严的伟大表情。雍容华贵,仪态万方,连去上厕所的时候,起身,转身,扬臂,抬腿,仰头,舒眉,一只脚落地,另一只脚前移……都显得那么高雅,那么自信,那么胸有成竹……马文恒本来是坐在最后排,躲在一角的,偏偏副部长一眼就看见了他。"你叫什么名字?"副部长的问话直爽而又随意,马文恒回答了两次才答清楚。"嗯,小马同志,坐到这边来!"副部长给他指定了座位,他只好诚惶诚恐地走过去。"你在哪里工作呀?"副部长声音洪亮地问,马文恒脸更红了,"在烧碱厂。""什么厂?"副部长好像没有听到过。马文恒又说了一遍,副部长也许仍然听不清楚。"搞什么呀?"副部长又问。马文恒越是不愿意当众与领导干部兼老作家谈话越是止不住对方的话头。"搞什么呀?"副部长又问了一次。旁边一个工作人员解释说:"问你做什么工作。""出纳。"他答。"出纳?"副部长皱起了眉头,"那个,那个那个,有时间写作吗?"在副部长的三个"那个"里,包含着更多的意思,似乎是在问他对这个工作是否满意,似乎在考虑另外给他安排更合适、更富有文学色彩的工作的可能性。一股暖流传遍了马文恒的全身,他说:"有时间,没问题。领导上对我很照顾,很支持……"

一次小小的茶话会,预示着马文恒从此跨上了文坛。在他写《春雨》的时候,抱着一种"死马当活马医"的心情。从他十五岁第一次给《文学月刊》寄稿子算起,二十年已经过去了,他的灵感之马、创作之马(意马心猿嘛)早就死去了。谁想得到,就在一九七八年夏秋之交,他的马儿活了,欢蹦乱跳,抖鬃长嘶,扬蹄甩尾……是一匹千里马呢!

一次小小的茶话会,好像马文恒在这次活动里喝的不是清茶,吃的不是果干,而是喝了琼浆玉液,吃了仙丹妙药,吸了日精月华。来开会的时候还是自惭形秽、一身的俗浊之气,开完会后便觉得身轻体健,飘飘欲仙,路漫漫兮修远,风飘飘兮吹衣,喜盈盈兮上眉梢,兴冲冲兮心如潮……

三

一架喷气客机在从事国内航班的飞行时,往往要把百分之三十,有时是百分之四十,有时甚至是百分之五十的能源耗费在起飞上。难就难在起飞上,费劲就费在起飞上,当飞机升到预定的万米高空以后,维持平稳前进,就易如反掌了。

一个短跑运动员也是这样。他要憋足力气用在起跑的一刹那,经过起跑,再经过加力的疾跑,到中途跑的时候,双脚和双臂的运动,几乎是自然进行的。

一粒种子的发芽也是如此。关键在于出土,要挣裂板结的土地表层,要顶起压在头上的砖头瓦块。出土难啊出土难,出土以后就不难!

雪里难寻炭,锦上易添花,自古皆如是,劝君莫怨嗟!

一九七八年十月到一九八〇年十月。

两年中,马文恒用"温航"的笔名在全国各地报刊发表小说和散文《春雨》《星光》《真情》《新凉》《月华》《流水》《暖风》《高原》《噩梦》《朝阳》《追忆》《采茶》等十余篇。其中《春雨》和《暖风》获奖。

在评论温航作品的文章中出现了如下的令人陶醉、令人消融的词句:

"起点高,出手不凡,给文坛带来一股清新的气息……"

"时代呼唤作家，作家也呼唤着新的时代。于是出现了温航，他找到了他自己，形成了他的小说的独特的双字题风格，他独具慧眼，发人所未发……"

"读温航的作品我禁不住想到鲁迅的深邃，契诃夫的忧郁，屠格涅夫的典雅，海明威的简练。但不，温航不是鲁迅，温航不是契诃夫，温航不是屠格涅夫也不是海明威，温航就是温航，也只是温航，温航就是他自己。"

"当我们阅读温航的像泉水一样迸发喷涌出来的一系列新作的时候，我们很难相信它们是一位三十多岁的文学新人的手笔。它们太老练了，那种宏伟的气魄和精湛的技巧显示了惊人的成熟……"

"温航的作品的特点可以用三个字概括：新、深、真。就是说立意新，选材新，手法新；感情深、思想深、开掘深；人物真，环境真，细节真。能新才能深和真，能深才能真和新，能真才能新和深。新而不深不真是猎奇的江湖术士，深而不新不真是晦涩的故弄玄虚，真而不新不深是爬行的有闻必录，都不足取。而温航，从一出现，便体现着新、深、真的平衡与和谐……"

这些评论刚刚出现的时候曾经使温航（读者注意，再不要叫他马文恒了，马文恒这三个字太俗气，提这三个字会叫他不高兴的）和他的妻子一夜一夜地睡不着觉。通常，妻子和他兴高采烈地说上一会儿话就要打哈欠、流眼泪、淌口水，一心想睡的。但有好几次妻子每逢刚刚要入睡的时候，马文——该打！温航便又叹又叫又哭又笑起来，"玉玲（温航妻子的名字），想不到真的有了这么一天，你记得两年前那个秋天的下午吗？那天赶上我补休在家，躲在书架后面写东西。忽然，你喊着叫着冲了进来，我还以为是大宝（他们的孩子）被汽车轧着了，真像是天塌下来，出了大祸事啊！我的心怦怦地跳，当时我正在写作，太专心了。你这么一冲可把我吓坏了……原来，是《文学月刊》来了，第一篇，就是我的《春雨》，花总算开了，虽然迟了一些。那一夜，我就像得了热病似的，浑身滚烫，心乱如麻，脑子里乱成一团……"有什么办法呢?听他第二十五次说这一段并不久远的往事,妻子又醒转来了。这样弄上几次,就成了条件反射,以后只要报刊上有有关温航的评论,当晚玉玲就不敢睡觉。有时候温航并没有说多少话,只在一旁自思自叹。玉玲仍是不敢睡,看看快要睡着了,忽地就吓醒了,吓出一身汗。她恍惚听到了丈夫的叹、叫、哭、笑,恍惚听到了丈夫又在那里说:"想不到真的有了这一天!"

这样的褒奖的评论看多了,渐渐不足为奇,渐渐觉得理应如此,那些评论文章就该当为自己抬轿。谁让我写得好呢?我又没有求他们评我的作品。再看上几篇,开始觉得麻木。太一般,这些评论写得都太一般,夸来夸去还是那几句话,瞧人家外国的评论,能夸出花儿来,能夸出画儿来,能夸你一个大跟头!再看几篇,评论开始引起他的不满了。当一篇评论肯定了他的某一篇新作的三条长处的时候,他感到这篇评论忽视了他的另外五篇新作的三十条长处。挂一漏万,这究竟是表扬我呢还是贬低我呢?他想。

一九七九年春天,当《春雨》获奖以后,他的一个当编辑的同学提出来愿意帮他活动离开财会工作岗位,到一个儿童文学杂志社当编辑。他虽然不是搞儿童文学的,但作文字工作总是比记账算账贷方付方分类数票子更能引起他的兴趣。温航感激不尽——又错了,他那个时候还是基本上维持马文恒这个大号的。马文恒为感谢他的这位同学,特地从《春雨》的奖金中抽出百分之十五,请这位同学还有另外几个老友吃了一顿烤鸭。三个月后,由于另外三篇新作的成功,马文恒已经正式嫌弃和抛掉了马文恒三个字了,而且这里的话剧团的一位主管业务的副团长登门拜访了他两次,动员他去剧团当编剧。"说是编剧,实际上就是专业创作,一切由你自己安排。你愿意写戏,就写一点,不愿意,写你的散文、小说去。我是最开明的,从来不干涉创作。小说写好了,可以考虑能不能改编成话剧嘛,把作品立到舞台上,那是最叫人高兴的事情喽。来吧,来吧,你到了我们这儿来就知道剧团的好处喽……"话剧团副团长这样对温航说。就是这个时候,吃过马文恒的烤鸭的那位老同学兴致勃勃地来找温航,"行了,一切都妥了,明天就发调函,你就准备办手续吧。这边也都谈妥了,下个月你就到儿童文学杂志社领工资去吧。文恒,怎么样?"

温航翻了翻眼,对叫他"文恒"很不满意,多么俗不可耐的两个字,现在提这两个字简直是无视他的成就与地位的变化……"对不起,我不去了,我不想当编辑,也不想搞儿童文学。"他冷冷地说,铁青着脸,噎得老同学几乎把三个月前吃的烤鸭呕吐出来。

去剧团的事办得很快,一个月就办好了,调函到达,人事科通知温航去开介绍信。温航向人事科走去,您说有多巧!就在这个时候他半路上碰到一个陌生的女同志,单长相就高人一等,温航只觉得眼前一亮。"请问,到哪里可以找到温航同志?"女同志吐字清楚,声音甘美。"我就是啊。"温航连忙说。

女同志来自外地的一个电影厂。她原来是演员,现在在编导室,要不怎么与众不同呢。她来约温航写电影剧本。她很健谈,询问了有关温航的一切。当她知道温航即将去话剧团报到时,她断然说:"不,不要去话剧团,还是去我们那里。"她的口气俨然是操有决定大权的全知全能人物,然后她讲了电影厂胜似话剧团的十二条理由。

……后来,他既没有去剧团,也没去电影厂。几经曲折、挑选、决定、推翻、再挑选、再决定、再推翻,直到一九八〇年春天《暖风》再次得奖,然后去文学讲习班学习了半年,到八〇年秋,他成了这里的少数专业作家之一。

当了专业作家之后,再回忆那十几年的出纳生涯,账簿与湿海绵,算盘与发货票,预算与报表,拾元、伍元、贰元、壹元、伍角、贰角、壹角纸币与伍分、贰分、壹分硬币,简直像一个荒唐的玩笑。命运多么会和我开玩笑呀,竟让一个优秀的作家当了十几年出纳!不仅是荒唐,而且是愚蠢,是侮辱,是野蛮,是罪恶,不可思议……

比起"马文恒"来,他更不喜欢"出纳"的旧事重提,他像害怕瘟疫一样害怕文艺界知道他原来曾经是个只知道点票子的人。在一次文学界的联欢会上,有一位二十多岁的小青年,不知从哪里知晓了他的来历,对他说:"温航老师,我和您是同行。"他不解其意,翻了翻眼。"您原来是当出纳的吧?我现在也是出纳呀!"小青年说的时候兴致勃勃。温航皱起了眉头,唔了一声,他用厌恶的眼光看了那小青年一眼……幸好,小青年神经发育健全,如果是脆弱一点的,说不定回家后会轻生寻短见。

四

此后整整两天温航情绪不好。早饭后泡上一大杯茶慢慢呷,本来是他的一大乐趣,但他突然发现,茶叶串了味儿,似乎茶里掺和了甜面酱、花椒和固本肥皂。他黏黏糊糊,絮絮叨叨,埋怨妻子不该把没有拧紧盖子的茶叶筒放到厨房。妻子不服,反驳说,第一,盖子已经拧紧了,再拧就会脱扣,叫做物极必反。第二,从打他们结婚,茶叶筒一直放在厨房而不是放在卧室或者厕所,因为暖水瓶和茶杯也一直在厨房。十年了,没出过问题,为什么忽然没事找事起来?

他挥挥手,他不想和妻子争吵,进一步败坏自己的已经够坏了的情绪。这天中午接到六十元的稿费汇款,这本来是喜事,但也使他消沉,写稿、改稿、校对、发表、领稿费,这就是一切吗?

晚上他拿起了一本新到的期刊,刚看了几页,砰砰砰,有人敲门。开开门,是两个人,一高一矮,一胖一瘦,来自外地的某刊物编辑部,向他约稿。两年以前,当第一次有编辑登门造访的时候,他兴奋,他感激,他快乐得战栗而且晕眩,听到编辑两个字他就诚惶诚恐、肃然起敬。但如今,这种素不相识的千里以外的不速之客只能使他烦乱,天下不平何其多?当年,他寄稿子的时候,送稿子的时候,是那样战战兢兢,恨不得给编辑叩头。曾几何时,已变成了他安坐家中按他自己的意愿和情绪接见编辑了。对有些人,热情礼貌,对另一些人,带搭不理。呜呼!

这一高一矮一胖一瘦的二位编辑讲了几句对他的作品的恭维话,他情绪好了一点,并且原则上答应尽快给他们写一篇。

他们走了以后,他却睡不着觉。每天晚上失眠的时候,他最清醒。他不是不善于内省,不是不善于倾听自己的声息并且无情地剖析自己。他想起了自己在听到恭维话以后貌似无动于衷实际上立刻快活起来的表现,他想起了为提到出纳而被他"干"(阴平)掉的小青年的尴尬,他也想起了那个为把他调到儿童文学杂志而四处奔走的老同学,现在人家根本不登他的门了。

怎么会是这样的了?他悚然,他觉得胸闷、腹胀、微微有点恶心。对了,晚上的带鱼不够新鲜,拾掇得不干净,煎鱼的油似乎也有点哈喇……唉!

他从小就喜爱文学,从小就沉迷于各种课外读物。朱自清的《匆匆》大概是小学三年级读的。十岁的他背诵了"燕子飞了,有再来的时候,花儿谢了,有再开的时候……"并且觉得怅然若失。他在夜晚看着遥远辽阔的天空,觉得确实一切都是那么匆匆,他应该在这匆匆中抓住点什么。于是,他买了一个笔记本,开始在本子上"习作"。十一岁时他读了安徒生的《卖火柴的小女孩》,那是他第一次感到了神圣的激动。一根又一根火柴,划着了又熄灭了,当火柴燃烧的时候,小女孩看见烤鹅、火炉、祖母,甚至她冻死以后脸上也带着笑容。我将来也要写出这样的东西来!幼小的他已经隐隐约约地知道,文学应该给不幸的人带来一点光,一点热。大量的文学作品的阅读使他的心变得柔软了。当一九六八年,"文化革命"最初的高潮过去,他又开始偷偷地找出"封资修、大洋古"小说来看的时候,虽然那时他搞文学、当作家的心思早已断绝,他还是常常在读书的时候哭泣起来。不仅《家》里的鸣凤叫他落泪,每读一次他都落一次泪,而且《牛虻》也让他像撕裂心肝一样的痛苦。后来重印了《红楼梦》,他又为大观园里那些莫名其妙的公子小姐丫环而悲伤,伤心不已。

几十年来,他养成了这种多感的性格,不仅在读书的时候。冬天,他常常望着一些住着破旧的小房子的人家的烟筒里冒出的烟出神,烟是软弱的,烟是朦胧的,烟其实是孤独而且冷寂的,它怎么挣扎奋斗,也无法保持自己的形体、自己的轮廓,它无法显出自己的面目,无法保护自己的温热。这种式样陈旧一如他出生以前的锈迹斑斑的洋铁皮烟筒里冒出来的软弱的烟雾,也常常使他怀旧,想起自己的狭小的、不如意的、平庸的生活。春天,早春,明明别人还觉得很冷,明明大家都在抱怨这一年的早春比三九天还冷,甚至报上的气象预报确定无误地标明了实实在在是温度在下降,偏偏马文恒倒能第一个发现凛冽的寒风里开始出现了一丝温柔,一丝春意。他往往能够第一个发现墙脚的第一株绿草和杏树枝上的第一个蓓蕾,他是这样地渴望把这个消息传递给众人,却苦于无法引起庸众的注意。

他并不很喜欢去电影院或者剧场,特别是在除了"冲云天"便只有"冲霄汉"的那些年,但他喜欢在路过某家影院、剧场的时候停一停步。人们在往影院里拥,或者从剧场往外挤,这完全不是什么新鲜美丽的场面,但他往往每次停步都有不同的感受。有一次他是这样想的,剧场就像水库,人流就像水流,水流蓄进了水库,再从闸上流出来,至少应该沉淀下一些沙尘,变得更明净些,为什么从剧场里出来的人却是推推搡搡,粗野无礼的呢?他悲哀了。

在写作中他得到了不少报偿。写作给人以温热,以光,以春的消息,以沉淀和明净,甚至他也曾怀着深情抒写过那轻烟也似的人生,他愿安慰那些渺小的人。他觉得他给大家划了许多火柴,也给自己划了许多火柴。在现实生活里,他是无论如何也舍不得划这么多火柴的,虽然火柴只要二分钱一盒。他在火柴的光焰里不仅看见了温暖的房子、烤鹅、祖母,而且看到了那么多人的相亲相爱。他们看完电影从影院的旁门走出来的时候,好像刚刚洗过了脸,洗过了澡,他们是清洁的,文明的,温和的,微笑的和彬彬有礼的。每个人都能使自己比现有的情况变得更好那么一点点,如果都能好那么一点点,那么生活就会好得多了……

然而，他自己却不能。当他把自己的火柴一根接一根地点燃，不停息、不喘气地划呀、划呀、划的时候，当他照亮了一部分世界的时候，他却觉得自己本身更黑了。他把自己的童年的稚趣，少年的梦幻，青春的热情，以及随后的克制、朴质、坚韧和等待一篇又一篇地写到了作品里，他渴望从此得到一个他渴望已久的新的世界，新的人生。然而，他发现他根本无法抓住自己的头发离开斑驳的有时候还是泥泞的地面，他愈来愈失望了。

追溯起来，那还是在他第一次获奖、第一次获得好评的时候。他与一个盛赞他的批评家一起吃饭。那位批评家白发苍苍，身材矮小，瘦骨伶仃，但对他充满感情，和他共同举杯，用天文学家发现了一颗新星作比喻，表达他看到他的作品时的激动。马文恒热泪盈眶，感到第一次发现了自己，回归了自己，被承认了自己。总之，第一次变成了真正的自己，一下子比原来高大得多、重要得多、美好得多的自己。就在这个时候，一个梳小辫子的女服务员端来了香酥鸡。

他用筷子头撕下一块鸡肉，蘸了蘸胡椒盐，吃到嘴里，马上觉得味道不对，而且似乎有一股不应有的黏液从本来应该烧得酥脆的鸡肉中挤了出来。

"同志！"他招呼那个服务员。

小辫子正背靠着柜台与另一个小辫子闲谈，没有听见他的招呼。

"同志！"他放大了声音，并且做了一个手势。

服务员转过头来了，两眼看着他，但一动也不动。三秒钟以后，小辫子又回过头去说笑去了。

"同志！"他第三次大叫，拍响了桌子。

"你喊叫啥？"小辫子靠着柜台回了他一句，仍然不准备走过来。

喊叫！啥！难道他这个刚刚认识了、找到了自己的价值和尊严的大写的人竟被称做"喊叫"和"啥"吗？而且连动都不动……

侮辱，真是莫大的侮辱，就这样随随便便地侮辱别人！就在他的《春雨》里，他还描写一个女服务员的美丽的心灵。而现在的这个人,却全不在意,全无心肝地侮辱了他,她们轻慢别人、侮辱别人已经成了习惯,成了天性……

咚!他捶响了桌子,一个羹匙落在地上,摔碎了。"我叫你过来!"他大喝道,吓得白发评论家一哆嗦。

然后是一场令人难堪的争吵,他像一个小市民,一个全无教养的粗人,一个穷极无聊寻衅闹事的准二流子一样与饭馆服务人员吵起来,评论家怎样劝阻也阻不住。他调动着自己的语言宝库里的全部恶毒的、伤人的、杀人的词汇,攻击对这种争吵并不发怵、远远比他更善于应付场面并时刻给对手以巧妙的还击的小辫子。小辫子侧面迂回,对瘦骨伶仃的评论家说:"好玄!您瞧他这是犯什么病了?您快叫辆出租车送他去精神病院吧!"不错,马文恒当时确实觉得自己得了精神病,他真想动手打人,摔桌椅板凳,拆房,最好是给这家饭馆浇上汽油再点一把火……也就在这盛怒的时候,他突然止住了,他看了看评论家、自己、服务员和围观的人,他突然咬住了嘴唇,咬紧了牙关。他缴纳了赔偿羹匙的两角四分钱,一声不响低着头走出饭馆,低声地、有气无力地与评论家告别以后,突然,就在大街上,他哭起来了,泪水腌咸了他的嘴唇……

这是一个多么令人沮丧的征兆啊!他隐隐觉察到了,成功,正是幻灭的开端。

五

温航用了一个星期的时间写自己的童年生活回忆,这是那一高一矮、一胖一瘦的编辑约定的。人家正在编辑一套《作家的回忆》丛书,他被约撰写这种"回忆录"式的文字,说明他已经晋升到"德高望重"的"老作家"之列了。当然,不是说年龄,这一年他只有三十七岁;而是说成就和地位,他已与老作家们平起平坐了。

他开始回忆和书写他的童年。家乡,梨树和枣树,渠埂上的水蛇,一浇水便爬出来的地老鼠……进城以前,他拉大便以后从来没有用过草纸,而是用秫秸叶子和土坷垃……多么荒谬的生活啊,怎么能想象一位誉满全省的作家用土坷垃揩屁股呢?

他来到了城市。开始,他说话带着浓重的乡音,上小学以后,他的同学,那些城里生城里长的娃娃们管他叫"小侉子",编了一首歌谣嘲笑他:

> 小侉子,小傻子,
> 伸着一只小爪子,
> 小爪子,黑爪子,
> 三年不洗的狗爪子……

多么野蛮的生活啊,那些嘲笑过他的平庸之辈们,可知道他现在的成绩吗?

苦读和进取,使他在同学们当中终于树立起了威信,没有人敢嘲笑他了。那些考试不及格的"坏学生"课后都来找他,抄他的笔记。小学三年级的时候,他还当了一学期班干部——学习委员。但就在小学四年级下半年,发生了堪称是灾难也堪称是伟大转折的事情:他爱上了文学。

图书馆和书店,昏黄的灯光,旧书的霉烂气味,新书的油墨香,愈写愈长的作文,愈考成绩愈差的数、理、化……等到上高中的时候,爱好文学已经成了他的不治之症。团支部和班主任都用疑惑的目光打量着他:这是一个什么样的学生呢? 生活在"大跃进"和"千万不要忘记阶级斗争"的时代,脑子里装的却尽是约翰·克利斯朵夫、于连、包法莉夫人……

他没能考上大学,这是怎样的愚蠢的偏见啊! 在一九六二年,竟然没有哪个大学肯收温航……这究竟是当年十九岁的马文恒的耻辱呢,还是那一年高校招生工作的耻辱?

"大学对我关上了门,那门是严冷的,麻木的,刚愎自用的……"

他在《回忆往事》中写道。

阴差阳错,鬼使神差。热爱文学,浑身诗意,每个细胞全都满溢着艺术的激情,每根神经上都波动着创造的旋律的他,竟变成了某工厂的出纳,与庸俗的、不洁的、千篇一律的、败坏诗人的胃口与窒息艺术家的心灵的钱票子打起交道来,而且一干就是十六年!

生活是多么残酷!在一九八〇年底,已经颇有名气的温航回忆自己十六年的出纳生涯的时候,他的愤慨和痛苦已经不是安徒生的《丑小鸭》所能抒发的了。他这只白天鹅,不仅曾经被庸人们视为丑小鸭,简直是曾被视为癞皮狗。这十六年,如果他是生活在一种文学的环境、文学的条件之中,如果他有可能像粉碎"四人帮"以后这样尽情发挥自己的才华,如果他有适宜的土壤、日照、温度、湿度和肥料,他也许早就成了一株参天的文学大树!他也许已经出版了十部选集!他也许已经获得了多种国际奖金!按他年轻时候的多感、冲动和干劲,他能!他一定能!

而且,十六年当中,一面是他整天与他不感兴趣的钱票子打交道,另一面在生活中他却缺乏最起码的钱票子。他的衣服打过补丁,夏天买冰激凌之前总要有一番思想斗争……一九六九年,他与玉玲有了孩子。孩子满一周岁时,他想给孩子买一辆儿童三轮车,却硬是舍不得花那三十块钱……多么荒唐,多么可怜,多么痛苦!

在他怀着悲凉与愤慨的情绪沉浸在往事回忆中的一个夜晚,他的老邻居、老朋友老赵前来串门。他与老赵结交已经有十多年的历史了,由于住得近,生活上他们互通有无,思想情绪上互相交流、互相安慰,形同莫逆。老赵喜欢下象棋,在史无前例的那些年,由于生活空虚,马文恒也颇有兴趣地钻研"马后炮"和"双车错"。下上几盘棋以后,他们或烧酒对酌,或粗茶淡饭,总要一起吃点喝点,天南海北地谈上一通,发一通牢骚,骂一通娘,日子似乎过得轻松了些。

近一两年,老赵来得少了,他知道马文恒已经成了温航,情况与以前不同了,怕打搅他。这次是温航的爱人玉玲为了孩子考中学的事情,托在重点中学当食堂管理员的这位老赵代为打听一些有关事项。老赵打听清了,特来报信。

由于有事相烦,老赵一进门,温航和玉玲都站起来身来热情迎接。"哎呀,怎么不常来啦,我们常常念叨你呀"之类的话也说了一些,使老赵心里挺热乎。毕竟人的友谊是常存的,虽然人的地位常变。人世浮沉不足怪,友情永在更堪珍!老赵一高兴就聊上了,讲完了有关考中学的一切"情报"并表示愿为温航的孩子考入该中学而尽力之后,他又谈起与伙食管理有关的许多事:关于水产鱼虾,关于活禽,关于熟肉,关于挂面配方的改进,关于炊事员与管理员与售货员的关系,关于油、盐、酱、醋、腌萝卜与渍酸菜以及关于使用一次性饭票与多次性饭票的优劣得失。温航听得无趣,但因正托人家办事,故脸上仍然带笑,做出一副很有兴趣地听着的样子。玉玲对于这个话题却津津有味。吃,本来就是超阶级、超民族、超性别的属于永恒普遍人性的一件大事,她边听边插嘴,说说笑笑,更引起了老赵的谈兴。老赵所以谈得这样有兴致,还有一个重要的原因,在老赵的下意识里,实觉得能在如今的温航家里胡扯八扯,乃是一种荣幸。

温航渐渐坐不住了,已经四十分钟过去了,他一直洗耳恭听那些他丝毫不感兴趣的东西。这几天他在写往事,他沉浸在回忆里,怀旧,伤感,留恋,愤怒,那是另一个令人爱怜令人怨嗟的世界。他写出的文章将会有屠格涅夫的幽雅,契诃夫的忧郁,朱自清的真挚,杨朔的诗情。当一个人沉浸在回忆、抒情与创作里的时候,他的心灵是柔软的,他的目光是蒙眬的,他的周围的一切似乎都消融在云雾里……在这个时候与他谈镇江香醋与山西陈醋的优劣、红烧肉与回锅肉的长短,简直是蛮横,是近乎谋杀的残酷。过往的生活曾经无情地屠戮过他的青春,现在,又来屠戮他创造的心灵了。看看老赵的牙花和嘴角的唾液吧,还有那下垂的下巴,扇风耳,臃肿的脖子,两手五指并拢在眼前不住下按的拙劣的手势,尤其是那不断地指向他的右手的食指。还有什么"上算""来劲""败火""油水""着吃""实惠""过瘾"

"瞪眼"……之类的词,这一切都是庸俗、无知、麻木、野蛮、愚蠢的淋漓尽致的表现……真是天大的讽刺,当马文恒成了温航,当温航欣然命笔,在家里执着地追求着、缔造着真善美的时候,假恶丑却通过老赵的嘴巴在他身旁泛滥起来了。

不错,他们曾经是朋友,然而那是过去,那是往事的野蛮的证明,是不公正的生活对于他的虐杀的痕迹,是在极左条件下怀才不遇的伤心疤……而现在,他终于复归了,终于被承认、被接纳到真善美、诗、艺术的天堂里去了,还要他耐着性子忍受这种对心灵的侮辱和践踏吗?他为什么要克制自己?为什么要俯就老赵之流的俗辈?为什么不能选择自己所喜爱的、躲避自己所厌恶的?为什么……

老赵正说在兴头上,话题从伙食转向了象棋,看来他还有意与老友杀上三盘,重温旧谊。温航突然站起身来,眉头紧皱,脸色铁青,一声不响,走了。

老赵没反应过来,还以为温航是拉肚子。等了一会儿,又等了一会儿,又等了一会儿,老赵不知是怎么回事,莫名其妙地看着玉玲。

玉玲去里屋叫温航,温航说:"我不能听任宝贵的时间就这样浪费下去!我已经浪费了二十年了,难道还要继续听任旁人剥夺我的时间、我的生命不成?"

温航的这种倏然变色使玉玲也吃了一惊。玉玲也是喜欢文学、喜欢读书的,她对丈夫的爱好从来是抱理解和支持态度的。两年多来丈夫的成功,她也分享着喜悦,这成功又带动了她去更多地阅读,更多地关心和谈论文学。在她的心目中,丈夫并没有因为成功而变得遥远或者陌生起来,无论是马文恒还是温航,出纳还是作家,对于她来说都是同一个活人。当然,丈夫愈来愈忙了,时间愈来愈宝贵了,愈来愈没有时间和她一同操持家务,一同聊家长里短了,她完全理解,完全肯定这是一种好现象。新时期了,各人能发挥各人的所长,搞事业、搞进修,生活充实了,那还不好?即使丈夫有时脾气大一点,她觉得也是正常的,你当写作就那么容易?耗人心肝,耗人脑髓嘛,快别打搅他……

但这个晚上温航的态度使她大吃一惊,真是猝不及防。谁想得到他脸拉这么长,嘴角下垂——也拉了老长,上唇瘪瘪的,下唇却傲慢地噘出来半寸,活像一个小铲子,而且说话拿腔拿调,居然调动了鼻腔共鸣和腹腔共鸣音,连每个字吐得都比日常认真、太认真——近乎做作了!怎么回事,难道跟我也摆起作家架子来了?

"你……"玉玲的颜色变了。

老赵觉察到了一点什么,也可能是方才温航自以为压低了声音的说话被老赵听到了……他抬起脚,不辞而别。

接下去是温航与玉玲的争吵,这是两年来第一次爆发这样激烈的争执。霎时间,玉玲想起了自己为温航的爱好和事业所做出的全部牺牲和贡献:想当初,多少亲友劝阻她与马文恒的婚事,人们说爱好文学的人,一在社会上不被待见,每次运动都是重点,与戴帽、劳教相距只有一步之遥;二不顾家,不会生活,不会修房子抱孩子生炉子炒菜打家具,三一旦成了名很可能乱搞男女关系把你甩了……但她不为所动,把自己的青春和美丽献给了默默无闻、其貌不扬的一个小出纳。现在整天讲伯乐和千里马,说实话,谁是伯乐?《文学月刊》的编辑吗?作家协会的负责人吗?不,她玉玲才是头号伯乐,在他那样寒寒酸酸、畏畏缩缩的时候她玉玲嫁给了他,侍候着他,温暖着他,鼓励着他……就差拿勺喂了!哪一顿饭不是她做好了端在他的面前?嗬,你总算下出几个蛋来了,你现在也算是个作家了,你还得了两次奖,怎么?连我也不认了,说话居然撇着嘴,嚼着牙根子,好像酸倒了牙……

"你这是——怎么了?"玉玲倒吸了一口凉气,问。

温航却完全没有料到自己的态度会刺激了玉玲,他早已经惯于接受玉玲的理解和照料了,所以玉玲的变色使他莫名其妙。"哟,你这是怎么了?"他反问道。

眼泪涌上了玉玲的眼角,她气得喘不过气、说不出话来了。

温航更糊涂了,这不是发神经吗?"我没怎么着呀!"

"瞧你——瞧你这个狗脸……"

"你……出口骂人?怎么回事?"

"……看你狂成了什么样子……老赵,那是咱们求人家办事的老朋友、老邻居……你怎么能够转身就走,把人家晾到那里!"

"噢,是这样!"温航反而平静了些,或者是力图使自己显得平静一些,"我正在写东西,你知道。"他耐心解释,"谁让我做了这样一个工作?我完全沉在我要写的内容里,任何干扰都难以忍受,而把我从写作的境界里生拔出来,让我一个小时又一个小时地去听关于饭票和回锅肉的讨论,这简直是不人道的,简直是……强奸我的意志!"终于激动了,他站起身,来回踱着步子。

"对,你写作,你有理,谁不知道你写作?谁不照顾、不支持你?饭后闲谈一会儿,没有什么了不起,不要吓唬人!人要写作,也要生活嘛!谁让你又有家,又有儿子呢?还有邻居,还有朋友,还有各种杂事……今天的写作,究竟不是深山寺庙里的写作呀!你自己还是应该正常一点嘛……"

玉玲也降了降调子,但她最后说的"正常一点"几个字却刺激了温航。温航鼻孔里出着粗气,重新把嘴撇起来,用发抖的声音宣告:

"正常一点?正常一点的人就硬是当不成作家!作家就是些白昼见鬼的人!一方面,他生活在这个世界,叫做此一个世界。另一方面,一天二十四小时,包括睡梦里,在内心深处,他其实生活在另一个世界……"

"喝!你是另一个世界的!作家作家……跟别人摆作家架子还可以,跟我也……"

"作家不作家,这是一个职业,也是一个事实。偏偏有人不懂,不承认,不明白这个事实!我不折不扣就是一个作家了!我和一般人就是不一样!不要打搅我,不要打搅我……"

"……原来是这样!那你为什么要和我这样一个凡人,又不懂、又不承认、又不明白的人生活在一起？你和一般人不一样？我可和一般人一样，肉体凡胎……你说怎么办吧？"

两个人互相瞪着，彼此像成了陌生人。

"你这不是无理取闹吗？"温航急得跺脚。

"我……"玉玲终于哭了起来。

"唉！"温航长叹一声，披衣走了出去，"简直可悲！简直愚蠢！简直可悲，简直愚蠢……"他走到横穿他的城市的绿叶河边，从河南走到河北，再从河北走到河南，无数次地走上又走下河上的水泥桥。"简直可悲，简直……"他仍然重复着这两句话，看着稀疏的桥灯下的乌黑的浊流，觉得周围是一片鄙俗的暗淡。

六

温航的愤世嫉俗情绪与他在文坛上的名声互相推动，互相助长，成正比例地双双膨胀。"中国的悲剧在于百分之九十九的不知道怎样打发日子的无所事事者集合起来侵犯和剥夺百分之一的有所作为辛劳终日者的时间。"在一篇新作里，他通过一个人物的口宣称。这篇新作的题名叫做《爬虫》，行文立意颇有卡夫卡风。他的上述拗口的警句赢得了一些喝彩，在喝彩声中他又构想出了二十几条同样尖锐或者更加尖刻的句子。

这篇有警句的新作发表之后被两个选刊性的刊物选载，他得了三笔稿费。玉玲建议买三开门捷克式衣柜，被他拒绝了。够了，这种俗不可耐的花费！眼看着自己的灵感与心血的报酬变成了家里的桌椅板凳、鸡鸭鱼肉，他觉得很不满足。早先当出纳的时候，他倒是看到别人家里有自己家所没有的家具与吃食时曾经眼馋过。但是现在，这种庸俗像癌细胞一样使他既恐惧又痛恨。他下决心摆脱玉玲的领导独立自主，用《爬虫》的所得买一点高雅的、与温航的真正的复归后的自我相称的东西。他曾经想买一件乐器，萨克管、巴松、法国号或者定音鼓,后来考虑到管乐器伤肺而打击乐器只适合三流乐师,哪怕是业余的。而且,他的理智足够清醒地告诉他,如果真买了乐器而且呜呜咚咚起来,只能引起与邻居的纠纷。中国的住房条件根本没有提供举行家庭音乐会的可能。后来他想买一条充气橡皮游艇,这是根据一位出过国的艺术家的建议。那位艺术家声称他从汉堡买了这么一个东西,"妙极了!带着它去海边,去湖泊,真是超尘绝俗!"但最后终于没有买,首先因为他和玉玲都不会游泳,他们怕水,他不能设想他们会缩在一个小小的橡皮船里漂泊于汪洋大海,哪怕是不甚汪洋的小湖。其次,他看了几个百货公司,体育用品商店,根本没看到有卖这玩意儿的。他最后恍然大悟,人家是在汉堡买的,而汉堡是在西德北部。

最后他买了一个盆景:黄杨树根。在绿叶河畔的公园里,他下决心用三百五十块钱买了这个盆景,掏钱时脸涨红了,心噗噗跳,手指哆嗦。他自省,这种心理体验足以帮助他在下一篇作品里描写一个失足青年初次扒窃作案。黄杨树根乍一看像一块奇形怪状的石头,灰黄色的木质,黑色的节疤,扭曲的木纹,被挤压得变了形。它又像一件现代派大师的雕塑,表达的是同样奇特、扭曲、挤压的内心冲突和想象力。黑色的节疤上伸出几根短小可怜的枝条,好像是已经进入老年的小儿麻痹者的病肢。枝条上有几片黄里透白的稀稀落落的叶子。尽管如此,这实际上是非常痛苦的黄杨树根仍然具有一种难得的欣赏价值,它能叫温航想起大山,山坡。这种叫做黄杨的生机勃勃的灌木,虽然不起眼,虽然只有二尺高,然而扑扑棱棱,很有生气,而且它有优良的木质。这种联想使他兴奋,也使他惊心动魄地难过。

盆景的盆子也是讲究的,宜兴出的彩陶,古色古香。方形的盆子上大下小,像一个量米的升子,陶质是土黄色的,四面各写两个字:"高山""流水""清风""明月"。八个字镂刻在盆子上,又涂成了绿色,更显得幽雅。

从这黄杨树根盆景来到温航家以后,玉玲更加不快了,周围的邻居、同事凡知道价格的，也莫不摇头，有的还真诚发表意见："不值。"这只是更加深了温航对黄杨树根的感情，他有时坐在桌前，两眼瞪着盆景，无喜无悲，呆呆的一坐就是一个钟头。黄杨树根盆景放在案头，放在房间里的茶壶、暖水瓶、茶碗、酒杯、台灯、火柴、烟灰缸、闹钟、饼干盒、保温杯、墨水以及痱子粉、擦脸油中间，显得无依无靠，不伦不类，惶惶然不得安生。温航悟到这样一点，光有一个黄杨树根是不够的，还需要有字画，需要有高级的文房四宝，需要有硬木和乌木雕花木器，需要荡涤所有的瓶瓶罐罐，所以需要有不止一间窗明几净的房子。他得到了黄杨树根，反衬出来他原来还什么都没得到，这不是更加寂寞了么？

黄杨树根的孤独和寂寞咬噬着温航的心。愤怒出诗人，痛苦育作家。《黄杨树根的寂寞》，一篇新作诞生，发表在一九八一年春天。"寓意奇警""发人深省""令人泪下"……赞扬信使他更觉寂寞。紧接着一本有影响的刊物上发表了委婉地对《黄杨树根的寂寞》进行批评的文章，文章指出《寂寞》虽然写得别致，其实是空虚和苍白的。批评文字虽然和缓，但写得很有真情，使温航若有所动。但紧接着又出现了一篇文章，综论温航的"风格和创作道路"，文章强调温航的特点在于不听命于任何人而执着地走自己的路，文章暗示说任何指手画脚只适宜于才具平庸之辈，而不适宜于像温航这样已经有了自己的道路、自己的特色、自己的角度与自己的风貌的人。文章结尾时说，在温航这一批人当中，将会出现大作家。

大作家三个字又使温航浑身发烫，如同得了热病。他好几天昏昏沉沉，寝不安席，食不甘味，打嗝、漾酸水、头沉、耳鸣、腰酸背痛。他去到医院，医生说是植物神经紊乱，又有医生说是美尼尔氏综合征，给了他许多三溴片、朱砂与五味子制剂。

植物神经，植物神经紊乱，这几个字又给了温航以新的伤感。原来植物也有神经！原来他也有植物式的神经！这么说，他与黄杨树根有着共同的悲哀、共同的孤独、共同的感受了！他无事看着扭曲压扁、被"异化"了的黄杨树根,常觉神思恍惚,凄然泪下!

他真想宣布:"黄杨树根就是我!"就像当年法国的福楼拜宣布"包法莉夫人就是我"一样。

购买黄杨树根盆景的另一个后果是加深了他的家庭裂痕。"这不相称,这与咱们家的实际情况根本不相称!""这不是故作风雅吗?""你别这么酸好不好?"玉玲说。他奇怪,为什么在他默默无闻的时候妻子那样爱他、理解他、支持他,而在他开始发达的时候,妻子却变得无法理解他了,他们渐渐失去了共同的语言。

于是他有时做梦、遐想。他果然收到了一位多情的女读者的附有照片的来信——中国太大了,什么样的人都有。随信还寄来一包芝麻酥糖,酥糖盒上覆盖着一张粉红色的纸,纸上写着一个"献"字。照片不算好看,酥糖不算好吃,但从信中别字连篇的句子中他看到了许多颂词,他看到了崇拜与倾慕,这使他快活了一个多小时。近年来,他听到的颂扬声不少,他已经像习惯于喝茶一样习惯于听到颂扬了。喝惯了茶水、哪怕是两毛五分钱一两的茶叶末沏的水,再喝白水就觉得淡而无味、苦咸酸涩、难以下咽。听惯了颂扬以后,再过没有颂扬的日子同样会觉得不堪忍受。颂扬得愈多就愈觉得颂扬得不够、不过瘾、不解痒。近日来公开的颂扬已经听不到什么了,一位寄麻糖的女读者颂扬差堪告慰一小会儿。

他也想回一封热情的信,但又怕闹出什么麻烦——终于没有回。

这样一个心理体验启发他又写了一篇题为《没有回信》的小说,登在一本图文并茂、封面是芭蕾舞《天鹅湖》剧照的杂志上。小说发表以后,他收到了六封带照片的信。他仍然"没有回信"。但是有一位浓眉大眼的不到三十岁的女读者居然找上了门来,他无处回避,只好把她请进室内。

"你好像很痛苦……"浓眉大眼的女性说。

"……"

"你好像总在怕着什么。"

"……"

虽然无话可谈,女读者却不想走,翻翻他的稿子,翻翻给他赠阅的期刊和书籍,一会儿给自己倒茶,一会儿打开糖盒取出一块奶油太妃糖,而且不断地评论着一切,包括期刊、书籍、糖的质量、茶杯的型号以及美国的登月太空船。

到了吃午饭的时间了,玉玲回来了。温航不知如何是好,嗫嚅着说了一句客气话:"在这儿吃吧……"女读者立即高高兴兴率先坐了下来。吃饭的时候,她不但自己吃,而且给温航布菜,俨然成了这一家的主人……之后,当然,又是和玉玲的争吵。

七

房屋的窄小,来访者的不断干扰,与妻子的无穷无尽的大小纷争,使温航觉得家里像是地狱,生活像是上刑。

他最初的一批作品是以温柔的诗意,朦胧的希望,脉脉含情的笔触和小人物的善良而赢得了读者的。

三年以后,他再也写不出这样的东西来了,他的心灵好像被磨出了茧子,他的神经好像被锉成了尖刺。当他阅读自己那些温馨委婉的旧作的时候他觉得奇怪,他怎么会写出那么老实、那么可怜的东西?这不是自欺欺人吗?生活明明是铅块,而四周,似乎都是敌人。

在一些文学会议上,他自己出来率先否定自己的旧作,称之为"同样带有瞒与骗的色彩"的东西。但他肯定自己的一篇作品:《黄杨树根的寂寞》,而且自认为写得超凡入圣,是一个"突破"。对于他的这种言论,许多人惶然莫解,一些人大为喝彩。

此后一连几个月他一个字也写不出来,写出来也不等终页便撕掉。有一篇新作是这样开头的:"半夜醒来,满床满墙满屋都是蟑螂、臭虫,杀也杀不净,我多么想拉响一个手雷,与蟑螂臭虫们同归于尽……"当然,这几句话也被撕成了碎片。

一九八二年到来的时候,他终于写了一篇一千五百字的小小说《撕毁》,也以显著地位发表出来了。

人们好像觉察到了什么,颂扬不见了,开始在报刊上出现的是指名的或不指名的批评。一些新老朋友包括他曾经尊敬过后来却觉得"不过如此"的老编辑、老作家都或明或隐地向他提出劝告,劝他到人民中间去,到生活中间去,面向巨大的世界。他似通非通,似懂非懂。从一九七八年以来,不过三四年的时间,他奇怪自己已经走了那么长的路,走得那么疲倦。开始时带着那么多神圣的向往,后来是那么多平淡、失望,最后成了暴躁不安。开始时怀着那么多美好的心愿,后来却是麻木不仁,最后成了一种恶毒的厌恶一切、嘲弄一切的心理。开始时怀着那么多爱悦、温柔、眷恋,后来变成了烦恼、粗俗、冷漠,最后他常常在半夜醒来,觉得自己确实是令人难以忍受的。

成功是可怕的,成功比失败更可怕,只有不被自己的成功"异化"的人才能感觉得到幸福。他在听到许多批评之后开始这样想。

不知道是由于浇水太多还是太少,不知道是由于屋里太热还是太冷,不知道是由于室内的葱花炝锅的油烟还是"大前门"所含的尼古丁的作用,黄杨树根愈来愈萎缩了。他愈是爱不释手摆弄起来没完,树根愈是萎缩。他请了一位弄盆景的行家来指导,他又托人买了一些进口的种花用的肥料,三弄两弄,黄杨树根死了,腐烂了。

当把黄杨树根抛到垃圾通道去的时候,他的心情反而稍稍轻松了一些。他正在考虑要不要到山里去,据说山里有许多扑扑棱棱的黄杨树,还有水柳,还有野果,还有涓涓的流水。他觉得自己确实应该改变一下生活方式和思想方式了,再这样下去,日子还没有当年做出纳时好过呢。

发表于《花城》1983 年第 1 期

名医梁有志传奇

都说孪生兄弟长得一个样,有好几出古典洋剧就是描写孪生兄(姐)弟(妹)长得像得别人分不清,连情人也分不清的故事的。可小黑与小白这对双棒儿之间,却毫无共同之处。

小黑一出生就黑,显得瓷实,小眼睛,肉眼泡,哭起来像吹喇叭——哇、哇、哇,几里地外就能听见。

小白一落地就白,秀气,大眼睛只有黑眼珠,哭起来像小猫——喵、喵,曲里拐弯,讲究旋律。

小白的黑眼珠令父母和父母的父母不安。太灵,没过满月就知道盯着人看,知道眨巴眼,眼珠也太亮。刚生下来两周,一次哭着要奶吃的时候小嘴呷摸着竟发出了"姆——妈——妈——姆"的声音。还有一次孩子发烧,爸爸说给化点小药儿吃,孩子出声道:"不——哇!"两次都吓得父母叫了起来。这可怎么办哪,这孩子会说话!

这孩子像个小人精,不祥。亘古以来人们总结的人生经验便是聪敏致祸,愚傻得福。爷爷奶奶去观音庙里许愿,请了和尚念经消灾,请了老道画符。后来小白的眼珠不那么亮了,这家本分人才放了心。

后来小白小黑上了学,同班。小白大名叫梁有志,小黑叫梁有德。一进学校就显出了天分的差异。梁有志整天玩弹球、三角、蟋蟀、剜刀,可门门功课一百分,期末考试全班第一。梁有德灯光下吭哧吭哧地念书,一遍又一遍地背书写字,一会儿一问问题,熬得双眼通红,最后勉强及格。等上到三年级以后,回家做作业,梁有志便成了梁有德的辅导教师。各种语文、数学题,梁有志缓缓地给梁有德解释,好不容易才弄明白了点。有的始终也听不明白,只好由梁有志代做。梁有志也觉得不平,为什么哥哥上学就这样难,而他自己又那样易呢?

人们夸梁有志说:这孩子真聪明!夸奖梁有德说:这孩子挺仁义!夸奖梁有志:真是一个伶俐的娃儿!夸奖梁有德:一看就厚道!

上到小学六年级,有一次级任老师讲一道鸡兔同笼的数学题,讲错了。全班都在傻模乎眼地听着,梁有志举起了手。老师皱着眉让他站起来,他胆怯地陈述自己的见解,没等他说完,老师就轻蔑地打断了他的话,厉声说"不对不对不对",让他坐下了。全班同学"轰"的一声哄了起来,不满意他的显摆,幸灾乐祸地嘲笑他的自讨没趣。"不对不对不对",同学们拉长了声学着老师的腔调,后来还给梁有志起了个绰号——自大多一点(臭)。

小黑也劝小白:"弟弟,你那是干吗呢!"

梁有志第一次感到瞧不起自己的笨哥哥。

这些,都是二十世纪三十年代和四十年代初的事了。

一九四六年,哥儿俩十九岁,双双上了大学,又双双参加了反美反蒋学生运动,参加了革命工作和革命组织。梁有志参加革命是由于自己的观察、阅读、实践、思考。他读了许多革命书籍,懂许多革命原理,知道许多革命人物,会唱许多革命歌曲。梁有德参加革命主要是由于弟弟的带动。弟弟给他讲社会发展史,讲新民主主义与社会主义、共产主义,一讲就是三个钟头。一九四八年,梁有志入了党。地下党的领导人只和梁有志一人联系,上级的指示由梁有志传达给仅是党的外围组织成员的梁有德。弟弟与哥哥变成了领导与被领导关系。梁有志严守地下工作的纪律,该让哥哥知道的就说,不该让有德知道的,便守口如瓶。他自觉不自觉地满意于这种格局。后来,解放了,有德才知道弟弟已是党员,不胜羡慕钦佩。

一九四九年初,梁有志成为这个城市的中国人民解放军军事管制委员会的干部,后来分配到工会筹备机构工作。同年秋天,梁有德入了党并分配到党委部门工作。弟弟比哥哥入党早一年,当干部早七个月。在当时,梁有志和梁有德和旁人,都认为他们的革命资历大有差别。弟弟比哥哥强多啦。

到了一九五二年,梁有志就落到哥哥后面了。一九五二年,梁有德被任命为市委组织部一个科的科长。他做事慢条斯理,说话结结巴巴,有时候半天半天不说一句话。当时人们一致认为这是踏实、稳重、厚道、深沉的表现,适宜做领导工作,特别是组织部门的工作。一九五四年,梁有德提升为副处长。一九五六年,晋升为处长,上上下下一致认为他是一个可靠的人。一些同志选择私交的时候也选择了梁有德,认为与梁有德在一起不需要提防,不会上当吃亏。至于梁有志,"他太聪明了啊!"

梁有志也多次被提名晋升。但普遍认为他浮躁、骄傲、小资产,似乎有点气味不对头。他说话快,口齿和条理太清楚,一听就是学生腔。他走路与办事也快,没有一种骆驼的沉重与黄牛的笃诚,倒更像一个蹦蹦跳跳的孩子。他太爱看书,还看文艺书和外国书,还听外国音乐,言谈中有不少"字话",令人觉得他脑子里弯弯太多,思想不纯,感情不纯,归根结底是党性不纯。他常常提出一些与顶头上司也与周围同事们的见解不同的见解,显然是组织性差,好表现自己……总之,从一九四九年到一九五六年,他仍然是一名最普通的干事。

如果当时有人说梁有志是"仕途受挫",梁有志一定会感到痛心疾首性的反感。他认为革命与做官之不相容,势如水火。革命的职务是一种伟大的奉献,官位是一种庸俗的占有。革命的目的在于消灭旧式的官僚制度与官僚观念。什么"官"呀"仕"呀,这种词儿只能引起梁有志的恶心。

当时的词儿叫做"进步"。晋升是个人政治、思想、经验、能力进了一步的表现，而梁有志是非常希望自己能迅速地进步的。根据在于治理淮河，荆江分洪，长江大桥，一百五十六项重点工程，抗美援朝战争与停战协定，普选——我们的国家以及整个世界都在进步嘛，我们都要和时间赛跑嘛。

所以老是不得进步也会令人黯然。遇到有这种近似忧伤的情绪的时候，梁有志便找出《论共产党员修养》来看，有时候还看《钢铁是怎样炼成的》乃至托尔斯泰的作品，这些书有助于他克制自己的"近似忧伤"。随着时间的推移，这些书读得遍数多了，收效便微了下去。

大约从一九五四年，党务和群众团体干部最后也从供给制待遇改为薪金制。生活和工作渐渐趋向正常化以后，梁有志开始感到了一种生命的"拖"的痛苦。一个会，他愈来愈感到按议题来说本来二十分钟就可以解决问题的，却来回来去地说车轱辘话，说临时想到的不知所云的话，为某一个与会者临时去接了一个电话或者一时糊涂听不明晰而不厌其烦地重复……最后，竟用了整整一天的时间。有时候把晚上搭进去，有时候把星期天搭进去。甚至于把春节休假也搭进去。一个报告，说实话如果由梁有志去做，只需要二十五分钟，做报告者居然讲了三小时五十分，其中光是啊啊哎哎地拉长声与点火吸烟就占了一个半小时，各级领导都把语文教师的工作视为自己的重要职责。一个简报，一个上缴工会会费百分比的通知乃至一个国庆节放假的布告，都要由领导润色，为改一两个毫无意义的字词而让你在旁边伫立许多分钟。还有许许多多大同小异，重复空洞，发出去也不会有谁认真看的各种文件、材料、报表……生命这样被拖下去可真有点痛苦。革命吸引了他的全身心，而这时的他所做的这一点工作，却只需要他的头脑和热情的四十分之一，另外四十分之三十九他感到没有着落。如果他的聪明和积极性都少一点，也许他会是一个更好的干部。

他读书。马、恩、列、斯。倍倍尔、罗莎·卢森堡、普列汉诺夫、季米特洛夫。毛泽东、刘少奇。艾思奇、华岗、沈志远、胡绳、于光远、王惠德。还有古今中外的文学名著与不著名的著。

书读多了也有一种悲凉。头晕眼花,视力模糊。纸上谈兵,画饼充饥。书的高妙反衬了他的生活与工作的凡俗、单调、沉闷。再好的书也有点玄玄虚虚。书读多了甚至感到了自己与自己的分离。也许是分裂。读书好像在天上飞。上班好像在地上爬。读书多了好像喝多了酒。开会多了好像喝多了白水。飞呀飞呀无所依。喝呀喝呀胃有点,有点不适。

一九五五年他挨了批评,批评他不安心工作整天读书。而且读了胡风分子的书——好险!不是有这么一个说法么,叫做"反革命正向着你招手呢"!

于是一九五五年以后他不再读书,除了指定的《人民日报》社论学习材料。

在招手的反革命的亲切启发下,梁有志改弦更张,认真积极了一阵子。他写思想汇报和思想总结。他每天第一个进办公室为每一个暖瓶灌满开水。他穿旧得发白的上衣与臀部带两块圆圆的补丁的裤子。他在学习会上发很好的言。他抢着干一切苦活苦差事。他每当空闲时便和大家一起打扑克。钻桌子,聊大天,说笑话。

大家都说肃反运动以后梁有志有了很大的进步。又有人说梁有志的进步恐怕还只能算是一些表面现象,从本质上看他的问题不少。再说,他的进步里包含着不纯正的动机。不能只看给暖瓶灌开水。同样的暖瓶同样的水,有些人这样灌水动机是无产阶级的,另一些人这样灌水动机是非无产阶级的。

所以梁有志终于没有进步。

梁有志买了一把小提琴。人们侧目而视。

他买了好几本有关小提琴的书,还请人指点了一两次。他总算学会了用下巴和左肩把提琴夹住和做出拿弓的姿势了。吱嘎吱嘎乱响了一阵之后,他没有得到音乐却得到了噪音,没有得到艺术却得到了烦躁。拉了一段以后连原有的对于音程的分辨能力也丧失了。说是这叫做把耳朵拉坏了。把心也拉坏了。音乐不再是奇妙和动人的了。音乐不再能愉悦人的灵魂,而是折磨人的神经的了。

他想学外语。他背开了单词。不喜欢学习的人向他提出了批评:学外语的目的是什么呢?现在,世界革命的中心就在中国。现在,全世界向往革命的人都在学中文,你怎么反而学起外文来了呢?一心不得二用,你马列主义学得已经好得不能再好了吗?为什么不学马列却学外语了呢?

他写小说,他画画,他……他常常在梦里梦到自己等公共汽车。他来到一个车站,车刚走,他听到了公共汽车关门的吱嘎声,他眼巴巴地望着一辆坐满了人的车走掉。他踯躅前行,车来了,他跑,又一辆车从他眼前走掉了。他又跑。他越跑越快,车也越开越快。他终于没有搭上车。

他梦见一个白胡子老头冲他笑了笑。他忽然想起了"江郎才尽"的故事。也许他压根儿就没有什么才。认识到自己压根儿没有才的人是幸福的,他睡觉开始打鼾了。他没有遗憾。

大概这也算一种误会。误以为自己有两下子。破除了误会以后就不会自己跟自己过不去,就会和自己和好,好好地过日子,想起原来的误会并不悲凉,而是付之一笑。千千万万亿亿代代的人,都不过如此。

阅读的劣习未除,总想看点什么,读点什么新鲜的。由于感冒、咳嗽,由于拉肚子,由于脚后跟上长湿疹,由于过早的歇顶,便读起了中医书。阴阳五行、四诊八纲、六淫七情、汗、吐、下、和、温、清、补、消、药性药味,升降浮沉,一套一套,读来有趣。由简入繁,由浅入深。后来他也算学会了号脉,对脉象有所感触有所辨别,却没有医书上讲的那么丰富奥妙。与中医理论相关,他读起古书来了,不仅有《伤寒论》而且有《淮南子》与《东坡志林》。然后是《道德经》,然后是有关周易的书。他又学着搞一点太极拳、气功、五禽戏、八段锦,买了、读了一些这方面的书。

对身体有益。他根据自己的躯体的情况常常买一点中药丸子吃,后来发展到给自己处方煎药,甘草、白芍、白术、陈皮、半夏、菊花、党参、桂圆、山药、山楂、砂仁、神曲……吃起来满舒帖,似乎确实有所调理,把气理顺,扬清抑浊,扶正祛邪,各种中药吃后确能使肚子肠子蠕动一番,排除些秽气。不像西药,吃完西药片以后常觉口舌呆滞,胸满腹胀。

然后给自己扎针,其效果似有似无,聊胜于无。

梁有志懂医道。不知怎么的这个名声就传出去了。然后发展到拔罐子、刮痧、按摩。发展到接受亲友熟人的医疗咨询,提出医疗建议,一直到开药方。意想不到的是,十之六七吃了他的药或采纳了他的治疗建议以后都很见效。十之三四效果不佳,人家就到正式医院去了,也无大碍。他的医名渐起。

城市"四清"的时候可找了麻烦。首先从思想、世界观上分析说他的学医、行医反映了对革命事业的冷淡、消极乃至绝望,本身就是一种没落阶级的意识。资产阶级知识分子政治上吃不开了,但又不肯放弃正在失去的"天堂",企图建立自己的新的堡垒——如"毛选"四卷上所说的"土围子",便抓起业务这一"世袭的领地"。其次从经济上彻查了他因非法行医所获得的"非法收入",包括吃请、受礼、修自行车不付钱(他的一个堂侄在自行车修理铺工作)等。

城市"四清"把他搞得灰溜溜。一九六五年关于社会主义教育运动的"二十三条"公布了,他被派到农村搞"四清"去了。他穿上了破衣烂衫,每天吃红薯、玉米糊糊充饥,一副比贫农还贫还底虚的样子。只剩了两只眼珠,还是有点"贼亮"。

一日,他正在借住的贫农家写一周工作汇报,忽听外面一片喧声。一个老大妈、一个汉子、一个媳妇前来找他,后面跟着看热闹的小孩。这三个人是母、子、媳关系,媳妇两年前有一次跟丈夫吵架,昏死了过去,醒后再也不会说话,只会啊啊乱叫,成了后天性哑巴。不知道怎么传出的消息,说是"四清"工作队的梁同志擅长医术,老少三人便专程前来求医。

梁有志大惊,脑门上立时沁出了汗珠,连忙迭声否认,其状如屁滚尿流。有道是"真人不露相,露相非真人",梁有志越是矢口否认自己谙医,求医的人越觉得他医术非凡,藏而不露,谦虚谨慎,货真价实。偏偏同组有一年轻女干部小刘,原是机关的打字员,知道他学医"行医"的一些情况,却完全忽略了人们(包括小刘自己)因为梁有志的"非法行医"所给予过的"批评帮助"。小刘用半开玩笑的口吻说:"你们找他吧,没错儿!"

来者是贫农,两代三人,听了小刘的话,三个人咕咚跪了下来,三人一起给梁有志磕响头,而且哭出了泪,哭出了声。梁有志不敢让贫农给自己下跪,连忙半跪半鞠躬伏地,并连声保证"我给治,我给治……"亲手将贫农老大妈扶起,自己也感动得流起了泪来。

怒从心头起,恶向胆边生。一见贫农流泪下跪,梁有志激动万分,回忆起自己青年时代参加革命、解民于倒悬的忠心赤胆,哪怕治坏了把我枪毙我也要给你治治试试!他下了决心,约会了治疗时间,又专门进县城自费买了一套针灸用针和一本讲述针灸的书。他原有几部针灸书,城市"四清"受到批评后无心再看,被他丢到不知道什么地方去了。工作团团长老杜亲自来电话指示:要全心全意为贫下中农服务,不要保守,不要退缩,不要个人患得患失,只许治好,不许治坏。

到了预约的那一天,除了精壮劳力在队里干活以外,全村老少三十多人前来观看他治病,邻村也有人前来瞻仰他的医术。他只感到一股子邪劲,无师自通,恍若天授,义无反顾。他让病人躺下,先按摩太阳穴,再在肩部进行推拿,然后针刺合谷穴、足三里穴,病人呵呵地哼哼起来,似欲说话,围观者兴奋地鼓掌。梁有志威严一挥手,鸦雀无声,连拖着鼻涕的孩子也不敢出大气。梁有志腕上的大英格手表的秒针咔咔声清晰可闻。他不慌不忙,向病人耳屏尖端的"平喘"穴位刺去,病人喉头开始发出咕噜咕噜的声音。这时,梁有志拿起最长的一枚三棱银针,照准病人喉部的哑门,一下刺得很深,围观者"呵"的一声惊呼,梁有志两眼发黑,只觉一身冷汗:他这不成了谋杀了么?宛若酩酊大醉之后突然酒醒了过来,他哆嗦着向外拔针,但觉针重千斤,如同焊接在病人脖颈上一般。几次努力手都滑脱了,可能是因为针扎得太深,也可能是因为手指汗水过多,打滑。他忽然本能地张开了嘴,用牙齿咬住针柄,以九牛二虎之力,把带着血迹的针叼了出来。他咕咚一声坐到了地上,只觉天旋地转,天昏地暗,面无人色,冷汗如注。

就在这个时候,病人一个鲤鱼打挺,从临时搭的行军床上跃身而起。她的嗓子里发出了各种古怪的声音,周围掌声雷动,高声喝彩。就在这种激动的氛围中,这位爱生气的媳妇——病人突然嘶哑着喊道:"我没有病,我不是哑巴呀!"

全场静默了一分钟。

"毛主席万岁!"病人流着泪高呼口号。众人举着拳高呼口号。梁有志也流着泪高呼。人们沉浸在一种难以名状的幸福和兴奋里。

可以想象,从此梁有志神医威名大震。四乡的农民带着鸡蛋、带着腌肉,带着小米、红枣、渍酸菜、油炸年糕、辣椒、红薯、大蒜前来求医,连已经摘除了眼球——挖掉了一只眼睛的人也来请他治眼。

大多数人经过吃他开的药物,或经过他的针灸、推拿、按摩、拔罐子以后病情有所好转。少数人效果不显著。但极少有人经过治疗反而恶化。他的医术看来是越来越稳定了,连他自己也奇怪自己怎么真的成了中医。

遇有病情严重的,他几次亲自用手推车像推一袋水泥一样地把病人推到县医院。县医院的医生也恭而敬之地听取他对病人病情的观感。他为几个病人垫付过挂号费、药费、粮票。因而他更受到好评了。

被他治好了的哑媳的婆家与娘家亲属联名给县委、工作团与梁有志本人写了感谢信。梁有志受到工作团的通报表扬。几周以后,省报在简讯栏发表了"四清"工作干部梁有志为贫下中农治病的消息。

此后工作团团长与县委书记都来找梁有志诊治过疾患。梁有志越是谦虚地表示自己实不谙医越是给人们一种持重、可信赖的感觉。

"文化大革命"一开始,农村也起来"造反",批判"四清"工作队的"资产阶级反动路线"。有几个找梁有志治病未见疗效的人也被鼓动起来,说是工作队骗他们的鸡蛋吃却不给他们好好治病,梁有志颇狼狈了一阵子。后来中央指示,不得揪斗"四清"工作队,梁有志才侥幸逃脱了困境。

"文化大革命"中除了写交代材料,他便以打麻将牌与读医书、研习医道自娱。越研习越觉得惭愧,他哪里懂什么医?他敢说自己懂点门道的倒是打牌。审时度势,计算机会,决定去留吃摸碰,越打麻将他越觉得自己有玩牌的才能而谈不上懂医,连入门也算不上。他发誓,宁死不再给人看病了。非医诊病,不但危险,而且不道德。

人近五十万事休!梁有志的气功越练越熟练。声讨"天安门事件"的时候,他眼观鼻鼻观口口问心,很快进入了无思无虑无喜无欲的境界,全世界只剩下了脐下三寸的丹田,内气煦煦,周身微汗,面含笑容,抱元守一。声讨会开完了,他的内气功也练完了。他把希望寄托在孩子身上,等他们五十岁的时候,该比我生活得好一些吧?但愿。他走起路来好像走在沙上,有一种飘飘悠悠、使不上力气的感觉。我老了,就这样老了,他心平气和地想。你有"中心五"吗?

梁有德的工作与日子都平淡,所以平安,顺利,亨通。到一九六六年,他已经是该市的一个副局长了。据说本来要提升他做局长的,因为他的弟弟一直不争气,进步不起来,影响了他的官运。但他对弟弟没有怨言,见到弟弟,他只是数十年如一日地重复一句忠言:老实点,老实点,老实点吧……让干啥就干啥吧。弟弟也终于点头称是。

"文化大革命"中梁有德被批斗得很惨,他完全接受不了"文化大革命"中的一些新名词新概念,连"语录"也背不好。有一次因背错了"语录"差点没被红卫兵当做"现行反革命"送到公安局去。不打不成交,由于错背"语录"事件,各派红卫兵组织连连审讯和批斗梁有德。梁有德的愚直、诚恳、朴实、耐性给大家留下了深刻的印象。干脆说,梁有德的人格征服了狂暴的红卫兵。到一九六七年一月,有了"革命委员会好"和"革命委员会实行革命干部、解放军代表与群众组织代表的三结合"的指示以后,各派红卫兵组织都抢着与梁有德"结合"。被抢着结合却也造成了麻烦,各派都逼着梁有德表态只有本派是革命的"左派"。梁有德从心里认为各派确实都比自己左,便不断承认这一派和那一派是真左派,是响当当、当当响的左派。真正的"左派"又都是排他的,绝不允许另外的左派的存在,互相斗了个不亦乐乎,直到动用了五二〇炮和重机枪。斗完了实行"革命的大联合",一查,都是被梁有德所服膺赞许出来的左劲儿。这样,梁有德便犯了挑动群众斗群众的错误,在当了四个月革委会副主任以后又被揪了出来。还被关了一段时间,说是有"五一六"分子之嫌。

一九七六年以后,梁有德有时被认为是屡受迫害的好干部,有时被认为是政治上的盲人乃至随风跑的投机分子。他的职位上上下下。一九八一年,他给一个干部大会做报告,报告做了一个小时以后,人走了十分之九。一九八二年他给领导汇报情况,几个关键性的百分比全说错了,当场遭到了斥责。一九八三年,他才五十六岁,便被动员办理了离职休养的手续。提倡干部革命化、年轻化、知识化、专业化之后,人们普遍认为他是个不学无术的无能的好人。他不理解自己的去职,很有节制地常自叹息:干了一辈子,现在却吃不开了,吃不开了……现在是空有忠心了。

一九八四年,各方舆论强烈,说是对梁有德的安排既关系到干部政策也关系到知识分子政策,终于又给梁有德安了一个虚职。

"真是个好人,真是个好人啊!"尊敬他的、蔑视他的所有的人,都这样说。根据是他早早地让了位;根据是他原来是主任,但大权完全被一位副主任揽了过去,他从不计较;根据是他那次做报告,人都快走光了,他不为所动,仍然认真地一板一眼地讲下去。而且,他一辈子就恋过一次爱、结过一次婚,从来没有和任何异性哪怕仅只是调笑过一次。

"我哥哥是个好人啊!"梁有志也这样说。上点年纪以后,他又体味到了儿时的手足之情,他甚至可怜起他的哥哥来。他想起上小学的时候哥哥为一道鸡兔同笼的文字四则题而熬夜的情景。他想起参加工作以后哥哥讲话的情景,即使事先写好了稿子,念稿子的时候他也总是心慌意乱的,曾经把"资产阶级"念成"无产阶级",把"社会主义"念成"社会救济",把"继续贯彻"念成"接续灌、灌、灌水……"

他真是个好人啊……但是他无能。

他无能……这个这个所以这个……才真是个好人啊!

一九七九年梁有志担任了区工会的副主席。革命三十余年,总算成了个副科级芝麻官。领导和他谈话,本想委以更重要的职位,但恢复工作、需要安排的老干部太多,你就先担当一下副职吧。小小的一个区工会,已经有两个主席、六个副主席了。

梁有志毫不计较。"四人帮"倒台以后国家的又一次天翻地覆的变化使他心热了。国家、人民、社会主义事业,重新又和他那样地心连着心。当年参加革命的初衷又复活了,他做诗、填词、集句,写道:

秦时明月汉时关,三十年华尘与烟。
迈步青山人未瘦,心如燎火血如丹。

又注一行小字:

国家有望,余心足矣。

一个"文化革命"期间打麻将的牌友读了他的中堂，戏称其"跃跃欲试、待价而沽之情溢于言表"。梁有志差一点当场宣布与之绝交。亏了多年的静坐、太极功夫才把气压入丹田小腹。唉，这些年搞的呀，真是思想、风气都败坏了。忧国忧民、大公无私之心，他们不但没有了，而且变得不能理解，不能相信了。"待价而沽"，难道能接受这种腐烂的封建混账话么？牌友走后，梁有志洗澡漱口刷牙洗头，他要洗去身上的恶浊的俗气。

这个城市有一座小有名气的中医学院，院长一直由晚清举人、国内五大名医之一的周老挂名。一九八〇年底，周老无疾而终。一九八一年一年，中医学院院长人选定不下来。本来顺理成章的头号种子是副院长张一得。张一得医道精深，为人正派，但普遍反映他骄傲自大，凡人不理。不论是在学院还是到市委、市政府、卫生局……他都是直眉瞪眼，直来直去，找到想找的人，公事公办，办完就走，从不与人寒暄，甚至别人与他寒暄他也只知点头傻笑，连句问寒问暖亲切随意的家常话都不会说。领导上本来认为这不算大缺点，但各方反映强烈。据说连学院的汽车司机都声明，如果张一得当院长，他们宁可调走也不愿为之出车，"我们没法和这位眼眶朝天的死硬皮共事。"人们说。领导只好作罢，取消了提拔张一得的打算。并且分析说，我们的事业是集体的事业，有组织的事业，你再好，不联络人，不团结人，又怎么当领导呢？如果各级领导都是这样的人，咱们不是只好散伙吗？

第二候选人是一派拥护，另一拨反对。反对的一拨人列举了该人的诸种缺点，包括有一次出差住了超标准的房子，有一次在家和岳母吵架并打了小舅子。第三个候选人另一拨赞成，这一派反对。反对的一派列举了此人的诸种缺点，包括有一次骑自行车带人受到交通民警教育时态度不好被带到了派出所与有一次乘公共汽车时与售票员口角。人们说，让这样的人当院长，是不是说今后我们院的干部骑自行车都可以带人或回家都可以打小舅子呢?问得好。两个人不但都没有当上院长,而且都被拉出来"示众"——"臭"了一顿。

第四个都说好但年纪太轻了一点,二十三级干部提成院长难免火箭、直升机之讥,压不住台。第五个很不错,又懂业务又联系群众,但"文化大革命"初期表现不好。第六个基本上已经确定了,再经过一个例行呈报手续就可以发任命通知了,这时,他老婆突然来找领导告状,说他有了外遇。任命这样的干部,不等于提倡"第三者插足"吗?第七个、第八个……搞得市委市政府的组织人事部门、文教卫生部门叫苦连天,现在选个干部简直比沙里淘金都难。没有人,没有人啊!

到了一九八一年十二月二十八日,又一年快要过去了,实在不能再拖下去。卫生局的杜局长忽然想起了梁有志。梁有志当年搞农村"四清"时的工作团团长就是这位杜局长。他想起了梁有志治得哑巴说话的奇迹。他提名这个人。组织部与人事局联合调查:梁有志,五十四岁,一九四六年参加革命,一九四八年入党。大学肄业,"文化大革命"中无问题。衷心拥护四项基本原则和党的十一届三中全会确定的路线、方针、政策。精通医道,有治哑的实绩。群众关系、道德作风俱佳。踏破铁鞋无觅处,得来全不费功夫。真是天生就的中医学院院长材料!

十二月三十一日,赶着在一九八二年到来之前宣布了任命。人们一怔,怔后一致拥护。省委有关部门指示应该总结这个经验,放宽思路,打破保守思想,大胆大量地提拔"四化"干部。

梁有志一开初吓了一跳,牙齿打战,彻夜未眠。这究竟是怎么了?做工作,这当然是他作为共产党员乃至作为一个公民应尽的义务。他不是怕工作,也不是不想工作,问题也不在于"材料"。论他这块材料,如果发挥得好,当个院长也算不了什么。他并不迷信所谓"当领导的料"有多神秘。他只是觉得突然,全无思想准备。年轻时他那样热情、真诚、努力苦干地要求进步,却硬是左碰一个钉子右碰一个壁。后来是有些消沉了,他惭愧,一想起那整天练气功和打麻将的日子他就无地自容。觉得自己真是有愧于一个共产党员的称号了吧,却让他当一个堂堂的院长去了。他实在是不配啊!再说,他想过他要当一名真正布尔什维克化的共产党员,他要当一名季米特洛夫式的党的活动家,他要当一名刘少奇式的工会活动家,他要当一名马列主义理论家,他要当一名作家、诗人、画家、外语专家或者小提琴手……都没有当成,却在年逾知天命之年的一夜之间成了中医学院院长!

　　梁有志上任一个月之后,省里来了文件:中医学院为本省重点高等学校,由省政府领导,省卫生厅和教育厅联系,升格为地、师级单位。从理论上说,梁院长差不多与市领导人一个格儿了!

　　有革命初衷和党员的组织性管着,梁有志老老实实做起了院长。他上班不坐汽车而骑自行车。他在首次全院师生员工大会上声称自己的被任命纯属偶然也许甚至是误会。他声称自己其实不懂医,最多算"赤脚医生",但是乐于向各位专家学习。他说他确是本院公仆,愿为全院师生员工跑腿办事。

　　他辛辛苦苦。他为两个老教授的平反和一个"文化大革命"中含冤去世的老中医的家属从集体所有制单位转入全民所有制单位的事跑市委跑省城。他亲自抓了改善学生宿舍的公共厕所卫生与为厕所加装暖气散热片的事。学院"升格"以后,他为学院跑来两辆大轿车一辆工具车一辆面包车。他亲自指示设立了班车,上下班时接送不在本校住的教工。他到处讲话写文章批驳轻视中医迷信西医的思想,号召中西医互相学习,整理和发展祖国宝贵的医学遗产,创立现代化的、完整的有特色的中国医学科学。工作中他惊异地发现,原来自己小时候具备的那种智力优势——机敏、条理、善领悟、好学、讲效率等等并没有从他身上消失,他身上原来蕴藏了那么多潜能!正是党的十一届三中全会焕发了人们身上沉睡多年的热情与聪明才智!

想起来他感动得热泪盈眶。

梁院长上任一年,学院内外交口称誉。这样的德,这样的才,这样的谦虚谨慎朴素……您上哪儿找去!学院给他分新房子,他谢绝了。他的事迹刊在省党刊上。

殊誉带来殊荣,一九八二年,梁有志当选为市政协常委,省政协委员,市中华医学会常务理事,并就任省《救死扶伤》杂志编委。一九八三年梁有志当选为市政协副主席,省政协常委,市中华医学会副会长,省《救死扶伤》杂志顾问,全国中医研究会理事。到一九八四年又上了一层:市政协主席,市中华医学会会长,全国中医研究会常务理事……头衔多得数不清。

最使梁有志不安的还不在于纷至沓来的头衔而在于当了院长以后他立即成了遐迩闻名的名医、专家。不仅医学杂志派记者前来访问,医学学会请他讲话,外国医学代表团也来拜会,而且市委书记、省政府领导人亲自派车派人请他到家里看病。梁有志诚惶诚恐,拽上本院真正的专家同去"保驾",见人就声明自己医学业务上所知极有限,离真正的专业造诣不啻十万八千里。他特别斩钉截铁地宣布,他决不给任何人开处方,他完全没有那个能力,由他开处方后果将不堪设想。他的谦虚与慎重更加使人敬重,有道是"名医不言医,名将不言兵"嘛。

看病的领导同志克制地说:"好好,我们没有麻烦您亲自写处方的意思,您讲一点意见讲一点精神就行了。医生多得很嘛,这不是,和您一齐来的医生也在嘛,您讲一点原则,他们会具体化为药方的哟!"

梁有志被逼无奈,结结巴巴地说上一些最粗浅最基本的常识性意见,诸如"既要服药,也要调养"啦,"照顾好病人的饮食起居"啦,"病人的心情很重要"啦,"要有信心也要有耐心"啦,"中西医可以结合治疗"啦等等什么的。病人点头称是,同去的老专家也点头称是。人们的鼓励和虔诚为他壮了胆,于是他又进一步讲了点阴阳寒热虚实补泻的道道,更受到了叹服赞赏。他发现,关键在于不要往深里新里讲,讲得越浅,就越是真理。

一九八二年,他上任半年以后,腼腆地接受了小汽车接送的待遇。司机是高中毕业生小刘,温文尔雅,聪明能干,高个大眼,仪表堂堂,完全是知识化了的工人。他觉得这是一种新人形象。司机的积极性与办事能力很高,实际上兼任了他的秘书,他也乐于请司机帮他办许多事。一九八四年初,小刘递给他一沓稿纸,一看,上写《梁有志医生论医学》,原来是他平常与人谈论医道的片言只语、粗浅之论都被小刘听去记下,竟整理出洋洋大观的一篇文章,说是《救死扶伤》杂志下一期头条准备发表此文。梁有志大惊,但不能驳小刘的面子,不能无视小刘的良苦用心的辛勤劳作。中医学院的司机也钻研医务,这只能说是好事,是新时期人们上进心强、爱学习、获得了前所未有的全面发展的可能性的好例子。他只好拿回去认真校改,又请专家们帮助修改。《论医学》发表出来了,梁有志被邻省的医科大学聘为名誉教授。

文章发表以后,梁有志自己读了五遍,自己也有些纳闷。怎么排成铅字以后确实显得有些"水平"了呢?这大概也是"潜力"吧?感谢小刘,否则,自己也不知道自己原来的学问、道理还真是一套一套的呢。是粗浅一点,但正因为浅才更具有普遍性、常识性,更少争议性,其道理更显得颠扑不破。就拿"对症下药"四字来说,谁人不知,谁人不晓?做到了吗?难道因为"对症下药"四字太浅显,便可以不讲"对症下药"的真理吗?真理是不怕重复的。而反复地论证"对症下药"的道理,不就可以奠定他在医学理论上的地位了吗?难道我们因为"对症下药"是老生常谈,便可以故意反其道而行之,鼓吹一种"逆症下药""下药不问症"的创新理论吗?

看来,院长是人做的,专家也是人做的。现在的形势才是激励着召唤着人们的进步呢。一九八二年,有那么一段时间,他感到不安的已经不是自己当不了领导、当不了专家了,而是为什么他没有早几年乃至几十年当领导当专家呢?再说,是不是还有许多和他差不多的有潜力的人还没有被发现被挖掘呢?确实,千里马到处沉睡,伯乐太难找了。

梁有志这几年参加各种活动照了不少照片。妙的是现在的照片比十年、十五年前的要显得年轻得多,精神得多。呜呼,境遇就这么见效,敢不察乎?

然而开始出现了对他不那么友好的议论。"这家伙青云直上了!""这老家伙放长线钓大鱼,真有几手!""听说他被提名当院长是因为他会打麻将牌,他陪领导打过牌!""上去了,也不给咱们老朋友谋点福利!我看是他妈的'异化'了!""谁知道他怎么上去的?反正像咱们这样的实在人上不去!"……他"上去了",这就是他的最大的短处,再怎么努力怎么"弥补"也不行。

有一位当年打麻将的好友找了梁有志一趟:"你当不当院长都是我的好友。现在对你的反映不少。人家说当官就好比挤公共汽车,上车以前光想着往上挤,一蹬到踏板上马上就喊,别挤了别挤了,等下一辆吧!所以那叫'变心板'。你现在还认当年的老哥们儿吗?你的心没变吧?"

没变没变,他笑着声明。变了变了,有个声音在说。他的笑容有一点勉强。他急着换衣服,半小时以后要接待外宾。他自感越来越缺少与老友一起闲谈清谈空谈放谈清一色一条龙二五八将自摸双的从容的人情味儿。

而小刘成了他的真正心腹。不但管开车而且给他取牛奶、带菜、领工资、换煤气罐,更不要说送他和他的家属看电影、听戏、上医院了。小刘声音洪亮,精神奕奕,有一种一往无前、所向无敌的锐气豪情。他很好学,读了许多政治理论、文学、医学方面的书,还自学日语,与日本一个县的一名医师通信,搞来了一些关于日本人研究中医情况的资料。小刘查着字典,问着别人,终于译出了薄薄的一本小册子。小刘请求梁院长帮忙,梁有志找了自己在省政协会议上结识的出版社总编辑。在出版社总编辑与医学院院长的关心下,这本小册子出版了。

新的历史时期,挖掘了、发挥了多少人的潜在智能!梁有志很感慨也很鼓舞。即使未必是"千里马"吧,总算又一条"百里驹"驰骋开了。

所以梁有志常常与哥哥辩论。退出实职以后,大概也是由于"思想解放"的结果吧,不知怎么的,梁有德的牢骚越来越多了。过去,梁有德即使说闲话也像是在结结巴巴地背诵稿子,一张嘴就是:"现在的形形形势还是大大大好好好的……"他的眼睛一挤一挤,说得挺费劲,更显得认真和诚笃,绝对没有油嘴滑舌或者官样文章的虚伪,也没有套话的一般化、千篇一律味儿。同样的假、大、空的文章,梁有德一念就显得真实真诚恳切。在家闲呆了一阵子,眼看着自己已是门庭冷落车马稀了。而过去与自己资历差不多的、不如自己的、地位更是远远在自己之下的一个又一个都青云直上,或官职或业务上一个又一个人五人六起来。没有当上官的也出了书、出了国、提高了收入、置办了进口家用电器,服装也焕然一新,出门坐飞机和软席,回家住新房子。他看不惯。就拿弟弟梁有志说吧,就是太聪明太活泛了点儿。固然原来搞得那么潦倒是有点不合适,现在抽风似的提了又提,左一个头衔右一个头衔,显然也太过分了。到头来,我们这些忠实为党工作的人反倒不行时了?怎么到头来总是老实人吃亏呢?这合理吗?早知道如此,我当年不做党的工作,我学修理自行车也早成了能工巧匠了。谁曾想半生辛辛苦苦,驯服工具,到现在却落了个一事无成……

梁有德渐渐地不平起来。他抨击时下的干部政策:"换年轻的我是赞成,但总得换真正政治上业务上经得住考验的呀!现在凭领导者的挑选换的这一批人不能服众呀!"他抨击社会风气:"什么都要钱,越给钱越填不满!"他抨击物价与工资状况:"涨的那点工资还不够物价的飞涨呢!"他抨击教育制度:"工农子弟您就甭想上大学了。"他抨击统战政策:"反革命比革命还光荣。"他有点愤世嫉俗了。

梁有德说牢骚话的时候不太挤眼,也不太结巴。

老说,老说,梁有志听不下去了,他终于反驳说:"你凭良心说现在的政策好还是'文化大革命'时期的政策好还是十七年的政策好?现在的老百姓吃着什么穿着什么用着什么?从前呢?你为党工作了,党也对得起你了,你到底创造了多少价值?你又被提供了多少价值?为你服务了多少?到底是谁欠着你的了?你欢迎江青回来管事吗?"

梁有德翻翻眼,好像不认识自己的孪生弟弟啦。怎么倒过来了呢?过去几十年一直是弟弟唉声叹气,哥哥正面教导的啊。

梁有德终于领悟了这种变化。中国人早就总结过了,三十年河东,三十年河西,如今的梁有志已不是当年的梁有志,如今的梁有德也已不是当年的梁有德了!他再也不在有志面前发什么牢骚了。当妻子——梁有志的嫂子当着小叔子的面说什么不满的话的时候,有德便慌忙向老伴挤一挤眼,或者伸腿踩一下妻子的脚面,示意这一类话不要当着兄弟说。

小刘申请加入中华医学会,梁有志帮他办了。小刘要求去一所大学读干部班,读后有专科学历。梁有志不但帮他办了,而且批准由学院代他付学费一千四百元。梁有志帮助年轻人成才的事迹刊登在青年报刊上。不几天,一个设在首都的全国性青年自学组织召开成立大会,一致推选梁有志与另几个中外知名的大家一道担任该会顾问。又有一家讲自学成才的杂志聘请他担任名誉主编。挂的衔儿多了,他也就不在乎了,这是又一种虱子多了不咬、债多了不愁吧。

于是有大量的青年人来找他。每天晚上他家都是高朋满座,他家的楼道口堆满了自行车。他尽最大的努力帮助年轻人,他同情而且理解青年人要求进步的如饥似渴。为这个打电话为那个写条子,给这个题书名为那个写序,甚至借给一位八十块钱借给另一位二十斤粮票……他的声誉更是大振,完全够得上"青年导师"了!

而他,注视着一个个陌生的和熟悉的面孔,扫视着他们的尊敬虔诚的目光,听着他们的如赞美诗合唱般的赞誉、感激、讨好的声音,他也很激动。他感到一种政治的、道德的、荣誉的满足。个人的声誉不足追求,为下一代人架桥铺路却是一个有作为的人应尽的天职噢!

小刘在大学的"干部班"结业以后,希望能到省城的科研单位去做研究工作,梁有志也帮他办了,却没有办成。小刘张罗成立一个青年医学会,请梁有志做会长,自己做副会长,梁有志觉得莫名其妙,便没有同意。但最后不知怎的,报屁股上发了一条消息,说是小刘担任了一个什么自封的野狐禅会长。会长却又不能当饭吃,最后,小刘还是回到本学院,担任起政治理论教研室助教来了。

家里的来客多了,梁有志渐觉精力不支,对待来客乃至来的电话,渐渐显出三六九等来。省市领导人和著名老专家,他态度最好,毕恭毕敬;与他政治、学术地位相颉颃的人,他也以礼相待;对于崇拜他的青年人,他显示了前辈的慈祥与爱护,像老母鸡对待自己孵出的小鸡;而对那些来办事的下级,他就是一副公事公办的样子。至于一切莫名其妙的不速之客,如他完全忘记了的老邻居、邻省的一个什么"学会"或者"函授中心"的自封的领导人,乃至一些缠人而又从来写不准确写不实在的记者,他的态度就完全称得上冷淡与傲慢了。他们的骚扰甚至使梁有志有一种要被搞得发疯的感觉。慢慢地,梁有志对待客人分三六九等的说法便传出去了。连妻子和女儿也批评梁有志:不该对名人像春天般的温暖,对凡人像冬天般冷酷。小小的读中学的女儿批评爸爸"太庸俗","势利眼"。

那位压根儿就没有在梁有志的记忆里占据过位置的老邻居,以天真烂漫的故人之情来看望梁有志受到了冷遇,他去看望梁有德却受到了热情接待。梁有德也不记得此人,但正为门可罗雀而悲哀,对于老朋友的到来是很讲交情的。不但给沏了香片茶,递了"红双喜"

香烟,而且端出一盘对防治前列腺炎有奇效的南瓜籽与一盘补血益中的桂圆肉来招待并不记得的老邻居。此后此人到处破口大骂"小人得志""一阔脸就变"的梁有志,到处热情歌颂古道热肠、不忘贫贱之交、"不忘本"的梁有德。这位老邻居也加入了对现行干部政策的批评,认为现时口头上说干部"四化",实际上只讲"三化"——年轻化、知识化、专业化,却轻视了"一化"——革命化,丢掉了许多好的革命传统与民族传统。

小刘听到了他的胡说八道,很愤怒,并且及时报告给了梁有志。梁有志略感不快,付之一笑。小刘说他希望能到省政协去工作,梁有志帮他办成了。小刘又写了《梁有志医生论医学》的续篇,颇多溢美之词,使梁有志脸红。梁有志删去了那些有吹捧和自吹自擂色彩的段落,但发表出来时这些段落赫然在目。梁有志问小刘这是怎么回事,小刘说他也不知道,可能是编辑的决定要恢复被梁有志本人删去的段落。梁有志打电话给编辑部,问不出个结果来。梁有志皱了眉。

小刘告诉梁有志,他认为登上这几段没什么不好。现在是八十年代了,人们要锐意进取,当仁不让,而他的谦虚谨慎,乃是五十年代的美德。梁有志觉得有些不快,但是还是把自己的几个学术讲话稿拿给小刘看,请小刘提意见和帮助修改。他感到了小刘身上有一种躁动着的冲决一切障碍的生命力。未来毕竟是他们的啊。再说他越老越珍视与年轻人的友谊,难得有这么个忘年之交啊。

这篇《梁有志医生论医学(续)》的发表造成了一些不太好的影响,有的老中医认为梁有志二把刀,不懂装懂,胡吹。但多数领导干部和医界、学界的头面人物认为对梁有志这样一个有影响的领导干部、名医、代表人物,应该抱保护的态度。有一位同志上纲说,保护不保护梁有志的问题,意味着对当前的党的方针政策的态度。他的话讲了之后,各种不利于梁有志的议论渐趋平息。

梁有志常常需要接待外国客人。其中包括各式各样的医学界人士与医学团体的代表团、考察团、参观团。开始时他很认真,有点紧张,事先反复思忖对一些情况应该怎样介绍,并事先准备好各种资料,有时当着外宾的面临时查找资料,耽误了不少时间。慢慢地,他也习以为常了,学乖了。外国人不过就是外国人罢了,他们对中国所知有限,又好奇,又喜欢一知半解地发表意见。今天发表这样的意见,明天发表那样的意见。这个人发表这样的意见,那个人发表那样的意见。一会儿把中国说得一无是处,一会儿把中国说成全人类的希望。和中国人相比,外国人好对付得多了。三分之一介绍点真实情况,三分之一说点不知所云、莫测高深而又能满足对方猎奇心理的玄虚理论,另三分之一讲天气、讲礼节、讲友谊、讲几句玩笑话,蛮好了。人们甚至称赞梁有志有"外交才能"。什么叫才能?让你干什么就有什么才能。什么才能不是人学人练的?什么事不是人干的?

接待外宾多了,慢慢就收到了外国友好团体与医科学术团体的邀请,从中选择衡量,梁有志到日本到欧洲各访问了一次,做了有关当前中医学研究情况的学术报告。出国两次,增加了自信也扩大了影响,人们开始认为梁有志的确是个名医,梁有志也无法不认为自己是个名医了。名医的成长道路,本来也是各式各样的嘛。

梁有志有反省的习惯。可能是由于从小受过"吾日三省吾身"的教导,可能是由于五十年代学《论共产党员修养》和在党的组织生活中频频开展的严格的批评与自我批评的传统。近年来工作、地位、生活乃至于腔调的变化常常使他警惕:我做了什么伸手的事儿吗?我能无愧于心吗?我有没有有意无意地沽名钓誉、抬高身价?

白天他忙于各种工作包括各种医学医术的讨论研究。他感到的是一种智力的激扬和快乐,这真是人生最大的快乐。他已经五十六七岁了,只是这几年他的智力才真正派上了用场,他的智力才不再是他的累赘、他的短处、他的异己的征兆与不幸的根源。他的一生几乎都为自己的智力所累,如今,竟然尝到了智力的甜头,智力是财富也是荣光!白天,在各种活动中,他感到的是胜任的愉快和充实。

夜晚,特别是在睡醒一觉之后,他总是感觉到有一种不太对头的东西。他得到的东西未免太多了。有许多,干脆说几乎都是他自己也没有想到的。当然,他感谢党的十一届三中全会的方针。但是在同一个方针照耀下,不是也有许多有价值的人并没有像他这样"得意"吗?他怎么可能成为医界代表人物甚至成名医呢?这不是蒙事吗?这不是瞎猫碰上了死老鼠吗?这不是误会乃至有点滑稽了吗?他年近花甲,他长期寂寞,他在寂寞中学到的东西比在红火中学到的要多。他不会老了老了就丧失自己的清醒。

那些真正的有成就的中医呢?章国老,世代名医,至今住在祖上留下的老宅里,老宅里里外外全是"妙手回春"一类的匾。然而章老已经八十四岁了,参加会的时候身旁放着导弹一样的氧气瓶。推拿圣手骨科世家李宗良呢?医道颇精,口才太差,又从来不关心时事政治,不读书不看报,据说他连阿根廷与英国的战争是怎么回事也不知道……这么说,由梁有志担任学院院长,表面上看是偶然的甚至有几分荒唐,实际上却是绝对合理和必然的了。这个结论真令人吃惊。

最令他不安的,看来还不是他当了中医学院院长。至少,他不比原来的院长差,也不比可能的其他人选差。最令他不安的是他当了院长后就再也下不来了。而且,他也就稀里糊涂地成了名医,成了内科、外科、妇科、按摩科、针灸科、肛门科、泌尿科的权威了。而且,他成了无可替代的头号代表人物。许多会他必须去,只是为了摆在那里做个样子。他去,据说就能够提高会议的规格,给与会者以"鼓舞";他不去,就会使大家泄气,会得罪会议的召集人。一顿一顿的宴请也使他叫苦不迭,办宴会的人都是一些具有坚强的意志和温暖的人情美的人物。先打电话,再送请帖,最后还要登门拜访,不把你请去绝不罢休。如果这样请都不肯去,你的架子大到了什么程度!干脆一句话,不吃这样的"请"就叫"自绝于人民"。意识到自己的这种赋予对象以规格的规格,他能够不慢慢地规而格之起来么?

他对自己的"理论"感到了汗颜,他对小刘与他的关系乃至哥哥与他的关系的变化,也觉得不舒服起来。

干脆不干了。有一个内心的声音这样说。但是不,不能。五十余年了,他终于赶上了国家稳定发展的时期,那么多好事需要做,他没有权利洁身自好,作壁上观。

扶植一个更年轻的吧。第三梯队。他又想起了小刘。人无完人。

他辗转反侧,彻夜不眠。觉睡不好,气血调理不顺,他慢慢地有了脾气。先是在家里发火,后是在学院发火。后来坐在汽车上和同事谈着谈着也大光其火……他渐渐悟到为什么一般领导干部都有点脾气了。没有脾气的领导不像领导,没有脾气的领导压不住台。脾气是风度,是力量,好像也是一种美。

中医学院附属医院药房出了几次发错药的事故,被人写信告了状。梁有志到医院召集了一个全体会议,批评了药房工作人员。这是他上任三年以来第一次在这种会议上板起面孔批评他所领导的工作人员。这件事很快传出去了,舆论哗然。说梁有志"官腔官调""站在了群众的对立面""不保护下级",甚至说他是"为了自己升官不惜出卖群众利益""果然异化了"……云云。

小刘搜集到了这些反映,详细地绘声绘形地报告给了梁有志。小刘脸上有一种看笑话的、近乎幸灾乐祸的表情,使梁有志再次感到不快。憋了一会儿,梁有志冷冷地说:"骂就骂吧,现在都成了摸不得的老虎屁股了。"他发起火来了,反正小刘不是外人,他愤激地用反话说:"我看再这样下去中国还得以阶级斗争为纲!你看看,到处都这么松松垮垮,一个个都跟没吃饭似的。原来大锅饭他倒还给你凑合着,一加工资加奖金反倒不给你干了。谁都觉得自己吃亏,就不想想自己究竟完成了多少任务!原来江青的时候谁敢这样?发错了药?先查查出身,再查政历,再接着查言论,阶级报复,故意破坏,杀、关、管、斗,全老实了!"

小刘哈哈大笑,声震屋宇。一笑,他的眼珠子更大更凸。

不久,"群众"中传出了一种说法,说是梁有志主张把发错药的药房的工作人员抓起来。一位工作人员托了一位有头有脸的亲戚找梁有志讲情。梁有志七窍生烟。

果然,省里开会的时候梁有志发言开始指责起下级、指责起群众来了。劳动纪律差,不服从领导,不学习政治,一切向钱看,受了西方资本主义影响,无理想无道德无纪律……

这些发言飞快地经过添油加醋传到了"群众"那里。人们叹息:"想不到梁有志一变至此!"哥哥梁有德也给梁有志打电话:

"你这是怎么搞的?听说你现在主张以阶级斗争为纲了,这可是重大的政治是非问题呢!听说你对人很苛刻,很'左',现在可是谁'左'谁不得人心啊!"……听了这一类的话,梁有志急切地向哥哥、向许多人分辩,但越分辩越辩不清,越分辩关于他的"左"的传闻越多。

后来他不再分辩了,传言也就慢慢消停了。却又有几个友人来到他这里表示慰问、同情和不平,表示了对各种流言的愤慨。他无言。

与此同时,省政府、市委都有人议论中医学院班子软弱涣散,梁有志搞庸俗的一团和气,手软,迁就落后,降低了领导的威信。另外一些领导人则认为梁有志是个难得的好干部。在对梁有志的看法上,省市领导班子内部存在着分歧的意见。

这些话由小刘传给了梁有志。梁有志叹道:现在做工作可真难!这差不多是他第一次对"新时期"发牢骚。

小刘找梁有志,希望梁有志给他活动一个出国参加学术交流活动的机会,梁有志觉得有点过分,有点啰嗦。他渐渐感到小刘动辄到他这里叽叽喳喳不怎么太好。他沉下了脸,好一会儿没说话。好在小刘情绪一直高亢,碰了软钉子以后改谈西欧汉学界研究中国的《易经》的进展,说得有鼻子有眼。

小刘的特点是自说自话,自笑自叹,声音洪亮,自我感觉一贯良好,从不会感到被人冷落。

到中医学院以后,梁有志渐渐培养起了对于中医学的新的、认真得多的兴趣与热情。五十几岁以后,他总算找到了自己的专业。底子是薄了一点,确定方向是晚了一点,但总还有希望。以他的健康状况,他有把握在七十岁以前保持正常的阅读、思考能力。就是说,他还有十几年的时间在中医学方面钻研攻关。这是他的真正的事业的开始。与其为过往的岁月蹉跎叹惋,不如把力量集中于从今往后。

受到一些夹击以后,他更想把心思扑在专业上了。没有几年,也就到了离退年龄了,"官"没有多长的做头了。当然,在位一天,还要上传下达,团结群众,兢兢业业。他的心思开始往真正的业务上转,这也是命运。

当他认真地而不是玩耍地、作为终生事业而不是客串捎带手地学习起医学来之后,他真正感到了自己的不足。这个医是真难学啊!想想他自己这个"医",着实愧煞人也。

同时,他对另外自己常接触的几位中医也有了些不敬的看法。说真格的,他们离真正的医道,也还隔着几道门槛呢!

叹道:医道如海,我辈不过在岸边沙滩上拾捡几个残贝!

这些看法、想法和心情更加坚定了他的学医之心。学而后知不足,知不足而后益志于学。

越来越吸引着梁有志的是中医,更是中医理论,中医理论的一种特殊的思辨模式。腕部的脉象标志着人体的状况,头顶正中凹陷处的穴位联系着肛门与子宫,针刺上耳梢的一点可以治肝炎……这是经验吗?这是理论吗?这样的经验或理论的产生、积累与定型对于西洋人来说是完全不可想象的。只有喜欢联想、喜欢象征、喜欢比兴、喜欢找窍门(抓关键)而且使窍门带上神秘色彩(武侠小说描写的点穴是多么神乎其神),又喜欢从最简易的部位入手解决最棘手复杂的问题(例如从真心诚意入手解决治国平天下)的中国人才能创立这样的医学。

象征的医学(?)脉象象征着整个人体。人体象征着宇宙或者反转过来宇宙象征着人身。出汗就象征下雨。每一个穴位都是一个重大的象征。是医学,是哲学,是军事学(中药学不是把处方视若指挥战役吗),是诗学,是天文学,是美学,是星相与占卜"学"。许多著名中医都是大儒,是忧国忧民的政治家,是军事家、是诗人、画家、书法家。从最最实际与实用的对象中与其说是逻辑地不如说是直觉和武断地或者天才地而又浪漫地概括出了普遍适用的模式。

对于圆、圆环的崇拜。所谓自圆其说。无始无终的观念。整体的与辩证的联系观。大而化之的灵活性。你可以说这种灵活性什么也没有说明。然而它确实帮助着探寻,防止着僵硬的分割,便有了它胜于头痛医头脚痛医脚的医学的地方。中国人关于天(宇宙)即人的命题,也远远优于"人是机器"的命题。

政治有气与数。医学有气与血。哲学有气与道。文章有气与体。体育有气与力……是清淡?遐思?丰富优美的聪敏与贫乏浅薄的知识的糅合?却总是一种宏观的快乐的追求。

梁有志读中医,他关心伤风感冒坐骨神经,更关心政治的清明社会的进步与人生的定数。他在找寻。中医是医,更是境界,是一种弥漫于天地社会中的气。

许多年了,每个晚上都是高朋满座。费了时间,费了茶叶,却坐享其成地得到了诸种友谊与信息。一名电工被高压电击成黑炭,头颅落在商业区繁华的街道上,落在一个摩登女郎的面前。一次飞行事故的始末,"黑匣子"里的秘密。最新精神与人事浮沉动向。文坛轶事影坛秘闻。质高价廉的熏豆腐干到哪里去买?一本新的医书出版前后。

电话。信件。邮箱每次打开时都塞得满满的。一次收到两三个、一天收到两次挂号邮件待取的通知。喊冤上告的信也写到他这里。

太忙了,太乱了。整天这样乱糟糟的,怎么读书?怎么做事?简直快把人逼疯了……梁有志这样说。我一定要想办法摆脱这些应酬与杂务，否则真成了"华威先生"了！

偶尔有一天，没有来什么客人，没有来什么电话，打开邮箱，除了日报和晚报以外只有外地亲戚的一封半封没啥要紧的信甚至干脆没有信，梁有志却感到了嗒然若失，甚至感到一些青年人有些忘恩负义。一个个在他提携下成长起来了，怎么就忘记他了呢？

一九八五年春天的一个夜晚，早已调至省城工作的小刘专程从省城跑来，报告梁有志一个信息：省政府领导班子正在调整，人事安排小组已经提名梁有志担任副省长，抓文教卫生工作。但在任命他的问题上，上面意见有分歧。高、赵、仇几位领导坚决赞成，李、苗、邵几位坚决反对。现在正是节骨眼上，梁有志应该去省城活动一下，不能"任人宰割"，小刘说。

兴奋使小刘的眼珠爆满如玻璃球，梁有志一瞬间担心他的眼珠会炸出来。

梁有志又立即在内心反省，他对瞪得过大的眼珠的不习惯，难于接受，可能是由于自己眼睛生得过小。这是一种潜在的嫉妒心理在作怪。

小刘说，他的消息是从高××的儿子，赵××的秘书，苗××的司机那里打听来的，绝对可靠，最新快讯。

梁有志从鼻孔里哼了一声，这并不是一个他感兴趣的话题。"你房子安置好了么？"他问。

小刘是坚定的、不受干扰的。他说："当副省长，您应该积极争取。这牵扯到上面谁占上风的问题，省委里面高、李之间……"

梁有志笑了，他说："那就更遗憾了，还是不要因为我造成领导上的分歧吧。"

"您怎么这么保守？您应该知道，现在是八十年代了，谦虚退缩可能是五十年代的美德，却是八十年代的耻辱！谦虚总是和无能联系在一起,善良和清高就更是窝囊的别名。没本事! 没本事当然就做不成坏事了,也做不成好事! 就像您的哥哥,成了公认的大好人! 可他,他终于被时代潮流所抛弃了……请您原谅我吧,我一切都是为了您!"

由于太极、气功和麻将的基础,梁有志没有发火。他悲哀地——窝囊地看着越来越陌生的小刘,低声说:"我不想当副省长。人各有志,各有所长。我的时间没有那么多了,医学院院长的职务我也想辞去……"

轮到小刘惊愕和不理解了,他质问道:"难道您认为其他可能当省长的候选人就一定比您强么?"

"我已经说了,人各有志。有人有志于做行政领导工作。有人有志于搞业务当专家。"

"可您并不是专家啊!"小刘伸着右手的食指,指着梁有志的鼻子。

这是毁灭性的一击,梁有志脸红了。

小刘转身大步走去,从此,再也不进梁有志的家门。

梁有志要当副省长的消息不胫而走,一时成为这个省的文教卫生战线的领导干部、专家、全体职工班上车上茶余酒后的中心话题。

梁有志终于没有当上副省长。这使得一些人用异样的眼光看他。

梁有志家里的来信来件来电来客明显地减少起来,到一九八五年秋天,已经减少到了只有原来的百分之二十了。梁有志感到了一种说不清的滋味。

邻省办了一本医学杂志,不但没有请梁有志当顾问、编委,没有请他题字,甚至没有寄赠给他。整个医学杂志的事也没有人跟他说起,他觉得不可理解,气恼。

各种医界报刊上不再能常常看到他的名字,他倒是常常看到陌生的名字。想着叫这陌生名字的人没有来拜谒过他,没有写来过致敬讨教拜师的信,也没有托人向他捎过请求提携指教关照的话,他闷闷不乐。

更好,我读我自己的书,书读累了便听小提琴。他有双卡立体声音响组合。他有小提琴独奏与协奏曲以及室内乐的原声录音磁带。后来听着听着似乎味道有点变。

一天他读到一份省卫生厅的简报,简报上说他们这个中医学院的三个研究生正在研究制造用医圣张仲景的《伤寒论》辨治肺心疾患的微机程序。真奇怪,就在他们学院,都上了省里的简报了,他却未曾与闻。他压着火听取了系里的汇报,调阅了一些材料,找出了这三个研究生写给指导教师的科研计划中的不少有误之处。他对系领导与指导教师说:"研究开拓是好的,但是一定要抓好基本功,循序渐进,这样才能做成几件实事。好高骛远则只能是空中楼阁。"

在全院系以上领导干部碰头会上,他讲了要基本功,不要空中楼阁的话,在中华医学会的会议上,他讲了要基本功,不要空中楼阁的意见。在政协体卫教组的茶话会上,他又讲了要基本功,不要空中楼阁的意见。听者点头称是,为之动容。路是一步一步地走,饭是一口一口地吃的呀。道路曲折坎坷,岂能一步登天?呵,呵……

传来了三个研究生的反应。研究生说他这是告别医坛政坛前的哀鸣,甚至说是"更年期"失调症。

他火了。难道我摔的跤不是比你们走的路还多吗?告诉你们,我还没退呢!现在的青年人,小刘一类的于连式人物,把班交给你们,我还不放心呢!

群众给这三个研究生起了个代号,叫做"空中楼阁"。给梁有志起了个代号叫做"基本功"。"基本功"叫油了走了音,便成了一个侮辱性的极恶劣下流的词儿。

梁有志变得爱生气、爱唠叨起来了。太极、静坐的气功似乎克制不住一种心理的,也许主要是生理的失调。"现在的年轻人,就认为他该当过幸福的生活,却不知道幸福是从哪儿来的。就认为他该当出人头地,却不知天高地厚。"他抱怨说。有一次他听到他的孩子和年龄相当的朋友们大声说笑唱歌。用五十年代这一代人视为神圣的词儿开一些庸俗的玩笑(诸如"积极""进步""信任""革命"直至"爱情"……都被他们耍弄得不成样子),使他愤怒,更使他悲凉。他与儿子谈话。"你们为什么不懂得珍惜生活中那些值得珍惜的东西呢?"他痛苦地质问。"这就是代沟。"儿子残酷地说。"胡说!我们是为了子孙万代而工作而牺牲的。我们扛起黑暗的闸门的目的是为了放你们到光明的天地里去……你们还没有为祖国添过一块砖、一块瓦呢,就他妈的跟我'代沟'起来了!是你们这些无知小子挖沟自困,给我把沟填起来!""为什么填起来?你们的成长条件决定了你们的局限性,我们有新的条件与新的使命……如果我们前进的步子更大一些,与你们之间的沟更深一些,不是更说明历史的前进运动么?""胡说!中国亡就要亡在你们这些脱离实际而又没受过苦的纨绔子弟手里!"他真的生气了。

而且茶叶质量下降。他喝茶的时候说。电视节目一塌糊涂。他看电视的时候想。报纸上的日商广告越来越多。他看报的时候皱起了眉头。交通、住房、商业服务态度、轻工产品质量……他随时摇着头。他开始感到了自己心律不齐,有时候心跳着跳着突然停那么半秒、一秒钟。又常常失眠。而安眠药的质量也下降了,过去吃两片的,现在吃四片竟还睡不实在。

历史就是这样千难万难、左冲右突地前进着。想到这里,他终于又笑了。

一九八五年十二月,梁有志给省、市领导部门写了一封信,请求免去自己的中医学院院长职务,把更年轻的同志推上去,而自己则想以无多之年致力于读书学习。"我愈益感觉到自己不能胜任当今改革时期的工作需要,我的才疏学浅使我自己日益感到无法容忍……"他在信上说。

写完了信,他觉得非常平静。如果这时候做心电图,一定比这一段的任何时候都好。

妻子对他的举动十分满意,特意包了一顿三鲜馅水饺慰劳之。

儿子认为他是"傻帽儿""吃饱了撑得难受"。

吃完饺子收到小刘的龙飞凤舞的毛笔字信。信上有一段说:

……从前我一直为您抬轿,也算是您的"驯服工具"吧?可您究竟有多大学问呢?回顾我为您整理的文章和帮您炮制的讲演稿,实在是浅薄寒酸!我现在正斗胆写一篇与你(也是与昨日的我的一部分)商榷的文章,估计发表出来会引起相当的震动的,届时尚希得到指教。

医学会会长李浩森博士对我很欣赏、器重。在他的关怀下,我即将赴法国考察讲学,顺告,勿念……

"以后别做三鲜馅饺子了。"夜间他对妻子说,"吃完了一打嗝儿,别提多恶心。"

"是虾米受潮了吗,还是鸭蛋变了质?"妻子问。

省、市领导找梁有志谈话,充分肯定他数年来的工作成绩。"大家一致认为你是好同志,年富力强,又红又专。上次本来要选你做副省长的,由于你自己的坚辞,才作罢了。现在我们的国家发展得很不错,举世瞩目,可现在的工作又特别难做,合适的干部很难找。工作总是要人做的,为了做工作而付出一些代价,也是我们应有的奉献。我们就是要拼搏上阵,把社会主义的大厦支撑起来,如果都怯于出头管事,我们的事业又会怎么样呢?"

领导的话使他深受感动,他打消了辞职的念头。

一九八六年一月,省政协选他为副主席。虽然是最后一名,但梁有志也算省一级的领导人之一了,人们这样说。梁有志感到鼓舞,又感到惶悚,怎么辞了一回职,反倒提升了一级呢?

"这有什么难理解的?您的辞职使领导上注意到了您,应该有更好的安排。"儿子无所不知地说。

小刘来了信：

……祝贺您当选为省政协副主席。我对于您的医学思想与医学著作一直是认真拜读的,我想就此作一些更深入的论述,更想就今后与您的合作筹计一下……

外界传出了"路边社"的报道。说是梁有志对没能当上副省长深为不满,便采取"掼乌纱"的方法去闹,总算闹成了个副主席。

如果这样庸俗下去……梁有志甚是发愁,中国会亡吗？

一九八六年省政协组织的春节联欢茶话会上,梁有志与搞"空中楼阁"的三位年轻人围着一个圆桌喝清茶、看节目。茶话会是在中外合资建成的一个高级饭店里举行的,从美国进口的金制灯饰使梁有志看傻了眼。时代是真的不同了。他叹息着,苦笑着。他又看了看墙上的现代派浮雕,感到自己就是老了。三位年轻人显然对到这儿来参加茶话会挺满意,他们兴致极好地与院长寒暄问安,告诉院长说,他们的研究项目已经取得了初步成果。三位年轻人很高兴,为演唱《血疑》主题歌的长得像山口百惠的女孩子热烈鼓掌,掏出一包进口555牌香烟请院长品尝。他们好像根本不知道、起码是不介意曾经有过的"基本功"对于"空中楼阁"的指责,他们完全忘记了曾经有过的几乎爆炸了的冲突。梁有志勉励年轻人再接再厉,继续努力,创造出新的成绩。"虎年到来了,你们这些小老虎应该大显威风啊!"梁有志笑呵呵地说。反正他们不会完全听我们的,梁有志平静地想。

大年初二,梁有志一家坐着学校的车去给哥哥拜年。司机一路上用车里的立体音响系统放迪斯科节奏、电子乐器伴奏的京剧清唱。连苏三和穆桂英也"现代化"了。到了梁有德家里,哥哥拿出好酒好肉招待。桌上摆的菜说明,日子过得真不错。窗外爆竹一片。

"真是的,真是的,真是的……"梁有德干了两杯"五粮液"以后,不胜感慨。

"总算是安居乐业了,国家富强也有了希望了。"

"那当然,那当然,那没说的。"

两家人一致认为,现在是建国以后发展最好的时期。

"也是最乱的时期之一,有些事还挺古怪。"

"不怕,不怕。这挺有意思。"

"现在看你们的了。"哥哥向弟弟举起了酒杯,眼眶里满溢着泪水,"可别搞糟了啊!"

"还要看你们呢!"梁有志向侄子、儿子、侄女举起了酒杯,他想起了"空中楼阁",想起了小刘,想起了细声细气唱流行歌曲的摩登姑娘和她的听众,也想起了前不久给市民们作报告的前线归来的英雄模范。

然后他撩起葱丝拌徐水豆腐丝。

饭后大家一起站到阳台上欣赏夜景。一连三天了,每天晚上发疯一样地放着鞭炮烟花。劈里啪啦,呜呜呜,乒乒乓乓,整个城市发狂一般,翻江倒海。多年的艰难、沉默、奋斗的冤枉路,似乎都在这翻滚中得到了报偿。而翻滚不已的花炮的浪潮中正在躁动着繁荣的捉摸不定的未来。

哥儿俩老泪纵横。

发表于《十月》1986年第2期

要 字 8679 号

——推理小说新作

一

一九八六年七月九日,中共 H 省纪律检查委员会书记郑永平的办公桌上并排放着两份材料。一份是打印的,省委组织部后备干部考察小组的考察报告;一份是复写的,落款是四个人签名的控告信。考察报告与控告信讲的是同一个人,M 市新任市委书记周世充。

考察报告说:

> 周世充同志主持 M 市市委工作虽然仅有八个月的时间,但已赢得了较好的评价。他积极热情,富有开拓精神,深入群众,注意调查研究,严于律己,办事公道,平等待人,艰苦朴素,遵守纪律,能起模范带头作用……

考察报告列举了一些生动的例子。一个是他从群众来信中发现了问题,紧抓不放,查清了原公用局长为首的经济犯罪案件。一个是他亲自关心解决了一批有成就的中年知识分子的待遇问题。一个是他至今仍住在二室一厅的小单元楼房里,而把分给他的六间一套的房子让给了老同志……

考察报告认为,周世充是难得的好干部,年轻有为,路子正,能力强,可列为省委领导的后备干部之首。

控告信对周世充的评价完全不同,内说:

我们怀着极大的愤慨心情,向省纪委揭发,M市坐直升机上来的新任市委书记周世充,仗势欺人,拉帮结派,以权谋私,滥施淫威,以骇人听闻的残酷手段,将M市晚报第二编辑室主任陶雄迫害致死……

控告信说,该市住着一位离休干部,名叫袁可风。袁可风是周世充父亲的密友,周世充自幼与袁可风熟识,二人情同父子。袁可风本无子女,将周世充视如己出。袁中年丧妻,再婚后得一子名袁小方。袁小方在M市高中毕业后两年参加高考不第,被晚报录用至第二编辑室任见习办事员。袁小方因工作不好,并违反制度私用公章等事受到陶雄的批评。过了一个时期,袁小方突患精神分裂症,送往康复医院住院治疗。袁可风数次到报社兴问罪之师,被劝说回去。周世充调来M市后,偏听偏信袁可风一面之词,先是撤换了晚报社的领导班子,其次又派了工作组调查有关袁小方的情况。第二编辑室主任陶雄感到压力很大,曾几次要求见周世充向他当面汇报,澄清一些事实。周世充拒不接见,并放出风来说陶雄是坏人云云。陶雄六月一日晚暴死,报社同志普遍认为可疑,认为陶自杀的可能性极大。但报社新领导、周世充的堂兄周世相不准调查议论,硬压着家属将陶雄尸体草草火化,遂成不白之冤……

二

看完两份材料,郑永平沉吟良久。组织部的考察报告,当然是权威性的。考察组里不但有青年干部处的精明强悍的干部,而且有退居二线的前省委组织部部长、副部长。组织部,仅仅这三个字就有一种严肃性、稳固性、沉着性。四个人的信,行文流畅,逻辑清楚,字体清晰秀丽,签的都是真实姓名,显然不像市井无赖、宵小之徒的诬陷乱扯,而是经过深思熟虑的一次负责的反映情况的行动。

郑永平六十三岁了,已经过了退下来的年龄。一生中他当过乡长、县委书记、法院院长、宣传部长、组织部长,处理过各种严重离奇的案件。但同时收到两份都相当认真的材料,而两份材料对同一个人的评价竟是这样形同水火,这样的事还是第一次碰到。难道四个并非黄口小儿的人的揭发会是凭空捏造?难道堂堂考察组的正式报告会是客里空?难道堂堂市委书记会干出那样徇私害人、人命关天的事情?难道没有真凭实据、不是一个人而是四个人会众口一词地用那样重的罪名控告一个市的市委书记?

电话铃响了。是省委第一把手亲自打来的:"今天我收到了两份关于周世充的材料呀……"省委书记的声音里也透着不解与沉重的关切。

"我正要向你报告……"郑永平说,"是的,一定要彻查清楚,这是不能马虎的。"

打电话,他拿起笔记本,写上"要字8679号"。

三

郑永平找陶雄的妻子吴玉霞谈话。

问:请你把陶雄死前死后的一些情况给我讲一讲好吗?

答:还有什么可说的呢,人已经死了,已经化了烟、化了灰。我早就说过,他不要当什么编辑室主任,让他当主任,就是让他死,我甚至说过,他如果当主任,我就和他离婚……

问:为什么呢?

答:他是活受罪,他为每一篇稿子发愁,为每一个字受罪。他编的副刊上,作为补白发了一条生活小知识,说是怎样辨别坏蛋,就是坏了的鸡蛋。说是拿一盆盐水,把所有的鸡蛋放进去,好蛋都会沉到底,坏蛋就会漂到表面上来……

问:很好的办法喽。

答:两天之后,不知道一个什么人和他开玩笑,他就睡不着觉了。一夜起来吃三次安眠药。死问活问就是不说,后来他才告诉我,说是有人说这则"小常识"是讽刺积极分子的。

问:真有点想入非非。

答:让他当主任才是想入非非呢。从打我们结婚,领导什么时候看得上过他?不关心政治,不开展,不暴露思想,不靠拢组织,只知埋头拉车,不知抬头看路,重业务轻政治,走白专道路,这样的批评什么时候能把他放过去?进入八十年代,他都小五十的人了,偏偏要发展他入党,到时候还要搞什么民意测验。老主任要退了,百分之九十八的人推举他,你们可千万别迷信民意测验!现在的人可坏了,他们推举出一个老实疙瘩,一个受气包,管不了他们,管不住他们,拿不住他们,他们当然舒舒服服啦,可陶雄……(垂泪)

问:唉!你能给我们讲一讲有关袁小方的情况吗?

答:袁小方?袁小方!说来是我的错,是我害了陶雄。他说过袁小方怎么不好怎么不好,又是不好好上班,又是手脚不干净,又是私用公章,又是公安局也来反映了……我说,你这么大个人了,怎么连个毛孩子也不敢管?你总要把该说的话说了嘛!该说的话说了,他不听,是他的事情。最起码的话也不说,那就是我们的不是喽。当个编辑室主任也不能窝囊成这个样子嘛!他不知道怎么忽然鼓起了胆子……他可高兴了,结婚几十年他还没这么英雄过呢,就像他在老山前线亲手杀了两个入侵的越南鬼子似的。他说他批评了袁小方。他说以后就这样,有话就要说,有意见就要提,该批评就是要批评……谁想到袁小方后来犯起神经病来啦?从袁小方犯病,他就一直唉声叹气,说是你看,人家要是说一个年轻人让我给逼疯了,可叫我怎么办!

问:他不能那样简单地看。

答:是啊!也怪了,人家当领导的,处理个把人,甚至处理错了,哪怕是错抓了人错杀了人也没有那么心不安理不得啊！人家那才是当领导的材料呢。处理错了人，还不是该吃就吃该喝就喝该升官照样升官！他有什么错？他批评一个小二流子就能给批评疯了？后来更把他吓得——

问：后来怎么样了呢？

答：……

问：请你谈一谈，后来怎么样了呢？

答：……

问：请看，您不是挺痛快的么？我可以明确地对您说，对您丈夫的死，有反映，而且认为，这件事与……

答：不不不，不要说这些没有影的事。我们是M市人，我们在M市吃饭、住家、报户口、买平价鸡蛋，我们死了还要在M市火化。对市委书记有意见，为什么要把我们拉进去？我们没有意见。我们没有意见。我们什么意见也没有。人已经死了，都来了，都关心，都出主意，都慷慨激昂……有什么用？一九八三年我们搬家，就是现在的家。原来，我们住在阳台上，就是我父母家的。一家四口，只有两间房子。我哥哥早就结了婚，他们占了一间，嫂子常常和母亲闹别扭。我要结婚了，指望着陶雄找房子，没门儿。便把阳台拦起来变成了我们的新房，一住二十年！八三年我们搬家，要不上车，是陶雄自己蹬三轮车搬的，一共蹬了十六趟，谁也不来帮忙，又能怨谁呢？谁生活得也不容易，陶雄为人又死硬，一点交际性也没有。后来他当了主任，都来了，都来找他，要房子，要补助，要车，要涨工资，没有一顿饭让他吃安稳……死了，更是都来了，说这个说那个，把我快说疯了。我不知道，我不知道，不要找我！我怎么知道陶雄是怎么死的？是我把他害死的么？是我盼着他死么？为什么任命他当编辑室主任？任命他当主任的时候我和他吵了一星期的架，我摔了一把茶壶三个茶碗！你们让他当主任！你们让他提心吊胆！你们让他好好听领导的话！现在又查他来了，又要找事了，我不愿意！我不参加！没有我的事！你们要闹闹你们的,别把我推上去,我不够格儿！我不管……她嚎啕大哭起来,使问答暂时中止。

四

郑永平与陶雄的父亲谈话。

答:是的,我是退休的中学教师,我长期教初中代数、几何,我有四个孩子,陶雄是老大,他有两个妹妹、一个弟弟。长子,您知道什么是长子吗？我就是长子,长子比父亲还要沉重。所有的长子最后也要成为父亲,并不是所有的父亲都是长子。长子从小就对家庭、对弟弟妹妹负有责任,而且一言一行都要成为弟弟妹妹的表率。长子的腰从小就弯了。我最难过的是雄儿老是弓着腰。我已经忘记那是从什么时候开始的,我一直记得是十二岁。陶雄从十二岁就弓了腰！我最近又怀疑我自己,恐怕是我老糊涂了。您知道,一九八三年我得了脑血栓,我住了三个月的院。全仗着有公费医疗才治好了走出来。可我的记性大不如前了。不,我不相信他从十二岁就弓了腰。您看看现在这些十二岁的男孩子,欢蹦乱跳,他们哪里可能弓下腰走路,太可怕了……

问:这么说,陶雄从小就生活得很沉重,也可以说很压抑,可以这样说吗？

答:压抑？什么叫压抑？哪儿来的这么时髦的词儿？我快满八十岁了,就不知道什么叫压抑。我对您说过了,我是长子,我们兄弟姐妹七个人,早早死了父亲。为了弟弟妹妹,我十一岁当学徒,十四岁做店员。二十四岁自学考进了大学,还是每天晚上去店里做事挣钱。我送我的两个妹妹出了嫁,我帮我的四个弟弟一个一个娶上了媳妇,最后,才轮到我自己成家,那时我已经三十六岁了。我娶了一个四十二岁的寡妇,寡妇带着个孩子,就是陶雄,那时候才五岁。我结婚的时候我的所有的弟弟、妹妹、弟媳妇、妹夫来给我贺喜。他们高兴得都哭了,我也哭了。我说,我总算对得起咱们死去的爹妈……他们十二个人,刷地齐齐地给我跪下了……我真是老糊涂了,我说这些干什么?我没有什么压抑……哪像现在的年轻人,你越是供着他们哄着他们天天请他们喝啤酒吃夹心巧克力糖他们就越压抑!

问:关于陶雄同志……

答:……

问:我是说关于陶雄同志的不幸去世……

答:……

问:我知道这事使您很难过。但是我们有责任弄清陶雄同志不幸过早地去世的真相。有一些反映,认为这里边有问题。

答:我不知道。

问:请您不要有什么顾虑……我们是党的纪律检查工作者,我们的任务就是主持公道,查处一切违纪事件,不管牵扯到天王老子,我们也要铁面无私。

答:什么顾虑不顾虑的,我不知道。陶雄死啦,再也不会活转回来。白发人哭黑发人,自古以来认为这是最令人难过的事。我知道他会出事的,他那么早就弓了腰。有许多认识的人和不认识的人来找我,他们都很愤慨,他们打抱不平,他们说了许多大话,骂报社,骂市委,骂领导。我不知道他们来是为了替我出气还是为了火上浇油。我说是来点火。他们说陶雄死得蹊跷,说这里头有迫害,有阴谋。我让他们拿出证据来,他们拿不出。可他们说应该拦住不让把陶雄的尸体火化,无论如何不能同意火化尸体,说是尸体一完就全完了。说是人虽然完了,还有尸体在那里,只要拥有尸体,就有和领导上讨价还价的资本。不但应该要求彻查,而且应该要求更高的抚恤金。"五百块钱就打发了,没有那么便宜的事。"还应该要求追认陶雄为精神文明的标兵。应该要求把我们家的厕所的蹲坑改为抽水马桶。应该要求把陶雄的小舅子从临时工转为固定工。应该要求把陶雄写过的所有大文章小文章汇集出版,要求布面精装烫金字……我没有这样做,我觉得脸面受不了。过去讲入土为安,现在是入炉为安。我不能让一辈子担惊受怕的陶雄死后不得安生,冻在太平间等候我们的谈判……为了这,陶雄的弟弟妹妹都抱怨我,说我傻……

问:嗯,您的态度很好,觉悟很高,但也不能因为自己清高就放过了与坏人坏事的斗争。是这样,陶雄的爱人,您的大儿媳妇也说到一些朋友来鼓动她闹一场的事。您能告诉我是,就是说主要是哪些同志来关心这件事情吗?

答:噢,不,我不记得。(他咳嗽起来。)不必谈了。对不起。

五

郑永平与伍作文的谈话。伍作文是写那封控告信的四个签名者的头一名,曾任晚报社社长,现已离休。

答:情况嘛信上已经都讲清楚了嘛。你们要好好处理,不能马马虎虎。粗枝大叶害死人喽!那是行军的时候,一九四七年,蒋介石搞什么重点进攻,机械化部队在小米加步枪后面追。过河喽,过得去过不去,派一个先遣组去查勘。"报告首长,河水太深,又没有船,硬是过不去喽!没有别的办法,打吧,和龟儿子们拼喽!"大家都这样说。首长硬是不放心,亲自下河去勘查。手里拿着一根竹竿,这样走走,那样走走,同志,你道是怎么回事?可以过去嘛!按首长找的路,最深的地方水才齐腰,有什么了不起?部队过了河,打得赢就打,打不赢就走嘛。首长对先遣组说,同志们,粗枝大叶害死人啊!首长说,这次宽大了你们,下次再这样粗枝大叶,枪毙!那时候你在哪个部队呀?哈哈,我们是同一个野战军!大部队哟,人那么多,我们不认识!

问:请问,你们说周世充同志仗势欺人,拉帮结派,滥施淫威,以骇人听闻的残酷手段将陶雄迫害致死,你们有什么证据吗?

答:仗势欺人就是仗势欺人嘛!人民就是证据!群众就是证据!

群众的力量是伟大的,群众的眼睛是雪亮的!谁不知道周世充与袁可凤是世交,是非同一般的关系!周世充才四十多岁就担任了咱们市的市委书记,他神气得很呢!他能不站在袁氏父子这一边吗?袁氏父子能不翘尾巴吗?周世充能喜欢陶雄吗?陶雄能不紧张吗?

问:您讲的非常重要。但是,您讲的是一些推理,是一些分析。而我们的工作,最需要的是真凭实据。就是说,究竟有什么证据……

答:怎么是推理?怎么没有真凭实据?陶雄在我手下工作了几十年,兢兢业业,朴朴素素,老老实实。我了解他,是我推荐他上来的,"文化革命"当中硬说他是特务,说他安放在口腔里的假牙是报话器,真是荒唐得很哩!他呢,他什么也没说。他说,他相信组织。真是好同志!周世充同志,太狂妄喽!我们是支持他的。他一来就搞起自己的一套,太自信喽,要跌跤子的!尤其看不惯的是,弄了些新闻记者笔杆子吹捧他,连组织部都上了他的当!什么只住两间房,是不是住房越少就越革命?更高的领导呢?难道应该在街头流浪?极左的一套,脱离实际,没有科学性可言。我做报纸工作多年,对这种假大空的高调算是吃尽了苦头!你去看看嘛,周世充现在住的是五间一套的平房,墙壁都是塑料壁纸,瞎吹捧些啥子哟!你再到报社去看看,抬起你的两只脚,走一走,问一问嘛。每事问嘛,孔夫子讲过,毛主席也讲过嘛。没有调查研究就没有发言权,你到报社去做一番调查研究,男女老少,编辑记者勤杂印刷工,谁不知道周世充利用职权干预袁小方的事情?周世充的任命通知一下来,人还没有到职,报社内内外外就传开了,袁小方的事要翻过来!伍作文要下台!果然,他来了一个月就让我退二线了。市委内部还搞了个"袁小方事件"呢!内部点名批判了陶雄,登到文件上,汇报到省里去啦!还要派工作组呢!派工作组做啥子?同志,你说做啥子?整人嘛,小火炖豆腐,炖得叭叭的!周世充有来头,厉害得很哟!要查处陶雄迫害袁小方致疯事件!岂有此理!

(伍作文同志过于激动,呼吸有些紧张。郑永平连忙叫来了家属,家属塞给伍作文一个氧气枕头。郑永平连连道歉,诚惶诚恐地告辞。当晚,给伍作文家打了一个电话,知道一切平安,伍老状况良好,方始松了一口气。)

六

郑永平手下的三个干事向郑永平汇报情况:

根据您的布置,我们与报社同志进行了广泛的接触,几天来共谈话四十多人次,接触了社级领导三人,室级领导九人,编辑记者(有正式职称的)十三人,一般干部七人,政工干部五人,工人三人。大家谈的在相当程度上具有一致性。

1. 人们从来不知道陶雄有什么慢性病,此次死亡属于暴死,大家觉得突然,心存疑惑。

2. 多数(占百分之七十八)人认为,陶雄的死与袁小方的事有关系。

3. 差不多所有的人都听说了,都确信了,周世充与袁家有特殊关系,周世充上任后与袁可风密商了为袁小方出气的事情。大家相信,伍作文退居二线与袁小方事件有关。伍作文一退,陶雄就更加紧张,周世充曾经在市委常委会上讲话时提到袁小方事件,提到陶雄要对袁小方的发疯负责,还说要查一查陶雄在"文化大革命"当中的表现——是不是三种人。(我们和几个领导同志谈得比较深一些。我们说,据我们的调查,市委常委会议的正式记录与原始记录中从来没有出现过袁小方、陶雄字样。他们说,可能是周世充讲话讲到这一段时特别指出不要记,掌握一下精神就行了。我们说我们可以要录音磁带来,他们说讲到这里也可能下令停止录音。我们问他们怎么知道的。他们说是谁不知道?现在连政治局开会的情况大家都知道。也可能他讲这段话时正赶上换磁带。他是在两盒带子之间的空隙上讲的。您说,这还怎么查?)

4. 都说周世充已下令进驻工作组调查陶雄的问题。工作组是哪些人,各人的名单不一。

5. 除本人外,都说周世相是周世充的堂兄,说周世相秉承周世充的意旨找陶雄个别谈话施加压力。当别人问陶雄周世相是否找他谈袁小方问题时,陶雄苦笑摇头,显然压力极大。

周世相则说,他与周世充素不相识。但他承认他与周世充都是安徽省W县人。他说,他不否认,细查起来他与周世充可能有亲戚关系。因为这个县的周姓,出于同源。至于个别谈话,周世相说根本没谈袁小方,而是谈准备提拔陶雄任晚报社副总编辑,陶雄拒绝了。多数人(占百分之六十三)认为不可能,就是说,周世相不老实。

6. 许多人认为丧事料理得太快,太仓促草率。陶雄死后六天就火化了,连医院太平间管理人员都问:"这么快抬走?"(虽然医院制度规定只保留三天,但据说最高纪录有在太平间停尸半年的。讣告上有一个标点符号家属不同意,就硬是不让你把尸体抬走。)

7. 对我们的到来及活动议论纷纷。有的说是最上边有批示:"必须查清陶雄事件。"有的说法医处有秘密档案,有验尸的秘密结论。陶雄是被暗杀的,是他杀,他的尸体的颈部有指甲伤痕,证明他是被扼死的。更多的人猜测我们的背景,什么人支持我们、布置给我们什么样的使命。他们议论我们的后台和后台的后台与后台的后台的后台是谁。他们说我们来这里就是为了找周世充的岔子,而周世充也是有靠山、有后台的。他们议论周世充后台是谁,后台的后台是谁,后台的后台的后台是谁。说我们的到来实际反映了我们的后台的后台的后台与周世充的后台的后台的后台的矛盾。很多人在预卜周世充的政治命运。

(郑永平听到这里,愤然指责:胡说八道!什么都从团团伙伙的观点、这条线那条线的观点来看,党将不党,国将不国!)

8. 在了解情况过程中,我们深深感到现今在深入群众、调查研究中会碰到许多困难。部分群众含糊推诿,一问三不知,对我们是敬而远之,思想实质是怕搅入什么矛盾。一位老校对员明确地对我们说:"这一类事不要问我,我一生从不把自己绑在别人的战车上。"有少数几个人对我们的到来极感兴趣,太感兴趣,想方设法套我们的话,无非是背景、使命、对周世充及周世相的看法。一位年轻人,去年的专科毕业生,非要求我们保证撤周世相的职,说是如果把周社长撤职或调离,他就可以向我们反映情况,否则,他才不干叫领导不待见的反映情况的事呢。我们说,我们并无成见,是来客观地了解情况,更谈不上对什么人有什么处理意见。他居然油腔滑调地说,算了算了,你们当然是有倾向有目的的,谁不知道一切调查都是早有目的、早有结论的?调查不过是找点对你们有用的材料就是了。说老实话吧,如果你们的目的是为了打倒两个姓周的,我可以向你们提供有用的材料,就是有关陶雄的死的疑点。如果你们的目的是为了保周书记周社长呢,那更好办,我的材料更多,我可以一一驳倒一切认为陶雄之死可疑的论点……

(郑永平听到这里,气愤之极:岂有此理,厚颜无耻,他是不是党员?)

不是。当然也有人神秘地找我们汇报,挤眉弄眼,夸大其词,动机也不纯……

七

郑永平与晚报社社长周世相的谈话。

答:欢迎你们到报社来检查工作,我来报社只不过七个月的时间。我来报社还是上届市委定的,那时候周世充根本不在 M 市工作。我来后主要抓了编辑方针与班子的建设。应该说,我们的晚报是办得很不成样子的,人员素质很差。既缺少具有新闻专业素养和一定的政策理论水平的编采人员,也缺少管理人才。至于陶雄的死与袁小方的病,呵,这当然很不幸。但我不认为这里边有什么奥妙。

医院的证明讲得很清楚。陶雄死于心肌梗死,突然发作,大面积梗死,送到医院时实际上已经断了气,又是输氧又是按摩心脏,抢救了三个小时,无结果,心电图变成了一条直线,血压是零,只好送太平间。袁小方是精神分裂症,青春型,他的发病还有遗传因素。他的母亲,袁可风同志的妻子就是死于精神分裂症的。袁小方住院治疗以来情况有了很大的好转,现在已经出院,在家休息。尽管是不幸的事,却不是什么大事。

关于陶雄的丧事,现在的一些流言蜚语纯属无事生非。他死了,家属表现很好,没有出什么难题。这难道有什么不正常吗?我们做了抚恤工作。我和报社的领导一一去看望他的家属,表达了哀悼之意,征求了对治丧事务的意见。家属的意见是一切听从组织安排。我们报社差不多全体工作人员都参加了陶雄的遗体告别仪式,市委宣传部长出席了遗体告别仪式并且送了花圈。火化的时候我护送遗体去的。这也就可以了。按陶雄的级别,规格只能如此。现在,一切公职人员的丧事都是由组织承办。如果这次搞过了头,下次又死了人,怎么办?只能一刀切,按规定办。如今呢,偏偏拿着正常当不正常!如果他的家属无理取闹一两个月,这样不正常的事反倒会被视为正常,这真是太不正常了啊!

我知道,所有的流言蜚语我都知道,我知道的比你们还要多一些。例如,有人硬说陶雄与他妻子感情不和,又说陶雄的父亲是后爹,就是继父喽,所以家属就没有和组织上大闹。

我诚恳地告诉你们,你们的到来客观上增加了思想的动荡,报纸由于常常受到来自各方面的指责,又在五年中换了三届领导,后遗症非常严重。人们很敏感,风吹草动就要震荡一番。又有少数好事之徒,唯恐天下不乱,这也是"文化大革命"的一大后患。一些人总结了经验,靠辛辛苦苦地工作很难上来,要想出人头地就必须闹点事,制造点事件。

至于周世充同志,当然是好同志,有口皆碑。住房的事是笔杆子们要那样吹,与周世充同志本人无关。为什么告他?这太明显了,越是有成绩有好评有名声受重用受表扬有前途就越是有人不服气,有人看着不顺眼,周世充的资历又浅,能不告他吗?

……对不起,我得去开编前会了,明天的报要出两个版的增刊,早拼好版的,临时出了点小问题,下次再谈。下次最好也不再谈,我们大家都很忙,建设有中国特色的社会主义是件紧迫的事情,节约一点我们的精力吧,不要为莫须有的事劳神,从零出发转一大圈再回到零了!

问:请等一等。你必须明确地回答我,关于袁小方的事,周世充同志和你讲过什么吗?有过什么布置吗?透露过什么意图、什么打算吗?

答:丝毫没有。我再说一遍,只有零,绝对的零。

问:谢谢,我将把你的这一说法整理成书面的东西,如果你认可,请你签个字。

答:我认可,如果查出他情,我甘愿承担一切责任。现在的事简直莫名其妙……

八

郑永平收到一份自上级机关发来的内部参考资料。铅印资料上郑重指出:

关于 M 市市委书记周世充利用手中的职权为他的亲友袁可凤一家谋私,迫害 M 市晚报第二编辑室主任陶雄致死一事,揭发出来已经两月有余,至今如石沉大海,不见下文。从中可以充分看出:1. 官官相护,组成了冲不破理不清抓不着头绪的关系网。不论什么人,一与这样的网较量便身陷重围,毫无办法,就像猪八戒掉进了盘丝洞蜘蛛们布的阵中一样。2. 办事拖拉,不讲效率。不论干什么事都是人海战术。无尽无休地调查、询问、征求意见、议论、探讨。各执一词,把党的权威机关变成争论不休的俱乐部。3. 心慈手软,不敢碰硬。有些同志错误地汲取了历史经验教训,多一事不如少一事,怕得罪人,怕沾上了不得脱身,怕一个时期以后又翻过来,于是该处理的不处理,该追查的不追查,宁可漏网一千,只怕冤枉一个……

急什么?郑永平看完此材料,有些个不平。

一本封面上是好莱坞女星肖像的杂志偏偏第一篇登的就是"非虚构小说"。里面人名、地名都是虚构的,写的内容却极像——或者说干脆就是——周世充—陶雄—袁氏父子的事。

小说结尾感慨系之地说:

他(似指陶雄)死了,然而你抓不住置他于死地的权贵的手。权贵还没有伸出自己的威胁的手指——也许根本不需要伸出这样的手指,他已经受不住了,精神崩溃了,心脏破裂了。摧毁这样一个小人物又何须权贵动手?契诃夫的小公务员,因为在"大人"面前打了一个喷嚏,便活活吓死了。"大人"有什么责任呢?"大人"是没有责任的。是小公务员卑贱地缠住"大人"不放,而不是"大人"专横地抓住小公务员不放。你能说"大人"对于死缠活缠疯一样地缠的小公务员不够耐心吗?多么可悲!封建特权,人身依附,传统文化,就是这样杀人不见血!他白白地去了,只有被遗忘、被轻忽的权利。弱者,你的名字是小人物!

编者在编后记里说这篇小说是新推出的力作,是振聋发聩之作云云。

小说的发表在 M 市引起了巨大的震动,骂的、喝彩的都有。许多人在测算周世充的政治八字——他还能在台上混多久?还有人找郑永平说:"你们还调查什么?人家小说里描写得多清楚,多深刻,多精辟!"

两天以后,在一本封面是澳大利亚母袋鼠与它的小宝宝的杂志里,登了一篇题名为《开拓者的风采》的报告文学。指名道姓地称颂周世充。说周世充是开拓型的人才,是新型的领导干部,是立足M市、面向世界、面向未来的人。说他心里装着二十万市民,脑子里不但有昨天与今天,而且有明天与后天。说他既有勇气,又有谋略,既有热情,又有头脑。说他像是面向着太阳飞翔的雄鹰,像暴风雨中翱翔的海燕,像刚刚被伯乐发现的千里马,像开一代风气之先的带头羊。说在我国,改革者、开拓者的命运都带有浪漫的悲剧色彩。开拓者的出现,意味着从政治上、道义上宣布了一切墨守成规、无所用心、养尊处优的官僚主义者的死刑,这样,开拓者必然被视为眼中钉和肉中刺。而打击开拓者的办法,一贯是通过流言蜚语制造莫须有的罪名,使你千口难辩,污水泼到你身上你硬是洗不清,最后糊里糊涂地把你搞下去。天下太平,全觉得分外地踏实!

文章最后说:可悲可怜的人们啊,你们要警惕!保护你们的新市委书记吧,叫他免受污水的攻击!

九

郑永平读完这些材料、文章、小说,深深地思忖,他作为纪律检查委员会的负责人,掌握着一个严肃的、具有严密的程序和组织系统以及丰富的工作经验的权威机构。他掌握着各种文书档案材料并可以得到许多有关部门的配合。他手下带领着即使称不上干练却至少绝不低能的工作人员。他拥有查处各种人员和各种事项的诸多方便。他已经来M市十几天了。他努力进行了广泛和深入的查访摸底,但至今仍然是众说纷纭、莫衷一是,得出来的印象不过是事出有因、查无实据罢了。而那些写材料、写文章的秀才们怎么会这么明晰,这么小葱拌豆腐似的青(清)青(清)白白呢?按照内部材料与非虚构小说的作者的观点,周世充是封建势力的化身,是骑在人民头上的权贵,是杀人不见血的阎王。权就是罪恶,权就是压顶之泰山,足以把一个又一个的小人物压成齑粉。因此,有权就有罪有债无理无正义,而无权便有理有据,就是正义良心的化身,也就无有一切责任。如果按照这位作者的逻辑,见一个"当权派"就打倒一个不就完了吗?何必还要调查呢?何必还要纪委呢?这位作者怎么会把一切都看得这样分明、这样方便、这样容易,似乎断案、治国、平天下不过是挥手之劳,而我们的一些干部硬是不肯挥这一下手!这是何等廉价的政治主张啊!

而后一个作者呢,那个写报告文学歌颂开拓者的先生则一头扎到了周世充的怀里,一下子周世充成了改革开拓的化身,成了时代的大潮、历史巨轮的代表,成了乘风破浪反潮流而进的巨人,而反对周世充、对周世充有意见的人便都是蠢材,愚昧、保守、鼠目寸光、野蛮、庸夫俗子、小人、蛆虫……伟大的周世充带领着一批小丑蛆虫白痴混蛋前进,可能么?或者是,一群傻瓜坏人、道德水准与智力发育都极为可疑的愚顽组成了周世充这样的好汉的前进路上的羁绊,像是真的吗?可真简单明快速成省力,一切都了然于心、了然于目、了如指掌,一切人和事如黑白之分明,何其好哉,多么美妙!如果请这些圣明的秀才同志们主政,一定是一扫拖延萎靡,再也不"研究研究",十分钟办完现在需要十个月还不一定办得完的事,大砍大杀,大奖大罚,大起大落,杀一批关一批撤职降职一批,提一批奖一批香火供奉一批,然后天下大治,真理至善公平正义与四个现代化、四乘四个现代化同时实现,这样的乌托邦比茅台酒、比人头马白兰地还要香醇可口,醉人迷人!

且慢!然而两个圣明人的判断却是针锋相对啊!听谁的呢?两位秀才会不会打起来?君子动口,总不至于发生战争吧?仅仅靠口,谁又能说服得了谁呢?春秋战国时期"动口"的作用似乎十分之大,那时候的秀才们主要靠"口",一张口,人君大悦,口压群雄,秀才们出将入相,一项新政——或用法、或用兵、或合纵、或连横、或割地、或屠城——从口中出，精神立地变了物质，秀才们嘴皮子一动便得了"千石粟""万石粟"……而今呢，时代不同了，郑永平工作四十年了，还没见识过一个以口取胜的范例呢！

也许他们有点特殊的本事？又敏感又有学问。不可尽信亦不可不信，至理也。郑永平往省里打了一个电话，找了他手下最得力的一个处长，给他一个任务，找出非虚构小说与报告文学的作者，登门拜访求教，请他们协助为要字8679号案件的判断指出一条明路。

十

郑永平与离休老干部袁可风的谈话。

问：听说您与咱们的市委书记周世充同志的父亲有过不一般的交往？

答：那是战斗的友谊。是周英烈士把我领上革命道路的。那一年他的部队来到我的家乡，我是这个小镇中学的唯一的英语教员。周英同志与我只谈了一个小时的话，我决定离家出走，追随共产党、八路军闹革命……

（郑永平想，那时候的"动口"，比现在有威力得多啊！）

日本侵略军投降了，又与国民党打起来，美国人来"调处"，我成了周英同志的翻译。美方代表凯特上尉送给周英同志一艘十五世纪的帆船模型，大概哥伦布就是乘这样的船发现了新大陆的。一九四八年周英同志在战场上英勇牺牲，那时候周世充不过十岁吧？结果"文化大革命"中从周世充家里发现了那艘帆船模型，组织上外调一直调查到我这里来。我说明原委并且承认这是我经手办的事。好，便这样确定周英烈士和我都是美国特务……哦，我没有关系，谁让我会讲英语？可怎么能这样往烈士的脸上抹黑……

问：请谈谈您的儿子袁小方的一些情况。

答：是这样。我参加革命的时候，已经结过婚，婚姻是我小时候由双方父母包办的。参加革命后不久我给家乡写信,请求解除婚约。我自己始终是一个人。一直到解放以后,生活安定了,才与小方的母亲结婚。结婚五年,有了小方这唯一的孩子。那时,我已经差不多五十岁了。当然可以想象,我们是怎样地疼爱这个孩子。可就在孩子该上小学的时候,"文化大革命"爆发了。不久我因为"美国特务"嫌疑被关押,小方的母亲惊吓、生病死了……

问:什么病……

答:开始是精神方面的病,死是死于肺炎……当然,这也都是事后跟我说的。她死的时候我还关着,我不知道。

问:那么小方呢?

答:没有人管,流落街头,像一条癞狗一样被踢来踢去。后来被一个卖冰棍的孤老太婆收了去……等我放出来,千方百计才找到了小方。小方变得精神恍惚,麻木不仁,大白天也是不停地睡觉。他经常是吃过午饭一觉睡到吃晚饭,你推他半天,他才醒来。没有人叫他也许会一直睡到第二天。我非常心疼,非常着急,我只想唤起他一个少年人对生活的兴趣。我带着他去吃饭馆,我带他去看内部参考电影。我给他许多钱。这样,到一九八〇年,他变成了一个花天酒地的小公子哥儿。从十六岁就交女朋友,他说他一口气喝过十二瓶啤酒。后来因为赌钱打架两次被公安部门拘留……好不容易才给他在晚报社找了一个临时工作。

问:他在报社的表现怎么样?

答:我不知道。他第二次从公安局出来,我把他打了一顿。我伤心透了,我想和他拼命。我打了他不知几十个耳光,我打掉了他的两颗牙齿。我让他在他母亲的遗像前面跪了一夜。后来他老实多了,可又沉默寡言起来。我豁出去老脸,求这个托那个,给他找了一份工作。

问:您知道晚报第二编辑室主任陶雄批评袁小方的情况吗?

答:我不知道。我是直到袁小方住进精神病院以后才听说这件事的。我发现小方有病是因为他一夜一夜地不睡觉。一夜一夜地在楼底下走遛儿，嘴里念念叨叨，自言自语。有一次被街道联防人员扭送到楼上来，问我这是不是我的儿子。他们以为他深夜在那里转悠是为了偷自行车呢……他住院以后，不断地有朋友来，给我报信儿，说是陶雄怎么不好，给小方小鞋穿，训小方，挤兑小方，挤兑得孩子犯了病……

问：是不是这样呢？

答：我不知道。我当然希望别人对小方好些。小方可恨，但是小方不也挺可怜吗？别看我打了他，可是我不愿意任何人对小方说一句硬话……

问：那么，您是否去过报社，为小方生病的事找报社领导提意见呢？您去闹过吗？

答：没有的事。我去过报社，是为了请求报社领导不要因小方生病便把他除名。我给他们讲，对精神病要有一个科学的态度……

问：那么，请问，周世充同志来市委主持工作以后，您是不是与他谈过小方的事呢？

答：当然，他来看望过我，我们共同怀念他父亲在世时候的一些事……能够这样怀念的，也只有我们俩了。只有当我们两个人在一起的时候，周英烈士好像还活着。他母亲早已去世，弟弟妹妹又小。他是老大。等我"走"了，他还能去找谁怀念自己的父亲呢？这几年，老人儿一个接着一个地去了，叫人还说什么呢？

问：你们是怎么说小方的呢？

答：怎么说小方？什么叫怎么说小方？小方是我的儿子。他知道我的儿子叫小方。问起来，我说住在精神病院里。他说他要叫秘书去问问治疗情况，要告诉医院好好照护，我说别麻烦了，医院本来就治得不坏……我又说你能过问一下我实在感谢。

问：没了？

答：没了。

问:没说陶雄的事?

答:没说。(停顿片刻)唔,他好像也听说了陶雄把袁小方挤兑出病来了的话。他问过我这件事,我说不知道。我一辈子主张不迁怒,不贰过。知之为知之,不知为不知。我没有任何根据找陶雄的麻烦,我到现在没有见过陶雄。

问:陶雄死了,突然死的。

答:哼,这又是什么意思呢?难道陶雄死了反过来需要我和我的儿子负责任吗?

问:这个,您不要误会。您是老同志了,我可以直截了当地对您说。对陶雄的死因,有这么一种看法,说是因为周世充同志与您关系好,关心小方,对陶雄他们的做法有意见,并且准备或者已经采取了一些措施,来追究陶雄对小方发病应负的责任,使陶雄感到压力,才出现了不幸的后果。我想听听您对这个问题的看法。

答:我没有什么看法。我不知道这样说有没有足够的根据。我没有请求过周世充同志追究陶雄的责任。周世充表示对小方的病的关心,那只是一种友谊的关心。他询问了一些情况,没有说过要采取什么针对报社或者陶雄的措施。

问:那么,您估计,会不会在和您谈完之后,周世充确是采取了措施?

答:我不知道。我没有想到会有这样的后果。如果早知道我与周世充的父亲周英的战斗友谊会给陶雄,以至于给周世充,最后也给我们父子带来麻烦,我确实应该迁出 M 市,躲开相识的新市委书记远远的。谁让我老而不死呢?如果我与周英,或者与我的老伴一起"走"了,哦,多好!

问:您说远了,真对不起。那么,我可不可以与袁小方见一面?

答:可以见。但是您一定不要问他报社的什么事,尤其不要告诉他陶雄死了。

十一

晚上,省委书记通过专线打来电话,询问郑永平的调查结果。

郑永平说:看来,说周世充同志如何如何迫害陶雄致死,恐怕证据不足,许多说法都是些推理和猜测。但这些说法传的面很宽……

省委书记说:已经传到省上来了。一些原来就对周世充上得太快有意见的同志更是愤慨得很。他们要求从速从严做出处理。而且,你知道,省委正在讨论和准备上报省委领导干部的后备名单。本来,周世充在这个名单上是很靠前的,现在,能不能进这个名单,也成了问题。

郑永平说:我正在努力深入全面地调查情况。周世充同志不像有太大的问题,但是这些传闻将会使他难以开展工作。有一点倒是可以肯定的,就是说,周世充的某些先进事迹的整理不够实事求是,有夸张不实之词。

省委书记说:那是不好的喽。

放下电话,郑永平洗了个热水澡。披上浴衣,坐在沙发上,他点起一支烟,回顾一周来了解到的各种情况。看来,袁小方的病与陶雄的死,主要是个人的生理心理特点所造成的,这里边有什么违纪情况的可能性不大,甚至也谈不到有什么领导责任。领导呀领导,你管的事你负的责任也太多了,生老病死、就业吃饭、喜怒哀乐、神经病、心绞痛,怎么都是你的事情?你是既当官员,又当父母,又当菩萨,又当医生,怎么得了?

郑永平想,好不容易提上来一位年轻的市委书记,各方反映也还好,结果,闹出个什么案子来,闹得臭烘烘的,多堵心!他搞纪律检查,可不是为处理而处理!他过去的一位上司,曾经得意洋洋地说,经他的手处理过十四名厅局级干部、七十二名处级干部……这有什么可自豪的呢?

郑永平感到一种遗憾。过去也干过这种事,组织一批人,翻腾了个底儿掉,查了个鸡飞狗跳,最后至多是"事出有因、查无实据"八个大字。这是不是无效劳动呢?是不是如周世相所说的从零到零呢。

从零到零?是的,好像是这样。然而零以前不是零,零以后也不是零。如果通过他们的努力,经常是零,那不是太好了么?

就在他快要上床的时候,房间的门响了。来客四十岁上下,长头发,戴眼镜,说话腔调有点女性化,有点说不出的温柔黏腻。自报家门,名叫姚亦然。

客:听说前几天您去找过我?

郑:你是哪一位?

客:我也是四个签名告周世充的人当中的一个。我要告诉您,我有证据我有证人,我这儿有"秘密武器"。

郑:什么?

客:报社的副总编辑秦实,他给陶雄写的一封信,信的底稿现在在我手里。就在陶雄死前一个星期。这封信要求陶雄到袁家去登门道歉,要求第二编辑室正式录用袁小方并且为袁小方承担一切医疗费用。还要求陶雄在编辑室全体工作人员会上自我批评,以正视听。这封信最后说:市委书记周世充同志与袁家的关系非同一般,袁小方的处理安排不是小事,利害相关,切记切记!

郑:你现在在哪里工作?

客:我原来在市委。

郑:现在呢?

客:我不干了,周世充打击我。我正考虑到报社去。

郑:那秦实给陶雄的信的底稿怎么会在你手里呢?

客:这个您不用问。我对您说吧,我是有来头的。关于周世充的材料,我已经报上去了,省里有许多同志对周世充不满意,我一一了解过了。哼,周世充的尾巴已经露出来了,他长不了!原来的省委第一把手是周世充的主要靠山,可这座靠山提拔完了周世充自己也退下去了,今年五月,他得了肝癌,死了。我原来就当面告诉过周世充,要依靠我们这些做实际工作的人,与我们关系搞好一点对他有好处。说老实话,我们是地头蛇!他偏不听,还老整我,我们也有我们的办法!你周世充昂首阔步走进来,我让你垂头丧气地爬出去……老郑同志,我这个人直来直去!我有来头,××、×××、×××,还有××的哥哥,都与我有点儿关系,我有把握,我心里有底,周世充必倒!好,不说这些了。秦实的信的底稿我复印了给你拿来了,复印稿我还送到了更上边(他用右手食指向上猛指)。我们写信的四个人都是 M 市响当当的人物。您还有什么可犹豫的?快办快报,您也立一功!

客人走后,郑永平一夜难眠。这是个什么人,怎么这么大口气?他的所谓自己有"来头"是什么意思?周世充是市委书记,郑永平是省纪委书记,这都不算"来头",那么这位不速之客的"来头"是什么呢?"过去在市委",那就是说现在在哪里还是未定之天,他怎么就能预告一个市委书记的政治命运?他想到报社去工作,就是说还没有去,怎么就能掌握副总编辑给一个编辑室主任的密信?尤其是,他怎么敢初次见面,以他的小小年纪就这样粗鲁蛮横地对自己讲话?而自己居然没有也不敢把他轰出去?莫非他真的有什么特殊身份、特殊来头?

呜呼,有"来头"就没有原则,就没有党风的好转!

十二

郑永平与报社住院的副总编辑秦实的谈话。

问:你是否就袁小方的事情给陶雄写了一封信?

答:是的。写了。但没有拿给陶雄。

问:什么?没有给他?

答:没有给。我想。这样的事写成文字的东西也许并不好。

问:那为什么写了呢?

答:我知道陶雄的脾气。他搞了一辈子文字工作,他最重视的就是文字。没有文字根据,他就犹犹豫豫,没了主心骨。有了文字的东西,他就丁是丁,卯是卯,百分之百地照办。

问:写了又没有给他,是不是说明你心虚呢?

答:心虚什么?你这个同志提的问题好怪!我是为了爱护报社、爱护陶雄本人,总不能让市委书记一来就对报社、对陶雄持一种坏印象。

问:市委书记周世充同志对陶雄、对袁小方的事,向你讲过什么,交代过什么吗?

答:这个这个,我想不起来。不过有几次会上周世充同志讲到处理人要慎重,讲到对青年人要爱护、正面教育为主,讲到对退居二线的老同志要照顾好,我老觉得他是有所指的。

问:指什么?指陶雄和袁小方的事?这些话不是大家都讲的么?

答:您的地位比我高,资格比我老。我要问问,您在工作中,就不注意去领会领导意图吗?

问:这么说,周世充同志并没有具体布置,你的信是自己揣摩领导意图的成果喽。

答:随您想去。如果事事需要领导同志亲自动口动手,还要我们这些人干什么?

问:好的。那么你这封信的底稿呢?

答:太过分了,我本来可以不承认有这么一封信。一封没有发出去的信,就像没有说出口的话,没有发表的文章,难道有可能构成违纪违法事件吗?您有什么权力追究我的未发出的信?底稿?烧了,扔了,也许擦了大便了。您用不着追……这简直是搞运动的极左的那一套。

问:我问最后一个问题,你认不认识一位名叫姚亦然的小伙子?

答:姚亦然?唔,我想起来了。很精干的哟,很聪明的哟。一年多前他说过他希望到报社工作,希望我给他安排一个职务。

问:嗯?他没有去报社吧?

答:他一来就要进班子,那是有困难的喽。再说,后来他告诉我,他要给周世充当秘书。

问:什么?

答:他现在是不是周书记的秘书?我住院几个月……嗯,对了对了,周书记的秘书姓刘啊。我倒是忘了,为什么小姚没有当成周书记的秘书呢?

十三

三名工作人员对姚亦然及他所反映的情况的调查结果:

据陶雄的爱人反映,似乎陶雄收到过这么一封信。而拿来这封信的人不是别人,正是姚亦然。那天姚亦然到家里来,与陶雄机机密密地谈了一阵。客人走后,陶雄面色苍白,额头满是冷汗。爱人问了半天他也不回答,只是把这封信拿出来了。

陶雄的爱人说,那信是复印的,不是手写原件。

陶雄的爱人说,陶雄死后再没有发现这封信。

据市委的一些工作人员反映,姚亦然原是市委办公室一般干部。人很聪明,结交人很多,喜欢吹牛。周世充来后他积极毛遂自荐去当秘书,组织部门根据其特点认为不合适。

姚亦然的活动能力太强。为了他当秘书的事,有四名市级老干部、一名省里的头面人物、一名全国知名的爱国人士给市委写推荐信、人情信。姚亦然曾经找到袁可风门下,希望袁可风利用其世交情谊为他写人情信,被袁拒绝。

姚亦然编了一本介绍M市名胜古迹风土人情的书稿交给旅游出版社出版,他要求周世充为之题写书名与作序。他直接给周世充打电话,说由于周未用他做秘书,群众有些反映——认为周是外面来的,对本地干部如姚亦然不够信任,这会给周书记的工作带来难处。因此,如果周答应为之题字作序,就会消除这种误解,不但对姚有好处,对周也有政治上的好处,有利于周世充团结大批本地土生土长的干部。周世充很不高兴,拒绝了。事后,周世充对别的人说:"这是个什么人?竟对我进行讹诈威胁?这样的人怎么能留在市委工作?"

姚亦然很"大方",特别会请客送礼。有一次他因在外面吹吹打打,几近招摇撞骗,被人揭发,办公室主任准备把他打发走,他送去两瓶茅台半斤西洋参,结果大事化小,逢凶化吉。他差不多给M市的所有头面人物送过礼,同时他义务为许多头面人物办事,办那些人物自己不方便出面办的事。给这个书记的孙子转学,给那个长的儿子搞房子。买药找保姆买车票电影票介绍对象找记者采访报道增加知名度,他都会办。姚亦然曾经提着一"马桶包"的烟酒补药去周世充家里,被周世充拒收。

姚亦然关于"上边"的消息特别多。市里,省里,一直到中央,谁与谁有什么矛盾,谁是谁的人,谁占了上风谁吃了瘪,他似乎无所不知,他似乎总是有"真传"。因此,许多人不敢得罪他,摸不清他的"路子"。

有人说姚亦然思想作风太坏,但又都觉得拿这样的人没有办法,何况还不乏说他好话的人。有人说姚亦然无大过,甚至说他整个说来还是一个可爱的好同志。那位替他写过推荐信的知名爱国人士甚至说,姚亦然是润滑剂,有这样的润滑剂,社会的各个零件才会运转得更加协调。

据说报社领导已基本同意将姚亦然调入,接替死去的陶雄任第二编辑室主任,而且还担任编委,也就是他自己所说的"进班子"。这并不需要通过周世充,因而估计障碍不大。姚亦然本人则已经到处宣布他要到报社"进班子"了。

十四

一个三十多岁的女同志找上门来,她说,她是陶雄的妹妹陶珠,学工的,刚从国外进修回来。她与郑永平没有说上两句话,便呜呜哭了起来。

珠:这究竟是怎么回事?这太不公正了。我回来以后才得知哥哥是被逼死的。为什么不追究法律责任?在外国,这样的事情是绝对不会轻轻放过的。一个五十多岁的人,一个奉公守法、克勤克俭的公民,就这样白白死了?究竟还有没有民主与法制?呜……

郑:陶珠同志,请不要哭了,请听我说。对这件事,我们是重视的,省委领导也是关心的。我们四个人已经来了十多天了,不就是为了查清这件事吗?我欢迎你提出意见、要求甚至批评,我更欢迎你提供事实和证据。没有证据,又能追究谁的责任呢?

珠:事实摆在那里,您还要什么呢?哥哥已经死了,才五十多岁,过去从来没有得过什么大病,这还不够吗?他死前一直为袁小方的事懊丧忧虑不已,这不是事实吗?周世充与袁家好,这有什么可怀疑的?请您看看,这是我哥哥生前写下的最后一篇日记——只恨我的嫂子以及我的父亲太软弱了,您上次去,他们居然没敢把这篇日记拿出来。

陶雄的日记:

1986 年 5 月 18 日　阴

我触雷了。我一辈子最恨整人的人。如今,我却变成了把人整出神经病来的人了。

权。我怕权。偏偏我也有了一点芝麻权。这点芝麻权偏偏犯在了泰山压顶一样的周书记的大权下面。

我真恨我自己。为什么一想起市委书记来就变颜变色,牙齿也发起抖来?我怎么这样不正常?周书记讲话的时候面带微笑。这更可怕,谁知道微笑后面是什么呢?为什么不把我找去训一顿,宣布把我撤职查办呢?那倒痛快!像现在这样,不死不活,不阴不阳,让你老琢磨明天会出些什么事。

小姚来了。拿来了秦副总编给我的书面指示。小姚说,秦最聪明,他写了信,放在那里,以后周问起来,秦就没有责任,一切责任在我。如果我说我没收到信,那就更是大大的不老实。还说,要派工作组来,要让我在大会上做检讨,去袁家道歉。

我真怕大会检讨。大会检讨完了还怎么做人!

这几年,我是在走什么运啊?入党、提拔、涨工资、分房子……如今我只觉得气数尽了!

郑:请允许我派人把这一段日记复印下来。我们一定会认真查清,认真处理。

珠:查呀查呀,最后什么都是不了了之。中国吃亏就吃在这种稀松马虎的劲儿上了。我在国外的时候常常想,中国人笨吗?不笨。中国的风俗习惯落后吗?也难说。最发达的国家里照样有迷信、有禁忌、有各种蠢话。中国人懒吗?也不懒,但是中国人太马虎,太随便。我哥哥是个小人物,他死了就像是死了一只蚂蚁。谁肯为他冒犯一个堂堂的市委书记呢?唔,我现在也怕起来了,我也哆嗦了。刚才进屋的时候还带着点从国外带来的洋傻帽儿劲儿,现在,我可不知道该怎么办了。爸爸和嫂嫂如果知道我来到这里说了这么一番话,也许他们也会吓出心脏病来的。

郑:你说得太过分了。你难道看不出来,人民的生活正在提高,人们的精神状态也越来越轻松活泼。如果真像你们所说的那样,你也就不会来了。

珠:对对对,太好了,太感谢了。把我哥哥逼死了。我们居然告状。真是太喜人了。您说得对。我才不怕呢。我要一直告到北京去!

十五

郑永平与周世充的谈话。

周：对于这些传言，我没有兴趣。不，不是认为它们全无意义。只是我没有时间，我顾不上。我不知道我在这个岗位上能够工作多久。有人反对？当然有人反对。中国人太多了，一个人干，许多人看，许多人评头论足。你琢磨工作，他琢磨你。你琢磨工作老觉得时间不够，疲于奔命，顾此失彼。他琢磨你以逸待劳、全力以赴、富富有余。不，我也不能免俗。我也琢磨过琢磨我的人，他们琢磨人的那一套我全懂，我全会。我如果那么干，比他们干得还老练漂亮……但是不能啊，党是让我来工作的，来管一个市的生产、改革、振兴的。如果我陷进去，去与一些格调不高的人斗，多无聊！如果人人都在那里勾心斗角，无事生非，还有什么共产主义！

郑：就是说，您没有批评过陶雄也没有布置为袁小方采取什么措施了？

周：陶雄？我始终不认识陶雄。需要我认识和记住的人太多了，我硬是记不住啊。我希望对袁小方治疗得好一些。医院说他的病情有好转，我也就放了心。这有什么呢？

郑：有些反映……

周：我没办法。他们长着嘴，没有别的话说。他们缺少足够的文化生活和业余爱好。他们有时间，我们没有时间。他们到处搞关系，我们不搞。他们不择手段，我们有所不为。他们为自己的事争得面红耳赤，我们总得有个谦让，就说是做个姿态吧。我们愿意做的是谦让的姿态，高尚的姿态，宽宏大量的姿态，不愿意做那个斤斤计较、鬼鬼祟祟的姿态。

郑：您说的"他们"是什么意思？

周："他们"是指那些格调不高的人。他们还有相当的市场，在上述几方面都占有优势。然而有一条劣势,这种唯恐天下不乱与无事生非的一套,既不符合客观事实也不符合人民的心愿。

郑:这就是说,您绝对拒绝那些指责了?

周:我不接受。可悲的不仅在于不正之风是实际的存在。不正之风不仅是客观存在,而且成了逻辑,成了思维推理模式,成了方法论! 在浸透了不正之风的毒素的人看来,你的一举一动只能是不正之风! 既然周世充的父亲认识袁小方的父亲,既然周世充有职有权,周世充就一定会利用职权为袁家也就是为自家谋私利,这就是问题的全部。

郑:这就是说,你从来没有说过也没有想过什么派工作组、当众检讨啦什么的。

周:对不起,我认为这样的问题没有必要由我来回答。

郑:还有秦实……

周:我不知道谁是秦实。

郑:还有姚亦然……

周:这些具体事情您可以找市委有关同志谈。如果需要全面检查,我可以请秘书向您提供我们所有的活动日程与有关资料。对不起,我得开防汛工作会议去了。

十六

姚亦然给郑永平打电话:

嗯,让我告诉您,听说我送的材料很受上边重视,有批示。什么? 您没看到? 您看到了就用不着我报告给您了哟!

我还要告诉您,陶珠在国外很有影响。她可跟她哥哥不一样,她是个能人。上下左右内外,她都说得上话。听说最近高级领导同志还要接见她呢。接见时,她有可能向领导告状! 另外,一家大报要头版头条刊登她的先进事迹,大报的社长亲自告诉我的,没错!

秦实谈得怎么样？他不承认周世充对他有所布置吧？对，一定是这样说的。现在的人都是这样，多一事不如少一事，见到矛盾绕着道走，什么事到此为止。他护着周世充，周世充更能护着他嘛，您不要相信他的。

什么？调报社？当然，周世相和秦实都对我很好。我对他们没有个人恩怨。我对周世充书记也没有个人恩怨。我是坚持原则，反对不正之风。

十七

郑永平等人在 M 市调查了十七天，前后找了七十多人谈话。然后他们回到省里，准备向省委和中纪委提出调查报告。

省委书记透露，已经把周世充从省级后备干部名单上去掉了。可供选择的对象很多，何必搞上这个有争议的、被议论得沸沸扬扬的人物？而且，这几年周世充提得未免太快了，还是稳点好。人们反映，他气有点粗。

郑永平点点头，不知说什么好。

许多人都在悄声议论周世充逼死陶雄的事，说得有声有色。还出现了对郑永平的议论。有的说，他是周世充的对立面，去调查，是为了找茬子，结果呢，枉费心机。还有的说，郑永平与周世充是一条线上的。郑去 M 市调查，是明调查暗掩护，最后遮遮盖盖，大事化小，小事化了。据说省委和上级部门，已经收到了新的控告郑永平的信。

过了好几个月，郑永平忽然想起旧事，找来那位得力的处长，问是否找到了不点名地批周世充与点名地捧周世充的文章的作者。

得力的部下报告说：这两篇文章的作者是同一个人。

郑永平大惊：什么？

部下报告：我也觉得无法理解，所以没向您报告。我见到了本人,本人亲口对我说的。他说他在试验一种新的叫做什么立体派、结构派的写作方法。他说,毕加索把立体派方法用在绘画上,而他,搞的是文学。

郑永平目瞪口呆。他想,这个世界,花样怎么变得愈来愈多了呢?过去,处理个敌特,处理个叛徒,处理个贪污盗窃、道德败坏的人,都是清清楚楚的啊!世界变得陌生了,可能自己真老了,是该打离休报告了。

又讯:一张小报上登出了一篇报道,把姚亦然说成"精神文明标兵"。据说姚亦然已经不肯去报社了,有更大的单位和更高的位置在等候着他。

发表于《十月》1987年第6期

十字架上

> 假如有人来,另传一个耶稣,不是我们所传过的;或者你们另受一个灵,不是你们所受过的;或者另得一个福音,不是你们所得过的,你们容让他也就罢了……
> ——《新约·哥多林后书·第十一章》

一

在欧洲旅行的时候,我有机会多次参观教堂和博物馆、美术馆。有一次参观教堂的时候我竟忘记了脱去我的帽子,后来受到了提醒,使我深感歉意。高耸的教堂穹顶吸吮着,提拔着人的灵魂。唱赞美诗的黑衣合唱队站在离信徒远、离屋顶近的高处,半月形的站台式的位置上,使他们的歌声从天上降落飘落洒落,效果极佳。写到这里我顺便建议今后生产音响系统的中外厂家生产一种新型扬声器——俗称喇叭,要使这些器物能够吸附至少是易于悬挂在天花板上。为此馈线(这个词儿用得对吗?)的长度至少需要保持在四米以上,立体声的设计者不仅要考虑前后左右,更要考虑上下。此建议如蒙接受,我还建议有关部门考虑我的专利权问题。

教堂中的管风琴,这是又一个显示冥冥中的一种神圣、一种威力、一种非人间的却是为众人所向往的至善至诚的载体。当数百个锃亮的大小悬殊的铜管,在教士操作的鼓风机的感召之下,从四面八方震响起来的时候,庄严慈爱博大的情感使我想哭想死,就是说想自杀。人类创造力的最生动的记录就在于他们创造出令他们自惭形秽的物品,就是说,创造物使创造者羞愧得无地自容。这是幼稚吗?这是伟大的契机吗?

更重要的却是美术。油画、壁画、浮雕与雕塑。不只限于教堂,也包括博物馆与美术馆。圣母玛利亚的形象令人喜悦。特别是被许多人画过的天使报信的那一幅:长着翅膀的安琪儿向纯洁无瑕的玛利亚传递信息,她已经通过圣灵而受孕。玛利亚幸福而羞涩地、高度完满地接受了这来自上苍的信息。正是她,向人类,至少是向欧洲贡献了耶稣基督。

富有冲击力的是钉在十字架上的耶稣。他的长发和长须。他的手掌与脚掌上的铁钉——是不是铁的呢?他的右胸上的伤口,伤口流着永远的血。多么疼痛呀!远在小学时代,听老师讲到十字架的故事的时候,我就为之惋惜不已并战栗不已。一位评论家已经正确地指出我好用"战栗"一词。然而,这由得了我吗?这个形象似乎颇有醒世警世的作用。基督大概是最痛苦的神。从比较宗教形象学的观点上看,如来佛是何等恢宏,弥勒佛是何等豁达,太上老君是何等智慧,门神爷是何等威武,伊斯兰教的真主无形象,又是何等高明超拔!从未见另一个神像像耶稣基督这样痛苦。他的形体完全符合人体解剖学的规律,而他的神情充满了神圣的忧伤,还有怜悯。他好像在说:不可救药的人的种子啊,而我,却是为了你们。不论是如来观音,还是玉皇大帝太上老君,不论是奉为图腾的蛇或是生殖器,大概都没受过这样的苦。中国的神明甚至是有特别供应的,灶王爷吃糖瓜而王母娘娘吃蟠桃,他们连外汇券都不用掏。

耶稣的形象使我惊讶而且困惑,神为什么这样痛苦?

二

我就是耶稣。

耶稣在我心中,圣灵在我心中,我就是神圣。

我不知道我是不是希伯来人,是不是以色列人,是不是亚伯拉罕的后裔。我想这并不重要:从今以后,我们不再凭着肉身认人了。基督是万国万世的基督,不需要考证国籍族类。不需要护照、户口与机关证明。

小孩子们学唱的赞美诗有云:

> 自耶稣来住在我心,
> 自耶稣来住在我心,
> 喜乐潮如海涛之滚滚……

我是神圣,我是救世基督。你这东方的不信教的人啊,请听我慢慢道来喔!

从小,从一记事一懂人言,我学会的最初的词不是妈妈,不是吃奶,不是㞎㞎与撒哗哗而是救世主——基督。我娘对我说,我爹对我说,我的伯叔姨姑兄弟姐妹乡里邻舍伙伴朋友都这样对我说。四岁的时候我曾提出质疑:我为何是基督呢?基督是何意呢?我难道不是小孩子不是人吗?我娘闻之垂泪多多。她道:苦……哇!

> 娇儿莫要胡乱问,
> 且听为娘我说从头。
> 为娘家门知书礼,
> 祖祖辈辈信奉耶和华,
> 堂堂正正行天地,
> 为娘貌美又多姿,
> 岂奈何为娘我婚前就怀上了你——

好一个孽障啊!
令为娘死无葬身地!
咱家乡惩治婚外孕的办法恶着哩!
扒去衣服、活埋及胸、众人抛以乱石打死——
差强于中国式的骑木驴!
幸有你父得托梦,
木匠家中降天使,
天使说此孩是神圣、
是基督、是以色列王,
此孕乃是圣灵赐。
万民欢呼谢上苍,
巨星闪闪灵气动,
分娩之时放红光,
先知约翰施洗礼。
众人跪拜颂汝名,
恶人惧悚起杀机,
希律派遣刀斧手,
为救汝命逃埃及,
众人盼你如大旱之盼云霓。

而你,所问何来,所问何来,你究竟是干什么呀——或者用一千九百余年后苏联作家柯切托夫的提问:你到底要什么?

疑问从此消失。

六岁时,因为与同伴克依利利抢夺一枚芒果而动手相打。克依利利被我推倒于地上,芒果到了我手我口边。克依利利哭喊道:"他不是神!他不是弥赛亚!他抢我的芒果!"

我大惊失色!我——救苦救难的神怎么会抢夺一个小罪人的芒果!我严肃、悲哀、恐惧、怜悯地把芒果还给了他。他大为惊奇,看着看着我,给我跪下了。

当晚,克依利利睡前在河边洗脸时失足落入河中,死了。

疑问从此消失。

三

奇迹从此不断。一个瞎子找我来治病,我不知如何是好,便摸了他的前额和眼睛,他立即宣布他已复明,看见了蔚蓝色的天空。一个跛子找我来治病,我便踩了他的跛足,他宣布,他可以立即丢掉拐杖,跑步回家。一个贫穷欲死的乞丐挡住我的路,说是只要能再喝一次酒他死而无憾,我便指了他的饮水用葫芦瓢,他告诉我说,一瓢大河之水果然立即变为葡萄美酒。你不相信吗?你为什么不信?即使用你们的说法也可以说明白,这就是特异功能呀!不是说有的特异功能具有者可以用思想把不信者的手表在刹那间迁移入暖水瓶,而暖水瓶是在隔壁房间,而且软木塞一直是盖得严严实实吗?不是说特功具有者能够用肉眼看穿你的五脏六腑并判明你的内脏器官的病变部位与病变程度吗?不是说还有一个人能够在子时三刻在水面上行走因而打破了阿基米德原理吗?不是说有过万里之外取人首级如探囊取物的神人吗?与这些相比,我的奇迹何不信之有?

当然不是说所有的病人都被我治好了。治不好,是因为他们有罪有污点,因为他们不诚,因为他们是伪善的法利赛人,因为他们吃过不允许吃的东西,因为他们不知谦让,不敬父母并对路上走过的女子起过邪念,天意亡之,何奈我何?

罪人们的命运仍然使我感到沉重。我是生活在一个何等罪恶深重,令耶和华震怒的国度啊!埃及人、非利士人、波斯人、亚述人、巴比伦人、罗马人纷纷占领我们的国土,屠杀和奴役我们的人民,强迫我们接受他们的异教,奸淫烧杀劫掠。每个人早晨醒来时不知道晚上还能不能平安睡下,夜间睡下时不知道次日清晨还能不能再起床生活。再加上本国以色列人和犹太人的纷争、部落纷争、兄弟纷争、父子纷争、夫妻纷争,谎言多于真话,诚实比狡猾还要令人猜疑不解,微笑后边隐藏着匕首,文才发挥在写诬陷信上,陷阱比道路还多,毒药比饴糖还要普遍,交友的目的似乎在于关键时刻予以出卖,祈祷的内容离不开诅咒自己嫉妒的人早日得艾滋病,最不怕赔本的买卖是捕风捉影入人于罪,最时兴的行当是拉几个人制造流言蜚语,双手沾满鲜血的人在那里行善,不学无术的人作威作福。你知道这个脍炙人口的故事吧?上帝准备奖励他的忠实信徒,条件是给信徒的邻人以双倍的礼物。信徒深思熟虑以后祷告道:万能的主啊,请把我的一只眼睛弄瞎了吧!

这就是我们的民风民俗!耶和华震怒了,几次想像毁灭所多玛、蛾摩拉双城一样地毁灭我们的国家,而我被告知只有我,只有我作为天父的圣子才能拯救吾国吾民万国万民!那信奉我的人有福了,他们博爱众生,宽恕罪恶,打了左脸还要伸去右脸,爱朋友也爱敌人,经受旷野里魔鬼的试探,坚信"人活着不是单靠食物,乃是靠神口里说出的一切话",拒绝权柄与荣华富贵,"应当拜主宰你的神,专要侍奉他",拒绝挑逗挑衅,坚信"不可试探主宰你的神",不但爱众羊,而且不放弃任何一只迷途的羔羊,除了假冒伪善的法利赛人!

当仇恨和欺骗使人们变得凶恶狡猾的时候,你可以想想,我的使命有多么艰难,多么沉重!

而我必须努力去完成这些使命,才能不辜负上帝为我显示的奇迹奇能,不辜负天门大开后飞翔而下的一只又一只神鸽,不辜负终于为教义而牺牲的约翰先知,不辜负我的最美丽最纯洁最无瑕最善良最神圣的母亲!

四

去年初冬,我到地处东北欧的一个友好国家访问。这个国家的计时传统是向巴黎靠拢。虽然他们的国家与法国还有漫长的距离,他们的首都与法国实际时差近一个小时。这样,冬季,每天早晨不到六点(实际似应是不到七点)天就发亮了,而每天下午不到三点(实际似应是不到四点)天就大黑。

这一天,我在这个国家旅行,上午坐了很久的车,又参观一些教堂和博物馆,而这些教堂和博物馆是没有取暖设备的。为了仪表,除了西服、衬衫、领带以外我没有穿同胞们冬季喜穿的棉毛及毛线衫裤,而我的大衣也是轻薄柔软型的。这样,我一直冻得四肢发麻。中午一点三十分,好容易到了目的地,到了一个贵族遗下的巨大城堡,饥寒交迫。午饭时喝了不少香醇的伏特加酒。饭后,倒头便睡,也不知睡了几时几刻,被叫醒开始参观。夜色如墨,石径坎坷,而我睡得如醉如痴,醒也醒不转来,看看腕上旧表,不过是下午三点一刻。

我的感觉却是深夜梦游,忘却了此身何处,此刻何时。

参观的第一个项目是神像馆。当年富可敌国的庄园主人,威严显赫的贵族不惜重金在全国搜集古老神像。有画在玻璃上的,色彩艳丽。有画在木板上的,逐渐剥落。有画在羊皮上的,古色古香。有画在墙壁上的,粗犷稚拙。各式各样的耶稣,各式各样的十字架,包括加一个短横的✚和✚十字架。耶稣钉在上面,垂下头,伸着被钉死的胳臂欲拥抱世人而不能。他的头上有荆冠也有圆光。他的两手、胸上、脚上都流淌着鲜血。这些神像画得风格不同,有的天真,有的圆熟,有的崇高,有的亲切,有的更像人,有的更像神,有的显得年轻,有的显得苍老。众多的耶稣,众多的十字架,众多的流淌着血的胸口一起向我涌来。

我震惊。我努力想象,努力理解这钉上十字架的故事。

与后来参观的其他物品相比,包括这个早已归天、并无后裔的贵族拥有的金银珍宝、各种艺术品,特别是令人叹为观止的豪华的上百辆各式马车(哪一辆都比奔驰、雪佛莱、尼桑气派),还是这些神像更触动我的思绪。整整一夜,我似乎处于流血的耶稣与钉着耶稣的十字架的重重包围之中。我写了一首诗:

你被钉在十字架上
永远也不得下来

你垂下忧伤优美的头颅
永远也不得抬起来

你被崇拜又被出卖
不得复仇也不得感戴

你流血你疼痛你怜悯你死去
没有一声表白

你被绘画被雕刻被解释被误会
全部承认全部接受下来

你带来希望带来失望带来怨恨
你应允一切理解一切原谅一切

你没有请求没有希望也没有命运

五

耶稣是怎样上了十字架？

根据《马太福音》《马可福音》《路加福音》与《约翰福音》等的记载，通常认为是这样的：耶稣在他的门徒们的跟随之下到达了耶路撒冷，一路唱着："赞美上帝，奉主名来的是应当称颂的！"他赶走了圣殿院子里摆摊做买卖和兑换外汇券的人，他激烈地抨击专门搞形式主义的三忠于四无限的法利赛教派，并预言"人子"将要驾着云彩

（一种相当东方的方式）前来，审判耶路撒冷。

这使当地的罗马巡抚（或译总督）十分震惊。一群狂热的人宣称耶稣是弥赛亚，是先知，是耶路撒冷王。耶稣的弟子甚至拼命争取紧挨耶稣的左右手位置，像争夺充任左丞相与右丞相一样。地位，对于人间与非人间，原是同样的重要啊！这对于罗马帝国和当地的社会治安来说究竟意味着什么呢？已经取得了祭司地位的传统的宗教教士更是对耶稣恨之入骨，怕得要死。他们宣称，他们是被迫迎战的，他们被迫奋起反击，与耶稣这个木匠的儿子势不两立。他们呼吁巡抚的干预，不断向总督告急告警。于是，经过周密策划，巡抚彼拉多用三十元钱买通了耶稣的第十三个弟子犹大——或译茹达斯。伪善的茹达斯与搜捕者定下暗号："我与谁亲吻，谁就是觊觎耶路撒冷王位的危险人物耶稣。"……后来，耶稣被捕，钉死在十字架上。而犹大，也因为受到舆论及良心的责备而自缢身亡。叛卖者绝无好下场！

波兰的一位现代小说家，请原谅我一下子记不起他的名字来了，写了一篇虽非翻案却也骇人听闻的故事。他写道，历史——或宗教、或命运、或其他不以个人意志为转移的威严力量——需要犹大，却没有一个人肯扮演这样的角色。最后耶稣愤然慨然地与犹大换了头套，结果，被钉死的，其实是犹大……

对福音书的叙述，我是尊重的。对于小说家的假语村言，大可不必认真。但是，这些毕竟只是表面的与外在的过程。我的耶稣，就是说我所理解所设想的耶稣对我说：

你愿意上十字架吗？

我一次又一次地向自己提出这样的问题。连年战乱和饥荒之后，人们是怎样的恐慌万状、无着无落呀！一个教士又一个教士向人们应允天堂和灵魂得救，当人们刚刚皈依，却又被告知他们的道袍下露出来了尾巴。每个人对其他人不满，却无法不让别人对自己不满。每个人都感到别人的欺诈卑劣，却没有能力不对别人欺诈卑劣。每个人都感到别人在堕落,却无法停止自己的堕落。古老传统的清教徒式的洁净规则,愈来愈显得像是讽刺。传说和故事中对于古朴民风的描述,更使人们慨叹世风的日下。唱的调子愈高,人们就愈不相信。空话讲得愈多,人们就愈卑劣。最后连那最起码的真诚与道德似乎也失去了信用,只有赤裸裸的野兽一样的自私倒是实实在在的了。人们普遍认为事情不可能老是这样子,早晚会发生变化。弥赛亚会到来,通过上帝的干预,人们将获得伟大的拯救,上帝的统治权将获得普遍的承认,他的公正的意志将在人们的心中和生活中获得至高无上的地位,而在这样一个充满和平、正义、道德、繁荣的世界里,罪人们是不被接纳的。弥赛亚到来之后,将进行伟大的无所不包的全面审查与清理,像在麦场上扬麦打麦一样,成色十足的黄金的麦粒将会留下,而秕糠将会被淘汰。比淘汰还要严重的是,这些罪人秕糠将被天火烧毁,烧个干干净净,永不得再行投生,叫做永世不得翻身。

最大的恐惧在于,谁都希望自己是黄金的麦粒,谁都没有把握自己不是罪恶的秕糠,靠德行做麦粒而不做秕糠吗?谁的德行又是十全十美的呢?判断德行的标准又是什么呢?如果你在安息日去帮助一个有难的人,去工作,究竟是美德还是恶德呢?当你自以为是维护了自己的麦粒成色的时候,焉知道不是误入歧途变成了秕糠或者准秕糠呢?

只有我,只有我一反那些苛刻的、恶狠狠的、充满繁文缛节的教士的威慑之道、恐吓之道、讹诈之道,提倡仁爱、提倡谦卑、提倡虔敬、提倡宽恕。当人们恶狠狠地相互斗红了眼的时候,当他们把压倒对方看得比维护自己的生命还重要的时候,我伸出了和解的手。我说:

我们都是有罪的。所以我们不能责备旁人的罪。我们都是该当挨石头的。所以我们不能抄起石头砸那犯了淫罪之人。赦免那有重罪之人,比赦免那只有轻微错误的人还有恩德。当你的兄弟说了你不爱听的话的时候,你再去说他,不是永无和解之日了吗?即使你能得到一时的上风,一时能够是永远吗？即使你一时退让了,退让能够是永远吗？你看着别人是秕糠吗？焉知别人看着你不是秕糠呢？你们互相宽恕了,我便宽恕了你们。你们的一切罪恶,我愿意独自承担。为了让你们生活得好一些,我宁愿被钉在十字架上。

人们相信了我,从我的话里得到了希望。大弟子彼得对我说:人子呀,你就是弥赛亚,你就是基督呀！我说,这话可不得告诉旁人。但信徒们都这样说,从窃窃私语到闹闹嚷嚷,众口一声地说:"他是基督,他要为了我们上十字架！"

你为什么还没有上十字架呢？如果不上十字架,如果和众人一样地饮水、穿衣、吃未发酵的面饼和羊羔肉,如果和众人一样地在夏天的烈日下流汗在冬天的寒风中发抖,那还有什么区别,有什么神圣,有什么发言权和感召力？

我必须上十字架。从我出生的那一天起,这就是我注定了的命运。早在我们的民族我们的部落我们的原始宗教传说里,已经预言了弥赛亚的死。然后他复活,坐在上帝的右边。复活的前提是死,是钉在十字架上。不死也就没有复活。不死也就没有神圣。不死也就没有信仰。一切的信仰,归根到底是对于死的信仰。不论通过谁的手,不论通过叛卖还是举荐还是个人申请自愿,不论通过招标投标还是通过统一密封卷考试,不论通过怎样的具体途径,要上十字架！这才是最重要的。从五岁的时候,从听到《圣经·诗篇》中关于弥赛亚之死一节朗诵的时候,我已经知道了,别无选择。

你到底要什么？你别无选择！

问话是苏联作家柯切托夫长篇小说的题目。答话是中国青年女作家刘索拉的中篇小说的题目,请把它们连接起来。

六

那是一个盛大的典礼。

军乐队、民族民间乐队和电子合成器奏着赞歌,观众人山人海,高呼:我——们——得——救——了! 然后是有节奏的鼓掌。白发苍苍的老人为我默哀,向我行跪拜礼。老妇人用她们深沉诚挚的歌声为成千上万的妇女的嚎啕大哭伴唱:

你为我们受苦,
你为我们受洋罪,
如此多的人不识好歹,
好心换来了驴肝肺!

天青日朗,微风徐徐。全副武装的卫队簇拥着我登上十字架台。这一刻无比辉煌。我的脸上呈现着神秘而骄傲超凡的微笑,我的步履从容,四肢舒展,达到了绝佳风度,因为别无选择而大义凛然。我确实看到了,天使在广场上飞翔。天使围绕着我飞翔。

罗马总督彼拉多向众人说道:"今天是逾越节的第二天,按照惯例,我们可以释放一个囚犯给你们,请公民说话,释放谁呢?"

我的耳边轰地一响。莫非要释放我? 依公众对我的爱戴,他们一定会要求把我释放的。那么,我自幼的茹苦含辛,圣母圣父的教导,我的一切德行,一切禁欲主义,一切奇迹,一切对于道的领悟和宣讲,我所奋斗终生的使命,我的仁慈与我的形象,我头顶上的圆光,我的纯洁无瑕的档案或者用英语喜欢用的说法叫做"记录",特别是我对于那些无知无识、诚惶诚恐、易喜易怒、多疑多惧、自利自私、攀风攀势、摇来摇去的人们的同情、怜悯与宽宏的饶恕,又将怎样表现出来? 如果我来到十字架前,又被赦免,平安地走下台来,眼睁睁看着另一个杀人越货的强盗英勇就死,看着一个得不到崇拜、找不到自己的死亡的意义的强蛮的血肉之躯在刹那间变成血尸,我的上十字架岂不成了一场沽名钓誉的骗局,如果我被释放,经过这么一番大折腾以后晚上照旧饮水吃肉洗脚睡觉打鼾,现在这些为我流泪向我膜拜的人如何能再相信我的仁爱我的苦心我的关于宽恕的教导? 教育别人宽恕的人是最难得到宽恕的。因为要别人宽恕,就把自己摆到了高于一切的地位,摆到了圣人的地位,摆到了再无还手还口之力的不设防的地位,于是你便变成了众矢之的。宽恕是困难的,让斗红了眼的人宽恕比要他们的命还难,他们不愿意宽恕不能宽恕,他们就更要睁大眼睛看你能不能宽恕,你能不能容忍。简单地说,如果罗马总督彼拉多将我释放,不出十天,我的忠诚信徒们就会把我凌迟处死活埋。

但我又想,如果真的放了,该有多好!走上十字架台,我才想到我还有许多话没有对信徒们说,还有许多道理没有思考透彻。宗教探讨的是通向天国之路,是永远地摆脱人间的罪恶贪欲粗俗之路,而宗教是为人间而准备的。没有人间,又在哪里宣讲宗教?又从哪里走向天国?我爱的是谁人?我怜悯的是谁人?我宽恕的是谁人?我准备为之受尽一切苦难的是谁人?不正是这些血肉之躯,这些肉体凡胎的众人吗?当我死去以后,我还能爱他们吗?我还能超度他们吗?我还能为他们而流泪并接受他们的崇拜和忏悔吗?当我复活以后,我还是我吗?我还能以肉身与众人的肉身通消息吗?

我心乱如麻,但是我还是狂呼大叫:不要释放我!

众人大乱。有的喊着我的名字,喊着把我释放。有的喊着我的名字,喊着我应该牺牲。又有的喊着我的名字,说:"他是个骗子!别让他钻了空子!"又说:"他太精明了,这是他的法术,他要左右逢源,两面三刀!"又有人喊着我的名字,说:"他是为了我们!我们这些瞎眼瞎心的臭驴子!"于是开始了骚乱和武斗,人们大喊着:"白刀子进,红刀子出,杀死一个够本儿,捅死两个赚一个!"

于是彼拉多总督威严地宣布:根据大家的意见,我们决定释放著名囚犯巴拉巴!严惩自称基督、自称犹太王的耶稣!

于是喧闹起来,有的鼓掌,有的跺脚,有的欢呼,有的嚎啕,有的吟诗,有的唱歌,有的长叹,有的大骂。精彩段落有以下一些:

你求仁得仁,死有余辜,

> 我们羡慕你的盛名光荣!

又有:

> 你得了便宜卖乖,
> 反说为了我们,
> 我们何劳你的操心,
> 多管闲事?

又有:

> 明明是血肉之体,
> 偏偏自为神圣,
> 你是悲剧中的英雄!
> 你是闹剧中的大虫!

又有:

> 仰望苍天,
> 且问巴拉巴与你,
> 哪一个更实惠,
> 哪一个更带来效益?

又有:

> 痛苦是爱的真谛,人生真谛,
> 你的痛苦是人类爱的载体!

又有:

> 我们纪念你,永远纪念你,
> 这纪念又是何等卑鄙!

又有:

> 是象征便有永远的意义,

是永远的形象又何问效益？

又有：

　　是一个惊叹号也是一个问号，
　　是文化现象又何必穷追根底？

七

　　在第一个钉子钉进我的左掌的时候,我立即疼昏了过去。
　　原来是这样疼痛,比我预料的还要疼得多！
　　当钉子钉入我的手掌,一阵锐利的痛楚使我大叫,我的手掌在撕裂,我的全身心在撕裂。叫声还没有冲出喉咙就被我压了下去！我已经浑身冷汗,两眼发黑,却深知这不是叫苦的时候,我没有叫苦的权利！我不是想感动众人吗？不是要为众人牺牲吗？不是要看到和解与仁慈的光辉照遍寰宇吗？我又怎能像俗人一样地哭喊呼叫呢？就在这一瞬,我听到了铁钉劈钻骨骼与脆骨的碎裂声,我昏过去了。
　　当铁钉钉入我的右掌的时候,我醒了。
　　冷汗变成了热汗,颤抖变成了烘烤。我的全身在燃烧。我的两只手已经不是手,而是火苗。
　　就在这个时候一位貌美的女子不顾行刑者的鞭打与推搡扑到了我的脚下。她的长发秀美齐腰,她大哭着亲吻我的皲裂的双脚,她的嘴唇温热柔软纯洁,她的眼泪淋湿了我的双脚,她用秀发擦去眼泪并擦净我的脚。她哭喊道："啊,吾主！你是普度众生的慈航,你是博爱众生的人子,你无所不知,无所不能,无所不应允！你能不怜惜你的可怜的女儿吗？你能听任我那狠心的郎君负心骗我吗？我纯真而又热情,十六岁便给了他我的少女之身！而他现在,为了功名利禄移民新大陆,打着刷新观念的招牌,走上了陈世美的罪恶的旧辙！啊,吾父,你能死而复活,你能令跛子走路参加百米田径赛又能令盲者重见光辉去天文台观测星云,你能在水面上行走又能令老者返老还童长出一口新乳牙,你能不用伦琴射线而用肉眼扫描人体内脏并确诊病变又能不拆开信封而阅读并改写折八道弯而又封得严严实实打上了火漆羽毛的信件,你能不打开软木塞塑料盖商标封签而取出药瓶中的药片又换进新药片,你能使水变成酒使酒变成水使这一杯酒变浓又使那一杯变淡,你能取出人血中的恶变癌细胞任意增删一个人的阳寿,所有这一切奇迹只存于你的一念之间,你的功能无边没有人敢不相信!你曾经被邀请做过多次示范并受到重点保护,难道你拒绝你的女儿的请求,就不能帮助她免遭被玩弄被欺骗被玩弄被遗弃的命运吗?"

我心如刀绞。想不到一个如此貌美多情令世界为之动容的女子却受到了负心者的凌辱!我真想随她去找那位负心的郎君,用言语的狂风暴雨向他轰炸,我真想用耶和华用摩西用释迦牟尼用阿尔卑斯山和尼罗河和幼发拉底河的名义诅咒他的无义!我将带着我的信徒我的随从包括所有对我感到好奇的人,怀疑我钉我的梢录我的音搜集我的黑材料的人,我也要带上他们,他们也是捧场,他们也为我增添声势气氛,我们要一起去质询去听证辩论去批判去维护人类的尊严和弱者的权益,我要揭露伪善者的虚伪预言他的下场像预言地震、艾滋病、世界大战与森林大火!我相信我的权威我的成功我将会重新看到这位不幸的女子的笑颜如桃花怒放!

然而不能。我的两手流血如火烧。我已经开始被钉死了。

又有一个胡须花白的老者向我走来,他神色严肃不苟言笑。他稍微有一点发胖,两眼带着杀机,很像荒野上的狼眼。他毫不谦卑畏惧地走过来,一把把女子拉开,连私刑者刽子手也不敢干涉。开始,我还以为他是带着最致命的大钉子的主要行刑官。然而他来了以后向我行举手礼,虽然他没有戴帽子。他嗓音洪亮地喝道:"听了,耶稣!我才是真正的正牌信徒!我不但是信徒而且是卫士,不像刚才那女子,她虽是信徒却不是卫士!我每天都念你的名字,重复你的话语,有时一天重复三十二次！你本来应该降福给我,只要你长眼的话！谁想到你有眼无珠却降福给我的邻居！我的邻居比我小十几二十岁,不提你的名字也不祷告你的言语,遇到不相信不郑重的人他也不去跟踪不去报告不去重炮猛轰,而且,他还爱喝酒爱打扮还写过一首无人能读懂的爱情顺口溜！我造了二层楼房,他居然后来居上造了三层楼！在我居住在二层楼顶的时候他还住桥洞呢！他居然敢盖三层楼！居然有一班无知小民为他盖房！我一怒之下盖到了五层,我是五层楼,比他的高两层！你本该保佑我的五层楼房天长地久固若金汤才是！而你好糊涂！你竟叫我的五层楼塌掉了,刚起来才没几个月！而且砸死了我的爱子！我的爱子长着多么鬈曲的头发！呔,耶稣！快发挥你的威力让我的扬扬得意的邻居的三层楼房倒塌！如果他的房倒塌不了你就发动一次地震吧！断层地震,不容含糊！砸死他！砸死他！即使陪着一百人也要砸死他!"

这话听了,真让我怒火中烧！我多么想指着他向人们示众！看啊！这是一个伪善的法利赛人！他又愚蠢,又自负,又奸诈,又狂妄！他嫉妒比他年轻的邻人,妒火遮蔽了他的眼睛,使他充满了虎狼之心！对于这样的人,自私自利都谈不到,他并不要求利己,却一心只求害人！多么可怕的思想,多么可怕的意愿,多么可怕的言语！为了嫉妒和伤害他不服气的一个邻人,他竟祈祷上苍禀告上苍发作一次地震！他竟不惜把千百人送入坟墓！他竟不惜破坏和损毁多年来辛辛苦苦积累建设起来的一切！他竟唯恐天下不乱地表不震！他竟唯恐民主和谐的气氛会继续保持下去！尤其殊堪痛恨的是,这样的恶人竟自命为我的信徒,竟打着我的旗号！用那些虚假的繁文缛节,用那些虚假的不厌其烦不知羞耻的重复来证明只有他最忠于我,只有他得到了我的真传,似乎我真的给了他什么祖传衣钵专利许可证！呵,呵！连犹大也做不出这样的事！他告了密,然而他受不住良心的责备,头一天晚上他已投缳自尽！呵,呵,伪善者比大恶者还要大恶百倍！肥头大耳的狼种猪比混吃蒙睡的约克夏猪与尖牙尖嘴的荒原野狼还要可恶百倍!像这样的丧失了善心爱心公平谦逊的坏人怎么可能是我的信徒!他从做人的根本原则上就与我和我的真正的门徒背道而驰!不要听他的……

然而我没有喊出一声来,我更没能够下来。请记住,上了十字架的就别想再下来。我的两掌已经钉死,我的舌头已经麻木,我的声带已经松弛,它再也颤不动空气。而且,就在我震怒的时刻行刑者抄起我的右脚撂在我的左脚上,用一颗特大号的铁钉刺入我的右脚背,一锤,两锤,钉尖穿透了右脚扎入了左脚背,就在这个时刻,我再次昏了过去。

八

不知道过了多少天,反正我醒过来了。我的形象已经完成。我的头颅下垂,又忧伤又优美。我的完全张开的手臂好像等待着准备着拥抱世人。两颗残忍的钉子使我的两臂永远弯不拢。我的姿势永远是欲拥抱世人而不可得,而不可能。我永远完不成对世人的拥抱。我的肋骨上流着血。我的依稀可见的肋骨充满了一道道一重重人类的痛苦。这种痛苦是这样丑陋。而这种丑陋又是这样痛苦。我们为什么要生出这样丑陋而又痛苦的肋骨!它又是那么娇嫩,那么容易折裂,它是那样虚假的防线!唯一可取的是我的两条被钉死的腿!我的腿即使瘦削和被钉死,它们仍然是颀长的、有力量的、有韧性的!它们走过了多少艰难的路!走啊走啊,向着天国,向着仁爱,向着宽恕,向着团结和欢乐!我坚信有这样的仁爱欢乐的天国,我的信徒们坚信跟我可以抵达这样的团结宽恕的天国,我的腿从地上走上了十字架,这是无限大的一步,这是永远也走不出走不成走不完的一步,然而我走出了走到了!我再也不能走也不需要走了!

然而我又醒过来了。周围不是天国。没有祥云,没有酒一样的神泉,没有张着翅膀飞翔的天使,没有天父,没有孔雀和仙鹤,没有上天的宫殿……只有尘土,只有风沙,只有忽大忽小,忽冷忽热,忽香忽臭的空气流动,只有此起彼伏的声音喧闹,只有一片一片陌生而又熟悉的面孔,忽而连结成块,忽而又各自分散。

我听到了赞美诗:

呵,光荣! 呵,仁爱! 呵,痛苦!
一切归于我主! 归于我主! 归于我主!
他为拯救我们而踏上了死途,
他死而复活,永是我主!
凡呼唤他的圣名的都将得到保佑,
凡祈求他的圣意的都能得到垂顾,
凡迷途知返的都能得到他的指引,
凡献身于主的都是他的圣徒,
一切光荣,一切仁爱,一切痛苦!

赞美诗使我热泪盈眶而又无比酸楚。孩子们! 天真而又利己的人们,其实,你们的罪恶并不会因呼我的名而自动淡化,你们需要的想要的祈求的一切也不会因呼我的名而自动得到! 我该怎么样帮助你们? 我该怎么样告诫你们!

与赞美诗的神圣音律声调一起,我听到了各式各样的祈祷:

给我金钱! 给我富裕! 给我幸福!
给我健康! 给我长寿!
让病者痊愈! 让亲人康复!
让我成功! 让我升迁! 让我得到!
让我如意! 让我快活!
让我随心所欲!
我要爱,我不要恨!
我恨别人,我不爱别人!
判定我的冤屈,判定我的无辜!

判定他的罪恶!判定他的灭亡!

种种声浪混杂在一起互相纠结互相冲撞,如海潮如战鼓如万箭齐发如暴风骤雨。与此同时老的少的大的小的穷的富的男的女的向我涌来给我叩头向我伸手向我哭向我叫吻我亲我抱我舔我抚摸我,我又昏过去了。

若不是一声凄厉的叫喊,我还会昏睡下去。

"他是骗子!他是坏蛋!"多么尖利的,令人不寒而栗的叫喊!这声音甚至使我的痛苦的火烧火燎似乎冷却了那么一两度,我不但感到燃烧灼烤,而且感到了冷冻!

原来是那个美女,她披头散发,两眼"离疾",她指着我大喊:"他是一个无用的废物!他骗取了我的信仰我的虔诚我的祈祷,我本来以为他应允一切帮助一切做到一切,以为他是真正的先知真正的人子真正的犹太王真正的弥赛亚!结果,根本不灵!他只是个尸位素餐的偶像……"

一连串应和的咒骂声向我袭来!

我们不再受骗,我们不再上当!
我们认清了你不能带来吉祥!
我们不再上当,我们不再受骗!
我们认识了你不会带来平安!
说呀,说呀,说呀!
说什么你法力无边,
却为何连自己都救不了,命归黄泉?
哈、哈、哈……

他们跳起了魔鬼的舞蹈。参加跳舞的有我的行刑者。他们一面跳一面指着我的手我的脚我的胸我的钉子扬扬得意。

"这究竟是怎么回事?"一位皓首银须的学者模样的人用低沉有力的声音说道,"按照东方哲人的说法,叫做不可尽信也不可不信。

还说过,宁可信其有,不可信其无。就是说,你们相信他是先知,他就是先知。你们相信他不是先知,他就不是先知……"

"胡说!诡辩!废话!两面派!老狐狸!折中主义!放屁!"

人们喊了起来,不知道谁在喊谁,也不知道这喊叫与我有什么关系。接着,我听到了各种议论:

"这是鸦片!这是毒品!它麻痹我们的意志,污染我们的心灵,用虚伪的关于天国、关于永恒、关于灵魂得救与彼岸的幸福的空谈来掩盖今世的种种弊端,取消此岸的艰苦奋斗,打倒它!揭穿它!批臭它!"

"这是人类心灵的向往、创造和依托!连同他的血与他的命,他的头颅与他的十字架。这是象征也是警告,是善的归趋也是恶的挑战,是刺向每个人的良心的万把尖刀!是伟大与崇高的精神的载体!同样,又是残忍与罪恶,是人类自身制造出来的痛苦的直观!"

"这是一个沽名钓誉的人的成功之路!他的含辛茹苦,他的节衣缩食,他的博大宽恕,他的禁欲主义,全都不过是一种策略,一种狡狯,一种刁买人心的刘备摔孩子式的谋略,一种吃小亏占大便宜的棋路子!天下哪有好人?天下哪有神?所谓好人,只不过是些酒囊饭袋弱智者!真正的哲学只有一种,那就是狼对着狼,你想吃我么?我还想吃你!"

"其实他和你和他和我和她一样,他就是他,也就是说,他什么也不是,也就是说,历史让他是啥他就是啥!"

"无论如何,他是一种理想,是善的大成。不能正视现实与不相信任何理想,不相信恶与不相信善,起码是一样糟糕!"

"誓死捍卫!不准玷污!亵渎神明者千刀万剐!"

"根除邪教!还我正宗!正宗大统,异端绝不容!"

"你说他是假的,你上来试试!谁敢上十字架!谁敢接受四个致命的铁钉!"

"钉得好!死得好!钉得伟大!死得伟大!钉得崇高,死得崇高！就是好！就是好！就是好！"

一个彪形大汉，面如重枣，声如铜钟，身高是我的一倍半，体重是我的三倍，语言能力是我的十五倍——他会说十五种语言。他用十五种语言宣布："看啊，听啊，我们在求他！我们在告他！我们在跪他！我们在等他！我们望眼欲穿！我们左等右盼！可是他呢？他看也不看我们一眼！理也不理我们一声！动也不动一下！他拒绝接见我们！他冲着我们摆架子！他居然摆十字架子！他敢情好了，他成了功了，他上了架子，他他妈的神气了！可他给我们谋的福利呢？他给我们带来了什么？有大苹果吗？有人参鹿尾巴枸杞维他命Ｅ吗？有金刚钻石玛瑙猫眼狗洞吗？有猪蹄儿吗？所有的好处都自己吞了！请问，没有我们集体的推荐他上得去吗？"

他没等说完就被众人推了下去，上来一队女人拖住我乱吻，七嘴八舌，有的是丈夫久病忽愈，有的是儿子长出了门牙，有的是卖鸡蛋发了大财，有的是房塌而人幸存……她们说这一切好事都是由于我。

另一队人向我啐唾沫，因为自己脸上长癣，因为死了爹，因为母鸡打鸣却不下蛋，因为房屋漏雨，因为脚趾湿痒并且出汗过多。因为写得比罗贯中和曹雪芹和鲁迅还多，而读者和文艺部门的领导人却不识真货。

我只想说一句话：请离开我。请保持平静。请让我一个人静静地完成神圣祭坛上的盛典。

我只想说，你们的每一句话都是一枚钉子。我将死于你们的钉子下。你们的钉向我的灵魂、信念、心愿的精神的钉子，比钉住我的身体的铁钉还要可怕。钉上铁钉的基督是可以复活的。钉上铁钉以后三天将会发生地震，日月皆蚀，一片黑暗，教堂坍倒，坟墓崩裂，神殿里的帐幔也一分为二地裂开。许多已死的圣徒将随我而起，走进圣城耶路撒冷向许多人和动物和石头显现，能做到万兽起舞，石头呼叫，使我的声望更加增长。

但复活以后怎么办？能不怕流言么？能不被认为是假复活真骗

术么？能应允一切人的相互矛盾相互冲突的祈求么？会不会逃到深山里去，宁可与狼虫虎豹为伍呢？而那样的落荒者，又怎么能成为耶稣复活的证明呢？

到那时候我自己将不相信我是自己。

九

拟《新约·启示录》

基督差遣天使向他的仆人约翰显示这些启示，读这本书的人有福了！相信这些事并从中得出谦逊的结论的人有福了！

我看见坐宝座的人的右手托着经书，经书内外写满了英、法、中、俄、西（班牙）、德、阿（拉伯）、土（耳其）文字，七个金印把经书封得严严实实。我又看见托塔李天王大声宣布："有谁有资格享受这些书卷呢？天上、地上、地下、外层空间与外星人中，没有什么人配打开这些书卷的，没有什么人配懂得这些书卷的……"

人们哭泣起来。于是，长老中的一位长者说："不要哭了，以昔在、今在、将来永在的全能的主的名义，请女士们与先生们注意，从地球村东半村华人社会中涌现的牛魔王阁下已经打开了书，它揭开了七个金印！"

于是出现了四头牛，威威武武，高高大大。由于四头牛同时吼叫，同时发表演说，因此即使调来外国语学院的全部教授也听不清。最后，还是依靠公元四八四八年才能造出的超前式电脑，才分析（谁知道分析得对不对呢？）出来：

第一头牛说：我的祖上，是真正的牛魔王！我的原配太太是赫赫有名的铁扇公主！铁扇公主曾经在国际星际选美赛上被提名为艳后！只是由于我们不忍心给评选委员送小牛肉汤喝才未正式加冕!而她的三围比例是九比一比十三,您上哪儿找去?玛丽莲·梦露也不灵啊!我的二房是狐狸精,她是星云际迪斯科的士高比赛的冠军,差点得了诺贝尔奖!我的三房是兔子精,她不但吃草而且喝南非产的咖啡。还有成百上千的甜心蜜糖情人,心上的伴侣呢!你们连想也甭想!《致我爱过的所有姑娘们》,这首由金奖获得者胡里奥·依格雷西亚斯演唱的歌曲的思想情感模式,其实都是从我这儿学去的!所有在国际专刊组织登记的新发明新技术都不过是实现了我的思想的千分之一!就说这个歌子,第一小节与第二小节,升C与降B音符的唱法,全部来自我爷爷的家族!在我们提供皮革为小姐们做马靴的时候,他们那些人还没学会穿裤子!我咳嗽一声风云变色,我往地上一坐一个窟窿,我放个屁就可以打通上脉,变成隧道赛过十万穿山甲!我的祖上那时候包一次宴会就用了半打行星上的黄金!您瞧您瞧,真是没了治了!我一会儿说是我祖上我爷爷一会儿又干脆说是我,你们别钻空子!我的爷爷不是我爷爷,莫非是你爷爷他爷爷她爷爷外国人的爷爷不成?我的祖上就是我!

第二头牛说:除了我,谁能拯救罗马,谁能拯救巴比伦,谁能拯救雅典和马达加斯加?我能够预报地震,我能够预防火灾,早在重庆飞机失事以前我已经指出,航空管理处存在着问题!早在波斯湾出现紧张局势以前,我已经揭露了海湾国家间的矛盾的危险性!我可以防止星球大战,我能教会正当的正确的最佳的做爱方式并从而从根本上消除艾滋病!我能使所有的穷人搬进五星级酒店使所有的乞丐当总统!我能叫所有的母牛不但提供牛奶而且直接从她们的乳房中挤出法式干酪与丹麦式白脱!我能令所有的公牛尿出啤酒,使所有的小牛拉出金银首饰!我能拉长男子的身高缩减女子的肥胖!我能令北极温暖如春令赤道凉爽如秋!我能令猫与老鼠拥抱接吻而不传染肝炎!但是要听我的,必须听我的,不听我的便是愚蠢横蛮智力退化别有用心!

　　第三头牛说:过去的已经过去,现在的只是空谈,而我要告诉你们的是明天!昨天已经古老,今天即将进八宝山,令人鼓舞的正是明天!明天啊明天我的一切都是为了你,你的一切全都属于我!明天我们将生活在苹果园!明天我将给全世界的黄牛水牛公牛母牛犊牛发放强化维他命青草!明天每头牛发十五个配偶两个池塘一条戏水长江!明天将不需要耕地而燕麦将成垄成行排成长队碎如粉末吸入我们的重瓣胃!明天我们将长出翅膀,与波音747颉颃赛飞!明天我们将征服大海,龙王亲自向我们献花篮并且把它老龙家的十六个女儿分配给我们……只有跟着我才有明天!目有旁瞬的死无葬身之地!

　　第四头牛说:快走吧快走吧!让我们调动工作到牛的王国去吧!只要坐上三天三夜火车三天三夜汽车三天三夜飞机三天三夜轮船再加三天三夜多级弹道火箭,我们就会到达牛的王国!到达那里以后就会发现,那里的巡捕衙役全是牛而人关在畜栏里!屠宰场上不再用人宰牛而是牛宰人!田地里不是牛拉犁而是人拉犁虎拉犁猫拉犁而牛兄牛弟坐在地头喝人头马白兰地!不是人考"托福"而是牛考"托福",凡是考中的一律送牛津大学博士生院!那时的奥林匹克大会全部由牛当裁判!那时的交响乐才盖帽呢!动牛肺腑,感牛泪下!那时的文学刊物上发表的全是牛小说牛诗歌牛评论,到那时候我将抛出我的孕育多年的振聋发聩的学术论文《红烧与清炖哪个好?》,我将被推崇为独一无二的思想家……由于牛的影响连人都长出了牛角!

　　四头牛这样吹完了又互相吹,甲吹乙复吹丙捧丁,乙捧甲复吹丙吹丁,丙吹乙捧甲吹丁,丁吹丙吹乙捧甲。请计算一下有多少种排列组合。

　　排列组合的吹完后又互相顶斗起来,互相揭露儿时丑行并认为对方应该先挨一刀。在出路问题上都推荐对方红烧,大体认为红烧要放酱油放番茄酱放葱姜蒜花椒八角咖喱焖在高压锅里。这将给对方带来更大的痛苦,给自己带来莫大的喜悦。

他们愈顶愈厉害,愈斗火气愈大,愈发脾气就愈显得神气,角入肚皮角入后臀角入脖颈角入心脏,互相抵住谁也不动,然后后蹄乱踢,捕风捉影,奔尘作烟。它们互相顶撞扎出了血,血流在地上,使所有的兽一见、一闻、一接触便发疯发狂,便又吵又闹又吹又打直吵闹吹打斗得天昏地暗,日月无光,飞沙走石山崩地裂,它们便都欢呼自己的胜利。

然后他们都累了。趴在地上喘气。给草也不吃,给水也不喝,给鞭子——哪怕是捅刀子也不躲。而且都埋怨自己上了当。

接着,我看见一只兽从海里爬上来。它长着十角七头,角上戴有十个冠冕,七头上写有亵渎的名号……所有地上的居民,名字在创世之前没有登记在那被杀羔羊(指基督,王按。此段据朱维之主编的《圣经文学故事选》写成。)的生命册上的,都要拜它。

凡有耳朵的,都应当听,掳掠者必被掳掠,杀人者必被杀。圣徒的忍耐和信心,就在于此。(王按:不含糊。)

我听见有大声音从殿中出来,向那七位天使说:"你们去把上帝的愤怒从那七个碗里倒在地上……"(王按:以下的场面惨不忍抄。)

天使又指示我看城内街道当中一道生命水的河,明亮如水晶。还有生命树,结十二样果子,每月结一样果子,树上的叶子能医治万民!(王按:《本草纲目》!)以后再没有诅咒。在城里有上帝和羊羔的宝座,他的仆人都要侍奉他,他们要朝见上帝,而他的名字要写在他们的额上。那里不再有黑夜,也不用灯光或者日光,因为上帝要光照他们。

阿门。

发表于《钟山》1988年第3期

一 嚏 千 娇

一

　　最初萌发写"这一个"的念头是十年以前。那次我有机会与一位可敬的著名中医打交道。老中医给父亲看病，后来就认识了我，而且说他爱读小说。有一次，毫无道理地我们说起一位常在报纸消息中显露姓名的虽不算太大但确实很不小的人物。老中医说："我给他治过流行感冒。他这个人，连打一个喷嚏都打得那么有风度。"

　　老中医的话使我失眠。"一个善于打喷嚏的人""有风度的喷嚏""风度翩翩话喷嚏""高雅的喷嚏"，一系列的小说题目杂文题目科研题目抒情朦胧诗题目在我的脑海中翻滚。很可能，这就是那个"烟士皮里纯"——灵感。很可能，这就是一个重要的启迪，又是一个契机。我不知道当年牛顿（或译奈端）看到苹果自枝头落下、瓦特注视水蒸气顶开了壶盖、托尔斯泰从报纸的一条女人自杀的社会新闻上得到了写作《安娜·卡列尼娜》的启示的时候是否度过过这样的激动人心的失眠之夜。

二

　　我开始梦见这个人，像梦见周公、孔丘、诸葛亮、我的小学老师与《列宁在十月》《列宁在一九一八》两部电影里的可爱的人物瓦西里。

我梦见的这个人有着瓦西里式的个头儿,胡须刮得精光精光。由于是梦所以有一个细节的明晰性与凸现性显然欠缺,即他的面孔的光洁究竟系得益于他的细心、勤勉、一丝不苟并拥有上好的剃须工具,抑或只是由于不长胡子。他的头发不疏不密不黑不白不燥不湿恰到好处。请注意,头发过密显得不拘小节和神经质。头发过稀则似是暗示心机太过或房事无度。头发太干燥当然是卑微低贱的表征,是历次运动中表现得不够理想的表征。而头发太油太润无疑会降低像他那样一位一直颇有地位而且心中肯定地认为自己有地位的人的威严。

他的头发应该是完美的。他的面孔偏大,方形,与他的瓦西里式的身材配合(撮合?契合?)得很适宜。他的眼睛,呵,我甚至要说那是一双迷人的、女性化的、永远像星像月像湖光一样地蒙眬着闪烁着眨摩着爱怜着的眼睛。如果这一双眼睛长在一个少女的脸上,你或许以为她时时在等待或者在寻找一个甜蜜的吻。但这到底是一双什么样的眼睛呢?只能说是双眼皮大眼睛。最后竟用这样鄙俗的语言形容我的梦中人,使我甚至怀疑地思考起现实主义是否真的有点不再行时起来。

三

有一位女同志,论年龄我应该称她大姐。她从小尝尽了生活的苦难,她从六岁就当童工,十五岁就成了地下党员。她在国民党的监狱里受过电刑,坚贞不屈,大义凛然,可是解放以后,她因为爱说实话爱提意见又吃了半辈子苦头。那一年让她上石灰窑烧灰去,她用车推石灰石,从窑顶摔到了窑下,居然囫囵着活了过来。我觉得没有必要描绘她的肖像,虽然详述长相有利于稿费——经济效益。有一次我们谈起一个人来,一个永远在报纸上红红亮亮的人来。大姐说:"过去报上发文章批评'精神贵族',我一直闹不懂啥叫精神贵族。

只见了他一面,我就知道什么叫精神贵族了。"

大姐的话缺少逻辑也缺少形象思维,更缺少诗的意境与哲学的深邃。据说这叫直觉思维感悟思维模糊思维,这种思维如果和特异功能、和气功及针灸结合起来,将创造人类文明的新阶段。这话未免可疑。最重要的是,我没有弄清她的贵族与我的梦中人之间是否具有同一性可转换性可比拟性。梦与真实,这是哲学、美学、文学、心理学与神学的永远的秘密。这样提出问题倒显得有点打高级喷嚏的派头了。

四

当干冰——固态二氧化碳制造的无害人体的烟雾散去,紫红丝绒窗帘飘摇起舞,一声无字的合唱"啊……"于无声处渐渐激荡起来的时候,他出现了。

他的长方形的面孔上出现了矜持的笑容,这笑容没等你捕捉住业已消失。似真似伪。亦有亦无。全场的人已经起立。他迟到了。他从容不迫地不看任何人地脱掉了自己的大衣。他看也不看地完全在意识流的引导下走到在场众人中最重要、级别与职务最靠前的几个人面前,与他们握手寒暄。他走路的时候略略欠一欠前身,似有几许老态,更有许多尊严。他走路的时候略略扭动已经积累了一定的脂肪的屁股,腰板则是挺直与强硬的,似乎被一个保护脊椎的不锈钢柱所固定。他走过来,两眼闪烁着含意不明的光。他开始与普通人握手。他伸出来的手冰凉,而且根本没有任何曲拢或近似曲拢手指的动作。他只是漫不经心地把四个手指伸给你,任凭你攥一下碰一下或者不攥也不碰一下。第五个指头亦即在从猿到人的变化中起了决定性的辩证飞跃作用的拇指离另外四指很远。使你不敢发生与保存接触这可望而不可即的大拇指的渴望。他的手那样颀长那样巨厚那样丰满而又那样软弱无力,碰到这样的软囊囊虚飘飘肉乎乎的物体,你的心会骤然紧缩起来。你的手会拒绝并实在不敢对这样的高高在上的手认同。手的感觉与思维已经判定那手与自己不是同类物体,不具备交流达意有所表示互相触摸互相斗殴或哪怕是攥在一起掰手腕的任何可能性。手的感觉与思维相结合甚至已经确定了一种危险。假使你认真地去握他的手,握过以后你的手一定会不复存在——大概会变成一只下垂的空手套。

这又是一个新的不乏现代感的小说契机。描写一只手的故事。描写一只具有无限尊贵的骄傲的手,任何别的手与这只手接触后就自行消失。我保留以此为核心情节创作一部或数部,每部多卷、每卷上中下三册的巨著的专利。

五

尤其动人的是眼睛,就在你接受他伸过来的软手或竟至主动去握手的时候,就在你的手些微地碰到了一种冷冰冰的柔软的时候,他的眼光顷刻转向了别处。握手与问安的习惯常常给小人物带来尴尬,而小人物偏偏最容易养成见人先握手问安的恶习。在以往的年代,笔者曾多次为这种尴尬而痛苦。但不要神经过敏,不要以为这里面有什么轻侮。避开目光,可能是一种羞怯,可能是一种独特的礼节,可能是一种洁癖。目光与目光之间可能会传染某种东西。呼吸器官的交流会传染上呼吸道感染、肺结核、肺鼠疫。消化器官的接触会传染肝炎、细菌性与阿米巴性痢疾。生殖器官是艾滋病四通八达的桥梁,活该!那么目光呢,医学科学家为什么不研究一下目光的碰撞、洞穿、契合将会造成什么样的后果?比如说,放射线病、忧郁症与躁狂症、男女道德败坏症与小道消息传播症以及察言观色见风使舵投其所好的病症肯定就是通过目光渠道而感染各处的。

他从来不看任何凡人。

六

绝对不应该排斥情节的生动性。说什么笔者提倡"三无"小说,提倡情节淡化,实在是不怀好意的硬栽。说什么我说过一声叹息就足以成为一篇小说,对这样的论者我连一声叹息也不给。当然,小说素材经过有经验的小说家的加工会成为曲折完整而又津津诱人的故事。这个故事应该是这样的:一位著名的精神疾患医生——需要设计他的肖像、经历、性格、口头语和他的家人、友与敌,这些,都是小说家的惯伎。一位著名的医生接待一位女病人——有门儿了吧?你想不想读下去?

女病人很有教养,很清醒。出身、教育、工作经历、生活经历、心理素质、爱情生活与性的方面,都无懈可击。她是一个比许多自以为健康的人更健康的人。她之所以来看病是因为近日来,她时不时在睡梦沉沉之际突然从床上坐起,随便抄起一支铅笔或一把剪刀就往自己眼睛上扎,她有一种弄瞎自己的眼睛的冲动。只是由于她的深爱着她并对她体贴入微的丈夫(这样的丈夫在生活中太罕见了所以要着力写好)的诸多努力,才保住了她的晶莹的黑眼珠。最近,情况更加严重,发作更加频繁,本人也终于自觉到自己睡着后有点什么不那么对头。于是,他们来看医生。"看医生"实际是英语硬译。

我坚信这是一个佳美的小说开头,完全可以这样写下去。可叹的是这样一个精彩的路子竟使早已不能代表新潮的笔者不好意思。羞怯是人类成功的大敌。

七

比如说人们聚在那里是在开会、在座谈、在听音乐、在等候发奖金……或者别的。他迟到了,他的到来使众人不安。终于,二十分钟以后一切照常进行,人们不再斤斤计较与他共处一室的困难。就在这时候,他突然站起来了。

于是全场惴惴。正在发言的人以为自己的发言不够检点,冒出了令体面人难以容忍的粗话。正在吸烟的人赶紧掐了右手捏着的香烟。正在喝茶的人停止了茶水的咽下,生怕水在喉咙处发出的庸俗的噪音会招致此公的不快。当然,他们也不敢把杯子放下把水吐出来。在弄清形势演变以前他们只能喝令时间停止,令水和心脏都停在原处不增不减、不升不降,叫做一切都冻结——定格在那里。

他走到衣架边,似乎不用伸手去取,大衣已经飘飞而下披在他的肩上。他的肩一抖,大衣一跳又落在他的身上。空大衣跳上与落下时都保持着原有的挺括与充实,只有位移却毫厘不差地保持着优美的造型,这似乎应该叫做"刚体"运动。仅仅抖这一下大衣就令小人物愧死,羡死妒死跟死学死你也学不会这一下。这里,风度的概念是远远不够的。这是一种气魄,一种天赋,一种快感,一种自信,一种清醒的醉意。全场都被这优美的举止惊呆了。

他披上大衣,走进了男厕。

八

有一位多坎多坷而又生性古板的老者与我想象的这个人或这种典型的人是好友,曾经是。战场上曾经互相救援,生活上不分彼此,学问上应酬切磋。他告诉我一件事,使我萦萦于心,耿耿于中。

那一年坎坷者遇到了坎坷,他被指责被误解被批评,他非常孤立,有口难辩,得不到一丝同情。一阵冲动之下他从一楼跑到了七楼,意欲一寻短见。关键时刻又萌生志,加以青年朋友紧急搂拽,他便没出什么意外。好言相劝恶言相批了一阵之后,他保证自己绝不再有轻生之念,而且据理论辩关键时刻还是自己拽住了自己,无劳各方费心打救。如果他当真跳下去,那也就早已拽不住了。如此这般,人们放了心,放开了他,他拖着沉重的步子走回家去。

那时坎坷者与喷嚏者住在一个大门之内。"坎"住前院三间屋,"喷"住后面一个院。狼狈如丧家之犬的"坎"在进入里弄之后忽听脑后有汽车轮之沙沙声。他回头望,认识,是"喷"的车。他看到了纱帘后面"喷"的高大优美的轮廓。"坎"喜出望外,一直想找好友谈谈,一直无颜去搅扰。今日碰巧在门口相遇,"坎"至少可以说一句:"老'喷',我心里难过,我想不通啊!""喷"呢,或回答:"我还是了解你的嘛,不要想得太多嘛!"或回答:"真对不起,我一直没过问这件事,我们找个时间细谈谈好不好?"或者哪怕回答:"想不通也要好好想!你的问题很严重,你让我太失望了!"也算是一份心意,"坎"素来只喜净友,不喜佞人的。

奇怪的是,汽车在离他还有十步左右的距离停下了,不再开过来。车门紧闭,车窗紧关,车帘紧拉,像死物一样地定在那里。老坎说,他当时以为车突然出了毛病,还想三步并两步跑过去帮助推车。忽然……

忽然他明白了,莫非是老喷在躲他,不肯见他!如果汽车抛了锚,总会有司机或乘者下来呀!

他等了三分钟四十一秒。这是他一生中受到教训最大收获最大的三分四十一秒。只是在这三分四十一秒之后,他才认识到自己是何等幼稚、脆弱、耽于空想清谈、于国于民于己无益……

他回了家,又过了一分半钟——好大的耐心——老"喷"严肃而又优美地回了家。

九

按照加工后的构思,这个"老坎"不应该是游离于主题之外的召之即来的人。小说写作过程中随随便便地上人、随随便便地改换与确立他们的称谓,这实在是一种"花式子"。只有多写"天是高啊,地是厚啊,冬天多么冷啊,大海是无边的呀"什么的,才是返璞归真。

我曾设想老坎是女精神病人的叔叔,但是这样做有暗示他的或她的精神症状有家族史的嫌疑。而老坎谈起往事时是面含微笑的,他的冷静、客观、沉着甚至使我怀疑是否确有其事。也许是受了魔幻现实主义的影响,现实与幻觉分不清。谁越是声明忘了自己姓什么,忘了住在什么地方,忘了哪些事是实有发生的哪些是幻想中发生的谁就越有可能成为走向世界的文豪。

这样,我转而选择另一种安排,老坎是著名的精神病医生的妻兄,叫做大舅子。医生一次与大舅子谈起一个病例,注意,由于医德的要求,他并没有透露病人的姓名。

大舅子大惊,因为这病人听来极似曾在风度翩翩的打喷嚏者身边工作的小田,小田如今已是老田了。大舅子关心起这个病人来,一种莫可言状的关心。可以用老坎的坎坷经历说明他的富于同情心、爱怜心,可以用老坎的丧妻来说明他的一部分情感丧失了现实的依托。甚至,用时下长篇小说的写法,可以写老坎其实早就在一夜之间默默地、自己也无所觉察地突然爱上了小田——一颗没有发芽的种子……多么伤感、多么深情!因为坎坷,一切都沉睡了,一睡就是三十年!然后老坎热烈起来,行动起来,痛苦起来,欢乐起来:

啊,爱情,爱情,
你神秘的力量将一切催醒。

弗洛伊德式的人道主义。真是又新派又传统。

十

医师给女病人实行了催眠。

这里有一种惊心动魄的心理效应。人的心理活动,被一些人称为"内宇宙"的,我倒觉得更像一个深井。这里,层次的深浅,对于价值判断并没有特别重要的意义。或许人们可以说,盖在井的表面上的木盖,井的水面以上的空气和井墙并不重要,但同样不能断言沉积到水底的泥沙才有价值。意志和理性统治着却也协调着、平衡着每一个人。意志和理性可能成为一种压抑,制造出种种的虚伪和变态。但意志和理性也可以成为一种安排,成为一种光照,成为一种合情合理合乎智慧的聪明而又快乐的引导,制造出种种美和善的果实。因此,面对着失去了或暂时失去了光照的混乱冲突无以自解的人的意识的无底的潜流的时候,正像从山顶俯视深不可测的黑谷,我觉得恐怖,觉得头晕目眩,觉得会随时跌落下去不知伊于胡底。觉得燃烧的、冲突的、充满了一己的欲望并从而产生嫉妒、恐惧、凶狠、纠缠的深层意识实在令人不敢正视,觉得人的精神生活真是无限的痛苦。只有佛教的"悲"的观念,而且是先验的"原悲"观念,才能表达人面临失去了意志与理性的人的精神世界时的充满同情的、兔死狐悲式的痛苦感受。还有乡村的牛群,当牛群放牧归来,走过早晨宰杀过牛的地方的时候,它们会那样悲怆地鸣叫起来,抖头跺蹄,颤抖不已。当然这是一种绝对的"原悲",不是受到后天的熏陶、影响的结果。

十一

女病人老田说:

眼睛,眼睛,他为什么永远藏匿着眼睛!他骗走了我的崇拜,骗走了我的热情,骗走了我的梦!我梦见他了,我看见他了!我与他一起跳舞,他唱着歌,他的嗓子就是管风琴!他在波浪上行走,他在天上飞,他在云端里向着我笑。我跑过去,我追过去,我围着他奔跑。我玩丢手绢,他好像在追我,我好像在追他!我要向他献花,我要拥抱他,我要和他亲一亲。我要喂他吃饭,我给他系鞋带,我给他点烟。他噘起嘴,那狗一样的嘴!狼一样的嘴!猪一样的嘴!他要咬我,嚼我的四肢和躯体!我爱他我爱他我爱他……我这一辈子只爱他一个人……可是他骗了我,他是狼!他是狼外婆!他吃人!他吃完了让我给他洗手,让我给他洗澡,让我给他洗脚!他让我给他干什么我都愿意干,我就是他的,我早就是他的了。可是他从来没看过我一眼!他从来没看过任何人一眼!他只看他自己,看自己的手指甲、看自己的袖口、看脚丫子看脖子看屁股他老是看自己的屁股哈哈哈!你为什么就不看我一眼!我给他垫过钱!我什么都没有求过他。我死了我死了我是死人你们知道吗?就是那个人把我害死的他说他要帮助我就用一把刀子把我割了好几块还说这块怎么不好那一块怎么不好嚼了一下又吐出来还吐出好多痰我用手绢擦干净我只求他看我一眼后来他还说他为我很难过呢还为我哭了呢可他的眼泪不是从眼睛里流出来的他没有眼睛只有两个枪管枪孔呀……

我不知道这一段是否有点拟残雪的味儿。

十二

鲁迅的小说《离婚》里用了不少的篇幅描写七大人打喷嚏的情形。农女爱姑本来是很泼辣有几分造反精神的,一上来还"小畜生、小畜生"地骂,大有"舍得一身剐,敢把老爷拉下马"的气概。但是,当七大人打了一个喷嚏又大叫了一声"来兮"之后,爱姑不由得慑服了。虽然小说里对七大人的嚏喷描写得不够生动细密,但是情节本身起了烘云托月的作用——一个能够立即制服粗犷的农女的喷嚏,何等的威严,何等的有益于治安与秩序!

一九八八年四月三日上海《文汇报》第三版——星期文摘版"国外见闻"专栏里登载了这样一段消息:

> 英国一位二十六岁的孕妇金·屈达士打了一阵异常猛烈的喷嚏……引起了她的阵痛,比预产期早了两个月……诞下一男婴,仅重二磅六安士……左图为正在打喷嚏的金·屈达士和她的情况已经稳定的早产婴儿……

像这样一种具有国际新闻价值的喷嚏在我国实属罕见！不但月亮是外国的圆厕所是外国的香而且喷嚏也是外国的神气！你不服，你打个喷嚏看看，能不能造成早产？！

拙著《活动变人形》里曾经描写过一位重要人物（女）静珍的喷嚏，花了不少笔墨，仍然觉得不理想，还是自己的功力太差。如果有巴尔扎克或者托尔斯泰那样的素养，看能不能把静珍的喷嚏写深写细写活，写出神韵风骨意境来！

而本篇作品的喷嚏我只有靠想象来写。而且，谁知道那老中医说的是真是假呢？谁知道他判断"风度"的价值取向是什么呢？缺乏源于生活的栩栩感觉，如作家邓友梅所说，需要张开想象的翅膀。威严的喷嚏、强大的喷嚏、滑稽的小丑式的喷嚏，总算有前例可参阅。风度翩翩的喷嚏该是什么样的呢？

让我们设想他先是漫不经心地视万物如草芥地微微一笑，笑当中下意识地觉察到有什么不对头的东西，他的鼻腔内部偏上与眼眶靠近的地区出现了一些小小的信号，一些小小的扰乱。他本来立刻可以把喷嚏打出来的，换了任何人都会立即打一个喷嚏。然而不，他有惊人的自我控制能力。用美国式的说法，他感到了挑战，更感到了机会。他必须用铁腕回答挑战而用灵活的即席排演来利用——最大限度地利用——机会。于是他扬起了头，用鼻头的皱褶的伸展变幻来表达自己的不屑，同时掏出一块手帕。手帕掏出来却并不使用，只是作为道具来显示自己的清洁高尚与装备齐全。他期待他的手帕立刻成为全场的中心，成为所有的人的目光的聚焦点，期待人们立即忘记会议的主题，忘记所有的与会者，忘记每个人心头的宏图大略、一孔之见与私心杂念，忘掉一切的庸俗与高尚，他期待这一瞬间人们只知有此手帕而不知有世界。他满怀信心地甩了一下手帕，并把鼻头鼻梁面部肌肉的皱褶运动转变成一种得意洋洋的自我欣赏。只在这个时候，他才打出了喷嚏。这个喷嚏并没有声音，或者只有类似漏了气的管乐器发出的声音。然而它有形象，一种形而上的自我欣赏的形象。

这里,便接触到了风度的秘诀与实质。风度就是自信。风度就是自我欣赏。风度就是永远良好永远优秀的自我感觉。哪怕你是残疾人,只要你当真相信自己是国王你也就具有了王者的风度,何况他有那样好的条件。这里,动作的排练乃至肌肉控制的排练是毫无意义的。这里,最重要的是意味而不是形式,与只要形式不要意味的上海友人的意见相反,如果你真正地全身心地获得了老子天下第一的自我意味,那么,请放心,您打一个喷嚏就像当选十年任期的总统一样因为成功而无限舒适。

十三

现在,让我们把对这个核心人物的喷嚏的描写再向前推进一步。他打出来的喷嚏不是喷嚏,而是一个不折不扣的却又是十分温文尔雅的冷笑。一个既像在做爱又像在下令杀人的温柔的冷笑。

冷笑,这是他的面部表情的基调,正像"无物"是他的眼神的基调。尤其是,愈是当他说一些热烈的富有情感的话语的时候,他的冷笑的表情就愈加突出。

他喜欢讲一些热烈深情的语言,发言之始就先说明:我很激动,我觉得有一股深深的烈火在我的胸腔深处熊熊燃烧。我想谈一谈我们的伟大的时代,伟大的国家,伟大的生活,伟大的普通人。由我来谈这样一个伟大的题目是不合适的,因为我是太渺小了。当我想起那些为了伟大的事业而献出自己的青春自己的生命自己的幸福的伟大的英雄的时候,我常常一夜一夜地不能安睡。是的,我们没有权利入睡,我们不能高枕无忧,我们没有权利贪图安逸,我们不能醉生梦死……(沉默一分钟)我们应该对得起东方的朝阳,我们应该对得起锦绣的大地,我们应该对得起每个婴儿的微笑,我们应该对得起老人们额头上的皱纹……现在不是享受的时候,现在不是谈名誉和地位的时候,现在不是伸出手来要求报酬的时候,现在更不是讨价还价的时候……啊,让那在我的胸腔深处熊熊燃烧的烈火也在众人的胸腔浅处燃烧起来吧,让它发出热,让它发出光,让它成为耀眼的启示吧……

在他讲得最动情的时候,也是冷笑的表情最凸现的时候,这显然不是有意为之,更不是造作。很可能只是由于高尚的激情,他的眼角他的眉毛他的鼻子特别是他的嘴撇了起来,他确实是想哭了,他其实是个爱哭的人。就是他的这种罕有的表情,加上他的语言他的声调,迷住了他的女秘书——我们已经提到过的后来的女病人小田——老田。有了这样的女病人,本小说也就有了"可读性"。

十四

他的声调也是相当理想的。一种有意地控制了并压低了的声音,一种浑厚的、温柔的、有很好的共鸣与齐全的性能、能发出从十赫兹至三十千赫兹的低高音,但一切旋钮都拧在零至一之间的音响。他的吐字非常标准,每个字的发音都非常清楚,速度大约每小时三千字,停顿与节奏分明。听他讲话,不仅能听清每一个字,而且能分辨清标点符号。他的声音能够使人想起深紫色的绸缎,想起一幅低调而又层次分明的油画(例如一位俄国画家画的《门旁》,笔者结婚时新房中就悬挂过的),他的声音甚至使你想起夏里亚平与保罗·罗伯逊与梵蒂冈教皇。

唯一的缺点是有一点舞台腔,有一点古老的话剧味儿,有一点朗诵的调子,而这种朗诵是真诚的。他是诗人,虽然他一辈子没有写过诗也没有写过文学作品。他真诚地感受着诗情的激荡,每天早晨醒来,即使室内空无一人,他也会说:啊,多么美好的一天开始了!

而如果他去买菜,他大概会说:

亲爱的卖菜姑娘

可以卖给我一斤红润的西红柿吗

只是虚构,因为他至少在有了女秘书以后没有再去买过菜。小田买完了菜,他付钱的时候喉咙里会发出一声低哑的无字的咕哝,一种神秘的空气震动。然后脸上是宽恕的上帝才发得出来的微笑,一个冷冷的微笑,使秘书几乎当场晕死过去。

从此,买菜的再不来报账,他也无暇问及这些琐事。

有一位外国记者与他邂逅不超过七分钟。外国记者说,他实在像一位戏剧明星。

有一位话剧演员与他谈话二十分钟。谈完,演员说在他面前由于自愧弗如自惭形秽而出汗过多,几乎休克过去。

十五

作家张辛欣曾经劝告过我,不要写那些中国特有的政治术语和政治事件背景。类似的意见我在一九八八年第一期的《文学评论》的一篇文章中也看到了。文章说那些流行一时的政治套语翻译起来十分困难,而且翻译得再好也无法赢得世界读者的关注与理解。像什么"斗批改"呀,"一打三反"呀,"活学活用急用先学立竿见影"呀,实在只能是中国文学走向世界的绊脚石,叫做"不可逾越"的鸿沟。而评论家季红真在评论拙作《冬天的话题》的时候指出笔者的一大特长是善于立即吸收并组合运用时髦的政治套话(大意可能如此)。看来拙作不会有大出息。

在阅读外国作家的作品的时候也出现过同样的问题。例如在阅读英国著名女作家朵丽丝·莱辛的爱情小说时,我甚至感到其中关于工党、关于内阁、关于议会的文字是外加的、可有可无的。不写这些而只写饮食男女、只写神经和眼泪,岂不更好?

然而事实并非如此。对于当事人来说,政治既具体又生动,既越不过也择不开,除非你想完全把人物的现实性冲洗干净。而对于一个严格的批评来说,冲洗现实性的本身便是政治性的。

这位打喷嚏的朋友的眼泪就完全是政治性的。他的最著名的眼泪有三次,虽然实际上可能要多得多。

第一次眼泪流在五十年代后期的那一次政治运动中,他发言揭发与批评一位年老的双目近乎失明的史学家。那位声名显赫的史学泰斗似乎除了考证各种事实史料史证的细节以外对任何大道理都听不进去。当决定了要"帮助"这位史学家之后,老喷似乎并没有急于跳出来打先锋,他并不是那样幼稚浅薄的人。他的稳重含蓄,特别是此前他对倒霉的史学泰斗的彬彬有礼使政治上一窍不通的史学泰斗昏了心。"泰斗"去找老喷发牢骚去了,"泰斗"希望从他那里得到同情乃至支援。于是,两天以后,他要求发言。

他的这次发言反而没有强调自我激动与内心的火焰。他的声调温柔而且平静,他逐一地几乎是轻描淡写地揭露了"泰斗"向他发的牢骚。他并且声明他并不认为这些个人场合发的牢骚有什么特别的重要,也希望人们不要仅仅根据几句牢骚话就为史学泰斗定性——判断他是否属于人民的敌人。他说,他谈这些只是为了朋友般地与"泰斗"交谈,他坚信人的一切都应该纯洁、应该公开、应该像水晶一样的透明而又坚硬,他坚信人的头脑的一切角角落落的东西都应该翻腾出来晒太阳。

他分析说,你说,要耐心。你要耐心做什么?你的耐心是针对谁的?是耐心做学问吗?又有谁妨碍过你耐心治学呢?耐心就是不舒服,不舒服就需要耐心。如果你欢欣鼓舞,如果你兴高采烈,如果你如坐春风,你要耐心这劳什子做什么呢?那么显然,你不舒服了你不高兴了你难受了。那么请问你为什么难受呢?是什么人在今天,在人民大众胜利之日如此如煎如熬如入炼狱因而提出耐心这样一个纲领呢?耐心所期待所祈盼的又是什么呢?你盼不来又怎么样呢?你的耐心是有限度的吗?你的耐心是无限度吗?超过了限度你怎么办?

十六

　　物以稀为贵。类似"这一个"对于"耐心"的分析在当时完全不是稀罕之物，因此上一段记述或者虚构对于创造独特的性格特异的功能并没有补益。对于小说来说，个性就像彩票中的头彩，而共性就像落空了的无彩的彩票。二者的数量比例例如可能是一比一百五十万，二者的价值比例则是一百万人民币比零。从微积分的原理来看，亦即无限大比零。每一张彩票都唤起虚假的希望，就像每一段性格描写似乎都有点特色……实际上离真正的头彩特征还差一百五十万米。

　　然而"这一个"老喷在讲耐心问题的时候神态与众不同。正像有的大艺术家早已指出的，重要的不是做什么而是怎样做。他的发言没有那种简单粗暴的幼稚气，他的发言不疾不躁，绝无急于表现自己、急于立功的俗鄙。他的声调不高，既不要求震动会场也不要求冲击本人。不，别人的反应包括史学泰斗本人的反应是完全不重要的。他发言是为要尽到自己的神圣责任，或者像一位红极一时的作家在美国所说的，"我写作是为了满足我自己。"他的音量弱化到最低限度，甚至于时不时有人问他刚才说了什么，虽然他具有吐字清楚准确的优点，虽然笔者刚才还说他说话每个字每个标点都听得清楚。他分析耐心两个字以及接下去分析史学泰斗的其他的错误就像咀嚼泡泡糖，他咀嚼自己的分析也像咀嚼泡泡糖。一会儿用舌头舔起，一会儿用门齿轻咬，一会儿用白齿猛嚼，一会儿转移到左嘴角，一会儿转移到右上颚，一会儿吹起一个大泡，好像在他的嘴上盛开了一朵大白花。但是，请注意，他从来不让这大泡爆炸，他的大泡向上下前后左右三维空间旋转运行并延续了第四维的相当长的时间之后，不知不觉地又被吸了回去，吸入了他的口腔，发出新的喷喷声却不是爆炸声。他具有英国式的绅士或者爵士性格，叫做"四儿"——sir 的，他啧啧而不叽叽。

他分析旁人的错误,确实能分析出花儿来。

十七

泡泡糖嚼了个六够以后,他略略有一些疲劳,嗓子略略有些沙哑。他动情了,他来情绪了,他说:

您是我所景仰的学者,您是前辈。我曾经非常尊重您。我们非常需要学者。需要真正的高尚的谦虚的光明正大的坦坦荡荡的学者。我们绝对不希望毁损您作为学者的崇高声誉。我们希望毁损的只是您脖子上您袖口您膝盖上的污点。我们不能容忍您的灵魂里的细菌、病毒、癌变细胞。如果我们容忍您的细菌病毒癌细胞就是对您残酷而且不负责任。您为什么不接受我们的帮助彻底洗刷一下自己的灵魂呢?您为什么要保护自己的癣疥呢?请您下一个决心,把一切肮脏的见不得人的东西都拿出来甩出来吹吹风。您会成为一个新人。您会为我们增加一个宝贵的力量……我说这话丝毫不证明我是完美无缺的。不,世界上哪里有完美无缺的人呢?我也需要洗澡、洗脸、洗脚、理发……把灰尘和别的多余的东西去掉。一想到我自己身上的缺点我就觉得惭愧。我对不起师长,我对不起人民,对不起……

他哭了,哭得几乎出了声,他掏出了手绢擦眼泪。确实也有几个人感动得流出了眼泪。

十八

西方有个学者研究爱情与人的心理状态,他选择的命题在中国人看来可能相当奇特。他得出结论说,爱情是一种催眠术,被爱就是被催眠。

古往今来的文学作品中的人物,不论是罗密欧与朱丽叶还是贾宝玉与林黛玉,不论是梁山伯与祝英台还是安娜·卡列尼娜与渥伦斯基,大概都会从书本里跳出来与这位学者争辩。催眠云云,对于古典的、浪漫的、纯情的、唯美的、感情至上的恋人来说,是何等卑劣的一种亵渎!难道真诚热烈无私的爱,竟是一种催眠的障眼法!能把古往今来的爱情诗篇爱情歌曲看做一种催眠的符咒吗?

愤慨是理所当然的。但如果在从书页跳入现实的同时也能跳出把催眠当做一种伎俩、一种手段的贬义的框框,即不要习惯地将催眠与真诚、与热情、与对生活的最美好的感觉和最美好的追求截然对立起来,而只是客观地把催眠当做某种精神现象的代表符号,那么,会不会得到一点什么新的启发呢?会不会获得某种哪怕是极片面极有限却又是极深刻极清醒的穿透性眼光呢?文学评论家黄子平在他发表在《读书》上的一篇论文中,就表达了这种对于"片面的深刻性"(注意,不是深刻的片面性)的偏爱至少是保护之情。

女秘书在他身边处于被催眠的状态几乎整十年。他的身材,他的外表,他的举止,他的面容,他的声音,他的语言,他的一切深沉而又高雅的方式使她陷于一种昼夜醉迷的状态中。除了他,再没有别的世界。向他请示或报告工作的时候,她感到了他的呼吸、他的心跳、他的右手时而有之的轻微的颤抖。听到他的富理富情的发言的时候,由于崇拜、由于赞叹、由于感动,她拼命咬紧嘴唇憋红脸但仍然忍不住泪如雨下。她只为自己的情感的狭小卑琐而惭愧,而他的感情却是那样无可企及的博大、崇高、宏伟!她羞得无地自容。她知道自己不配、没有资格爱他,甚至不配、没有资格去崇拜他。全世界全中国谁能不崇拜他呢?谁能不需要认识他、不需要倾听他的发言呢?如果不见到他并与他交谈接触,谁能想到人间有这样的高尚与坚决呢?史学泰斗听了他的发言怎么会不匍匐在地、大哭作一摊烂泥呢?史学泰斗怎么会对他的发言嗫嗫嚅嚅躲躲闪闪呢?她真想冲过去扼住史学泰斗的喉咙啊!

然而他从来没有正眼看过她一眼。他和她说话从来都是把声音含在两眉间,不但声音吐不到嘴而且吐不到鼻子。她要费许多力气许多时间来根据他的不完整的声音与表情猜测他的意图。她摸不准。这使她更叹服他的高大。她常常有一种感觉,在他面前,她只是一只虫豸,而他是天神。

十九

也许我们可以进一步虚构,他的第二次流泪是在"文化大革命"开始的时候,在"工作组"进驻的时候。也许下面的虚构太直露也太过分,认识上的不全面必然会导致艺术上的不含蓄。姑且说他那时候已经是五十多岁的人,衣冠楚楚,文质彬彬,既和蔼又矜持地腆着微微挺起的肚子,直挺着腰颈,迈着大步,说一些精炼完整只要记录下来就是准确的书面语言的话。就是他,在"工作组"召开的第一次会议上痛哭了。

他先检讨自己太软弱,太温情,觉悟太低。他说,他对周围的某些人,某些事,某些言语,某些说法是早就有意见的,他早就嗅出了气味的不对头,依他的脾气,他不能和这些人和平相处。但是,五十年代后期的那次政治运动以后,一些人对他对于史学泰斗(按,双目基本失明的史学家在他帮助后不久谢世)的帮助颇有微词,散布了许多流言蜚语,有些人还当面向他进言——错误的言,用资产阶级的人道主义、博爱之类的破烂货色来压他、软化他……反正他终于没有率先打响反击资产阶级的炮火。

然后他差不多分析了周围与他有接触有来往的所有的人,用词与当时流行的"猖狂进攻""狰狞面目""白骨精""披着羊皮的豺狼""露出了尾巴的狐狸""画皮的恶鬼"等颇富典故性文学性象征性震慑性的词语相比,那是非常稳重,甚至是非常"亲善"的。他含笑问:"让我们大家来嗅一嗅,想一想,也请本人想一想,××同志的言行,他身上的气味,究竟对谁有利?究竟对哪个集团哪个阶级哪一种政治势力有利？××同志代表的是谁的利益呢？是代表人民的还是代表敌人的？那么,在不可阻挡的历史大潮当中,能够说××同志是乘风破浪的弄潮儿吗？能够说他是一根随波逐流的木片草茎吗？能够……吗？既然都不能,那么,他岂不是至少在客观上站到人民的对立面那边去了吗？他的屁股不是坐到了另一边了吗？不解决这个屁股的问题,一切又从何谈起？而我们……"

他喜欢摆弄逻辑及修辞。他喜欢用"归谬法"阐述自己的观点。即他先提出种种为他所帮助的对象辩护、为之开脱为之美化为之涂脂抹粉的假设,这些假设说得如此美妙如此富有华丽的词藻,以至与当时的遍及每个角落的尖利、泼辣、"白刀子入红刀子出"的气氛绝不协调,与每一个与会者以及被他帮助的本人的心情全不协调,以至听来是如此带有讽刺意味,以至连被帮助的对象本人都想抢着声明:"我绝对没有那样美妙和华丽。"那么,爱莫能助,他含着泪不得不难分难舍地亲切含蓄地把你帮助到一个正在形成的政治地狱里去。

而且他光明磊落,指名道姓,毫不含糊。绝不搞阴阳怪气的无头公案,绝不搞什么"有的人竟然如何如何"的假靶子。说到谁,就是谁,有情有理,义正词严而又满腔热情。

就在这一次的无声痛哭的演说中,他点到了他的女秘书,我们的后来的女病人。他并不是针对她说的,他并没有说什么挑剔她分析她帮助她的话。他只是检讨自己的"右倾",检讨自己的放不下情面优柔寡断。他说他的秘书不是贫下中农出身,也没有经过很好的锻炼与改造,没有经历一个"感情变化"的过程,以至气质情调性格诸方面,都不适宜担任机要工作。他早就考虑了将她调离的问题……然而由于种种情面考虑、温情主义的考虑……他终于没有张开口。

小田手脚胸背冰凉。在听到他终于讲到她的名字的时候,她是多么兴奋呀,浑身像火烧一样。十年来,她这是第一次听到他的温文尔雅的嗓音中出现了她的姓氏和名字。十年来他与她说话从来只是称"喂""嘿""这个这个你""我说来来来"还有"唔""嗯"之类的鼻音,甚至有时候只用一声干咳。她知道,这是叫她,可能是叫她去发一封信,也可能是让她给自己倒一杯茶水。虽然开水与茶叶与茶杯都在他的近旁,秘书还是以为之倒茶作为自己的职守、作为自己的光荣与欢愉。

而现在他说到了她,低沉的、深情的、喑哑的,而且是含泪的。她多么希望他谈一谈自己啊,她已经盼了许多个白天,许多个夜晚,许多个月,许多个年头。她终于盼到了今天。就让他在大庭广众之下说她吧!就让大家都知道吧,他的心里有她!就让他帮助自己,哪怕是痛骂自己吧。她需要知道他对自己的看法,哪怕是他认为自己全无是处。只要她能够知道在他的心目中她有哪些个不是,她就觉得温暖,觉得快乐。她早就听他说过,承认与认识错误是改正错误取得进步取得新的生命新的形象的前提,也是如此这般的最重要的条件,只需要他、他亲自指出她的不是,说什么她听什么,要什么她做什么,不要什么她去掉什么!她可以为他重生再造,她可以为他卸成零件重新组装。

而他说的是,应该去掉她!

二十

传统现实主义是不是具有一种不可抗拒的力量?本篇小说作者本来是努力于制造间离效果的。笔者无意集中写几个活生生的人物,宁可去写一些群体的片断,搞一些拼贴,连缀一些鳞鳞爪爪,唤起内心的自由驰骋。笔者试验的是伞式结构性现实主义。写着写着,起码两个人物和他们的思想感情直至政治的瓜葛特别是他们各自的性格似乎正依照自己的不以作者意志为转移的规律而形成起来,正像九年以前笔者观赏黄佐临大师导演、杜澎主演的布莱希特的名著《伽利略传》。看着看着,观众还是进了戏,欷歔不已,完全忘记了关于间离的美学定律。倒是看京剧的时候,一再提醒要"间离",免得跑上台去把《拾玉镯》中的媒婆赶走。至于本篇虚构文学之作,一部分读者自然会觉得不过瘾,觉得作者不该故弄玄虚,干脆一个爱情加政治的故事,两至四个活灵活现的人物,一段悲欢离合既开放又封闭的情节,像刘绍棠一样地写,有何不可？何必添加那些花哨俏皮的笔墨？说不定幽默多了会有失身份！另一部分读者也会觉得不过瘾,干脆超越时空、超越人物、超越国籍、超越社会背景写永恒写神秘写不可解的人生,最好写出来就像发生在美国或者发生在火星,最好让读者越看越不懂越不懂越想看,怎么写来写去又落入了人物——性格——情节——故事的窠臼呢？

是的,当"现代派"的帽子不怎么光彩甚至面目可疑的时候,确有一些好人明明暗暗地想"帮助"我彻底摆脱"现代派"的阴影,这种帮助也还相当地红火过那么一段。过了些年,一些可畏的后生们,自以为得到了现代派的真传(如应该从高楼上跳到画布上以完成一幅画的说教),自以为"现代派"成了时髦的"桂冠",成了国际流行色,成了通往某个心向往之的圣地的通行证。这些急于一鸣惊世的朋友,又在指斥笔者并非真现代派而是伪现代派了。多么廉价又多么一厢情愿！倒好像文学作品正如家用电器,以是否东洋松下、日立、东芝、卡西欧名牌原装来划定黑市价格,甚至以为多知道几样洋货的规格与牌号便成了批评家。拿出一把自己还根本没弄清的舶来尺子,认为合乎尺寸的就应该帮助或者认为不合乎尺寸的就应该贬斥。究竟是谁低能呢？被量物及其创作者？尺子及拿尺度量者？

不论读者印象如何,我们的男主人公——风度翩翩的打喷嚏的他,似乎有几分鲜明性和主动性了。然而任何小说的鲜明性都是以牺牲非鲜明性为代价的,而非鲜明性正是现实的一个特征。现实主义要求鲜明而现实未必鲜明,也许这并不是一个令理论家劳神的认真的悖论。检点一下,有些对于老喷的描写有失夸张。笔者最近在梦里见过一次虚构的人物老喷,他笑容可掬,甚至露出了保护得很清洁的牙齿。刘心武在近作小说《白牙》中已经断言,白牙是文明的象征。显然他并不冷漠,有时候是相当亲切的。

至于女主人公(暂用这个"非伪现代派"不能接受的陈旧概念,也许正确的叫法应该是开放结构中的次主要信息载体系统),现在的主要困难在于她的容貌。载体系统也是有容貌的,不但有容貌而且有奇异诱人的容貌。不论是美国电影里的"大白鲨"、"外星人",还是苏联的能在外层空间对接的飞行器还是日本产的机器人,不是都有自己的容貌吗?一般地说,依照我写的某些经历与个性与身份云云,女载体应该有一双执着的、动人的眼睛,应该有一种内在的美。有不少这样的女系统,平常看去实在是没有一点点光彩,她们质朴到了接近呆板直至僵死的程度。与西方的一些每一秒钟都在卖弄风情的使男人大悦使女人大妒使生活变得有滋有味的女性结构相比较,她们根本不能算是活的女性。女性的美主要表现在爱当中。美是沉睡的存在而爱是催活的春风,是美的本质所系。"存在先于本质",让·保罗的命题在这里也得到了证明。只有当她们爱的时候,只要她们陷入情网,立刻,一颦一笑,一举手一投足,一含嗔一弄发,全都那般动人,那般光彩夺目。她们的美是红高粱而爱是酒曲。故而,古语曰女为悦己者容。女为悦己者容,这就是神秘的东方模式。而女为使所有的人悦己而容,则是现代意识现代感现代模式。东西方的文化就是这样相对立而又相通融。

即使再精细地写下去也仍然会有许多不精细的疑问,例如,女主人公穿的鞋是多少码的?文学自愧无能甘拜下风。于是一些新进文士已经开始在自己的小说里创造一些符号、一些图表、一些插图。祖慰、张辛欣、冯骥才的小说中都有此类。因此,据说有声小说(即录了音的文学朗读磁带)正在取代老式的小说。是的,早晚有一天,小说会变得更加真实和丰富。到那时,《红楼梦》出售的时候不但配有磁带、配有录像,而且配有荣国府蔬食膳果软包装高保鲜罐头,而且配有同仁堂代制的"冷香丸"中药,配有首饰店代制的"莫失莫忘,仙寿恒昌""不弃不离,芳龄永继"的玉与钗。最后总有一天,买一部

《红楼梦》配一座仿大观园别墅，丫环小子全套人马，提供象征性（为法律所允许者）昼夜服务。而这些人物中，估计最昂贵的是秦可卿。见一面外汇券五千元，谈话一分钟外汇券两万七千六。

到那时候，小说就真的成了精了。

二十一

经过了许多次药物治疗心理治疗包括催眠治疗，我们的女病人病情有了很大的好转，或者可以说，她本来也没有什么大病。

她回忆说，老喷的第二次眼泪曾经引起她的失望和疑惑，至少在内心深处，他的神圣完整似乎突然露出了一个缺口。至少，她已隐隐地不满意于他的落泪。一个那样伟大那样坚强那样崇高的大男人，哭什么？不寒碜么？为什么一个人要破坏自己的风度自己的形象呢？

然而，她的怀疑的种子根本没有来得及发芽，更没有来得及扩展生长。因为，就在第二次泪落的第三天，老喷不但被揪出来而且被带走"隔离反省"去了。

一隔离就是许多年！女秘书被迫一次又一次地写揭发材料，虽然实际上她并没有"揭发"任何东西却因此而受到恫吓和侮辱，直至出大字报说她是老喷的"姘头"。但是仅仅写揭发材料这样一种形式已经产生了极大的心理效应，写一次、做一次样子，老喷在她心目中的形象就淡化一次、衰减一次，最后她终于不再崇拜不再思念不再梦到他。形式在人生、在艺术、在宗教中的作用问题确实是一个不那么简单的问题，轻视形式往往就是轻视内容。断言形式就是形式，形式就是一切，其实也未必意味着能够排斥内容。生命、上帝、爱情，是一种存在形式吗？是一种实质内容吗？是可变的还是不可变的呢？

女病人甚至一度感谢这样一些例如写揭发的形式，这些形式使她从梦游状态进入了实活状态。于是她结了婚，生了子，增加了体重,不再发作过去怎么治也治不好的失眠症与胃痉挛。著名的精神病医生完全信服她的陈述,并且发挥说,十年"文化大革命"在诱发激发迫发了一些人的精神症状的同时确实治愈了不少人的心理疾患。他说他做过临床统计,坚信后者比前者多。大致比例为一比三。这样说,当然不表示他不赞成彻底否定"文化大革命"。他只是说,"左"与精神健康这样一个很好的课题,还没被足够的心理学家医学科学家所注意所研究,就这个课题研究下去,说不定可以像拍摄黄土高原拍摄往酒里尿尿拍摄在塌方的井底做爱一样地走向世界。他希望如果有人读了这篇小说果真受到启发并且坚持下去得到了成功,他只需要成功者从奖金中提成百分之十五赠送给他,他还准备将奖金的百分之十五乘以百分之十五赠送给爬格子者。

二十二

读者和评论家大概很容易做出这样的判断,认为笔者写老喷是为了揶揄鞭挞(按,笔者一贯不喜欢"鞭挞"这个词,批评就批评吧,何必以鞭挞之,多不文明!)一个"左爷"。

否。如有这种看法则只是一种思维定势,一种板块结构。为此,假想的一位读者与同样假想的女主人公老田进行了一次交谈。用这种文体写作当是受了希腊的苏格拉底与我国的评论俊秀吴亮的启发。

读者:小说写得还凑合。当然,精雕细刻还不够,而且,还没有形成成熟的风格。就是说,愈写愈缺少节制。揭示一下老喷的虚伪性倒还是不错的。其实这也是迎合,反正现在群众不喜欢这种人。

田:不,我不这样认为。我没有任何证据能说明他虚伪。他一贯都是这样的,对谁都如此,我宁愿认为他是真诚的。我甚至怀疑,作家的某些笔法反映了作家自己的羡慕——为了礼貌,我没有说嫉妒。

作家多是一些善于把自己的卑微波动写成玫瑰花的人,作家多是一些吃不到葡萄便说葡萄酸的狐狸。重要的是,喷老的风度和身材和经历是这位作家以及许多批评家所望尘莫及的。

读者:这倒奇了。不是老喷对别人的帮助可以置人于死地吗?

田:然而你焉知道他不是诚心诚意地帮助你。他是大人物,大人物对于帮助的想法和你我不一样。我买不到二十英寸彩电,你帮我找到一张"票儿",这当然是帮助。但严厉的批评为什么就不是帮助呢?

读者:可是老喷讲得太细太苛刻太冷酷了。

田:因为他也是书生。他真诚地接受了一种高尚的帮助观念并这样去做。做就做得认真,一丝不苟。他不是市井小人,他不是"那五"也不是《茶馆》里的王掌柜,他不懂凑合应付。能凑合的人比不能凑合的人更容易生存。而喷老,太缺少这种世俗的计较。他生活在自己的原则与理想的硬件里,他是可敬的。

读者:你就没发现过一次他的言行不一吗?

田:这个……

精神病医生:(忍不住插言)我相信老田讲的更正确。我想老喷其实是一个寂寞的人物。他有各种好的条件,他有无限风光,但他最终还是寂寞的,可能他还是太书生气了。而我国有两亿以上的文盲半文盲,所以胡适是寂寞的,所以王明是寂寞的,而且,王国维、鲁迅,直至瞿秋白,又何尝没有感到过寂寞呢?鲁迅诗云:"寂寞新文苑,平安旧战场。两间余一卒,荷戟独彷徨。"

二十三

女主人公终于挖空心思想起了他的一件涉嫌言行不尽一致的事。这件事她曾经在"文化大革命"期间写到她的一份"揭发材料"上,因此,这回忆,对于女主人也是不光彩的。

那是六十年代中期,"文化革命"前夕,全国的阶级斗争气氛日益紧张,而且酝酿着更紧张的事件。可敬的老喷有一次在讲话的时候犯了晕眩症,几乎躺倒在地。医生建议他休息一段时期,他采纳了。时值盛夏,他带着妻子、女儿、秘书到了北方的一个风景胜地。休息得很好,也受到了地方官员和地方人士的很好的招待。许多在大城市难以见到的东西,猴头、香菇、山雉、野狸、燕窝、飞龙,直至人参鹿茸皆入口腹。喷公休息得很不错,随行人员也高兴。秘书同志则有些不安,以为用公费吃山珍,以招待喷公为由引来诸多食客,颇与报纸上的宣传口径不符。但又想,只要喷公康复,精力充沛,那就会为大众为国家做出新的贡献,与那贡献相比,区区几个猴头算什么。

疗养回来,喷公接待过一些新朋旧友,也曾在一些会议上讲话。讲到刚刚从外地回来时,一般他是这样说的:

我从反修前线回来。我从北部边疆回来。我从三大革命的第一线回来。我们的人民实在太好了,我们的河山实在太好了,我们的事业、斗争实在太好了!我的唯一的愿望就是和人民在一起,做普通一兵,永不变色!做一颗永不生锈的螺丝钉!

愈到后来,秘书愈不认为这本身是多么了不起的大事。因为秘书亲眼看见,包括那被群众视为圣人烈士一样的专门抨击不正之风揭露黑暗的大作家大勇士,住在自有人代付房租的大宾馆,左一个电话右一个电话邀来高朋男女,在小餐厅酒足饭饱抨击时弊义愤凛然以后,账单也是向接待单位一塞了事。吃饱之后,抨击不正之风的文章才能写得更悲壮犀利,力透纸背,气壮山川。

二十四

视角的问题并不是一个新问题。许多年前已经有相当有水平的理论家开始研究"视角学"了。例如,据说契诃夫的一个名篇就是一个孩子从锁孔中所看到的(侵犯了隐私权)故事,这种视角是多么诱人,特别是诱中国人!中国人好奇心重,见面先问"到哪儿去了",尤其喜欢抓奸,包括名作《芙蓉镇》里的姜文与刘晓庆扮演的男女主人公也是乐此不疲的。导演导到这里、作者写到这里,味有津津,溢于银幕。据说还有许多名篇佳作,是以一条狗、一只猫、一个跳蚤的视角来写人生的。万物有灵犀,人蝎何不通?

视角尤其影响倾向,虽然倾向一词已为新英诸君所羞用。您从一个贼的视角来写警察和从一个警察的视角写贼,写出来倾向绝对不同。尽管作者可能确是不偏不倚无倾向无爱憎,尽管作者既可以干出掏人腰包也可以干出打告密电话的勾当。

再如读者君可能正与您的配偶,先生或者太太小有龃龉或者大有矛盾,难以平缓。我建议你们二位各以对方的视角写一篇虚构小说或纪实文学。只要二位确有几个文学细胞,写完后一定心舒意暖,搂在一起。

以此观之,本篇小说的一个严重缺点便成了定局。以女秘书直至老坎、老中医的视角写得太多,以喷公的视角写的段落绝无仅有。

出题做文,下面就试试看。我请喷公诉一诉衷曲。喷公微微一笑,他觉得许多说法不值得理会,许多话也不应该诉说出来。人可以流露,人不该倾吐。

我绞尽脑汁,不知道怎样把流露写好。便越俎代庖,替他大声疾呼了一通。而读者诸君应该知道大声疾呼不是他的风格。

二十五

从青年时代,我已经投身于献身于造福人民的伟大事业。我和老坎是在一个革命干部的训练班里相识的。当时我们都怀着救国救民的理想,奔向革命事业。正像《国际歌》所唱的:

一切归劳动者所有,

哪能容得寄生虫！
…………
一旦把它们消灭干净，
鲜红的太阳照遍全球！

你知道，中国人民正在与民族的与阶级的敌人奋战，每天都有人流血牺牲。我们是抱着必死的信念来参加斗争的，如果说我们至今仍然健在，那只是侥幸，只是偶然。我觉得每天与我生活在一起、与我谈话、与我交流、与我同在的不是别人，甚至不是妻子儿女而是那些已经捐躯的烈士。他们有权利要求我们，他们有权利责备我们——看我们已经变成了什么样子！

训练班是不允许恋爱的。然而老坎也许当时应该叫做"小坎"或者"小顺"吧，因为他从小娇生惯养，一切顺利，并没有遇到过什么坎坷。他之所以革命不是由于活不下去而是由于活得腻歪——他需要浪漫的理想。

小顺一个星期之后就开始恋爱了。都是久远的事了，我已经记不起细节。好像那位女孩子姓石，梳着两个小辫子，爱唱苏联革命歌曲。那时候我们的关系是多么纯洁！

小顺一天到晚地捡石子，普通的与色彩鲜艳的。他的床下堆起了一个石子的小山。我问他是怎么回事，他向我承认，他爱上了小石，他看着每一块石子都觉得亲切，觉得那上面附着了小石的青春美丽。

我立即报告给了指导员——且慢，你们不可能了解我们的情操，神圣、严峻、铁面无私。请收起你们的庸夫俗子的评论！不要用你们的心肠度我的胸怀。

指导员下令让我们班召开了批评大会，我第一个发言。小顺受到了处分，小石则调离了。

你们开始做鬼脸了，呵！而当时的小顺呢，他写了一万字长的日记给我看，他感谢我对他的帮助，对他的情谊。我帮助他，把那些实际上并无任何迷人之处的石子,全扔掉了,全扔到了河里。是的,前方正在流血。训练班三个月就结束,所有接受训练的学员将分赴四面八方。我们当中只有百分之十的人经历了战争活了下来,其他百分之九十的同志已经捐躯,我们没有权利在火与血的斗争中搞小资产阶级的卿卿我我。比起那些牺牲了青春和生命的同龄人,牺牲了初恋又算什么!没有我们的牺牲哪有你们今天的花前月下、海滨山顶的爱情,蜜月旅行还有种种的享受与放纵!我难道就没牺牲过什么吗?我难道就没有对哪个女同志包括后来的小田有过好感吗?然而,我没有权利。你们却认为有权利嘲笑我们?你们有什么资格来评说我们?我的第一个妻子是在战争中牺牲的,当然,不是在战场上。是一九四八年,全国解放前夕,突然,傅作义将军准备偷袭石家庄。我们连夜转移,急行军,用脚板与卡车轮子赛跑。她跌到山谷下,长眠在那里。我的现在的妻子在"文化大革命"中被红卫兵打折了腰,目前仍然是半瘫痪的状态,我处处还要照顾她……而你们这些坐享革命果实的人,你们究竟懂得什么?你们究竟在吵吵什么?

小顺变成了小坎,小坎变成了老坎。在每一个关头,他都是动摇的。在一九四七年土改期间,他被批斗地主的场面吓出了神经病,他跑到医院里去当休养员,一当就是半年!连最小的纪律他也遵守不好,下乡十天没吃上肉,他就去偷老乡的鸡,而且还说是用手表换的……这些小事情,何必去说它!

唉!像老坎这样酸溜溜的庸人,这样的永远生不逢时的窝囊鬼,我一生中遇到的何止一百一千!他们太娇嫩,太神经,太空洞清高又太无能!他们空谈革命、正义、民主是可以的,实际上他们究竟能做成些什么呢?他们一会儿含着泪歌颂你向你谢恩,一会儿皱着眉煞有介事地向你进言。一会儿口液四溅指手画脚博取一阵又一阵的掌声,一会儿又东张西望哆嗦发抖甚至自打嘴巴请求宽恕检举别人。一会儿感激涕零热泪盈眶奔走相告弹冠相庆如坐春风如沐春雨,一会儿哭哭啼啼委委屈屈牢牢骚骚摆出一副自己是一贯被迫害的模样。一会儿咋咋唬唬拍胸脯说大话活像是救世主,一会儿又跳楼吃安眠药抹脖子……听他们的还行?在乎他们还行?被他们吓唬住拉拢住软化住还行?靠他们难道能够执掌政权?我们是钢锤,他们是毛刺沙眼儿!我们是钢锯,他们是锯末粉尘!我们是轧路机,他们是石子儿和石子儿缝里的枯草!我们是中流砥柱,他们是随风而起的浪花上的泡沫!等我们把一切闹好了,有他们的饭吃还不行吗?有他们的汤喝还不行吗?对他们,绝对不能手软,绝对不能心软!如果那一次我从汽车上走下来接受他的拦截,听取他的唠唠叨叨,向他表示点老交情,说一些好听的安慰的话,我还能不能再主持工作?我还能不能支撑运动?至于说二十年、三十年后,说那次运动搞错了,我也没有话说,我向他赔礼道歉……我们就是这样一步一步地走过来的呀,不承认这一步步走过来的道路,还能算是唯物主义者吗?

可惜现在,人们已经越来越不理解我们了。谁还讲原则,谁还讲事业?圈子,利益,商品化,全都是这等庸俗,难道是大势已去了吗?办什么事都是打折扣,虎头蛇尾,你糊弄我,我糊弄你,你们听到这俚语了吗,"工农兵学商,一齐坑中央"!现在,连幼儿园的孩子做鉴定都是只有优点没有缺点了。我的孙女对我说,我才不给同学提意见呢,我才不得罪人呢!一位人事科长对我说,一个干部每十句话里有一句真话,就算良好!十句话里有两句真话,就算优秀,应该提拔!十句话里有三句真话呢,真话太多,不能开拓新局面,调离!

风气如此之坏,我们能无动于衷吗?灵魂在堕落,我们能没有压力吗?天天给我们讲商品,我们还不知道买酱油打醋需要付钱算账找钱吗?生活是有提高,然而思想在变坏,人欲横流,我们死能瞑目吗?如果听任纲纪崩颓、大厦斜倾,我们死有葬身之地吗?多讲点民主宽松和谐淡化,我不知道会多得选票吗?别的不会,我不会讨好庸众吗?天天说给糖球儿,你到底有几吨白糖嘛!整天搞一些小恩小惠、小是小非、小打小闹,到底是在加强我们的事业,加固我们的地位,还是在削弱在瓦解自己呢?呵,呵,呵!声名不足惜,误解不足惧,我所做的一切都是对历史负责。

二十六

在国产的描写老区生活的电影中,我们常常看到妻子(或未婚妻)为丈夫(或未婚夫)纳鞋底的场面。我已记不太清,似乎在孙犁师的名作《荷花淀》中亦有此类描写。我非常感动。

我还看到过(遐想过?)一幅木刻,是一对老夫老妻互相帮助搔背、搔痒痒儿。不雅,与缺乏热水供应与沐浴设备有关,难免为台湾柏杨的《丑陋的中国人》续篇提供素材。如果此画在外国得奖,评奖者必是别有用心无疑。然而,我也为这样一个画面而动情。

于是悟到,感情常常是需要有所依托。依托于锥子、针、麻绳乎?依托于十指与指甲乎?锥子麻绳皆有爱,十指连心更关情!

笔者还说过多次,才能即是精力的集中,感情亦如是。故中华有"才情"一词,优于泰西。才情需寄托,更需集中注意力,绝对无疑!君不见有一位面如老鸹、耳轮后翻、塌背哈腰之登徒子乎?平日嗫嗫嚅嚅,舌头上含着热洋芋,而在异性中频频得手。无他,才情在彼,精力集中在彼耳。一旦与异性相处,他的才情调动起来,风流潇洒,对答如流,机灵乖觉,换了一副皮囊。

喷公的才情则全在于助人。近年来,他是多么的寂寞了呵!世事常有所变,故虽有可逆料者,更多意外的变动。已经许多年,许多年没有机会帮助别人了。

终于有了机会,恰恰是帮助老坎。大家都说,他确有不少需要帮助之处。

喷公终能有很好的发挥。与过去相比,他说得更富有人情味儿。他回忆了五十年来老坎的言行,包括近年来一次老坎走在大街上与他匆匆握手时所说的话的潜台词。他论述说,几十年过去了,老坎仍然是站在人民的对立面。他说:

吾老矣，汝亦老矣！发已苍苍，目已茫茫，余年可悯。前面就是终结，我们是生死与共、患难相知的友人，从个人来说，我何尝不愿意与你握手言欢，共饮茅台，叙旧怀友，赏花悦木！挑你的毛病于我何益？于人何益？我何尝不知道在这关键的时刻，人们盯着我，我盯着你，如果我明批暗保，阳揭阴包，我一定能赢得你的感激，赢得你的友谊，赢得好人、厚道、开明的美名……然而，我能这样做吗？这样做还是我么？吾爱吾友吾更爱真理，真理如磐，不讲价钱！他又说：

指出你的毛病，又能给我增添多少光彩？我并不认为我就多么好多么正确。抚今思昔，但觉自己多有不当，真是食不甘味，夜不安寝啊！

他说得动情，痛哭无声。确实，他老了，他的哭使另一位帮助者落泪。

就是在这第三次落泪之后，前女秘书发作了精神病，她想挖掉他的眼睛，后来却变成了想挖掉自己的眼睛。

二十七

一九八五年，笔者在西柏林参加一次国际文学座谈活动。两个小时，笔者与各国学者专家记者交谈，有问有答，有来有往，有说有笑，煞是快意。

结束后，我的翻译和陪同，一位女士对我说：你的表演很好。

她当然绝无嘲弄之意。她与我是两代世交。然而我好像被轻轻刺了一下，怎么，我是在表演么？我的友好，我的才情，我的坦率、机智与不亢不卑，难道都是演出来的吗？

后来，在《读者文摘》中，我看到一篇一位美国心理学家写的文章。他建议，当你不愉快时，就要愈加有意识地表演自己的愉快达观，要特别在有公众的场合表现自己对命运的打击毫不在乎，要表示自己是这样的善于解脱、善于自我愉悦，是乐观得如此"不可救药"。

也许第一次你是带有表演成分的,然而,一两次以后,你就会发现,你真的跨过了心理危机,你已重新完全振奋起来,快乐起来。

一个人,与强者在一起,与弱者在一起,与上司在一起,与部下在一起,与同性在一起,与异性在一起,与父母在一起,与子女在一起,与外国人在一起,与同胞在一起,你难道不是随时在调整自己的音容笑貌举止吗?这种调整能不能算表演呢?如果是表演,又能不能算不真诚呢?难道真诚就必须粗鲁么?吃西餐的时候,你不是也常常为自己的同胞(甚至是有资历的外交官)喝汤喝得翻江倒海、一室的潮涨潮落般的音响而局促不安么?而你和自己的爸爸一起喝汤的时候,不也是畅快地吸吮,嗞溜嗞溜、稀溜稀溜吗?那么,你又有什么权利,有什么根据说谁谁真诚,说谁谁虚伪呢?特别是对那些一味地炫耀叫卖自己真诚,一味地讽刺打击别人虚伪的人,万万不可轻信!

噫吁哦!有斯事便有斯人,有斯人斯处便有斯表演。所以说,理解比爱更高,理解万岁。我们究竟理解了多少人和事,又被多少人理解了呢?

即使不够理解,我也要向他表示最良好的祝愿。

二十八

视角的调整变化,会为诗文开拓全新的、丰富得多的可能性。

以脍炙人口的李白的《静夜思》为例。原文是:

床前明月光,疑是地上霜。举头望明月,低头思故乡。

这是从诗人——游子的视角写的。如果以月亮的视角为视角呢?请看,它该是:

不知寒与热,莫问白与黑(黑读 hè。——王注)。

悲喜凭君意,与我无干涉。

再如早已家喻户晓而且已经被人摆弄过多次的唐诗:

　　清明时节雨纷纷,路上行人欲断魂。
　　借问酒家何处有,牧童遥指杏花村。

这是从诗人——行人的视角写的。如果是从一个毫无诗意、唯利是图的酒家的视角写来呢?

　　清明时节雨哗哗,生意清淡效益差。
　　我欲酒中掺雨水,又恐记者报上骂。

或者从另一个毫无诗意的行人的视角来写:

　　清明时节雨霏霏,路上跌跤欲断腿。
　　借问医家何处有,的士要你付外汇。

比原诗如何?

笔者曾多次设想过,鲁迅写阿Q,写出了《阿Q正传》。如果阿Q生也逢时,又到某个速成写作函授中心去培养了一下,他老人家该怎样写世人、写鲁迅呢?他大概会说:

朋友们,先生们,同志们,你们中了奸计了!难道我当真有这么落后吗?外国人说鲁先生写得好,难道不是别有用心吗?我追求吴妈,难道不是人性的觉醒、爱的觉醒、红高粱老井黄土地式的觉醒吗?妈妈的嘲笑我做甚!让我们振臂高呼:

　　嘲笑阿Q的比阿Q还阿Q!
　　嘲笑阿Q的比赵太爷更赵太爷!
　　嘲笑钱秀才的还跟不上假洋鬼子!

我曾经构思过一篇寓言,写一个清高伟大的人,一个从来就不必为吃饭而操心的学者名流作家,他一贯只住楼房的最高一层。有一幢——不算太高——十七层楼,他住入十七层1-15号以后,下令把十六层以下的房屋完全拆掉。

换一个视角呢,故事将是这样的:一位热心于为民请命和绝对平等的仁人志士,他始终反对最高一层。十七层楼根据他的意思拆去了第十七层。十六层变成了最高层,又拆去。十五、十四,等而下之。最后,楼与房荡然无存。

笔者还有一个积蓄多年的杂文题材,大意是说聪明的人对生活发表见解。更聪明的人从不对生活发表见解,而只挑各种见解的毛病,只对见解发表见解。如此这般,随着智商的递增,人们都静待别人先发表见解,再发表自己的见解指出前一种见解的偏颇不足。终于,世界上不再有任何见解了——除去一个大智慧大无用的共识:沉默是最好的话语。

换一个视角呢?

换一个视角是对智力与胸怀、对自己的道德力量与意志力量的大考验,当然也是大发展。换一个视角会不会引动古往今来建起的文学大厦颓然崩塌?契诃夫写了那么多庸人,庸人们爱吃蚝和醋栗。如果蚝与醋栗的嗜好者也有一支得心应手的笔,焉知他们不能把契诃夫写成一个软弱的、缺乏男子气的、磨磨叨叨的、肠胃功能衰退(所以对别人吃蚝与醋栗反感)的、自命清高的庸人呢?刘宾雁把王守信写成了半人半妖的怪物、蠢物。如果王守信也拿起一支生花妙笔或如椽巨笔呢?也许这正是笔者王蒙往往做不到板起煞有介事的面孔痛快淋漓、大义凛然地批判他的反面人物的主要原因?多么没有出息、多么不够伟大、多么无益的手下留情噢!而被你讽刺的人物将会怎样讽刺你,这又将是一个多么引人入胜的问题!总有一天,那些被自作多情而又自以为是的作家(包括笔者)们不公正地描写过的人们会联合起来,他们将撕下作家的假面,割断作家的毒舌,把作家们肚子里的那点狗杂碎全抖搂出来!

二十九

据说弗洛伊德是把自卑感作为性心理来研究和论证的,这使我这个心理学门外汉怎么想也想不通。

也许青春期的自卑感与弗老的学术体系大有瓜葛,那么优越感呢?精神的优越感难道来自器官与内分泌吗?还有,老了以后呢?例如,终止了性生活五年以后呢?

时代毕竟不同了。令喷公意想不到的是,他的第三次落泪,他的对于老坎的深刻细腻的帮助并没有像他所想象的那样开花结果。关于老坎一直站在人民的对立面的分析,响当当地说出了口,掷地有声,却又飘悠悠听进了耳,杳然无迹了。他的声音与他的情感振动在空气中,又消散在空气中了。半年以后,老坎不但没有出现应该出现的下坠之状反而颇有些发达。老坎得到了新的表彰,分到了新的房子,还被选成了一什么响当当的"会长"之类。按照未能免俗的"官本位"眼光,套成行政级别,据说老坎比老喷还高出半级来了——你说奇呀不奇?

尤其与过去不同的是,被帮助的老坎居然因被帮助而增了值。他收到慰问信,收到慰问电话,收到慰问礼品——从毛线背心、西洋参蜂王精一直到治疗便秘的糖衣药片。而乐于助人的老喷受到了许多嘲笑责难——从下流的匿名信、老友们的"忠告"直到老婆的抱怨——就你爱多管这些闲事,瞧,多不好意思?你硬气又有什么用?别人说软就软了,说缩就缩了回去,结果,把你暴露在第一线!

在一次茶话会上,老喷与老坎被会议组织人、名单学座次学专门家安排在同一桌上。按西洋外交惯例观察,老坎的座位比老喷的座位要显赫若干若干。一些对老喷不抱善意的人怀着幸灾乐祸的心情,等待着看老喷见到被自己帮助后反而升值了的老坎时的狼狈样子。一位年轻的记者预言:有个地缝,老喷恐怕也要钻进去!

老喷照例迟到。他进场的时候照例面孔上显现着矜持的笑容,这笑容没等你捕捉住业已消失,似真似伪,亦有亦无。全场的人没有起立,但是老坎坐不住了,他不敢不站起来,又不敢站起来,他弓着腰伏着案在那里受罪,活像一个大虾米,活像在诊疗室等待抽脊髓验脑膜炎或流行性乙型脑炎。老喷从容不迫地不看任何人地脱掉了自己的大衣,他看也不看、完全在意识流的引导下走到众人中最重要、级别与职务最靠前的几个人面前,与他们握手寒暄……最后,他才走到自己的桌边,用眼角的余光睃了睃老坎。老坎赶紧站了起来,差点打一个立正。

老喷握住了早已向他伸来的老坎的枯瘦的手,半看半不看地问老坎:"是么?听说你的孙子的屁眼儿边,长了许多痱子?"

老坎面红耳赤,尴尬万状。他从没有赢得过这样长时间的握手,他从来没有赢得过这样的半看之外的"半看",他从来没有听到过斯兄这样亲切的充满人情味儿的问候。他感动得支持不住,活像是自己而不是孙子屁眼内外长满了痱子,长成了痱毒红疙瘩。他张口结舌,竟丧失了发音功能,声带振动不起空气来。

老喷微微一笑,扬起了头,用鼻头皱褶的伸展变幻表达了亲切友好。他掏出并满怀深情地甩了一下手帕,他把鼻头鼻梁面部肌肉的皱褶运动熟练地转变成一种俯就的爱怜慈祥宽宏,他给了老坎以特殊的礼遇——他打出了一个不漏气的、相当明快的喷嚏来。

随着这堂而皇之的喷嚏,老坎一哆嗦,把面前的饮料杯碰翻,水洒了一桌子,杯子落地乒乓咣当,老坎当时晕厥了过去。

事后,年轻的记者用非语法的语言发表感想说:"像老坎这样的人居然娶过十九岁的大姑娘,占用了人家一生,真是奢侈浪费!"

当然,所有的记者与作家死后都要进割舌地狱。

三十

作家张贤亮的小说《男人的一半是女人》发表后议论纷纷。有一篇评论堪称别开生面——或曰：别开生视角。该文发表在一本医学杂志上，作者是一个医院的著名皮肤、泌尿科主任，有副高级职称。

作者充分肯定了小说的医学、临床、病史价值，肯定了小说在反映男性性疾患方面堪称样板，具有无懈可击的真实性与准确性。正如巴尔扎克的《人间喜剧》具有经济学价值，西蒙诺夫的《日日夜夜》具有战术学——城市攻坚学价值一样。

与此同时，皮肤、泌尿科主治医师提出一个振聋发聩的论点，即一切性功能症候，其实都不是单方面的。他论述说，一方性衰弱就是双方性衰弱。一方性冷淡就是双方性冷淡。一方性无能就是双方性无能。一方性失败就是双方性失败。反之，一方性满足就是双方性满足。一方性亢奋就是双方性亢奋。一方性成功就是双方性成功。

只要不过分绝对化这种观点然后再与这种绝对化观点抬杠，像我们的一些报屁股文章作者惯做的那样，就会发现这位医师的观念的理论意义与方法论意义。爱、怨、恨、关心、帮助、认同、疏离、亲切、冷漠、争斗、满意、失望、安慰、清醒……这种种种种，常常不是单方面的事情。所以中国自古就讲"反求诸己"。

就拿老坎与老喷的关系来说吧，难道只有单方面的问题吗？按照规律，作者与读者的同情心当然在老坎方面。老坎瘦而老喷胖，老坎一介书生而老喷头衔充实，退下来以后还当了这委员那顾问。老喷早就有了专车坐而老坎费半天劲顶多要来一辆"上海"，连交通警遇到这样的车都皱起眉头。

一位在"文化革命"中"管理"过老坎也"管理"过老喷的伙计却对我说起老坎的一件趣事。

在"五七干校"时，老坎有一次去打菜。一位同病相怜的"老二坎"担任炊事员。老二坎盛起一勺子菜,看看太多了,便摇颤了一下勺子,俗话叫做一哆嗦。一哆嗦,正好一块精华物质——瘦肉块抖了下来。老坎痛苦地下意识地磨叨道:"哆嗦什么,就一块肉嘛⋯⋯"

老二坎也是这样一位命途多蹇的老干部、老知识分子,在干校就学,颇有些力比多的压抑性,脾气便有些倔。一听老坎发牢骚,深感不齿,便再一猛哆嗦,又落下了最后两块精华,如青年文化史学专家何新论述我国用人史上有过的"精英淘汰制"与"择劣选拔制"一般。

老坎火了,喊叫起来:"你为什么哆嗦?你欺负人!你势利眼!数一数看,我这碗菜里还有几块肉?"

老二坎也火了,喊道:"你多么斤斤计较!你多么小心眼儿!亏你还是个知识分子!"

说是相反,老喷倒从没有这种出丑的表现。只不过老喷被"解放"得比较早,他一解放就把所有尚未解放的人揭发批判了一通。想不到,五年过去,七年过去,所有被他揭发批判并表白自己早已与之划清了界限的人也都陆续解放出来了。其中不但包括老坎与老二坎,也包括五十年代便揪出来了的历史反革命分子、胡风分子。有人认为老喷会有些尴尬,更多的人认为不会。

向我叙述闹菜勺一类故事的是一位记者,贫下中农出身,青年时代讨过饭,后来参了军,属于根正叶红之列。他说,这一类的人和事他见得太多了。"文化革命"撕掉了许多大人物的面纱,所以,不论老坎还是老喷,再讲一些大话的时候,我的这位友人说:他不信。

这样,视角的意义便超出了文学叙述技巧与文学结构的范畴。它关系到哲学——认识论与方法论,关系到伦理道德人际关系,也关系到政治。我们是要认真思考一个问题,坎与喷,他们的相互作用到底是怎么回事。其次,坎与喷,到底哪种类型对国家和社会更有益、有用。该不该推崇一个闹菜勺的知识分子呢?虽然他一生坎坷,令人泪下。

当然,双向关系并不意味着同质、同等、同步,更不意味着承认

"此亦一是非,彼亦一是非"的绝对化的相对主义。这篇小说不是哲学论文,而作为一篇小说,捅一捅各类煞有介事的面孔,是颇有些幽默的。例如我们知道的名言:人民大众开心之日,便是反革命分子受难之时。这是丝毫没有疑问的。

然后把受难改成难受怎么样?汉字汉语真妙。光阴似箭,大家都老了。老喷得了骨质增生症,血糖与血脂的检查结果都属阳性。老坎的心脏病日益严重。女秘书老田虽然没有吃蚶子也没去上海,但医院认为她的肝功能有问题。连精神病医生也在吃安眠药,他申请提前退休。他害怕精神疾患的暗示性,确有不止一起这样的事,精神病医生终于"传染"上了精神病。就像写多了小说,必然会给自己的生活与事业带来小说式的虚妄。总之,有一句北京俚语是这样表述的:

谁难受谁知道。
······

发表于《收获》1988 年第 4 期

球星奇遇记

恩特终于来到了斯洲斯邦斯郡斯城。他计划打工留学买车租房交友攒钱倒卖地产与股票。最后,他此生的宏伟理想是做一名电影演员,获世界五大电影节金奖,变成空中飞人在二〇〇〇年世界奥林匹克运动会的开幕式上飘飘自天而降。如果做不成,起码也不要被关进监狱、战俘营、集中营、流放营,尤其不要被糊里糊涂处决。

而当前最主要的是——刷盘子淘阴沟提行李擦皮鞋清洗橱窗剪草坪到教堂去请求救济并按这里的风俗星期日到家庭汽车房去买一身旧衣裤。

一觉醒来呼声雷动,唱诗班高奏"万岁,吾王!"小学生手执塑料花束,有节奏地挥舞欢呼:"嗨唉——恩特!嗨唉——恩特!"令人骇然。最初,看这阵势,恩特还以为是此地误将自己认做敌谍,前来捉拿归案,不由吓得发抖。但见戴着白色假发的体态臃肿的市长带着六名仆从手托银盘,在《结婚进行曲》铜管乐伴奏下向他走来。

声如洪钟,无可怀疑的市长的声带颅腔共鸣:

"尊敬的恩特先生,世界著名的足坛名将,青春与力量的载体,浪漫与机巧的无倾斜平衡,世世代代大写的人的审美观照,希腊神话海伦与中国神话猪八戒的交合延伸对应!在您惩罚了不名誉的国际裁判阿里斯·狄狄古古斯、削掉了他的一只耳朵以后,您就神秘地失踪了。国际社会与健全理智猜测着您的行踪,世界舆论与原生激情捕捉着您的路程。一年零两个月四分之二个星期以前,南极占星术太极瑜伽特级大师达不溜·李曾经预言您会到我国我郡来,意外的狂喜传染着从陛下殿下阁下到每一位绅士与命妇。好有一比,肉包子打狗蓝天掉雪球朱古力。国际财团对本郡的投资一下子骤然增加了千分之零点零零四二。上院决定对这一消息实行军管训政,切断了海陆空电源及无线电频路。但即使如此这般爱皮西迪(A、B、C、D),我们这些主的罪人与圣母的宠儿也未曾逆料您先生大名鼎鼎的恩特君通过绝对自由的任意选择,责无旁贷地将您的巨树深根置放入我市的土地上!"

合唱队唱道:

  光荣啊,光荣,江山啊,最多情!
  幸运啊,幸运,家伙啊,没分寸!

恩特骇然谢道:"各位误会则个,小的不谙足球也!"

市长慈祥笑道:"想来您老人家此三年中去了东方孔学礼仪之邦,学得如此谦逊! 实令西方人汗颜汗脚!"

"我不会踢球啊!"恩特愁眉苦脸,他奇怪他说的话别人好像听不懂。

"什么?恩特不会踢球?不会踢球的人会是恩特?您真幽默!"市长捧腹大笑。连连曝光,摄影记者频揿快门。

"我是恩特,但是以圣母和圣子的名义发誓,不是球星恩特!"恩特辩道。

"然而您身高一米八七,体重二百磅,四肢发达,头脑机敏,举止灵活,反应迅捷,未婚……"市长的第一仆从打开公文夹读道。

"是的是的,所有这一切我是填到移民局入境卡片上了,但我不会踢球!"

"但是您会踢!"第二仆从打开了公文夹,"令尊大人巴特,海军少尉,海军足球俱乐部成员并曾赞助崇高的体育事业以金元二十个,这证明,您的细胞里压根儿有足球基因! 您的母亲恩妮亚·娜丽娇娃,曾参加网球运动、拳击运动……"

"我妈妈没有打过拳……"

"哈哈,这说明您已经承认了其他一切。我现在可以给您放映录像,我们用最新技术捕捉复原制版,您可以亲眼看到令堂大人如何与令尊大人进行拳击训练争斗。令堂虽然娇小,但是在一次搏击中净得四十四分,而令尊只得了十二分,您的高贵的母亲取胜了! 光荣归于恩妮亚·娜丽娇娃夫人!"第三位市长仆从说。

"也许你说得对,可我仍然不会踢球!"恩特喝道。

"下面是您在足球运动上的辉煌纪录。"第四位仆从打开了公文夹,"五岁参加少年精英队,获金鱼奖;七岁参加双边圆桌赛,独进球十一个,获金炮奖;十一岁参加大老板队,上半场断球四十次,下半场断球五十六次,获大金跳蚤奖;十五岁参加小瘪三队,获金臭虫奖;十六岁参加莽汉队,获金盆儿奖;十七岁又参加花大姐队,获金毛儿奖……"

"错了错了,这一段全错了,你们一定是把我和另一个名叫恩特的球星的档案混淆起来了……"

"不会错的。"第五位仆从抢答,"我们用的P·B·303电脑是经过国际专家委员会三次鉴定的,是巴黎统筹委员会限制向共产国家出口而另一方情报系统不惜代价搞到了复制品。由霹雳·斯卜斯绥尼博士签署,经华沙条约和大西洋公约各参加国认可,写入大百科全书四千八百三十八页的,您就甭客气了!"

身上围着红色绶带的礼宾官,用木槌敲着麦克风话筒,发出加农炮射击的轰鸣声,压住了恩特的反驳哀鸣。礼宾官呼道:

"向世界著名球星恩特致敬!"

公众齐声欢呼:"致敬致敬致敬!"

呼道:"欢迎恩特球星参加我市球队!"

欢呼:"欢迎欢迎欢迎!"

呼道:"恩特球星与我们心连心!"

欢呼:"连着连着连着!"

不知道谁补了一嗓子:"分不开!"

公众欢呼:"分不开分不开分不开!"

乐队奏中国陕北民歌《翻身道情》与美国器乐曲《养鸡场上》。高亢入云的旋律使恩特如醉如痴,市长与他拥抱三次。被富有异国情调和现代荒诞色彩的音乐所激动,恩特不由得也欢呼起来:"感谢市长市民!市长市民万岁!我们连着不分!"

不知不觉之中,恩特被脱掉了旧衣,换上了市足球队的制服,打上了带有市足球队独有标志——一只金色蜘蛛的黑领带,戴上了一顶高礼帽。然后,他被拥上敞篷豪华奔驰-800汽车,由市长夫人与小姐夹他在当中,市长在后面搀扶,驶过市区主要街道,与载歌载舞的各界各肤色人民见面。他频频挥手,面含微笑,几次经过十字街口时被迫停车,接受女青年献花献吻,直吻得遍脸红香,遍体酥麻不止。

仪式举行完毕后恩特被迎入国际五星旅馆。其他集训足球队员住三星旅舍,独恩特住五星。然后由四个不同肤色——白黄黑棕女郎侍候他进行苏格兰浴、桑拿浴、柳条鞭打浴与旋转水浪按摩浴。浴后浑身涂蜥蜴油,红外线紫外线烤干后再涂再烤凡三次。然后注射足球运动健身止痛防护活性物质,不含酒精咖啡因激素。然后足球教练见。此教练表情严厉,头发花白,面孔狰狞,身高力大,令恩特一见便觉魂飞天外。教练说,当晚就要参赛,对手是他们的宿怨、世仇、旧友、近邻邦当市球队,恩特踢守门员,采用拜占庭四二三阴阳鱼小圈子战术。胜了,每个球员净奖金币五千元,恩特再加五千。

"败了呢?"恩特怯生生地问。

"败了,化学掉!"教练阴沉地说,"还有问题吗?"

恩特摇摇头,不知道"化学掉"是什么意思。投入硫酸池?电解?泼上汽油急剧氧化?变成微量元素?

已经别无选择。身上涂油以后确实像是已经脱胎换骨,换了一个人。足球有什么了不起？用脚踢跟着跑躺在地上不起来又一蹦老高就是了。想到这里他雄赳赳气昂昂，大步在室内踱来踱去，如稳操胜券的将军。

然而败了呢？忽然一阵冷气袭来，他明白了"化学掉"三字的含义。一定是要把他变成松香色的化学黏合剂。成为黏合剂后仍然有思想、有感觉、有痛苦、有欲望，然而没有了形体，没有了个性与个体存在，太可怕了。他吓得瑟瑟发抖。要跑掉！晚了来不及！从正门是出不去了，治安部门为他设立了三道护卫岗哨。他走上阳台，顺着排雨水的锡铁管下滑。扑通，他栽到一个温热的怀抱里。

"亲爱的达玲！你看见了我啦？我崇拜你我思念你我爱你我喜欢你我要把一切都献给你！其实从你获得金鱼奖的时候我就爱上了你！我随你漫游了天涯海角！我吻你走过的土地！我收藏你的脚印！我要修建一个博物馆展览你的声音！我雇了一位广告商为我的思恋写诗！我请了一位工程师把我的爱火转化成海底能源！我有好几次乘着蝙蝠去寻找你！我终于找到了你！我是歌唱巨星酒糖蜜！我真想即刻向你提供白昼夜间服务！顾客至上，宾至如归，信誉至上，保君满意！然而，你重任在肩！你任重道远！你忍辱负重！你志在千里！你万里的姻缘一线牵，萝卜快了不洗澡！快回去快回去，我们俩私订终身吃豆腐脑儿！你方要养精蓄锐破千军！我这里如火如荼花开灿烂！快回去快回去！莫忘了军机大事唧儿呀忽哟！欧开冇欧开？"

渐渐弄清，邦当市与此市市土相连，面积人口相当，地形口音风俗产业相同。陛下视察时，曾连说数次"好一对孪生姊妹！"这样，两市结下了深仇大恨，你摽着我，我贼着你，事事要争个你高他低。陛下七年，此市获得皇家旅游开发大奖，邦市五老愤而自缢。陛下九年，邦市获皇家助农为乐大奖，此市五老愤而自裁。种花种菜，打针卖药，化工污染，治安破案，嫖妓捉赌，贩毒走私，长寿高龄，选美择丑,标枪火箭,垃圾坟头,楼高坑深,床上功夫……两市无不相争相竞,化为前进动力机制,通过竞争要效益,终于不相上下,皆为陛下光辉。唯独足球一项,此市败于邦当市盖五届,真是人人切齿,个个含羞,自我化学掉的球员已逾一百,仍无赢球希望。正当此时,他们根据国防鉴定永无谬误真理化身人事档案P·B·303电脑的提供发现了微服而来的恩特,怎能不举市腾欢,如逢甘霖如巴黎圣母院的神甫得到了貌美的吉普赛女郎呢?市财政局长批了当年预算的百分之四十一作为接待专款,教堂主持组织了专场祈祷为恩特祈福,女权组织选派了一百二十个美女昼夜照料,民航食品公司准备向他提供一年的丹麦奶油与法国干酪,敞开供应不限量,汽车公司老板已经宣布将刚投产的新型轿车赠送给他——如果比赛获胜的话。

拥有一万七千座位的市体育场座无虚席。全体起立,唱《吾王万年,吾王后万年》,唱市歌,升王旗,升市旗,坐下。少年体操表演,青年体操表演,藤圈、皮球、响器及硬气功大劈活人表演。一面表演一面广播:市长忠告市民,未经医师指导,勿练气功。比赛开始。

开赛不过四分钟就发生了险情。对方左边锋,一个上门牙露在下唇外边,两耳长长,绰号"黑驴"的恶煞带球冲来,所向披靡,势不可挡。本方后卫连连被"黑驴"撞得东倒西歪。球超过了十二码罚球处,逼近大门。恩特吓得浑身发抖,瘫倒在地。恰逢此时"黑驴"起脚劲射,球踢到了恩特鼻梁上。恩特鼻梁呈外弓形,比一般人结实,球踢上去弹回原处,竟将抬脚射门后站立未稳的"黑驴"撞了一个跟头。全场掌声雷动,吼声如潮,口哨声如西北大风。本队队员拥来,含着泪花与恩特拥抱,把鼻子酸麻、鼻血如注的恩特抬起,四脚八叉地抛到天上。场外医生与护士小姐跑来。为恩特的鼻子包扎、清洗血污,"黑驴"气得哇哇叫,然后一根一根拔自己的头发,一共拔了四十九根头发。女青年啦啦队脱下自己的外衣、长裙、丝袜,像挥舞旗帜一样地挥舞着五颜六色的衣饰,有节奏地高呼:

"恩特,我们爱你!"

恩特惊魂初定,挥手示意答礼,并喊了一声:

"我可爱不了如许多!没那么大能耐!"

于是全场为之喷饭,认为恩特是幽默大师。

然后再战,邦当队锐气受挫,球一直在前场,恩特有暇伸胳膊缩脖悠腿叉腰,并一一打量喊过爱自己的姑娘。挤眼弄眉,好不快活。

下半场邦当队重整雄威,"黑驴"再次连连过人,闯到门前,抬脚。恩特由于首次的酸鼻教训,一见"黑驴"靠近,魂飞天外,连忙转身抱头撅腚,不想这一球正踢在他的屁股上。可能是由于他尻门子的力气用得太大,可能是由于他的尾椎骨太硬,可能是由于球的抛物线入射角角度的巧合,可能是由于一种恩特本人未曾意识到的特异功能的发功,也可能是什么都不因为,就是说一种三维四维空间范围内无法感知也无法理解的一种力、一种能量的作用,一种只有用神秘主义第六感官经络学说新式思维学科才能解释的罕有效应,世界足球史上的奇迹出现了:这个球从恩特的尻部反弹回来,越过整个足球场,改变了牛顿力学定律所派生的种种公式,不偏不倚,落入对手的门区。(你不信活该!)

这一球落地后,全场球员、裁判、记分员、记时员、警察、清洁工、啦啦队员,直至每一个观众,目瞪口呆,鸦雀无声,全场静默,连地球都停止了运转十五秒钟。

十五秒后,首先是市长大人哇的一声哭了起来。全场兴奋惊奇得也随之哇哇大哭。哭完哈哈大笑,笑完呜呜大哭。连收看电视实况的观众也是哭笑更迭不停,全市全国全世界,凡是收看了这一实况的人都像是犯了歇斯底里症。"黑驴"更是气得牙关紧闭、满地打滚,然后一面呻吟一面拔自己的胡子,一共拔下三十六根胡子。

二十分钟后,才算勉强恢复了正常,再赛,邦当市队溃不成军,输得丢盔卸甲。

从此,恩特开始了他的大球星生涯,真是享不尽的荣华富贵,看不尽的颜色风光,想不到的佳境奇景,受不完的横财艳福。他的照片张贴在大街小巷,税务部门规定,每看一眼他的标准像,收缴心理调节税男五分女五十五分。一种壮阳药广告使用了他的肖像,并通过广告公司预付给他五万金元,并言明今后全世界每售出一粒壮阳振雄丸就有他的四分之一元报酬。不但得到了汽车的赠与,而且,由于他的"非凡的姿势与风度",加赠了一条旅游摩托艇。民航公司赠送的过期奶油干酪怎么吃也吃不完,他把它们转让给特种手工艺公司,一小块奶油或干酪上可以刻上《佛经》《圣经》《可兰经》与《读者文摘》合订本的全文,比中国鼻烟壶内画还适销对路,创汇增收。对于他两次守门的殊勋,全市全国全球已经召开了七十三次学术讨论会,成立了一千多个"恩特足球学会"、"恩特效应研究会"、"恩特定律创造会"、"恩特球艺普及协会"、"向恩特致敬退役老球员联谊会"之类的组织。各种报刊上发表了体育记者、体育教授、体育评论员和业余体育学者的三千多篇论文、特写、专访、报告文学、纪实小说。各语种相互翻译、辗转翻译、互编文摘文萃、盗版出小册子不计其数。世界流行舞蹈立即吸收了"恩特连环势",即先腾空跃起、斜倒卧地、向前耸鼻孔、转身、跃起、转身向后、撅腚三次。这一姿势风靡全球,北美洲与拉丁美洲的选美大赛上,候选小姐每人都要跳这个舞,成为保留规定节目。恩特被吸收为国际舞蹈研究院荣誉院士,并得到礼金不计其数。随之后起的还有"恩特服装研究"、"恩特幽默探源"、"恩特风格散论"、"作为艺术的恩特球技观照"、"恩特鼻头与臀尻的综合比较分析"等新型学科兴起,并形成了四大学派:天才派、临场发挥派、战略派与技巧派。即认为恩特在该场比赛所建殊勋主要是由于:A、天才。B、临场发挥。C、战略思想优胜。D、技巧细腻。至于恩特收到的致敬信、慰问信、要求签名照片信和求爱信更是如雪片之降高巅。他雇了一位秘书为他整理信件,把包含愿与他做爱的暗示妙龄女郎信件编号贮入电脑,由他一一检索品味并一一亲笔回信,其他信件任凭秘书装入麻包卖废旧物品收购站并因此使该废旧物品收购员获当年陛下的"敬业奖"。

不仅恩特本人,连同市长及其仆从,也都因思才觅才、爱才用才而受到陛下内阁的奖赏。市长得王后勋章,并恢复其因撒酒疯随地小便而停止使用的伯爵头衔。五个仆从每人奖励千金、晋升一级。

恩特可以说是腾云驾雾、飘飘忽忽。由于不敢相信这不是梦,他屡屡咬自己的两臂,除肘部够不着外大臂小臂俱是齿痕。这个消息不胫而走,一时成为时髦,特别是青年人,你咬你,我咬我,你咬我,我咬你,皆以臂上齿痕自豪。一家日暮途穷、奄奄一息的色情刊物由于刊登了这些齿痕男女的照片而销量激增,扭亏为赢,大获经济效益,接连三期以不同角度的恩特像为封面。

恩特做梦也想不到此生竟成了球星,而一名球星竟能达到这般光景!比他梦想的当影星自天而降还要神气百倍!他卖三明治,不成功。他开出租汽车,不成功。他给别人洗车加油,不成功。他当清洁工,不成功。他给老板提包扛行李,也不成功。一想起他的一连串失业、求职、借贷、半饥半饱、衣不蔽体,特别令人发指的是那些在公众场合遭到白眼、被上等人推来搡去的日子,他恨得咬牙切齿,他苦得热泪割面,他叹得死去活来,他喜得疯癫佯狂。真想不到此生会有这么一天:不愁吃不愁穿,不愁住不愁车,不愁友不愁欢,不愁用不愁玩,不愁无人奉枕席,幸福得甜得发腻。他愈来愈学会在公众场合显得冷然漠然,回答记者采访时反复说:"太无聊了。"他越冷漠越疲倦越厌烦,就越像大人物,就越身价百倍。

遇到一个人稍稍静下来的时候——做爱之后入睡之前、睁目以后起床之前、正餐之后咖啡之前、沐浴之后穿衣之前,等等——他的思维会陷入不可控制的布朗运动:这一切是怎么发生的?难道我真会踢足球?难道我真的是球星恩特?难道这一切不可思议的厚爱,这伟大的机会真的是人们提供给我这个流浪汉的?难道我生来就有踢足球的才、踢足球的命?难道我在母亲的子宫中孕育着的时候已经具备了踢足球的遗传基因,而居然二十余年没有一展身手的机会?难道我真的经受过严格的体育训练、体质训练、基本功训练、战术训练、对抗训练?难道我真的是足球神童,获得过金跳蚤金臭虫金鱼金骆驼金恐龙奖?难道我真的会守门会带球会传球会射门?

这些问题像毒蛇、像火焰一样烤灼着他、折磨着他,他浑身像发高烧一样火烫,试了几次体温,都因水银柱涨破了玻璃管而未得确切参数。

一个坚定的、清醒的声音回答说:"不!不!绝对不!你不是足球运动员!你不是球星恩特!你根本不需要、不配、不值得这样受宠!你没有这方面的训练也没有这方面的禀赋!你对足球其实是一窍不通!所有最近发生的事,不合逻辑,不具备可能性!"

那么?他是谁?他遇到了什么?他为什么会成为这样?这一切是怎么回事?他是骗子吗?他欺骗了陛下、市长、仆从、公众直到每个主动送上来的有着迷人的身体的女孩儿吗?市长是骗子吗?市长既骗了陛下也骗了市民也骗了他恩特——一个无辜的卑微的小人物吗?仆从们是骗子?电脑设计师与操纵技师是骗子?电脑鉴定者斯卜斯绥尼博士是骗子?体育记者与体育学者是骗子?邦当队及"黑驴"是骗子?大大小小的学会协会会长是骗子?威胁着要"化学掉"劣败者的教练是骗子?合唱团是骗子?仪仗队是骗子?体操队是骗子?足球生产厂商是骗子?赠送给他新型汽车的厂商是骗子?民航公司经理是骗子?力学定律的发现者是骗子?慕名来信的写信者是骗子?投入他的怀抱又恨不得把他糖球般地溶掉吞掉的女子们是骗子?那个声称要搜集他的脚印的叫做酒糖蜜的热情女子是骗子?

于是他又感到冰水浴过一般的冷彻骨髓。他的牙齿打战。他相信总有一天事实真相将会揭穿,他将戴上手铐,押上法庭,接受审判,供认不讳。虽然这一切并非由他选择、由他做主、由他造成的,虽然开始时他用了一切办法拒绝这突然降到他头上的玩笑式的恩宠——一场大误会。他想不到误会竟是这样不由分说,这样绝对,这样势如泰山压顶。那么,这一切该由谁来负责呢?只能由他自己,而一切又不由他自己。这个国家是以诚立国达数千年的,这个国家对骗子是严惩不贷的。总有一天,他逃不脱押赴刑场、处以极刑的结局。

唯一的出路是:逃走。趁着还没有太晚,还没有陷得太深,还没有造成更严重的结果——例如,皇家足球俱乐部还没有为他铸造铜像,陛下还没有接见他,那些以身相许的美人也还没有谁声称为他储备了后人胞芽。他随时可以走,教练不敢管他。自天而降的新型王室汽车可以开到每小时三百三十英里,国防军的摩托兵也追不上。微雕成经卷和读物的奶油干酪虽然变质也仍然可以充饥。他可以深夜出发,只消说是去脱衣舞夜总会就不会引起任何怀疑。从那个名为"黑鸭"的俱乐部只消开车三分钟就可以到达和平的边界,通向对一切人都开放对一切人都自由自在的共和国。他可以在自由共和国开一个记者招待会,他可以把他的奇特的经历卖给当地的通俗纪实小说家,他的经历的戏剧性可读性足以使文学评论家欢呼传统小说观念的胜利。他应该把不是由于自己的责任而妄得的汽车金币通过共和国外交部交还陛下与他的臣民。然后,他要唱一首情歌:《致爱过我的姑娘们》,他要作新的歌词,而与胡里欧·衣得里斯亚斯唱红了的那首同名歌曲不同。他要表白,他没有勾引过任何人。再说,他虽然不是球星,却绝不比球星缺少阳刚之气阳刚之器,他对得起她们而且将永远记着她们……

然后呢?然后他将在共和国进行自由和公正的竞争。他可以打工剪草坪淘阴沟刷盘子,他可以在跳蚤市场倒卖旧衣。而如果他希望得到一大笔钱,他可以去侍候老而富的同性恋者,可以去医院护理艾滋病人,只消注意戴口罩和手套,只要不与这些病人做爱,他传染上这种病的机会就不比乘坐波音客机坠毁的机会更多……再以后,如果上苍保佑,一切顺利,他要开一间小杂货店,卖口香糖、抽水马桶清洗液、女用振荡器和色情画报《花花公子》。然后,他要娶一个黑白混血的老小姐做太太……

然后……他一次又一次地下了决心、做了计划,却又一次又一次地搁浅、没有逃走。他想不出任何理由可以不逃走,他临到走的时候却抬不起脚来踩不着汽车发动机,他越是想走就越走不了,这实在是心理学之谜。

而在他生活的大部分时间,特别是在动情之后做爱之前,饮料以后正餐之前,选货以后付款之前,赢球以后输球以前,他并不为这些问题而发疟疾,而冷冷热热地折磨自己。哪怕仅仅是个误会也罢,当了球星、当了大人物以后,就是比当小人物好得多。他感到的是从未有过的充实、忙碌、快活、有趣。他还从未过过乃至想过这样美好的生活,不知道生活中有这样多诱人的美好。他还不知道人类的精英陛下的宠民上帝的忠仆上流社会的精华与靠近这精华边缘的人的生活是这般高贵舒适,而且文质彬彬。而且,最重要的是每分钟都觉得自己确实重要,有那么多重要的事等待他去做。这突然的奇遇使他发现了一条真理,原来他也可以成为一个重要的人。原来他也很适宜很胜任做一个要人,并且是一个高等人。原来在他这个出身寒微经历委琐的贱种身上也有一粒华美的贵族种子,给他温度给他水分给他化学肥料与有机厩肥,这种子便会发芽生长开花!

转眼过了半年。他睡在一间有柔软的窗帘的、隔音性很好的房间里,他常感到修这么好的房间给一个人睡觉打鼾实在是一种浪费。每晚睡眠不太好也不太坏,常觉得迷迷糊糊,一种迷迷糊糊的快乐、满足、舒适,又是一种迷迷糊糊的恐惧、恶心、失望。睡着与失眠的界限也在模糊,入夜躺上几小时以后说不准是怎么迎来的天亮的。似乎常常回忆起自己的暗淡却又平安的童年和少年,忆起外祖母从犹太人手里给自己买栗子吃,回忆起自己在乡村的土路奔跑、跌跤、爬起来、哭、不哭,回忆起自己在路上捡拾绅士丢下的香烟屁股。一次捡烟蒂的时候被踢了一脚,他哇地哭出了声,醒来后摸摸,觉得自己的尻部就是比别人坚硬强壮。他常常被绅士踢尻门子,原来他的超级强力的尻门子就是这样培育出来的。有一次他并没有睡着,一个又一个地颇有滋味地回想起近日的艳遇,比较她们的喘息声的异同。忽然他想起参加少年金鱼杯足球赛的情景,他才五岁,把球踢得滴溜滴溜转。怎么这一段经历过去竟忘了呢?这么说,他本来就恰恰是球星恩特本人嘛!他怎么会不相信不承认不放心呢?莫非是他一度失去了记忆力,最近才刚刚恢复了记忆力么?他一个球星怎么一度落到那种挨绅士的皮靴头的田地呢?他"啊——啊"大叫起来,然后说不清是从梦到醒还是从醒到梦。

然后起床,大便。卫生间的化妆镜明光耀眼。各种化妆品的香气令人心旷神怡。灯一开,抽风扇便旋转,这间房子的空气比松林疗养院还要清爽。洗脸池和马桶、澡盆都是琥珀色的,像玉。他从来想不到大便竟可以大得这样惬意,这样高雅、豪爽。欣赏着这些卫生设施,他的心情和一个将军检阅自己得胜班师的骑兵时一样。

接着,淋浴。成为球星以前他住的房间里没有洗浴设备,只能一星期两次到公共浴池去洗澡,真是肮脏得丢人。现在呢,有澡盆,有淋浴喷头——能挂起也能摘下,有电动按摩喷泉板,有浴液浴皂,有香波护发素,有大小不同质料不同的各色浴巾。现在的洗澡不仅是需要也是享受,是排场,是心理满足,是社会地位的高升所带来的欣慰与骄傲。当然,他同情左翼政党,同情下层,钦佩民主的渐进的舒适社会主义。在他往洗得又干净又光滑又柔软又疏松的头发里洒香水的时候,他一面闭目闻着高雅的男型香水味,一面想:社会是多么不公正,还有多少人不能随心所欲地洗澡——想晚上洗就晚上洗,想早上洗就早上洗啊!我洗澡的时候能这么心安理得吗?

然后到地下室吃早餐。侍应生说:"早安,先生。"领他到一个座位,又对他说:"谢谢,您的到来是吾人的光荣。"然后他起立,走向椭圆大桌,自取面包、黄油、蜂蜜、酸奶、火腿、腊肠,干酪、果汁、无花果干。侍应生端来咖啡。他说他还要一客鸡蛋饼和一客麦片粥。"当然是燕麦片。"他说。原来当了著名球星以后,各色早餐就这样自然而然地涌到他的身边,像一条载满食物的河流一样,食者如斯夫,不舍昼夜!

人应该这样生活,我应该这样生活,我适合这样生活,我压根儿就该这样生活!恩特的眼睛湿润了。我过去过的那是什么日子!人啊,人!啊,人!

按照他定的规矩,服务员照例在这时把昨晚他不在时来的电话记录笺送过来。看着一叠记录笺,他笑了。他一面剔牙,一面看记录笺。鸡尾酒会请柬。俱乐部开幕请柬。蜜斯糖酒心的约会。西服店老板请吃韩国饭。蜜斯酒蜜甜想念恩特。郡立大学足球队成立大会。陛下三等枢密官邀喝咖啡加白兰地。蜜斯热糖酒吻恩特一百次。赛狗会聘请恩特先生任良种狗顾问。蜜斯酒夹火紧紧拥抱恩特。"黑鸭"夜总会老板的新建议……

可惜呀,真可惜!过去不要说享用这些了,连知道这些也不知道啊!恩特叹起气来了。

开始了一天的训练生活。恩特喜欢这种足球员的身体训练方式。他毕竟——如市长仆从所说的——身高一米八七,体重二百磅,四肢发达,头脑机敏,举止灵活,反应迅捷。(至于未婚,没什么意义。)他具备第一流的各科系器官。他具备先天的弹跳力、爆发力、冲撞力、反应力、纠缠力、牵引力、耐久力、判断力、伸展力、收缩力、回旋力、灵活力、僵硬力、遥控力与迫近力。他在训练中所有不合规范的、露怯出洋相的表演,都被专家取去录像,进行科学阐释,指出这是恩特对于足球学训练学肌肉学的新突破新贡献。这一类文章看多了恩特本人也深受教益,渐渐认识到自己确实对足球学做出着开拓性世纪性的贡献——自己想否认也已经否认不了。事实俱在,情理俱在,数据与图表俱在,比较资料与电脑分析结论俱在,他恩特有多大本领多少学问,他敢与科学为敌与知识界舆论界精英为敌不承认自己的成就吗?

而遇到他的动作准确出色、无师自通或一点即透的时候,例如他分手平举二十四磅哑铃每分钟八十二次,弹跳摸高三点二米,三级跳远二十五米,单杠引体向上一分钟七十七次,他听到的则是反复无穷渐强更强的赞叹:"真是天生的踢足球的材料啊!"一位现代诗人为他写颂诗道:

> 我们举头问天,低头问地,
> 天与地的主宰,为什么,为什么啊,
> 把七大洲四大洋二十个世纪的——
> 足球天赋,赐给恩特君一人呀?

这首诗被配上了摇滚曲。于是许多长发男人与光头女子,在强大的电声乐队伴奏下,一面唱这首歌一面嚎啕大哭,引发全球旷男怨女、含冤忠良,诸如屈原、贾谊、奥赛罗及夫人、李尔王并小女、岳飞、程咬金、安娜·卡列尼娜及受第二十二条军规限制不得回家的美军飞行员们,这些怀才不遇、怀忠不遇、怀春不遇的各族人等边唱边哭,边哭边唱。在电视大奖赛中,此歌获金奖。

连恩特也喜欢这个歌,他自己唱得也是涕泪交流,醍醐灌顶。他被邀到夜总会去唱,每唱一次酬金万元。最后还是枢密官向他提出个人招呼,指出他去唱不甚得体,再说,这个歌调子太暗淡,不算吉祥,不宜提倡。这,他才急流勇退了的。否则,他也许很快又成了走向世界的大歌星了。

痛快定思痛快,恩特喟然长叹,我自是一个踢足球的天才无疑,我自是天生球星无疑,为何这么长时间我竟未能发现自我、进行自我价值的实现呢?无怪乎学人有言,每一千个人中只有一个人有可能了解自己的特长,每一千个了解自己的人中只有一个人能实现自我,如此说来千分之一乘以千分之一等于十万分之一!长期以来,他恩特属于十万分之九万九千九百九十九,一夜之间,他属于了十万分之一!这就是人生!这就是不平凡的故事!荒唐啊荒唐,痛苦啊痛苦,而今,荒唐痛苦皆成隔世矣!

又半年过去了。整整一年,一个真正的足球员,一个恩特的新我被塑造完成了。

他爱足球,他钻进了足球运动。白天黑夜,甚至怀抱一位千娇百媚的金发美女的时候,他的感觉都离不开足球。他总是感到有一个或者超过一个的足球在他头上颈上胸上背上肚皮上腰上尻上大腿上膝上小腿肚上迎面骨上脚的内外侧前后颈上滚动跳跃摩擦碾压抓疼蹭痒,时断时续,难解难分。他随时要扭颈甩头摇肩拱胸伏腰起跳,他随时要左脚抹右脚拐,左脚晃右脚踢,还要顶头拧脖拱臀挺胸摇胯,他身体的每一部分都是为足球而活跃为足球而动作的。吃面包如罚点球。喝咖啡如后场发球。用刀叉切炸鱼如拦截运动中的足球。走路如夺球。蹲马桶如守门。紧紧拥抱更是不知有他但知有球:一、二、三!

越钻,越知道自己不行了,学而后知不足。他掌握的足球技巧,不过球海中的千分之一二三罢了。毕其一生,他也学不完啊!

一年中赛事频仍。恩特偶有建树,颇多失误。特别是认识到自己的不足和真正下决心献身足球事业后,场上表现日益疲软。幸亏他的威名在、信仰在、威慑力在。凡有他参加,队友振奋,往往化凶为吉、反败为胜。而对手惊慌,往往虎头蛇尾、功败垂成。这样,尽管恩特场上表现日益逊色,舆论报道仍勉为其难地夸奖夸奖再夸奖,但调子总是渐弱下来。恩特热在降温,这很不幸,却是事实。

恩特这个名字在报刊上、广播中、电视屏幕里的出现频率一落千丈。甚至于每天在同样的马桶上大便同样的喷头下淋浴,并且喝了同样的麦片粥吃了同样的绿毛干酪以后,他却得不到同样多的电话记录笺了。

喝了三杯咖啡,拖延了一小时以后,仍不见服务员送电话信息来,他只好厚颜叫了一声:

"侍者!怎么还不送电话信息来?"

"先生请原谅,昨天晚上没有您的电话。"

"你说什么?"恩特勃然大怒。

"我是说自昨晚二十时至今晨七时,没有人打电话给您。"

"这怎么可能?岂有此理!"

"没有的,先生。我是老侍应生,工作一贯认真可靠!"

"废话!"恩特抄起咖啡壶就砸了过去。毕竟是老侍应生,早有准备,一手接过咖啡壶,面不改笑。

恰在这时,一位穿紫红色超短裙的女侍走过来,说:"恩特先生,一位高贵的小姐给您打来了电话。"

"这里么?"

"是的。高贵的小姐说,房间里找不着您。"

"哼!"恩特狠狠瞪了男侍者一眼,似乎在反诘:"看见了没有?你还敢说没有我的电话吗?"战胜般地随超短裙去接电话。

"呵呵亲爱的,吻你,你真聪明,把电话打到火腿肠的旁边来。"

"哼,你早把我忘了!说,今天是什么日子?"

"是你的生日,蜜糖酒小姐,我已经为你预备了生日礼物,我要来一个出其不意!"

"我讨厌你,我不是蜜糖酒,讨厌!"

"呵呵,真该死,你是酒糖蜜,都差不多的。不,上帝在上,你是最出色的。我昨晚睡觉梦见了你。我在你身上赛了一场硬碰硬的足球!可是可是,蜜斯酒,你的生日是在冬天,在感恩节以后啊!"

"嗷,恩特,你连这都忘了!"电话中传来小姐的娇嗔声,令恩特融化如胶液。他必须赶紧抓住,说不定这样的机会今后越来越少了。

"蜜糖酒,我什么都没忘,请听着,我爱你,真的。"

听到了电话那边娇柔的喘气声:"你没忘记,一年前那个夜晚,在四号别墅?"

该死,恩特暗暗责骂自己。连忙说:"难忘的一夜,难忘的一夜,那样的夜晚并不是每个人每天晚上都能得到的,有的人一生硬是没有过那样的夜!嗷,达玲!至今我生活在那一夜温存的迁延中。就像一个病人,得了一次肝炎,就一生生活在高转氨酶中一样。说实话,除了足球,世上我最爱的就是你!不,你就是足球,足球就是你!不,我不踢足球,也要踢你!不,我们今晚一定要见面,我有最宝贵最重要最美丽的话对你说,就在黑鸭夜总会好吗?"

"还说'黑鸭'呢!上个月你邀我去'黑鸭',结果,你自己不知道跟一个什么样的骚货去了'黑鹅'!害得我……"

"亲爱的,忘记那些!我的酒!我的蜜!我的糖稀!"

蜜斯酒糖蜜是一位已经红过了劲儿的歌星,正像抓稻草一样地欲抓这位球星而不放。谁料想,球星也清醒多了,更想抓住歌星。当晚,在黑鸭夜总会,恩特正式向酒糖蜜求婚,酒糖蜜愉快地接受了这一崇高愿望,戴上了恩特给她的土耳其造二十四点八三开订婚金指环。二人大张旗鼓,在市长亲自主持下举行了婚礼。

新婚之夜,情、法、道德三位一体,互煽互补,二人正处于无限沉醉幸福之中、不可言状之境,电话铃响了。

"接线生混蛋,打电话的人更混蛋!"恩特抄起电话就骂,"哪有这个时候往洞房里叫电话的?还有没民主人权隐私权做爱权自由权人性人情?宪法还算不算数?"

电话里响起的是市长威严的声音:"恩特,你必须马上到市政厅来……是的,马上来,十分钟之内,我必须见你!车?车没有汽油了你跑步也要来!"

市长说:"恩特,情况严重:我国王陛下的忠勇的谍报人员,我的密友格扎尔从拉丁美洲的一个游击队拍来密电。密电代号007。不错,007已答应为陛下效死。一个自称是真正的球星恩特的人出现在该国首都,此人将在今天下午两点,上帝保佑,折合我们这里的时间夜十点半,召开记者招待会,出示证据,证明你是一个冒名者,你是骗子,我们举市举国演出了一场弄虚作假的丑剧!你说,怎么办?"

"放屁!我是真球星!他是假的!他是假的!他是冒名!他是

骗子！我要和他决斗！看我不踢他个肝肠寸断！"被爱情之火烧得高温的恩特，受到密电冷水一激，不假思索地脱口而出。

"好样的，你真是恩特！就是真恩特来了也不可能比你更恩特！注意，这才是政治！若让别人不动摇，首先是自己不要动摇！你经住了考验！"

"我动摇什么？难道我是假的？你是假的？电脑是假的？那么多学会协会论文报道纪实小说是假的？"

"够了，恩，你现在的任务是做爱而不是作态。回去拥抱你新婚的妻子吧，要抱得紧一点，决不放弃，决不松手出让，请原谅我的打搅，这叫休息十五分钟，面授机宜，交换场地，再踢他个不亦乐乎！哈哈哈，顺便提一下，地球经度所标志的时差对我们有利，你也在今天下午两点——比那个流氓早八个半小时——召开记者招待会……"

"我怕来不及……"

"什么来不及？现在离下午两点还有九个多小时呢，这对你们的新婚燕尔难道不够用吗？"

"我是说材料、证据、证人、律师！"

"一切由电脑准备！而且新闻稿马上就会准备好。你两点开招待会，两点半的下午报与四点的晚报上就会向全会、全市、全国、全世界发表你的律师的声明！"

果然，各大众传播媒介及时播出："世界足坛巨星恩特提醒各界注意，有一无耻之徒出现在拉丁美洲某国，企图以次充好以假乱真以讹传讹搞搭配商品，冒领恩特这一光辉闪烁之名字，并含沙射影，攻击本人，混淆视听，浑水摸鱼，为此，恩特先生向记者出示了他出生以来的产院证、入学证、接种疫苗证、踢球证、赢球证、誉满全球证等证件一千三百三十一件，与各地足球同好的通信四百三十六件，获得的各种锦旗奖杯奖状一百二十一件……法律顾问卡斯尼博士声称，他已全权代理受害人恩特，正在向王室法庭及海牙国际法庭起诉……"

第二天,一些三流报纸刊登一则消息说:不出所料,一个自称球星恩特的人,在拉美举行所谓记者招待会。当记者问该人为什么一年多来对在陛下政府关心下活动的球星恩特默不做声时,他回答说他素无看报听广播习惯,不知此事。记者称难以相信。他又称因精神疾患一直在接受物理治疗,日前才出院。记者大笑,问他此次记者招待会是否一次新的精神疾病发作,他竟面红耳赤,说出一些粗话。又有一记者称,该人曾吸食可卡因,他未能否认。此次所谓记者招待会在一片哄笑声中结束。又及,此次记者招待会招待的饮料品质极为低劣,都是第三世界出品,不但含糖精色精香精,且含超量之大肠杆菌云云。

第三天,本市法庭开庭,缺席审判这一冒名诈骗案。

第五天,法官判决,该人有罪。

第七天,陛下内阁宣布,永远禁止该人入境。

一个月后,传来消息,该人已经毙命。

最后一个消息使恩特狐疑万端,惊惧无状。一个合乎逻辑的联想,是"陛下忠勇的谍报人员,市长的密友"把小子干掉了。岂不苦哉!他多次设法求见市长,想打探死于拉丁美洲的同名者的死因,被拒绝接见。从其他有关方面询问,亦无结果。虽然恩特出身寒微,干过垃圾堆里捡鱼头熬汤、公共汽车上捡烟蒂、饭馆里舔盘子、狗嘴里夺骨头的事,乃至小偷小摸小赖皮之类的事都干过,但他自幼家教戒杀,从外祖母那里就教育他上帝有好生之德,对一切生命当抱小心翼翼、爱之唯慈的态度。不要说杀人了,连老鼠蜈蚣苍蝇蚊子他也不愿杀。夏日蚊蝇相扰,驱出窗外,适可而止。一年前福星高照,时来运转,一切人间堪羡事物自天而降,他曾经想过,正是祖祖辈辈自幼戒杀惜生积下的功德所致,绝非偶然。如今,不但冒了人家的名称经历,而且要了人家的一条命,这是何等的缺德损阴啊!

他阴沉恍惚,茶饭无味,谈吐失常,做爱乏力,引起妻子酒糖蜜的疑惑。越盘问他越是吞吞吐吐,疑心变成了醋意。只道他另有新欢,心猿意马,蜜斯酒大哭大闹,摔碟摔碗,摔瓶摔壶,摔镜摔框,摔台灯摔收音机……一片劈劈啪啪之声,令恩特大惊丧胆。他只好惭愧万分地把事情说了一遍,最后,他说:

"你知道,这一切都不是我自己有意造成的。然而现在,我已经成为真正的当之无愧的足球运动员了。我有天赋,我有条件,我有灵气也有热情,我对得起咱们的市足球队!我深信踢足球是我的天职也是我的使命!从我来后,咱们队就没输过邦当市球队!我不能放弃足球!不踢足球我就会枯萎!不是球星你也不会再贴近我!这一切都是我自己奋斗得来的,当然,也有机缘,也是市长、市民、专家、记者共同奋斗得来的。这些,与那个自称恩特的人有什么关系?我从小就叫恩特,这是我的爸爸与教堂神甫商量以后给我起的名,完全是合法的有效的……他踢他的球我踢我的球。他为什么要找我的麻烦?我用屁股顶进去的一球人家都说是世界足球的奇迹,这样的奇迹几千年才出现一次,这难道是假的吗?"

酒女士听罢,破涕为笑,先啐一声:"呸,我当是啥哩,没有内容的忧虑!你是恩特吗?噢,当然啦,是的。您是球星么?当然啦。是你的尻骨撞回了'黑驴'的球,把球撞回对手的大门里,火车不是推的牛皮不是吹的,埃及的金字塔中国的长城希腊的古神庙凯撒大帝的武功与你的球技,都是否定不掉的。这里可有丝毫虚假?不,没有的。你是我的丈夫么?那更不要讨论,顺便告诉你,我已经怀孕了,小球星在孕育中!世界如此之大,别说一个恩特,八个恩特球星也容得下哟!至于说起初有点误会,请问,一切机会不都是误会的产物吗?球星的机会是由误会造成的,那么歌星舞星影星呢?王后首相大臣法官呢?作家学者教授名流呢?强盗小偷杀人犯呢?谁能不碰到误会不利用误会或者被误会所误?连我们这些人都是误会的产物。你爸爸你妈妈我爸爸我妈妈,如果不误会,不误以为对方是白马王子,是下凡天仙,他们会把我们做出来吗?如果观众不是天大的误会,我能成为歌星吗?如果我们互相没有误会,你没有在接我的电话的时候误以为我是骚货蜜糖酒,你难道会向我求婚?说实在的,那天给你打电话就是个误会。我把电话打到地下餐厅,本来是想找另一个情人,就是那个老杂毛文脱博士的,侍应生见鬼找来了你。文脱、恩特本来也不妨误会误会嘛。我就知道你算不上货真价实的大球星,大球星能正眼看我一眼吗?唉唉,说到底,达尔文说人是猿猴变的,猿猴是——比如说是鱼变的,鱼呢,是蘑菇变的。真是天大的误会啊!没有猿猴的误会就没有人类哟!可能说我们冒充冒名顶替为人吗?"

恩特叹服道:"妻呀,想不到你是这样的大哲学家!你这段哲学讲演是我迄今听过的最精彩最生动的哲学,可比那些皇家学院里御用的陈陈相因、鹦鹉学舌、装腔作势、唬老百姓的所谓正牌哲学家强万倍呢!"

酒女士道:"废话!我师傅对我说过,哲学就是活学!好的哲学是教人活的,而那些挣了一大堆头衔学位当了皇家学会会员的患阳痿前列腺癌的书呆子只会教人死!以后不论什么事,你只消问我!"

恩特暗暗叹息,这就是结婚的坏处了,每个妻子面对她的丈夫,都是何等自信,自以为是丈夫的指路明灯!

"你叹什么气?"

"这个这个,"恩特随机应变,说,"你说得虽对,但那个小子没有死罪。正如你说的,有八个球星恩特也不会引起地球的爆炸,何必除之而后快,叫我良心不安呀!"

"谁除了他啦?谁杀了他啦?你他妈的自找不自在!"

"我想去问市长,市长不见我呀!"

"那还不好办,我去。"于是酒女士当着丈夫的面叫通了市长的电话,"我的老宝贝,我的尊敬而又亲爱的!"她用滴溜滴溜转的声音叫着,使恩特差点背过气去。想起尊重隐私权的文明规范,恩特悻悻地离开了房间进卫生间坐马桶。

凌晨三时,酒女士从市长那里姗姗而归。恩特压住火气,问道:

"怎么回事?"

答:"你说怎么回事?"

问:"我问那小子怎么死的。"

答:"市长老小子没有死。"

问:"去你的,我问的是那个真恩特!"

答:"你也不是假恩特呀!"

问:"你他妈的干什么去了?"

答:"我干什么你他妈的管不着!顺便说一下,那小子是艾滋病死的,国际卫生组织电脑终端有档案。"

原来如此!小子活该,该死!幸亏自己没有让步!幸亏自己硬着头皮顶住了!否则让小子进来,扳倒自己不说,能不传染艾滋病么?风流如酒糖蜜蜜糖酒者,能不与他风流吗?风流完了再与自己风流,不判诈骗冒名罪也要一命呜呼翘辫子哟!自己做得太对了,于国于民于爱情的永恒三有利!真是天意,怎么平日嘀嘀咕咕小心眼儿不少,关键时刻却能那样干脆利落决断硬是说他才是假恩特呢?真是祖祖辈辈积的好生之功德哟!

他安了心。

又过了三年。三年中恩特兢兢业业、勤学苦练、敬老爱幼、团结队友、勇敢坚定、临危不惧、处变不惊、庄敬自强、攀登高峰、走向世界,成为一名有道德、有才华、有斗志、有技艺、有辉煌战绩的超一流球星。而且,在妻子的帮助下,他彻底克服了自己的花天草地的毛病,除发妻酒糖蜜以外,此外的蜜斯蜜糖酒、蜜斯酒夹火、蜜斯糖心酒、蜜斯酒心蜜之类,他一律脱离接触,单方面从边界线后撤二十五米。女权组织赠他一面锦旗,上书"坐怀不乱"。枢密官说:"冲这一条,你也应该竞选议员!"皇家伦理学会请他去讲演,被谦虚的恩特谢绝。于是伦理学会按他的形象专门定做了一个稻草人,复制若干份,立在各脱衣舞夜总会、夜间服务室门前,以儆偷鸡摸狗之臭男女。

从恩特本人来说,自从"拉美真恩特事件"以后,他一心向善,对自己要求十分严格。尽管道理上、利害上,他认为自己捍卫十万分之一的机缘或然率与抵制艾滋病人是完全正义的——说到底,谁又能证明他不是冒名的呢?谁又能证明球星恩特不是压根儿就莫须有、就具有可变易、可迁移性呢?但事实上他总是还觉得自己应该做得更好些,更完善些。他需要向人们特别是向自己证明,他之所以恋栈,所以对放弃迄今得到的一切有"不忍之心",不是为了豪华汽车也不是为了琥珀色抽水马桶,不是为了桑拿浴后涂蜥蜴油也不是为了与酒、糖、蜜三种类型的娘们儿苟苟且且。甚至他也不仅是为了捍卫宪法宣言规定的自由与人权原则,他从来就确信:自由和人权决不是极端个人主义与享乐主义的理论,自由和人权必须通向为人类为社会造福的目标。自由和人权的理论是为了让人类站立起来顶天立地,而不是为了让大家趴下吃屎。他不能放弃球星的身份,是因为他就是球星。如嚎啕大哭的歌星们所唱的那样,上苍把一切最佳条件赐给了他,主的意志是让他踢球,让他对足球事业做出里程碑式的贡献。愈钻得深学得好,他就愈体会到足球运动的全部好处。忠诚、勇敢、进取、合作、互助、吃苦、忍耐、灵活、技巧、荣誉、道德,特别是,公平竞争,费厄泼赖!足球秩序就是天国的秩序!足球精神就是英雄精神!足球价值就是理想的价值!大家都按足球规则来做,世界上就不会有压迫、剥削、机会不公平、战争、暴政、极权、堕落、种族歧视、卖淫和关税壁垒!对于真正的球星来说,任何壁垒都是一攻就破!一个小小的足球,比任何一个踢它摸它造它看它研究它的人都更高尚完美!献身足球!为足球而舍身!他的真伪是非功过美丑善恶,任凭世人和后世的庸人们去评说吧,他对足球的贡献将写入历史,与日月同光!

他的经历他的作为,使他不再是荒唐的人。即使尚未完全剥离荒唐的外壳,实质却是悲壮的献身。意识到这一点,他走路迈步的姿势也不同了。

一位广告作家写道:"人们发现,恩特的风度中出现了新的庄严。他是球星吗?他是球星,又不仅仅是球星,而是一名殉道者。从背影看去,你甚至想到一位红衣主教。人们说,他不仅是运动家,而且是道德家——思想家——政治家。看来当我们举头问天低头问地的时候,我们要问的远远不止于一个足球明星的禀赋范畴了啊!"

训练后回家,看到这段话,恩特失笑。"没有比狗屁文人更能胡勒的了!"他对妻子说,并把妻子搂到自己腿上。"你知道吗?陛下的枢密官甚至说,我应该去竞选议员呢!"

酒糖蜜女士砰地跳了起来,后坐力使恩特几乎跌倒。女士劈腿叉腰,伸右臂用食指指着丈夫说:"他是这么说的么?"

恩特一惊。心想,他并没有建议我去嫖妓呀,为何爱妻拉开了香港功夫片的开打姿势?

女士向后转,大步前迈三,再后转,提胯迈四,端肩,再后转,转肚脐,迈三。这时已经两岁半的活泼可爱的恩特二世跑了进来,女士慈虎般抱起孩子,说:"这几天,我正为你的后半生前途盘算呢!"

"啥事?"恩特不解。

"够了!你不能再只当一名踢足球的了!"

"什么?"恩特大惊,几乎和当年宣布他是世界球星一样吃惊,虽然爱妻没有戴白色假发,身后没有仆从也没有铜管乐队——没有"养鸡"也没有"道情"。"不行!"他叫道。

"哼,一切都靠老娘操持——你们这些坐享其成的男子汉啊!吾国谚云:男人统治世界,女人统治男人,信然!你小子这几年球踢得不赖啦,是不?你这回觉得你妈的成了真球星了,是不?请问你还能踢几年?你还有几个寒暑的球场狗命?你今年二十七岁,你能再踢十年吗?美得你!不撒泡尿照照镜子,脸皮上都打皱了,比我强不了多少。你还能踢得再好吗?三十三岁再上一层楼?你踢得再好,能赶上四年半以前报上登的专家吹的人民信的吗?你还能再创造一次转身撅腚回敬得分的超纪录吗?相反,踢得多了,长了,敌手还那么怕你吗？队友还那么信你吗？记者还那么捧你吗？观众小姐还那么吻你吗？你的嘴有多臭，人家都门清了……"

"真是头发长见识短，说这些不文明的话干什么？"

"别忙啊，达玲！最重要的，你个傻帽儿昏心的还没咂出味儿来呢！"

"什么什么？"

"小恩特他爹！你怎么不想想，三年多前死鬼恩特那件事，能没有后遗症吗？如果亨利召开记者招待会声明自己是真亨利，珍妮委托律师声明自己是真珍妮，这与歌星声明自己不是婊子一样，能够不刺激逆反心理吗？就在你的律师卡斯尼向皇家法院和海牙国际法庭起诉并胜诉以后，你不想一想各国各族各界的舆论反应吗？特别是你的那些队友，他们与你朝夕相处，对你最为了解，一旦信仰的狂热冷却下来，他们难道没有能力断清你到底有多粗多细多轻多重吗？他们交头接耳、挤眼耸鼻、皱眉撇嘴、扭臀摆尾，他们在窃窃私语些什么，你知道吗？他们在背后把你叫做骗子还是冒名者，杀人犯还是机会主义分子，你知道吗？"

"什么？他们竟然这样说我？没良心！"恩特脸红了。

"我没有确实听到他们这样说，孩他爸！但我可以确定，他们一定会这样说，他们最危险！你和他们一起踢球，比和狮子一起滚绣球还危险！你只有管住他们，做他们的上司，才能稳住局势！"

"可难道我不是为了他们吗？我的到来给咱们的足球队带来了好运气，谁能否认？我踢疼了尻子，踢伤了腰，踢歪了脖颈，我为了什么？我为了事业，我为了陛下、内阁、国民、市民！因为我比较有钱，我哪一年不请全体队员吃龙虾、喝法国红葡萄酒？我尊重他们的隐私权，从来没有揭露过他们那些鸡鸣狗盗的事情！我像一个真正的绅士一样对待他们，当他们用刀子吃豌豆的时候，我没有耻笑，而是同样用刀子取豌豆，甚至，他们喝汤喝得稀溜嗞溜响我都陪着，他们为什么议论我？为什么挤眼皱眉！他们是无赖！这些因人成事、借人扬威的酒囊饭袋!"

"噘,亲爱的,我的宝贝!灯不捻不亮,话不说不透。这不结了!事情很简单,第一步,你先不要踢球了,你要去管踢球的!"

"嗯?"

"是的,吾爱。市长年高,将要担任皇家足球协会会长,他已经得了冠心病肾炎颈椎炎,管不了多少事的。你的目标,皇家足球协会副会长。不久,你的第二步目标,会长。那就一定是贵族了,我们的小儿子也能世袭个子爵当当。第三步,议员,下院议员我还看不上眼呢,咱们当上院议员,如何?至于第四第五第六步嘛,有道是天机属于上帝,非可与常人语者也。"

"这个这个,我怕的是土鳖虫想吃鲍鱼肉……"

"没起色!有道是,有愿望就甭愁没路子。又说是,聪明人沙漠里也吃得上肉汤。这事承包在为妻身上,您就擎好儿吧您哪!恩特皇家副会长阁下在上,贱妾有礼——

  呵,我们举头问天,低头问地,
  天与地的主宰,为什么,为什么啊,
  把七大洲四大洋二十三十个世纪的——
  远见卓识,赐给了鄙人酒糖蜜?"

妻子的嗓音沙哑、热烈、柔媚、奔放,恩特不由眯起眼睛跟随唱了起来。边唱边抚摸妻子的波浪般的秀发,动情地说:"吾之甜甜的心!你的声音是何等动人!而你告别歌坛已近三年矣,令你的观众无限依依!还不是为了吾与吾子乎?侬是命妇,而吾将成为贵族。侬是天上一片彩云,吾是地上一潭清水,水映彩云,方有光华,噘,吾爱!"

他紧紧吻着酒女。小恩特由于俄狄浦斯情结作怪,哇的一声怒哭起来,并抄起了一柄叉子,向父示威。

半年后,市长宣布退出下届市政府竞选,被任命为皇家足球协会会长兼皇家足球俱乐部主任。在俱乐部前厅,塑市长半身铜像。恩特宣布退出市足球队,并被陛下枢密院根据前市长提名任命为皇家足球协会副——

中华看官!余自幼谙读郑证因、宫白羽、环珠楼主之武侠小说,便知上战场需刻意提防僧(道)、童、残、女四种人。即大将上场叫阵后,对方战鼓声中龙旗之下,杀出一位秃头和尚(或高髻道士),或一个小孩子,或一个癞子一个跛子一个独眼龙一个独臂猿一个侏儒,或一个女子,那么哪怕我方将领有关云长之勇巨无霸之威佐罗之技人猿泰山之灵活性,也要倒吸一口冷气。为何呢?其中学问可是不小啊!

——会长兼皇家俱乐部副主任。在俱乐部门洞,塑恩特半身石膏像。

据悉,市长本欲提名那位扬言要"化学掉"输球队员的恶煞教练任他的副手的。他说,恩特正值踢球盛年、技术与体力的黄金时代,不宜过早地丢掉专业,从事组织行政。因此,酒糖蜜女士虽几经活动,都被市长拒绝。但最后还是挑了恩特,个中曲折,就只能算是这篇奇遇记的空白点了。也正因为历史上有类似基洛夫被刺、肯尼迪被刺之类的空白,后代史家才能胡整妄言,争鸣多家;而小说家,也才能一卷又一卷地编造既非历史又非小说的历史小说也。

不再训练,不再踢球,不再浑身抹蜥蜴油与注射预应止痛素药针。不再担惊受怕,不再冲撞个鼻青脸肿腿断血瘀,甚至也不再臭汗如注。而只是出席开幕式、闭幕式、检阅、发奖、握手,说什么"我代表伯爵阁下看望大家",发出"我们要再接再厉,扩大战果,务求全胜""祝贺""踢得好"这样一些廉价指示。这使恩特颇有些个不安,和足球旧友在一起,见到他们大汗淋漓、肉痛骨裂地聆听自己的训词,他觉得很难过,甚至觉得自己似乎背叛了诸同行同好同事。但他又想,如果是那位恶煞教练当副会长副主任呢?如果是队友们甚至毫无恶意地闲谈,其实他是冒牌球星,是近三年才学了一点足球爱皮西呢?不是足以使他身败名裂吗?再退一步,即使一切平安顺利,十年八年以后他能不退役吗?不再下场踢,却仍然踞守在能对足球运动发号施令、能对足球运动施加影响、能继续对足球事业做贡献的位置上,能说不是最佳选择吗?

他毕竟已是内行。他励精图治,希望把足球事业搞上去。在改革实习球员的选择、新球员的待遇、训练方法,特别是在突破乃至摒弃拜占庭四二三阴阳鱼小圈子布局方面,他提出了一些极中肯的意见,受到广大球员的拥护,称他为"我们的恩特"。结果,前几条都实现了,收效甚佳。只有最后一条,恶煞教练取得了会长(前市长)伯爵的支持,硬说那种拜占庭小圈子的阵地战法,再用几个世纪也不会过时。硬说不用这种办法,球队就会瓦解,轮船就会翻船,飞机就会失事,而辛辛苦苦来之不易的一切荣誉都会爆炸。球员中几个尖耳猴腮的家伙,原是同意他的改变布局观的,不久又倒过去检讨自己,改为坚定支持再踢几个世纪四二三阴阳鱼。恩特怀才不遇,耿耿于怀。但一想到会长是自己的恩人,自己能有如今光景离不开伯爵大人的提携卫护,便也心平气和,没了脾气。

恩特转而把目光盯住众球员。他发现凡别的队的、新来的、没有与他共过事的人,都对他毕恭毕敬,唯唯诺诺,这虽使他不自在,却有利工作。他说应该加大训练量就加大训练量。他说赛前要节食球队就规定一有赛事三天不准喝水吃饭。而他自信,经过四年多钻研摸索,他这个大内行的所有意见都是对的。

而一些原来共事的最熟悉最亲爱的队友,反而使他烦乱。别利过去是他去夜总会寻欢作乐的老搭档,现在一见他立即紧一紧金蜘蛛黑领带,拉一拉下摆,鞋跟碰鞋跟立正,微俯着腰,脸上显出一种极肉麻极厚颜的笑容,好像正在被护士小姐灌肠,声声叫着副会长大人。最令人难堪的还是他经常不加"副"字,径称"会长大人",使他一口气几乎背过去。他说话的声音也变了,过去与他讲荤素粗话,狂放尖利,声音极富表现力与造型感。现在呢,见了他就换成一副软绵绵、滑腻腻的蛔虫式腔调。他真难受,他真难受啊!但又想,别利可真是个奉公守法的善良百姓啊!

麦克和金米就不同了,见到他麦克会眯起一只眼,说:"老兄,高升了可别忘掉咱们铁哥们儿啊!"金米就会得寸进尺,走近他拍一拍他的肩膀:"好事不能都让恩特副一个主儿占了去,大家利益均沾嘛!从手指缝里也得漏点油水来嘛!"

恩特欲皱眉而不能,欲板脸而不得,欲回敬一二而不便。特别是金米把会长二字省去,称他为"恩特副",这种谐谑已近乎侮辱、近乎挑逗挑斗了。是可忍孰不可忍?!

本来也就可以过去了,睁一只眼闭一只眼装没听见即可。偏偏,在他视察完毕告别完毕打开自己的汽车门进入的时候,别利撵了过来,把头探入他的车窗。他从来没有想到过,别利竟有这样长、这样富有弹性伸延性和灵活旋转能力的脖子。别利一面伸缩转动脖子,一面黏糊糊地说道:"报告会长主任大人!麦克与金米目无长上,制造骚乱,太不像话!我实在看不下去啦!我的肺气炸了!他们还有许多矛头指向您和市长会长主任伯爵老大人的诽谤流言……"他降低了声音,嘴唇和舌齿的摩擦碰撞开阖动作却更加迅速,恩特干脆一个字也听不见了。

恩特回到家,显得疲惫。妻子倒来橙汁,也懒得喝。

"哟,怎么了,达玲!像拔了毛的火鸡似的?"

"别瞎逗……我,累了。过去是费体力,现在是费脑子啊,这个脑子累了,比胳臂腿大小器官累了还要紧呢!"

"讨厌,没起色的家伙。今年冬天,我们去比利羊斯山滑雪好吗?我今天接到了推销订单,如果我们八月一日以前把订金寄去,森林旅馆的房费六折优待。真是破天荒的大减价呀!"

"我已经说过了,冬季的日程要由枢密官与你的伯爵大人来定,吾爱！你只知道六折订房间占便宜，就不理解如果交了订金不去我们就会白吃大亏！任何一个白痴也不会闹不懂的。"

"噢，亲爱的。你累了。你该休息。别发火。你需要松弛。再听一遍，松——弛！弦绷得太紧，会断的。不过，请原谅，我的靠山！刚才，别利往家里来了电话，说有事需要向你面陈，还说他也不愿意打搅你，他知道你需要松弛……"

恩特诧异于老婆说话之委婉甜腻，一听别利的名字，明白了。一定是别利的腔调通过电话感染了他的"甜心"。

"别利事儿多，讨厌！"接着他简单说了一个别利与麦克、金米的事，"听说别利的女友嫌别利不够劲，现在与金米睡一张床，别利气不过……不中用的家伙。"

酒糖蜜的眼睛大放光芒。"听我的，没有错！叫别利来！叫别利现在就来！你没空儿，我接待他。有些事干脆由我出面办，你可以躲在背后。办好了，你擎受用。办砸了，我负责。别利这种人，我有经验对付。管保让他在别人那里是一只恶狼，在咱们这里，变成一只好狗。再说各种意见各种反映都要听嘛，罗斯福和丘吉尔就是这样成就了大事业的，有我，你也会成为那样的大人物！不择细流方能成其大！而且，这始终是一个谜……"

"什么谜？"

"在你我和我们的儿子周围，有多少定时炸弹！"

"你疯了？哪里来的定时炸弹？现在治安情况良好。内阁侦缉厅公报，今年上半年犯罪率比去年同期只上涨了百分之十四。"

"蠢货！你生活在炸弹群之中，自己却浑然不觉！才三年多，你就忘了真假恩特之争了吗？那位倒霉的所谓恩特死了——上帝保佑他的灵魂安息——可你这位所谓恩特就站住了吗？你的那些队友同事狐群狗党，他们有没有不稳的迹象，这难道可以掉以轻心吗？"

经过酒糖蜜一晚上的与别利的谈话，终于确定，麦克与金米就是定时炸弹，而且两个炸弹已嗞嗞冒烟了。据说他们正在寻求门路与新闻传播媒介接触,麦克甚至扬言,此次离婚以后,非女记者不娶。这是什么意思呢?难道还有别的解释吗?难道女记者比女间谍更适合做妻子吗?而且,更重要的是,别利反映,麦克曾经吸食大麻叶并在球队内公开宣扬自己吸毒的经验,时间地点证人俱全。而金米呢,上中学时偷过邻居的桃,并与邻居一个弱智小子搞同性恋,搞得那小子十七岁就落入热沥青池烧死了,惨不忍睹。他说这个话时,恰巧(?)别利用微型录音机给他录了音,赖不掉的。这两个歹徒在市长与恩特履新之后不久,曾经一唱一和,用说顺口溜、打哑谜、编故事的办法暗示数年前"世界球星恩特"的出现其实是一个大骗局。他们是乱臣贼子、潜在的罪犯、正在分裂的癌细胞,能不闻不问吗?

恩特阴沉着脸,在室内踱来踱去。

酒糖蜜兴致勃勃,一面与儿子吻别道夜安,一面援引别利的话说:"根据前不久上下两院通过的禁毒法,吸毒者可判三个月至七年的监禁。身为金蜘蛛黑领带的足球球员而吸毒,至少可以判他个六年零八个月!至于金米这个坏蛋,他犯的是流氓罪、欺凌残疾人罪、淫乱罪,重判可以判到二十年徒刑,轻判也不可能低于十年。"

恩特下不了决心,也不想与妻子就此展开讨论。踱累了就坐在沙发上吸雪茄。雪茄是真正的古巴产,是麦克送给他的。据说是由姑娘们在大腿上搓卷的烟叶,抽起来特别有劲。这也是麦克对他说的。恩特只是在退出球队后才吸雪茄,他对自己要求严格。可叹的是,他与麦克无话不谈,谈得太过分了。当时要是知道自己日后的升迁日程少说点不雅的话就好喽!

"说实在的,吾爱,有麦、金二君之疾者亦多矣!何必我才上任便把二位旧友送到班房里去呢,不是太不厚道了吗?"

"很好。"酒糖蜜点起了一支香烟,用染成紫褐色的指甲揉捏弹摆旋转夹放着它,动作十分明艳。然后缓缓地吐一口烟圈,用歌星谢幕的甜沙声说:"怎么能把朋友送到监狱里去呢?怎么能干这种生小孩不长屁股眼儿的事呢?还是等你的好友乖乖地把你这个王八送到监狱里去吧,到时候我会按期探监,不但向你飞吻而且每次送你一盒高丽人参与印度神油合剂的。不是吗,我的宝贝儿?"

"讨厌!"

两个人就要吵起来,儿子的呻吟声传到他们的起坐间。原来,小恩特由于吃螃蟹过多犯了绞肠痧。恩特夫妇开车送儿子看急诊,一面看着给孩子输液,酒糖蜜一面总结出一条警句:"上苍不惩罚好人也不惩罚坏人,只惩罚无能的人!"

三个月过去,什么事情也没有发生,麦克与金米没有再进行过什么挑衅,麦克也始终没有找到女记者为伴侣。恩特嘘出一口气。没想到一个星期五的上午,伯爵会长把恩特叫到了自己的办公室,"麦克与金米的犯罪问题,是怎么回事?"前市长正颜厉色,一面说一面揉腮帮子,他牙疼。

"他们,他们,据说是……"恩特嗫嗫嚅嚅,把从别利那里了解的情况说了一遍。

"为什么不早些报来?等到我问到头上才说!"

"足球球员,都是种公牛一样的棒小伙子,有这一类毛病的,也不只麦克、金米……"

"胡说!"伯爵蓦地站起,两眼一瞪,满是杀机,"他们的行事违犯了陛下政府的法律,那不能叫毛病!不只这两个,那好,三天之内你报名单与罪状来,有多少收拾他多少,一个也不能漏网!"

恩特满头大汗。

"恩特君,"伯爵缓和了一下语气,"你知道为什么最初我不准备提名你做我的副手吗?就因为你是球员出身,你与他们有着千丝万缕的联系,容易徇私情、包庇他们,遇到问题处理起来手软,你不可能受到信任。这就是我一贯主张不宜由内行充当管理者、不宜由内行当老板的原因!外行,这是领导人最宝贵的品质,有了这一条,进可以攻,退可以守,该宽则宽,该严则严,有功不骄,有过不馁,跌倒了很容易爬起来,跑急了很容易收住脚。而内行,是被领导者的绝对特征,一成为内行也就成了被领导人中的一员,还有什么境界?当然,最可贵的是由内行又变成外行,那是最理想的领导!世人只知道外行变内行的可贵,殊不知内行变外行更是金不换!恩特君,请想一想你的不平凡的经历吧。"说到"不平凡"三字,伯爵大有深意地用眼睛打量着恩特,使恩特觉得自己像猫爪下的老鼠。伯爵继续深情地说:"你做事一定要严肃认真,秉公行事!我相信,正像你由外行变成足球大家一样,经过一段时间努力,你一定能从内行变成一个严厉的外行的!切不可辜负陛下内阁、枢密院及我本人对你的栽培哟!"

恩特唯唯,又力陈不可操之过急。打击面太大,把足球队整垮了也不是玩的。他说,他愿担保,麦克与金米将会改正自己的过失,这次就不起诉了吧,把他们开除球队,永远收回他们的金蜘蛛黑领带也就是了。

伯爵哼了一声,起身,转身,捂着腮帮子,一跛一拐地走了。"老狼!"恩特暗暗骂了一句。

恩特回家便与妻子追究吵闹。酒糖蜜指天画地发誓说她绝没有向伯爵报告麦克金米的事情。恩特终于悟到,是别利去报告的。太可怕了,甜腻的舌头比毒蛇信子还毒!

麦克与金米连连来电话来信闯办公室闯家门,叫苦不迭,要求恩特接见。看来,他们已有所风闻,意识到面临的危险。他们以为恩特会念旧情,会保护他们。恩特几经踌躇,觉得怎么都不方便,推掉了。一月以后,情况调查属实,恩特奉命代表伯爵去球队召开大会,宣布开除麦克、金米出队。全场肃穆,鸦雀无声,人人震慑,惊讶于恩特的翻脸,佩服恩特的铁腕。"恩特强人"的说法开始出现。

一周以后,别利找恩特太太酒糖蜜报告,麦、金二人被开除后对恩特骂不绝口,说他"卖友求荣""告密求官""领结要靠众球员的鲜血染黑""一阔变脸是小人""看你横行到几时""来路不正,也不会有好下场"。许多球员暗中同情二歹徒,也对恩特攻击甚烈。尤其离奇而又危险的是,一位拒麦克于千里之外的女记者,竟在麦克被开除出队后自动搬到麦克房里。逆反心理而至于送货上门,令恩特抓耳搔腮,大冬天躁出一身痱子。

听了这些消息,恩特整三天不言不语。三天之内白了十五根头发六根胡须。末了终于长叹一声,骂道:"匪徒!不知好歹!就是要严加管束!"

一年以后,球队有一人因流氓罪被警察当场逮捕,判处徒刑五年,剥夺政治权利三年并永远开除队籍。都说此事也是恩特撺掇伯爵搞的,把恩特骂了个狗血喷头,把恩特气了个七窍生烟。

再五个月后,三名队员自动申请退队,餐馆打工去了。

恩特情急,自费邀请市队队员到合资饭店的四十五层旋转餐厅吃法式大菜,鹅肝小牛肉蜗牛,白红葡萄酒香槟,外加维喜矿泉水与丹麦拉哥荷兰汉尼根黄黑啤酒。他在肖邦的奏鸣曲伴奏之中说道:"队友们,同行们,我从五岁踢球至今,二十四年了!从来到斯邦斯市至今,也已经六年了!风里来雨里去,摔过来打过去,磕磕碰碰,为的是足球事业、足球精神、足球艺术!为了足球事业,我放弃了高薪和享誉全球的球星生涯,转而从事为各位做公仆的工作!呜呼,付出了重大代价!高升以后,我仍然未改初衷,与诸位心连心!麦克、金米的事,上峰是要提起公诉的,那样这二位就只能披枷戴铐而至今日!我以自家性命脑袋作保,才结账开销了事。为此,还落了个内行不能领导内行的讥讽,被我的政敌作为小辫子抓至今日!此后刚刚出事的这个小子,自己撞到警察手里!我为治球员不严担了多少干系!你们知道吗?你们让我保护,你们所作所为可保护我了吗?你们的处境我理解,我的苦处,你们他妈的理解吗?你们自己不争气,却无中生有造谣生事添油加醋把我说了个不仁不义!好,今天吃了这顿饭,明天我就辞职!一生献给足球,没有功劳也有苦劳,全泡汤好了!从今以后,我也隐姓埋名做寓公吃利息去,我也旁观清谈抨击放炮沽名钓誉不当家不知道柴米贵倒背手说话不腰疼去!国际球星恩特我从此告别足坛!"

众队友泪下,一想到恩特如果下台上台的只能比恩特坏百倍,齐声唤:"恩特不能走!恩特是我们的英雄!让诽谤者见鬼去吧!今后对你我们是说一不二!"

大家提了很多好意见,招收新人,换血图新,整顿纪律,再加训练量。恩特最后一一与队友拥抱亲吻,泪眼模糊而归。

不料此情被伯爵知道,把恩特叫去严加训斥,说他那样做是讨好歪风,迎合邪气,出卖上级。气得口眼歪斜的伯爵对恩特说:"别以为你那个瞎猫碰死耗子的恩特效应永远有效!不是不报,时候不到!撤职查办,算总账!"

恩特凄然回家,凝视着略略发福但不失三围曲线的妻子,哀哀地说:"我的心肝,让我们带着孩子落荒而走、夺路而逃吧!在我们这个君主立宪、自由民主的社会上层里,倾轧太多了,阴谋太多了,仇恨太多了,忌妒太多了!我宁愿与乞丐为伍与小偷为伍,要不,干脆与苍蝇蚊子臭虫蜘蛛为伍。我再也不能强颜欢笑,两头受气,说违心的话,做违心的人了,我受不了了!你抓住我的短处我抓住你的把柄,你咬住我的耳朵我咬住你的屎,谁也不考虑事业谁也不考虑大局,谁也不相信宽容谁也不相信仁爱,却满口人权啊正义啊体面啊文明啊传统啊革新啊地唱,一面唱着高调、一面随时把自己的同事友人上司下属蹬到但丁描写过的地狱里!似乎在害人中获得无限乐趣!简直不如粪坑里的蛆!"

酒糖蜜很喜欢恩特这种罕见的伤感调子,便闪眸露齿而笑,捻发搔首弄姿,用优美的姿势甩了一下刚刚用土耳其香波洗过的头发,问道:"您这是怎么了,先生,我亲爱的!"

恩特说罢被伯爵抢白之事,酒糖蜜哈哈大笑,她说:"我总算等到这一天了!"

"哪一天!"

"该收拾伯爵老小子了!他是不是要算总账啦?十余年来,我是日日夜夜朝朝暮暮等着算账的这一天!"酒糖蜜杏眼圆睁柳眉倒竖,先用鼻音唔唔唔地发了一回雌威,使恩特骇然后脊背冷气酥麻。只听歌星继续说道:"早在五年以前,我就准备好了这一手!我早就恨死了他!我早就嫌他碍手碍脚挡了吾爱郎君你的道路!有他,你对足球的诸多设想怎么可能实现!有他,我邦的足球事业怎么能发达?他们吃足球喝足球吹足球,就是不办足球的事!只是念他对你还不差,我们不愿做绝情之事。如今,是他杀过来了,到了我们行使正当防卫权的时候了!"

酒糖蜜狠狠地瞟了丈夫一眼,走近,低声说道:"五年前,是他亲口对你说的吧,陛下忠勇的间谍格扎尔007是老王八蛋的密友,他给他拍来密电讲那个死鬼恩特之事,是吧?"

"是的是的,这又有什么关系?"

"有什么关系?你没有吃过火鸡,还没见过火鸡跑吗?你没生过孩子,还不知道生孩子要剪脐带吗?你想想,谍报人员都是单线领导,由陛下的安全调查总署掌握,格扎尔如何能成为市长的密友并直接给市长发密码电报呢?伯爵是什么东西,敢介入情报体系截收密电?他要发动政变吗?他自成系统了吗?他别有部署吗?他图谋暴动吗?他里通外国游击队吗?仅此一条,违宪违法违祖宗规矩与各国通例,他与格扎尔都有坐电椅处决之罪!"

恩特目瞪口呆,只觉得酒糖蜜女士真个是女中豪杰,人间妖孽,令他又喜又惊,又爱又恨,又疼又痒,又敬又怕。恨不得把她抱住给她下跪吻她的脸蛋扼她的喉咙割断她的动脉掏出她的下水杂碎!嗷呀,呜呼,平凡百姓之中,蕴藏着多少大忠大奸大智大愚,可为良相虎将贤能者多矣,可为名优名娼名窃名匪者多矣,可为大商大富大说客大医大活动家者多矣,可为奸细叛逆迫害狂杀手或阴谋家者亦多矣——如果不是更多的话!可惜,他们不但没有恩特的机缘,连酒糖蜜的机缘也得不到啊!

恩特尽量沉住气,调整了一下呼吸脉搏。他说:

"尊敬的贤妻,你给我的教导比我的双亲、我的老师教练、我的教授博士、我的老板上司、我读过的所有书报杂志加起来给我的还要多！你没有被鸣礼炮检阅仪仗队请到陛下的情报部门、外交部门、军事科学部门、策略研究部门、司法部门、监察部门、智囊部门、政党竞选部门、商业部门、金融部门、股票市场部门工作，算是吾国吾民吾王吾土的巨大损失！你分析问题明白得如外科手术取胎中死婴，你给我的生活指导如黑暗中的探照雷达！你讲给我的处世奇术如一台钢琴，可以奏出多少奏鸣曲练习曲谐谑曲浪漫曲协奏曲！你的敏锐如莱塞激光足可以断金剖玉！可惜我太鲁钝，我太软弱！我虽不是圣贤却也不是恶煞，我虽不是大才却也不是屎壳郎，探水便知冷热，舔鱼便知淡咸，我还具备正常人的正常头脑正常器官包括正常心肝！伯爵不算可爱，但发现我的是伯爵。提拔我的是伯爵。照顾我的是伯爵，保护我的是伯爵。即使伯爵是坏人，伯爵也没干过对不起我的事，用不着我对他下毒手！他对我发脾气乃至威胁要算总账，也是人之常情，气之偶发，不可视之过甚，不可用重炮对付小石头子儿！某家虽出身寒微，但上岸焚船、饱食摔碗、做爱之后枪毙情人——你知道那个故事吗？一位法国反间谍官员在第二次世界大战期间结识一妓女，做爱激动时该女说了一句德语，露出了破绽。当场审讯，女人给他跪下来了，而他枪毙了她！这种无情无义的事及其他种种恩将仇报恶毒过杠之事，恩特家族的行为记录中是从来没有列入过的呀！"

酒糖蜜听罢冷笑，突然张臂如大鹏展翅，以大祈祷大抒情大亮相的姿态，叫板道：

"夫子听了，我的达玲我的白痴傻瓜：

  你可曾知道，你可曾知道，
  黑风怎样吹灭了火烛光照？
  兀鹰怎样扑向快乐的羊羔？
  恶狼撕开麋鹿的柔软胸脯，
  箭镞穿过了枝头欢唱的小鸟！

你可曾知道,你可曾知道?
玫瑰色的梦幻破成碎片,
爱情的白鲸沉没在浊海滔滔,
你怀着爱心走来反遭暗算,
越是善良就越容易跌进圈套!

你可曾知道,你可曾知道?
我怎样变成了冷酷无情之鬼,
我怎样变成了恶语如刀,
童年的往事何堪回首,呵,
我恨我自己,诉说就在今朝!

你可曾知道,你可曾知道?
无尽的屈辱变成荒唐的故事,
被摧残的纯情变成歌谣时调,
我且漫唱,你且漫听漫应,
愿我的眼泪供列位佐餐一笑。

你可曾知道,你可曾知道,
你可曾知道啊你可曾知道!"

《你可曾知道》是酒糖蜜女士登上歌坛之后第一首爆响走红的歌曲,她前后演唱过上千次。在强大的架子鼓与电子琴电吉他及多种传统打击乐器伴奏下,她往往是唱得声泪俱下满地打滚。有一次唱到"我恨我自己,诉说就在今朝"时,在全场的口哨、敲桌子、摔瓶子、怒吼、欢呼与雷动的掌声下,在各种乐器突然离开了乐谱规定的节奏与旋律任意乱敲乱砸乱拉乱拨乱弹的情况下,正在红里透紫的歌星酒糖蜜突然手持话筒倒立了三分钟,一面倒立一面两脚乱蹬,裙子盖在头上,两条大白腿绕在电线之中……这次演出创自由世界流行歌曲最高纪录,计:票房收入,六十万金元。谢幕次数,一百零八。掌声延续时间,九十九分钟。当场休克的观众,八十七人。当场发作心脏病脑溢血而毙命的,十三人。当场发病后经治疗虽脱险但留下严重后遗症、变成终身伤残者,四十人。由于场上行为不端实行暴力伤害与猥亵因而被警方拘押逮走的,六十六人。一场演唱以后,由于演员、演奏员、观众听众大量出汗而达到的减肥参数,人均四公斤。夜总会设备资产因群众过于激动而受到的损害(包括桌椅灯具窗帘窗玻璃墙壁等)总计折合,十一点七八万金元。实况录像拷贝销售数八百九十九万件,录音卡带销售拷贝数,四百五十三万件。

所有这些,恩特都是知道的,而且他也曾坐在荣誉席上听过她的正式演唱。然而,今天,一对一,没有乐队,她唱得如此哀怨愁苦,令恩特大为瘫痪。

果然,酒糖蜜泪流满面,她去卫生间洗脸。然后回到沙发上,打开化妆包,取出小镜,不厌其烦其细地搽粉描眉理睫毛染眼圈抹胭脂涂口红锉指甲,整整四十分钟过去了,任凭恩特左催右问,硬是一声不吭。

突然,她拔掉所有发卡,把披肩发一甩,散开如伞之开合。然后,她低哑地说:"恩特,我的比性命还宝贵的,最好的与最亲爱的!对于伯爵,你究竟了解多少呢?而我和他打交道已经多少年月了呵!那时候我在女子艺术学校上学,市长——就是后来的伯爵去视察,听学生们的演唱,并且夸我嗓子好感情好表演好有前途!他说他要帮助我走向全国走向世界走向宇宙,成为超一流的大艺术家大红歌星!我信了他!我崇拜他!那时他是一个多么道貌岸然的长者,我崇拜他就像崇拜上帝……还提这些干什么?胸膛就是在那个时候撕裂的,天真的我,就是在那个时候被杀死的,我还记得我的被杀害纪念日,黑色的四月十三日,星期五,他请我喝酒,酒里放了迷幻药……"她大哭了。

然后接着说:"那时候我才十五岁,遇上了这个人面兽心的伪君子。我被学校开除,被父母逐出,欲做艺术家而不够格儿,欲当妓女而不甘心,成了狗市长的专利私人玩偶!你知道他怎么当上的市长吗?他给他的竞选对手下了阴招子,通过自己的老婆向王室告状,说那位对手喜读胡志明和格瓦拉①的书,硬给人家戴上红帽子!这是他亲口对我说的,在他玩弄我之后,自吹说他什么事都做得成!"

"可他对我,毕竟没干过什么害我的事啊!"恩特说。

"哈哈哈!呼呼呼!"酒糖蜜一阵狂笑,"你还蒙在鼓里呢!你的事我了如指掌。你刚来,由于你的名字与那个真球星相同,看着你体格也确实魁梧,他们觉得你可能是真恩特。有人主张先个别与你交谈,摸摸虚实,即使是真球星,你是否愿意出山,也还是个问题,需要尊重你本人的选择。老混蛋却不愿意这样办,他主张大张旗鼓地欢迎,生米熟饭,假戏也要真做。这样,起码能振奋士气。如果你踢得了球,他就算发现人才使用人才立了大功。如果你一上场露了马脚,当场换人不说,下场就送你进监狱,治一个诈骗罪,把你请上电椅!他对我说,要治理就要杀人,要把一项事业搞上去也必须先找一两个从事这项事业的人开刀,杀掉,然后群情振奋,万众一心,抖擞精神,化弱为强,天下大治。他说他愁了整整一年了,本市没抓住一个该杀的刑事犯呢!"

"原来如此。真的?"恩特瞪大了眼睛。

"哼,实话对你讲吧,傻子!连我和你结婚,也是他布置好了的。谁让弄假成真你成了真正的球星了呢?而且你是突飞猛进又加连连走运啊!你知道,在陛下这边,踢足球是从政的敲门砖,是从政的必由之路!首相大臣郡长市长议长司令,哪个过去没踢过足球?他当然是不放心你啦,这才把我派到你身边,盯住你的一言一行一举一

---

① 胡志明(1890—1969),越南人民的领袖,二十世纪六十年代领导越南人民取得抗美救国战争的胜利。格瓦拉(1928—1967),生于阿根廷的古巴人。一九六五年辞去官职潜入玻利维亚山区进行游击战,一九六七年为玻利维亚政府军俘获杀害。

动……还有一个好处,你是个自由派人士,观念崭新,我在你这里,仍然可以像应召女郎一样响应他的召唤,又给他温存,又给他呈送关于你的情况报告……"

"你……"

"你不是善良吗？你不是厚道吗？你不是记录清白吗？怎么不说话啦？我呢,忍辱含冤苟且偷生,就是等着你觉醒的那一天！说早了你能信我的吗？正像你自己说的,你虽非圣贤,但也绝不是妖魔鬼怪,结婚三天以后,我已经信任了你,我站在你这一边和老贼斗！你才是我的依靠我的希望！就算你也卑微,你比老贼高尚一万倍！他算什么伯爵？比流氓小偷还糟！跟他比你才是绅士,你才是骑士,你才是爵士！理所当然,应该由你担任足球领袖,各种足球组织的第一把手,而不能让这么个混蛋骑在你头上压着你！你的唯一的毛病是还太天真,太纯洁,太多情,也太麻痹！你就像一条白色的鲫鱼一样幼稚,像一只没有长毛的鸡雏一样天真,老贼对你正在下毒手,你却说什么'扔来一块石头'。所以,我一直没敢把全部真相告诉你,我们的生活中还有许多谜语。我一直一个人承受着全部重担,我是为你,我的亲爱的达玲哟！"

恩特心乱如麻,如拉磨的驴子般在屋里转来转去。

"我知道你在考虑如何下手的问题。夫君,你不愿意弄脏你的手,你的心地是高贵的！这里有现成的人去出首……"

"现成的人？谁？"

"就是别利！"

"别利？别利是个马屁精、告密者、诽谤者！别利是伯爵的座上客！"

"你是只知其一,不知其二,达玲！别利怎么可能对任何人忠心耿耿呢？谁的枝儿高他往谁那儿栖,谁的牌硬他往谁身上押注儿,谁给的价码大他卖给谁。详细的你就甭问了,省得岔话太多。反正一年半载之内,我有把握把别利攥到手心里。恶人啊,你也是世界上不可少的啊！如果大家都是善人，许多职位就要空闲起来，许多事情就没有人做，历史就不能进步，连地球也不能旋转了。有时候以恶治恶，比以善治恶还收效快呢！你就擎着好吧，由我来办！需要你做的只有一条，安全调查署找你时你只消作个证，证明老贼确实说过格扎尔给了他密电！当然，你还可以为老贼说点好话，讲讲情，摆出点高姿态，这些事也会传出来。记住，这与真假恩特一事本身无干，没说的，你才是真恩特！那个艾滋病死鬼是不可能与你争辩的了！"

恩特头大如斗，只有点头称是。酒糖蜜激动万分地把他吻了个从头发到脚趾，然后说："今晚我还必须到老贼那里去！现在是关键时刻，不能露痕迹！一个月之内我要复仇，让他死无葬身之地！达玲！我对不起你，我的身体是肮脏的我的心灵是恶毒的。等到这一切成功，你成了贵族成了议员，而我报了仇雪了恨，消灭了伯爵——此后我还要消灭别利，那才是真正的定时不定时炸弹——之后，我一定自杀，我不能玷污你。到那时候，你娶一个纯洁得如白雪公主一样的名门小姐为夫人，只有那样的人才配做你的夫人！希望你们甜甜蜜蜜，美美满满，夫唱妇随，白头到老。到那时候，只消每年在我受害的日子，那个黑色的星期五四月十三日，说一声'可怜的酒糖蜜'，为妻也就心满意足了啊！噢，我的上帝，我的爱情！"最后的感叹她用歌剧《托斯卡》浪漫曲调唱出。

夫妻抱头大哭，感天动地。原来，通俗歌星也可以唱古典歌剧。

两月后，伯爵事发被捕被提起公诉。令恩特大惑不解的是，起诉书中根本未提介入谍报系统之事，而是列举了一些贪污、渎职、走私之类的一般罪名。审讯两个月，由大法官宣判以贪污、受贿、走私、渎职罪判有期徒刑十四年，剥夺伯爵称号，剥夺政治权利六年。不久，伯爵在狱中翘了辫子，恩特给伯爵墓地送去了花圈，还给伯爵家属送去了吊唁费一千金元。

两个月后，恩特任皇家足球协会会长，足球俱乐部主任，赐封勋爵。皇家足球俱乐部大厅里的伯爵半身铜像被取走化掉,用这些铜为恩特塑了一个半身像,威风凛凛。陛下接见的时候恩特跪伏在地上,瘫做一团,架也架不起来。这个消息传出去后,普遍认为恩特会使假招子,以肝脑涂地的愚忠状博取陛下的欢心。同时,一致认为恩特心毒手辣,翻脸不认人,十足可畏,人们因此对恩特更加敬重,认为恩特的足球江山已坐定了。

恩特大权在握,对足球界整顿风纪,严格管理,提高待遇,改善伙食,每人每天发三升中国健身魔水广东产品"健力宝",并经常服用中国杭州的补药"青春宝"。又不拘一格,从各族各界大量招收年轻新球员,开掉一批混饭吃的、精神面貌不振作的、私心太重的、松松垮垮的老球员。全国足球各队面貌一新,雄威大振。借伯爵之倒台,恩特带领一批专家以摧枯拉朽之势否定了四十年一贯制的拜占庭四二三阴阳鱼小圈子阵式,创造了许多刚柔相济、虚实互补的足球阵仗,把足球科研提高到新水平。大英百科全书编纂委员会已组织了几国专家编写"球星恩特"词条,准备新版时予以增补。为此,恩特照了许多照片,寄到伦敦,供编辑们选用。

忙碌之中,偶有闲暇,恩特总是搂妻牵子,一享天伦。每天无数次涕泪交流地向酒糖蜜表白:"妻呀,我的甜!为夫如今的一切,一切的一切,全仗你的智慧、决断、气度!我今生要做你的最忠实最驯服的丈夫,来生我但愿化做一个金毛波斯犬,蜷屈在你的床边呀!"

最使恩特夫妇高兴的,还是他们的球队招得了一位年轻的球将,名勃尔德,十九岁,头发鬈曲,红嘴唇,平日如妇人淑女,场上如猛虎恶狮。勃尔德出身矿工,父亲因瓦斯爆炸在勃尔德出世前一周去世,母亲随后改嫁,把勃尔德送到了孤儿院。勃尔德长大后子承父业下井挖煤,业余踢球。按此国惯例,这样的人是不能招到国家队郡队市队来的。由于恩特执柄后励精图治,深入下层,亲自观看了勃尔德的足球表演,召见并与之谈话四十七分钟,对其十分满意,便直接拟了给陛下的报告,要求破格接纳勃尔德入队。陛下圣谕枢密院研究,恩特出席辩论,痛陈克服保守观念广开才路之必要,为此引起好几位元老的不快。幸首席枢密官对恩特印象尚好,他也比较开明,主张对球界诸事,不必管得太细太具体。又鉴于恩持是早已走向世界又从世界走回斯邦的大球巨星,而且刚刚被英国大百科收入词条,便建议不付表决,一切由恩特便宜行事。但又一再叮嘱恩特要慎重对待,严格把关,切不可马虎随意,辜负了圣意。

一位每两年年龄平均减轻一岁的女作家听说此事,甚为激动。她采访了勃尔德数次,又采访了恩特数次,喝了恩特家的咖啡红茶番茄汁苏打水香槟酒许多杯,最后写出一部非虚构文学巨著:《突破》。突破云云,一语多关,一指勃尔德的出现是足球事业的突破,二指恩特力主招勃尔德是民权观念的突破,三指用人制度,四指阶级关系,五指自己从写诗写剧本转而写非虚构文学,都是突破突破突破。果然此作品获五洲共同体突破大奖,奖金突破了十五万美元大关。获奖后,她的年龄也突破式地又年轻了一岁,甚至给勃尔德写来了动人的求爱信,吓得勃尔德夜夜失眠怕鬼,几乎毁了新芽新苗的大好前程。

恩特夫妇知道此事后哭笑不得。酒糖蜜指着恩特说:"这位女作家也太奇特了,想浪漫一下应该给你写信嘛,怎么会追起一个孩子来?"恩特说:"别忙啊,说不定得不到勃尔德的回答,再过几天,她该给我写信了。"两人大笑。恩特说起当年麦克与金米给他讲的一个故事。一次,麦克与金米对酌,喝得酩酊大醉。醉中,二人互相夸耀自己写情书的本领,请了一位证人,即席创作,一人写了一篇,封好,开车到一位素以古板著称的女生寄宿学校女总监家门前,将二信放入信箱。结果,不出三日,二人都接到了回信,回信内容大致相仿,都是"承蒙垂顾,心潮难平,我将如约前去,与你共度良宵,愿成百年之好"。结果把两个人吓破了胆,你推我我推你,谁也不敢去见面。讲完这个故事,二人又想起麦克、金米来,不知他俩现下流落何处,女记者是否还那么忠实,二人欷歔不已。欷歔完了,酒糖蜜狠道:

"哼,活该!"

话又说到勃尔德这儿来,酒糟蜜建议星期天请他来家吃鲜鱼压惊,恩特欣然同意。饭吃得非常愉快,吃完,勃尔德帮助收拾餐厅,清洗台布餐巾,拾掇房间,手脚勤快,眼里有活,煞是可爱。饭后,又与小恩特玩皮球玩拼贴玩侦破游戏,时已七岁的小恩特对勃尔德一见倾心,在勃尔德告辞时小恩特哇哇大哭,非跟着勃尔德回球队住地不可。最后勃尔德答应一周之后再来并带小恩特去钓鱼,才算罢了。

从此勃尔德与恩特一家熟悉起来,特别是小恩特,更是离不开勃尔德。勃尔德来得勤了,难免有种种议论。别利便到恩特跟前说三道四,令恩特烦恼。

扳倒了伯爵,别利对恩特夫妇更加忠心,经常做出一种摇尾的样子,摇完了又禁不住自恃有功晃悠晃悠膀子。当着别的足球运动员,他就更加神气活现了,经常隐隐约约地摆出一副很有来头的样子,暗示他是有"线"人物,他有一根专用秘密线路,不但通向恩特勋爵与酒糟蜜勋爵夫人,而且通向枢密院,通向不止一个大人物。他对上层关节了如指掌,他有独特的只能意会不能言传之使命,他的身份足以令所有的人敬畏,你不想信却又不敢全不信。

恩特早想与夫人商议除掉这最后一个危险人物的办法,而且,这是唯一的一个,不论对他使出什么招子,恩特绝无不忍之心。但正因为如此,他总觉得要特别慎重。别利凶恶狠毒而又毫无廉耻,任何人说不出的丑话他能说,任何人做不出的丑事他能做,当面可以吮痈舐痔,翻脸可以下刀凌迟。虽然表面上别利对恩特匍匐听命,实际上恩特心里惧他三分。没有证据,但恩特深信别利与西西里岛的巴勒莫市黑手党总部有"线"。他不敢贸然下手。

他又不敢轻易与妻子商量。他没有忘记妻子激动时说的那话,除掉最后一个危险分子别利之后,她将自尽。哪怕是万分之一的可能性,哪怕只是嘴皮子上说说,也令恩特魂飞天外。经过那次对不对伯爵下手的讨论以后,恩特有一种说不清的非常严肃的内心体验。

对于人生,他还没入门儿,而酒糖蜜已是穿过了苦难的炼狱、修炼成就的真神。他连看妻子的眼光都变了。散步的时候,他总是调整自己的步子,使之与妻子相一致。总是保持略后于妻子四厘米。所有的平民贵族都羡慕和称颂这一对。人们说:

"看,夫唱妇随,真是天造地就的一对儿!"

恩特心想,为什么不是"妇唱夫随"呢?

一年以后,全国举行青年精英足球赛,勃尔德获最佳球员金奖。紧接着,毛拉圭总统来访,先遣组提出要看一场球赛。陛下陪总统看的球赛中,表演最出色的就是勃尔德。勃尔德倒勾踢球入门,令全场欢呼激动。总统说是要与这位新星握手,陛下陪总统接见了勃尔德。恩特满心高兴地随着勃尔德前去,被皇家卫队与总统保镖挡在接待室门外。

第二天各报头版刊登了陛下与总统接见勃尔德的照片,一些报纸用了耸人听闻的题目:"技艺超群,人才绝伦,陛下与总统圣心大悦","人类足球史上的大爆破,启明星在皇家体育馆冉冉升起","技压群雄,勃尔德沐陛下恩宠,花开年少,新篇章自昨晚掀开"。电视、广播的新闻节目、文化节目、体育节目中,三天累计播送勃尔德踢球与被接见场面一百五十四次六十一小时。

恩特非常高兴,与妻子商量为勃尔德的成功与殊荣在自己的住宅举行了一个盛大的招待会,光鱼子酱在招待会上就用了五大桶。会上,恩特勋爵郑重宣布,皇家足球俱乐部决定,现在就为勃尔德铸半身铜像。没有宣布的是这铜像尺寸上要比爵爷们的小二分之一。

客人们热烈鼓掌,纷纷找勃尔德祝贺,找不着。几经寻找,才发现在大家为他欢呼鼓噪的时候,他却拿着手电筒带上小恩特到后花园捉刺猬去了。

招待会结束,恩特夫妇站在门口与众嘉宾握手祝晚安。别利歪挂着领带,流里流气地对恩特说:"勋爵大人阁下,听说您那天晚上在陛下的接待室门前吃了瘪,您以为勃尔德的成功能对您有光彩?瞧,喝了那么多葡萄酒,吃了那么多鱼子酱,人家勃尔德根本不知情,您的脸面还不如一只刺猬呢!"

客人走后,恩特暴跳如雷,他说,第二天他就要宣布辞退别利。"他是猪!他是驴子!怎么敢这样对我说话!"他在客厅喊道。

"这样一个下三滥,搞掉他易如反掌!"酒糖蜜说。这样,恩特才消了点气。

当夜,睡到子夜二时许,酒糖蜜把恩特叫醒了。她说:"亲爱的勋爵先生!我一直睡不着,翻来覆去地想,我总觉得我们从前生活中有什么不对头的因素。别利的事是明显的,控告他与准备控告他的人一找就是一群。他站不稳的,我让他哪天完蛋他就哪天完蛋。对你构成真正威胁的不是别利,达玲,现在你的真正对手不是约翰不是巴克,而恰恰是最最可爱的勃尔德!"

睡眼惺忪的恩特一下子警醒了过来:"你疯了?你算盘打到小勃尔德身上!你敢对他使招子!"

"你冷静一点,今晚我们先不展开讨论。一个月之内我也可以不与你讲起这个话题。但是请勋爵记住,我的话字字都是对的,真话常常是令人不愉快的。真实就是如此!好,你现在睡觉吧。把这个新念头告诉你,我也可以睡了。"

说完,酒糖蜜转身休息,呼吸均匀,面孔安详,长发纷披,嘴角含笑,睡态十分美丽高贵。特别是两眼闭上呈两段弧线,如天边新月,更是温柔细腻,无限的妩媚。恩特却再也睡不着,脑里口里不断重复的是四个字——丧心病狂,丧心病狂,真是丧心病狂噢,以至于斯!

第二天起来,恩特面色阴沉,心情恶劣,口舌苦臭,食欲不振。早餐时候小恩特没完没了地说勃尔德,说刺猬,说勃尔德是世上最好的人。"吃东西的时候少说废话!"恩特突然大喝,吓得小恩特面红而泣。酒糖蜜沉默寡言,不苟言笑,沉浸在自己的深思之中,胸有成竹。恩特呵斥过儿子又颇后悔,觉得自己的举止实在有失爵爷风度。

一连数日,恩特寝食不安。一个盛大的为勃尔德举行的招待会,他跑了,去捉刺猬,这怎么说得过去?捉猴子捉孔雀捉鳄鱼也还说,一个刺猬,不会叫不会跑不会吃人也不让人抚摸,捉它去不是太放肆了吗?那日想随勃尔德朝见陛下与总统被阻,本来心中并无芥蒂,而且认真想起来是自己冒失,岂有陛下未传旨自己就跟上去之理?上流社会当差,已非一年半载,其中规矩,还不明白?但从招待会开过后,一想起卫兵把他推开的情景,他就脸上发烧,觉得是奇耻大辱,栽了大面子!又想,自己那么大的球星,假已成真,引起体育界舆论界新闻界学术界政界那么大轰动,却是在披荆斩棘、东砍西杀六七年之后才有幸晋升会长主任、获取封号之时得到陛下的五分钟召见。而小小勃尔德,归里包堆从出娘胎到今天正式比赛中没进过二十个球,居然得此殊荣,人间的事也真是不公正。人比人,气死人,信哉斯言!更不公正的还是别利,这样的小人,这样的恶魔,任何一个被处决的杀人犯也比他高贵,居然敢用那种流氓态度对我说话,他怎么敢这样!他和首席枢密官是什么关系?都说首席枢密官性变态,与妻子结婚以来便分居,至今已三十年,莫非他们一个是妖人,另一个是人妖?别利和酒糖蜜又是什么关系?太可怕了。不然,他怎么敢用那种腔调与我说话?偏偏小恩特迷上了勃尔德,不知有父、不知有母,但知有捉刺猬的勃尔德。世间诸事哪有道理可言?

恩特勋爵变得脾气越来越坏。一提到或者一看到勃尔德、或者别利、或者妻子、或者儿子、或者总统、或者陛下、或者鱼子酱、或者刺猬、或者枢密官,他就大发雷霆。

恰恰球队内部也有几个人对陛下总统接见勃尔德一事大为犯酸,不断地指桑骂槐,含沙射影,并改了当年最流行的《恩特之歌》的歌词,用公猪发情的哼哼调子唱道:

  我们举头问天,低头问地,
  为什么,为什么,为什么啊,
  我们苦斗寒暑伤筋断骨无人问,

这小崽子却一步登天如履平地？

不久皇家足球俱乐部举行年会，头一项议程是恩特勋爵的演说。本来讲演的题目是《当代足球艺术的新蜕变》，讲着讲着，恩特忽然大发感慨："年轻人还是谦虚一点嘛！小有成绩也不要翘尾巴自命新星自命掀开新的篇章嘛！足球艺术博着哩！大着哩！精着哩！深着哩！你那两下子，沧海一粟，九牛一毛，不过是小儿科嘛！"这几句话讲完，台下的以退役队员为主的听众，大大鼓了一回掌。

所有这些大概都传到勃尔德耳朵里了（这是最可能的），或者没有传到勃尔德那里（这是不可能的）？但勃尔德毫无反应，就像什么事都没有发生一般，一样地生活训练、吃饭穿衣，一样地每星期到恩特家来，以师长之礼事恩特夫妇，并带着小恩特玩耍游戏，与小恩特在一起笑声不绝。他们不但捉刺猬而且捉蜻蜓捉蟋蟀，愈捉愈渺小而无意义。陛下接见后，首相代表陛下送给勃尔德一只波斯产金毛犬，勃尔德也送给了小恩特，并受到恩特全家的宠爱。

一次酒糖蜜问恩特道："亲爱的勋爵阁下，听说你在俱乐部年会上批评了勃尔德……"

"谁说的？没有的话！现在的人真卑鄙，用肮脏的脑筋到处找缝下蛆！我只是一般地谈思想修养，为什么说是批评勃尔德？可恶！下作！"

"可恶也罢，下作也罢。整整一个月了，我没有和你谈这个话题。实际上你已经意识到我是对的了，但是你还放不下你的幼稚的虚荣心。达玲，你像个雏儿！你才应该像那位能'突破'的女作家，一年增长负两岁的啊！"

"请你走开！请你饶了我！女巫！"

酒糖蜜一笑，走的时候在门口转身向爵士飞了一个吻。说："三个月后，我们再谈这件事。"

不久，在一次足球战略战术软科学讨论会上，一位著名的足球评论家，曾任市长仆从现任首席枢密官的外孙儿的家庭教师的布来士硕士激动地用双手捧着太阳穴说:"现在球风太坏!论风太坏!人风太坏!报道风更是坏得不能再坏!都说足球出了新星,足球史掀开了新篇章,我怎么不知道?我怎么看不见?我怎么没感觉?新星在哪里?新篇章在哪里?我就压根儿不承认,压根儿不服气!那个毛孩子踢进的三个球的录像我看了,我是五秒钟定格成半分钟那样细细地看,一点一滴地进行了分析的。毛孩子的路子不对!完全是投机取巧,希图侥幸,撞运气,机会主义!倒勾踢,就像倒着走路一样,不是主流,不是方向!完全背离了本大陆踢球六百年的光辉传统!这样不择手段地踢,有失传统地踢,耍杂技一样地踢,进了球也丑得很!"说到"丑得很"三个字的时候他抓自己的头发,又用两手揪着耳朵摇自己的脑袋,像摇一个玩具。他接着正言厉色、加重语气说,"踢完这样邪门歪道的球去见陛下,不是别的,正是欺君罔上!"

此话说完,全场为之一惊。他自己也怔了一下。很可能,他说着说着来了情绪,蓦地炸开了花,吓了别人也吓了自己。

这个讨论会最后请恩特做结语,恩特高高在上地说:"人们对一些现象有看法,这是很自然的。但最好不要轻易扣'欺君罔上'的帽子。当然喽,如果真是欺君罔上我们也要指出来喽。不指出来是不负责任,指出来也是为了帮助他进步喽!至于勃尔德,是个人才,这样的人才在我国不是太多而是太少喽。我相信,在各位贤达的帮助下,勃尔德是可以健康茁壮地成长起来的。"

恩特勋爵自信自己讲得得体,不躁不瘟,恰到好处。想不到第二天一张本来大吹大播新星新篇章的报纸在头版发表了社论:《怎样才能健康茁壮地成长》。过一天,又一篇:《廉价的新星一文不值》。再过一天,第三篇:《我们需要什么样的新篇章》。如此,一连发了五篇酸溜溜的暗箭文章。

足球界为之大哗。有愤愤不平者,有拍手称快者,有等着看热闹者,有赶紧表示自己与此争论无关者。表白与己无关者普遍有一种确信,那与己无关的争斗归根结底对自己有利,一者别人争起来都要争取自己,二者不论谁败了都是削弱了他人,两败俱伤就是削弱他两人,而削弱他人就是坐收渔利的大好事。但不管对此事本身持何种立场,有一点大家确认不疑:恩特勋爵不能容忍勃尔德平步青云,恩特勋爵视勃尔德的脱颖而出是对自己的莫大威胁,恩特勋爵正在运用自己的影响布置一个拜占庭式的方阵,自远及近地向勃尔德围剿,最后,恩特勋爵欲将勃尔德置之死地而后快。这是各方共识。社会各界对这个讲话反应不佳,舆论对恩特十分不利。

这些信息反馈(按,这里用反馈一词,其实是脱裤子放屁自找麻烦)到恩特耳里。恩特气恼太甚,只剩下了悲哀。回家劈头问酒糖蜜:"都是你做的好事!如今满城风雨!我成了嫉贤妒能的恶棍!一年多的奋斗,八年来的奋斗,好容易出现的足球队伍军心稳定、思想活跃、人才辈出的局面毁于一旦!是你令我成为陛下足球大业的千古罪人!"

酒糖蜜诧异,停下了修脚,问:"郎君,我的千里种公马!你这是说些什么呀?怎么叫人摸不着头脑?我做了什么呀?几个月来,除了出席几位爵爷夫人的公子小姐的命名日、订婚典礼与酒会舞会,在这些聚会上吃过几片酸黄瓜,见人说一大堆恭维话以外,我是不出房门不进楼梯电梯,一心搞裁剪做新式时装,再就是教儿子弹钢琴打桥牌下国际象棋,与金毛小犬游戏,我是真正的贤妻良母,哪里说过关系到足球球员的一个字一个标点?"

恩特断断续续地把情况摆了一遍。

"这是公众的看法,与我无关。我和你谈,也只是点到为止,点了两次以外,再没露过。没和你商量好的事我是不会说、不会做的。再说,说实在的,我也挺喜欢勃尔德这个孩子。冲他给我们的那条狗,我也不能不喜爱他。他的狗确实比你的儿子可爱!我们对他就是应该破格地仁慈些。你说对吗,当家的?可公众为什么这样看呢,这倒有趣。"她点了一支烟,兴致勃勃,"这就应了一句俗话,公众的眼睛是雪亮的!"

"公众的眼睛是色盲,是幻视,是瞎子!公众的头脑是混蛋!三个臭皮匠,比一个皮匠还要弱智白痴懒惰,成事不足、败事有余!什么叫公众?你说煤炭是黑的他们就说是白的,你说我们相亲相爱他们就说号召自相残杀了。公众舆论还不如狗吠!"

"您应该冷静一些,亲爱的,您太疲劳了。您的神经过于紧张了。您闭上眼睛,想象一下雪山顶上的蓝天好吗?雪山顶上有一朵雪莲花。雪莲花就在您的心里开放。而您,就坐在雪山顶上蓝天下面的一朵雪莲花里,坐在雪莲花里的您的心里又有一朵雪莲花。无数朵雪莲花里有无数个您尊敬的勋爵爷,而无数个勋爵爷心中有无数朵雪莲花。欧开?达玲!我现在给您倒一杯柠檬杜松子酒加苏打水。您感到好些了吗,吾夫?"

"她就是女巫……而我变成了莎士比亚塑造的野心家麦克白斯。"恩特疲惫地想。"我的脑溢血快要发作了,我很可能死在此刻。"勋爵暗自自我诅咒。

"很好,太妙了!您现在安静了,心理治疗万岁!让我们接个吻,嗯?您的心变得柔软些了吗?我现在来批驳您对公众的污蔑。是的,当布来士攻击勃尔德走邪路欺君的时候,您驳斥了她,您保护了勃尔德,您甚至当众肯定了勃尔德是个人才……您等我说完。您的言行,您的内心,对勃尔德只有欣赏,只有关心,只有爱护和帮助,您是以一个兄长一个教师一个父辈的心绪来庇护勃尔德的。完全正确,这是对的。然而,所有这一切都不能改变一个客观事实。这个事实我说过,您听过,您实际上已经接受了,公众更是一眼望穿,一看便透。这个客观事实就是:勃尔德是您的最大威胁。因为最明显不过的是,勃尔德各方面都比您强!亲爱的,镇静些,再镇静些!不仅球艺,而且身体、风度、教养、心灵、知识水准与道德水准,他的高尚与智慧是您所不能企及也不能想象的。如果我年轻十五岁,我一定要把自己献给他。如果我有一个妹妹,我一定鼓励她去嫁给他。甚至于如果我有三个妹妹,我祝愿我的三个妹妹一起嫁给他。他的羽翼并不丰满,他立脚未稳,然而他的光辉已经耀眼,已经盖住了您,您已经生活在勃尔德的阴影里了,想逃脱也逃脱不掉!想装腔作势假装瞧不起他假装您比他高明得多而且还要培养他教导他帮助他……全他妈的没用!达玲!在客观事实面前,心理花招是多么无效的游戏!对吧?等到他成长丰满站稳之日,就是您陨落之时!记住,勿谓言之不预!麦克、金米、伯爵威胁你,不过是要用卑鄙的讹诈手段来揭您的老底,这只能证明他们比您还要低下,还要软弱,这并不可怕。您再加上我,一定能战胜他们。而勃尔德呢,年纪轻轻,单纯可爱,从来没有想威胁您,没有想与您为敌,没有想取而代之!他的身上根本没有明争暗斗、嫉妒排挤这根弦。这就更难办,您使出了招子也只是使在空气里,您赢了几招也只是赢在真空里。您绞尽脑汁白费心机!他一切正常,不战而胜!他的聪明本身就揭露着您的愚蠢。他的善良本身就揭露着您的丑恶。他的宽容本身就揭露着您的褊狭。他的高尚本身就揭露着您的卑下。他的存在本身就是您的不该存在的证明。吾夫,懂了吗?呜呼!您说这不是气死活人不偿命吗?"

恩特处于半晕眩半失去知觉的状态。他心如槁木,面如死灰,问道:"怎么办呢?爱妻?"

"杀死他!当然,不是马上。没有别的办法。很遗憾。"

"啪!"恩特捆了她一个清脆的耳光。他倒地,昏死过去了。

昏昏沉沉之中,他被一个人硬从床上拖了起来。想了半天,才知道来人是别利。别利递给他一个小小的绿塑料盒,说:"这是毒药。我知道你现在需要用它。我将为您忠诚效劳。"说完,不作任何解释,别利转身消失。恩特晕晕乎乎,极度恐惧中把绿塑料盒藏到了华沙出品的水晶花瓶中。然后他彻底失去了知觉。苏醒过来后,他不知别利送药事是真还是梦。他去翻水晶花瓶,什么也没找到。

"这是我的最后一道防线,这是我必须死守住的一个大门。如果把这道防线、这个大门踢破,人生还有什么意义?人和蛆虫还有什么分别?我们的生命还有什么价值?"恩特每天早晚见人就重复这几句话,说得那么决绝痛心,又是那么恍惚迷离。酒糖蜜请来著名精神病学专家、后弗洛伊德主义创始人的第二代门徒玻璃炮博士对他进行心理治疗。他对博士说:"为什么人们要误解我?故意误解就是说故意污蔑我?勃尔德是我发现的,勃尔德是我培养的,勃尔德是我们全家的密友。谁说我容不下勃尔德的?谁这样说我就要割掉他的舌头,割开他的喉管!你应该给这些颠倒黑白的家伙治病而不是给我!"博士唯唯,转弯抹角地向他提一些关于性状况的问题。恩特大怒,反问:"怎么?你想不想送老婆来试试?"博士没想到一位勋爵会这样说话,落荒而逃。玻璃炮一连一周心律不齐,伴有官能性心脏暂歇性停顿。玻璃炮按照自己的理论进行自我缓解转移,每天用几个小时的时间盯视家养的一只小翠鸟,然后重复背诵拉非派新诗:

草丛中的太阳梦见维尼龙键钮
　脱脂配偶
林中鸽蛋孵化仲夏夜战俘的
　硫化 T 恤衫

这两句诗背诵到第一千三百五十五次,他的一切病症全部消除了。

恩特向协会与俱乐部请求休假,得到了最同情的考虑。并经董事长同意,森林旅馆给他们收费六折的优惠待遇。他特意邀请了勃尔德,与妻、子一起去向往多年的比利羊斯雪峰滑雪。

他们乘汽车跑了十一个小时,换乘森林火车走了三小时,又改乘索道缆车来到常年积雪的山顶,住在几间用原木钉在一起的名为护林人别墅的旅馆里。他们携带着滑雪器具,健身器材,体育用弓箭,压缩食品与浓缩饮料还携带着酒糖蜜的宠物波斯纯种卷毛金丝犬。

新的环境,交相辉映的蓝天和白雪使所有的人精神大为爽快。凉爽的空气,单纯的景物,洁净的色彩,寂静的山林,这里好像已经脱离了尘世。他们奔跑,他们唱歌,他们呼啸,他们滑雪,他们欣赏山中朝阳、落日、明月、清风,他们吃护林人做的烤面包和烤鹿肉,喝许多酸奶和鲜奶。他们忘记了陛下、内阁、议会、枢密院,忘记了皇家足球协会与足球俱乐部,甚至忘记了足球本身。那么,红火、刺激、迷人的足球来到这雪峰之上蓝天之下又有什么意义呢?你在这里连进十五个球,还没有清风吹动针叶树落下枝头积雪更令人愉快呢!还没有一只苍鹰自空中落下,停在你的前面十五米处,一动不动地阴沉地思索着,又突然扑棱棱飞向天空更振奋人呢!还没有睡梦之中隔着门缝看到滤细了的月光更奇妙动人呢!

恩特看着无言的雪峰和盘旋一阵突然静止不动的山鹰,看着似动非动的枝丫上积雪的古松,看着日光和月光怎样改变着松树的明暗,看着红色的松鼠在树上树下跳跃行走,与人亲近的红松鼠还凑拢过来,立起两腿,凝视了他一会儿。一种说不出的伤感攫住了他。世界万物,山中万有,不论是有生命的无生命的,为什么都能够各得其所、宠辱无惊?唯独人,却要这样心劳计拙,轻举妄动,贪得无厌,勾心斗角?与其做这样一个勋爵,何如去做一棵松,一只山鹰,一只小松鼠啊!

酒糖蜜教大家唱歌:

> 高山旁边就是我的家,
> 白雪覆盖的木房子,
> 松树掩映着我的房门,
> 苍鹰飞过的黑影子。
>
> 我是银狐,我是野兔,
> 我是山风,我是雪花,
> 我喜欢这个世界的一切,
> 然而我知道世界并不属于我,
> 我也不想,根本不想在世界上

留下任何痕迹!

"想不到除了那些吻你爱你抱你的陈词滥调你还会唱这样好的歌!"穿着羽绒服的恩特,搂着同样穿得圆圆的酒糖蜜兴奋得直跳。

"夫人,您唱歌唱得这样好,这真惊人!"勃尔德只穿一件细毛线衣,他尊敬地说。

"妈妈唱得好!妈妈唱得好!"小恩特在雪地上跳跃打滚。

"勃尔德,你不知道我原来是以唱歌为业的么?"

"什么?唱歌为业?勋爵夫人,我第一次听您这么说。"

"勃尔德,你常到我们家来,你就没听说过关于我的过去的什么话吗?"

勃尔德想了一想,笑了:"也许有人说过?我不记得,对不起。"

勃尔德又说:"听了您的歌,我也想起一支歌,我唱,您别见笑好吗?"勃尔德唱道:

你知道,白雪为什么这样白?
是天空把雪照耀得纯洁无瑕。
你知道,天空为什么这样蓝?
是白雪把天空映照得晶莹如玉。
你知道,我为什么这样快乐?
是你,是你们待我比亲人还亲切。

恩特父子连连鼓掌。酒糖蜜听了低头不语。勃尔德问:"勋爵夫人,您看我唱的音阶和节拍准确吗?我的嗓子有没有唱歌的前途?我改行去唱歌,能挣到面包吃吗?"

深夜,恩特梦见酒糖蜜把绿塑料盒里的毒药撒到正在唱歌的勃尔德的嘴里,蓦然惊醒。身边不见了酒糖蜜,依稀听到金丝犬的哀吠声。恩特披衣下地,推开吱吱响的木门,跑到外面,只见远处深有万丈的峡谷近旁有一黑影,他便跟跄跄去,气喘吁吁。正是酒糖蜜,她披头散发佝偻着腰,念念有词却无法分辨在说些什么,左手倒提着爱犬,右手掌向接近爱犬处劈杀,同时慢慢挪动脚步,转了一个小圈。

"酒糖蜜,你怎么了?"恩特惊呼,怕吵醒别人,尽量控制着音量。

酒糖蜜根本听不见。

恩特过去拉酒糖蜜,酒糖蜜却如铜浇铁铸的一般,纹丝不动。

恩特改而去抱酒糖蜜,酒糖蜜只轻轻把腰一扭,就把恩特甩到了九英尺开外。她突然变得无视无闻,力大如虎。

恩特突然看见酒糖蜜用双手扼住金丝犬的喉咙,小狗哀鸣着窒息吐舌。骇极的恩特拿出当年门前一脚功夫,一脚踢向酒糖蜜的手腕。手一松,小狗得救了,酒糖蜜倒在雪上不省人事。

恩特把只穿内衣、遍体火烫的酒糖蜜抱起,在爱犬追随下回到木屋,将酒糖蜜放回鸭绒被。他打开壁灯,见酒糖蜜睡得安详,无异常。他满心狐疑,渐渐睡去。

第二天恩特分外殷勤地询问酒糖蜜休息得如何。酒糖蜜说睡得很好,一觉到天明,但仍觉得不甚解乏,不知是否山中夜气太寒之故。酒糖蜜看到小狗,抱起来亲吻,大呼有狼,不然为什么狗腿狗脖子上掉了那么多毛,而且幸福的小狗充满了不安的神情。"它受惊了!"酒糖蜜说。

第二天夜间,又发生了同样的事。

恩特不便说别的,便说自己有些不适,想快点下山。他已吩咐去要一架直升机来。

直升机没来。第三天夜间,酒糖蜜如法炮制,同样是梦游不像梦游、巫术不像巫术。正当恩特要抱起踢倒了的酒糖蜜的时候,传来了另一端勃尔德与孩子住的木屋里的尖叫声,恩特放下酒糖蜜,慌忙向孩子屋奔去。小恩特光着身子跑跌到雪地里,大喊:"狼!狼!"

恩特抄起一块木头冲进屋里,只见有两只狼,一只已被勃尔德踢死,另一只却扑倒了勃尔德,正撕咬着勃尔德的喉咙。恩特先照狼屁股猛地一击,狼嗥叫着转身向恩特扑来,被恩特一脚踢在喉咙上,踢死了。再看勃尔德,已经血肉模糊奄奄一息。众护林人闻声赶来,酒糖蜜也赶来了,神志清楚。众人将勃尔德抬到床上,清洗创口,涂上外伤药物。勃尔德面色如纸,不省人事。口角嚅动中依稀能分辨出的只有"小恩特"三字。

小恩特边哭边向父母叙述勃尔德奋不顾身地保护他、与狼搏斗的经过。狼进入房间,小恩特吓得瘫软在那里动弹不得,勃尔德飞起一脚踢倒了扑近小恩特的一只狼,又抱起小恩特往外跑,结果另一只狼从后面咬住了勃尔德的腿肚子。勃尔德奋力将小恩特向离房间远的地方一抛,转身与狼搏斗,勃尔德干脆抱住了狼,免得狼攻击小恩特。勃尔德与第二只狼在地上滚来滚去,最后,狼占了上风。

众护林人叹息不已,他们向勋爵夫妇表示歉意,他们实在没有想到这里会有狼。而且,据他们说,至少有三十年,这个地方没有发现过任何狼的踪迹了。他们惊恐莫名,不知这狼是怎么出现的,也不知未能维护好勋爵一家安全,他们应受什么处分。

勃尔德的伤势严重。恩特心如刀绞,他去叫电话催直升机。然后石头一样坐在那里,不吃不喝,不声不响。酒糖蜜来劝慰丈夫:"谢天谢地,儿子没有伤到一根毫毛!至于勃尔德,你就不用为他操心了!你邀他来度假,当然是对他好。难道会有哪个嚼舌根的会说狼是我们放的不成?我们不要勃尔德,难道我们不要儿子吗?这回勃尔德或死或残,都不能由我们负责。你也够讲仁义道德的了,如果不是你英勇搏斗,勃尔德早就喂了狼啦!勃尔德救咱们的儿子,你救勃尔德,我们并不欠着他啊。如果他今后不能再踢球了,那就更好,免去许多啰嗦。就让他做儿子的家庭教师好了,我们可以把那个德国教师辞掉……"

恩特气得发疯,他拉过酒糖蜜的手,一口咬掉了她左手的小拇指。酒糖蜜疼得尖叫,他也大叫起来。

直升机来了,把他们全部运走。勃尔德与酒糖蜜全住进了皇家外科医院抢救,二人房间相邻。

是夜，恩特在郊区一座古老的金顶教堂里跪了一夜。在圣母与耶稣像前，他祷告道：

"全知全能的圣母圣子与天上的父啊，请俯察你的罪人恩特的卑鄙的灵魂，请接受他的痛苦的忏悔！恩特究竟怎么了？恩特还能算个基督徒吗？他已陷入了罪恶的深渊，他做了许多坏事，起了许多恶念。这一切究竟是怎么开始的？当恩特光着屁股出生的时候，他想过这些罪恶吗？如果知道这些罪恶，他还有勇气生下来么？他落魄底层的时候，他想过这些罪恶吗？难道人的一生只有在社会底层挣扎，才能保持良心的平安？只有食不果腹，衣不蔽体，痛苦不堪，才能得到圣母的垂怜？恩特什么时候想加害过别人，想耍手段，想欺世盗名、投机取巧、不懂装懂、蝇营狗苟、残虐他人？是的，恩特有罪。当恩特一连几天以从垃圾堆捡到的鱼头熬汤充饥的时候，恩特站在五星级旅馆与各式各样皇家俱乐部的餐馆门前硬是垂涎三尺，馋苦万状！是的，恩特庸俗！恩特卑微！恩特没出息！好吃，好色，好名，好利，喜欢吃好的、住好房间、与漂亮女人睡，口袋里有用不完的钱。恩特不愿意吃变质的馊物，不愿意睡在桥洞下，不愿意死盯着母狗遐想！不愿意连个公用电话都叫不起！恩特还愿意听好的，听夸奖，出风头，当大人物，当贵族，出席皇家招待会，最后自己也当了勋爵，陛下接见！这就是我的弥天大罪！我的罪就是我这个人，就是我的这些个器官，每个器官都有自己的欲望，我的灵魂里也翻腾着欲望。我的存在我的躯体我的器官本身就是罪恶吗？落魄时候欲望是装在小瓶子里沉到海底去的，情况一变好，一有了机缘欲望就释放出了黑烟，变成了顶天立地谁也控制不住的恶魔了！

"呵，无玷的圣母，为我们而献身的耶稣基督，和我们的在天之上的父啊！请听一听我这个糊涂人的谵言妄语，请给我以严厉的惩罚吧！我冒充了真恩特，我置真恩特于死地，我坑害了队友，我暗算了伯爵恩师，现在我又毁坏了高尚的勃尔德的辉煌前程，伤害了对我忠心耿耿的妻子！为什么那么多弱智者寄生者靠遗产挥霍者应和者拍马者跟着混者因人成事者……一年到头饱食终日,无所用心,天生享福,不动脑筋,模棱两可,敷衍充数,拖延苟且,不负责任,命该如此,心平气和,长命百岁,福荫万年,从不失眠!而我仅仅当了一个狗屁主任就要过那么多关,费那么多心,害那么多人?话又说回来了,我究竟想害过谁呢?我什么时候有了害人之想?为什么躲也躲不过去,就像命定了我是魔王我是害人精一样?如果说不是我害的,伤天害理的一件又一件事又是谁造成的呢?妻?别利?伯爵?两只狼?这又怎么能说得过去?我岂有理由开脱自己?

"爱我们的圣母圣子圣父啊!请收去我的罪恶的躯体和黑暗的灵魂吧!我不愿再这样丑恶地活下去了!我早就该受地狱的惩罚了,我的奇特经历只能玷污造物主!我的内心的煎熬只能使我诅咒吾主!主啊,以大恩大德大慈大悲大赦免大超度的名义,把我收去吧!阿门!"

祷告以后,他回到家里,仆人向他报告从医院送来的好消息。一是勃尔德已经脱离危险,而且医生认为不会有大的后遗症。一是从中华人民共和国上海市请来了断肢再植专家,已经把被狼咬下来的酒糖蜜的小拇指接上了。估计将来此小指不过比原来短一毫米,其他功能如常。仆人还告诉他别利来过,说是把重要的东西放到他的花瓶里了。他径直走向卧室的水晶花瓶,倒转花瓶,有别利亲自送来的火漆加封的信袋。信袋中一件是陛下上院议长的信,信中祝贺他已被提名担任上院议员,只需陛下欧开一下(这只是个手续)他就可以参加下个季度的上院辩论了。第二件则是一个绿塑料盒。别利附了一张密信,火烤后字迹显出,说:"莫失良机!开销掉那个不死不活的废人吧!他只要活着,就是对上院议员勋爵阁下的最大威胁。"

这两件东西使恩特陷入沉思。他可以去就任议员,离开此地,把其余的一切包括绿塑料盒抛到一边。他可以留下塑料盒备用,因为在陛下欧开以后,别利或勃尔德皆已不足以构成对他的威胁,这绿盒子应该留给未来的上院中的对手。他可以把勃尔德开销掉,与酒糖蜜和解。一不做二不休,他相信酒糖蜜为他制定的下一个取代目标将是议长,或者是首相,甚至是陛下国王。而一旦他就任了国王,酒糖蜜的下一个目标将是恩特自己,绿盒将会留给自己用,陛下的称谓将用来称呼一位雄才大略金嗓子女王。如若如此,不如干脆把毒药给酒糖蜜用,连同别利一起开销掉最好,然后他辞谢议长厚爱,辞去会长主任勋爵,带上儿子去瑞士洛桑开一家小酒店,酒店赔了本,就卖给别人,请别人当东家,自己和儿子当酒保伙计。这样,陛下国土上的足球事业,迟早会由勃尔德这样的高尚的人执掌。

还有更为彻底更为深刻的办法。那就是,自己独家享用绿盒里的宝物,体现上帝的惩罚,留下这个恼人的世界给更有资格在世上活下去的人。让这个世界自己去想自救图新的办法去吧,他该下场了。

还有许多的排列组合方式。他将要自行决定。这次,他决不倚重霹雳·斯卜斯绥尼的电脑了。更用不着征求酒糖蜜的意见。不用讨论也不用表决。他要自主选择。他真的能够自主选择吗?这个前景像地平线上初升的朝阳一样照亮着他。他从来没有像现在这样庄严,强大,权威。他要试一次怎样做自己的主人。他祈祷了一夜上帝了,现在——

他将要成为上帝。

发表于《人民文学》1988 年第 10 期

蜘　　蛛

那天晚上吃完火锅以后我看望一位老前辈,老首长。在他家里看到一位戴着钻石戒指的老者,留着胡子,穿着粗线毛衣。我想他是自海外来的。我很惊奇,就像一九六六、一九六七年走到哪一家都会碰到一两个红卫兵,一九七八、一九七九年走到哪一家都会碰到一两位刚恢复名誉的"出土文物"一样,这几年家家都有"海外关系",包括那些三代贫农、根正苗红的"红色保险箱"里的人物,也都趸个把港澳台的爹娘姑舅兄妹侄甥。

便介绍我是个爬格子的人。海外老者很兴奋,用新加坡电视剧《豪门内外》里的董事长的腔调向我讲起了国语。挥动着他的钻戒,闪耀着金光钻彩,他告诉我他的义女是一个文学爱好者,或者说是一个作家,笔名美珠——说着他拿出了美珠的照片,艳若天人,唯不甚耐看——这次他到内地来,带来了美珠的小说新作,正苦于无路可通文坛,我却送上门来了。

钻戒、美珠、义女、玉照,这些符号引起我下意识的一些微微流动。俄顷,凝神聚气,抱元守冲,接过了散发着素馨香味的一厚叠稿纸,不卑不亢地矜矜一笑。正是:

妙语连篇海外来,文缘天定巧安排。
荒唐故事聊成笑,钻戒美珠何畅怀!

一

祝英哲来到老板的家。

祝英哲是个年方二十岁的小职员，中等身材，瘦骨嶙峋，圆眼睛，肉眼泡，连一套像样的西装都没有，每天自然而然地躬着腰，一见大人物他的并不驼的背就变得很驼与更驼。中等偏上的身体条件与下等偏下的委琐神态，这样一个人，怎么会来到老板的家宅呢？

推开漆着蓝灰油漆的侧门——正门不是姓祝的配走的，是一条狭窄的路，两面是花盆堆成的花山，白白紫紫，黄黄绿绿，红红艳艳，没有几步的路因为花与盆的堆积而显得幽深。然后他拉开了一扇绿纱门，推开一扇乳黄色的木门，不知道碰响了哪里的风铃，传出了丁丁冬冬的玻璃声、瓷片声，也略有金石之响。然后他走入一个弯曲的过道，过道两旁挂满了油画，画的什么祝英哲已难以分辨，只觉得色彩绚烂，线条强健，充溢着一种他所没有的对人生的拥抱的热烈。不知道是一束灯光还是什么光晃过他的面部，他的脸红了。

他走进一间紫红色的客室。天鹅绒的窗帘沉厚自信。落地座钟发出的嗒嗒声寂寞而又威严。壁毯上呈现出一个长着山羊角、马蹄的美女。沙发的紫红色调子浓烈而又凝重。每一张沙发都像一尊大炮发射架一样雍容而且尊严。他走进一间洁白的起坐间。洁白的墙壁，洁白的桌子，洁白的流线型椅子。椅背的形状酷似一些音乐符号，他一看那几把椅子就想起了五线谱上的 𝄞。他被邀请喝一杯热咖啡，咖啡里兑了一点威士忌酒。空气里弥漫着咖啡与威士忌的芳香，弥漫着轻柔的音乐。铺在桌面上的挑花台布在灯光下泛出一些青光。一个花瓶，花瓶里有红、黄、白三色玫瑰。然后他又被邀请进入一间游艺室……然后他走进了花园。

祝英哲自己也越来越迷惑，越来越弄不清他是怎样获得了这种机缘、这种殊荣进入了老板的家，登堂入室。如果他只是奉老板或老板手下的人的差遣去老板家送一件或者是取一件东西,他至多能进入的是侧门边的传达室,虽然这传达室也比他自己的家更宽敞、更干净也更阔绰。他已经二十多岁了,但二十多年来,他甚至没有一张属于自己的床。他在父亲的床底下铺了一个床垫,说过夜安以后,他就像狗一样地爬到父亲的床底下去。有一夜他中途醒来,有三颗闪光的星星围绕着他的头颈,眨一眨眼他才看到那是三只对他极感兴趣的蜘蛛。一刹那他觉得那蜘蛛比老虎还要大,还要凶恶,蜘蛛身上发出的腥味臊味也超过了老虎,后来他确认自己的家自己的衣服和自己的身体,都散发着蜘蛛——老虎的气息。

难道他是受到了老板小姐、老板的独女——掌上明珠海媛的邀请?难道他的这副委委琐琐、精神不振、一脸晦气的样子能得到海媛小姐的青睐?只有戴上一副魔鬼的狰狞面具以后,他才能容忍自己的形象,镜子里的牛头马面山羊角,要比他本人可爱得多。是的,他戴上了狰狞的面具,他参加了假面舞会。公司把"鬼节"定为自己的成立纪念日,或者说公司把自己的生日选在"鬼节"那一天。每年的这一天公司都要举行盛大的招待会,然后是不分阶级地位财产头衔的假面舞会。当人们戴上了假面以后便获得了天国才有的理想的平等,每人一个丑恶的掩盖自己的真象的面孔,这是真正天赋人权。然而即使戴上假面以后,身躯特别是两条腿及走路的姿势,还有腰背直到脖子的后边,仍然显示着人与人之间的不能没有的差别。即使只看臀部也罢,有的是那样辉煌、坚定、贪婪而又富于力度——当然是科长、助理、襄理们的屁股喽,有的却是那样暗淡、松垮、贫乏而又单调——那当然是出纳、打字员、电话生及清洁工们的贱臭之肉了。

那么,祝英哲的尖尖的、坐在沙滩上能坐出两个小洞来的屁股,怎么可能隶属于一种诱人的别有魅力的风度之列呢?

就是说,即使在鬼节那一天,在是我非我的扑朔迷离的假面舞会上,他也没有可能一亲海媛小姐的芳泽。

那么,他是强盗般地破门而入吗?不是。老板家的防盗装置足以使任何强盗望而却步。他是忽然认了一个亲戚、一个大亨,经过介绍获得了与老板一家来往的荣耀吗?不是。他没有一个亲戚有信用去使用一个信用卡。他中了彩票?捡到了彩球?海媛小姐会不会有一种怪癖,一朝兴起就接见一个穷光棍,并且亲自给他倒一杯咖啡,又亲自把威士忌兑到咖啡里边去呢?

也不是。海媛小姐不像是一个任性的、神经质的女性,她的皮肤细嫩得如同奶酪,她的黑眼圈黑睫毛似乎吮吸着和她在一起的人的灵魂,她的举止和姿势使他目眩神迷。

他不知道他是怎样进入老板府上的,然而他知道从此他的生活他的存在变了样。人不可能知道自己是怎样来到世界上的,人也不知道他将怎样升入天堂或是堕入地狱。老板的府上就是天堂,他祝英哲自己的家就是地狱,而海媛就是上帝就是圣母。他惊叹他艳羡他迷醉于海媛的鼻子,一个女人怎么可能长出这样刚柔适度、润泽而又分明的鼻子。他回到地狱里,他忆起天堂,想起上帝。他的面前是一片荡漾的水光,好像金色的太阳正从清澈的湖面上升起,好像一千只白帆在眼前驶过。他更明了了自己的地狱里的生活的寒碜、恶俗、幽暗。他呜呜地哭。他咀嚼着枕巾哭泣,以免哭的声音惊动了家人。他非常后悔没有在老板府上,在海媛面前大哭一场。在那里,哭并不犯忌讳。他哭得三只蜘蛛也为之心酸。与他共同生活在父亲的床下的与他相好的三只蜘蛛也哭了,三只花蜘蛛泪光闪烁。他把三只蜘蛛搂到了怀里,与它们热烈地接吻。几个蜘蛛吱吱吱地发起言来,它们进行了热烈的讨论。今天,去过老板府第以后,真怪,祝英哲竟听出蜘蛛语的道道来了。蜘蛛语近似古门伽罗语,区别在于它不发元音,只有各种清辅音与浊辅音连成一片。只要通过想象给所有的吱吱吱加上 ouiaeeë 等圆唇元音、前元音与后元音以及复合元音,蜘蛛语就几乎是可以理解的了。当然也有一些特殊的词与特殊的虚词连接,使他似懂非懂,平添了蜘蛛语的魅力。

第一只蜘蛛说:"人体们的衰微悲辣是崽子们自身存在的非可

疑主义,我侪的此君友仇将能够成功威克托利巧克力朱克力巧古力一样的血,蜘蛛不是虎不是蜈蚣嗜血吃吃吃……"

第二只蜘蛛说:"太洞空黑洞无洞抽洞像洞了,吾侪要帮助友仇钻到洞里去,宇宙宙宙宇无难事,只怕没的蜘蛛……"

第三只蜘蛛说:"祝英哲哲英祝英祝哲英哲祝祝哲英哲祝祝祝狠下黑下杀下爬上噗噗噗当老板喽喽哲哲……"

祝英哲不知道自己是否正确地破译了这三只思想深邃的蜘蛛的语言符号,他也不知道把这些语言记录下来再翻译成这里的通用语言以后是否符合原意,原意是否可以被理解。但他从三只蜘蛛的聪敏的论断中获得了灵感,获得了启示,他确定了从今以后的人生道路。

二

老板仪表堂堂。虽然过早地歇顶,但是从后脑垂下的头发乌黑润亮,别有一种飘然不凡的风度,看来很像一个交响乐队指挥。他宽肩长腿,腰板挺直,只一站就有一种威风。他喜欢背着手踱步,也常常用左手叉起腰。他有一双精明的大眼睛,目光锐利逼人,当他盯着你不放的时候,似乎有两道寒气使你瑟缩发抖。但是当他独自一人的时候,他的目光似乎是忧郁的。特别是他的秀美的眼睑,秀丽得像女人,像那个特别走红的纯情明星。他好像是一架天生的商业机器,从十七岁进入公司,二十三岁当上二老板,二十五岁当上老板,至今已经许多年,他过目不忘、计算精密、料事如神,一言一行都有一种数学的不可更易的准确性。都说是由于他的精明,由于他的择优择利而行之的无情决断,一个又一个的对手倒在毁在他的脚下。当年有一位妍过洋人的女老板叫鸭飞,她开妓院开舞厅开赌场,红极一时,人也极美。不知怎么回事鸭飞挡住了老板的公司的路,老板计算了一下,说是十三个月以后鸭飞就会完蛋。果然,一年多一点,鸭飞被挤垮了,她发作了精神病,进了疯人院。有一位专搞房地产经营、一毛不拔又素有扒灰恶名的土财主赵子善,与老板作对。老板声明他只动一动小手指玩一玩房地产,这回没用十三个月而只用十三个星期,张子善被整得破了产,跌了一跤,屎尿拉在裤子里,中风不语三年而亡。至于被老板和他的公司逼得跳了楼上了吊抹了脖子的人,也是数不胜数。一场又一场商战打下来,老板获得了一个又一个胜利,而失败的方面,每次总有几条命横着见了上帝。

最最被人窃窃私语的是老板的老婆,那是一个如花似玉的美人,据说曾经是一个教会大学的校花,用法语演过小仲马的歌剧《茶花女》,她扮演薇奥丽塔,于是人们就称她为"薇奥丽塔"。有人说是婚后"薇奥丽塔"不能忍受那种被抛在一边的清冷生活,不能忍受老板的性格——老板连每周做爱几次每次几分钟都是经过优选而排列既定的——终于有了外遇。老板不能容忍,就以精确科学而毫无痕迹的最优方式结果了她的生命。有人说是"薇奥丽塔"端庄淑贞,绝无任何闻之不雅的韵事,她之得罪老板是由于不慎把老板的商业机密说给了自己的娘家兄弟,使老板本来预定十三天达到的目的用了三十九天即三个十三天才达到。老板训斥了她,她受不住,自尽了。当然,也有极少数极少数被认为是老板的亲信、死党的人说,根本什么不正常的事也没有发生,"薇奥丽塔"的猝死是由于心脏病或脑血管病,或是一种迄今在古今中外的医典中没有记述与论证的怪病。

最有力的证据是老板的几十年的私生活的记录。妻子的死使他悲痛万分,他宣布永不再娶。他要把妻子留下的一岁半的女儿——就是那个有着极为可爱的放光的小鼻子的海媛——辛勤抚育成人。除了生意和女儿,他对一切都没有兴趣。开始几年有两个风骚美貌而且有野心的女人试图去接近他,试图进入老板的府第,老板一本正经的冷淡比打她们几个耳光啐她们一脸唾沫还要令人难堪。以至于其中一位美丽的女性在老板的冰冷的钢墙上碰壁之后不长时间就进修道院做了修女,五年之后才还俗,隐姓埋名,远走他乡,据说现在是在东南亚经营"人妖"娱乐行业。

然而即使这样严峻的铁一样的记录也不能封住流言蜚语之口。有着各种各样的关于老板的秘密情妇的说法,越传越离奇。其中一个版本说那个情妇是一只青蛙精,她长得像是蛙类中的世界小姐。另一个稍微现实主义一点的版本则说"她"是一位混血儿,是无国籍的世界公民,第二次世界大战后美军驻扎日本的产物,是胜利与失败、白种与黄种、西方文明与东方屈辱的无间结合的典型载体。还好,还没有说老板有一个能置人于死地的情妇,来自外星,是外星女。

祝英哲未尝没有听到过关于老板的种种说法,大成功者、大人物吸引着各种流言,就像鲜花吸引蝴蝶血吸引蚊虫。以前这些流言从未引起过他的关注,他从来没有考虑过认同或是拒斥这些流言蜚语。但是,在他去了老板府第并在起坐间与小姐共进咖啡之后,在听取了三只蜘蛛教诲之后,他真切地体验到了一股对老板、老板一家,对老板的事业老板的府第老板的人格老板的智慧的油然而生的爱情。他爱老板,他爱海媛,他爱那些盆花、面具、壁毯、异形的椅子。他坚信老板是崇高的完美的无瑕的。他为那种种不怀好意、卑污下作的流言蜚语而义愤填膺。

他为自己预备了好几个笔记本。一个笔记本上写满他倾慕思恋想念海媛小姐的诗。他没有贸然把自己的诗拿给海媛,而是把诗与笔记本深藏在自己的破木箱里。两年以后,海媛小姐出嫁了,他仍然铁青着脸写献给海媛的情诗。他的脸越绷越紧,他拒绝了对他的婚姻的任何关心,不论这种关心来自父母、师友还是异性。脸越铁青,诗写得越热越痛越动人。另一个笔记本则辑录老板的格言,其中包括:"失败即罪恶""迟到就是自杀""弱者只有在为强者垫脚时才稍有用处""做人难做狗尤不易""爱兔子就会变成兔子,杀鹰才能变成鹰"等脍炙人口的警句。不但被大字正楷抄录下来,而且祝英哲为之画了插图。

第三个笔记本专门记载老板的业绩,他的洞察,他的判断,他的抉择,他的胜利。一个洞察接着又一个洞察,一个睿智接着又一个睿智,一个明晰接着又一个明晰,一个胜利接着又一个胜利。第四个笔记本则记着祝英哲对于一切不利于老板、老板一家、老板的公司的混账说法混蛋舆论的反驳。唇枪舌剑化为笔枪墨剑,祝英哲在自己的笔记本上把混账混蛋反驳得皮开肉绽,体无完肤。

祝英哲抑制住自己的一次又一次冲动。他没有拿自己的笔记本去给老板和老板周围的人看,他没有故意去接近老板,没有削尖了脑袋去钻营一个侍候老板与老板一起出巡的差事,他没有挤入老板生日那天给老板送礼的队伍……他坚信时机不到他的任何冒失举动都会事与愿违,适得其反。他必须坚持,他必须等待时机,他要走一条艰难的却也是必胜的路。这样对吗?他于午夜时分问。

第一只蜘蛛回答:"持持持持持……"(要坚持!)

第二只蜘蛛回答:"机机机机机……"(要时机!)

第三只蜘蛛回答:"胜胜胜胜胜……"(要胜利!)

三只蜘蛛飞快地无规则地跑来跑去,留下了惊心动魄的回旋加速轨迹。

三

就这样过去了一年,三百六十五天,又一年,又一年。

祝英哲默默地歌颂着老板,迷恋着老板的女儿。他的工作一丝不苟,他的生活清苦、严肃,甚至带一些神秘。他的脸上很少笑容,即使谈起老板的女儿来,他也直愣愣地瞪着眼睛,像是犯了癫痫病,显不出一丝快活来。

五年以来,他一直不苟言笑,似痴似狠地过着。从第六年起,他开始把他积累丰厚的语言和材料向老板以外的人宣讲。他到处讲老板怎么好怎么崇高伟大聪明智慧神奇勇敢机敏锐利善良宽厚……总之,一切人间的美德集于一身。他见人就讲他对老板的崇敬与热爱,胜过对父母,胜过对师长,胜过对亲朋,胜过对国王首相大臣,胜过对苏格拉底孔子培根爱迪生爱因斯坦孙中山甘地,胜过对上帝佛祖真主太阳神。他背诵引用阐释发挥老板的名言,含着热泪流着热泪谈论老板的预见性深邃性洞察性不爽性。看电影的时候银幕上只要出现一个英勇超群辉煌俊秀的人物,他就不顾嘘声而叫出来:"多像我们的老板!"或者"哪儿比得上我们的老板!"听歌曲的时候,只要男高音的升C音一出现,他也会莫名其妙地用哭音嗥叫一声:"啊,老板,欧苏罗米欧!"他常常会凝神沉默良久而突然又哭又笑,周围的人关心地或是担心地问是怎么回事,他说他想起了老板的最新决策或最新警句或最老警句,十年前的警句正好用到现在,证明老板的智慧万年长青,历久弥鲜弥活弥有力。有时他半晌半晌地微笑自语摇头呻吟,问起来也说是因为头天夜里梦见了老板或是在某张报纸某本杂志或某个橱窗里看到了老板的照片。

开始时人们觉得不可思议,觉得肉麻,觉得不可理解,觉得他心理有毛病。但是他坚持不懈,不顾一切,不分场合,不分时间,不分对象,见人就抒发自己对老板的热情,宣扬自己对老板的崇拜。见外人说,见家里人也说。你爱听他说,你不爱听打断了他的话他也说。如此这般,慢慢地人们就习惯了,人们见了他就会相视而笑,那目光和笑容似乎在说:"瞧,又要向我们演唱老板颂歌了!"当他说起对老板的赞美的时候,人们不再撇嘴也不再施以白眼,而是不住地点头称是。渐渐地,人们说:"祝英哲对老板可真是崇拜得紧!""祝英哲对老板可真是没说的!""说起祝英哲对老板的忠诚尊敬,全公司大大小小,他真是头一份!"甚至于愈来愈有人承认:"祝英哲对老板有感情,我们可比不了!"

就这样,从祝英哲去老板府第算起,已经是第九年了,祝英哲对老板的忠诚崇拜,已经取得了公司内外的公认了。忽然,一位名叫朱大高的公司分部主任与他的亲信研究起一个问题:祝英哲是什么人?祝英哲这样一个小小的文员怎么会这样深刻地去爱戴比他地位不知高凡几的老板？例如一株小草爱上了蝴蝶，或是爱上了蚊虫，这都是可能的，因为它们有交往的机会，甚至一株小草爱上太阳或是月亮也是可以理解的，因为它承受过阳光月光。但是一株例如台北的小草，它可能爱上喜马拉雅山的珠穆朗玛峰吗？它可能爱上莫斯科的克里姆林宫红星或者纽约的自由神像或者埃及的卡纳克神殿或者巴黎的埃菲尔铁塔吗？不，那不可能，因为台北市的小草够不着这些山峰、建筑、圣地，它们之间不存在打交道的可能性。那，反过来说，英哲这样坚持不懈、强烈热烈、楚楚动人地到处讲老板的好话，这不只能证明老板与祝英哲的关系非同寻常吗？会不会是老板派下祝英哲来，以小小文员的卑微身份混在公司的最底层，实际上是自下而上地监视我们这些头头脑脑的忠诚和效率的呢？

  分部主任把这个问题的探究与思考报告了二老板，二老板只觉得如醍醐灌顶。太对了，我们这些傻子，怎么过去就没有考虑过这方面的状况呢？老板是最善于掩饰个人感情好恶的，他从来不说他喜欢谁他亲近谁他讨厌谁他嫉恨谁。他的属员的奖惩升级，谁该奖谁该惩谁该升谁该降，他偶尔也发表一点看法，但这项工作他是交给二老板负责的，二老板提出名单、简况、奖惩升降理由，他批准。做批准或不批准的事他也从来不带感情，似乎奖励与惩罚并无区别，都是一项电脑程序。就像加法和减法，虽然二者的走向相反，但都是一种无其他倾向的简单运算。当然，作为分工做这件事的二老板，他极希望知道老板的心思，极希望自己所做所报的名单恰恰符合老板的心意，至少是没有哪个人的奖惩升降拂逆了老板的心思。他老是发现不了哪个人是老板乐于接受的，他好赶忙去提升照顾安排，哪个人是老板所恨的，他好赶紧跑去刁难打击排挤。他知道以老板的地位，他是不能亲自去奖惩升降的，他亲自出面就会搞得不平衡，甚至会随之出现一股风潮，一次地震，一方面一部分人的感恩戴德与得意忘形，另一方面一部分人的怨气冲天离心离德。其实老板也用不着亲自发话。如果这样的事都需要老板发话，二老板三老板四老板直到第八号老板都应统统炒了鱿鱼!好,说办就办,马上考虑破格提升祝英哲!

十天以后,破格提升祝英哲担任公司襄理的文件摆在了老板办公桌上。提升理由是:"深沉敦厚,才智过人,忠诚商业,任劳任怨。"二老板知道,这里绝不能写别的。

老板先是一怔。有一位小小文员对他特别崇敬热爱的说法他不是没有听到过,他根本没有在意。他习惯于得到赞颂、敬仰、趋奉,却没有时间去品尝种种赞扬趋奉的味道,更想不到应该反转过来感谢谁。他早忘记了祝英哲的名字,提升报表所写的提升理由也使他迷惑不解。难道能写得这样抽象?连一项事迹都没有?提升一位推销科长还得写明他做成过多少买卖,为公司赚了几亿几万几千几百几十几块几角几分钱呢?何况从一个区区文员提成总公司的襄理?他已经提起笔准备批上"理由不足,退回",甚至加上几句批评二老板的话。但他忽然想起了祝英哲这个名字,女儿海嫒对他说过,说那是个疯子,疯一样地崇拜他,还有她。

他放下了笔。他按了铃,秘书来了。他告诉秘书这件事要一周后再定。他要秘书在一周之内安排一个时间,他将接见这位被二老板推荐的年轻人四十五分钟。以他的经验与眼光,四十五分钟决定一个年轻人的命运,足够了。然后他要秘书替他安排,晚饭他要和女儿女婿与三岁的外孙一起吃,就在海滨那个法式餐馆,那里的生猛龙虾远近驰名。

晚餐他吃得非常好,尽管晚餐进行当中他两次离座接二老板与三老板的电话。喝完洋葱浓汤以后,他掏出电子计算机劈劈啪啪地按了一阵,然后他与外孙边说边吃。他指导外孙吃龙虾,津津有味,直到端上甜食的时候。

甜食他要的是用果酱和巧克力酱、奶油、鲜果、干果等在大盘子里制作的一个蝴蝶,花花绿绿,十分鲜艳。当他舀起用黑葡萄干做的一只蝴蝶"眼睛"的时候,他向女儿问起了祝英哲。

"是有这么一个人,那一年他还到过咱们家……"

"他怎么会到咱们家?"

"谁知道,他好像是说,是您让他来的呀!"

"胡说……我什么时候让一个打字员进过咱们家门?"

"那就不是我的事了。反正都说他对您,还对我呢,忠心耿耿。达令,你不嫉妒吧?"她转身去问丈夫。

"说不定是个骗子呢!"老板嗯了一下,心里的话没有说出声来。他想,应该告诉秘书,取消他与祝英哲的谈话。改由秘书悄悄察访一下有关祝英哲的一切。

饭后,他叫女儿一家与他坐一辆车。女儿一家上了他的车后忽然他又建议同坐女儿的车。老是坐他那辆美国造的林肯车,他觉得乏味了,他想换一换。于是豪华的"林肯"由他的司机开着走在前面,女儿的德国奔驰车则由女婿驾驶。外孙坐在前座上,他与女儿坐在后座上。本来他的习惯是坐前座的,为了与女儿继续交换对祝英哲的看法,他特意安排了每个人的车上的位置。

车上高速公路没有多久就出了车祸,当急救车响着喇叭开到的时候,女婿与外孙已经差不多断了气,他们两个人的头全撞烂了,红血白浆流到了车里车外与他们本人的身上脸上。老板与海媛也满脸是血,但心脏都在跳动。

四

关于这次车祸,留下的也是一个众说纷纭的谜。从事故现场看,奔驰车与迎面开来的一辆装满冻鱼虾的冷藏车相撞。冷藏车的司机当场死亡,死亡的司机是海鲜货栈临时雇用的工人。有一种说法说死者是赵子善的义子,赵子善就是当年那个扒灰土财主,被老板"动了动小指头",破产中风吐血而亡的。义子实为刺客,车祸实为"吾汝偕亡"的舍身谋杀,这是一种说法,证据是冷藏车违反交通规则侵占了逆行路线的地盘。另一种说法是说这位死者非常胆小,他见了老板的紫红色超豪华"林肯"就慌了神,打错了方向盘。或问大型冷藏车怎么会开到最靠内的疾行线上的?或曰有意为之,或曰在同一个走向的几条线上换来换去,本不足奇。或谓责任在于"奔驰"前面的那辆"林肯","林肯"带着奔驰走,走到这一路段突然大大加速,达到时速一百四十公里。又突然莫名其妙紧急刹车,使开"奔驰"的女婿慌了手脚。女婿知道岳父对自己的"林肯"是最钟爱的,他宁可与对面开来的车接吻也绝对不敢啃"林肯"的屁股的。尤其引起轰动的是,就在交通当局对开"林肯"的老司机长达五十天的调查听证以后,老司机在一个晚上饮酒后发作了急性胰腺炎,死了。

老板与海媛被送到医院急救,严重脑震荡,但医生认为无大危险。从二老板至八老板齐集医院,神情紧张严肃,他们发现,除了老板的这八名亲密助手以外,还来了第九个人,他就是祝英哲。

祝英哲仍然略拱着腰,委委琐琐,畏畏缩缩,他抬起头,不大的年纪脸上已经出现不少严峻的纹路。他的眼睛发红,目光里不但饱含着悲哀、责备,而且有一种深藏的怨恨与愤怒。他又谦卑又恶狠狠地看了众位老板一眼,那神情似乎在寻找老板的这次不幸事故的责任者,那眼光似乎在说:"你们干什么吃的?你们怎么照顾的老板?为什么你们好好的,老板却昏迷半死在这里!"众老板一怔,他们互相探询地看了一下,闹不清为何祝英哲出现在这里。四老板打量了祝英哲一下,而且问了一句:"你,谁叫你来的,谁叫你,什么事?"祝英哲脸面上露出一个不易察觉的冷笑,他一声没吭,只是恶狠狠地正面盯视了四老板一下。然后他看了一下二老板,又把眼光移到别的老板脸上去了。

祝英哲的阴沉的目光使四老板打了一个寒噤。他当然已经知道了二老板关于提升祝英哲的呈报。知道有关祝英哲的一些说法。他觉得自己问得有点唐突。既然是即将升任襄理而且与老板有特殊关系的人,当然可以来。他问得并不理直气壮。有人请姓祝的可以来没人请他也未尝不可以来,而且很可能有人发过话了。不然,他怎会用那么凶的眼光看自己？他一贯的形象都是一个哆哆嗦嗦的可怜虫。四老板接着看二老板，啊！是二老板关照他来的呀！当然，因为是二老板签署的提升呈报，是二老板最摸得清祝英哲的来龙去脉。所以三老板五老板六老板七老板八老板都没有敢查问怎么祝英哲来了。是的，祝英哲的到来是破例的，是没有商议过通报过的。但正是这种破例，这种不商议，说明了这件事情的不寻常的微妙。他的独做出头橡子的查问，说不定会使二老板不快，说不定会得罪老板——等老板清醒以后，祝英哲怎能不向老板告他的状？还说不定在其他老板之中，他暴露了自己的偏低的智商与偏大的管理欲，说不定他也会引起其他老板的侧目。哦，他怎么这样冒失，他不是一生信奉"小心没错""沉默是黄金"的格言的吗？他脸色变得灰白，额头也沁出了汗珠。

二老板只是直感地判断祝英哲到医院来是有来头的，没有来头他怎么可能来？他的穷酸样子不过是伪装罢了，为了麻痹他们，为了监视他们。现在，老板昏迷不醒，他不能不露头，不能不出面了。说晚也还不晚，他毕竟是在车祸以前呈报了提升祝英哲的文件。车祸，这个车祸是何等的蹊跷！对这次车祸，他二老板以及三至八老板可有什么责任吗？我们表现的痛心疾首的表情够味不够味，可信不可信呢？祝英哲会不会以为我们是假装痛心，实则窃喜呢？当然，老板是我们的靠山，我们的大树，我们的恩师，我们的衣食父母！没了老板我们就没了主心骨！但没了老板我就成了老板，三至八老板就会成为二至七老板——各晋一级呀！祝英哲岂会不明白这个使他二老板在老板出车祸的一开始便诚惶诚恐如坐针毡的恶毒逻辑呢？要不他怎么会这样看着我！四老板咕哝了些什么？莫非四老板已经挂上了钩，他在向祝英哲透露什么信息么？莫非四老板在显示他与祝英哲早有联络或早有默契么？这个脸瘦得像个螳螂，心眼多得像个精灵的四老板！

如此这般，祝英哲取得了与众老板一道参与处理车祸事件的位置,取得了参与与医院方面磋商抢救治疗事宜的位置,最后他成了实际上的公司长驻医院代表。别的老板都有大量的公司业务需要处理,别的老板也都有自己的家庭自己的私生活纠缠着自己,而祝英哲心无旁骛,一心为了老板与海媛。他注视着、监督着院方的一切治疗,遇到护理人员打盹的时候,他盯住了各种监测仪表。他提出各种改善病人的生活条件的要求和建议,病房的花瓶要更换鲜花,导尿器皿的选择与放置,注射部位的安排……一切的一切他都要参加。三天三夜,他没有合眼,他的狂热的认真劲儿使医院上上下下不寒而栗。医院人员中也传说是在老板出车祸以后,老板的隐蔽的亲信、一个挂在长线上的专钓大鱼的鱼饵、一名长期装在瓶子里藏在海底的魔鬼,出笼了。

果然不出所料,最新的而且一经传出就被奔走相告、被公众顺利接受的说法是:交通事故实际是一场谋杀。幕后策划人是二老板,二老板早就想夺取这家公司的领导权力,而且早在几年前,二老板与老板的摩擦芥蒂已露端倪,早在几年前,二老板已经暴露了自己并非永远甘居老二的野心了。

这种说法使二老板懊恼、紧张、怒不可遏。提起公众来他恨不得一人捅一刀,他恨不得点一把火把这座城市烧掉。同时他严肃地召集三至八老板说:现在正是考验我们的忠诚的时刻,越在这个时候越能看出忠与奸来。在老板昏迷不醒之际,我们能揣摩着按老板的心思干,这才是我们的大智大诚大仁大义!而这,也是我们几个生死存亡的关键!二老板说这些话时二目喷火,声泪俱下。说完,众位老板一起发抖。

二老板通过自己的秘书侧面向老板的秘书打探了一下提升祝英哲的呈文的处理情况,他不便直接找老板的秘书,以免带来猜疑和闲话。秘书传来的消息是,老板已准备与祝英哲面谈,这是绝密的消息,因为由二老板打探老板的某项尚未公布甚至尚未实现的举动意向,这是极敏感的事,这是绝对不能向外面泄露的。二老板追问自己的秘书,老板看了他签署的提升祝英哲的呈报以后说什么了没有,秘书说没听到老板秘书说过什么,又问老板的神态如何,此秘书又回答彼秘书没说……说到这里他改了口,因为如果他又回答无情况将引起自己的东家的不满,显得他不会办事。但事实上他不便穷追彼秘书问个不休。于是他说:"听说老板神态严肃,未置一词。"

神态严肃,未置一词。这八个字被二老板斟酌了整整两天,神态严肃是什么意思呢?重视?当然重视此事了。下不了决心?有所怀疑?有所不满?未置一词,更显示了重要性……二老板找来了自己的几位智囊,也找来了最早向他提出此事的分部主任朱大高。

二老板下了决心。他发布命令:一、任命祝英哲为代办襄理,俟老板醒来后再正式任命;二、在公司成立由祝英哲领衔的老板医疗策应部;三、立即出版祝英哲辑录的老板名言集,大三十二开道林纸本,布面精装与塑料压膜精装两种版本;四、成立非常广告处,由祝英哲兼任处长,批驳有关车祸的谣言及此前有关老板的种种谣言。第一期活动经费为台币五亿元。

许多年来,祝英哲脸上第一次显出了笑容,但他的眼光却更加阴沉,眼眶也愈加深陷了。

五

直到第十三天,老板醒来了。他睁开眼睛,呻吟了一声。是夜间,天花板上的灯光扭到二档,巨大的灯丝上闪烁着微弱的蓝光。"头……裂了"他自言自语。护士还没有反应过来,祝英哲已经走了过去,拉住了伸到盖在身上的白被单外面的老板的右手。老板的手簌簌发抖,冰凉。祝英哲拉着老板的手,轻声唤道:"老板……"

"媛儿……"从老板嘴唇的动作似乎可以分辨出这样的呼唤,其实,老板并没有出声。

祝英哲把食指伸到自己的嘴边,示意老板不要说话,同时他边说,边比比画画地帮助护士调理打点滴的针头、皮管子与吊瓶,又与护士一起轻轻翻动老板的身体。

老板闭上了眼睛,立即又睁开了,忽然出声问道:"你是谁?"

"我是您的下属,新任代办襄理祝英哲,是二老板和公司的所有老板交代我来侍候您老的。"

"祝——英——哲?"老板重复了一下这个名字,闭上眼睛,重又睡去了。

又过了五天,就是说车祸后十八天,海媛开始苏醒,她不仅遭受了严重的脑震荡,而且右下肢严重骨折,打了石膏,行动极为不便。在醒来的那一刹那,未经询问及被告知,她就知道,丈夫与儿子全死了。据后来她说,在出车祸的一瞬间,她看到了丈夫与儿子的破碎的头颅、溢流的脑浆,与此同时,在一个铺天盖地而来的巨大打击下她失去了知觉。此后有几次她于冥冥中似乎要醒过来,要睁开眼睛,但是她暗想:丈夫与爱子皆已失去,活又何益?活又何为?她坚决希望就此死去,就此与夫、子同行,于是又睡着了。最后她苏醒过来了,她听到了似乎是发自丈夫之口的呼唤:媛,媛,媛……她忽然感到了希望,感到了力量,血液似乎一下子就流通全身了,她醒过来,看到了一个陌生的男人。

"我是祝英哲……你的崇拜者,永远……"

"滚出去!"她无力地咒骂,眼泪流到了她的脸上,流入她的耳朵。祝英哲也流泪了,他用泪眼看了海媛有一分钟,然后他离去了。

然后老板还是接受了祝英哲,没有太多的障碍和过程。车祸后的昏迷,老板好像是置身于地狱的烈火,而那火不是红色、不是黄色的,而是蓝色、黑色、绿色的。他一面在忽冷忽热的烈火中翻滚,一面接受一把板斧的打击与劈砍,他似乎自己看到自己的头颅被劈成几块几瓣几片,然后一切混成一团,一切堕入了黄褐色的烟雾……突然有很小的温柔的声音在他耳边响起,像是女性的絮语又像是虫鸣,寂静中的贴近人心的声音,这声音使他哀恸欲绝。然后是一阵又一阵、一个高潮又一个高潮的蛙鸣、风声、雨声……他在种种时大时小时有时无的声浪中扭动,伸展,翻滚……他极力想醒来却醒不过来,身体像是被钢铁的手掌钳制着……

等他醒来以后,有生以来他第一次感到自己与自己所处的环境的陌生。有生以来第一次感到许多事情的无所谓,甚至自己的生与死也是无所谓的,如果已经撞死了,不是也就撞死了吗?何况其他!医院、车祸、输液、氧气、注射……这究竟是怎么回事!二老板、三老板、四老板……襄理、代办、大夫、护士、护士长、院长……这究竟是怎么回事?热切的、同情的、尊崇的、讨好的……一双双的黑眼睛褐眼睛……这究竟是怎么回事?他们的嘴唇与舌头的运动,他们发出的吱吱叽叽喳喳咕咕的令人头痛的声音究竟是怎么回事?老板,谁是老板?我是?是我?也可能吧。也随便吧,但属于我的只有疼痛,只有疲软,只有疲倦,只有沉重、麻木、断裂……公司?公司怎么了?公司疼吗?公司出血了吗?是青蛙在叫,不是公司叫,不是二老板叫,还出来一个瘦襄理代办,他也会叫吗?下大雨了,这么冷。妻呢?妻不在家。妻走了,妻在郊外,她不冷么?女儿,我的女儿呢?他大叫起来。

由于海媛的清醒程度与稳定程度都赶不上她父亲,医生只同意用担架车把老板推到海媛病房里。老板斜靠在枕头上看到了卧床的海媛,他脱口而出叫了一声:"耗子!"他自己也一怔,只觉得像有闪电在他和女儿眼前一亮。海媛是鼠年生的,只是在襁褓时期,妻说过:"真是一只可爱的小白耗子!"妻管她叫耗子,老板不太赞成。他受世俗的见解所支配,总觉得老鼠——耗子是人们所不喜欢的动物,而且太低贱。当形象思维占据优势的时候,他又觉得小白耗子是蛮可爱的。纤细的白毛下面,露出了红色的皮,小圆眼睛聪明而又淘气,又活泼,又畏惧,又灵敏,又娇怯,躲躲闪闪,偎偎依依……耗子!他又叫起女儿耗子了!但两岁以后他突然又郑重地告诉妻子,再也不准叫她耗子了,将来她越长越大,会成为一个美丽动人的大姑娘,说一个亭亭玉立的高贵的小姐是"耗子",这不是侮辱吗?

这脱口而出的"耗子",使他一下子回到了三十年前。眼泪夺眶而出了。

众老板为之震惊,为之震恐,他们互相惧怕地看了一眼,这是他们第一次看到老板的眼泪,看到他们钢铁的、计算机式的领袖在公众面前掉泪,而且居然可笑地、有失体统地叫自己的女儿这样一个名门闺秀为渺小卑贱的"耗子"!"一个掉泪的老板",这样一个短语命名使他们眼前发黑。他们想起了由祝英哲整理发表的老板的名言警句来了:"弱者只有在为强者垫脚时才有用处",还有"爱兔子就会成为兔子,杀鹰隼才能成为鹰隼",那么,爱耗子不也会成为耗子吗?他们不敢再想下去了。

海嫒一震。她早已忘记了,也许压根儿就没有印象:她曾经被昵称为"耗子"。但车祸后幸存的老父对幸存的她的这一声称唤却有一种先验的撼人魂魄的力量。噢,忙碌的不近人情的乃至冰冷的父亲呀!她哭出来了,眼泪使她感到由衷的骄傲和幸福。

而襄理代办也哭了。一听到"耗子"两个字他就像被针扎、被火烫了一样,从涌泉穴到足三里,这两个字一下子贯通了他的身躯和灵魂,他几乎应出声来:哎,哎,哎!

祝英哲的眼泪使众老板更为震恐,怎么回事?怎么回事?

海嫒的泪眼看到了祝英哲,她厌恶地想:"怎么又是这个人?"她向他挥挥手,示意叫他出去。

祝英哲却误会了她的意思,或者是故意造成她的手势的另一种意思。他走出病房,叫来了院长和科主任,又叫来了护士长,他造成海嫒挥手叫他走是委托他去找人的印象。院长和主任向老板介绍了女儿的情况,院长、主任和护士长又询问父女俩对医疗护理和生活方面的意见要求。不等父女俩和众老板张嘴,祝英哲如数家珍地说:

"早饭开饭时间太晚而晚饭开饭时间太早,我看从明天起早饭要提前半小时而晚饭要推后半小时。夜间有各种各样的声音,这一层楼和正对着的楼上房间一定要腾空。我早就对你们讲过，但是昨天晚上上面房间似乎又收了人。空气调节方面温度还可以，但仍然显得湿度偏高。床头的音响……"

他侃侃而谈。所有的人都认为他谈的是对的。然后他送医护人员出病房，他不必再冒当众被小姐驱逐的危险。

又过了差不多一个月。父亲老板不但可以站起来走路，甚至可以每天一次下楼散步了。女儿海媛刚刚可以自己翻身坐起来，她的腿由于骨折还打着石膏，她还没有行动的方便。有一次父亲独自过来看她，女儿说："我讨厌那个人！"父亲慈祥地、宽厚地笑了。他说："何苦呢？"这言词、这语气、这声调都是女儿三十多年以来没有听到过的。

七天以后，老板正式公开签批，祝英哲先生任公司襄理。正式批文下来了，二老板至八老板面面相觑，心里并不踏实。

六

海媛的后遗症似乎不少。一个月以后她恢复正常进食，恢复正常排便，但仍然略嫌痴呆，似乎有相当多的事失去了记忆。她常常将父亲叫成"达令"，这使老板不好意思，矫正一下，海媛也觉得尴尬。但下次又叫成"达令"，要不就叫成丈夫的名字，叫成最富有乡土气息的"孩（儿）他爸"。一谈到她本来最感兴趣、现在却淡漠了的话题，例如关于化妆，关于跳舞，关于电影电视明星，关于减肥……她就说"要死了，头疼"。她常常在数量计算方面遇到障碍，当神经科的医生问她吃药的情况的时候，她说："我不想每次吃四片药，太多了，吃六片吧！"她说的是"六"，心里想的却是"三"。当护士与她闲谈，羡慕地说她左手无名指上戴的钻戒成色极佳，至少价值一千美元的时候，她说，本来标价是五百美元的，由于她是老板的女儿，首饰行给予特殊优惠，少收了一成，只收了九百六十美元。有时候她要报纸看,看来看去只看着一个字:"报",然后念念有词:"报应,报信,报丧,报应!"

每天清晨她醒来的时候,病床边放病人杂物的小柜上放着一束鲜花,花是刚刚摘采的,带着天真无邪的娇媚,带着泥土与露水的气息。扎束鲜花的是一条条彩色的缎带,缎带上各夹着一张小卡片。自从醒过来以后,她和她的父亲的病房每天都堆积着许多礼品,许多缎带,许多名片,她不但受用不完,有时候连一一验收的精力与兴致也没有,大多她只是草草过一下目,就让护士与女仆收走。"货栈。"她指着这些礼物说,"礼品的货栈。"她又说,显出了一分得意、两分厌倦的表情。

每天清晨一束鲜花,这种坚持不懈的努力终于引起她的注意。她毕竟是爱花的。即使她本人、她的身体、她遭受的灾难和经历的好与坏的一切使她厌倦了,花朵也不会使她厌倦。她的病房并没有变成礼品货栈,却渐渐变成了花房。护士拿来了病院所有的花瓶,女仆又从家里运来了一箱花瓶。新鲜的晚香玉与差不多新鲜的马蹄莲,刚刚吐蕊便呈显枯萎的玫瑰与已经快成为蜡状的一串串素馨花,还有不同的时间摘采的色彩绚烂的十样锦与洁白的茶花,使她的病房呈现出一种特别的繁荣与凋敝、热闹与悲凉。甚至落在地上的枯花瓣海媛也要观赏,迟迟不让女仆收走,有时候她觉得这枯萎的落瓣比盛开的繁花还动她的心。至于花瓶,瓷的、玉的、料器的、水晶的、陶的、竹的,各种颜色各种形状,更是琳琅满目。

于是她拿起了夹在花上的卡片,没有人名,不是姓名卡,而是两行诗:

  当你走过秋天的时候,
  我匍匐在我的眼泪之泉。

下面是年、月、日,距今已经七年。难道诗是七年前写的?这是什么意思?她拿起另一束鲜花中的卡片:

>   萤火虫向星星问好,
>   然而,它不是星星……

又有一张卡片:

>   你的名字是我最大的快乐,
>   就像花朵是泥土的梦。

再一张卡片:

>   当玫瑰开花的时候,
>   我的心里的刺更深了。

还有一张卡片:

>   我搜集你模糊的脚印,
>   在心里冶炼生命的虚空。

海媛迷迷瞪瞪地感动起来,而等到她看到下面这两行诗时,她确实被点燃起来了:

>   爱你爱你永远地爱你爱你爱你,
>   让我说出来吧,哪怕即刻死去。

她分辨不清每字、每行、每篇的意思,但她感到了一种醉人融化人的柔情和热烈。啊,啊啊!

从小,海媛生活在与污浊的世界、恣肆的人群相隔离的环境当中,那像一个宫殿,更像一个温室、一个花盆、一个鱼缸。母亲的失却,父亲的繁忙,外籍家庭教师的古怪的高雅,学校的高高在上的顶端地位——她上的私立学校每个班至多收十五个学生,而每个学生每年要缴的学费是完全保密的。一般人都说,我们不知道上这所学校需要缴多少学费,因为我们不想为此而惊讶、而嫉妒、而自惭自卑、而从差堪小康的自慰感觉中落入深谷。从小,她没有感觉过任何匮乏,这种状况甚至使她丧失了享乐的欲望,对一切物质的引诱无动于衷。从小,她没有遭遇过任何轻慢,这反而使她对一切致敬、讨好直到阿谀奉承麻木不仁。她没有碰到过挫折,同时因为她神经正常,并未有过摘星揽月的要求和指望。她甚至除了食欲不振以外没有生过一次像样的病,所以她不知道什么叫疾病,什么叫健康,不知道疾病有多么糟糕而健康有多么可贵。

然后,二十岁那年,她嫁给了飞行员丈夫。丈夫高大而且英俊,穿上飞行服,远看还真有点漂亮,吸引人。近看却相当别扭,因为当他们坐近的时候,她总觉得丈夫不那么自然,小心翼翼,好像她是一件出土的瓷器,而且她无法辨认她丈夫脸上的表情,是喜?是真喜还是假作喜悦?是悲?是真悲还是假作悲哀?当丈夫听她说话的时候,他真的是在听她说话吗?真的对她的话感兴趣吗?这种表情换一个主人,比如说不是丈夫而是仆人,又有什么区别呢?她问丈夫或任何一个谈话的伙伴:"对这个话题你们有兴趣吗?"他们无一例外地要说:"当然,当然。""兴趣"能够是"当然"么?"当然"能够是"兴趣"么?

这种优美,这种高贵,这种殷勤,这种无以复加的服务甚至也取代了挤对了她对儿子的爱。除了儿子是她生的、生产时给她带来极大的痛苦、孩子的出世给她带来极大的快乐以外,一切都是别人的事。喂奶是奶妈的事,起居是保育员的事,卫生是清洁工的事,连陪孩子玩玩具也有专人。她只要抱上孩子三分钟就会有三个四个五个人上来劝说她:"别累着少奶奶""还是交给我们吧""别热着少奶奶""小少爷愿意跟着我们呀……"是的,小少爷不是儿子,不是海媛的儿子,而是无微不至的服务的核心,是众仆役的小主人。

这样,在不可思议的飞来横祸之后,在几乎是失却了记忆、失却了生命、失却了一切,如今又疼痛地一点一点恢复的时刻,这些鲜花和诗句带来了一种怪诞的喜悦,一种朦胧的温馨,越是看不懂的句子越使她感动。她窃窃自问:"这是什么?这是写给我的么?"

还从来没有人给海媛写过情诗呢。

于是她哭了。

她问护士:"谁送来的鲜花和诗卡?"她本来告诉护士,不必向她报告送来礼物者的姓名,她对这种打搅没有兴趣。

"是祝先生,不,是祝代办襄理,哦,是祝襄理祝老板。"

什么?祝英哲成了襄理成了老板?这是一个多么讨厌的令人感到晦气的家伙呀!他的弓腰缩脖,他的肿眼泡,他的老气横秋的经常像是浮肿的面孔,他的畏畏缩缩,以及他说话的那种尖利的不男不女的声音……只是在苏醒过来多次见到他以后,她才知道自己的飞行员丈夫的可爱。与自己的丈夫相比,祝英哲不过是一摊鼻涕!

　　爱你,爱你,我深深地爱着你,
　　说完了爱你我将无憾地死去……

连续许多张卡片,都差不多。

为什么飞行员丈夫没有说"爱"呢?他说过:"我们结婚吧。"他说过:"睡吧。"他说过:"转过身来……"为什么却没有说过"爱你"呢?

　　爱你,爱你,一年又一年地爱着你,
　　像蚊虫爱上了蜘蛛一样绝望地爱着你。

看了这两句海媛只觉得天旋地转,耳边嗡嗡地响,吊灯变成旋转的电扇,一束一束的鲜花都旋转起来了。她想呕吐,不知道是由于厌恶还是由于感动。她的面色苍白,她的心跳出现异常征兆,抢救的铃声响了,众多的医护人员赶了过来,她挥了挥手,好了。她提出一个要求:把所有的花束与卡片搬出去。蚊虫与蜘蛛,这是什么意思啊!

夜里她做了一个漫长的梦。她陷入了蜘蛛的世界,她的周围是成千上万的小蜘蛛,有黑色的、灰色的、红色的、白色的,更有一个奇大的身上显出热带鱼的花纹的花蜘蛛,围着她绕着她咬着她扯着她,让人觉得又讨厌又害怕。她纠缠不休,她疲惫不堪。她变成了一只赤裸裸的小白鼠,而她这只小白鼠粘在了一个大蛛网上。网丝似有形又似无形,似柔软又似强劲,她爬来爬去,但是爬不出蛛网,越着急就越爬不出去。她干脆向大花蜘蛛走去,她观看着蜘蛛的八条细腿。蜘蛛拉一拉网绳,算是向她致意。她嗅到了蜘蛛的气味,有点膻,但是一点也不臭,甚至还有一点香,有一点新鲜的可爱,因为她从来没有嗅过这种气味。这种气味使鼻子痒痒的,使她的身上有一点热,使她的躯体的各个细胞组织似乎活动起来、旋转起来、冲撞起来了。她的嗓子发干了,她忽然想到如果有一杯矿泉水喝是非常惬意的事情。要不就是苹果,苹果也是诱人的美丽。还有许多树。许多人。男人。为什么蜘蛛没有了呢?蜘蛛也是可爱的呀。于是蜘蛛又来了,已经不那么多,只有五六只,最多十只,五、六和十,哪一个更多一些呢?蜘蛛也变得文雅了,它们围着海媛散步,然后它们似乎是双双对对地跳起舞来,一面跳一面交换舞伴。

那么,我与谁一道跳舞呢?这个念头一经出现,十来只蜘蛛便不见了,只有一只白白的赤裸裸地显出肉的红色的大老鼠打着蜘蛛领结,爬到了海媛面前,立起前爪,露出只有稀疏的短毛的胸腹和下身,还垂下一条细长的尾巴。海媛骇然,但已经不容分说地被白鼠搂在怀里跳将起来,老鼠的胡须刺得她胸部痒痒的,老鼠立起来恰好与她齐胸高。然后老鼠的领结——大花蜘蛛从老鼠的颈部爬到了她的裤管里,爬遍她的全身,全身奇痒,却又有一种说不出的刺激,她大叫起来。她醒了,天刚刚亮。

护士送来的不是花束而是一个大花篮。带着的不是卡片而是一个旧而弥新的笔记本。笔记本上是祝英哲七年来为她而写的情诗。每首诗都发出蜘蛛的活灵灵、土生生、香喷喷、腥唧唧的芬芳。每个字都变成了爬进她的裤管、爬上她的全身的蜘蛛。

"叫他来,叫他来……"她说。

护士和女仆完全知道她说的是谁。就在这一周,经过父亲的允准,她接受了新任襄理祝英哲的求婚。

七

似乎是已经走了一趟阴间。重又回到了阳间之后,老板的兴趣和关注有了一些变化。胳膊,他从来没关心过自己的胳膊的,就好像他不知道自己长着胳膊一样,而他现在对胳膊的疼痛、胳膊的移动、胳膊的粗细与屈伸是多么敏感呀!他看到自己的胳膊是那样松弛、无力,上臂的一道伤疤更是怎样的触目惊心!还有肠胃,他怎么也像那些他过去最看不起的下等人、那些鼻涕虫一样地吃多了吃少了、吃硬了吃软了、吃急了吃缓了、吃冷了吃热了、腹胀了漾酸水了、这儿疼那儿疼起来了呢?难道肠胃不再是他的锅炉、他的反应堆、他的能源,而变成他的捣蛋鬼、他的累赘乃至他的隐患了吗?更不要说腰了,他过去唯一操过心的就是腰,而现在腰已经瓦解了……

尤其奇怪的是头。头是他的骄傲,头是他的利刃,头是他的具有超级威力的掘进钻头……而这个钻头现在裂了缝子啦。头顶囟门上的那种疼痛感!他一再要医生检查,他询问头顶上究竟长了什么东西,如果找不到肿瘤,那里至少是扎进了一根钢刺!还有转动脖子的时候的那种沉重!哦,他是戴六十二号帽子的呀!而别人——比如说——只戴五十二号帽子!他的头太大太重太成负担而他的脖子又太柔软太衰弱,他真不知道何年何月他的脖颈将会被头的重量压断:他的头会像一个南瓜一样从瓜蔓上垂下,拉折了瓜蔓。据说汪精卫汪兆铭临死以前就是这样的,他的头要用好几根钢丝悬挂起来,靠从天花板上接下来的钢丝承负他的头颅的重量,不这样的话,他的脖颈就要折断,椎基底动脉的供血就要中断,他早就死了……可汪精卫也罢,陈公博也罢,早死一点、晚死一点又有什么意思呢?

还有天气。阴晴寒暑雨风干湿,他都挂记,他都感到了切肤的关联。有一天深夜,他醒来,听到了窗外的蛙鼓声,他似乎早就忘记了世界上除了人以外还有蛙的存在。蛙鼓是那样的不同寻常,那样的惊人,使他感到宛若触到了、进入了旁一个世界。而这一切又并非全然不熟悉,并非全然的新鲜,似乎遥远处有一个断了线的风筝、有蛙、有雷雨、有阴云遮盖又露出了的太阳,还有荷叶、浮萍,在荷叶与浮萍上飞舞的蜻蜓、爬行的蠓虫,有青草的香味与湿泥的腥味,有一条水蛇在水草和烂泥之间疾速地穿行、忽隐忽现……这断了线的残破的摇摇欲坠的风筝究竟是什么,究竟在哪里呢?童年?襁褓?在母亲的子宫里的黑暗而又甜蜜的等待,他等待的就是公司业务的冷静计算和摧毁一切抵抗、压倒一切对手的铁腕么?

于是审批吃掉金水化妆品系列集团的计划,讨论挤垮第二房地产交易公司的措施,高利借贷,直到把高利贷放到乡下去……现货和期货,借方和贷方,利率和贴息,增值和差价,毛利和纯利,以及数不清的纳税、减税、回扣、转移、海关、警备、紧急状态法方面的限制与空子,合法与非法的手段……这驾轻就熟如鱼得水的一套一套,怎么变得越来越遥远了呢。

半年以后,老板出了院,医生凭借各种先进设备进行检查的结论是:老板已经痊愈,体质与体能已经基本上恢复到车祸发生前的状态,但是大家似乎仍然有点不放心,老板自己也有一点不放心。

早在住院期间,老板就提出给老职工增加资格津贴、给退休职工增加年金、给被解雇或停聘的职工增加安置津贴的计划。二老板、三老板都不赞成这种大幅度的变动,实业界的一些巨头则更激动,他们认为老板的做法是给他们出难题而自己沽名钓誉。实业界的巨头同行建议他,可以再开两家孤儿救济院,开辟一批招收聋哑人、盲人做工的车间。前者可以利用孤儿做工,还可以以援救孤儿的名义义卖,大大有利可图,后者则可以享受免除各种税收的优待。两者都可以扩展老板的慈善家的美名,可以减少所得税的缴纳,可以帮助老板进一步密切与各类社会贤达、与各类慈善机构、与本国政要人物、与外国慈善家的联络,可以再一次提高老板的社会声誉与国际声望。最重要的是,那样做老板虽然得到了这一切,却不会影响他的公司与各姊妹公司的分配格局与运作秩序。

　　出院不久,老板就强行实现了自己的"三增"方案,这种执着劲儿使二三老板颇感迷惑。在谈及这些事时,老板甚至擦了一下眼角,这更使本公司管理的众位老板迷惑乃至惶恐。莫非他流泪了?莫非他心软了?莫非他老了、患眼疾了?否则他为什么总无缘无故地擦眼睛——一场车祸怎么会为一位钢铁电脑式的人物添加了这样的多余动作、多余运转、多余程序,可以说,简直是空转空耗!

　　没两天,铁面无情的老板痛哭流涕地忏悔与为民请命的消息传遍了公司内外。为自己的老板是这样的大善人而庆幸鼓舞者有之。认为老板发善心必有诈焉因而更加狐疑警觉者有之。因"三增"而受益,家里挂起老板的照片,没有照片的供起名帖,并向照片或名帖行礼三鞠躬乃至磕头烧香者有之。不信老板能善待职工,怀疑老板车祸前是撞了邪祟,认为车祸本身就是因邪祟而起,车祸之后老板已经为邪祟、为黑蛇精白蜈蚣精红毛虫精绿蜘蛛精附体从而神志不清精神分裂者有之。联名上书当局,要求嘉奖老板、提名老板为当年伟人与下届行政院长候选人、要求给老板授勋章乃至为老板塑蜡像石膏像塑料像铜像者亦有之……总之,老板旦夕之间形象巨变,从一个可畏可敬的人物变成一个可亲可爱可感可叹的人物了。

　　有几个人老珠黄已被读者遗忘了的文人,从这件事情的传闻中获得了爬格子的题目,分别在一家民营晚报上写了许多文章,不指名地讨论这件事。文章题目是:《仁者爱人刍议》《富亦有道乎?盗亦有道乎?》《真伪君子辨》《人性回归之歌》《狼能变成羊吗》《恶的经济学与善的遮羞布》《灾祸,望你降临得多些、更多些》等等。

八

　　祝英哲被任命为代办襄理、广告处长以后接待的第一个悄然来访的客人是分部主任朱大高。朱大高正如他的姓名,人高马大,体重八十六公斤,脖子粗得如同老槐树桩。朱大高属于那种自诩心直口快,暗中诡计多端,转瞬间得意洋洋而见了风头更劲者立即卑躬屈膝的人物。他进入祝英哲的住宅后(已不是当年父亲床下的那个寒碜地方了),未经寒暄立即亮出了自己的晋见礼:南朝鲜出口的人参精两大瓶,泰国出品的绸缎一匹,日本出品的袖珍电视接收机一台。不理睬祝英哲的辞谢与谦让,他立即指出祝英哲的住房太差,不符合他的新身份,并通报了几处较好的房子的出售出租信息,表示他愿意陪同祝英哲去挑选房屋,他对此道最为内行擅长,而如果祝英哲新近受命事务太多太忙的话,他可以代劳,可以代缴预订金,如果最后祝英哲看不上、不愿意住也没关系,可以由他转租转让自行处置,一应杂务毋庸劳祝襄理过问。

接着,不容插话回应,朱大高鬼鬼祟祟地告诉祝英哲,是他慧眼独明,发现了祝襄理与老板的特殊关系,也许没有特殊的任务特殊的交往程序,那么至少也有一种特殊的精神关系。崇拜伟人的人自己总会有几分伟大,至少有"知伟"的长处,捧角的人常常会和旦角生角一起出风头。"我虽然没有那个道行,理解不了什么是真正的伟大,没有做到'知伟',但是我能'知特'。一圈子人,我用鼻子闻一闻就能闻出来谁有特殊的气味,谁一准能飞黄腾达。"朱大高说,"兄弟,"他称兄道弟起来,"你还住着这样的破房子的时候,哥哥我就看到了你发大财做大事三宅两院的前程!我干脆明说,未来的公司是你的,我是跟着你走的,我对你忠实可靠,我是最喜欢做事情的哟!"分部主任说得累了,竟掏出一块粉红色的、发着泛美航空公司头等舱厕所里的香水味的手帕,擦起汗来。

祝英哲对朱大高的谈吐感到不快。他不明白素昧平生的朱大高怎么可能一进门就这样——类似拥抱他强暴他。谁是你的兄弟?我住什么房子与你什么干系?我能不能飞黄腾达,这样的话难道有你讲的份儿吗?尤其使祝英哲反感的是,什么是你发现的?如果真有特殊关系,哪怕只是精神关系,要你的发现何用?如果没有特殊关系,你发现了个屁!难道我能够有今天不是靠我自己而是靠你的提携?难道你是我的恩师恩主?你跟着我走,我说过想要你吗?你说要忠于我,我用得着你那个"忠于"吗?

这些话他只要一张口就会喷涌连贯而出。但毕竟他是祝英哲,不是朱大高。他隐忍了那么多年,他不妨再隐忍一下。他决定耐心看着,他究竟还要说什么、做什么,他还要耐心看一看,他的地位的变化究竟会引起一些什么好戏的开演。这不无趣味。

朱大高接着说,他毫不怀疑祝英哲将被正式任命为襄理。他将关注这方面的进展情况随时把信息报告给祝英哲。他强调,同为襄理,可大可小,可强可弱,可尊可卑,可盛可衰。要靠自己去争,名誉、地位、金钱、权力包括娘儿们,都必须亲自去争,没有天上掉下来的……而只要争就会碰到拦路虎,碰到对手……"兄弟,你比我聪明,明白人还需要浑人点拨吗?哈哈哈,你真能忍。"他忽然含蓄地转移了话题,"你竟在这样的房子里住到了今天,冲你这个忍劲儿你就比我出息大多了。我是服你的,哥哥甘心情愿给你打小旗儿,跑龙套……我心直口快,我讨厌酸文假醋,所以我唱不了主角,但是我是可以跑龙套的,您往后用得着我!"

"我原来住的房子更差呢。"这是祝英哲唯一的说出口的话。

"我就更服呀!"朱大高拍响自己的大腿,推开他面前的茶杯,溅出些许茶水。他已经站起来了,似乎觉得水未沾唇不大合适,又弯下腰呷了两口茶,不咽,含在口腔里咕咕噜噜地漱口,同时咕咕哝哝地离去了。

朱大高的到来给了祝英哲一种惊心动魄的感觉。

九

早在"三增"事情的磋商一开始,关于老板与二老板之间的龃龉的流言就像烟一样钻入各家各户,然后像水一样潺潺流响,哗哗流响,然后像风一样地吹动了公司内外的窗户,吹动着天空的云霾与尘沙了。人们不安地却又是饶有兴趣地问:"怎么了?"你问我我问你。回答是:"有戏!戏后还有戏!"于是来了情绪。

三老板是众老板中最富文墨的一位,面孔瘦削,深度近视,经常是神色严肃而小嘴紧闭。有一次喝了点酒,与他的妻兄,一位小说家谈话。他说:

"我这一辈子最高做到第三号人物,这是有点深学问的。要知道,一号人物永远是各种矛盾的焦点,胖了瘦了,赔了赚了,软了硬了,咸了淡了,反对派盯着你,有枣三竿子,没枣竿子仨,伸头一刀,缩头一刀;当局也盯着你,千好万好经不住一句闲话,一句闲话所有的好都变成坏。本来嘛,害人之心不可有,防人之心不可无,成就愈大,目标愈大,风吹草动的声响愈大。还有四方左右,不论是仇是友,是阴是阳,是明是暗,你就是堡垒,你就是绊脚石,你成功了他嫉妒,你栽了他欺侮,你笑了他憋气,你吃得香他咬牙,只有你长了肝癌胰腺癌他才有了盼头。那些给你祝寿送蛋糕唱害皮勃死呆秃油(祝你生日快乐)的家伙急切地等着你腾地方,所以我一辈子绝对不当一号人物。至于十目所视,十手所指,无知小民们的唧唧咕咕嗡嗡哄哄,那更是像轰炸机一样凶恶,像泥潭一样肮脏,像瘟疫一样易于蔓延,你知道吗?

"而第二号人物,我的天,世界上有几个不生活在夹板中的二号人物?你无能要被撤换,你能耐大了功高震主,更呆不住。你对头儿言听计从,你是佞臣,你是小人,你是废物;要不你就是欺骗,你是应付,你是糊弄,你是把头儿蒙在鼓里。好话说多了叫做好话说尽,坏事还没做呢已经说你坏事做绝。你真诚进言进谏,你是卖弄,你是置头儿于死地。你一声不吭,你是拒绝合作。你躲避出头露面,你是城府深计谋深野心深埋。你很活跃,常曝光,你是积蓄力量,拉选票,打知名度。你做实事,你是夺实权。你不敢越位,你是推诿不负责任甚至是晾头儿的台。搞好了,功劳是头儿的,搞坏了,罪过是你的,起码是你没有提醒,没有拾遗补阙,连这样的用场都没有,要你做甚?至于部属们的眼睛里,你更讨嫌,坏主意是你出的,假情况是你报的,真便宜是你得的,头儿的好酒变成了酸醋,还不是因为你!

"要是这么看,咱们的老板与二老板,还真难为了他们!还真是天造地就配合默契,一唱一和,无懈可击,好好好好好,好了二十年,太长了,越长就越悬乎啦我说!"

这话被写到一篇小说里去了,便都说这话其实是三老板说的,而小说家是三老板的大舅子。问及谈及,三老板坚决否认他与小说有任何瓜葛。证据是自从他搞了一个交际花做姘头以后,已经好几年没有与老婆娘家的人来往过了,连老婆都很少谋面,他们一见面就爆发战争,所以脱离接触是唯一的也是最佳的选择。至于小说中的话暗合了或是部分暗合了他的思想,那有什么奇怪?一个电报,马可尼发明的呢?波波夫发明的呢?这不也撞了车了吗?有好几个人都说是自己发明的,而这几个人彼此并没有联络,没有交流,没有专利转让或者技术转让。

然而迄今为止,一、二号人物必不和论似乎并不符合老板与二老板的情况。这二位老板多年来似乎合作得相当协调。那又是怎么回事呢?除去黑一点、高一点、瘦一点以外,老板与二老板的面孔轮廓具有惊人的相似之处。有说二老板实际上是老板的堂弟乃至隔山兄弟的,有的具体解释说老板的父亲老板爷爷当年是十分风流花哨的。有说他们两家是世交,老板掌握着一纸借据,二老板的祖父欠老板的祖父一千大洋,利滚利现在已经是令人咋舌的数字,由老板的父亲与二老板的父亲达成协议,说好二老板辅佐老板一辈子,一辈子结束后两清两散。还有说年轻时二人同争一个女子,老板二老板决斗,二老板连击三枪没有击中,老板一笑退出了情场恶斗,把女子让给了二老板,二老板感恩戴德,甘心辅佐老板一辈子的。最后一种说法有点像欧亚大陆文化的结合接合,令人且信且疑。

事实上他们俩是大学同学,然后同事至今,久矣远矣,他们像两台联动的机器,配合默契。老板管大事,二老板管小事,老板出主意,二老板想办法,老板做决定,二老板去执行办理。一句话,老板出题目,二老板做文章,老板唱,二老板和,从来是文通理顺,字正腔圆……如今,在"三增"问题上,在老板的擦眼角与二老板的皱眉的些许动作中,人们发现了两位人物的不和的端倪。

令人惊奇的是,人们发现,他们是以期待已久翘首企盼的心情来对待这不和的端倪、不和的消息、不和的流言的,虽然这端倪也使他们感到不安乃至震动。二位老板合作得亲密得无间得太久啦,他能总是相信他?他能总服他?他没有私心?他没有杂念?难道能总是貌合神合而不是貌合神离?夫妻、父子、兄弟都做不到的和谐,难道他们就能做到?这回好了,总算看到两个人要不和啦。

就这个问题,朱大高给祝英哲打了不知多少次电话:

"兄弟,你要小心为之!听说老大请了几个亲信吃海龟,还有日本娘儿们陪酒,居然没有请老二!赵秘书提醒老大叫老二来,老大火了,说他来我走!都到了这一步了……

"其实我早就看出来了。十几年以前,我给老大保镖,我们一起去美国西海岸的圣迭戈谈一笔生意,也有老二。有一次老二打翻了老大喝咖啡的玻璃杯,咖啡洒在老大的衬衫上,老二脸色都变了,老大谈笑自若……这更悬乎!老大不是吃素的人,他才不容人呢。老二怕什么?还是隔着心。生意生意,这是滚刀山下油锅六亲不认的事业呀!

"老三那位是个摇鹅毛扇儿的,站干岸儿,隔山观虎斗的,说风凉话不腰疼的。他成不了事,哆哆嗦嗦,绿帽子一戴到底。你见过他那位小儿子吗?大家贺他老来得子,可还有人说那小子肥头大耳长得像我呢,哈哈哈……可老三有些话是真厉害!我给这位绿头巾酸秀才送了一打鹿茸复合补剂他才告诉我:'最亲密的人最危险,因为他离你太近。'说得我琢磨了三天三夜,鬓角都白了一根!太近了他最易占你的补你的位置,太近了他太了解你,知道你哪个部位最不经打！太近了他才容易下手把你推下深渊！太近了他最容易举发你，虽然举发完了他也随着你完蛋！兄弟，我连底儿兜给你了。你看这话应该不应该收到世界名人名言录里？别说是老三说的，就说是丘吉尔·温斯顿至少是克雷蒙梭说的好了。就这一句话，我们卖给出版商也能卖他个万儿八千块！

"听说老二在秘密活动……

"听说老四正在告你的状，听说当初老四对你很不客气……

"你知道老五逛窑子被三个儿子打得头破血流，稀屎拉到裤裆里的事儿吗？

"你知道老六吗？他的右脚是六趾儿！

"明摆着的，老大老了，车祸以后精神不济了，他要找个可靠的人传位，老二急不可耐，成了热锅上的蚂蚁！他可不甘心嘴边的热包子让人抢走！他会使出浑身解数来的，他老婆是参议会仇参议长的干女儿，他的女儿是黑道上的领袖胡小彪的相好，他自己还认了梨园的小香蜜做干闺女，小香蜜可三天两头去财政部长家唱堂会……

"除了老四以外，老三老五老六老七老八都在观望！你怎么办？用不着我给你献策，你自然明白。爱叫唤的猫不拿老鼠，爱叫唤的狗不咬人，所以，你比我出息！我他奶奶的话说得太多啦，今后你要指点咱们一把，听说你追老大的小姐得手啦？贺喜贺喜大喜！那还不明白？你就别客气啦！"

朱大高讲得很多，很热心，很豪爽，也很具体。但他又讲得太丑，太俗，太露，隔着电话线祝英哲感觉到朱大高讲话时酒气肉气俗气热气喷到了自己脸上。一个分部主任，一个白领，竟然能这样公然的厚颜无耻，竟然能对所有的主事人物口出恶言，能对他知道祝英哲十分崇拜与爱戴、他本人当面也是毕恭毕敬、大气也不敢出的老板说三道四，放肆之极；而且居然自居为祝英哲的耳目和谋士，就像他们早就结过盟拜过把子明过誓一样，这实在可惊可恼，可厌可怕，可耻可笑！

祝英哲一次又一次地想打断朱大高的话，反驳他的话，至少建议他挂上几个平方厘米的遮羞布再与他讲话,但他还是没有吭气。听听他的满嘴胡言,自己冷静分析、莫置一词、不显山不露水,不会有任何坏处,说不定多少还有点好处……至于将来,将来我一旦得了势,到时候再收拾他!

在"三增"问题上传出了老板与二老板的分歧以后,人们等待着分歧的升级,等急了,等得不耐烦了,终于,大爆发了。

那是在金水化妆品系列集团的兼并问题上。金水集团与隶属老板的公司的华屋集团作对已久。尤其是,堪舆家们断定,金水集团占据了老板公司新近开辟的一条龙大街的龙须。金水集团尤其不该的是,在靠近一条龙大街的龙头处,可以说是在龙耳处,兴建了一个地面四层、地下三层共七层的停车场,让千车轧、万车碾、汽油烧、瓦斯熏,这对老板的公司大大不利。二老板甚至考虑过通过朱大高找几位黑道上的朋友,采取恐怖手段灭掉金水,只是因为据说金水和另一股黑道山神拜派有关系,才没有轻举妄动。但是这次,金水在私下经营的股票生意中蚀了本。金水少老板因为争风吃醋打死了人,为这场官司花钱无数。尤其是,一家接受了二老板大量馈赠的、在美国康州注册的皮肤保护研究中心,私下对常用金水系列化妆品的二十四个年龄不同、身份不同的女子进行跟踪调查,整整调查了七年,最近公布了调查结果,二十四个人中患红斑狼疮的一人,患白癜风的一人,脸上增加了雀斑的四人,增加了黑痣或原有的黑痣增大了体积的三人,患牛皮癣的一人,患日光皮炎的一人,有过敏反应的二人……结论是金水化妆品有害皮肤健康。这个调查结果一公布,金水产品信誉一落千丈。虽然金水集团扬言要上诉控告研究中心伤害名誉与作伪证罪,但百货业不再购入或取消了原有订货,小摊档纷纷退货,而金水集团除了人命官司再打一个名誉官司,实际上金钱、时间都赔不起,后一种官司尤其程序复杂,各方莫衷一是,打出个结果的可能性很小,胜诉的可能性就更小。再加上两家晚报追踪报道,添油加醋,二老板串通了几家大户抛售金水股票,使金水股票一落千丈。此外命相大师盲半仙断言:"黑虎南移,天罡复位,木土将兴,金水必灭。"税务署又声言查出了金水漏税大案……如此这般,兵败如山倒,金水宣布倒闭破产,不动产拍卖指日可待。

就在这个时候,老板提出了匪夷所思的方案:低息贷给金水集团台币一千五百万元,资助一批亲金水的皮肤美容与化妆品专家对美国的"研究中心"的资料进行复核,大量收购金水股票以制止其在股票市场上的颓势,召开记者招待会宣布华屋与金水联手共进……

二老板面色铁青,下嘴唇猛烈地哆嗦起来,他再也忍不住了,他说:"这是自杀!这是自己杀向自己!正如您所讲过的,失败就是罪恶,谁失败谁就活该灭亡。您怜惜他们做甚?我为公司干了二十多年!为吃掉金水我使出了浑身解数!老板,您这是怎么了……"

老板也火了,他说出这样的话:"你不愿意做可以不做。都不愿意做,"他看了一眼三至八老板及祝襄理,"我可以抽走资金,退出公司。"会议室的空气沉重严峻,众人面面相觑。祝英哲脸白心跳,口舌干燥,喉咙疼痛,呆若木鸡,不知怎样反应才好。

十

没想到到了手的势利比渴望中的势利还要烫手!怎么苦忍苦熬了七年以后,刚一升迁就碰到了这样的难题?老板是道德家吗?不是。不但老板不是道德家,小文员小工人小瘪三,谁都不是道德家。道德家也不是道德家,道德家的头衔只能骗孩子。那么只有两种可能,第一种可能,老板另有高棋,另有谋略,将欲取之,必先予之,仁义投资,人道投资,一本万利。不是已经有人联名提名老板充当行政院院长的候选人了吗?说不定金水回合过后,会有人拥护老板去竞选总统呢,冯骥市义,终利孟尝,这些岂是实务务实的二老板所能望其项背者耶!

第二种可能,只能说是车祸后老板颅部受损,脑神经脑血管脑经络脑细胞受损,尤其是心理受损变形,从而变得匪夷所思,胡言乱语!这并非不可能,因为从正常的、常人的商业A、B、C看来,二老板的所思所行当然都是有利于本公司的现状与未来的,而老板的方案是不可思议的,也是违背他的一贯风格的。再说,旨在消灭并吞金水集团之战并非自今日始议,早就有所谋划、有所准备、有所动作。许多年以来,二老板所做的不正是秉承了老板的旨意么?有些招子,说不定还是老板自己出的呢。那时他祝英哲虽然位卑职低,但照样对此有种种耳闻。忽然老板的思路变了,心肠变了,谁能说得清是怎么回事?

那么,两个人谁强呢?从地位、声望、思维的深度和力度,上层与左右的关系方向来看,当然是老板强。"三增"以来,老板受到了得益的人群的感恩戴德,齐声称颂,却也受到了左邻右舍的责难与尚未得益的人们的抱怨。你不可能通过你的权力使人人得益,当你使一百个人得益以后,另外嗷嗷待哺的一千人、两千人、三千人却会因为未能同样得益甚至是未能同时同刻得益而不平、而嫉妒、而痛苦、而愤怒、而仇恨起你来。"三增"得失,争论不休,原来不休,以后仍然未有休止的希望。这么说二老板强?二老板有实际经验,二老板数十年如一日像钟表一样准确无误地工作着,二老板也有极佳的公共关系,他的太太他的女儿他的干闺女与仇参议长与胡小彪与财政部长的关系不可低估。所欠缺的只是声望,是他的亮度、知名度不如老板。但是,车祸以后,老板的身心健康情况显然都有问题。否则他那次怎么会擦眼角?一个公司的老板哭天抹泪,哪怕是干抹眼角,这个公司还有什么前途?还有一次,老板坐在大沙发上与祝英哲谈话,谈完,老板想站起来,伸了伸腰,扶了一下把手,竟然没有站起来。这当然也是严重的凶兆——老板情况不妙。那时祝英哲很尴尬,他不知道自己该不该去搀扶一下。老板最要强,相当严厉,如果他的殷勤献得不是地方,如果老板以为自己的弱点暴露在了祝英哲手里,那么,他转动一个小指头,祝英哲就得滚蛋喝西北风去。如果老板确实需要帮助而他拒绝帮助,老板也可能认为他不但冷酷无情而且是故意看老板的笑话,幸灾乐祸,别有用心。其结果当然也不会美妙。于是祝英哲转过脸去,假作没有看见,稍待一两秒钟再判明情况,随机应变。幸好在这两秒之内,老板再次奋力,相当吃力地扶着把手站起来了,老板一生从未弯过的腰显得有点前拱,祝英哲心跳着若无其事地侍候着老板走出去。从那时祝英哲不祥地感觉到:老板退出公司的事情已经提到议事日程上来了。

这么说,莫非是二老板更强,更有前景?在老板与二老板的争斗中,莫非他应该把赌注押在二老板这匹更有后劲的马上?单只一想,这个念头就使他如坐针毡,内心狂跳不止。

为了平静自己,他给自己点了一支烟,烟也只是在做了襄理之后才学会吸的,每天他都吸很多名贵的烟,这似乎为他增加了某种掩盖自己和调节自己的可能,也使他觉得自己更像上层人物。他从来不把烟吸入肺腑,只是在口腔鼻腔里停留片刻,烟仍然保持着鲜活的青紫色,而不像真正的"烟鬼"那样,吐出烟里混合着大比例的腑脏中的水汽与瓦斯,呈现为一种白茫茫的雾气。他一面吸烟一面不住地转动、抚弄、捏揉烟卷,用这些动作分解和掩饰他进入老板圈子后的尴尬和烦躁。但是今晚仅仅用吸烟和揉烟的动作不足以平衡自己,他仍然有点心慌意乱。他才想起,原来到现在还没有吃晚饭。于是他走向饭厅。

他打开餐室的灯,奇怪,灯光颜色绿幽幽的。他从墙柜上拿下一瓶去皮花生米罐头,拿下一盒巧克力,拧下金属盖子,代替花生香味的是一股浓烈的变质的油味,紧接着这味道变成了他当年最熟悉的蜘蛛味。再一定睛,广口瓶里装得满满的不是花生,而是蜘蛛。怎么回事?他一惊,两次搬家以后他以为已经与那三只高龄的蜘蛛告别了,特别是搬入严丝合缝的公寓房间以后,他以为再也不会见到那些伴随了他十余年的蜘蛛了。这……是怎么回事?

他又去开另一面的壁灯,灯光紫幽幽的。他打开装潢精美的杏仁巧克力盒,从盒里噌、噌、噌蹿出三只大花蜘蛛,他惊呆了。

蜘蛛爬到他的脚下,又爬到他的身上,乱抓乱搔乱咬,在他的两只耳朵与嘴巴上各结了一个网,然后跳到地上,在地毯上行走,发出一种奇怪的声音。祝英哲倾听了好久,咂摸了好久,他似乎听出了一句话:

"先吃老鼠后吃蚊子……"

这是什么意思呢,他忘了饥饿,忘了天晚,恍惚中他自己变成了一只大蜘蛛,结了一个大网,网上挂着一只白老鼠和许多小蚊子……

他拿定主意。蜘蛛走了,灯亮了。他吃了巧克力。他写下一首献给跛腿海嫒的新的情诗。

十一

祝英哲恢复了贫寒时期的狂热。他红着脸,瞪着眼,利用一切场合阐释发挥老板的意向:

"老板是深思熟虑的。老板是'何能穷尽千里目,只因高上几层楼',登高方能望远,胸阔才含智谋。二老板哪里懂得老板的远见,二老板哪里懂得老板的仁义,新加坡为什么发展得快?就是因为李光耀总理把商业的竞争与中华的孔学儒教结合在一起。日本丰田公司为什么发展得快?因为他们借鉴继承发展了中华的国粹!商业竞争毕竟不是虎狼之争、鹰隼之争、鼠虫之争,商业竞争是人与人之争,只有商业主义没有人文主义那怎么行?争来争去首先要争人心嘛!孝悌忠信,礼义廉耻,忠孝仁爱,信义和平,天下为公,人人为我,仰天地之正气,法古今之完人,庄敬自强,处变不惊,有溺者援之以手,有困厄者赐之以货,雪中送煤,匡世济贫,以退为进,以亏为盈,大辩若讷,大智若愚,后其身而身先,外其身而身存,唯无私而能成其私,于是老板的与我们的公司的声望如日之中天,仅仅广告费就可以节约一亿新台币!"

祝英哲花钱雇了三位诗友,编纂车祸以来官民人等各行各界对老板的新风貌的积极反应,有不少是以民谣方式写的:

其一:

老板不算老,才高心肠好,恩重如山踞,威猛似海倒。

其二:

老板心最明,不要糊涂虫,九九腹中算,脸上笑盈盈。

其三:

老板声声亲,枯树便逢春,
买卖不成仁义在,可叹老二孤单单。

其四:

老板爱忠诚,忠诚是襄理,
只要老板大略行,何惧肝脑全涂地。

其五:

生我者父母,爱我者老板,
老板福寿如日月,何患小人如虫鳖。

其六、其七、其八……其九十九。

除了向朱大高面授机宜以外,祝英哲又找了两个心腹人,一个叫老黑,长得面如锅底,手如鸡爪,肩膀左宽右窄,左低右高。一个叫小白,年龄与老黑仿佛,所以"小"是因为长得少相,瘦削英俊,镶着一颗金牙。

祝英哲对二位黑白交了老板与二老板的对抗的底。"可前天在第四业务室,我讲了二老板一点坏话,就受到老板的当堂训斥哩。"小白说。"那当然啦。"祝襄理说,"对二老板不满意的话老板是不会当着你们说的,不但自己不说,你们说了,还要制止你们,教训你们,斥责你们。这样的事老板只能点出一分、两分、三分,剩下的九分、八分、七分都需要我们去做,我们去冲啊杀啊。我们真正做到了,把二老板逼上了绝路,老板口头上仍然会说不,NO,心里实际上是会高兴的!"老黑与小白一起点头说:"是,明白了!"

于是老黑、小白串通了不少职工,要求大家提供二老板的事迹。什么二老板用的保姆与厨子睡觉被厨子的老婆抓了奸,什么给二老板开车的司机的表侄在百货商场调戏妇女被警察带走,什么二老板的儿子的女友的哥哥养着一只狗,狗名"保司"——即老板之意,可见二老板是何等地蔑视老板,心怀叵测,心怀不轨。什么二老板有一次出差到南洋,带回来一件妖器,专收童男童女;特别是关于二老板如何买通黑道哥们儿帮,制造车祸,意欲害死老板一家的民间故事,越传越离奇,越传越活灵活现,说是二老板用一千万元台币买通了某个练神功的人,神功人室中运气发气,可以令二十公里方圆以内的任何一辆车翻掉,说翻就翻,说翻哪辆就翻哪辆,说轧死谁就轧死谁。说是还有一位神功婆,能喷毒涎,比眼镜蛇的口水还毒,沾到谁的皮肤谁的皮肤就烂,不但沾人烂,不沾人,只要把毒涎洒到某一家门口,鞋底子踩上就烂脚,坐汽车驶过也要烂屁股。说是这位神功婆也与二老板特别是二老板娘勾勾搭搭,可见他们的狼子野心。所有这些都被黑白二人视为至宝材料,到处散播,而且他们不顾老板的脚与屁股都还完好的事实,听完神功婆喷涎故事后,气得浑身乱颤,悲得眼泪横流。一时讲故事的听故事的都感动得像真有那么回事似的,齐声痛骂二老板王八蛋,真是王八蛋来。

祝英哲对黑白二人表示不满,认为他们搜集上来的材料不成体统,不像样子,全是废话,贻笑大方。黑白二位争辩说,就这些材料也是历时数月,掘地三尺,送了无数红包,谈了无数话搞上来的。问题并不在于材料的多少有无强弱,单只这么狠狠一搜集,就已经改变了形势,改变了风头。长久以来,公司职工毕恭毕敬、心悦诚服地对待二老板,谁敢说半个不字?经过他们的"搜集材料",传播材料和送礼许愿,现在已经有十几个人七八次骂二老板王八蛋了。王八蛋没有一定的规格,没有科学的定义,没有构成严格的分子式与原子核结构图,宪法与法律也没有制裁王八蛋或拘留王八蛋囚禁王八蛋鞭挞王八蛋或处决王八蛋的条文。表面看来此骂不值一文,但是有一个人开始骂就会石破天惊,第一个骂完了第二个便想试试,第三个原来是匍匐在大人物膝下的,一见有两个人骂王八蛋,便也一蹦老高向大人物吐口水。这样就像大堤决了口子一样,水一流洪水一淹,不是王八蛋的这么一吐一冲一淹一闹也就成了货真价实的王八蛋了。

祝英哲觉得他们讲得有理、有胆、有坏水,便夸奖他们说:"你们俩可真够得上王八蛋!"

这天,二老板终于疲惫地来到襄理的公事房,他一屁股坐到沙发上,用手遮着眼睛,好像二目畏光惧风一般。

祝英哲笑容可掬地迎接二老板,打开公事房的雪柜,问:"您喝什么?橙汁?柠檬水?雪碧?7-up?威士忌?啤酒?香槟?矿泉?苏打水?杜松子酒搀托尼克水?红果?酸梅?荔枝?"

二老板摆一摆手,他低沉地说:"为了公司的利益,也为了老板,希望你不要再搞那些动作了……"

"什么动作?您说的是什么呀?怎么了?出什么事了?谁说的?谁在那里无中生有,无事生非?谁……"祝英哲天真无邪地问。

"拿去……"二老板给祝英哲一张信纸。信纸上写道:

您要小心。祝襄理他们在盯着您,琢磨您。俗话说,不怕贼偷就怕贼惦记。现在,您被惦记了……

在全公司,我最佩服的是您。原先我们住得很近,咱们抬头不见低头见。我真后悔白白失去了许多向您请教向您求知向您取真经的机会。我太鲁了,我生性憨直,就是愿意做事情,多做事情。今后,我就是想在您的提携下,我要拼命做,谦虚谨慎地做。鞍前马后用得着我的时候您只管发话……

看到署名,万万想不到的是赫然写着:"晚生朱大高"五个字。

"什么?是他?"祝英哲的潇潇洒洒高高兴兴的样子被破坏了,他几乎是失态地愕然而且愤怒了。

"不必管他。他是个流氓。他早就在我耳边嘀嘀咕咕,挑拨我和老板的关系,让我早做准备什么的……我相信,他不会不对你施加影响,至少是企图施加影响,他找过你,表白过忠心,献过计策吧,你……"

祝英哲益发慌乱起来。"这个这个……"他语塞了。他给二老板倒好了一杯水,二老板狂饮着,发出一种声音。这声音的世俗性质使祝英哲蓦地重新回到了自己的角色,他哈哈大笑起来,摊开手,他说:"您老这是说些什么呀?我一点也不懂……您要不要吃一点饼干?"

二老板把水杯重重地放在茶几上,阴沉着脸,默不做声连道别也不道,转身走出去了。

祝英哲坐到了自己的皮转椅上,重重地喘起气来,心跳过速,呼吸滞闷。从一个最底层的小文员到襄理,从结着蜘蛛网的老木床脚下到占有一套甲级公寓住宅,他觉得自己已经够含辛茹苦、够隐忍、够有城府心计的了。扪心自问,他甚至觉得自己堪称阴狠了。但是还是太善良,太天真,太幼稚,太轻信。他做梦也想不到外表上傻大憨粗的朱大高能够一面向他和老老板效忠,一面充当他们与二老板作对的间谍与打手,一面向二老板求宠,一面向二老板告密。这可真成了克格勃与中央情报局的双重间谍了!他充当起双重间谍来竟那样得心应手,自然天成!朱大高所有那些浮在面上的缺点毛病,粗俗也好、厚颜也好、无赖也好、失礼也好,却原来都成了他的真正的两面派嘴脸的烟幕。祝英哲本以为一眼就可以看穿朱大高的丑恶与浅薄,却猜不到浅薄的丑恶下面掩盖着那样骇人的两面三刀。人是可能无耻的,为了发财,为了晋升,人是可能做出一些不好听不好看不好说的事的。但他仍然想不到,人可以无耻得这样透彻,这样极度!

大智若愚,大巧若拙,难得糊涂,这当然是一种深邃幽邈的模式。但朱大高可是用劈里啪啦的小智掩盖他的险智,用满世飞舞的浅巧深藏他的恶巧,用心直口快的十三点二百五二杆子形象装扮他的彻头彻尾的欺诈!我祝英哲算是被装在了口袋子里!

门响了,秘书通报说,分部主任朱大高求见。

朱大高兴高采烈地举着公文包走了进来,他说:"我抓住要害了!我抓着二老板反对老板的证据了!"他挥舞着公文包,像挥舞着一面旗帜。然后他打开公文包,掏出一叠文件,放到祝英哲的办公桌上,推到祝英哲面前,自己哼着流行小曲,不待招呼便走到雪柜前,打开门,拿出香槟,摇摇酒瓶,砰的一声拔出了木塞,酒沫喷了自己一脸,酒液一直流到了地毯上。

祝英哲阴沉着脸,一动也不动,像一尊木雕。

朱大高瞥了祝英哲一眼,一怔,脸蓦地一红,眼睛一亮一转,立即坐到祝英哲对面,滔滔不绝地谈了起来:

"不入虎穴,焉得虎子!这次是闯了龙潭,踏了虎洞,我掌握了最机密最重要最关键的材料!兄弟,你这次可是立了大功喽……两军相争,各为其主,为谁,那就看机缘了。老二这家伙,假仁假义,刚愎自用,酸文假醋,目中无人,视我朱大高如草芥!君视臣为国士,则臣视君为父母,君视臣如土芥,则臣视君如寇仇!我这次不是没有警告过他!我他妈的和他拼了!"

"你给二老板写效忠信又是怎么回事呢?"祝英哲冷冷地问。

"我不说了吗!"朱大高立即回答,"我就是为了打进去,钻进去,掌握他们的真实情况!他不重用我,活该他自己倒霉!也许我朱大高成事不足,败事却绰绰有余!"

"那你来找我,找老板,又是真的还是假的呢?你是不是要打进来钻进来坏我们的事摸我们的底的呢?"祝英哲瞪起眼睛,发问咄咄逼人。

"那就请您自己判断了。"朱大高的眼睛瞪得更大,忽地站了起来,在祝英哲的办公室里踱了几步,又拿起高脚杯痛饮香槟,然后低眉顺眼地回到祝英哲跟前:"襄理!您想想,您现在和我说这个,不是恰恰中了老二的反间计了吗?您从哪里知道我给老二写信的事?当然是老二自己传出来的。老二为什么传出来?还不是为了让襄理不再理我,不再信我,不再听我的。总之,这只能证明老二最烦的是我,最恨的是我,最怕的也是我!您愿意按他的主张他的心意他的利益办事吗?咱们打开窗子说亮话,我姓朱的一米八五的个子,一百八十斤的体重,两肋插刀,把块儿卖给了您!我图什么?我逗弄逗弄二老板,无非是给自己留一条后路,也确实为了多掌握一些他的情报,还不是为了给您效劳?我当分部主任的时候您还什么都不是呢!您对老板、老板千金的真情感动了我!感动了就是真心!不感动就是假意!您有两手,我服了!为公司为老板忠心耿耿,谁说不忠来着?再怎么忠我也不是喝西北风的,您也不是喝东南风的不是?我效劳我是为自己!您呢?您不为自己?为自己又怎样?为自己我不是害老板而是助老板一臂之力,为自己我不是反襄理而是为襄理甘受万人唾骂!襄理晋升,我原地踏步不动!襄理孝悌忠信礼义廉耻,我做恶人我打头阵!襄理引经据典吟诗赋文,我拍桌子骂人!襄理一声不用吭,我大喊大叫!襄理唱白脸,我唱黑脸,我哪一点对不起襄理了?襄理是用咱们好呢,还是逼着咱们作对拼命好?我可是不论忠孝仁爱信义和平那一套的!"祝英哲缓缓低下了头,冷笑了一声,又抬起了头,脸上显出了笑容,吟道:"泰山容纳百丘,江海不择细流,这事儿算过去了。"他当着朱大高的面,拿起二老板刚刚拿来的朱大高的信,特意给朱大高看了一眼,缓缓地把它撕碎,扔到字纸篓里,斜着眼补了一句:

"可是下不为例!"

朱大高唯唯。他找来另一只高脚杯,与祝英哲碰杯饮香槟。极好的法国香槟,祝英哲喝了却觉得又酸又"烧心",喝完了漾出来,几乎吐到朱大高脸上。

朱大高走后，祝英哲叫来秘书和修补文物的技术员将撕碎的信拼好粘牢，复制存档。

十二

就在这一年的冬季，在大雪纷飞，水仙盛开，家家赛着吃粤式火锅、川味火锅、闽南火锅的圣诞新年假期，本公司一连串大新闻发生了。

圣诞前夕，祝英哲与海媛完婚，婚礼之盛，几乎被好事者推荐给"吉尼斯世界纪录"收入。新年伊始，老板宣布光荣退休，公司的最高职位，传给了半子英哲，于公于私，天经地义，水到渠成，无懈可击。祝英哲搬进了老板府第，与微跛微钝的妻子一道，尽孝泰山膝前，共享府第奢华，继承公司事业。与此同时，二老板宣布因糖尿病——各项病理指标累计"+"号共九个——而告退。四老板见势不妙，他对新老板早有得罪，辞职获准，经营一个小小的豆腐乳店，销声匿迹，大气也不敢出。三老板尖刻评论太多难以见爱，改任决策评议思想库要员，让他回到那几个尖酸刻薄的秀才圈中，封闭隔离，从早到晚清谈而已，倒也有自由而无危害，也算人尽其才，口尽其用。老黑任二老板，小白任四老板，留下三老板空缺吊胃口，也因为小白身上总有些令祝英哲不喜欢的气味。公司同仁虽有意外，却也旋即适应，一切尽在情理之中。命运最奇怪的是分部主任朱大高，不仅未获升迁，连参加祝英哲、海媛婚礼的荣幸也没有，他没有得到请柬，他的汽车被保镖挡住，保镖都是生人，花钱雇来的，六亲不认。他根本就没能走进祝老板举行婚礼的五星级大酒店。以后他几次求见都被逐出，他气得三魂出窍，七窍生烟，见人就骂祝英哲。终于在五十天后的一个深夜，被祝英哲秘密接见二十五分钟。在老板办公室内，祝英哲又开辟了一间密室，室内放四把木椅，一张沙发，一张轻便折叠床。平时他不允许任何人进这间密室，连他的秘书也无法得知他究竟在密室内做了些什么。这次,他居然让朱大高进来了。他让朱大高坐在木椅上,他自己则半躺在沙发上,两条腿伸得很长很长,似乎是故意显出一种倨傲,又似乎是为了自我咀嚼这种当了老板的新鲜滋味——又舒适,又优越,又觉得挺好玩。

一进这间密室,朱大高好像一下子泄了气,也不大了,也不高了,也不放肆了。他垂手坐在木椅上,屁股只有一点点边缘往椅面上靠,人其实是半站着,就像京剧舞台上的坐姿那样。由于祝老板坐在沙发上,位于他两眼的水平延伸线之下,他赶紧屈背躬腰,做出一种媚态。

欣赏了一回朱大高的媚态,祝英哲从鼻孔里笑出了一声。

"您找我……"朱大高毕恭毕敬地说。

"你现在在想什么?"祝英哲眯起眼睛问。

"我听您的吩咐!我愿为您做事。我愿为您谦恭谨慎而又奋力拼搏……"

"假的。"祝老板轻轻地讲了两个字,不容反驳。

"我想只要我们联手,您打头,您露脸,我给您干实在的事,您坐车,我拉车,我们的公司就可以……"

"还是假的。"祝老板的四个字更加阴冷,而且声音遥远。

朱大高咬了咬牙:"我怨您,您提升了老黑,您又升了小白,可是您一直没有找我,我觉得……"

"有了百分之四的真实性了。"祝老板准确地说。

朱大高打了一个寒战,他不明白祝老板为什么不说是百分之四点四二。那不更精到、更可以置他于死地么?

"今天您叫我来,我心怦怦地跳,您叫我进密室,我又害怕又高兴。我想,也许您要给我点好处了。可是……"

"可是什么?怕什么?"新老板似乎感到了一点兴趣。

"也许您会杀了我……"朱大高哆哆嗦嗦地说。他自己也不知道自己在说些什么。他实在不知道从哪儿来的灵感。

"哈哈哈哈……"祝老板笑得几乎闭过气去,"完全是胡说,百分之百的假话,但你的假话也还漂亮,就像假的蜘蛛,似乎比真的更有魅力,更美……"他说着,按了一下沙发扶手上的一个按钮,从天花板上落下来一个黑色的大蜘蛛,蜘蛛是挂在一条钢丝上的。大蜘蛛在朱大高鼻子尖前晃来晃去,吓得朱大高左右躲闪。祝英哲眯着眼睛哂笑。没等朱大高分辨清此蜘蛛的真相,祝英哲又按了一下按钮,钢丝迅速收缩回顶棚了。"您的想法我知道,"祝英哲变得客气了,他文质彬彬地说,"您在想,祝英哲这个黄毛小子有什么了不起,两年前走在街上他还不是形同一条癞皮狗……"

"我没有……"

"少插嘴,听我说完。"祝英哲制止了朱大高的任何申辩的尝试,"你还想,没有我的抬轿,他祝英哲能有今天吗?论功行赏,我起码应该做二老板……你承认了。你敢不承认吗?你想的不仅仅是这些。依你的禀性,你怎么可能想到这里就完呢?你想的是,你对我不仁,就别怨我对你不义,我他妈的改换门庭,我和你祝英哲作对,我非把你姓祝的拉下来不可……"

"您说的都是实话。我没少骂您,我骂的比这些难听得多。"朱大高横起一条心,只能这么答了。

"嗯。承认就好。我找你来是告诉你:第一,你两面三刀,我暂时不能信任你,我需要考验你,你需要接受我的考验。第二,你总是为人所用的,与其让别人用不如让我用,与其当别人的跟班不如当我的跟班,与其让别人用你来咬我,不如让我用你去咬人。反正拉一拉你就是我的朋友,推一推你就是我的敌人。我决定还是拉一拉你,我不会亏待你的。比如说……"说到这里,老板走到床头,掀开床罩,从枕头底下抽出一大叠信件,"你看,这些都是对你的控告信,现在起码有三十几个人在告你的状,贪污、诈骗、受贿、赌博、吸毒……还有伤风败俗。我全给你包下了。其实,老老板在任的时候告状的信就有许多许多了,老老板交给我处理,我保护了你。"说着他把信拿近,让朱大高看了看,不等他看清任何一张纸,又把它们掖回枕头下面,把枕头与床罩收拾好。祝英哲接着说:"现在我留下你不晋升,这有好处,这也是对你的保护。咱们放长线钓大鱼。反正你也向老二效过忠,献过策,你就继续骂我好了。你要弄清老二等人现在的情绪、意念和动作。你要继续做他的朋友。好,你可以走了。"

"好厉害呀!"朱大高倒吸一口冷气,唯唯而退。

不久,朱大高又自称掌握了证据,证明二老板卸职后仍然心怀不满,多有不轨。他提出了万无一失地进一步打击前二老板的法子,用这个法子二老板必定粉身碎骨,永无出头之日。祝英哲漠然听取了他的惊心动魄的献策,严厉地说:"有情况前来报告就行了,其他少管!更不可轻举妄动!"祝老板的样子并不欣赏他的恪忠恪智,朱大高更觉摸不着头脑。"莫非新老板不但比旧老板强,而且也硬是比我高?"朱大高迷惑了。

十三

祝英哲的祖籍是在华北,他从来没有去过华北,但他从小就常听到父辈人讲起家乡的一句俚语:"新盖的茅房三天香。"意思是,新鲜的东西总是香的,即使是茅房——厕所,头三天也是香喷喷的可爱的,何况新任老板?新娶了海媛为妻?新迁入老板的府第?最初几天,他沉浸在一种节日的喜庆气氛中。他很滋润,气畅血通,身轻体健。他甚至很感动:真是"天生我材必有用,千金散尽还复来"!真是"只要功夫深,铁杵磨成针"!真是"皇天不负苦心人"!想到他的坚忍,他的毅力,想到他付出的每一个白天和每一个夜晚,想到多少个白天和夜晚的他对自己的近乎残酷的控制,他鼻酸咽热,几乎哭出来!继而一想,一切他追求的,全得到了!真到手的那些日子,一切竟又像是探囊取物一样的便宜,手到擒来,得来全不费功夫。他又为命运的莫名的无公正无逻辑难以预料而愤愤不平地快乐起来,同时又得便宜又卖乖地叹息起来了。

海媛在车祸之后似乎变成了另一个人,不但腿瘸,脑筋慢,而且常常发作一种抑郁和阴沉。结婚第三天,她忽然整日不说话不出声了,和她说什么她都毫无反应,不论谁对她说话她都毫无反应。祝英哲拥抱她,爱抚她,她轻轻地却又是坚决地把祝英哲从自己身上推开。祝英哲顽强地,也许可以说是强迫地去与海媛温存,还没有开始就停止了。因为他感到自己的怀中不是妻子,不是女人,而是一个固定的木架上的标本,拥抱她比拥抱一根木头还令人头皮发麻。他想起自己的决心,自己追求海媛的漫长的惊人的过程,他重新凝聚起自己的意志,他重新向海媛吟诵自己的情诗:

当玫瑰花开的时候,
我心里的刺更深了。

海媛茫然地看着他,然后结结实实地打了一个哈欠。她流出了口水,口水流到了羊绒衫的前襟上。

四天以后海媛活跃起来,她热烈地不分时刻地与祝英哲拥抱,一见面就抱,一抱就不撒手……最热烈的时刻她喃喃地呼叫,叫的不是"英哲",也不是她的死于车祸的前夫,而是一些相当陌生的语音:"qinhan",莫非是电影明星秦汉?"kofman",是考夫曼?美国的电影明星?她的发音可不是英语,而是汉语。怎么又出来一个"liuyisi"?是刘易斯——那个世界短跑王子?她难道认为正在与她做爱的是一位黑人体育巨星而不是他祝英哲?他感到毛骨悚然,汗流浃背,于是虚弱得像一个破了孔的废旧汽车内胎,软塌塌的一无用处了。

半夜醒来,借助他打开的床脚灯,他打量着贴满锦缎护面的花里胡哨的四壁,他打量着悬垂在壁顶的灰暗中显得奇形怪状而且摇摇欲坠的吊灯,他谛听着开到最低档的空调器的低缓、烦闷、执拗的噏音,他抚摸着盖在身上的轻柔细腻——似乎比他的皮肤还要质地精良得多的毛毯,他回头看了看蜷曲成一团的海媛的身体,他顿时感觉到一阵陌生。这一切都不是他,这一切都与他无关,他只是一个外来的人,比客人还糟。干脆他不过是一只老鼠,一个蜘蛛,一个蟑螂,一个土鳖,爬入了一间华丽的卧室,而这间卧室里的一切,不论是墙壁还是天花板地板,不论是吊灯还是曲颈台灯和脚灯,不论是床具卧具还是它们的真正主人,都在排挤他、嘲笑他、暗中窥伺着他。

"死……于……非……命……"他莫名其妙地念着这四个字睡着了,又醒了。

早晨老老板过来与他们夫妇一道吃早餐,他和海嫒都无话可说。老老板一个人谈过去的事,哪笔生意是如何做的,哪方产业是如何购置的,哪次难关是如何闯过的。他的侃侃而谈使祝英哲更加感到压抑。退休以后,老老板的谈兴比过去浓多了,他似乎更急于回顾一切与发表见解,而过去,他是从来不苟言笑的。

晚上很晚他才回到家,老老板的客人还没有走,他们大多是公司的一批老职员,也有现任的一些专门家,包括总会计师还有一位建筑学家。这种长时间的、人数很多的聚集使新老板皱眉。公司的心还是向着老老板的吗?

他们一般是这样的,早晨,父、女、婿三个人共用早餐,共享天伦之乐。中午,祝英哲或者在公司或者找一个餐馆邀请一些人吃工作餐,而海嫒与她的父亲在家共用午餐。晚上老老板自己单独用餐,或单独邀请自己的客人。祝英哲如果没有应酬,就回家和妻子一起吃晚饭,实际上他晚上的应酬很多,很少与太太双双用饭,相形之下,倒是太太和岳父常有机会在一起,这也使他感到不快。

"爸爸,"第二天吃早餐的时候,祝英哲一面啜着燕窝粥一面以明显的亲热劲儿对岳父说,"您现在退休了,享清福了,您为什么不参加富豪俱乐部?高尔夫球乡村俱乐部?钓鱼俱乐部?不去黑天鹅夜总会?那儿是非常高雅的,在那儿跳脱衣舞的菲律宾女郎,是经过国立医专附属医院严格检查的,上次泰国人妖到那里巡回演出,听说院长少爷去了,院长本人戴上墨镜,也到那里微服出巡去了……"

老老板唔了一声,把眼睛看向窗外。一分钟后,他从口袋里拿出一个袖珍电脑,劈里啪啦按动按钮,计算起来。他在算什么?算公司的账目?算他喝燕窝粥的米粒?算他已经活了多少个小时,还有多少个小时好活?

祝英哲觉得自己受到了冷淡。他负气地大口喝粥,发出响亮的"吧唧吧唧"声和"稀里呼噜"声,他猛然意识到自己啜粥的声响太大了,而上流社会的人吃吃喝喝都是悄没声息的。这些该死的贵族老爷阔佬阉猪!他减少了每一口吸啜粥羹的数量,他抬了抬眼皮,糟糕,岳父和妻子都用一种异样的眼光瞪着他,倒好像坐在他们身边的不是一个人,不是新上任的老板,不是他们的亲属,而是一只来自非洲的大猩猩,不,干脆好像他吃着早饭一下现了原形,变成了一条鳄鱼似的。

祝英哲愈发气恼,他的嘴唇哆嗦起来,然后传到了耳朵,然后传到了上体,然后他的发抖的手碰翻了摆在他的左前方的木瓜汁,然后吃煎鸡蛋的时候他把蛋黄吃到了鼻子尖上,用餐巾擦鼻子的结果是擦黄了整块餐巾,擦黄了整个人。最后,喝咖啡的时候,他突然流出了一滴清鼻涕,清鼻涕落到他的咖啡杯里……

在这一顿早餐结束时候,祝英哲简直下定了决心,三日之内,他要放一把火烧掉老老板府第、烧掉老老板和她的白痴女儿,干脆也烧掉公司的写字大楼。然后,他去参加恐怖组织,竹联帮也行,社会革命党也行,巴勒莫教父指挥的黑手党也行,诺列加的贩毒团伙也行,行刺甘乃迪的那一拨也行……只要能把这豪门内外的流氓大亨鹰冠庄园搞它个天翻地覆参加什么都行。

这天晚上他没有回家,他到阿美利坚夜总会去了。早饭时他回到自己家的餐室,他声称公司的业务忙,他忙了一个通宵。他彬彬有礼,对岳父和妻照顾得无微不至。他像一个大姑娘一样地低头细声细气地说话,动作缓慢而且文静。他相信自己已经跨越了心理危机,他一定能够成为——上流社会的真正精英了。

十四

  不知道是祝英哲的进言使然还是生活自身的逻辑的作用,渐渐地,老老板开始培养自己的更多方面的兴趣,更多地从事起娱乐文艺活动来了。经过挑选,他终于参加了一个网球俱乐部,一个美术俱乐部。网球打了几次,有一次为救一个球他摔倒在草地上,后来去医院检查,除了腿部有擦伤外,腰部肌肉也有扭伤。医生认为,鉴于数年前车祸造成的后遗恶果,他不宜再参加竞技性的体育活动。老老板的性格是咯嘣脆的,于是他立即停止了打网球。但对美术的兴趣越来越浓,很快他就成为一个著名的美术的事业赞助者,一位鉴赏家,甚至他自己也画起油画来。他画了一匹又一匹的马,虽然自己并不满意,虽然他自谦地说自己"画马不成反类鼠""画马不成反类猪""画马不成反类虫",但是艺术专科学校的校长与另一位在巴黎举行过画展并荣获法国文化部的奖赏的油画的权威坚持说老老板有绘画的天才,说他的油画有一种东方毕加索西方八大山人的泛现代风格,他们以及其他画界耆宿们强调指出,他们绝对不是因为他给画院捐赠巨款才夸赞他的画的,"大师一出现就是大师!"他们说,"而在大师的艺术面前,金钱算得了什么?黄金如粪土!在艺术大师面前提及阿堵物,实在是对人类文化对人类智慧的侮辱!"他们进一步指出,老老板青年时代没有从事艺术而去从事实业,实在是选择上的错误,是人类文化史上的一件憾事,是华人美术事业的一个损失;而且实在是人材浪费的一个悲剧,是社会规范与实利考虑戕害人的性灵的一大罪证……

  听到那么多耆宿论证自己的天才,老老板觉得可疑,又觉得快活。也许他的类鼠类猪类虫类马正体现了天才的创造,特别是经历了车祸的天才的震荡的匠心?现在不是时兴把美女画成猪八戒,把俊男画成秃山羊,把树木画成密电码,把山峰画成牛粪堆吗?那么,他的油画又有什么可以挑剔的呢？于是他最终同意了,他选了四幅画,与另外四名画界耆宿联手参加大展。一位东洋观光客愿意出重金买下他的画,他微微一笑,摇头,不卖。最后给这位东洋客签了一个甚草无比的名了事,他的名望更高了。

在这些美术活动中,老老板结识了一位年轻的雕塑家兼画家、版画家,人们称他为"小石匠"。因为他最喜爱石雕,常常是身穿工作服,怀揣钎、凿、锤、锛、斧,弄过一块石头来,大可如象,小不盈掌,敲过来凿过去,成就出各种似真非真、似像非像的物件。在一个展览会上相识,老老板看中了他的雕塑作品,特别是其中喜、怒、哀、乐一组,分别看是四张脸孔,喜得透彻,怒得火爆,哀得神秘,乐得潇洒,都是真人生真境界,四块石头放在一起,四张面孔向着四面,四个形状不规则的脑袋拼成一个似花瓣又似风车、似瞳孔又似太极图的图案,虚虚实实,明明暗暗,似乎有说不完的意蕴。小石匠画的风景画《天鹅湖》也令老老板十分喜爱,暗重的底色,混杂的水草,一只受了伤的羽毛并不洁白的天鹅,竟使老老板落下了泪来。好像他已经寻找它很久了,他老了,他这才等到了它。

"是我把它打伤的么?"他用忧伤的语调问油画作者,周围的人听不清楚,互相疑惑地打量。小石匠的眼睛突然一亮,他费了好大力气才遏制住自己的激动。

老老板顺手摘下了自己手腕上戴着的白金壳子的瑞士劳来士表送给小石匠做纪念,小石匠坚辞不受。老老板请求小石匠给他一张名片,小石匠说自己没有名帖。老老板请求小石匠为自己留下地址,小石匠犹犹豫豫地写下了。老老板问:"我什么时候可以去拜访你?"小石匠说:"寒舍不成样子,不是您老去的地方……"老老板神色黯然。

小石匠家住在郊区,竹篱柴扉,黄土打墙,石片做瓦,但室内还是过得去的,特别是小石匠的画室,宽大明亮,画案是红木做的,看式样很像明代的物品,这使老老板对他们家的来历猜测起来。画室四壁堆满了石头,端的是"石匠"之家。

过了一个星期,老老板又去拜访小石匠,不仅他的作品,而且他这个人,越来越引起老老板的兴趣。小石匠身材不高,头发自然弯曲,头很大,眼睛不大但黑眼珠十分明亮,眼睛里的"黑白"是这样分明,简直令人惊异。小石匠不爱说话,但说出的每句话都清楚明白得体,对老老板不卑不亢,全无其他年轻人的那种油滑浮躁之气。第二次拜访,老老板带来一些国外的画册,还带了一些新东阳出品的蜜饯干果与一箱马来西亚出产的芒果。小石匠辞谢了一番,终于还是收下了。

"你没有成家吧?"老老板问。

"还没有。"

"难道你是一个人生活在这里?"

"还有家母。"

"可不可以请出来见一见?"

"这个……"小石匠面露难色,"等我去禀报一声。"

等小石匠的母亲出来以后,把老老板惊呆了。

她不是别人,就是十七年前被老板挤对得破了产、发了疯的鸭飞。

"是你?"老老板问。

"是我。"鸭飞踽踽走来,神色十分平静。

"真是巧遇呀!"老老板非常激动,"已经十七年了!"

"嗯。"

"你身体还好?"

"就这样……"

"你出院……"

"也有好多年了吧,是吗?"她问儿子。小石匠点点头。

故人别来无恙。鸭飞头发几乎完全白了,但头发仍然很多很亮。她的额头的皱纹也很明显,但整个面孔仍然保留着当年的风韵。特别惊人的是她的身材,如果看背影也许你会以为她是个少妇。她的眼神是那样清澈,那样安详,你无法想象有这样的眼神的人曾经开过赌局,开过妓院,曾经和黑社会有着千丝万缕的联系,就是说,她不但疯狂过,而且十分怕人地邪恶过。

"您身体……好了?"老老板问话的腔调里有几分酸楚。

鸭飞微微一笑,没有回答。她的笑容里带几分怜悯,又带几分嘲讽。

"我也退休了。"

鸭飞点点头。

"我们……都老了……"

鸭飞摇摇头,走过来再一次与老老板握手,她的手指十分纤弱,但握起来仍然温热有力。她说:"问您女儿好。保重!"然后她袅袅离去了。

春天来了,山花烂漫。在一个风和日丽的周末,老老板邀上小石匠和他的母亲一同去郊游,他们来到了半山上的月牙湖畔。他们搭起了帐篷,老老板与小石匠住在帐篷里,鸭飞住在旅行面包车的帆布床上。他们在山坡上追逐野兔,喂食松鼠。有一种毛色火红的松鼠特别与人亲近,见了人就"立"起来,用前腿向人行礼,索取面包、水果和奶油糖。然后他们招引飞鸟,他们携带了一小口袋未去壳的糜子米,当他们抓起一把糜子米,平摊开手掌,伫立在半山坡上的时候,一对又一对、一只又一只的黄鹂、百灵、野鸽子飞来,用它们的小爪子抓挠他们的手指手掌,啄食手心里的谷物。他们的手心被啄得又痒又疼,他们哈哈大笑。他们在山坡的草地上打滚。小石匠翻了一个大车轮(侧翻),老老板说他也会翻。他用右手支地刚要用力,头一昏摔倒在草地上。小石匠和鸭飞赶紧来救助他,老老板突然意识到自己是一个弱者,而弱者能享受到更多的同情和关怀。这种弱者与有所获得的感觉几乎使老老板流下了泪,他干脆闭上眼睛,耍赖似的在草地上躺了几分钟。他吸吮着草地里的野薄荷的气味,觉得自己似乎正在变成一个孩子,正在开始生活开始接触世界。往事蹉跎,多少岁月都那样不近人情地抛却了。现在,小石匠拉着他的手,鸭飞抚摸着他的前额,眼泪流到了他的耳朵里。

后来,他们一起钓鱼。然后自己拾柴,用湖水煮湖鱼。他们吃了许多鱼,又喝了自制的米酒。他醉了。

晚上,老老板叫小石匠揭去了防雨用的帐篷顶盖,他们躺在气垫褥子上看星星。老老板要求小石匠给他讲一讲他的童年,他的生活,他是怎样走上艺术的道路的。

十五

我没有爸爸,您知道,我妈妈没有结过婚。这样的妈妈就更爱我,我更爱妈妈。在我上小学的时候妈妈进了疯人院,所有的亲戚朋友都离开了我们,我进了孤儿院。

我不喜欢孤儿院的环境,更不喜欢看管我们的修女。我找了一个机会跑了出来,我沿着铁路走,铁路进山洞我也进山洞。山洞里黑极了,我摸着黑往前走,我的两个脚都踩在水里,鞋湿了,袜子湿了,裤脚也湿了。走了大约快一个小时了,仍然看不到洞口,好像我走入了一个死洞。就在这时一道强光照过来,后面来了火车。我扶着洞壁,浑身发抖,火车风驰电掣一样地开过去了,一阵一阵的强风好像是要把我从洞壁上撕裂下来,要把我卷到火车车轮底下,要把我碾成烂泥。我害怕极了,浑身发抖。车轮声音震得我抖得更厉害,我的耳朵不但要聋了,而且疼痛得要裂开,我的脑袋也震木了。最后火车过去了,呛得我喘不过气来,又是一片黑洞洞。但我总算相信这个洞不是死洞,坚持走下去会有出口。

我最后总算走出来了。出洞的时候我一身一脸的煤烟,我的衣服齐腰以下完全湿了,不知道在哪里挂的,裤子撕了一道三角口子。可不管怎么样我真高兴!太阳照得我睁不开眼,天蓝得像是洗过的,树哇田哇石头哇道路哇各式各样的形状都清楚极了,好看极了。我第一次发现了这个明亮的世界,为了得到这个世界,钻山洞闻煤烟、冒危险,这都是值得的。

一个农人收养了我,我每天去打柴,我成了山的儿子。我喜欢每一块石头,我琢磨每一块石头的形状。半年以后,孤儿院找到了我,他们说我的一个舅舅从南洋回来了,他愿意负起监护人的责任……忽然,我的生活又变了……

我们都生活在各种形状之中。我常常抚摸各种石头。有的粗粝得好像要划破你的手,要扒开你的皮,它们存在得很困难也很顽强。有的光滑细腻,虽然冰凉却有着一种润泽。我问一块玉一样的石头:"你能忍受这个世界吗?"石头说:"我的力量就是无言。"是的,所有的石头都放光,所有的石头都有自己的语言、形状和质地,这里面有说不完的话语。

后来妈妈病好了,她好像刚睡完一个大觉。她对我一切都好,只是老催促我找一个伴侣。我找了一个护士,她很温柔,很美,身上老是带着一种水杨酸酒精溶液的气味,我也爱闻这种气味。我抚摸过她的肩头,我觉得那真像是两块完美的石头。她来过我家一次,她被我满屋的石头吓着了,她不再来了。

我不知道您为什么对我感兴趣。我要告诉您实话,就是您不是画家,您画得并不好,他们捧来捧去看中的都是您的钱袋。我这样说很不礼貌请您不要介意。但是您画得不俗。画得不好没关系,从您的画里我觉得您很寂寞也很贫穷,对不起,我这样胡说……换一个环境换一个活法您本来是可以很富有的……您活在世界上,人人尊敬您,然而您一无所有。

我给您说了小时候我走入火车隧道的故事。我常常一次又一次地觉得自己是刚刚从黑洞里走出来。我们每个人眼睛一闭就进入了隧道,一旦真的睁开,就会有所发现。我珍惜每一个形状,每一个轮廓,每一道光,每一种手感……也许现在不是搞艺术的时候,这里也不是搞艺术的地方。也许我只是生活在自己的自欺欺人的梦里……不这样又干什么去呢？您能给我建个议吗？比如我去当强盗还是去当警察？当大官还是当政治犯？当老板还是当伙计？比如我开药铺，您说我是卖有毒的未必有效的真药好呢？还是卖多少起点安慰作用的假药好呢？我说得太多了，因为我累了。再见，祝您梦见天底下最好的石头。

小石匠立即睡去了，嘴角上带着微笑，他的鼾声变成了夜风的一部分。老老板注视着上面的那小小的一方天空，星星好像落到了湖里了，湿漉漉摇曳曳的，风把星光吹动得时而散乱模糊。如果老老板有灵魂的话，那么这灵魂正从他的囟门逸出和升腾，顺着风走到多星的夜空里。夜像山洞一样黝黑，星星像悬挂着的灯光一样摇摇欲坠，而他的被放逐的灵魂，穿过一层又一层的星星，穿过一层又一层的黑夜，升腾，升腾，四散，飘摇……

根据老老板的建议，公司为小石匠建造了一处画廊，包括两个展厅，一间雕塑工作室，一间绘画室，卧室，客厅，卫生间和一间备料用的贮藏室和一间贮藏作品用的画库。公司还聘请小石匠担任了公司的美术设计师，由小石匠做主并且指挥，他们更新了整个公司写字楼的布置、装饰和陈列在走道、大厅、每一间办公室里的装饰品与艺术品。祝英哲对小石匠没有什么兴趣，但是他知道，一家像样的公司，在外观上陈设上必须赶得上世界潮流与地方时尚，他知道所有这些布置、摆设和装饰，是整个公司的信誉的一个部分。他去过一些跨国大公司的写字楼，那里的温室、热带植物、庭园、争奇斗艳的各种美术品以及整个建筑与建筑内各种物品的造型直到每一片玻璃每一块马赛克，都使他忘记自己是去了一家公司，而宁愿相信是置身于一个植物园或者一个美术馆。所以，尽管老老板的建议耗费了公司不少的钱，他也没提什么异议。再说，他觉得老老板越来越耽于艺术，是一件好事，艺术只可能把老老板引得离家远一些、离公司远一些、离世界远一些，艺术搞多了老老板就会发另一种神经……这就更不碍他的事了。艺术应该是安全的代名词。

后来传出了消息,说是老老板常常在小石匠家里消磨自己的时间,祝英哲觉得这样也好。又说是老老板如何如何宠爱小石匠,说是老老板认小石匠为义子。祝英哲蓦然心动,又觉得其中或许另有名堂——老老板的心机从来都是精明邃密的。又说是老老板要与鸭飞结婚,祝英哲觉得可笑、可惊、可疑,不像真的。

这天早晨刚到公司,朱大高已经等在密室门口。祝英哲表示他马上要主持公司精英会议,没有时间与他谈话。朱大高伸出食指警告说:"情况危急,你要被扫地出门了,我只和您讲一句话。"祝英哲皱着眉走进自己的密室,自己不坐,也不让朱大高坐下。朱大高便站着说:

"老老板为鸭飞与小石匠在美国第一国家银行开户的第一笔存款是十二万美元。这是我的一个耳目冒着坐班房的危险为我提供的情报。老老板已经决定在今年圣诞节与鸭飞结婚,并使小石匠正式获得他的财产继承人的资格。为此,他已经去大律师严为鹤博士的办事处进行过咨询。您不信?我十天内给您搞来他与严老五的谈话录音,只是,您得给个价儿。还有,据卸任的三老板的密报,老老板正准备用小石匠换掉您,他的这个意思已经透露出来了,上月二十四日,他已经去参议长那里谈起过这个意思。当然,他谈得很隐晦……然而,参议长把消息透露给了二老板。"

祝英哲又皱了一下眉,把电动黑蜘蛛放了下来,又收了回去。他打断他的话:"现在不要说了。中午十二点三十分,我们一起到聚福楼吃蛇餐再说。"

"是,老板!"朱大高毕恭毕敬。

……此后的戏没有人看得完全、看得逼真、看得明白,更没有人看准看透看深戏中的戏、戏后的戏、戏外的戏。事情的发展不但出乎看戏的人的预料,也出乎演戏的人包括第一主角和第二主角、主要英雄人物与其他英雄人物的预料。曾几何时——人们想得到吗?一年以后,祝老板与原二老板结了盟,他们倚重朱大高与老黑二位先锋大将,向老老板发动了猛烈的攻击。从暗箭到明枪,他们指责车祸后的老老板企图一步一步把公司引向毁灭,他们指责老老板已经从一个干练的实业家变成一个沽名钓誉的软塌塌的糟老头子,他们指责老老板患的是一种老年性痴呆与老年型精神分裂症,他们指责老老板与鸭飞母子的关系反映了老年型的妄想狂。他们不但指责老老板而且指责小石匠与他母亲。他们说小石匠与鸭飞不择手段巴结老老板意欲侵吞老老板的财产与抢夺早应属于祝老板的老板职位。他们不惜给小石匠戴红帽子,根据是小石匠手头有一本大陆出版的《野草》。他们说小石匠一贯反对国民政府的大陆政策——从"反共复国"到"三民主义统一中国"。他们用尽了一切手段,果然警备司令部以"涉嫌通匪"的罪名拘捕了小石匠。他们进一步请求警备司令部调查老老板的政治倾向。

　　小白一直是跟着祝英哲做的,小白化名撰写了许多人身攻击也揭人隐私的文章,在一些二三等报刊上攻击老老板、小石匠与鸭飞,但是小白不赞成给小石匠扣红帽子。小白也想不出什么道理,天理良心,小白只是觉得这样做违背了生意人的游戏规则。正如小白白白净净,自诩风流倜傥,不但情妇女友一大堆还经常出没在烟花丛中,但是有一次小白结识了一个风流尼姑,小白很喜欢这个人的谈吐气质,最后还是退了下来。他的下意识里仍然存在着某种"罪过"的界限难以逾越。害人是可以的,但不要戴红帽子,正如嫖妓是可以的,但不能搞尼姑。他深信如果诬陷了红帽或者搞了尼姑,家里肯定会"生小孩不长屁股眼儿"。

　　"不要拉扯上鲁迅和大陆吧。"小白咕哝着说。

　　祝英哲勃然变色。他的颜色使朱大高与老黑屏神静气,一声不出。他的颜色使小白心惊肉跳,他低下了头。半晌,他抬眼皮往祝老板那里看,一阵眼花,他看见的是一只大花蜘蛛。

　　"哼,你还搞这一套,搞这一套假仁假义假惺惺,我想我的小白弟兄总不至于今儿晚上去找鸭飞通消息或者找老老板告密请赏吧?"祝英哲阴阴阳阳地说,他的腮肉颤动着,由于发胖,他日益显得浮肿。

"祝老板,您这是说什么呀!"小白惊叫惨叫。

"幽你一默也!"祝老板笑了起来,"那好啊,大高,"他转向朱大高,"你再不要提鲁迅和大陆的事情了,不要让小白于心不安呀……"

底下的商议便不能进行。一个蜘蛛坏了一锅汤,小白想,这一切都是我搞坏的。他忆起他年幼的时候,有一次跟随叔叔到一家陕西乡党开的小饭铺吃饭,吃的是羊肉泡馍,热羊肉汤里放了一些辣椒,他边吃边闹,说是太辣了,受不了。吃到最后,他看到一枚炸焦了的葱花,他说:"这个香!这个不辣。"他用筷子把"葱花"夹了起来,他看见了八条细腿——那是一个蜘蛛。

此后祝老板议事便再没有小白的份儿。不但没有小白的份儿,而且祝老板立刻看中了小白的一个死对头涂勇。那人有一次搓麻将时偷看牌,被小白养的一只大黄狗看见了。由于主人精通"麻"艺,其狗也成了麻将牌规则的熟悉者与维护者。当小白与客人们一起打牌的时候,黄狗往往聚精会神地盯住牌桌。涂勇不等上家发牌就先偷看牌,被黄狗发现叼住了袖子。涂勇面子上不好看就赖账说是狗看错了,狗汪汪地叫,涂勇嗷嗷地喊,小白笑得有趣。小白愈笑,涂勇愈挂不住,便拿起椅子与黄狗搏斗。黄狗虽不懂话,但对涂勇的无赖也看在眼里明白在心里,便也愈发撕咬起来……最后黄狗虽然被喝退了,涂勇却因失态丢尽了面子,怏怏而去。此后两人又因为争一个女人闹了一气,最后几乎到了不共戴天的程度。

前几年因小白受宠和晋升,涂勇极潦倒烦闷。谁知突然受到了祝老板的青睐,涂勇大喜,逢人便说自己这一回总算赶上了"车"。表面上看,小白还是四老板,但是公司诸事,既不与小白商量也不与小白通气,什么事也不分派给小白去做,什么会也不让小白参加,立竿见影,小白马上见了颜色。原来归小白管的事,涂勇都要以"受祝老板委托"为名插上一脚,使涂勇成了事实上的四老板。祝英哲的这种行事方式使小白惊呆了,使公司诸要员惊呆了,甚至使朱大高与老黑也惊呆了。朱大高私下与老黑交换意见,"勤谨着点!小心着点!从此,咱们活是祝老板的人,死是祝老板的鬼,没别的说的!"他们服了。

三下两下,走投无路,小白变成了老老板的亲信,老老板想不要也不行,老老板想躲到自然里躲到艺术里也不行。而朱大高与老黑成了新老板的干将。小白与老黑本来是一对老搭档,两个人的太太也多有来往,交流炊艺,品尝美食,一道参加减肥俱乐部,尤其是一夜一夜的筑城之战,二位太太如胶似蜜。孰知二位先生分道扬镳之后,二位太太也反了目。二位先生虽然互不来往,各为其主,但总还可以互相回避,避免当面摩擦热战。太太们则不同了,从见面后的热烈拥抱寒暄问候到冷漠无语,从冷漠无语到怒目而视,从怒目而视到愤然地咳嗽与啐唾沫,从咳嗽啐唾沫的上呼吸道活动又发展到了语言中枢与声带、喉头、口腔、齿、舌、唇诸器官——

老黑太太见了小白太太便说:"觅了什么高枝啦,连老朋友都不认了,还擦胭脂抹粉地臭美呢!"

白太太说:"善有善报,恶有恶报,一肚子坏杂碎,死了阎王老子都不收!"

黑太太:"没本事上台面就缩在螺蛳壳子里好啦,偷鸡不成蚀把米,没有金刚钻就别揽那个瓷器活儿!这不是,狗咬尿泡一场空了吧?"

白太太:"走夜路唱歌,自己给自己壮胆就是了!还真当是贴上个要人大亨VIP呢,呸!根本不是正牌,能不能兑现,恐怕还得查查来历呢!"

然后由事业性论战进入人身性攻击:

黑太太:"还说唱歌呢,就那嗓子能吓死一片!还减肥呢,一顿吃一个母猪,再参加八个俱乐部也是个大皮缸呀!"

  白太太:"不用管是法国造还是德国造,抹下假发当姑子都不用剃度!还弄个红不红黄不黄黑不黑的颜色呢,也不知道是外国人日的还是串了秧儿!"

  最后两个人动了拳脚——中国功夫加大和空手道,幸亏拉架的人来得快。她们两个人的争斗为有钱有闲的阔太太们增加了许多谈话的资料,增加了许多交际乐趣。人们绘声绘色地学她们俩的声口,添油加醋,加了许多脏话许多平日难以出口的名词和动词。于是听众狂呼:"啊,她们竟说出了这个!"然后掩口掩面,摆手摇头,面红心跳,又笑又叫,排泄出许多力比多和浊秽之气。

  最神秘的还是海媛。有人说海媛是这场争夺战中的关键人物。说是由于老老板倾心于鸭飞和她的儿子,使海媛的继承权受到严重的挑战,这样,经过丈夫和丈夫的朋友的反复劝说,痛陈利害,海媛完全站到了丈夫这一边。海媛与父亲说了又说哭了又哭闹了又闹,老老板鬼迷心窍执意不听,最后海媛动了真格的,举发了老老板害死他的发妻、她亲生母亲的有力证据,还有许多讳莫如深的老老板的私生活丑闻。她其实早有心计,早就积累了各种足以使她的老爹身败名裂的罪证,到了关键时候才抛出来。一见这些罪证老老板便发作了心脏病,倒在地上并发了脑溢血,然后偏瘫,然后失语……

  也有人说海媛为维护父亲的尊严和利益与丈夫反目,扬言要与丈夫离婚。于是丈夫对她进行了令人发指的残害,利用她车祸后稍有痴呆的特点,诱骗她喝了毒酒,使她的神经功能进一步退化,最后干脆变成了尿在床上拉在裤里见了丈夫叫爸爸见了父亲叫宝贝的白痴。正是由于女儿的病重,气恼伤心的老老板才精神崩溃。

  或者说海媛一会儿拥夫打父,一会儿爱父攻夫,她的一会儿一变使父与夫的冲突更加不可调和,使自己也终于精神分裂——简直说她就是祸害的根苗。或者说海媛自从车祸后智能状况日益恶化,她其实早已不是女人,更不是人,而只是一株草本植物。或者说祝英哲本来是家丑不外扬派,想使老老板体面地离去,甚至不反对他与鸭飞结婚,准备与他分家后各行其是各不相干的,但是海媛不答应,"最毒妇人心",是海媛逼着祝英哲把老老板挤入地狱的……

有一位去美国闲荡过八个月的通俗小说作家认为这个故事提供了极好的小说材料。老老板、海媛、祝英哲、小石匠、鸭飞,这五个人之间充满了乱伦情结与乱性(同性恋)情绪。他们中的任何两个人之间,都已经有或正在有或将要有成为社会文化规范集体无意识所不能允许的暧昧关系,如果他们的故事编一个脚本交给好莱坞——荷里活,或者干脆交给大陆哪个生学猛学好莱坞的电影摄制组,那才有味儿呢!

十六

分析和猜测千姿百态,扑朔迷离,无一不言之有因,无一能自圆其说。而事情本身,呈现出来的却相当简略。

一年多之后,老老板患病住院,虽能笔谈,已无言语,公司实业恍如隔世,艺术云云亦不甚了了。鸭飞再没有出现在他的生活里,鸭飞早已销声匿迹。小石匠坐了一段班房,终因查无实据而取保释放。释放后去看过老老板一次,老老板或有泪垂。又过了半年,因坐班房而声誉大振的小石匠,被国际雕塑家协会戴上了反体制新潮艺术奇秀的桂冠,被请到国外开展览做讲演领奖金去了。他当然早就被解除了在公司的一切差事。朱大高领会祝英哲的意思,千方百计地拦阻他出国,向当局进言,先说小石匠红色危险,当局说已经查过了。又说小石匠是难得的人才,不但有艺术贡献而且能创收创汇,不可轻易放走。当局说你们一会儿说他是红色危险人物,一会儿说他是这才那才,这究竟是什么意思?考虑到友邦的关系,最后还是放行了。

出洋前小石匠去病院看了一次老老板,为老老板带来许多玫瑰花,还把自己的一幅画送给老老板。老老板含笑点头,写了许多

"好、好、好……"

海媛则进了精神病院,开始是大哭大闹,其后是默默呆笑,然后是一切反应俱无,形如槁木,神若死灰,真是进入了古哲先贤所追求的人生最高境界了。连老聃见了也会五体投地的。

又一年以后小石匠从洋邦回来了,他与公司两无干涉,自己活得很好,名声愈来愈大,作品愈来愈多。祝英哲虽不高兴,但也只好任他活在本市。好在他几次部署侦察窃听,未发现小石匠有染指公司之意,更未发现小石匠有任何不利于本人本公司的言谈,也就暂时宽大作罢。

祝英哲改组了公司机构,设立了董事会,由他自己兼任董事长与总经理。有人说这样未必得体,但他以为非这样不足以使公司变为祝家铁的产业。他把原来的二老板请回来当咨议首席要员,不加薪,不管事,但总算帮助二老板出了点鸟气。朱大高担任了总经理第一襄理。经过一段时期的驯化,朱大高在祝英哲面前老实驯顺如家猫家兔,而在公司下属面前如恶犬镖手。朱大高到处自称是祝老板的学生和助手。小白的对头涂勇则自称是朱老板的提包与跟班。朱大高经常在占他的全部音容的百分之九十五的粗声大气、恶声恶气之余,忽然拿出百分之五的时间和场合哈哈大笑,拍人肩膀,递人香烟,并扬言准备请某甲吃酒、请某乙喝咖啡,使旁人毛骨悚然,欲笑无色,欲呕无物。老黑担任了开发部主任兼第二襄理,位置排名似在大高之后,但据说实权在朱某人之先。因为祝英哲毕竟不是弱智儿童,他不会真正相信"大高兄"。至于小白,与老老板联手行事受挫之后退出了实业界,自己纠集一批失意商人成立了一个东亚霹雳坤星鉴赏后援俱乐部,请一位前院长任名誉主任,鸭飞与他任副主任(俱乐部成立后鸭飞发表了一个声明,谓她事先不知俱乐部与副主任之事,她绝对与此俱乐部无关。但由于广告费太贵,她的声明是以老七号字刊登在一家最无销路的报纸上的,因此无人注意,俱乐部照旧悬挂她的照片并印刷她的名字)。每个俱乐部成员都要缴纳很多钱,费用比最阔绰的洛克菲勒俱乐部还要高二点五倍。由于收费奇高,被认为极有面子,有许多下野官僚、养老巨富以及新暴发的鸡鸣狗盗之属报名参加。小白照样混得不错,祝英哲等几次生气,几次密谋,尚未采取什么有力的行动以阻碍小白活得滋润。

无论如何,祝英哲是大获全胜了。他已经成为公司的唯一的与全权的老板,成为青年时代使他羡妒莫名的老板府第的唯一主人。他梦寐以求的东西到了手,但他又感觉老老板的阴影压迫着他。他一次又一次地改变公司的机构和人员,所有辱骂老老板的人都得到了晋升,至少是得到了红包。所有流露出怀念老老板的心思的人都被炒了鱿鱼,立竿见影,毫不含糊。他并且不惜重金请一家建筑商对"他的"府第进行全面重新装修。把原来的正门堵死,不但砌墙而且在墙上拉起电网,把原来的侧门扩大,改漆成枣红色,门旁新设两个英吉利式的石狮子。把花径改成假山石之径,把绿纱门与乳黄色木门改成青灰色的月亮门,把纱门安放到门道的终端。把风铃全部摘掉——那风铃的丁冬声似乎流露着怀念老老板的哀怨与牢骚,使新老板心绪烦乱。把悬挂在过道的油画全部摘掉,改挂日本淡墨书法。把宽大的客室改成弹子房,把窗帘与地毯都改成台球案的墨绿色。把壁毯摘掉,改用东洋涂料画成的唐伯虎点秋香的壁画,九个少女娇娇媚媚等待挑选,穿的虽是古装,体型却接近全球选美的三围标准,不是比基尼,胜似比基尼,发人遐想。把洁白的起坐间改成卫生间,把马桶安置在前起坐间的正中央,靠墙摆了一批古董与假古董,都是汉朝以来各朝各代的溺器,有红漆(新房用)马桶,有镀金便盆,有紫砂夜壶,夜壶内壁还有精美的春宫内画。他因这项收藏而列入国际收藏家名人录中,电视台还播发了他的专题片。他在这里大小便的时候特别感到一种报复的快意,以至很遗憾于排风扇的灵敏有效,未能使他排放的化学瓦斯更长久地滞留此处以侮辱这所房子的前主人。而原来的卫生间,他把它改成宴会厅,请一位从大陆逃来的老立法委员为他题写了"美食胡不食"的匾额,高高悬挂……一切都反其道而行之,把老老板的府第改得面目全非,他感到放心了些。

在新宴会厅举行了带有庆功意味的第一次盛大宴会。情绪高涨的祝老板因为过食与过饮而更加情绪高涨,他当众唱了一个流行歌曲,跳了一个祭孔舞,又朗诵了一首他写的诗:

> 我要吃掉你美丽的石榴美丽的苹果,
> 我要吃掉你胜利的果实吐出有毒的颗粒,
> 我要吃掉你美丽的脸蛋美丽的圆圈,
> 我要吃掉你胜利的褒奖吐出丝网。
> …………

吃了他的XO和龙虾和乌龟王八的宾客们怪声叫好。朱大高不用扩音喇叭而用超过扩音喇叭的音量大叫:"祝老板是东方的洛克菲勒!""祝老板是东方的猫王列侬胡里欧衣德里斯亚斯!""祝老板是我国的拜伦雪莱裴多菲贝多芬!"大家应和着喊叫。宾客中有一位小青年,正热衷于诗,他是因了父亲的体面而与闻其盛的。他非常崇拜祝老板,故而认真地听他唱的念的每一个字,他大胆地走到祝老板面前,提了一个问题:

"您所说的吐出的丝网是什么意思?"

大家惊呆了,然后变颜变色地互相低声询问:"他提什么问题了?他为什么要提这样的问题?谁指使他去提问题的?他怎么敢提问题?"

他的问题把祝老板也问呆了。"丝网?"他说过"丝网"吗?人怎么能吐出丝网呢?这是他的原文原作吗?谁这样翻译的?原文原作又是什么呢?吃掉褒奖吐出惩罚?吃掉胜利吐出失败?吃掉美丽吐出丑陋?吃掉苹果吐出金门大曲?西洋参?安宫再造丸?牛尾汤?都不贴切但也都不是丝。

"我什么时候吐出过丝网?"祝老板愠怒地反问。

"是啊,什么丝网?哪儿来的丝网?"大家七嘴八舌地说。

"您明明朗诵的是'吐出丝网'啊？不是吗？那么您第四句诗的最后四个字究竟是什么呢？"小青年问。

"太放肆了！"朱大高喊道。"放肆！""无礼！""滚出去！""滚蛋！""乳臭未干！""故意捣乱！""欠打！""不孝！""讨厌！""缺德！""Nounsence！""Get out！""臭大粪！"……

喊声震动得酒杯乱蹦,酒瓶倒歪,海鲜生猛汤水从仿清窑瓷碗里流溅出来,迷诗的小青年面如土色,捂着耳朵,昏倒在地。大家笑了。

十七

客人们都走了,仆人们收拾打扫完毕也安歇了。祝英哲躺在原来的书房改造的卧房里,辗转反侧。

"反正我成功了。"他对自己说。

"没有。"好像是回声。

"谁在那里？"他怒问,按铃叫醒了两个仆人,又叫来了正在室外查巡的保镖,让他们搜查了一回。仆人与保镖禀报说：卧室内外,不但没有杂人,也没有苍蝇、蚊子、蟑螂、蜈蚣、蜘蛛……

"谁让你们说蜘蛛的？"祝老板大怒。

"是！"三个人垂下了头,准备无条件接受训斥。

他们终于走了。祝老板重新躺下,熄了灯,自言自语：

"我成功了！"

"没有成功！"一声厉声吆喝。祝英哲一睁眼,看到就在窗台上,有一只大蜘蛛,他熟悉的花蜘蛛,只是块头比原来大了许多,而且像电灯泡一样放着光。

"老朋友,你好！"祝英哲说,"你为什么要给我泼冷水呢？"

"按原样住在这里,你害怕,你便要处处反其道而行之。处处反其道而行,这就是说处处你想着老老板,老老板时时刻刻呆在你身边占着你的心田。你把白的改成黑的,黑的表示的是昨天的白。你把拉屎的地方改成吃菜的地方，菜的后面是屎。你把盆花改成假山石，假山石提醒的是从前的花。谁也摆脱不掉昨天，即使你枪决了老老板，老老板仍然是老老板。你吐出了丝网，你又不承认。你即使吓死了那可怜的青年，你的丝网也逃不脱。瞧，你也变成我的同类啦……嘿嘿嘿嘿……"

"滚出去！"他想喊，喊不出来。他想打，抬不起手。他想跑，腿如铅。他的胁下生出了脚，他的嘴巴吐出了丝。他结了一个大网，大网首先粘住捆住拴住了他自己。他呻吟，他咬牙切齿……终于，他醒过来了。天色微明，他按响了所有的电铃，下令所有的人来消灭蜘蛛。他们用各种扫把拂尘掸子进行各个角落的大扫除大驱逐，他们又拿来了各种日本产美国产德国产泰国产的杀虫剂："敌敌畏""畏敌死""立死净""象球""一个不留""6864""飞毛脚""杀虫灵""灵灵灵""死得快""000""虫之魔"……除了喷剂还有熏剂酒剂长效置放剂悬挂剂等。众家丁且信且疑，但是没有人敢说这里没有蜘蛛或不必要进行这种蜘蛛大战。

上班以后，祝老板又吩咐在公司写字楼进行杀虫大战，整整一天，他电话不接，来客不见。全公司员工数千人杀虫，到了晚上各分部都报告他们杀死了蜘蛛，只有一个小分部宣称他们那儿根本没有虫子，他们不懂为什么要这样搞除虫。祝英哲立即下令炒他们全体的鱿鱼。

朱大高、老黑不断来报告公司内外对祝老板不利的言论。祝老板召集公司智囊和精英们，气呼呼地说："说我害了老老板，是我害的吗？说我钻营，我钻营过吗？说我嫉妒小石匠，我什么时候嫉妒过？说我害了海媛，我什么时候害过我的爱妻？"他激动得落下泪来，"说我赶走了白先生，白先生是自己要走的，我怎么留也留不住呀！"他又说，"说我喝咖啡流进了清鼻涕，这怎么可能？我喝咖啡的时候鼻子是干干的，医生是化验过的呀！"

下属们面面相觑，笑也不敢笑，便都低下了头。

"还有人说我说过我会吐丝结网,难道我,你们的老板是一个大蜘蛛吗?"

下属终于笑出了声,笑成了一团。

"看,坏人对我的攻击就是这样荒谬!所以,我们要消灭蜘蛛。从现在起,每个员工每天消灭一至三只蜘蛛,超量有奖,完不成的炒鱿鱼!"朱大高带头鼓掌,他感到无限的快慰。他想,用不了太久,他就要当老板了。他可不会像祝老板这样傻这样疯,他才不用自己的嘴转述别人骂自己的话呢。再说,总要有点实惠,当了老板起码先娶几个姨太太再说……

读完这篇题为《蜘蛛》的所谓小说,我点点头,又摇摇头,评论说:"这是一篇夹生饭的小说。作者竭力模仿《豪门内外》《流氓大亨》《鹰冠庄园》的路子,却又学得不像。作者在挖掘与鞭挞恶的时候又念念不忘于理想的善……作者是谁?她结婚了没有?她有房地产吗?她能不能出点血资助我们搞几次公费旅游公费宴请?至少,她愿不愿意资助我们开一次讨论会,就算是讨论《蜘蛛》?"

海外老者笑着说:"好说好说,只要你能扩大美珠女士的知名度,一切都好商量。"

我心想,什么该死的知名度,让这个知名度见鬼去吧!

我的不甚欣赏的样子使老者有所觉察,他解释说:"我知道这篇故事的不足。美珠女士还有一个更长得多的故事,专门写小石匠和他的母亲的。写得很文雅,很纯情,很勾人眼泪。下次回来,我将把那个故事拿来,说不定从此在我们亲爱的大陆上,继金庸热、琼瑶热、三毛热之后,会掀起一次美珠热呢!您成为第一个向大陆读者介绍美珠的人,这不也是很风头的事么?"

发表于《花城》1991年第3期

九星灿烂闹桃花

  这篇小说的主要缺点是：胡编乱造，脱离生活，脱离实际，闭门造车，言过其实，信口开河，插科打诨，尖酸刻薄，东拉西扯，全不严格。惭愧哟！真乃误入玩文学的牙（疑为邪之误）路是也。

——摘自备用《自我批评》第15卷
第4页 A 字 88 目 7 行 2 段

  张小冀终于拍了板，九星灿烂联欢节（以下简称灿烂节）年内在桃花镇举行。

  这个建议最先是由柳尕爸提出来的。张小冀一听就给否定了，他说："现在九星战线硝烟弥漫，不但姓社姓资的问题没有解决，而且延安西安的问题也没有解决；如今不但有有形的反革命而且有无形的反革命啊！可不能搞乐呵乐呵。现在就乐呵，我们的事业我们的战斗不就夭折了吗？不行不行……"张小冀自从当上了九星俱乐部的主任，一直神经紧张，老觉得别人在反对自己，谁给他献计献策他都觉得是哄他上套，诱他掉陷阱。他的脾气也变得愈来愈坏。

  过了半年，气候似乎有了点变化，柳尕爸不断地说服他："我们不搞白不搞。我有个二大爷在风景胜地旅游热点桃花镇当第五把手，我跟他早就合计过，在他那儿搞个灿烂节，大家免费游山玩水。桃花镇的贡茶贡酒回春补药也是四方驰名的……当然啦，这其实完全无所谓。更主要的是扩大我们的影响——我们搞的是中国首届灿烂节,我们要请老外们来……反过来老外们能不请我们吗？也气气那些不服我们的家伙们啊……再说再说,您这个主任,我这个主任助理,还不是当一年算一年,当一天算一天？趁着还没跟咱们离婚,咱们就好好地过。我们反正久经风浪了,现在不风光风光,搞他个社会效益经济效益双丰收,您还想等什么呢？有那个不用可是过期作废呀!"

张小冀哈哈大笑。边笑边说:"这回就听你的。你不要翘尾巴!你的那些个私心私利我都一清二楚!你一撅腚我就知道你要拉什么屎!你老实一些啊!别什么时候把我惹急了,让我把你那点黄子全兜出来!"

柳尕爸连连缩脖鞠躬,说:"哪儿能呢,哪儿能呢,没有您哪儿来的我呀!我跟您算是跟定了啦!我这一辈子就信两样东西,一个是毛泽东思想,一个是张小冀思想!"

张小冀鼻子里哼了一声。这个话柳尕爸是跟他学的,他知道。他有一个亲信,名叫马立钦,在强调年轻化、专业化、知识化那几年,张小冀门庭冷落车马稀,很是寂寞了一阵子。当时因为账目不清而靠边站的马立钦对当时的当权者提携自己不再抱有希望,便转而在张小冀身上下了一番功夫,半车半车地给张小冀特别是张小冀的老婆郑大嗲送礼,使张郑二位十分满意。一次马立钦陪张小冀喝五粮液,说了许多张小冀想听的话,尤其是骂了许多张小冀想骂的人。富有诗人气质的张小冀在喝了三杯五粮液的情势下,嘶哑地脸红脖子粗地叫道:"我一辈子就相信两个主义:一个是马克思主义,另一个就是马立钦主义!"当时陪酒的几位小人物都怔在那里了。马立钦连忙遮掩道:"一醉方休!一醉方休!他们说我们是'左'王,其实我们是酒王!"事后回想起来,张小冀也自悔失言,却又为自己能巧言笼络马立钦而暗暗得意。今天听柳尕爸一说他倒是吃了一惊,这小子从哪儿知道了这回事呢？可恶!他心中极为不快。

桃花镇的众领导一致同意在他们那里搞中国首届灿烂节。一致认为：

一、文化搭台，经济唱戏，以灿烂节为名广请海内外大款客商，与灿烂节同时举行物资交流投资洽谈商品交易大会，初步计划目标成交额为 RMB（人民币）三亿元。

二、通过灿烂节大大提高桃花镇的知名度，明星为名城增辉，名城因明星添彩，使这个旅游城市的旅游更加热火朝天，实现旅游黄金年赢得黄金，今后五年旅游收入年递增率百分之八点八八的指标。

三、以灿烂节的名义广请上级领导，特别是计划、财政、物资及有拨款职能的部门领导以及组织人事部门的领导，认真汇报，认真招待，争取领导部门的更大支持，要钱要表扬要理解要关怀要美好的未来与远大的前程。

四、体现两个文明一起抓、两手抓、两手都要硬的精神，堵住动辄指责桃花镇不重视意识思想工作的几个狗掀帘子全仗着嘴的清谈家理论家的嘴。

五、满足广大人民包括各级领导干部的精神文化需求，好好地玩玩乐乐，喜庆祥和，团结安定，歌舞升平，皆大欢喜。

六、七、八、九、十……

一共十条理由，都是赞成搞，坚决要搞的，没有一个人、一条理由是不赞成不坚决的。

于是与九星俱乐部展开了频繁的洽谈。张小冀、柳尕爸两次出差到桃花镇，被安排在桃花江大酒店住宿。桃花江大酒店两个月前被旅游主管部门评为三星级，一个月前又被商业主管部门通知星级评定无效。酒店对张柳二位只收百分之十二的房费，其他不足部分以及粤式早茶、大宴小宴、微型酒吧饮料、交通工具等一律由"地主"招待。临别时一次赠送了西洋参，一次赠送了滋阴壮阳捂肚脐眼的太极八卦仙带。此后桃花镇的甄主任又回访了一次,九星俱乐部气大财细,给甄主任派过两次车,请甄主任吃了一次涮羊肉,此外无力招待——偏偏甄主任南方人,不吃羊肉,那顿晚宴只是招待了九星俱乐部的张小冀、柳夭爸及由于张小冀的提携已经到导向大楼任职的马三公等人。张小冀不但拉了马三公作陪吃涮肉,而且在涮锅旁当场敲定:由马立钦任灿烂节的特约执行来宾。

甄主任对九星俱乐部的寒酸看在眼里,笑在心里,但也知道这些人是得罪不得的,便愈发做出毕恭毕敬的样子,还故意提出了一些极为"老赶"的问题,故意显示他对"上面"的情况一无所知,对大明星的生活情况一无所知。听到谁谁又结了婚,谁谁出了国,谁谁买了汽车,谁谁在银行里存了多少多少钱,谁谁要上谁谁要下他都露出一种大吃一惊的傻相,喉咙里还挤出来一股傻帽声。他的这种表演果然引起了张、柳、马三公的好感,激发了三位的热情。于是三位你争我抢地给小地方来的土包子甄主任讲上层内幕、明星秘史、动态预测、艳遇丑闻……把他们知道的不知道的、可靠的不可靠的、听来的乃至听也没听说过只是不甘语尽临时信口开河编造出来的来了一个和盘托出。甄主任一面摆出一副醍醐灌顶的样子,发出一种一般只有在做爱的情况下才会出现的舒服的呻吟声,一面窃笑大城市草包们愈显自命不凡就愈是容易上套。他有了底。他认定与九星俱乐部打交道不会吃亏。

……又经过了几次你来我往的洽谈协商,经过了许多次发文收文批文换文行文补文,他们经上级批准的协议如下:

一、猴年马月犬日到蛇日在桃花镇举行"中华国际首届九星灿烂联欢节"。

二、九星俱乐部负责邀请歌、舞、影、视、书、画、戏(剧)、曲(艺)、棋金奖巨星五十人、银奖大星三十人、前辈恒星十五人、俱乐部内外工作人员五十五人参加联欢节的各项表演、联欢、为群众签名活动。

三、九星俱乐部负责邀请国外知名九方面的人士十五至二十人参加灿烂节。外宾的国际旅费自理。

四、除双方同意者外,九星俱乐部可以自行邀请首长十人、关系户四十人参加灿烂节。

五、节日期间,九星俱乐部负责组织九方面活动的竞赛与发奖活动。

六、节日期间,九星俱乐部负责引进未曾公演的外国电影新片五部以上,在桃花镇进行非商业性上映。

七、桃花镇方面提供:

1. 所有与会者的国内旅费与在镇期间的住宿费。外宾、首长与金奖巨星住单间(高级首长住套间),银奖大星与关系户两人住一个标准间。

2. 交通工具:小车、面包车、豪华旅游车等。

3. 全部伙食费:十天内正式宴会不少于九次,其余在宾馆用餐。

4. 各种竞赛奖品、奖金、奖状。

5. 各种节目单、说明书、纪念章、纪念印戳。

6. 全部宣传广告费用及接待记者的费用。

7. 给全部与会外宾、首长、明星、记者、关系户、工作人员及双方认为必要的人员赠送价值不低于九十元的礼品。

8. 向九星俱乐部支付一万元劳务费。

八、桃花镇方面于主宾所在地桃花江大酒店设医务所,免费为来宾提供一般性医疗服务。如有急、危、重症,一切享有公费医疗待遇的来宾须交纳可报销的医疗、处置、住院、手术等费用。外宾交纳全部费用。无公费医疗待遇的内宾凭居民身份证及有关证件可享受半价优待。

九、一切有关灿烂节的拨款、赞助、门票收入均归桃花镇方面掌握,或盈或亏,均与九星俱乐部方面无涉。

十、灿烂节组织委员会委员名单。（按桃花镇方面占三分之二，九星俱乐部方面占三分之一的原则组成。）

十一、灿烂节的方向把关、政治把关及向上级领导向大楼报批问题一概由九星俱乐部负完全之责任。

十二、其他：1.……2.……3.……4.……5.……6.……7.……8.……9.……10.……11.……12.……13.……14.……

于是猴年猴月猴日九星俱乐部与桃花镇有关部门分别在各自所在地举行了新闻发布会。

次日见报。桃花镇地方新闻是说中华国际首届灿烂节将在本年马月犬日在该镇举行。其他各地传播媒介报道的是中华首届灿烂节将在本年马月至鸡月在桃花镇、荷花镇、大丽花镇举行。

桃花镇方面大哗，甄主任光是长途电话费就花了三百五十六块八毛。

"本来说的我们这儿是首届，怎么又出来朵荷花大丽花？"

"你们不但是首届而且是首地，排在三朵花的第一名，你们还有什么意见？我们的协议书中规定了你们是首届，但是并没有规定别的城市不准说是首届呀！别的城市并没有排斥你们，你们又何必排斥他们呢？"

"我们叫首届，他们就应该叫二届三届了吧？"

"八天一届，一个多月搞三届，像话吗？再说，只有叫首届才能调动得起来积极性啊！不叫首届，谁给你干呀？中华加国际加首届，你们才来了劲的呀，人家也是一样呀！"

"首届只能是一个地方……"

"中国这么大国家，搞上三五个地方，有什么不好？一本没有人看的小杂志，一张没有人订的小报纸，还弄俩呀仨呀的主编图个面子呢！"

"你们，你们……"

"哎呀，我的大主任呀，别你们我们的了。你也不吃亏，我也不吃亏，还都有好处！不就是个名称吗？叫首届就叫首届嘛，都叫首届不是更吉利更喜兴嘛，叫天字第一号、世界新纪元、东方新宣言、人类新发展又有什么不好？您何苦自己跟自己过不去，又跟人家过不去呢？"

甄主任气得两夜没睡，便去找柳尕爸的二大爷、桃花镇的第五把手贾镇长。

贾镇长又花了五十六块钱长途电话费，然后告诉甄主任说："关键还是……"他用右手的拇指、食指、中指一搓。"关键是这个呀！那荷花大丽花都比我们富比我们有油水呀。咱们是仗着是历史名城，文化古地，又有一条被欧阳修、苏东坡描写过的其实现在是有名无实的桃花江，才把灿烂节首届首地确定在咱们这儿呀！要不然根本就不可能呢。你知道人家荷花镇大丽花镇给九星俱乐部多少好处费吗？什么什么？没有好处费？对对对对，不叫好处费叫劳务费，叫什么要什么紧？实际上解决了就行。人家两个城市给的辛苦费……对对是劳动费都是五万元。人家提供的是四星级旅馆，咱们有吗？还有给演员们的好处，更不是我们桃花镇所能比拟的啦。礼物都是二百元以上一份的，名家的红包，说出来叫你吓一跳！低的是五千，多的是三万！咱们呢？财大才能气粗，没有经济实力说什么也是没有底气呀！看来前几年我们的工作就是没有上去呀！改革开放，改革开放，我们硬是胆子小步子慢没有腾飞，只有磨蹭呀！"

桃花镇方面只好认头。

桃花镇展开了大规模宣传攻势。要求企业、个人机关、团体、一切法人非法人自愿踊跃捐款赞助。他们的口号是："搞好灿烂节，打好翻身仗！""搞好灿烂节，成交三亿三！""搞好灿烂节，城乡改变面貌！""搞好灿烂节，人人做贡献！""搞好灿烂节，桃花成小康！""搞好灿烂节，桃花镇走向全国！""搞好灿烂节，桃花镇冲出中国走向亚洲！""搞好灿烂节，桃花镇冲出亚洲走向世界！"

老百姓的积极性也非常高。一连几个月,灿烂节和各界大明星成了他们的热门话题。桃花镇虽然小,知道世界几大洲几大洋中国三十几个省和历史前五千年后五百年的能人也颇有几位,其中最著名者有一位叫做邵主席的人。邵主席原名不详,由于他知道的文艺界的掌故太多,被众人称为"民间文联主席"或"第二文联主席"。他实际上的职业是一个医院的药剂师,虽然屡次发错了药,不但曾经上报点名批评,还有一次因为出了人命被追究刑事责任被判处有期徒刑一年监外执行,但这丝毫不影响他的业余"文联主席"的孜孜不倦的活动、广为影响的名声与独一无二的权威地位。灿烂节的消息传出后,他家里天天是高朋满座。两个月不到,他们家收到的客人带来的礼品如山:计有香烟、白酒、干果、巧克力、咸鱼、干鲜虾仁、香菇、圆珠笔、健身球、鹿鞭、金利来领带、银利来衬衫、频谱治疗仪、充电剃须刀、电子游艺软盘等。人逢佳礼精神爽,邵主席每天抖擞精神,中气十足地滔滔不绝:

"这次灿烂节阿兰德隆、栗原小卷、斯特隆、罗兰、碧姬小丝、阿卜拉赫、细里华拉、吉里吉嘎、哥利嘎答、鲁拉鲁苏、马丽马德拉……都要来!"

"什么噜里噜嗦疙里疙瘩稀里哗啦呀?"一人表示怀疑。

"听你的还是听我的?"邵主席扭起了鼻子,皱起了眉,闭住了嘴。

"快听邵主席说,快听邵主席说。"大家连忙央求邵主席,又责备表示怀疑的那个人说:"不知道的事不要瞎问,不知道的事你就好好听着。这不结了吗?"

邵主席便继续说:"李小花这次也要从美国回来。李小花在国内得了百花奖就去了美国,在美国端了三年盘子,嫁了个老外,生了个黑、白、黄三花的娃子,眼睛是蓝的……"

"那不成了波斯猫了?"方才表示怀疑的那位同志说。

"嘘……"大家嘘他。

"你知道香港的歌星周美美吧？她和大陆歌星梅美洲其实是同胞姊妹！你说他们是谁的孩子？他们是蒋家的私生女！最近梅美洲去香港与周美美见面，实际就是为国共和谈做准备！国民党说了，和可以，共产党得把沿海五个省划给我！共产党说，手下败将，焉得无礼！莫非还要再来一个淮海战役吗？"

"您瞧这个！"

"你知道棋仙平耳多么？他一天吃两盒乾坤大壮丸！是中医医圣施昨墨的秘方，传儿媳妇不传女婿！听说大壮丸的故事正在编写一部四百二十集电视剧呢！一丸药里头得用十个蜈蚣八个蝎子二钱人参一个大土鳖！咱们一般人吃了，鼻子哗哗地流血！得过三枚金牌的人才能吃这种药！俗话说，没有那受不了的罪，可有那享不了的福哟，我说您哪！"

说得累了，邵主席点起一支万宝路，一边吸烟一边发表感想说："他妈的老美的这烟，我怎么抽着老觉得不对呀？一股子女人的狐骚臭味！老美这些个王八蛋日的！"邵主席显出一种崇美思美仇美蔑美又爱又恨得牙根痒痒的样子。

"那才香呢嘛！"喜欢怀疑的人总算说了一句得体的话。大家笑成一团，抢着跟邵主席要烟抽。

喷了喷烟，歇了歇气，发现听众的注意力有点涣散，邵主席气守丹田，二目射光，眉心紧蹙，下唇噘起，喝问道："有堂客没有？有堂客没有？我要说点儿童不宜的话了！"

果然，立马群情振奋互相放起电来。

邵主席传出了一个核心机密消息。

他说："今天的消息可是不准外传，我这是冒着身家性命的危险，而且让给我提供消息的朋友冒着身家性命的危险才告诉你们的——这次不是要在咱们镇演外国的电影吗？里头有一个拉里拉呱的成人片……成人片你们懂不懂？不懂你他妈的计划生育还超指标？里头有一男一女的床上干的画面，都光着腚，还嗷嗷地叫呢！"

众人一惊,微感尴尬,便肃静了两分钟。

"有这样的电影咱们平头百姓也看不上啊!"爱怀疑的先生说。他总算找回了感觉,也帮助别人找回了感觉。大家感激地连连点头。

"看得上看不上就要看天时地利人和了。谋事在人成事在天,有道是天机不可泄露!一切的一切全要看'机缘'二字了!"

众人欷歔不已。

这天晚上,这个绝密消息不胫而走,许多男人和女人的脑海里出现了强烈火热近乎原子弹爆炸的画面,也出现了平常不会出现的为自己的地位卑微而感到的忧伤……

领导与群众心连心。虽然领导拒绝证实或者证伪这条核心机密,却及时地宣布了对于捐款、赞助者的优待办法:个人捐款在一百元以上、机关团体在一千元以上、企业在一万元以上者,分别发给灿烂节通用代表证一、五、十个,可以免费参加桃花江大公园的大联欢一次并可以优先购买各种活动门票。个人捐款一千元、机关团体一万元、企业十万元以上者,各发给来宾证一、五、十个,可以凭证参加灿烂节的一切活动。个人捐款一万元、机关团体十万元、企业一百万元以上者,灿委会将发给纪念品、纪念章与贵宾证一、五、十份(个),云云。

……结果,全民解囊,盛况空前。确有不愿意出血的,看到别人都掏了钱。又打听了一下内部掌握的行市,终于按大人每人三块、儿童每人一块五完了捐。在他们看来,捐税捐税,捐税自古一家,本来自愿认捐与义务纳税就没有什么两样。邵主席叹道:"这次群众是真的发动起来了。形势大好,不是小好,形势大好的标志是群众发动起来了……"这样说完了他又怕意思被人误解或故意曲解,他不是主席而被称为主席,又得了那么多礼物,自然有许多人憋着找他的麻烦,他连忙补充说:"'文革'发动群众是斗、斗、斗,现在发动群众是乐、乐、乐,真是万里东风今又是,换了人间!天下太平,太平盛世!

真是政治稳定、经济繁荣、人民安居乐业啊！"

一着棋下活了全盘。全都动起来了。商业局要盖新的交易会址和翻修百货大楼，文化局提出了翻修剧场、电影院和更新乐器的预算，体委要求兴建棋艺馆和翻修体育馆，旅游局要求发行灿烂节有奖彩券和兴建国际海员俱乐部，建设局要求增拨三千万元修桥补路，电业局要求新添德国西门子出品的涡轮发电机组——否则届时不能保证供电……一位两次入狱、三次被开除公职、四次被登报曝光、五次被人打得头破血流的能人张二吹一天又一天地守在民政局的群众来信来访接待办公室，坚决要求办一个礼品公司，大举购进纪念册和明星照片，挂靠在民政局所属的残疾人联合会，进行免税经营——不需民政局与残联花一分一文出一人一物，只需各盖几个章，一年内张二吹给民政局与残联各上缴人民币一万八千元。全市还有十位被娇惯又被认为美貌的女孩儿，从得知灿烂节将在桃花镇举行的消息后便开始减肥练功化妆学步学笑学样学港味台味新加坡马来西亚味的国语，一心想着节日期间碰上一位老明星小伯乐一身而二任的恩师，慧眼识英杰，把自己选入明星第四梯队……从此是广阔的前程风流的人生数不尽享不完的荣华富贵浪漫奇遇变成女神变成肉弹走向奥斯卡走向世界……

九星俱乐部这边也开足了马力运转起来。先是以中华、首届、国际为名，张小冀找一位前程十分看好的领导同志汇报了一次，虽然只谈了十五分钟领导同志就被更高的领导找走了，但是张小冀还是来得及把礼物（一批书画家的作品）送了上去，而且事后张小冀见人就吹这一段，觉得自己是捞到了点什么。马立钦以担任了灿烂节特约执行来宾为由，要求评以正高级职称，因为其他特约执行来宾周老、葛老、王教授、裘院长、赵大师都是教授、研究员、编审、艺术大师，他当然跟他们有一样的或同等水平的学术地位，所以才得以跻身特约执行来宾之列；而他既然已经是特约执行来宾了，就尤其不能没有本来就应该有的高级职称了。他的逻辑颠扑不破,令人绝无脾气。

而柳尕爸则因首倡灿烂节的主意而申请特殊贡献终身津贴。

导向大楼对此次灿烂节搞了一个批语。九星俱乐部请了一大批大人物为灿烂节题字并在全国范围内举办了有奖征词征诗征联。精彩的有:

九星灿烂照桃花,桃花光辉照神州!

东风浩荡百花开,富国富民乐开怀!

山也乐来人也乐,天也清来地也清!

经济文化大发展,好事成对又成精!

国富民强,国泰民安,盛世方能有盛事;

人欢马叫,人高马大,作协不如去做鞋!

…………

柳尕爸的特殊津贴问题张小冀有些犹豫。柳尕爸看出来了,便转而去找张夫人郑大嗲。郑大嗲一开始态度十分严厉,柳尕爸来了,郑大嗲连理都不理,对着墙冷笑说:"风一变就改换门庭的人我可招待不起,不是刚从赵二鲁那边来吧?"

赵二鲁是张小冀的对立面,前两年张小冀寂寞的时候柳尕爸有过向赵二鲁靠的"事迹",深为张小冀夫妇所病。这两年只是因手底下实在没有人,张小冀才勉强用一用他。

"我说过,我说过,我去找赵二鲁那是'不入虎穴,焉得虎子'!"柳尕爸诚惶诚恐而又罪该万死地说。

"那——您来我们家又焉知道不是入我们这个虎穴,得我们公母俩这一对虎子呢?"

"您家可不是虎穴呀!我一到您这里就觉得特别温暖。就是真老虎一进您家也变成熊猫国宝啦!您骂我吧,您骂得愈是厉害,我听着就愈舒服。别人想听您的骂还听不上呢!"

……人间万事,怕就怕在坚持上,长期坚持,必有奇效。贵在坚持,恒心万岁。郑大嗲本来曾经给张小冀下过死命令:"永远不要相信柳尕爸!不要重用他!"经过柳尕爸一段长期不懈的努力以后,郑大嗲突然改了口:"谁没有缺点啊?我看特殊贡献津贴就给了柳尕爸这个行(读航)子算了!说实话,除了咱们俩是一摽到底以外,谁能管谁一辈子呀!"

张小冀一时思想扭不过来,又知道夫人说出来的话从来不准探讨,便二目发直地在一边喘气。

张小冀忽然想起李白的一句诗:"大人虎变愚不测",他蓦地获得了灵感,一定是校勘有误!是误植!没错!是"夫人虎变愚不测"之误!夫人虎变愚不测!多么贴切呀!一两千年以来这么多人搞考证治小学还有什么朴学,居然没有清理出来!不灵呀不灵呀!就凭这一条发现他也应该算是古典文学专家博士的了。这是现代意识与东方传统相撞击的新成果呀!有这一条他的成就已经超过了余冠英、王瑶、吴小如了!可这么样的一百八十度的"虎变"是怎么发生的呢?变化的过程是怎样的呢?这个问题令张小冀百思不得其解,这个问题令张小冀头皮发起了麻来。

张小冀便硬着头皮去做给柳尕爸争特殊贡献津贴的工作,不料想事还没办成就走露了风声。俱乐部吵成一团,一直发展到许多工作人员扬言要去公安局登记游行,几乎到了要出事的程度。

给马立钦搞个高级职称倒是张小冀所乐于做的。他一直不平于他的一伙人没有学术地位,知名度太低,他认为这都是赵二鲁闹的。因此他近年来一直致力于给他的一伙人广为宣传。吹乎了两年了,收效甚微。张小冀实在不明白,为什么赵二鲁一帮人三弄两弄就那么大名气,而他这里费尽九牛二虎之力硬是制造不出什么像样的知名度来。算了,不搞虚名搞实惠,对于马立钦这样的,他是愿意多出力的。

万万没有想到,说了一大堆话,看到所有的职称评定委员会委员频频点首并无反对意见,本以为十拿九稳的事,结果一投票,马立钦的高级职称,赞成票只有五票,反对票倒有十四票,把张小冀气了个半死。而且所有的评委委员都向他表示,他投的是赞成票,而反对票是旁人投的。这不成了活见鬼了吗?这完全是背信弃义!人的良心真是大大地坏了啊!这些个职称评定委员会的委员们,难道他们不知道,他们之所以成为委员,完全是靠他张小冀的提名吗?事先他是斟酌了又斟酌,凡是与赵二鲁有来往的人他一个也没要……怎么他们到了关键时候不听他的招呼呢?人是世界上最靠不住的了,文艺界的人更是靠不住的人当中最最靠不住的了。他再也不能相信任何人了,他并且得出结论,以后再不能搞什么无记名投票了——鼓掌通过,鼓掌通过,鼓掌通过是多么美好的方式啊!又能贯彻意图,又不伤和气,多么天才的适合文艺界的民情的办法啊!

然而成绩仍然是主要的。改革开放,商品市场,春潮滚滚,热浪滔滔,灿烂一节,天时地利他们都占了。他们提出了一大批各界明星的名单,然后以这些明星的辉煌名义,向国内外企业家、大款伸手。他们拉到了不少的钱,拉到钱以后,先用这钱的一部分宴请给钱的大款或大款的代理人,以子之款请子吃之,直吃得九星俱乐部几位头面人物大腹便便,气喘吁吁,宴会完了一会儿用泻药一会儿又用止泻药。吃得张小冀高兴了,便连连夸奖柳尕爸:"你的这个主意真好,又有名声,又有效益,又符合精神,又让大家乐呵……没问题,你放心吧。现在说这说那,等灿烂完了,看还有谁敢反对你领取特殊贡献津贴!到时候咱们算细账啊!谁不服谁给咱们拉出来比一比!"

"窍门满地跑,看你找不找!机会到处有,看你走不走!黄金到处埋,看你来不来!工作靠人干,得说还得练!撑死大胆的,饿死没眼的!知恩不图报,臭了没人要!说话要兑现,不兑(现)王八蛋!"柳尕爸受了表扬,情绪高涨,便把顺口溜说了一个六够。张小冀见他说得太粗鄙,连忙挥手止住了他。柳尕爸却不能自已,继续说:"说下大天来,反正这回咱们是搭上车了!"张小冀听了只觉得又高兴又添堵。心想,有许多话是可以想却不可以说的,有许多话是可以说却不可以——或大可不必想的……活到三四十岁还不明白这个,这样的人不是成心捣乱就是白痴混蛋……

不管这几个人当中有多少小故事小心眼,整个灿烂节的事情进行得仍然是有惊无险,化险为夷,一顺百顺。头几天打电话给几位大明星,大明星推推托托灶王爷上天——拿糖(搪),迟迟不说"行",张小冀还真犯了一回急,急得口鼻生疮上火。柳尕爸连忙从朋友那里拿来一面阴阳八卦反光镜,说是一位定居香港的大陆气功大师送给他的,大师在镜子上发了功,镜子上现在有浑元泰初真气,可以去祟避邪。他把镜子悬挂在九星俱乐部办公大楼楼梯口。说是要把对面交通银行的闪光玻璃门的妖气反攻回去。张小冀觉得哭笑不得,但也不敢阻拦——万一要有作用呢?谁敢打保票呢?想来想去在这一类的事上,还是宁信其有,毋信其无为好。

信不信由你,反正自从挂了这面镜子,又给大明星们说了些去桃花镇的好处,事情开始好办起来。先是歌星马特厉说:"别浪费长途电话费啦,我去一天还不行吗?说好了就一天,不超过二十四小时!"接着影星牛丹丹也答应了,一牛一马将去桃花镇的消息传出,于是心想事成,势可披靡,请谁谁去,无一推辞。一天张小冀上班来得早,一看,周围一个人也没有,张小冀给阴阳八卦镜鞠了一个大躬。

一呼百应,谢谢合作,各路大腕曰:唯唯,唯唯。张小冀自觉威风惬意。但很快又出现了新的麻烦——九星人数一涨再涨。左一个大腕推荐一个二腕,右一个二腕推荐一个小腕,或者干脆推荐者把被推荐者说成比自己还大的大腕,而且透露出如果灿烂节不接受被推荐者那么很可能推荐者也就不去了的意思:"反正不管怎么说吧,我们得对得起朋友啊!友谊第一,比赛第二,连座山雕还知道个友情为重呢,您说是不是?"大腕们软中有硬地说。

九星俱乐部便与桃花镇方面一次又一次地洽谈蘑菇。友谊第一,情面第一,仁义第一,九星方面说。桃花镇叫苦道:"咱们是有合同的呀!""合同的基本精神那是没有问题的呀!具体执行上总是可以灵活一点的嘛!对待文艺人,总是要灵活一点的呀!"九星方面继续磨。最后,九星人数涨成了原定人数的两倍。谁知在灿烂节开幕式前三天,郑大嗲又给了张小冀一个名单。名单上写着无人知晓的六个名字,"这六个人一定都给我带到灿烂节上去!"大嗲的口气当然是命令式的。"另外这次我也要去。"大嗲补充说。

张小冀叫苦不迭,又不敢说一个"不"字。事到今天,他也无法再与桃花镇方面联系了,他把心一横,让会计给七个人买飞机票。是福不是祸,是祸躲不过,把七个人带到桃花镇再说——活人还能让尿憋死吗?

桃花镇全市动员,官民同热。到灿烂节前两天,市、郊各处桥通路平,油饰粉刷,彩旗招展,焕然一新。高音喇叭不停地轮番播送着轻音乐、轻歌曲与灿烂节须知:五讲四美,微笑在桃花,微笑如桃花,笑迎天下宾客,注意多用"你好、谢谢、对不起、再见"四个礼貌用语,遵纪守法,服从命令听指挥,遵守交通规则,不随地吐痰,不随地丢果皮纸屑,不收小费,不向外宾索要银钱东西,自觉给节日车辆让路,消灭蚊蝇,不卖假冒商品,不酗酒不划拳,女士优先,热烈鼓掌,不得吹口哨出怪声,演出发生事故也不得起哄,提高警惕,防火防盗,严防突发事件与阶级敌人的破坏等等。

入夜,无数新建筑上亮起了新安装的霓虹灯,五颜六色,影影绰绰,再加上卖油炸臭豆腐干、肉燕馄饨、熏干茶蛋、卤煮火烧……以及苹果牛仔裤、砂洗夹克衫、金银利来领带、假旧首饰、假旧银元……的夜市,真是盛况空前,一片太平兴隆景象。一个穿西服打领带样子像是海外来客的先生激动地大叫:"这样下去再有十年就能赶上台湾!"惹得众人侧目。恰好一位做思想工作的同志与一位做统战工作的同志并肩走到这里。做思想工作的同志对说话的人怒目而视,心想这样说话的人思想太反动了，做统战工作的同志则喜上眉梢，心想这样说话的人思想确实有了进步。

节日前五天桃花镇便大搞起了爱国卫生运动。各单位停止工作三天搞卫生，而且要求各单位党委动手书记挂帅第一把手亲自抓。这中间出了一件奇闻：丰源商厦一名年仅十九岁的女工在擦三楼窗玻璃的时候不慎失手失足坠楼，一名油漆工恰恰从那里经过，奋勇接抱，与女工一起倒在地上。结果女工安然无恙，而领导阶级一员鼻骨砸断、肩臂脱臼、中度脑震荡。领导立即决定发给奖金两千元、提一级工资并授予荣誉称号；被救女工及其双亲亦表示，一俟女工长至结婚年龄，愿许配与他。这个事使新闻界十分激动，宣传为"跨世纪的精神文明佳话"。舍己为人的英雄收到远自唐古乌拉山哨卡、近自本镇的慰问信、礼物包裹共达四百余件；并有四家音像出版公司表示要以此事为素材组织创作多集电视肥皂剧云云。

节日前两天出动了原有一辆、新购三辆共四辆洒水清洁车，昼夜不停地给全镇大小街巷洒水；洒得大街黑、亮、滑而小巷泥泞黏湿。

又在节日前两天大搞了一次扫黄除六害打击社会丑恶现象的大战役。拘留审查卖淫、嫖娼、聚赌、斗殴人员七十余名。检查了各商店的大喇叭，规定节日期间一律以播放《红太阳颂》为主，并没收了以《大海航行靠舵手》的曲调唱"大老爷儿们怕老婆"以及以《洪湖赤卫队》的主题歌曲调唱"洪湖水，浪打浪，五十还要浪一浪"的庸俗歌词的恶劣磁带数十种三千多盘，当场予以焚毁。

……这些措施上符天意，下体民情，深受好评，大得人心，民气为之一振。

从节日前两天开始，在火车站、飞机场、码头设立了二十四小时值班的节日来宾接待站。桃花镇决定：以"元首级"规格接待灿烂节来宾：宾客到达时鼓号队奏乐。女少先队员献花（鲜花不够便以塑料花替代）。鸣礼炮（无礼炮便以鞭炮替代）。副镇长以上干部亲自迎接。进贵宾休息室略事休息。休息室全部空调打开。公关小姐递热毛巾与盖碗茶。警车拉着警笛开路。道路两侧群众自动列队夹道欢呼。道路两侧每十步一名武警战士或保安队员站岗。天空布满彩色气球悬挂的大幅标语。小车时速八十八迈耳(英里)。以及一切的一切。

盛大非凡的欢迎程序使一些明星落泪。一位当年艺名小香袋,现在担任了地方戏剧家协会的领导于是改用一个极生僻的姓和极拗口的"官名"的老戏曲演员,在到达桃花镇后甚至失声痛哭。她说:"万万没有想到我也有这么一回!党的领导,党的领导呀!"

灿烂节开始了,各种故事千头万绪,使笔者不知从何处编起。那就先砍一砍巨星马特厉,虽然以导向为己任的一段文字说什么"侃风不可长"。侃乎砍乎?这是第一个怪圈。不可长可短乎,这是又一个疑问。先砍她两斧子再说。话说歌星马特厉近年来火上加火。她原来在京剧团,因为一些极有趣的原因她被开除了。她改营个体餐馆又被取缔。一怒之下她大唱其歌。她有沙瓤嗓子,每遇高音呈断裂声,每遇低音呈舐犊狮吼效果。一唱便红,红了便紫。一九八七年她在春节联欢晚会上唱《爱的火焰》,当年大兴安岭失火,并为此折了一个部长。一九九一年春节联欢晚会上她唱《爱的波涛》,当年洪水泛滥,她独家认捐人民币一万元。她的照片和事迹共刊载在十八家小报和二十五家大报的周末版上。她的威名大震,不仅是歌星的威名,她的超人特异功能的名声尤其令人肃然回避。她似乎能预知前后五至十年的大事,能隔瓶取药,能操纵十五米内的手表让它快就快,让它慢就慢。最后更有惊人的:大兴安岭的火你猜是怎么灭的?飞机、解放军、军工……都不对!大兴安岭的火是她念咒发功灭的。后来美利坚合众国黄石森林公园大火,美方打算以一亿美元为代价请马特厉去灭火,马特厉大义凛然,拒绝以华夏无价之宝出示大洋彼岸,拳拳之心,精诚贯日。最近又传出了绝密的消息:由于她的特异功能,一个军事情报单位打算以每月一万美元的薪金把她调

413

入……目前,条件正在谈判中。麻烦是她之爱国赤心虽然钢铸铁打,但多年的文艺生涯使她中毒匪浅,她只要(做)自由散漫的歌星,不要(做)纪律严明的红色谍报员。

这样一位巨星自然是走到哪里都天翻地覆倾城倾民,凡是搞演出活动、艺术活动者无不以请到马特厉为最高任务。

马特厉找了一位矮个子经纪人,男、微跛、脖子往一边歪,比马特厉小七岁。三混两混据说二位睡到一起去了——没有登记结婚。各报刊以极文雅含蓄类似诗经《国风》的东方美文写了这一点,这使马星更具魅力。关于这方面的信息,邵主席搜集了几大车材料,还往全国各地打了十二次长途电话,仅仅电话费就用了一百零三块七毛三。他在桃花镇月月讲周周讲天天讲时时讲这方面的故事。没有一个人因为他讲得重复而表示厌烦,也没有一个人因为他讲得前后不一致而提出任何疑问。

按照歪脖经纪人的安排,本来马特厉是猴年马月犬日的头一天晚上在蛋花塘特区大体育馆演出,次日凌晨六点半乘南方航空公司第一班飞机飞往桃花镇。这个时间表既现代又东方,既积极又慎重,是主观能动性与客观科学性相结合的产物。没有想到在犬日前二日,蛋花塘塘长、文化局长、妇联主席、演出公司正副经理共七人郑重携礼前来拜访。本塘头头脑脑众口一词恳请马大师(他们是这样称呼的)加演一场:犬日早场九点半,头一个节目就是马特厉的,唱完不过十点,到机场不过十一点,说死了是十一点半。下一个航班则是十二点半的,一个半小时到桃花镇,不过两点,不耽误桃花镇的事。一切仍然是顺风顺水,顺理成章。说到这里马小姐手捂香口打了一个哈欠。歪脖经纪人立即把几位领导请到外间,三下五除二,泼辣明快,针针到位,不走过场,敲定了演出条件(即钱数),不打折扣,没有埋伏。

至于其他则全是埋伏,对此马特厉与她的经纪人早有预料。犬日早场不是九点而是快十点了才开始的,所谓头一个节目就是马特厅的云云,是指头一个歌由马特厉唱,但是唱歌之前先有一段不知算是旱船、花灯、跳加官还是霹雳舞的大呼隆,演出者声称是"海外华侨最新国际现代舞演出队",演员多操河南、陕西一带方言,报幕者则操新加坡味国语——无轻声、句子分成过于明显的(牛津式的)升调降调——大受观众欢迎,谢幕三次,加演一次。

等马特厉开唱的时候已经是十点十二分。唱完、卸装、更衣、上车的时间已经是十一点过七分。形势大好,不是小好,形势大好的标志之一是各地汽车膨胀了一百二十至二百六十倍。所以愈是好地方交通愈阻塞,所以马特厉与她的经纪人到达机场的时候已经是十二点过三分了。十二点二十九分那次航班已经停止办理登机手续。幸亏有马小姐的威名与特区办外事办接待办的威力,机票改成十六点二十三分那班,一应改票费用由特区方面负担,马特厉小姐并无也不可能有任何不悦的表示并说了礼貌提倡用语"谢谢",特区方面"三办"头头送行人员则分别多次重复礼貌提倡用语"对不起,欢迎您下次再来,再见"后径自离去了。

恰恰十六点二十三分这一班飞机晚点晚了两个小时! 一班飞机晚两个小时本来就不算什么,连解释都不需要解释的。特区方面已经仁至义尽,不能再承担任何责任或义务了。只剩下马小姐叫苦不迭,埋怨歪脖。

歪脖自有道理。他说:"在蛋花塘特区演出是咱们自己的事。桃花镇是九星俱乐部的事,弄好了,好处是俱乐部的;弄砸了,挨骂也是他们的。咱们急什么?再说飞机误了点咱们有什么办法?飞机要是失了事,他上哪找咱们去? 咱们又找谁去?"

(过后人们才知道:恰恰是这一天,头一班自蛋花塘飞往桃花镇的飞机出了空难。为此,马特厉及其亲朋好友铁哥们儿铁姐们儿干爹干娘烧香念佛,感念佛祖、释迦、观音、天后。又感念蛋花塘地方领导,听说那里的塘长姓李便分析那一定是太上老君,要不就是托塔李天王,至少也是大仙李铁拐转世,前来搭救马特厉来了。而马特厉呢,一贯不吃娃娃鱼,不吃穿山甲,不吃狗肉、飞龙、果子狸,不吃石蛙也不吃田鸡,这不但符合环保局的要求也符合积德修好的标准,何况就在马特厉去蛋花塘的头一天晚上,她应邀去给环保局办的文学杂志《绿叶》捧场,唱了三支歌只要了车马费四百块……如此一心向善,众神焉有不保佑之理?

(最后人们才想起来,真正值得感念的人是歪脖。没有他做主担责任拍板落埋怨,马特厉上那架失事的飞机不是铁定了吗?上了那架飞机,她不也就一定丢命了吗?歪脖才是上苍特派下来保护马特厉的福星神将韦陀二郎神呢!如此这般如此这般——

(大家一致认为马特厉应该——不,必须——嫁给歪脖。不然,天地良心,马特厉如果忘恩负义不嫁歪脖的话,出门不叫汽车轧死是无天理……此是后话,不赘。)

现在回过头来说,不论各派的计算理论与方法有什么分歧与奥妙,对蛋花塘——桃花镇的飞行时间做出了怎样乐观的预算,实际上马特厉到达桃花镇机场、飞机停稳的时间是当晚二十点四十七分。欢迎仪式按最高规格,行礼如仪后,马小姐被请进破例一直开到了停机坪上的佩有灿烂节特级特别通行证的大会组委会接待外宾专用轿车"奥迪"。根据当地接待人员安排,经纪人先生应步出机场,坐另一辆"蓝鸟"紧跟"奥迪"前进。歪脖断然拒绝了这样的部署,声称在桃花镇期间他是一步也不能离开马小姐的。他根本不理睬接待人员的示意便一家伙随马特厉钻进了"奥迪",使主人桃花镇的甄主任也为之一怔。甄主任说:"开幕式是刚刚开始。老百姓正不愿意,没有马小姐,你说这个灿烂节怎么开得了幕?哈哈哈哈……"他自以为说得很幽默,便率先大笑起来。边笑边向司机发令说:"直接到大公园!"

"到宾馆!"歪脖立即打断并且纠正了他的话,不由分说。

"你这个人……"甄主任的话语里流露着不快。

"我是马小姐的经纪人。她的一切演出活动都由我安排,我们是签订了合同,经过了法律公证的……马小姐不回宾馆不化妆不更衣怎么能到公众场合去?破坏了形象砸了牌子谁负得了责呢?"

"好好好……回宾馆回宾馆……前边注意前边注意不去大公园改去桃花江大酒店了……"甄主任抄起了"大哥大"向开路的摩托武警呼叫。

接着为了回宾馆二十分钟后马特厉能否到大公园亮相的问题歪脖又与甄主任发生了剧烈的对抗。甄主任说,哪怕是最后一分钟,马小姐也要去会场露个面。这是桃花镇全体党、政、军、民、老、中、青的一致要求。能表演节目最好,不能表演就上台向群众问个"你好",不愿问好便上去一笑,十秒钟后下来也成……歪脖大笑,上台一笑?上台一笑的出场费什么价您知道么?古人道一笑千金,今人曰千金难买马小姐一笑,您知道么?出场不出场是定性的问题,出场以后干什么是定量的问题。甄主任在桃花镇素来以口若悬河所向无敌能把死鸟说飞了而著称,今日见了歪脖知道咬住了硌牙的石头,便调动元气练习起太极浑乙真功,不急不躁,不攻不守,不退不进,不争不吵,寸步不让。甄主任汲取昨天的教训,没有提出他们与九星俱乐部订的协议。他发现不提九星俱乐部还好,一提九星俱乐部各位明星的气就不打一处来,本来能办的事反而办不成了。大地方的规矩他实在不明白。在桃花镇,当地的什么作家艺术家,根本不用他甄主任出马,随便一个科长也就管得服服帖帖了。他九星俱乐部的张小冀要说也算个局级干部,局级局级,比他这个主任还大哩,怎么不论大明星小明星,提起他来做那种不屑之状,把他看得还不如狗屎呢。真真难以理解。张小冀他们不是自称是已经占领了"阵地"了么?占领了以后竟是这等惨状,占领以前他们又是一批什么东西呢?这样的一批人竟然人五人六地与他们签合同……全桃花镇不是上死了当了吗?继而一想,管他香啊臭啊的,反正他们算是全国性的文艺俱乐部,他们是合法的;他们也确实请来了一些金星银星,也拉来了一些不三不四。买白菜也得好赖搭配嘛……

时间一分钟一分钟地过去。甄主任知道,开幕式一会儿半会儿且完不了呢,一个标准间,没有套间,咱们不谈判出个结果来谁也甭想休息。歪脖更不着急,他有他的道理:耗黄了就黄了。反正你不出出场费我就不出场,给你一个深刻印象吧!

这个时候甄主任的"大哥大"响了,他把音量调得很大:

"甄主任吗?现在节目进行了一大半了。马特厉怎么还是不来?机场说人已经到了呀!"

"是的是的,我现在就在马小姐身旁,就在马小姐房间里呢。"

"快点过来吧!哦,现在全园都在喊叫……"

"忙什么?马小姐还没有调整好呢!"

"我的好主任呀!你们听你们听!全园都在叫呢!五万人一起叫——马特厉马特厉!你们听得见吗?"

"愿意叫就叫嘛,愿意等就等嘛……"

"还有记者!记者谁惹得起?中央台、省台、地方台的电视记者灯都打好了……就等着拍马小姐到场……文字稿都拟好了:风尘仆仆的大腕巨星马特厉从机场直接来到了会场,使开幕式掀起了高潮!人民是艺术工作者的母亲!人民需要歌星,歌星更需要人民!桃花镇变成了艺术的海洋!马特厉变成了海洋中最为璀璨的白鱼!啊,这是时代的骄傲,这是海鲜们的幸福!啊,欢乐的人群!啊,缤纷的桃花!啊,激荡的主旋律!啊,啊啊……"

马特厉也不由得笑了。

就在此时,只听一阵惊心动魄的锣鼓,令人魂飞天外。天啊,锣鼓队进了宾馆了!一个天晓得的"三星级"宾馆的大堂、楼梯、通道里竟响起了冲击冬宫、活捉路易十四、批斗恶霸地主式的锣鼓声。如有海外 ladies and gentlemen(淑女们与绅士们)在这里下榻,那是非吓个休克不可的。事后有人提议将此纪录列入《吉尼斯世界纪录大全》……总之,人们载歌载舞,前来迎接马特厉来了。

"怎么回事?"歪脖又怒又怕,咆哮而又哆嗦,"你们要冲击宾馆劫持马小姐吗？"

甄主任听到这山呼海啸的声浪也吓一跳。哪儿来的这么一支队伍？不是都游园联欢参加开幕式去了吗？怎么可能有这样多的人和这样的安排？这里是宾馆不是广场，即使是全盘西化的示威游行也没有听说过进宾馆大堂电梯楼层的呀！莫非是要闹事？岂有此理！

他同样愤怒、恐惧、尤其惊讶地吱的一声拉开马小姐的房门，一片彩灯闪烁耀眼，直如置身于夜总会迪斯科舞厅之中。声音欢快，秩序井然。只见走在队伍最前面的是少年儿童，头戴公鸡面具，双手抖动劣质纸花，嘴里咿咿呀呀。第二批是少数民族，男子赤背，女子七层皮裙，舞动月牙形弯刀，吹响一丈二尺长的唢呐。第三批是民兵，一个个手执红缨枪、狼牙棒、冲锋枪、手榴弹、爆破筒、静电棒、防暴盾牌……第四批是女运动员，身穿比基尼，肩挎呼啦圈，口喊"锻炼身体，保卫祖国"。第五批是国人扮演的外宾，男穿各式西服、打红黑两色领带，女穿超短裙，肉色连裤丝袜，并齐唱"I love you, I need you, I want you！"（我爱你，我需要你，我要你！）第六批则是人民，散兵游勇，朴素亲切，催人奋进，催人泪下……连甄主任也不知道这支队伍是自何处来向何处去，到这里来又是要干什么的。他本想立即喝令他们滚回去的，但队伍的盛大规模与严明组织一下子就把他给镇住了……马小姐与歪脖自"四人帮"垮台以来就没见过这样的场面，更是心惊肉跳，屁滚尿滴——歪脖的脖子已经歪到了欲折欲堕的程度了……总之一切市场法则经济规律斗智斗勇阴谋诡计全部失灵。三个人无条件地驱车来到会场……事后反复调查无任何一个人知道这支队伍，甚至连宾馆的经理领班侍应小姐也没有一个人承认自己看到了这么一支队伍。又过了许多年，仍有海内外灵学界易学界感应电学界人士前来调查此事，认为是桃花镇出了奇迹出了圣人出了特异功能出了四维空间出了第六感官出了宇宙光子爆炸……马小姐、甄主任、歪脖则是这一奇迹的唯三见证者。有一批科学家认为这是活见鬼，是甄主任马特厉歪脖三个人集体无意识集体神经错乱,是中国文化的迷信糟粕超稳定积淀的恶果。有二十个中国作家以此为题材写了小说、纪实文学、报告文学,其中七篇获奖。有一位美国科幻小说家听说了此事,要求来采访,终被我方谢绝,盖这种华夏珍奇瑰宝,固不可轻易与碧眼金发之外人道也。

当天深夜,桃花镇各方领导召开紧急最高会议,讨论节日第一天他们面临的种种难题和严峻形势。

首先,甄主任的副手贾副主任汇报了吕大头事。头号特型电影巨星吕大头向桃花镇提出了最后通牒:只要明天下午四时前不支付出场费,吕大头准备罢场。吕大头最近连续在几个历史巨片中扮演已故革命领袖,颇有几分形似。一次一个民主党派在京举行联欢活动,吕大头戴上头套换上特大号灰哔叽中山服描上五官俨然以革命领袖的姿态摇摇摆摆地出场。当时正是"红太阳热"的高潮,他一出现,大家一怔立即全场雷动。连与会的几位高级领导人也慌忙起立,远远地伸出手去,抢着去与扮演的伟大领袖握手,表示自己对于已故领袖的深厚阶级感情。从此,吕大头走到哪里都享受到几乎近于领袖的待遇:各级领导各界人士各种代表人物包括正在申请入党入团入队的积极分子与正在等待提拔的中、小萝卜头都人同此心心同此理互相默契地认定:向吕大头亲近,给吕大头以特殊礼遇,与吕大头并肩携手合影曝光乃是表达他们对于已故领袖的忠诚爱戴怀念继承的拳拳之心于万一的最便捷方法,吕大头越炒越热,变成了一个具有特殊意义的巨星。这样一位巨星一到这里就与桃花镇的接待人员为钱的问题大闹了起来,实出当地人等的意料。

吕大头与贾副主任谈得很坦率也很到位。吕大头说:第一,他演了领袖不假,但他自己并不是领袖。他是三级演员,每月工资归里包堆不够二百五十块,住房只有小二居二十三点三平方米,出门坐软卧回去还不好报销。上有父母下有妻儿,对于钱不认真不行,当真按照革命领袖的风度来要求他也是办不到的。第二,明星上台要演出费是天经地义,给外国总统女王中国省长书记直到党和国家的领导人演出也概莫能外;包括给民主党派亮相与高级领导人握手的那次,也还拿了××元。第三,九星俱乐部的合同云云,对于他们演员其效用等于放屁。九星俱乐部也者,说穿了不过是打着文艺家的旗号,养几个既不会唱歌也不会跳舞又不会做官不会抓小偷不会卖狗皮膏药不会写工作总结高不成低不就宰不了羊也削不了果皮干脆是十足的废物的自欺欺人的太监的器官罢了。文艺家们提起他们嗤之以鼻,领导说起他们来如言鸡肋——好在每年他们倒也要不了几个钱,这才没顾上把他们解散。其实财政部早就停拨他们的经费了,每年是秘书长临时批条子给他们几个小钱。他们几个鸟人呢,又是封局级干部又是报处级调研员,关上门自己热热吵吵图个吉利。他们说的话干脆说就是等于……您还不明白吗?第四,扮上装像领袖下了装其实比孙子还可怜,走到哪儿都有人跟着,就像一只五条腿的蛤蟆。您尝尝这个滋味,您受得了吗?这样的代价,不要钱行吗?第五,桃花镇灿烂节开幕式门票二百八十八元,闭幕发奖门票三百八十八元,游园票八十八元,内部观摩电影通票一百八十八元,此外变相卖活动证列席证贵宾证收入不计其数……"没有我们这些明星,你们的票卖给谁去?你们拿大头,我们拿小头,哪怕是零头也行,总不能一个子儿也不给吧?"

贾主任汇报到了这里,桃花镇的几位领导都震怒起来:

"不像话!太不成样子啦!"

"什么话?演领袖就要学领袖嘛!没有领袖你算老几?"

"你以为老百姓是欢迎你热爱你吗?光是你老百姓倒找钱也没人来呀!真是贪天之功以为己有!岂有此理!"

"光看见我们卖票了,看见我们花钱了没有?你们住着三星级宾馆,一个标准间一晚上就二百五,钱哪儿来的?你不想想?"

"哪个单位的?有党委没有?找他们领导去!"

贾副主任赶忙说:"我当场就给他驳了个体无完肤!'不管你算

几级演员，那不干我们的事。你要是调到我们这儿来，我们给你解决定级升职问题。至于我们欢迎你不是为了别的，是因为你演了领袖。我们是怀着对领袖的感情来对待你的。难道不明白吗？你不是领袖，你就不应该向领袖学习吗？我们不是人人都有继承领袖革命遗志的义务吗？这次为了接待你们，我们花了多少钱，你知道吗？连祖国的花朵天真的儿童都给你们捐了钱，你们不想一想吗？你看过电影《英雄儿女》没有？人家那里头的文工队员，比如像王成的妹妹王芳，冒着美军 B-29 空中霸王重型轰炸机的轰炸给志愿军的战士演节目，他们要过演出费吗？'"

"讲得好讲得好！"各位领导纷纷喝彩出气。

"他又把我驳了个不亦乐乎。"贾副主任忙说，"他问，'王成那个时候演出卖过票吗？不论是志愿军还是文工团员，住战壕收房钱吗？一个志愿军司令，他一个月工资才多少钱，你知道吗？到哪儿说哪儿，那是打仗，谁不知道？到那时候我们在正常情况下要演出费的人说不定英勇不屈光荣牺牲成为烈士，而你们这种嘴上功夫只要求别人做王成而自己只肯坐享其成的家伙说不定贪生怕死临阵脱逃丢失阵地贻误军机的了呢！'"

"混账！放肆！要搞一个材料，一定要搞一个书面材料！这样的演员怎么能演领袖，演贫农都不行！只能演地主狗腿子！"

"他演领袖的合同已经签到一九九七香港回归那一年了！都是大厂子！咱们说了话顶个屁用！"

"思想全乱了全乱了！无怪乎那位老作家老文艺批判英雄吟诗说现在是'改革不成诸凤败'了呢！"

"这一帮文艺人！我将来掌了权把他们全都……哼！"

一波未平，一波又起。就在人们为吕大头的事义愤填膺，七嘴八舌，议论纷纷，莫衷一是的时候，又传来了画星接待组告急的消息：

山水画家赵二传与本地画家兼收藏家李三捧发生了冲突，两个人动了手，武斗上了。赵二传上次一九八七年十二月二十二日来桃花镇,李三捧以当地美协名义在桃花江大酒店设百蝎宴招待——第一道冷盘是香油炸的全尾全须金黄透亮的一百只蝎子。酒酣耳热之时,李三捧拿出自己珍藏的赵二传山水画五幅,恭请画主题签。赵二传不看则已,一看,不免哭天抢地起来:"假的,全是假的!老兄,您上了当了!"赵二传解释说,由于他老近年来芝麻开花节节高,出口内销两相好,领导赏识专家赞,东方现代皆逢潮,港澳发红大陆紫,真品无价赝亦高……现在到处流通展览收售的所谓的他的画百分之八十乃是伪造的。为此他已请了律师,做了公证,他现在每年只画三十一张画,每张画都编了号,其中并有暗记,非常人所能知晓。旧画他也做了一番清理,立档案,编索引,补暗记……至于您这五张画显然是假货,其分辨要领有六:一曰笔墨,二曰烘托,三曰反衬,四曰精神,五曰行草,六曰印鉴……其为伪乎?伪也伪也;其为真乎?非也非也。伪之为伪,犹真之为真,岂可疑乎?未可疑也!为假货题签,犹助纣为虐,为虎作伥——老夫不为也。

一番话说得李三捧手脚冰凉,周身虚汗,几乎当场晕厥过去。害得众人掐人中的掐人中,塞速效救心丸的塞速效救心丸,把桃花江大酒店医务室的氧气瓶也推到了百蝎宴大厅来了,李三捧终于转危为安。事后,大酒店医务室还为此受到了卫生局与商业局的联合表扬。

百蝎宴后赵二传拿走了据说是赝品的画五件,说是要帮助李三捧做出正式鉴定,追查伪劣,打击犯罪,挽回损失。从此这五张画肉包子打狗,一去不回。两年后有李三捧的徒弟在海南岛发现其中的一张画,经过赵二传的增补题签在那边高价出售。紧接着又有人在山西、在黑龙江、在泰国发现了李三捧的藏画高价出售。李三捧急电赵二传询问,不得答复……这次居然在桃花镇见到了赵二传,怎能不撕掳个明白?今晚李三捧带领众徒儿杀上门去,一言未合,二人挥动老拳……赵二传虽然人老势单,但自幼习过八段锦、少林拳、武当腿,未吃大亏。现在赵二传正在连夜召开记者招待会,说是要拿出铁证证明李三捧对他的攻击完全是无中生有的诽谤……

又报来紧急情况：人物画家计老，来桃花镇后一直是自拉自唱，自画自标价自卖，自得其乐，与世无争，十分安谧。不料想今天晚上税务局找上了门去，说是早晨看到的计老挂的美术馆展销的共标价四千七百元的画不见了，显然是已售出，请计老照章纳个人收入调节税人民币九百二十元正。计老大怒，他说价标得高不等于卖了那么多，高标价低收费是画家的惯技，既要抬己又要促销，这有什么不明白的？以此为据收税，当真是岂有此理。税务局要求他据实报税，他又不肯说，他说是实价保密……计老还说既然来到了桃花镇，既然他们是桃花镇的客人，一切就应该由桃花镇方面负责，哪有请了客来让客人掏腰包之理。税务人员给他讲解有关知识，计老急火攻心，休克倒地，正急救中……

电话还没接完，只听得接连三辆拉着笛儿的急救车从办公楼下风驰电掣而过。

"重灾区，文艺界真是重灾区呀！无怪乎硝烟未尽几个文艺人就抢着表态说自己那里是重灾区了！人家说，这就跟王成说向我开炮一样！问题是王成喊完向我开炮他拉响了爆破筒就与敌人同归于尽了。咱们的文艺重灾区呢？喊的人留下来救灾，其余的人都被洪水冲走了。这个灾怎么愈救愈重呀！这几年是要人给人，要钱给钱，要官给官，要权给权，怎么这个灾情就跟花园口决了堤一样，硬是堵不住呀！黄泛区黄泛区，一灾就是几十年啊！"

"文艺界的人，那是非改造思想不可的了。想当初有毛主席教育着他们，三天一学习，两天一批判，一个月一斗争，两年一次小运动，三年一次大运动，就这他们还不听话呢。跑到朝鲜战场胡搞的是谁？借古讽今说怪话的是谁？写《海瑞罢官》的是谁？就是这一批文艺人！三天不打，上房揭瓦，唯小人与女子为难养也！"

"《海瑞罢官》不是平反了吗？"某同志提出疑问。

"那批《海瑞罢官》的是谁？不也是文艺人吗？没有这些文艺人，就没有《海瑞罢官》也就不用批《海瑞罢官》，也就没有'无产阶级文化大革命',没有专案也没有冤案。全国人民包括咱们都少受多少罪呀!"

"我表弟——那也是老同志呀——的女儿,刚找到一位比较理想的女婿,你猜怎么样?来了个第三者!第三者是谁?歌舞团的文艺人。还有什么可说的?"

"不是说又要让他们改造思想了吗?怎么又不改造了呢?"

"此风不可长!此风不可长!"

"还是老批判家说得好,他老人家怎么做得诗来着?'改革不成诸风败,浮词难救百病侵!'好哇好哇……"

"好什么?我看这个诗就有问题!这纯粹是反对改革开放!文艺人都会演戏。左也是演,右也是演,您可千万别信他们!"

众人同仇敌忾,议论纷纷,齐叹世风日下,人心不古,文艺成妖,散播瘟毒,并且不管老的少的有回忆的没的回忆的,一起回忆革命传统,雪山草地,地道地雷,延安窑洞,上甘岭坑道,寇林山猫儿洞,然后大家一齐摇头不止……

散会后半小时,甄主任把电话挂到桃花镇第一把手家里:

"是这样,今天晚上几位领导谈得很好呀……"

第一把手觉得这是废话,他已经准备休息了,便只用鼻子哼了一声,表示对他的这种废话不感兴趣。

"这次活动本身也是一次教育嘛。对群众,对文艺工作者,对各方面的工作人员,我们都要坚持正面教育,提倡奉献精神,提倡学习雷锋,坚持进行爱国主义、集体主义、社会主义的教育嘛……"

"那是一定的。好嘛好嘛,就这样吧就这样吧……"第一把手愈说声音愈弱,电话马上就要挂上了。

甄主任大叫起来:"书记,镇长,主任……是这样,具体问题我看还得安排一下。这些个明星都通天!他们还是经过长期考验的,一直是跟着我们的,让唱什么就唱什么,不让唱什么就不唱什么,让说什么就说什么,让不说什么就不说什么,大节方面其实还是听话的。

我们的文艺队伍还是可爱的。就拿金香玉来说吧,她常到××家唱戏!××可喜欢她啦!筱又甜吧,××大姐为她的房子的事给批过条子!胡媚妹的定级也是经过××的过问的!听说原来给胡媚妹评的是二级,××后来给朱厅长打了一个电话,说过你们一定要给小胡评上一级,你们钱不够可以从我的工资里扣嘛!就有这么磁!她们要是给上边首长说咱们几句——她们一个个能说会道,她们才不说演出费的事呢,她们想抓咱们的辫子找个借口还不是随便的——我看不值得。不如安排一下,不过也就是几个钱的事。党的政策嘛,让一部分人先富起来嘛。跟卖假药的比,演员挣几个钱也不容易呀!"

第一把手重重地干咳了一声,又长出了一口气,把电话挂上了。

根据甄主任的经验,这就是同意至少是无异议的意思,干咳一声,长出一口气,也就相当于在文件的右上方自己的名字上画一个圈,底下的事,他就可以相机处理了。

出席完了开幕式,演员们回到宾馆先吃夜餐,这是一天吃得最香的一顿饭,也是一天精神最好的时候。从吃饭起就七嘴八舌地东一榔头西一棒子地信口侃开了:

"三级宾馆?别他妈的挨骂了!我调查了十五间房间了,就没有一间房里的抽水马桶好用!要不就稀里哗啦地漏,要不就放不出水来,要不就冲不下去,拉出来的屎就跟煮熟了的饺子一样,全漂着!"

"算了算了,初级阶段的马桶,您还要怎么着?我爸爸小时候拉完屎还用土坷垃蹭呢,那时候连手纸都没见过……到现在,××市××区××街,大人小孩的习惯还都是一蹲就拉,一裂(读上声)就撒(尿),您老到那儿一溜达,就这个味儿……"

"要说也逗,上个月我去意大利演出,走以前我问我们那口子,给你们带点什么回来呀?说真的,电视、音响、录像、照相、空调、带电脑的熨斗什么的,咱们不是早就有了吗?这年头出国,您还真不知道买什么好了呢!丝袜子提包,旅游鞋皮夹克……您买了半天,拿回来一看,MADE IN CHINA!干脆一个中国造!这几年中国的商品生产真是突飞猛进!哪儿像从前呀,出国连塑料袋纸茶杯空易拉罐都往家里拿!这回去意大利前您猜怎么着,没等我们那位说话,我那个八岁的儿子开了腔了,他说:'妈,您就给我们带一个意大利马桶回来就行了。'"

"这叫什么菜呀,打死卖盐的了。"

"马桶漏水有什么了不起?我那间屋里,整个一个死人的味。找小姐来打扫吧,她早也不来,晚也不来,您刚进屋脱鞋躺下她也就来了……"

"一间屋还搁着两大暖瓶,你说那是干什么用的呢?不但里边没有热水,而且一开塞一股子恶臭味……"

"说不定哪个不自觉的客人拿它当了夜壶用了……"

"也太不拿我们当人了。整个一个动物世界!纯粹是拿着我们当熊猫展览!没完没了地围着我们让我们签名。一签一个钟头,工作人员连管都不管!"

"还说签名呢,连钢笔都不预备就让你签名,是真心让你签名吗?"

"最可气的是签完了名他不认识,问是什么名字。你连我是谁都不知道,你让我签哪一家的名呢?"

"中国人就是能起哄。我们周校长给我说过一个故事,真叫是哭笑不得。一位记者死追着他,说是多么敬重多么崇拜久闻大名,如雷贯耳,今日一见,三生有幸什么什么的。周校长一听就乐了,居然有记者惦记七老八十的他老人家,那还不来情绪吗?您猜怎么着,记者采访提的第一个问题是:'您贵姓?'第二个问题是:'您是干什么的?'您说这缺德不缺德?"

"记者可别得罪!得罪了记者可不是玩的!"

"九星俱乐部这个张小冀,人五人六地装人灯干什么?还给我们讲奉献精神呢！这不是打镲吗？'文化革命'里头他带着红卫兵抄部长的家，差点没定成三种人！后来又要当作家，写起小说来了。怎么着呢？剽窃，一大段一大段地抄人家的。为了当官跑到××省，没有半年弄了个迎风一臭九万里！混上个俱乐部主任，顿顿饭要五粮液，一边喝五粮液一边还磨唧呢，'要是前几年，我们喝得上五粮液吗……'敢情斗了半天就为一瓶五粮液，还那儿整天训咱们，说什么社会主义文艺的审美特征就是崇高呢，呸！国务院都有规定，公费吃喝不许要白酒的呀！"

"拿着我们骗钱，拿着我们赚钱，打着我们的旗号拉赞助卖高价票，可又一分钱也不给我们！你知道他们的票价到了什么份上了吗？不问姓社姓资也不能这样呀！"

"我告诉你们一个绝密的消息：这次所有组织委员会的委员，还有来的头头脑脑，包括九星俱乐部的虾兵蟹将，一人一份厚礼。张小冀的老婆郑大嗲，以特约来宾的身份一个人领了三份……"

"三份？"众人哗然，并急着问，"都有什么？都有什么？"

"都有什么？你反正知道不了。二十八开的金镏子，你见过吗？"

"别扯淡了。百分之九十九点九九的纯金才是二十四开，哪儿来的二十八开的？"

"阿联酋的赤金就是二十八开，挨着打仗的科威特和伊拉克。你去过吗？一人还有一桶花旗参再造金丸，是元世祖留下的宫廷秘方，一桶药出厂价就是三千四百多块钱。元世祖活着的时候娶过一百二十多个老婆，全仗着花旗参再造金丸的劲呀！"

"我的铁姐妹儿！您醒醒，醒醒，你睡大发了吧？您知道花旗两个字儿怎么讲么？"

"不是花旗就是高丽参，元朝的时候有高句丽吧？不念'句'，念'勾'，对不对？小学老师讲的，我还没忘呢！反正说下大天来吧，这些个金镏子银镏子，高丽参花旗参，滋阴药壮阳药，都是从哪儿来的？

大人三块小孩一块五毛,人家疯了没事给张小冀郑大嗲捐健肾药?人家出钱为的是咱们为的是咱们姐们儿!可咱们一点好处没落到!连个铜镏子的毛也没见到!连一包仁丹也没见到!你说咱们亏不亏呀!"

众人哗然,颇有些闹事的苗头。情绪愈来愈激烈,嗓门愈来愈大。宾馆的工作人员已经悄悄去报告了保卫科。保卫科的同志悄悄进了来,但见大家一边嚷一边退,喊到最高潮也就剩不下几个人了。噪音虽然高分贝,行动不过是零。保卫科的同志也就悄悄退去了。退走后一位保卫工作同志回到办公室嘿嘿唧唧地自言自语说:"其实这些个文艺人就是嘴坏,只要把舌头铰了去,其实都是大大的良民百姓呀!唉……叫声小奴才,还不乖乖地给我跪下来!"保卫同志用的是正统的荀派京韵道白,莺声燕语,几可乱真。一位戏曲演员正从保卫科的窗前走过,嗷地叫了一声:"唉哟,我那师娘啊!我还以为是我那师姐吴素秋来了呢!吴姐吴姐,您现在高升管保卫了,您机要了您!真是恭喜恭喜!"

业余荀派传人气得直咽唾沫。"牛鬼蛇神!魑魅魍魉!全他娘的是糖衣炮弹!"

在另一个原干部招待所——现名宇宙大饭店——的餐厅,一些有吃夜餐习惯的记者同志正在愤愤然于另外的话题。

首先是有一批共七十九位记者没有安排好住宿的地方。灿烂节组织委员会本来为新闻单位预备了二百四十个床位。结果实到各报刊记者四百零九人,人人都有记者证,还有的记者证上附有"科级""副处级""处级"直至"副局级""局级"的身份说明或"高级""正高级"之类的职称说明。组委会接待办叫苦不迭。最后有七十九名记者分散安插填空住宿,有的与乐队演奏员住一间屋,有的与汽车司机住一间屋,有的住房紧挨公厕,有的住房没有卫生间或没有电话。生活不便工作不便,更为气人的是开幕式前镇领导宴请众客,九星、贵宾、外宾与首长席喝的是青岛啤酒、五粮液、果茶、可口可乐……而这部分零散记者桌上摆的是桃花啤酒(有馊味)、二锅头、仿造假雪碧与干脆是发出漂白粉味儿的自来凉水。

其中有一个名片上印着"副处级待遇"的《影视导向阵地报》的副总编辑高达标。此报虽然订数不足四百,但因为立论高昂,气势宏伟,仍然有一种令人莫测虚实的特殊地位。高达标当晚在开幕式的宴会上本来被请到与众首长、巨星、外宾、贵宾一起的首桌上的,他高高兴兴地坐到了一个外国人的旁边而且与人家道了"豪毒有毒?爱啊衣母饭"并拿起了餐巾盖到自己的膝头。忽然,一位小姐走过来,以港台国语与川滇方言相结合的腔调对他说:"对不起,先生,请您到这一桌……"居然把他引到了第五桌!这简直是彻头彻尾的侮辱和玩弄!高达标拼命回忆,他似乎看到了张小冀与马立钦与甄主任一起鬼鬼祟祟嘀嘀咕咕……莫非是这俩家伙使了坏?高达标这一气非同小可……

开幕式快要结束的时候,歌唱巨星马特厉到场,高达标一马当先,走近马小姐立即进行采访:您这次前来参加灿烂节有什么感想?您对桃花镇的初步印象怎么样?您为什么这么晚才到?您有什么话要对《导向阵地报》的读者讲一讲?马小姐笑而不答。高达标再往前走一步把嘴巴凑近了马小姐的香腮嫩耳。歪脖过来保驾,用手拦阻。高达标岂把歪脖放在眼里,用胳臂肘一带,把歪脖捅了一个趔趄。歪脖岂能甘休,做了一个手势。过来一个保安人员,一把就把高达标拽到了一边。高达标怒不可遏,同时右肩疼痛难忍,大声喊叫起来。只是当时人们正处于欢迎歌唱巨星的高潮,掌声欢呼声震天动地,他的大呼小叫完全汇入了欢乐的喜潮之中。马小姐在灿烂节花钱雇的保安人员及歪脖经纪人的簇拥保护下,袅袅而登舞台,先给大家一个背影,然后突然转身亮相,伸手接过麦克风,连说:"歇谢,歇谢,歌迷朋友们,我爱他们!啊,我爱你们!"全场如醉如痴,东倒西歪。高达标也心热眼亮,神魂颠倒,完全忘记了受辱与肩膀的疼痛……但是等到吃夜餐的时候,所有的不快又都涌上了心头。

按:开幕式以后高达标又盯住了青春电影媚星牛丹丹。牛丹丹近年连续在中港合拍的七部影片中扮演主角,其中四部是欧美电影节的参展片,呼声极高,国人专家普遍看好,认为必获金奖无疑。后来都未获奖,舆论十分地谴责了外国评委的欧洲中心主义,并援引世界舆论,指出牛丹丹的表演早已超过了罗兰、方达、梦露、邓波儿了,几家搞大批判的报纸周末版还登载了欧美各电影节的评奖丑闻。却原来得了那奖是很丢面子的事,幸亏没得,牛丹丹保持住了自己的纯美坚定不与资本主义同流合污的良好形象,便更红得透紫了。

高达标略施小技,套出了牛丹丹的住房号。回到宾馆高达标不去吃夜餐直奔牛丹丹的房间。未曾料到的是,已有十几位记者等候在那里,而牛丹丹更是盛气凌人,竟然打开门把记者往外推,一边推一边还说:"对不起对不起,我不见任何记者。谢绝采访,谢绝采访;概不签名,是的,概不签名!"高达标未能一入牛大小姐的"闺房"就被轰走了……

说起此事真是义愤填膺!

"牛丹丹有什么了不起?她连自己的名字都写不好。一加二等于三她也未必算得清!没有我们捧她她能有今天吗?"

"想当初她演《鸡窝里的凤凰》的时候,她见了咱们什么样?那时候让她给咱们舔皮鞋她也干!那时候谁知道她是谁?是我们,是我们的报道创造了牛丹丹,牛丹丹是我们塑造的!没有我们就没有牛丹丹!她现在翅膀硬了!给她发内参!对,干脆就发一篇《拒人于千里之外的精神贵族》!就发到《导向阵地报》上!"

"听说她漏税三十多万元!咱们给她捅出去!"

"哼!丈夫还不知道换了多少个了呢!"

"这次来还要钱呢!出一次场要好几千块!我们辛辛苦苦一年才挣多少钱?分配太不公平了!这样,怎么调动得起人民的积极性?"

"都买了汽车了！大腕们一人好几辆！听说牛丹丹一个人就三辆——拉达一辆，标致一辆，最近硬是买了一辆奥迪！参加过抗日的干部坐不上奥迪，她牛丹丹、马特厉扭搭扭搭就坐上了，这样下去还有什么原则呀！"

"改革改革，其实大多数人捞不上多少，什么时候都是少数人发财。以为一改革金馅饼就哗啦哗啦往你嘴里掉呀，没门儿！"

愈谈愈激烈愈谈愈深刻，从文艺到政治，从基层到高层，从内政到外交，众记者的信息排山倒海，铺天盖地，夜餐变成了信息大赛，理论大赛，观点大赛。互相说得十分不一致，东西南北风一起刮了起来。各说各的，谁也不反驳谁，真是自由民主，如入无人之境。

临到高达标回房间后悻悻然要睡觉了，突然他的房门被一位《人体艺术报》的女记者敲开。女记者说，导向大楼的马立钦进了牛丹丹的房间，大家认为这里头有戏，便都兴奋起来。现在人们已经自动地在那个楼道里逡巡起来了，闹得服务员小姐如坐针毡，疑神疑鬼，她希望高达标赶快出个主意。

高达标果然想出了一个好主意，可惜没等他讲出口，又传来了新的消息，说是马立钦也被牛丹丹轰出来了。

山穷水尽疑无路，柳暗花明又一村，正当高达标第二天早晨躺在被窝里昏昏沉沉，百无聊赖，气呼呼、恶狠狠的时候，门铃响了。

电子门铃，声音如《致爱丽丝》乐段，使高达标颇觉惊喜，他一下子没有反应过来。

丁零，又是优美而又深远的音响。

啊，是有人在叩我的门！就在这一刹那，一种愉快的感觉在高达标的心中油然升起。

"请等一等。"高达标本来想用和电子铃一样优雅与深远的声音回答，他的嗓子本来曾经不错过。但是今天力不从心、声带不从心，由于是刚醒又睡得不好，他发出的是一种既夹杂着尖利，又形成了嘶哑的公鸭声。他赶紧穿上衣服,趿拉上拖鞋,前去开门。却原来一下子进来了桃花镇的三位领导和四位工作人员,其中有两位是年轻貌美的小姐。一位小姐戴红绒便帽,下穿超短裙,脚蹬高靿高跟红羊皮靴。一位一只手上戴四个戒指,另一只手戴景泰蓝手镯,留披肩发并以刘海儿遮去一眉一目,身穿开衩极高的彩色丝缎旗袍,足蹬黑花点长筒连裤袜,外套乳白色尖高跟拉链皮鞋。又有领导又有公关小姐,高达标不由得全面兴奋,心花怒放。

寒暄问候致敬致歉慰问称颂如此这般之后,道明来意:镇领导及灿烂节组织委员会郑重决定,灿烂节的千条万条,正确方向是第一条。为此,要请张小冀、郑大嗲、马立钦,特别是一定要请高处长给大家做一个报告,讲一讲坚持文艺的正确方向、批判错误思潮、突出主旋律、反对和平演变的大问题。不由分说,高达标答应了。

当天下午,举行了号称千人实为五百人的报告会。到会的人不停地鼓掌,使做报告的人相当满意。郑大嗲讲得最为精彩,一会儿慷慨激昂,一会儿声泪俱下。充满战斗的豪情,哪怕剩下一个人也要坚持战斗下去的决心,光荣孤立的悲壮,绝不朦胧的鲜明爱憎。郑大嗲热泪滚滚地说:"哪怕是吊到了电线杆子上,也决不投降!"然后她痛哭失声,全场面面相觑,肃然起敬,静了一会儿,掌声如雷。

主持会议的镇领导似乎没怎么见过这种场面,也没听到过这种激烈雄伟的言语,略有一些不适应的神态。他定了定神,咳嗽了几下,便说:"今天讲得很重要,很深刻,也很生动。我们要好好领会,好好学习。我们桃花镇,在正确的领导下,九方面的文艺工作一直是健康的,正确的。我们这里,并没有错误思潮的代表人物、代表作品,也没有错误思潮的代表论点。但是,这不等于说反对错误思潮与我们没有关系,也不等于我们已经有了足够的免疫力。所以说,今天,四位首长的报告,那是十分重要的。这真是及时雨,是防疫针,是精神武装,是起死回生的乾坤大壮丸……"

送这四位回宾馆的时候,镇领导又紧紧相随,一再声明:"太对了,太好了,请转告领导同志,我们一定要站好文艺这个前哨岗,把住文艺这个关。我们牢牢记得,方向正确了一切都好说,方向一错,成绩愈大也就是失误愈大。请领导放心。"

另一批领导正忙于解决另一大难题。从省里来的赵老把送给他的礼物退了回来而且批评说:"搞这一套干什么?群众赞助的钱,怎么能这么用?艰苦奋斗的优良传统丢到哪里去了?"

为此另一批领导赶去汇报:此次活动是怎样贯彻自力更生艰苦奋斗的优良传统的。汇报了此次送礼物的范围和人们迸发的阶级感情的强度及其他一些考虑。汇报了正在剧场进行的千人报告大会的安排。汇报了愈是改革开放市场经济愈要严格地要求自己的认识。还汇报了此次灿烂节活动中的好人好事新人新事。汇报了复员军人舍身救清洁女工的动人故事……直汇报得赵老化忧为喜,化怒为乐,由摇头改为点头,由皱眉改为舒眉为止。

虽然赵老舒眉点头了,桃花镇方面的同志们仍然颇不放心。他们又进行了一些过细的周密的部署,严丝合缝,风雨不透:第一,停止赵老房间的闭路电视,免得赵老看了那些港台美国电影不快;第二,更换这里的全部闭路广播音乐节目,把理查德的钢琴、曼陀瓦尼的轻音乐、获奥斯卡奖的电影插曲与崔健的摇滚乐……全部停掉,在赵老逗留期间改放《红太阳颂》《共和国不会忘记》与《抗日歌曲》组曲;第三,在赵老桃花镇逗留期间,每天向赵老房间赠送《人民日报》《光明日报》与《中流》《文艺理论与批评》等杂志;第四,组织各单位团干部手持批判错误思潮的学习小册子轮流来访问赵老,请赵老做指示和签名;第五,宾馆工会与团支部负责在四小时内出版一期电脑打印、激光照排的员工刊物,内容全部是批判错误思潮与反对和平演变;第六,以宾馆总经理的名义向赵老发出一封致敬信与征求意见书,内容要突出姓社与姓资的斗争;第七、八、九、十、十一……

根据协议,掌握方向这一类问题本来是应该由九星俱乐部方面负责的。镇领导对九星方面的无能骂了半天,最后还是找了张小冀和柳尕爸,要求他们负全责向上下左右各方宣讲此次灿烂节活动的方向的正确性。

所有这一切又热闹又新鲜又刺激又活泼……桃花镇确实是沸腾起来了,辉煌起来了。灿烂节刚开始了三天,一大批女、男孩子的发式发饰服装鞋帽音容笑貌走路扭甩扬手歪头以及国语发音,都出现了新的气息。你爱这个星,她爱那个星,平凡的生活里焕发出熠熠的光芒,沉睡的梦幻撞击着突然变得神奇的生活;人见了人变得有说不完的话,有交流不完的信息,有诉说不完的感想;每天的日子变得有无数的新的期望新的诱惑;就连那些对于明星们或者灿烂节组织者们十分不利的流言蜚语,也使人们兴奋快活自我感觉良好,也使人们觉得他们与明星们距离得近多了,他们觉得是自己升高了而不是明星们降低了。

而最后,热点既不是影星也不是歌星,既不是画星也不是棋星。最后的热点集中到邵主席早就发布过消息的来自拉里拉呱的"成人片"上了。

等到灿烂节开幕以后,全桃花镇的男女老幼已经无人不知此片的内容了。每个人都有自己的消息来源,各个来源的消息既相同又不同,既接近又风马牛不相及,既像是确凿的又像是纯粹的胡说八道。于是,在没有一个人见过电影以前,互相对照补充纠正分析各自听到的影片镜头画面,就成了生活的一大乐趣。

"你们知道电影的头一个镜头是什么吗?一上来就是一个大屁股,大特写,布满整个宽银幕!"

"胡说八道!人家那是艺术!你当是黄片呢吗?一边呆着去吧!一上来那是音乐是背景是大逆光,是一种美,是世界上最美的创造物——人!人的身体!"

"人的身体,什么身体?男的还是女的?如果一男一女只剩下了身体,那和公马和母马究竟有什么区别?遮掩什么?你们想看的就是那玩意!"

"听说有一条腿,腿底下的那个什么都看见了。"

"其实压一下也就是压一下就是了。你看过白先勇的《玉卿嫂》吧?那里头把大腿都架起来了。"

"听说还有在水里干的镜头呢,一丝不挂却又飘飘欲仙,碧水白鱼……"

"别胡扯了,俗话说凉水洗那话儿,愈洗愈抽抽……那玩意儿还干得成吗你老?"

"满地打滚!从巴士上干到的士,从的士上干到电梯间,再到厨房、洗手间、客厅沙发、壁橱、卧室床底下,最后又回到大街上,咬得哗哗地流血……"

"哎哟,我的亲娘哟!这个拉里拉呱的外国人,简直是纯粹的牲口!这样一个国家不成了牲口圈了么?这个国怎么还不亡呢?"

"亡?没听说过一个国家是亡在这上头的。人家拉里拉呱人均收入是一年一万七千四百美元呢,咱们够人家的零头吗?"

"咱们底子不一样,人口数量也不一样。我们能解决了温饱问题就是奇迹……你让拉里拉呱人到咱们这儿来试试?他们能比得上咱们?打滚打滚你就给我滚得远远的吧!"

"简直让我呕吐!多恶心!多牙碜!干脆全光着腚好不好?"

"那有什么?欧洲就有裸体公园,一进门全扒个精光赤露!"

"别那么少见多怪粗暴野蛮好不好?人体的各个器官,都是上帝给的,都有用,也都爱惜得不得了。你要真觉着恶心,你有能耐就把那话儿割了去呀!要不把这话儿缝死了呀!"

"我们这个文化实在太成问题了。本来孔子说的是'食色性也',到了后来变成了'存天理灭人欲',而且要防微杜渐,把人欲灭个一干二净……愈压抑愈好奇,愈压抑愈不正常,欲望变成了罪恶,人性变成了猥亵,愈想愈不能说,愈爱愈得痛骂,道德变成了伪君子的假面,自戕整人变成了集体无意识……我们的传统道德的实质就是我舒服不了你也甭想舒服!"

"别胡说啦!"

"胡说?你们都给我说实话!你们是不是想看拉里拉呱的成人电影?谁给我站出来表个决心——就是不看就是不看就是不看!又想看又得扭扭捏捏,一边看一边做批判状,看得两眼发直了,嘴里还得一边骂一边唉声叹气,就像你是被强奸而不是两相好似的……我也不过是说实话就是了。谁敢说他不是这样?有种的站出来!"

"国情,别忘了国情!中国有十二亿人。没有房子,不准早婚,自己无能却又绝对不让别人染指,许多地方结婚还要花许多钱,至今不知道有多少小伙子因为没钱硬是娶不成媳妇……刨去太老的太小的,如果九亿人都看电影看得亢奋发情闹春,原子弹你也管不住!"

"少胡说少放屁!这样的大事不是我辈说着玩的。你不就是要看个有那话儿有这话儿的内部电影吗?看电影你他妈的就说看电影不就完了么?所谓内部片不就是那话儿片吗?谁不知道哇似的。人家北京的干部该看的早看了三百五百部了,人家也没废这些话。小地方人就是不可救药!"

……这天夜里,桃花镇不知道有多少人辗转反侧,浮想联翩,幸福、健康、美丽、饱满、酣畅……想入非非,腾云驾雾,如醉如痴,同时他们又恐惧、猥琐、抖颤、羞愧、孱弱……下流堕落,无地自容,罪不容诛!!!

圣母圣子圣灵,喇嘛道士阿訇一起保佑,终于等到了这一天晚上。获得一九九一年度金香蕉特别奖的拉里拉呱影片《床上床下》在桃花大剧院内部观摩有限上映。这部影片的上映问题是整个灿烂节最棘手最微妙最敏感的一个难点热点。没有《床上床下》,也就丧失了灿烂节的很大一部分魅力,也就不可能得到那么多赞助,搞不好当然也会有极不好的影响和极严重的后果。扫黄的任务是长期的,这一点大家都知道。九星俱乐部满口答应为此排忧解难,并确实拿来了权威方面的批文。批语是:"此片只准在参加灿烂节的专业文艺工作者作严格的内部观摩,严禁公演……"

灿烂节组委会知道这事的厉害,未敢大意。他们只是考虑到一是捐了大钱的大款,二是本地的领导同志——强龙不压地头蛇,岂有让外来的这星那星看而不让本地的处长科长看的道理?三是外宾,他们受不受毒害,我们管得着吗?他们都满地打滚去了,我们正好趁机东方复兴巨龙腾飞。四是外面来的首长,他们身经百战久经考验,用不着为保护他们的身心健康而操劳。再说,知己知彼才能百战百胜,他们不了解对方是怎么腐蚀我们的,他们怎么进行针锋相对的斗争呢?五是来本镇做生意的老板,如果为少看一个破电影一不高兴少签一个合同,那不就冲击了中心重点了吗?谁能负责呢?

为此,由最干练的工作人员组织了"发票办"。"发票办"几经研究,并由一系列头领参加推敲斟酌,七易方案,最后落实到人,定下了雷打不动的看电影人员名单。由最干练的班子逐一给本人发票,一律不得代领。最后发出了七百四十八张票。大剧院的座位是一千零九个,按出席率百分之百计算,剧院仍留有机动座位六十一个,应该说是宽打窄用大有余地的了。"发票办"还规定,每人必须手持请柬、座位票、工作证、身份证、由镇级单位开具的已婚证明和佩戴灿烂节正式代表证或贵宾证或工作证方得入场。缺一不可,铁面无私。当晚,调集了大量保安人员协助维持秩序,层层设防,万无一失。

$1009-748=61$

$1009-748=-111$

您说这两个算式、得数哪个正确,哪个错误?

这看起来像是一个连小学生都会鉴别的最最初等的加减法问题。

但是这里发生了数学奇迹。就是说,这里的情况硬是 $1009-748=-111$。

就是说,当晚,大剧院的全部座位坐满了,还有一百一十一个人找不到座位。

从预定的放映时间前两个小时——那时工作人员与保安人员尚未到位——观众便开始排起队来了。为了更好地维持秩序,提前一小时验票入场,半小时后一千零九个座位已经坐满——这已经使"发票办"的头头脑脑大吃一惊。因为 1009-748=0,移项后 1009=748,这样的算术他们是怎么学也学不会的。于是他们大大加严了验票手续:每个人的六种证件要验三次才放行。其严格程度超过了中国银行验发外币汇兑。但是没用,排队前来等着看电影的人仍然络绎而来——又进来了一百一十一个。"发票办"紧急刹车,当机立断,倏地由身绕桃红缎带的礼仪小姐组成第一排、由剧院工作人员组成第二排、由"发票办"全体领导组成第三排、由便衣治安人员组成第四排、由持枪持盾牌的武装人员组成第五排钢铁人墙,隔开了剧院大门与继续等候入场的人们,同时用高音喇叭强行宣布停止检票,停止入场,所有持票等待入场的人员必须后退十五米……如此这般,保持了剧院门前广场的井然秩序。为此"发票办"的同志事后受到了记大功一次的奖励。

尽管如此,已经进入剧院的观众,其中有一百一十一人没有座位,亦即是说,有二百二十二人入场券重号——按,精彩的是,并无三个或三个以上的票重号的情形。

……这是灿烂节的又一大奇迹,与第一天晚上敦促马特厅的游行队伍、郑大哆讲演的盛况二事并列成为灿烂节三大奇迹之一。事后为此事成立了专案组,对这二百二十二人进行了清查清理,对所有人的票证进行了警犬嗅辨、放射线检验、化学分析、光谱分析并交由省城犯罪学大师组成科研班子查验。没有发现任何一张伪劣票证,亦未发现可疑之处。

国际刑警组织并以此为苗头分析这里很可能有一个超国际水平的伪钞印刷团伙,并派干员前来侦查。未能得出结论。另,吉尼斯世界大全总编辑亦派干员前来核查,对是否可将此三大奇迹列入世界纪录,迟迟未能拍板,看来亦表现了西方人士对东方奇迹的不理解不尊重云云。

此是后话,这里暂且不表。现在回到剧院里来。一百一十一人没有座位,当时更是无法查验。只好依据先下手为强后下手遭殃的古训,先来的一百一十一人安坐不动,后来的人站到后排。好在大家识大体顾大局,无座的一百一十一人虽然不快,也都以欣赏《床上床下》为重,委曲求全,难得糊涂,反求诸己,随遇而安,退一步天高地阔。在多了一百一十一人的情况下,场内秩序也是井然,而且全场影迷,包括没找着座的,个个都是容光焕发,精神振奋,心情舒畅,态度大方。他们深知并且坚信,目前这个剧场的一千零九个座位内外的一千一百二十名观众乃是桃花镇最有头脸最有运气的一千一百二十个人。他们知道,看《床上床下》不仅是一个电影问题文艺问题黄不黄的问题,而且是一个待遇问题信任问题红不红的问题。他们怎么能不为自己在关键问题上受到尊重依赖信赖充分快乐呢?他们得意洋洋地互相招呼,生怕别人不知道自己是这一千一百二十分之一。特别是几十名刚刚提拔到正科级的同志,更是意气风发,招摇过市,那种感觉与进入上流精英社会的巴尔扎克的《人间喜剧》中的人物所感无异。

二十点零一分——即只比预定时间晚了一分钟。第二遍铃声响起,灯光渐暗,全场肃静,音乐声起,《床上床下》的放映开始。

十秒钟过去了,二十秒,半分钟过去了,一分,两分……五分钟过去了,除了一个在其他电影上早已看过的隔着毛玻璃的女体淋浴镜头外,任何出奇的大胆暴露的镜头也没有,论"味儿",甚至还不如上海的改良京剧《盘丝洞》。但就在这个时候刷地电灯大亮,银幕漆黑,一切戛然而止。

却原来,就在电影放映的那一刹那间,省"导向办"紧急专线电话,勒令桃花镇立即停止《床上床下》的放映。电话说,他们接到了上级紧急指示,说是据悉桃花镇违背了批语的精神,擅自扩大拉里拉呱不健康电影的放映范围,组织工作松散,发了七百多张票——这已经是扩大化了,来了一千一百多名观众,其中许多人不是为了知己知彼与资本主义作斗争,而是抱着不健康的心理,怀着对资本主义腐朽生活方式的向往前来受害害人中毒毒人的。为此,不但要立即停止电影放映,而且要彻查追究,执行纪律,打苍蝇也打老虎,尤其要镇领导及九星俱乐部的前三把手负责云云。

按:电影一放那边就洞察了一切情况,这本来应该算做灿烂节的第四大奇迹的。但当天深夜张小冀与马立钦磨叨起此事,郑大嗲在旁听到,这位铁妇人一听就变颜变色,变形变调,拍着桌子嘶吼着:"柳尕爸!这事一定是柳尕爸与高达标合谋搞的!我早就看出来了,最危险的并不是对立面而是同志加兄弟!当初发现了柳尕爸高达标给赵二鲁写信、献媚取宠、改换门庭、投靠要官、摇尾乞怜,我就说过再不能用这种东西。偏偏柳尕爸花言巧语,说什么他是'不入虎穴,焉得虎子',你听见两句好话,训了他几句就又收留了他,你冷了高达标可用了柳尕爸,你哪里知道,他们俩仍然是穿一条裤子的一根绳上的两个蚂蚱!"

"是你要我给柳尕爸搞特殊津贴的呀!"张小冀小声咕哝,不敢让贤妻听到。

马立钦立刻跳了起来:"对对对,你说得太对了呀!高达标来到这里连吹带唬,开幕式那天居然坐到了首桌反而把郑姐安排到第六桌,太不像话了,我气不过,与桃花镇的同志讲了一下,把小子赶开了。这小子一定是要报这一箭之仇!"

"那就是了,那就是了。"张小冀听了也跳了起来。

天下的事怕就怕在几个人一起跳。按道理愈是亲近的人愈应该你跳我不跳,你热我不热才好互助互补。但这三位的一贯风格是一个跳就一道跳,你跳三尺我跳半丈,你一点火我就成了二踢脚,你是麻雷子我就是原子弹……虽无真凭实据,这三位一致认定是这么回事,而且一位比一位跳得高。那天晚上几乎成了弹跳竞赛。一边跳着叫着郑大嗲一面埋怨张小冀不该用柳尕爸这样的人。马立钦本来一贯与柳尕爸有矛盾,为了避嫌在旁沉默无语。逼得张小冀最后不得不说,我难道不知道我用的这几个人不怎么样?可用谁去呢?谁听咱们的呢?你又不是不知道,说这么多风凉话干什么?

等马立钦走了以后,郑大嗲埋怨张小冀半天:"你当着老马的面说什么你用这几个人不怎么样,你不怕人家多心么?你怎么愈老愈糊涂了呢?"

此是后话,现在让我们还是回到大剧院来。《床上床下》只演了五分钟,热情的观众既没有看到床上,也还没有看到床下。陡然放映停止,舞台顶灯大开,贾镇长甄主任贾主任一齐上台,三个人以严肃、诚恳、悲痛、善良、沉重的姿态和声调向观众说道:"各位首长,各位来宾,各位父老乡亲,各位女士,各位先生,各位同志,由于我们工作的疏忽与水平的低下,由于我们几个办具体事的同志失误,我们对不起大家!"说着三个人就立正站好,给观众恭恭敬敬地鞠了三个大躬。然后沉痛宣布:"根据指示,拉里拉呱的《床上床下》立即停映。我们必须执行。"全场忽的一下子乱成了一团。"为了弥补各位的损失,改放外国最新翻译片《魔鬼杀手》另加一个国产新片《狂吻》,同时,凭今日的入场券,每人可以领取灿烂节有奖幸运彩券十五张:头等奖一名,三室一厅房一套;二等奖二名,每人桑塔纳车一辆;三等奖五名,每人傻瓜照相机一个,四等奖一百名,每人镀金杆圆珠笔一支。五等奖一千名,每人灿烂节纪念章一枚……"

大剧院陷入混乱整整十分钟。怒骂的词字如雨雹,保安人员全部进入一级战备状态。几位领导紧张得从手心里往地上掉汗珠,眼见一场大难就要临头。十分钟以后渐渐烟消云散。十二分钟以后全场肃静平安,全体观众心平气和,《魔鬼杀手》开始放映,稀稀落落地响起了掌声。一切顺风顺水,镇泰民安,万事大吉了。

许多同志许多年后说起这件事仍然十分激动,他们禁不住热泪盈眶地说:"多么好的人民,多么好的人民啊!"

人民之"好"还多着呢。当晚消息传出后,立即受到普遍的拥护与欢呼。特别是妇联、普通教育、青年团工作部门的同志,一致认为还是上级的水平高,决策对。革命战争时期没有上级的正确指挥就没有战争的胜利。现在,没有上级的掌舵,也不可能有正确的方向。他们从这件事的处理上看到了希望。本地有一位老作家,三十多年前写过一本半书,其后只是写文章骂骂文坛,给人一种众人皆浊己独清又加上"冠盖满京华,斯人独憔悴"的既骄傲又失衡、既妄自尊大又含冤叫屈的印象。此次灿烂节,"发票办"压根儿就没有想起他老人家来。他那个身体和脾气,能去看《床上床下》吗?他坐在家中倒也听到了不少说法——一般人来了他嫌啰嗦,没有人来他又嫌寂寞。来的人都是发牢骚的,没有牢骚发又何必到他老这里来呢?这样,他老人家听到的更都是些事事都一团糟一塌糊涂的说法。这次发《床上床下》的票没有想起他,他更加感到电影问题严重,他本来就一肚子气。听说了上级勒令停映以后,便也颇有些提气。他提笔连夜写了几句诗。诗曰:

> 艺术清高,岂容乱性;苟苟且且,图财害命。
> 人欲横流,国何以正?舍灵逐肉,禽兽行径。
> 泱泱中华,堂堂正正;优良传统,源远流靖。
> 上托宏福,下有万姓,黄河长江,日月天经。
> 叱其"床上",淫我神农,画皮美女,狐妖蛇精——
> 玩心丧志,戕气溢精;损阳伤阴,减寿添病。
> 阎罗其迹,大道其瞑,碧眼红发,叵测心用:
> 惧我神州,糖衣细菌,夺权夺人,夺人夺心。
> 和平演变,并不和平,硝烟滚滚,炮声隆隆。
> 凡我同志,不可起哄,杀人无血,亦是战争!
> 冲锋冲锋、斗争斗争、坚强坚强、必胜必胜!!!

他把诗给了高达标,高达标运用了现代信息手段,传真回去。第二天一大早诗就发表出来了。当天下午桃花镇的读者就看到了报纸上刊登出来的附有老作家手迹的四言古体一身正气的诗。群情振奋,特别是本来就没有领到票的人们更是精神焕发,斗志昂扬。一致认为是上级挽救了桃花镇,挽救了人民,挽救了艺术,挽救了子孙后代。

镇领导专程派人去看望了老诗人,送去了"太阳神"滋补剂十盒。许多对灿烂节活动有意见的各色人等也都到老诗人那里去称颂、致敬、庆功、祝贺……搞得老人烦了。老人本来是欢迎这些前来骂"在朝"人物的"在野"人士的,对于他们前来祝贺一开始他老也是很舒服的。突然,一个白白胖胖长得像个富强粉面包一样的祝贺者当着他的面拿起一根火柴掏起耳朵来,居然拿着火柴头在耳朵眼里捅个不住,一面捅还一面不断地用长着长长的指甲的小拇指抠耳屎,把耳屎放在眼前看了又看,然后放到鼻孔边嗅了又嗅。这些举止突然使他老厌恶欲呕,立刻想起这是一拨不学无术、钻营有方、两面三刀、挑拨是非的文坛痞棍。不由怒火中烧,视一分钟以前的座上客俨若寇雠。心想文坛双方,都是一路货色,不由更加气短焦躁耳鸣心跳,便一边骂着庸俗庸俗太庸俗,一边把客人轰走。轰完了客人了还有气,便把来照顾他的生活起居的小保姆与女儿也都赶跑了。一夜想象着《床上床下》的肮脏丑恶危险耻辱,想象着灿烂节对他老的轻慢,又想象着一些混世魔王左爷事妈偷鸡摸狗之徒正利用他这面大旗出气捞鱼打人肥己,干脆说是拿着他老当飞毛腿导弹耍把式吓人逗威,正如毛主席当年所说的林彪借钟馗以打鬼一般……没有希望,没有希望,他喃喃地自言自语,从二更到五更,呻吟叹气不绝。

又次日,下午五点,传出消息,当晚九点,在镇委小礼堂放映拉里拉呱电影,这次大大缩小了范围:除镇一级领导外,只有持有贵宾证并兼有前二日电影票的人才准许入场,而且一律不通知,来请进,不来更好。据"发票办"统计,贵宾证只发了三十六张,上有钢印和本人复印半身标准相,绝对无法伪造。

十九点后,镇委门前开始有人聚集,到二十点,门前聚集了二百五十人——这可真是灿烂节又一大奇迹了！二百五十人个个持有贵宾证,而且,注意！个个确实像贵宾！男男女女,都很干净,都像刚才洗过澡——就这一点已经是初级阶段的大奇迹了！男的都打着领带,女的都穿着裙子,没有夹克衫,没有牛仔裤,更没有短衣短裙短裤,连布鞋凉鞋旅游鞋皮便鞋都没有,一律正规系带或拉链皮鞋。这种正规程度简直超过了外交会谈,个个都是初级绅士淑女。镇委方面与"发票办"大吃一惊。他们先派员观察,左一瞧右一瞅,果然内有捐过大钱上过台面的人五人六。紧急研究后不敢怠慢,忙把各位请入镇委大院,并向大家说明今晚上映《床上床下》问题到现在为止还处于研究请示阶段,尚未得到首肯。众绅士淑女忙说没关系没关系,我们只是等一等罢了。他们表现得都十分文雅、耐心、合作、驯顺,然而又十二万分地坚决执着。二十一点过了,镇领导出来告诉大家现已决定:拉里拉呱的电影不放了。绅士淑女们只笑不动窝。二十一点半主任再来劝说,仍然不动。二十二点,二十三点二十七分,零点,一点,直到了次日凌晨四点四十五分,众人才开始离去。滞留期间,众人在夜风中庄严伫立,温文尔雅,没有低级玩笑,没有猥亵表情,没有大声喧哗,没有挤撞也没有任何的出口不逊。偶尔互相望一眼,都显出一种悲哀深沉得体的微笑。他们从夜晚等到天明,他们压低了交谈的声音。他们似乎在等待一个耶稣复活或者一个天使降临,他们似乎在等待一个庄严的判决或者一个亲人的外科手术。他们的脸上竟然出现了一种准伟大准崇高准使命感准发明创造准居里夫人和准哥伦布乃至赴汤蹈火准文天祥准史可法准七十二烈士的神圣表情。他们脸上已经很久没有出现过这样的表情了……终于,在红日将出天空布满了灿烂的朝霞的时光,这二百五十个人像朝露蒸发一样地散去了。

截止到读者诸君接触到这篇不成功的胡编乱造的所谓小说时为止,桃花镇除镇第一把手一人而外,没有任何人看了拉里拉呱的《床上床下》。那位同志是到省里去开会时才看到的,回来后别人问起来,他只说了一句"没什么",其他讳莫如深。但是这部电影的事还是给镇民们留下了深刻的烙印,也许比看了电影的印迹还深,现在估计这个烙印的意义或无意义还为时太早。

或许有的读者会问,他们干吗不把犯忌讳的地方剪掉呢?我们用剪刀不是挺在行的吗?笔者要补叙一句,拉里拉呱的电影是由拉里拉呱的外宾陪着送来的,人家是正式来参加灿烂节来的,片子也是以参加灿烂节的名义搞来的。外宾坚决不同意在任何一处动一剪子。你能有什么办法?

在二百五十个桃花精英彻夜伫立镇委大院花园事件以后,上级有关部门派了一些人来调查。镇委承认他们曾经计划小范围放映《床上床下》,而且确实计划不通知,来了算不来更好——这样可以控制人数,事后有人追问起来也比较有回旋余地:说一声没通知到也就是了,通知而没有通知到,这就像打电话而没有打通一样,比一打电话就通还要正常,比解释为什么缩小了放映范围与为什么忽然说演就演说不演就不演要轻松愉快方便顺当得多。这能算是什么问题吗?

调查组与调研员们承认,这不算什么问题。

那么下一个问题是:贵宾证是怎么从三十几个变为二百五十个的,那未发的二百一十几个证件是从哪里来的。这个问题实在浪漫,与外星人、不明飞行物、尼斯怪兽、中华气功、周易预测、特异功能、桂林空难……属于一类性质的问题,无法由调查组、调研员们解决。

再一个问题是,谁把消息传出去的?研究决定此事的镇领导只有三人,另加工作人员二人,都是极端可靠的经过多次考验的好同志。而且班子团结,上下团结,忠诚老实,昭昭可见天日。便查问是否有哪一个告诉了家属子女,都说从不向家属子女泄密。你能不信谁呢?

后来一位高水平的同志便说,那就不要无边无际地查下去了,弄不好影响互相信任与团结,得不偿失。一些更大的事儿也透露出去了……这么个屁电影又算是个啥呢?

那么消息传到这么个规模又是谁的事儿呢?人们提到了邵主席。一听他外号叫"主席",各方就对他印象极为不佳,觉得似乎有那么点乱臣贼子的意思。于是展开了对于邵主席的调查,最后结论是,此人虽然信口开河,其实肚里有准,他的特点是大而化之,从来是只谈远的不谈近的,谈外国不谈中国,谈海外不谈大陆,谈没有边的不谈有点谱的,谈女的不谈男的,谈虚的不谈实的……尤其是兔子不吃窝边草,从不谈与本省本镇有关的任何大小事情云云。

话虽如此说,还是通过该邵所在医院向本人打了一个招呼:以后不要再让别人叫你什么"邵主席"了,影响不好,该邵唯唯。但灿烂节后过了不到一个月,到处又都是邵主席长邵主席短的了。民间并且流传起了上级派人调查、邵某险些遇险蒙难的传奇故事,邵某的知名度反而更高,样子也益发神气了。

人们转而怀疑张二吹。张二吹本来就有前科,办礼品公司的计划未能实现,心怀不满,形迹一直可疑,侧面一了解,张二吹承认一切娄子都是他捅的,分局一生气对他进行行政拘留。一拘留他来了一个全盘翻案。他说:"我哪里知道《床上床下》的事?你们说,我可能不可能知道这样机密的事?你们未免也太抬举小人我了!"

最后只得把张二吹放掉。放出来他继续吹:"当然得放,谁敢不放?住几天'招待所',不交饭钱!这就是咱们的面子!你有吗?"

现在的工作难做呀!一位领导这样叹息道。

灿烂节最后一场大活动也是一场大混战是发奖大会。原定在这个大会上九星亮相,绝技献演,争鲜斗艳,美不胜收的,结果因为出场费问题几方面撕破了脸。明星们说桃花镇是狠过旧码头的吸血魔鬼,说九星俱乐部是两面骗的江湖野鸡。桃花镇方面说明星们是歪风邪气、唯利是图、无法无天,说九星俱乐部是软、懒、散、诈、贪,纯粹的社会主义的寄生蟹。九星俱乐部方面说桃花镇鼠目寸光、不顾大体、土皇帝习气、与现代化的要求根本不相适应,说明星们还是受了三年前的文艺头目的余毒,说明当前的主要任务仍然是继续整顿,战斗正未有穷期。

三方又围绕灿烂节收支账目问题大叫其阵。一些明星要求桃花镇方面公布账目。桃花镇方面回答公布账目可以,但一旦公众知道了本镇为此付出的惨重代价与明星们所得利益,只恐怕人民不会答应,到时候不但明星们无法按时离镇,只恐怕明星们的人身安全也无法保证——只要明星们与九星俱乐部方面签字愿意承担一切后果,他们就立刻公布账目。九星俱乐部方面提出,为了避免误解,可以先在小范围内部公布。桃花镇方面说,谁来负责保密,军机大事都可能透露出来,何况此等芝麻绿豆……

三方突然都改变了对记者的态度。尤其是明星们,一改原有的拒记者于千里之外的傲慢自得,纷纷主动与记者拉呱,宣传自己的看法,希望记者们站在他们这一边,为他们发内参,造舆论。记者们把各种笑话看了个美。

甄主任在第一把手干咳叹气之后,给一部分金星巨星发了红包。没想到红包有限而欲海难填,杯水车薪无济于事,银星铜星们又闹了起来。最后的发奖大会,有百分之四十六的星拒绝出席领奖。最大最亮的"星"一开始对红包表示可以凑合接受的了。及至二星三星一闹,大星也不甘寂寞,为表示自己也并没有满足便也借口红包太轻不肯光临。各方本来都认为要出事,山穷水尽疑无路,柳暗花明又一村:本国明星们的拒绝出席,给外国与海外小星们提供了极好的机会,他(她)们情绪高涨,大出风头。

一位欧洲男星一上台就用洋调中文大喊:"窝挨腻,窝挨腻!"并且一直张开两臂,做迫切等待与各位小姐拥抱痛吻之状,连嘴也咂得啧啧地响。

然后一位美洲女星上台飞吻,扭来扭去,高呼:"I love you! I love you!"底下还有一嘟噜一嘟噜的英语。果然这么多年大家学英语的成绩不容低估,"I love you"的轰动效应超过了"窝挨腻"一百倍,全场如火如荼。

又有一位东洋歌星献艺,发声十分独特,全场掌声如雷。正是高潮中,不知哪一个小痞子喊了一句:"像是大便干燥。"全场哄堂,歌星也哈哈大笑,不知道他是不懂中文才笑还是既懂中文而又富有幽默感——巨星肚子里可撑船——而笑。他的笑的效果又比演唱更好十倍。

进行现场直播的广播电台、电视台的工作人员事先考虑到了可能有的复杂情势,他们特别选用了方向性强的受话器,话筒对准舞台而避开观众,故而人们只看到了东方歌星哈哈大笑的愉快情景,而没有听到小流氓的无礼言语。为此,广播电视人员大受夸奖。

尤其凑趣的是,在灿烂节开幕式之后,自动赶到了一位拉里拉呱籍华人女歌星琳哒·苏。琳哒·苏原在大陆唱歌,艺名苏铃铛,一度也还走红过一回。三年半前她下嫁一位拉里拉呱商人,移民入籍。这次回国探亲,自动赶到桃花镇,自费参加节日活动。她来后不久便传出了她已不会使用筷子的逸事,据说组委会宴请她,一顿饭她掉了三次筷子。于是出现了不少关于她的不友好的流言蜚语。据说她知道《床上床下》电影的事曾叹息:"不就是人身上那点部件嘛!中国人太可怜了!这在我们拉国那里,你请他去看他也不去呀!何苦来!"这话被汇报上来,郑大嗲便破口大骂假洋鬼子。

但闭幕式上她表现奇佳。她用中文、拉里拉呱语、英语,高唱《美丽中国心》,"美丽中国心!""Beautiful Chinese heart!""Dilydily Cino palapla!"(后面这句是拉里拉呱语的"美丽中国心"。)而且她出国后学会了模仿,演唱中她用童声、嗲声、摇滚嘶声(男声)、美声、戏曲发声反复唱三种语言的"美丽中国心"——后来才知道,这个歌只有这一句词,这个歌作词作曲都是她自己。她的不断变声变语忽老忽少忽中忽洋的大唱使全场十分激动。下场后,众人围上去请她签名。贾副主任献给她一束塑料郁金香。张小冀一面与她握手一面说:"我感到幸福,非常幸福!"并立即正式邀请她参加下两个城市荷花镇与大丽花镇的首届灿烂节活动。郑大嗲感动得在剧场高声喊叫:"现在爱国就是要靠你们了!他们不爱国没关系,有我们爱呢!"——幸好,郑大嗲没有发觉她就是她大骂过的那个假洋女鬼。

数日之后,《影视导向阵地报》上刊登了高达标的长篇特写:"一颗红亮的美丽中国心!"讲述了琳哒·苏的感人的爱国事迹。一个月后,据悉已经内定这篇作品将获得该年度报告文学奖云云。

急也急过了,闹也闹过了,难听的话说一车又一车,灿烂节的一关又一关都过去了。等到节日活动结束,明星们陆续离别桃花镇的时候,出现了极为温馨亲切的感人场面。马特厉是按照事先的约定呆了一天就走了的,临上飞机前她拿到了可观的红包以及贡茶贡酒什么的。她对甄主任说,这次太匆忙了,不算,明年我一定再来。棋圣平耳多走前把自己的一管钢笔送给了少年宫棋艺组,而且挥毫题字:"桃花镇的棋艺大有希望"。人们反映,毕竟平耳多是共产党员又是政协委员,风格不同,题的字有毛主席文体的那么点意思。画家计老、赵二传……临行前都给当地头脑与宾馆老板送了字画。最不好理解的是,赵二传登机前李三捧居然到机场来送行来了。贾主任还以为二位要武斗呢,可吓坏了,没承想二位见面互称"二传兄""三捧兄","慢待了您老,罪过罪过。""叨扰了您老,放肆放肆。""后会有期,后会有期!""三生有幸,三生有幸!"十分动人得紧。

至于小香袋、胡媚妹、金香玉、筱又甜、梅美洲乃至吕大头离别桃花镇的场面就更加纯美。演员们激动地掉着泪,连说:"桃花镇的同志们实在太好了,我们相处得就像亲兄弟姊妹一样。"接着又说:"多么清秀的河山!多么纯朴的人民!真是亲不亲故乡人!美不美家乡水!我们真愿意在桃花镇呆一辈子!"说完,她们把自己擦泪的香帕送给了前来送行的同志。镇里的同志们也感动不已,他们总结说,文艺人其实就是激动些夸张些,其实心眼还说得过去。他们要是一个个政治上都那么成熟,还要我们干什么呢?对他们的说话不必那么认真。太认真了把他们整个稀巴烂不说,对国家观瞻也没有任何好处。钱的事这玩意也难说,他往那儿一站就真的来钱啊!你不服你也卖票去呀,眼红什么!

总而言之,不管灿烂节内外出过什么丑闻闹剧混乱杂耍,也不管此次活动暴露了多少工作问题管理问题观念问题制度问题,乱定吵静,人们仍然认为这是一次十分成功有趣的活动。几十年来,桃花镇也出过几次风头。大跃进里头放过亩产八十万斤红薯的卫星;困难时期死的人全省第一;"文化大革命"中这里的造反派首先抢解放军的枪支;学习小靳庄经验的时候连续三次上大报的头版头条……俱往矣,哪有一次活动像这次这样真正让老百姓高兴!经贸活动更是超额两倍半达到了成交的目标。当然也有成心抬杠的人说没有灿烂节也可以成交八亿人民币的生意,但是这次在灿烂节期间成交了如许多的买卖毕竟是无法否认的事实。城市基本设施的建设包括交易会址、棋艺馆、国际海员俱乐部等都颇有成效。对外开放也收效显著,此次活动后不久,一个欧洲国家的旅游城市提出要与桃花镇结成姊妹城市。为此,贾镇长与甄主任应邀出访该国,甚至"邵主席"也收到了该国该城一所大学请他去讲学的邀请。上级首长在此期间也还给桃花镇批了一些钱、财、物。灿烂节后,桃花镇少年儿童掀起了学书学画学琴学棋学唱学跳学娇学媚学时装学美容学英语学普通话国语的高潮;对于桃花镇下一代的才艺前程普遍看好云云。另外算做花絮也行,一个灿烂节成就了两对鸳鸯——一对是复员军人与擦玻璃的女工、一对是火火的马特厉与丑丑的歪脖。这也十分符合民意,如果马特厉嫁一个特"帅"的奶油小生或是一个外国阔佬,远远不能收到这样的令人心痒难耐令人含恨抱屈令人觉得余音袅袅、余味无穷、戏后仍然有戏的效果。反正这两对鸳鸯的结偶是富有东方特色的佳话也可以算是东方式的"床上床下"故事。我跟您说吧,急了半天闹了半天骂了半天乱了半天,其实呢,盛世盛事,历史的潮流滚滚向前。最后不论是明星还是俱乐部,不论是镇长还是镇民,骂归骂,嘲笑归嘲笑,总的来说仍然是喜上眉梢,笑自心头,完全是稳定繁荣普天同庆的大好形势,绝对不是小好,而且确实是愈来愈好。时刻准备吊上电线杆子的不过是郑大嚓等个把人而已。

最后还有一点尾声。一个月后牛丹丹主演的一个电影在拉里拉呱电影节获得金香蕉奖。桃花镇为此拍去了热情洋溢的电报,并通过宣传媒介宣布:桃花镇准备赠给牛小姐四室一厅套房一套,充当该小姐之别墅云。各方普遍称赞这次桃花镇干得漂亮并认为这一番长进乃是来自灿烂节的教益也。

两个月后,吕大头扮演革命领袖的新影片和桃花镇镇民们见面。许多人看得涕泪横流,普遍认为那次即使多给一点红包也是没有什么不可以的嘛。

两个半月以后,张小冀以个别征求意见方式通过了马立钦的高(级)职(称)。你不是都说赞成到时候又不投赞成票吗?有你不仁就有我不义。干脆来个各个击破,以大家忙于开会要三个月前呈报审批手续麻烦不便为由,改成电话征求意见代替投票……果然,办成了。柳尕爸的特(殊)贡(献津贴)事则有一个戏剧化的过程。由于他被认定勾结高达标汇报《床上床下》事,本来张郑夫妇已对他怒不可遏。回来后柳某又坚持不懈地做了大量工作。而"特贡"指标确实还多一个,想来想去,给别人还不如给柳某。终于在征得虎变愚不测的夫人首肯以后,张小冀干脆秘密把"特贡"神不知鬼不觉地给了他。等消息传出去,早已经是既成事实了。大家再骂,随他去吧。

几个月以后,正是元月一日这一天,桃花镇居民看到了当天出版的《阵地周末》,上面赫然印着"导向大楼主办"几个气宇轩昂的大字。通篇都是性、性、性,裸、裸、裸,第三版上一版就有三张全裸女体照片。三张女体旁边是高达标的准奶油玉照,原来高达标当了这个报的主编。大家都看得津津有味。不知道是上面有了新的精神或是有了新的错误倾向。有的说:"要是早有这个报,我们也不至于为看一个拉里拉呱的电影遭那么大的罪!"有的说:"别忙,早晚什么都会出来的,该有的都会有的。"也有的说:"别忙,早晚无产阶级革命派是要反击的,这些个妖魔鬼怪会一网打尽的。引发几亿人的性欲这还了得!"白胖胖的小子拿着此报去找写过四言诗的老诗人,希望他老对此再鞭挞一番,不料想此次他老一言不发,若无其事。与此同时,又传来九星俱乐部兼营九大实业公司、导向大楼号召大伙向第三产业进军、吕大头卖掉了名字与琳哒·苏合营跨国公司、吕大头担任了董事长并准备与发妻离婚的消息。人们不免叹息:拉里拉呱的影响,拉里拉呱的影响不能低估啊……

总而言之,大家都发着牢骚抱着希望骂骂咧咧快快活活。

发表于《海峡》1993 年第 2 期

郑重的故事

——又名 107 事件档案或二百五十万美元与诗

一

在一个忧郁的春天清晨,各种鸟儿叫得辛苦,七点四十八分,正是诗人阿兰睡梦沉酣的时刻,电话铃突然响了起来。

平常,睡前诗人总是要把电话铃关掉的。昨晚,诗人忘记了这个必不可少的程序。那是由于诗人情绪不好的缘故——他接到了老友,内科专家皮龙的通知:他的三次放射线同位素扫描都呈现了严重问题,他已经被怀疑患有肝癌,他必须尽快去医院做进一步的检查与治疗。

他感到了死神的亲吻。他感到了死亡的空无与黑暗。原来死就是这样的空无一物,没有星光,没有气味,没有留恋,没有商量,连一克的重量也没有。

死了也就死了。他悟到了这样一个深刻的哲理。他感觉到了一种遗憾。他熟悉自己的这种感觉,这是一种恐怖的感觉却也是一种甜蜜的感觉。因为他的自我欣赏的诗篇都是在这种感觉下面写出来的——或者更正确地说,是在这种感觉中涌现出来的。

但是昨晚他没有写出诗来,他感觉到了虚空的严肃,是他过去写诗的时候从来没有感觉过的。

电话铃变成了他的梦。几十年来,他是第一次忘记了入睡前把电话铃关掉。所以,电话铃响了很久他仍然感觉不到那是电话铃,他

模模糊糊觉得,有人拉响了电铃,舞台上的丝绒大幕正在徐徐拉开,他在台上也在台下,幕布拉开的时候他仿佛听到了自己的低语:

我死了。除了骨灰罐,我不再需要什么别的了。

很好。

阿兰骇然。他想说话,说不出声音,他想大叫,叫不出响动,他想抬胳臂,动不了关节,他憋气,他想深深地吸一口气,结果,连气也喘不上来了。

他知道,他进入了最好的诗境。多半辈子了,他盼望这种窒息和痉挛的诗意,他还没有捕捉到过。

现在来到了。他清楚地知道,这样的最好的诗不是能够用文字写出来的。

"哈罗哈罗,阿路阿路,哈侬哈侬,达达达,我的宝贝,你怎么不好好睡觉,想我了么?快来呀,谁让你去那个该死的哈娃姨!你知道,我要死了,皮龙说的,癌,谁都不愿意长的那种细胞,和谁都最害怕的那种部位。"他前言不搭后语地说,自己也不知道是什么时候他辨认出了并接起了电话的。

"我最后最后再问你一次,因为皮龙告诉我,你已经得了肝癌,我希望你平平安安地去上帝那里。我问……"

"啊,我的好莉莎,我的小莉莎,我的甜甜的黏黏的马爹利夹心酒巧克力一样的摩登美人莉莎·达尼娅!不要说傻话嘛!结婚,这是乡巴佬的勾当的啦。我的朋友皮龙说的哟,结婚,结婚是什么呢?结婚就是癌细胞的恶性扩散的嘛!"

"……整整十五年了,我给你做烤乳猪,我给你烧鲜酪芦笋,我给你做大马哈鱼子三文治,我给你熨平了几百几千条领带,我给你修空调机失足落到了楼下的阳台上。而且,我知道我知道你的每一首诗,那些深奥的诗呀!哪一首不是写的我们俩黑下的那点事——你还是不娶我,你还是不娶我呀!"电话那一端的,与阿兰相距几万公里的莉莎淅淅沥沥地抽泣起来。

"夏威夷之泪"，这倒是一首诗的题目，不过不太符合他的风格。

"我爱你，莉莎。甜甜的，黏黏的，细细的，软软的日本糯米豆馅小点心一样可口的好莉莎呀！你难道不知道我的原则，我的立场，我的痛苦了吗？我只相信爱情。烤乳猪——三文治，那是任何一个厨娘都会制作的，而熨一条领带，洗衣店只收四十一比索。就是做爱的那点柔软体操，你知道那也是有价格的，明码标价，保质保量的啦。而且，随着美利坚合众国的经济不景气，应召女郎的行市也愈来愈疲软呀！难道我们的爱情是可以与这些白痴相比较的吗？难道我们的原则是可以与这些臭大粪做交易的吗？啊，我的梦一样的灵感一样的，泪水的源泉露珠一样的小宝贝呀！"

"我等了你十五年了。我再也不能等了。我是一个俗人。我要结婚，我要丈夫，我要教堂里的钟声，我要神甫的祝福，我要孩子，我更要给自己的孩子找一个合乎法律也合乎事实的父亲。求求你了，阿兰，到现在我仍然崇拜你的天才！你的语言！你的技巧！你是一个不平凡的人。你早晚会大放异彩！那方面弱一点我也不怎么在乎。因为，你是孤独的，冷淡的，愤怒的。你的语言非同凡响，你从来与众不同，你在国外发表过号召粉碎语法和语言学的文章，你还没有好生地红过呀！娶了我，你立刻答应娶了我！怎么？你装聋作哑不吭气儿？你要是不吭气，我今天晚上就订婚！一星期后结婚。阿兰，你这个老狠心！我会雇一个杀手杀掉你！是的，我会雇一个冲锋队员，一个盖世太保，然后我就嫁给他，他得了艾滋病我也要嫁给他！"莉莎哞哞地哭了起来。

阿兰甚至于连眉头也没有皱。他想起了自己的一句诗：

多情的黑夜又一次上帝的饕餮，
颤抖的器官消化不了新的梦魇……

于是诗人阿兰喃喃地说："不，我亲爱的，我们不应该妥协。我们不能够屈膝。我们可以不吃不喝，然而我们绝对不承认已有的一切体制和观念形态,包括语法和牛顿力学,当然也包括婚姻与家庭制度。我们的头颅是高昂的,像一面不朽的铜锣!我们的爱情是自由的,像是皇家空军 B-52 战斗轰炸机!贫穷、癌变、背叛和出卖奈何不了我们,因为我们比洛克菲勒富有,比大公高贵……"

他没能说完,莉莎的电话断了。

他打了一个哈欠,喟然长叹,眼角上沁出了一粒大大的泪珠,继续睡觉。朦胧中又得一首:

> 多一名误读也是多一份遗产和头衔,
> 拥有怨恨如拥有性感的膨胀起爆,
> 如拥有多刺的玫瑰,亲爱的,我恨你!
> 这是世上最美的语言,我将向她敬献!

二

消瘦的诗人阿兰继续入睡,由于拥有了新的敌意而醺醺然黑酸悲愤无际,自我感觉特殊。而对于一个他这样的为写诗而憔悴半生的诗人来说,特殊的感觉就如同充满金刚钻石的矿山。诗人的悲哀与愤怒,这是怎样的宝贵的源泉呀。

突然又一阵电话铃大噪,直如天塌地陷一般。他心脏一阵狂跳,拿起电话听筒却说不出话来。

"哈罗哈罗,阿路阿路,喂喂,这是华拉西,这是阿兰的崇拜者与忠实朋友,自由撰稿人华拉西,华拉西勋爵现在是在自纽约约翰肯尼迪机场飞往伦敦西思罗机场的空中客车上。最好的祝愿,当然,一定的。好消息好消息,我要给你一个惊喜,我要给你一个休克,我要给你一个无缝钢管大鲨鱼。你正在成为世界上最幸福的人,我由于给你通报这个奇妙的消息也成了世界上至少是我们的大公国的最最幸福的人的第二号。阿哈啊咳啊吼啊呜,我的天才我的上帝我的好人我的活泼自由的英雄伟士,这样伟大的消息我不惜花费重金使用空中电话(air phone)马上告诉你,我的信息比中央情报局的情报还要准确,我的信息现在是全世界独一,你知道吗?今年的戈尔登黄金文学奖金的得主就是你!我亲爱的,这是一位资深金发美人——她多半已经对我入迷——应我的请求告诉了我,而她正是 X 国戈尔登学院的机要文秘……"

"不要冒傻气,我的朋友,不要发昏,请不要胡说八道,爵士,我知道您的贪杯……但是这太过分了。再见,祝你好运!"说完,阿兰挂断电话。

电话铃再响,声音更大更急更刺耳,刻不容缓。

"滴丽滴丽,斯依斯依,帕拉帕拉,尕咕尕咕!百分之百的可靠,我求求您,相信它!诚则灵!相信其有就是有,相信其无也还不是无!您知道我有一种特殊的魅力,大公亲口说过:'华拉西是一个有魅力的人',这话已经载入我厄根厄里大公国《一九八八年度政要年鉴》第四百七十七页上了。另外,不久以前罗马教皇与君士坦丁教皇接见我的时候也分别首肯了我的惊人的魅力——也可以译做特异人体功能,我会让一切掌握秘密的人向我吐露真情,就像让所有体型合格的人为我跳脱衣舞。我与二位教皇分别会见的新闻照片刊登在我国发行量最大的执政党《快乐报》与反对党《激烈报》上了。我以圣母圣父圣灵三位一体的名义发誓,我说的都是最最可靠的:我的情报是,今年的戈尔登黄金文学奖奖金已经提高到二百五十万美元,而今年的此项奖金得主将是我的伟大的朋友,我的骄傲,我的早晨八九点钟的太阳,可尊敬的诗人阿兰博士!别急,得奖后会有一百个大学抢着授给你博士学位。乌拉!博拉沃!乌娃乌娃!祝贺你呀我的厄根厄里民族英雄,我的厄根厄里的男性与阳具的象征!战斗啊,前进吧,永远冲锋陷阵,不投降,就地灭了他!"

阿兰将信将疑。他不敢相信,但又不能判定华拉西是在用这种方式开玩笑。这时,电话铃又响了,不仅仅是急促,而且充满了愤怒,电话机眼看就要爆炸了。

"克如阿——施,洞——叭!亲爱的,我有三点建议:一、严格保守秘密。二、准备办理——当然是悄悄地办——移民——手续,又有钱又有名,你想上火星也是由得了你的。三、组织一个秘密班子,一定要包括女中精英红头发的莉莎小姐,要研讨有关对策。还有,啊,我的建议三条看来是打不住的了,那么,第四,拟一个名单,通过你的得奖,把一批坏人一批败类从精神上消灭。对不起,还有第五,立刻高价雇用二至五名贴身保镖,你的所有的窗子、门、通道都要加安全防盗措施,并且立即办理——也就是在消息公布以前办理财产与人身保险手续,一次签十年的合约,只此一项你就可以节约上亿的厄根厄里比索!还有其他其他。亲爱的朋友,你写诗是内行,别的,你可得听我的!"

"请不要再说下去了,如果你报告的不是一个这样的好消息,我会禁不住发火的。华拉西,你,你几乎可以说是一个弱智儿童了,你怎么会糊涂到这般天地!你这样一次又一次地叫着空中越洋电话,却侈谈什么保守秘密,您没有反间谍的起码常识么?您以为雷子们的机构设置就是为了在意大利咖啡馆饮用柠檬水么?你知道,光是在诗人中间,有多少告密者吗?百分比是世界之最!吉尼斯世界大全里都记载了。这是迄今为止我国得到的唯一一面大金牌。谢谢你,我最好最好的朋友,如果我是同性恋者,我一定与你登记!但是,请闭住您的嘴巴!从此紧紧地闭起来!即使是与女友做爱也不要张嘴!一个星期内,对不起,最好你饭也不吃,注射长效营养剂,我求你!你的心是金子,而你的嘴,对不起,是人类弱点的集中表现,是人性的溃疡伤口!"

三

厄根厄里大公国的反间谍情报局将华拉西打来的三次电话录下

了音,附上了分析意见,以特急绝密件107号的编号直送首相府。首相立即召集国家安全会议研究。

困难之点在于,所有的内阁成员没有一个人知道他们国家有一个诗人名为阿兰。反间谍情报局送来的材料只有阿兰的身份证号码、户籍记录,备注说明此人一贯无正当职业,曾因酒后违章开车与违反宵禁法被拘留数次。政治忠诚项目中填有此人十余年前曾参加反对党会议一次,未及终会即退出会场,详情不明。另注有此人的一些离心言论,如表示决不与官方合作云云。档案最后用红笔强调注明,此人与外国人士来往密切,并拒不向警方提供报告。总体评估,该阿兰的忠诚系数是百分点三十六点一,大大低于大公国国民的平均忠诚系数五十九点八的现状。

"他是诗人吗?"首相问道。

"谁知道?"反间谍局长耸一耸肩,并转身用眼角睄了一下教育大臣。他是向首相暗示,诗人不诗人之类的问题已超出他的职权范围,此事应问教育大臣。

大嘴巴的教育大臣立即说明,在我国每一个说不清楚话与初中入学考试不及格的人都可以自称诗人。写诗之类的小事因为无需政府拨款,他们的部门是不管的,为了弄清情况最好把国家艺术研究院院长叫来查问。

首相皱着眉点点头,又转身看了看外交大臣。

留着两端上翘的小黑胡子的外交大臣咳嗽了两声,威严地说道:"戈尔登黄金文学奖奖金数额比较大,在国际社会特别是在教授学人当中影响不小。但是从国际政治的角度看来,它的记录不佳。它一贯与各国政府作对,常常把奖金赏给一些吹牛冒泡,无中生有,惹是生非,破坏治安,沽名钓誉,精神错乱,兴风作浪,信口开河,不负责任,头顶上生第三只角的家伙。他们有自己的种族偏见、意识形态偏见、文化偏见乃至地缘偏见与性偏见,有目共睹,有口难辩,跌破眼镜,贻笑大方。但近年随着苏联的解体和两极对立格局的解除,情况有一些缓和。我国一些大学与研究机构与 X 国戈尔登学院等一直保持着频繁的往来。四年前他们的独眼龙院长前来访问的时候大公殿下曾经在百忙中拨冗接见,彼此进行了友好亲切的谈话。首相阁下还曾宴请该院长,我们给他以超规格的接待,住大套间,每天供应水果,代步用奔驰五百号,洗澡用电动旋转变速按摩浴盆,外交部赠送给他以价值两千美元的礼物———一把十七世纪的精美的牛角雕花烟斗。总之,我们是对得起他的。当然,这些人也是被国际社会娇纵惯了的,他们自以为是,喜怒无常,目空一切,翻脸不认人的表现也是所在多多的了。"

"那么你怎么评估他们给我国一个诗人发奖的动机呢?"首相气呼呼地问,言下之意是对外交大臣的发言夸夸其谈而抓不住要害表示不满。

"一般地说,原则上某一个国家的作家获奖,对于作家本人与作家在隶属国家,都是一件好事,至少不能说是坏事,这是国际社会的共识。有一类国家认为文学与政治无关,政治家对此不感兴趣。但事关国家荣誉,又不能说与政治家无关。另一类国家认为文学关系国民的意识思想,关系世道人心,因此对于本国作家在世界上的地位十分关注,自然对此类大奖也还是注意的。得不到大奖人们常常觉得本国是受到了歧视,因而很不高兴。得了奖往往又因为与自己的心意不合而感觉是受到了挑衅,因而也会发生政治上的麻烦,就是因为世界上的跨国麻烦太多所以我们的外交部才不至于失业,而各国的外交经费预算也是一加再加,我希望首相阁下明鉴。"

首相冷笑了一声。

这时,首相秘书通报说,厄根厄里国家艺术院终身院长永久里夫人到。

八十三岁、愈老愈长得像男人但仍然留着满头亚麻式披肩发的永久里夫人来到内阁会议厅,被询及阿兰时,她怒道:"我是国家艺术院的院长,我的工作对象是我大公国的最杰出的文学家艺术家,我院院士七十七人,另有通讯院士三十四人,共一百一十一人,其他那些二流三流小文人小爬虫小疯子小野心家与我有什么关系?这样的问题也来问我?需知道,我之担任国家艺术院院长虽说也经过内阁的任命,但它是民选出来的,一经选出便是终身职,不经过全民投票的三分之二票数通过,谁也无权改变我的院长位置。你们并没有权力通知我来参加安全会议,为这种瞎划拉狗屁不通的一行行句子的鼠辈,你们耽误了我多少所余无多的时间?你们谁负这个责任?"

永久里夫人的声音嘶哑低沉,酷似联合王国的一位被追星族枪杀的披头士歌星,内阁成员们听了她的声音,有点心悸神衰。

"夫人,对于浪费您的宝贵时间,我们深感歉意。问题是这一位阿兰,已经被选定获得今年年度的戈尔登黄金文学大奖!"首相彬彬有礼地说。

"那又有什么了不起?得了奖而臭大粪的有的是!不得奖而永垂青史美如紫郁金香的也大有人在!我就没有得过他们的奖,那种奖白送我也不要。我要想得,三十年前早得上了。那种奖实际是由跨国公司操纵的,带着一股子霸权铜臭气!"

啪啪啪……稀稀落落的掌声。是教育大臣带头为夫人鼓掌。

"哪家跨国公司?"外交大臣问。他对于永久里夫人的傲慢与首相的迁就不满,故意提几个问题想出一出院长的洋相。

"他们的经费由牡蛎石油公司出百分之二十三,由大杏仁电脑公司出百分之二十五,由达芬奇纸浆集团出百分之十九,其余是由泛亚航空公司、空中客车航空公司以及美洲黑豹夜总会集团担负。身为堂堂的文学艺术家,身为上帝选民精神贵族世界精英人类果实羔羊眼珠的黑眸子,却垂涎于跨国资本的残渣剩饭,太丢份了!"

外交大臣骇然。他想,看来能混到今日的份儿,谁也不是白吃饭的。如果不是身怀绝技……

"那么依您的见解……"教育大臣问道。

"根本不用理他,二百五十万美元,得了不多,不得也不少。在座衮衮诸公,有时间讨论这种无聊的问题,还不如多多研究失业问题与治安问题呢。"

说到这里,夫人起立告辞。

"然而毕竟是二百五十万美元啊!"反间谍局局长呻吟道。

"那有什么了不起!"夫人边走边怒斥:"全世界卖淫妇的年收入是多少,你们知道吗?全世界的卖淫年收益是八千八百八十八亿八千八百八十八美元!各位羡慕吗?需要在我国开拓争取吗?"她临出门的时候威严地咳嗽了一声。

怎么会这么多"八"?内阁与国家安全成员面面相觑,颤抖不止。首相也大惊失色,心想这个妖妇,幸亏只是搞了搞纸上谈兵的艺术文学,如果她也染指政治军事,我的上帝,说不定现在坐在首相宝座上的不是我而是她呢!

四

四十八小时后,各部门通力合作,汇集到了有关阿兰的大量资讯。根据首相指示,内阁会议决定,成立阿兰事件(现称107号事件)因应对策小组,共集中了国家二十余名智囊团人物与九名副司局级官员,制定不同的预案。各位能人意见不一。一种预案是积极派,简称A(activation)案,主张积极欢迎,借此机会掀起一次关于内阁执政成绩卓然的宣传运动:厄根厄里大公国建国以来已经组成过二百多届内阁,一届又一届的内阁组成了又解散了,执政了又下台了,一届又一届的内阁进入了历史,然而,他们执政的时候可有任何一个厄根厄里公民获得过戈尔登黄金大奖吗?二百多届内阁来了又去了,可是为什么他们就一直让我们的伟大国家在获得大奖方面毫无建树呢?零的突破是什么时候实现的呢?不就是我们这一届吗?我们这一届治国有方,国泰民安,社会进步,文化经济发展,有目共睹,有口皆碑,这样才有了阿兰其人其奖,奖在阿兰之身,喜在国人之心,一人得意,万民欢腾,何不与民同乐与世同欢?阿兰也者虽然忠诚系数不高,但也绝非危险人物,他特立独行,与俗鲜谐,关上门称王称霸,喝醉了颐指气使,被窝里翻天覆地,白纸上炸弹轰鸣,睡梦里壮烈厮杀,这样的人与国何妨,与民何碍,与内阁何恙?我等何不就坡下驴,顺水推舟,借花献佛,借刀杀人,上下其手,内外其脚,说胖就喘,缘碟求鱼,顺竿爬顶,从胜利走向胜利呢?

A 案并建议先期由大公发给阿兰以厄根厄里民族文学奖,报纸上发表大公、首相与诗人合影的照片,并授予阿兰先生名誉爵士头衔。下一选举年度,由执政党提名阿兰为上院议员候选人云云。

第二种方案是否定派,简称 N(negation)案。主张反其道而行之,说到底我们的步子不能按 X 国的几个年老昏聩的书虫的指挥棒迈动。阿兰在我国本来就是无名鼠辈,来路不正,气味不正。我们恰恰要组织传媒广泛发布阿兰不孝父母,不敬师长,酒醉驾车,言语粗野,轻薄妇女,不进教堂,逃税偷税,随地小便,不打领带,不封裤口,不洗澡,不刷牙,崇洋媚外,私通外国,心怀叵测,非法赌博,乱说鬼话等丑闻,必要时可以根据治安法 B 款第十三条,E 款第七条第九条予以行政拘留,以为一切行为不端者戒。另外按外交惯例,在公布阿兰得奖之日,应由外交部发言人向 X 国政府及戈尔登学院提出强烈抗议,并组织厄根厄里议员与名流签名反对云云。

N 案并指出,老鼠大的洞,牛大的风;千里之堤,毁于蚁穴;若要别人不动摇,首先需要自己不动摇;多米诺骨牌效应不可掉以轻心;居安思危才能避免到时候悔之晚矣。强硬强硬再强硬,警惕警惕再警惕才是我们的立国之本哟!

N 案建议,将永久里夫人的谈话在执政的快乐享福党机关报《快乐报》上全文披露,以正视听,以长浩然之正气,以灭二百五十万美元之威风。

第三种主张可以称之为保守派,简称 C(conservatism)案。主张息事宁人,多一事不如少一事,一个破诗人得不得奖,完全可以低调处理。各大报不必刊登这类消息,小报在刊登这一消息时标题字号必须小于关于女演员婚变的报道。从上到下我们都冷冷的,若无其事,处变不惊,见怪不怪,假装不知道也没看见,不就得了么?难道一个诗痴诗混诗痞诗痔能成得了什么气候吗?

C案还提出,要事先准备好一些热点新闻或富有新闻性的重大文化举措,在戈尔登奖发布前后掀起新闻报道高潮,以转移公众注意力。例如,一、可于当年十一月(戈尔登奖的颁发一般在本月份进行)在厄根厄里大公国首都举行世界肥女选美大赛。比赛参赛资格是体重超过一百零八公斤,胸围超过一米八十,臀围超过一米三十五的未婚女子(是否处女要经过检查并在《快乐报》上公布检查结果)。冠军发给二百五十五万美元。二、自现在起可准备男女各十大性感明星的婚恋史,在当年十月于电视节目中现场采访热线播出,然后举行全体电视观众投票推选最佳婚恋故事,头等奖奖给二百五十一万美元。三、选择二十名惯犯死囚,于本年十一月戈尔登奖消息发布前,大赦释放(其中有一部分可以是我谍报人员),然后每天公布他们恶性作案的消息,同时悬赏通缉,悬赏总金额也一定要超过二百五十万美元。四、由国家发行巨额彩票,于进入十月后每天开奖一小部分,先小后大,特等奖将在十月三十一日抽签公布,抽签大会后将举行十大摇滚巨星表演。五、还可以考虑于当年十月于厄国首都召开全球双性人代表大会,彻底摒弃"人妖"的歧视性称谓,发表双性人权宪章,成立国际双性人大联合委员会——简称 IDHU(International Duality Homosexuality Union)等等。

C案强调指出,实行以上种种预案,开始需动用财政预备金十亿比索,但如果将方案承包给某个中国——包括台、港——或新加坡华裔商人,则笃定不会赔本,而且会为大公国带来一笔可观的收入,从而缓解国家财政紧张状况,并有利于改善政府族公务员生活条件,增进国家的欢乐太平气氛,化解社会矛盾云云。

除了 A、N、C 三种方案外,还有若干修正案、综合案、折中案、收缩案、删节案，但大体不出 A、N、C 三案范围。

首相读了阿兰事件因应对策小组的各项预案后深表满意，深为本届内阁用人得当与智力开发有方而踌躇意满，立即批复赞扬，并发布命令：因应对策小组成员每人晋升半级，并发给建功立业证书证章。

这些鼓励士气的事宜做好了，首相忽然觉悟，众说纷纭，莫衷一是，预案如此之多，而且各个都说得头头是道，他老人家可采纳哪种方案好呢？难煞人也，苦煞人也！预案愈是写得呱呱叫，实行起来就愈是难以了断的也！天杀的智囊智多星们！祸国殃民沽名钓誉之徒，成事不足败事有余之辈，不就是尔等吗？

错了也罢，既然已经下令奖励，那就将错就错一错到底吧。干脆由首相出面请他们吃一顿墨西哥大菜，所有的菜里都放满了辣椒。这顿饭是一面吃一面敲敲打打，首相把自以为是的各种预案嘲笑了个一文不值，直把智囊们搞得天旋地转，冷汗浃背，哭笑不得，动辄得咎，如入五里雾中，如落入猫爪的老鼠。从此厄国的这些著名智者更是对于首相说一不二，服服帖帖。此是后话，暂且按下不表。

五

就在内阁掌握107号情报后的二十四小时，天气变得忽雨忽停忽阴忽晴起来。阵阵春天的雷声从高空滚滚而过，给人以莫名的激励与挑战。这时反对党激动激烈党——简称双激党——也通过自己的内线得知了107号情报。双激党党魁——一个举动比健康人还要灵敏灵活的跛子立即召集执行局紧急会议。会议认为，无人问津的诗人阿兰即将获得国际上最有声望、数额最大的戈尔登黄金文学大奖一事，充分说明了执政的快乐享福党外交工作、文化工作、人事工作、教育工作、出版工作、学术工作、公共关系工作……的全面的与彻底的危机与失败，是快乐享福党昏庸无能、不学无术、智商低下、不得人心、形象萎缩的突出表现。面对国人即将获得大奖的大好形势,身为执政党的快乐享福党竟然期期艾艾,嘀嘀咕咕,放不出一个屁来,更是三十年河东三十年河西,说明快乐享福党的气数已尽,双激党的时运已来的明证。会议决定就此事向内阁提出质询,联系本国一作曲家自杀事件、一大批电影院倒闭事件、镇读书俱乐部火灾烧死九人重伤十余人事件,要求内阁对于厄根厄里大公国的文化教育事业做出全面检讨,如质询得不到满意答复,则将提出对政府的不信任案。

双激党还决定:一、立即由影子内阁文化大臣亲自出马,恭请阿兰先生加入本党。二、立即将此事告知本党老党员、元老级作家、国家艺术院名誉院长迪克先生,争取他能出面说几句话。三、通过本党掌握的一份小报——《激烈报》把 107 号情报捅出去,并准备好对策,以应付内阁狗急跳墙,以法律手段惩罚双激党报,使党报陷入旷日持久的官司之中。四、组织知识界文艺界的抗议活动,组织两千名教授的抗议签名,组织书商的抗议活动等等。五、组织本党职业评论员起草《为阿兰得奖事告全国人民书》《光荣与奇耻大辱——评阿兰获国际大奖》等宣传文件。六……七……

也有双激党干部提出,阿兰对我党一贯态度不好,公众形象亦不怎么样,我们不宜对他太热情,太一边倒,最好是留一手,含糊一点。

在嘶哑的雷声与淅沥的雨声中,跛子党魁强调,重要的在于参与,参与比态度更重要。可以拥护也可以反对,可以欢呼也可以抗议,反正我们双激党对一名厄国公民获得戈尔登大奖事绝对不能置身事外。有枣三竿子,没枣竿子三,阿兰得奖事件,我们双激党是搅和定了!

六

阿兰那天起床后一面喝咖啡一面慎重地考虑凌晨接到的华拉西的空中电话。这个令人激动万分也是他昼思夜想为之憔悴为之断魂为之苦了一生的大好消息传来,他是十足地将信将疑。他感到的不是兴奋和热烈,却是疑惑和透心冰凉。如果这次的信息是虚假的,如果此事最后变成谎信,变成做梦吃肉包子做梦娶媳妇,岂不成了文坛笑柄诗界丑闻,他堂堂爆炸派诗人的脸面将何以自处?

喝完咖啡,他又吃了两片菠萝,渐渐觉得清醒多了。他设想,华拉西如此不厌其烦地来电话,当非儿戏。根据过去他与华拉西的交往经验,华氏好交际,喜扎堆,爱卖弄,不学无术,好酒好色……这是有的。说谎造谣或是恶作剧调侃戏弄,则是没有发生过的。他如果不是确实掌握了某种信息,当不至于激动到那般田地,连夜给他叫空中越洋电话。根据他的估算,三次电话下来,他的付款将不少于一百美元,他既非巨富也不是神经病,完全没有理由轻易地在他身上花费一百美元。以华拉西的性格,为他阿兰花费一美元也绝非易事,除非是处于极不寻常的情况下。

阿兰点起了一支古巴雪茄,古巴朋友告诉他,这种雪茄之所以好抽,是因为它们是在古巴姑娘的大腿上卷成烟形的。他微笑了。他想起了梳着摩天大楼式的高髻的红头发莉莎,想起了她的喘息与她的愠恼,他觉得很好玩。诗可真是征服女性的最佳武器,典雅,浪漫,含蓄,飘飘然,而后是原子核的裂变,恶毒辱骂,女人喜欢这个,这也是一种自虐狂。最终达到目的,两个人喘作一团,大汗淋漓,透体通彻。现在呢,诗带给他的就不仅仅是女人的喘息,而是覆盖全球的辉煌声誉!他想起了他常常在与莉莎狂欢后开的玩笑。他说,他一旦获得了戈尔登之类的大奖,他将向一切慕名的异性开放。而这样的消息一经传出,在他的门前排队的女人队伍将会从厄里河畔延伸到维多利亚广场……

这难道要成为真的?

为什么他却如此沉重不安呢?

> 盛大的消息莫非是屠龙毒刃,
> 温湿的触摸抽剥灵魂的主筋,

胜利——你多么疲乏的气泡哟……
你的热吻研制我肝脏上的小针。

四句诗在烟圈里浮现,他赶紧把这无愧于二百五十万美元价值的诗句输入到电脑里。

哪怕只写下一句诗,他的自我感觉立刻良好多了。许多的字、词和句子在他的心目中开始旋转交合,许多的笑容、眼泪、阴影、光斑、毛发、汗液、枪支、酒杯、海狗、飞沫、毒蛇、药片、爆炸、俯冲、鸣笛、墓地、收缩与吸吮充溢着他的心胸。他一辈子就是这样度过的:他没有财产,他没有职位,他不要家庭,他不要公众与当局的承认,他甚至于不要出书。他前后写了四千多首诗,在厄国发表了的不到三十首,在国外发表了也只有五十多首。然而一写起诗来他就感到了自己的富有,每写下一个词就如同得到了一笔钱,多一首诗也就是多了一张支票,发表一首诗也就是把支票兑换成了现金。与他的富有相比全国的豪门巨贾都是赤贫叫花子,他们穷得只剩下了钱。而他富得充满了诗——特别是尚未发表的诗,尚未兑现的支票,尚未解冻的存款,埋藏在自家地面之下,尚未开采的黄金:

衣衫褴褛,端坐阿里巴巴洞前,
日子到来时吻杀你娇媚的嘴唇,
打碎你青春盲哑之锁链,啊咳!
给你以最终天国的激昂沉醉!

拔出剑来,快快,面对狗彘,
每一滴眼泪都是来复线上的铅弹,
钻进胸腔,撕扯朵朵血色玫瑰,
我乃教主,火药库常务董事。

是的,不论他怎么贫穷、寒碜、褴褛乃至于肮脏,哪怕在俗人眼中他被看做疯子、白痴、废物、阿飞、痞子、懒汉、拆白党、靠女人倒贴维持生活的寄生虫,他坚信自己在自己的领地里,也就是在诗歌与情感性感的世界里,在语言的爆炸中,他是君王,他是大公,他是总统兼总理兼内务部长,他是旗手,他是教皇,他是亿万富翁,他是海陆空三军总司令。或者干脆说,在他的自己的领地,他就是造物主,他缔造了自己的世界——他就是上帝。

> 最后胜利是泻药与毒气,
> 删除地球的臃肿与积痞,
> 警句创造出崭新的三围,
> 诗人即新世纪的诺弗杀星!

于是他大呼痛快!痛快!痛快!仰天长啸,马嘶虎吼,抚肝垂泪。

写过几首诗后他换了另一个人,去他的臭大粪!Fuck!(日!)他立即给朋友们挂了电话,告诉他们华拉西来电话的消息——反正不是我编造出来的,即使最后一切化为泡影,也不是他的耻辱,而是戈尔登学院的耻辱——他们有眼无珠!竟然没有发现像他这样的天才!这样的天才过去有吗?今后有吗?除了他还有吗?连莉莎都背叛了他——这个红头发的婊子!反正华拉西的电话说明了人们已经认同,认定他属于那个与古往今来的戈尔登奖获得者极为一致的量级,也就世界第一流的量级。他当然是这个量级,他压根儿就是这个量级。如果时至今日还认识不到他属于这个量级,只能证明全世界包括 X 国与厄国已经失去了起码的量级。

他的为数不多的友人个个兴奋若狂。当天晚上由他的一位记者朋友名叫勒斯戈的做东请了几个人在湖畔餐厅吃饭。记者表示即刻要与他所在的那家电视台老板通气,要求拍摄关于诗人阿兰的电视专题片,并组织全国最著名的演员配乐朗诵他的诗篇。他还将建议由著名歌星演唱他的诗作。

诗人阿兰立即表示拒绝,绝对不能把他的深邃博大的诗歌混同于媚俗的流行歌词。记者听后沉默良久。众人考虑到本次宴请是由记者付账,便都劝导阿兰,流行歌词作者固然写不出一首像样的诗来,但是最好的歌词只能由最伟大的诗人写。特别是当伟大的诗篇已经被世界所承认的时候,流行歌曲的作用完全可以向伟大诗人攀援屈膝——当然他们永远够也够不着……不等阿兰做出反应,客人们便夸奖起湖畔餐厅的活鱼烧得如何好来——他们是在暗示阿兰,天下没有白吃的头盘主盘,别忘记勒斯戈先生是为一顿大啖出钱的人。这么一暗示,阿兰反而火了,他变颜变色地强调说:"决不能向通俗其实是庸俗的东西投降!"人们愕然。

于是一位在大学教授文学史的助教把话茬接了过去。说是得到这个消息以后,他高兴得朝天花板鸣了五枪,为此,他将接受地方法院的传讯并准备支付罚款两万比索。他认为这是他所鼓吹的以阿兰为代表的爆炸派诗歌文学的伟大胜利。屠弱的国民,媚俗的文艺,愚蠢的公众,下流的社会,堕落的时代,腐烂的传媒,臭气熏天的出版业与日益劣化的教育体系,使伟大的厄根厄里大公国恶性循环,退化衰微,走到了崩溃瓦解亡国灭种的边缘。而一些活尸、蛆虫、肥猪、淫驴、灵魂娼妓、市侩、阿飞、走狗、败类、内奸、叛徒、窃贼、洋奴、买办、两面派、阴阳人正在醉生梦死,荣华富贵,人五人六,作威作福。我们怎么能与他们和平共处,握手言欢,良莠不分,同流合污?我们的阿兰,就是要仇恨,要战斗,要搏击,要爆炸,要使我们的诗歌真正成为文学的原水爆、中子弹、沙林毒气!要把腐烂的世界炸他个稀巴烂!

席间,大家还谈了些成立阿兰诗作研究中心,设立阿兰诗歌奖基金,出版阿兰全集,雕塑阿兰全身铜像等事宜。阿兰一直摇头,他说:"不,不。我已经寂寞惯了。诗歌是寂寞的产物,诗人的命运注定了要绝顶的孤独。诗人是一个人行走在暗夜的沙漠里的勇士。不要炒我,不要将我炒成一个新星、巨星、天王、超霸、人妖、史泰龙、玛丽莲·梦露。不,只要我活一天我就不同意弄什么研究中心,我也决不出版我的全集,请想想,全集一出还有什么想头?一览无余了,还有什么风景？等你们把我炒到了地摊上，那时我与那些蛆虫、肥猪、淫驴、走狗……还有什么差别？"

众人齐声称赞："这才是爆炸精神！这才是战斗风采！这才是圣徒形象！这才是高尚操守！这才是永不变形的金刚圣斗士！但是，请记住：我们把你的诗集打到地摊上去，这说明是我们征服了世俗，我们战败了低级，是他们向我们举了白旗，无条件投降！而不是我们向他们低下了我们的永远骄傲永远高扬的头颅！"

都讲得很好。但是又都有点蹶嘴。朋友们想，跟别人行，怎么跟我们也玩起这一套来啦？爆炸爆炸，那说的是诗，您老也没真的往身上绑炸药包不是？玩着玩着还弄假成真了呢？

阿兰想，朋友，永远比敌人更庸俗。敌人的攻击，只能使你更加崇高；而朋友的帮忙，那才活活地违背了诗歌原则与诗歌精神……作为一个天才诗人，他永远摆脱不了要（朋友）还是不要（朋友）的哈姆雷特式问题的煎熬。作为一个彻底的诗人，他当然不可能拥有非诗与非天才的俗友，而作为一个肉身的人呢？灵与肉，到处都是灵与肉的不共戴天呀！

> 我是我的最危险的敌人，
> 我紧紧扼住我的喉咙，
> 胜利后杀尽所有朋友，
> 一、二，放，别无选择。

表面上是尽欢而散。只是侍应生最后来问要点什么乳酪、甜品、水果及热饮的时候，主人勒斯戈不等主宾阿兰点菜抢先回答说不用什么了，显出了吝啬和某种不快，使阿兰尴尬了那么一下子。

回家后阿兰收到了传真，是莉莎的，她写道：

"你即使获得了二十个银河系的大奖，我也永远不再与你做爱了。兹定于本月三十一日，与退伍军人德旺鲁巴巴结婚，特告，不另，有请，来不来活该！"

阿兰狂笑不已。敢情她也知道了他即将获得大奖的消息,多么奇妙,多么快活!这个荡妇!没有她的配合动作,他将失去多少诗歌的灵感呀!

七

这一次出现了医学奇迹,阿兰按照约定时间,到他的朋友内科专家皮龙医生的诊所去复查,准备住院治疗。检查完,皮龙大惊,因为,阿兰的肝脏已经完全康复,没有任何指标不正常。"你的肝比我的屁股还要健康坚强活泼耐用!我简直无法相信,一个可能得奖的消息会有这种起死回生的作用!"皮龙惊叹不已,为避免过分激动,他给自己开了足够服用一周的强力镇静剂。

阿兰颇为不快,他于是宣布与皮龙绝交。他认定是皮龙的检查诊断出了问题——他根本就没有肝病!区区一个二百五十万美金,难道能够左右他这样一位成熟的与坚强的诗人的心情与生理吗?作为诗人的朋友,皮龙不为自己的误诊所造成的诗人的重大生理心理损伤而抱歉赔偿,却文过饰非,嫁祸于人,太世俗了,他只能选择开除这样的俗人的友籍了!

皮龙也大怒,声称他认为阿兰所言纯属诽谤,他保留追究阿兰民事责任的权利,并不客气地将阿兰驱逐出了他的门诊室。

阿兰虽然是怒气冲冲地回到家里的,但是他深感自己是怒而无伤,气而无虑,愤而无忧,闹而无郁。人逢喜事精神爽,精神爽的时候也不妨发发脾气,这时候的发脾气,撒娇而已!

刚回家他就接到电话,是首相秘书打来的,有事求见。他一开始打算拒绝——因为他从不与官方打交道,这是他人生的主要原则之一。但秘书莺声燕语,如唱如戏如玉体横陈,音质十分迷人。对于一个绅士来说,拒绝与一位声音美好的女士见面,真是罪过。想到这里,他风趣地说:"我的房门,噢,还不仅仅是房门呢,我的一切,对于美丽的小姐们当然永远是打开的喽！"

　　首相的女秘书半小时后来到了他这里。果然是迎风摆柳,顾盼流光,相貌与风韵不凡。这使诗人更感到社会的罪恶:为什么达官贵人就能雇用这样天仙般的女秘书,而且一用好几个？这与古代中国的皇帝一个人娶近百个美女为妻、妾有什么不同,太黑暗了！

　　美女代表首相向诗人致意,并提出愿意亲自介绍阿兰先生加入执政的快乐享福党。诗人大笑,断然说道:"我虽然无钱无势,但自视比你们这些政客高得多。清纯的鳟鱼,怎么会进入下水道臭沟,洁白的玫瑰,怎么可能生长在垃圾堆蛆虫里,骄傲的天鹅,又如何会让自己钻进暗无天日的老鼠洞呢？啊,小姐,不但我不会同意加入藏污纳垢的快乐党,请允许我向您提出一个忠告:远离政治！远离官方！离开首相吧,进入精神的独立王国！进入艺术的雅美殿堂！进入人性的悠久宇宙！进入彼岸的永恒光环！放下屠刀,立地成天使,进入诗国,不吃饭也身轻体健！"

　　美女笑了笑,说:"您一时不情愿也没有什么要紧,您可以继续考虑,直到您同意时为止。"然后,她向诗人飞吻,走了。

　　诗人摇摇头,心里美滋滋地一边回味与她的接触,一边想象在特定的美妙情况下,她将会是什么样子。这才是诗人,你看到了一朵花,在花坛上或者在花瓶里的矜持地含苞未放的花。然后,你也就想象出了它在暴风雨中或者是在盛开时刻在草长莺啼的春天在招蜂引蝶的兴头上在腾云驾雾的兴奋当中的风姿。他觉得有趣,愈是矜持的女人愈是有趣。

八

　　晚上又是反对党影子内阁的文化大臣来访,这位影子大臣以足智多谋著称,他身高不过一米五,精通十余国语言。激动与激烈,双激的名称本来是给阿兰以好感的,激动与激烈的最高形式不就是爆炸吗？从语义学上来说，他是他们的同志。但是多年前他参加双激党一些活动的经验使他深为失望。他讨厌这个党的野心家气味与玩弄阴谋诡计的癖好，特别是他们的党的干部的一双双庸俗低劣的势利眼——那次会议竟然不允许他坐在前排。不就是他的领带寒碜些么？……好赖算是个反对党，这是他同意与衣冠楚楚的侏儒影子文化大臣会面的主要考虑。

　　双激党同样是来动员阿兰加入他们的党的。阿兰冷笑一声说是还要考虑考虑。阿兰提醒他，过去双激党对他阿兰是何等的轻蔑冷淡——当有一次阿兰去到双激党的俱乐部想与双激党党魁会晤的时候，却被拦阻在俱乐部外面。如果只是说他并非会员，从而不能进入这家实行会员制的俱乐部也罢，一位长着一副老处女面孔的秘书竟然说他身上有一股奇特的气味，因此即使他有会员证，他也不可能入场，真真狗眼看人低，气杀人也。

　　于是影子文化大臣打出了一张牌：他提到，资深的厄国文学泰斗迪克向阿兰问好。迪克在这个国家，甚至比大公与红衣主教威望还高。六十年前，他的婚恋小说系列轰动了全厄根厄里国。人们说，一代又一代厄国人，是从他的小说里才学到了爱情，一代又一代人给异性写情书用的就是迪克风格迪克文体。五十年前，迪克参加了反抗德国法西斯占领军的抵抗运动，他和他的战友们曾经在厄国国庆节子夜把厄国国旗插到了首都市政大厅的房顶上。他成为公认的民族英雄，曾四次接受大公的授勋。战后他写的十六行诗又风靡一时，青年男女甚至接吻的时候也都在喃喃地背诵他的诗篇。四十年前，他一个人为地震灾民捐款一亿比索。三十年前，全世界二十八名作家签名，要求戈尔登学院授予他文学大奖。二十年前，大公下令为他修建纪念馆与半身铜像。特别是十年前，由于快乐享福党内阁阁员的一起大贪污丑闻被揭露，政府对率先揭露这一案件的双激党采取镇压措施，迪克于是在七十三岁的高龄，不顾个人安危利害，毅然宣布加入激动激烈党，成为轰动一时的重大事件。

475

想到这样一位大人物向目前在厄国国内仍是名不见经传的他阿兰某人问候，阿兰立即礼貌地表示："谢谢！请转达我对他老的问候！"他的样子确有点受宠若惊。

但继而一想，迪克的时代毕竟已经过去了，据说他已经患了肺气肿病，恐怕不久于人世。再说他虽然写了一辈子，并且三十年前闹哄过一阵子给他授不授戈尔登文学奖的问题，最终他老人家也还是没有得上这个叫人垂涎三尺的国际大奖。现在这项零的突破的荣耀历史性地降落在他阿兰身上，充分说明他阿兰比迪克强啊，强多了。艺术，艺术是残酷的，艺术不承认资格，艺术不承认勋章，艺术也不承认什么民族英雄之类的非艺术概念。艺术承认的只有艺术，艺术推出来的也只有艺术。对于阿兰这样一个现代爆炸型艺术家来说，迪克只不过是一个被涂抹了浓墨重彩的文学木乃伊罢了。

于是他在礼貌地回答了影子文化大臣转达的迪克的问候以后，突然板起了脸，轻蔑地一笑。

影子大臣随即表示，该党机关报《激烈报》将于近日头版头条发表今年阿兰将获得戈尔登奖的新闻预测与新闻综述。阿兰表示坚决反对，认为按照惯例，发表这样的消息是不适宜的。大臣则表示，他们只能根据新闻自由与新闻时效性的原则处理新闻报道问题。

最后影子大臣拿出了以双激党魁名义送给诗人的礼物——两瓶法国香槟，诗人露出了衷心感谢的笑容。影子大臣趁机说道："快乐党执政已达七十年，积怨甚多，必将被我们双激党所战胜。我们的社会正面临着彻底爆破的震撼人心的前景。一切都已经臭气熏天，一切都已经腐烂透底，毕其功于一役的爆炸时刻到来了。这是你的时刻，也是我的时刻，这是你的心愿，也是我们的心愿，爆炸的功勋，有你的一半，也有我的一半。眼前的大选里，或者是快乐，或者是双激，二者必居其一。拒绝双激，其实就是快乐，拒绝快乐，只能选择双激。而双激也就是爆炸，我们殊途同归。我们的共同目标是自由幸福高尚合理纯洁的理想国，这样的理想国必将实现，只要坚持，只要不妥协不退让不低头不怕爆破。好吧,即使你认为两党没有大的区别,也总还可以比较一下吧,毕竟是双激更能得到知识界精英们的拥护。说什么超政治超党派,不偏不倚,或者天下老鸦一般黑,凡此种种,不过是初出茅庐的'新鲜哲学博士'——Fresh Ph.D.——们的幻想。当然,像您这样的标榜非政治的天才诗人的政治选择,必然会有您自己的特殊手法,那是不需要鄙人饶舌的,一定一定……我非常欣赏我们共同度过的一个愉快的晚上,多谢,后会有期。我们随时准备支持您。"

"很抱歉,在纯诗的国度里,没有政客们的生存空间。"阿兰板起面孔,居高临下地说。

"而如果是我们党当选,一定为诗人提供更纯粹得多的生存空间。"影子大臣油嘴滑舌。

"我不信。"诗人冷冷地说。他感到了一种把大人物踩在脚底下的快慰。

这一回可当真成了一个伟人了。客人走后,想起两党人物的接连来访,阿兰惬意地感觉到他的每一个细胞都开始充气,圆凸,提升,他飘飘欲仙。

"其实,我本来就是一个伟人,俗世承不承认我,屁!"

阿兰从理想的角度说服自己,不应该受宠若惊,若惊未免太俗。但他实际上确是从这一天两党人物拜访后才意识到自己的伟大。他深为自己的实际上对于俗世的重视与这种小人物的依托权贵的卑微心态而羞愧,他恨不得把自己撕个粉碎。

九

影子大臣确实曾经给迪克打过电话,通报了阿兰即将获得戈尔登大奖的消息。年老体弱的迪克根本不知道阿兰是谁,他对于这一类的消息也早已失去了兴趣。他结结巴巴地说:"好嘛,好嘛,有咱们厄根厄里国一位作家得这个奖毕竟是一件好事嘛。"在影子大臣说明此事将在国人中引起不同的反应之后,迪克说:"这也是正常的嘛,文学毕竟不是体育竞赛,没有统一的规则,也没有统一的标准的啊。好,请你向阿兰先生表示我的衷心祝福。"

这件事被迪克的儿媳妇咪咪知道了。于是咪咪立即将这一消息告诉跟自己最要好的年轻诗人棒克斯。棒克斯的特点是一年四季穿牛仔短裤。接到咪咪电话的时候他正在家里为自己的性伴侣举行生日鸡尾酒会,听到这个消息他的脸色就变了。他悄悄告诉了自己的密友,一家生活杂志的主编古罗。古罗表情庄严地听了这个消息,思索良久地摇摇头,他说:"我看不大可能。首先,戈尔登大奖的评定程序是非常严肃的,每一道程序也都是严格保密的,事先透露出来的可能性很小。第二,如果给厄根厄里的作家发奖,那么排到第十三名候补者恐怕也轮不到这个阿兰。阿兰的诗我认真读过,实在内涵有限,瞎咋唬一气罢了。如果当真今年的大奖得主是他,我看能够给阿兰贴的金很有限,倒是让这个大奖丢了人。这样的奖,只能说是闹剧而已。钱给得愈多,闹腾得愈欢就是了。"

棒克斯生性不爱多说话,他冷冷地说:"我看是宁信其有,有所准备才好,迪克那边来的消息,不能以道听途说视之。"

棒克斯今年二十九岁,属于新生代,享受生活派。他的名句是:

　　昨天已经古老,
　　明天实在渺茫,
　　生命只承认此刻,
　　此刻是无比辉煌!

棒克斯广结善缘,活动能力强,人又长得帅,短裤外露着的双腿十分健美。他的性伴侣也是姿色过人,极富魅力,这次鸡尾酒会来了许多年轻有为的文化精英,他们中的许多人早就对戈尔登奖进行了研究,并对厄国作家应如何争取这一巨额大奖提出过种种战略性策略性忠告。他们前五百年后二百年无所不知无所不晓,就是想也没有想过阿兰可能获得戈尔登大奖。因此这一消息对于他们只如五雷轰顶一般。这不是成心和他们过不去吗?先是一个个苍白了脸孔,说不出话,接着面红耳赤,议论纷纷,直至同仇敌忾起来。最后,一个生日酒会,一家伙变成了107号事件研讨会——没有人知道107的代号是怎么传过来的——再往下就成了一次自发的抗议集会。

"纯粹是后现代!"一位年轻的艺术学博士说,他曾发表论文指出,厄根厄里作家要想获得戈尔登奖,至少还须改变世界观更新思维,再加努力二百年。

"这是对我们厄国的挑衅!"一位一贯标榜民族主义爱国主义的年轻记者戈斯勒说。他与阿兰的朋友、请阿兰他们吃大菜但未能愉快尽兴的记者勒斯戈是孪生兄弟。他知道哥哥拥护阿兰,那么他宁可选择反对阿兰以及戈尔登奖,这样不论哪一边赢了,他们兄弟二人必有一人跟着胜利。

"这是对我国知识分子的污辱!奖励阿兰这样的白痴,就是要把我们的民族白痴化、弱智化!那当然了,我们都变成了白痴废物混蛋,话也说不清楚,事也办不明白,超级大国便可以随心所欲地统治我们剥削我们了。"戈斯勒强调说。

"阿兰的诗是四流翻译翻的五流诗人的外国诗,他完全背离了厄国的悠久灿烂的诗歌传统。"说这个话的是戈斯勒的姻弟戈里东,戈里东的伯父中学时期担任过大公的伴读。他不但是民族主义者,大公至上主义者,而且是狂热的现代原教旨厄根厄里拜火教福音派传教士。他有优美的嗓音,常到福音派信徒集会上唱赞美诗。他说"大国灭我国之心不死!我们要奋起战斗,战斗战斗战斗,我们投降就是我们灭亡,敌人不投降就让他们灭亡!我们福音派信仰的是和平亲爱仁德的不灭之火,而阿兰提倡的是爆炸破坏仇杀暴力以及性乱伦,那不是诗,那是禽兽的嘶嗥。给这样的诗人发奖,就是与厄国全体人民为敌,就是与第三世界与不结盟国家为敌,就是帝国主义霸权主义新十字军东征新殖民主义！这是快乐享福党与双激党沆瀣一气，互相勾结，丧权辱国出卖主权的铁证，是他们只顾自己快乐享福，不管人民受苦，只管假激烈真庸俗拜倒在洋大人脚下的必然恶果！他们都是大公的逆子叛徒。我们只有对抗，寸土必争寸步不让！"

棒克斯一则以喜，一则以惧。喜的是阿兰此人是这样的不得人心，即使披上戈尔登奖的袈裟也是白搭，这从侧面说明，他的这些朋友只崇拜他一个人，对他铁心不二，而他年纪轻轻已经深知，只要有三五个五六个铁杆兄弟，你呼我应，你哭我叫，你啐我吐，你唱我和，就可以横行诗坛，没有人敢小瞧自己，就能在诗坛占一块宝地，就能必要时来他个呼风唤雨撒豆成兵。阿兰云云，搞什么特立独行，诗道寂寞，还真以为自己有多伟大，还以为自己那一套是真的呢，实在让年轻人笑死。

惧的是，戈里东的言语太激烈，太直露，这就把他的女友生日酒会变成了政治抗议集会，容易找一些不必要的麻烦。他虽然一般地也主张批判社会，但政治上仍很谨慎，用他自己的话说，往枪口上撞，绝非他之所愿。再说，如果对阿兰攻击太过，人们马上会想起同行是冤家的俗语，对他自己不利。没有绝对的把握，他不想树敌太多。他觉得还是尽量引而不发，蓄锋芒于风度之中为好。

于是他举起澳洲阿德雷蒂白葡萄酒酒杯，歪一歪脖子，力图用一种优雅的姿势和温柔的声调说道：

"女士们先生们，让我们回到我们的酒会上来，为了我的美丽的性伴侣的生日，为了她的出生，为了她的美貌干杯！让我们高呼：女人万岁！朋友们请你们想想看，如果她不出生，我会多么的孤独、枯燥、饥渴、冒火，如果没有这样美丽性感的伴侣，我也会变成二十万吨TNT，来他个大爆炸的呀！"

他的话使众人捧腹。然而就在爆炸一语刚刚出笼，众人笑声刚刚发声的时候只听一声巨响，棒克斯所居住的公寓对面，一座新建成的百货商场大楼——特里尼迪楼，倒塌了。

我的上帝！人们惊呼，真以为是世界末日到了。

十

商场大楼倒塌事件引起了两党的激烈争论。双激党指责政府贪赃枉法，玩忽职守，造成了新建大楼的质量低劣，出现了前所未闻的重大事故。政府则指出不排除少数新极端主义分子搞爆炸破坏的可能。双激党又发出紧急警报——小心政府借口大楼倒塌事件搞法西斯镇压。快乐党则指出，双激党正以他们的不负责任的煽动和蛊惑转移人们的注意力，制造冲突和麻烦，使国家复兴的大业陷于混乱。

由于物质建筑的爆炸与政治党派的斗争毕竟还是比文学的爆炸与斗争引人注目，双激党机关报《激烈报》立即头版头条发表阿兰将会得奖的计划未能实现。同时为了慎重，《激烈报》从自己的驻 X 国兼职记者处进一步核查了关于阿兰可能得奖的消息。经查对后认为消息无误。最后，在 107 号事件由内阁立案后四天，也是在特里尼迪事件发生的第三天，《激烈报》才在头版二条位置发表了阿兰将获大奖的新闻预测。这条消息在知识界圈子内引起了震动，也引发了失语状态——三年早知道百年全知道们早也盼晚也盼，盼了不知几十几百年，没有想到一个厄根厄里诗人得奖的消息竟然引起了普遍的尴尬。其他行业的人则漠不关心——写诗本来就是疯子们的事，给疯子发二百五十万当然就比疯子还要疯了。这样的消息就如谁家地底下挖出了钻石或谁谁家得了彩票头奖一样，除了引发一点黄金梦以外，不会让更多的人思索什么。

阿兰家的电话从早到晚都在忙着，阿兰发狠不再接电话，但是电话铃响急了，他又总是忍不住去接。祝贺与盘问、怀疑与奉承，进言与献策都使他厌烦。

又两天后的清晨，他还在睡梦中，门铃声大作，他打开问答机，传来的声音竟是莉莎。他兴奋地按下了电钮，发出了开门的指令。进来的却是两个人,除了莉莎,还有华拉西爵士。

"你们……"阿兰吃惊得说不出话来。

"我改变了日程,从伦敦赶来。"华拉西说。

"我撕毁了婚约,从夏威夷赶来。"莉莎说。

"啊,我的宝贝!"阿兰与莉莎狂吻个不住,喂喂喂喂、咂咂咂咂、噜噜噜噜,使华拉西咽喉收缩,大声咳嗽不止。

"首先告诉你们二位的是,我的所谓肝癌,已经完全排除了!那个内科主任皮龙博士,纯粹是一个混蛋!"

于是二位客人高呼万岁。同时又惊讶地问道,什么时候皮龙博士成了"混蛋"了?

"这些都是枝节问题,不要理他。"阿兰挥了挥手。莉莎与华拉西相视一笑,他们俩的潜台词是:"哟,咱们阿兰的言谈做派就是有一点得戈尔登奖的意思啦。"

于是两位挚友披肝沥胆进言。虽然诗人写诗的目的并非获奖,获奖的事实却是人生的大胜利大辉煌!是诗歌的大胜利大辉煌!不能掉以轻心,不能谦虚辞让,戈尔登奖我们是当之无愧,当仁不让,必争必得,毫不客气!大奖我们得定了!我们不得谁得?我们不要谁要?阿兰就是当今世界最最伟大的诗人,比荷马、莎士比亚、李白、拜伦、雪莱、歌德、普希金、惠特曼、艾略特全部加在一块还伟大!对这一点就是要树立决心信心,坚定不移,坚持不变!为此,第一,你不能再随便接打来的电话,你最好向 TTM 公司申请换一个电话号,你的电话那么随随便便打来成什么体统!第二,你需要一个女秘书,在没有找到更年轻更适宜的人选以前,莉莎可以代理。第三,你需要一个经纪人,在没有找到更英俊更能干的人以前,华拉西爵士可以代理。第四,从现在起你的活动必须有一个严格的日程,精确度以四分之一小时计算,再不能临时接待什么来访者,管他是首相还是双激党魁!第五,尤其不能任意接见记者,记者采访按每小时二千五百比索收费。记者的访问记,字字要经过秘书与经纪人的审核签发。第六,他们两个人将要与专家会商,研究对阿兰的包装问题:服装、发式、皮鞋、领带、手帕、袜套、眼镜以及从呼吸到坐卧的方式,都要重新设计,要安排阿兰进一次美容院,拉皮去皱吊眼除斑,不可大意。

阿兰甚奇,莫非莉莎与华拉西也有一手一脚?他们什么时候这样配合默契?活像两个足球前锋。另外,这两个人怎么说不来都不来,说来又都来了?

人间的一切其实比天国更加神异,

一就是二,二也就是一!

阿兰打断了他与她的滔滔不绝。他严肃地说:"你们都知道,我是一个自由诗人,是一个不可救药的自由主义者,我最最反对的是媚俗,我从来不喜欢讲究形式,摆出什么臭架子,请不要把我打扮成一个马戏团小丑……"

"错了,您。"两个人几乎同时说。

"您怎么能说什么形式不形式,正是您的理论,您认为诗歌只不过是一些形式。是的,艺术只不过是一些形式。得奖,更是一些形式。人生、社会、政治、道德、文化、体育、性、音乐、宗教、战争与和平不都是形式吗?"华拉西说。

"您不是说过,您之所以愿意与我做爱是因为我具有一种独特的形式美,而我的内容只不过是'无'——'零'么?"莉莎说。

就在阿兰由于瞠目结舌而有一些恼火的时候,电话铃大作。

阿兰要去接电话,被莉莎一把拉开。"哈罗,这里是诗人阿兰的住宅,我是秘书莉莎·达尼娅。什么,您是首相,早晨好啊,尊敬的首相大人,您的臣民向您问好!"莉莎甚至做了一个咂嘴的声音,阿兰几乎昏倒。

莉莎赶忙回过头来向阿兰做了一个鬼脸,表示她对首相只不过是虚与委蛇。她其实与阿兰一样,也是反体制的。华拉西在一旁悄悄地解释:"管他呢,魔鬼也可以为我们拉车嘛。"

十一

几天前的晚上,就在棒克斯为性伴侣举行生日酒会的同时,女秘书向首相回话,阿兰拒绝加入快乐享福党,并且对首相的垂青不以为意且不以为然。首相挥挥手把秘书打发走,想到了 A、N、C 三种方案,他为三种预案的互相矛盾而气恼万分。这群废物,这群清谈误国的牛皮大王,这群把一切淹没在空谈里的书中蠹虫!他在房间里重重地踱着步子,内心里恶狠狠地骂道。

这时突然传来远处的一声沉重的轰鸣,莫非是地震了?他吓了一跳。不等他发话,女秘书前来报告,已向事务局查明,是南郊的特里尼迪百货商业大楼倒塌,倒塌原因待查。首相十分震惊,让秘书做好安排,他要立即赶赴现场视察。同时他念念有词:特里尼迪,特里尼迪,对,特里尼迪——Trinity 忽然获得了灵感:三合一呀,三位一体呀,三联音呀,对呀对,高呀高。

于是在通往事故现场的路上,首相在汽车里向秘书口授:将 N 预案下发外交大臣,指示他要让厄国驻 X 外交代表机构向驻在国政府与戈尔登学院提出严正交涉,表明厄国政府的立场。厄国政府认为,将戈尔登这样一个数额巨大、影响广泛的大奖发给阿兰,是一种对国际关系不负责任、毒化与厄国的关系气氛、降低戈尔登奖金的声望的极不严肃的大胆妄为。届时,厄国政府和人民将会提出严重抗议。可以认定,戈尔登学院的这种做法,沿袭了五十年代的冷战时期的互挖墙脚互相制造麻烦的传统,而为一切有识之士所不取……驻其他国家的外交代表也要按统一口径表达厄方对这一问题的态度。如此这般等等。

首相并要求秘书将 C 预案下发资讯与旅游大臣、教育大臣以及执政党机关报《快乐报》,以尽量低调处理有关阿兰得奖事。同时,将 A 案下发事务局,改善该党与阿兰诗人的关系。首先,安排首相亲自出马的宴请,等等。女秘书想了一下,击节叫好,她说:"按道理,我无权对政治说三道四,我只是忍不住要说一句,首相的政治天才,前无古人,后无来者。您绝了,您不知道智慧是多么有魅力!您是大政治家!"

紧接着,秘书又问:"您真的要亲自宴请他?这种礼遇……"

首相神秘地一笑,乜歪了一下眼睛。

十二

在《激烈报》发表了阿兰即将获奖的消息后,首相亲自指示,按新闻法,给该报以停业三天与罚款五万比索处分。次日,《激烈报》员工与读者活动分子游行,抗议政府限制新闻自由与打击反对党的恶劣手段。在特里尼迪事故现场附近,游行队伍与警察发生冲突,有一名手举绿旗的排字工、双激党员受轻伤。

与两党大斗大闹的同时,一家《文化生活报》和几份商业娱乐小报展开了对阿兰的猛烈抨击。不知道从哪儿说起,忽然一下子都对阿兰义愤填膺起来。《文化生活报》是以老作家迪克的名义主办的,他虽然身为双激党员,实际上在两党与无党派人士中都享有崇高威望。几家小报也是动不动就报道迪克的近况,刊登迪克的各种生活照片,给人以小报也隶属于迪克系统至少是小报乃迪克的崇拜者所办的印象。这样就传出了消息,说是迪克由于嫉妒,指挥了一场攻击阿兰的舆论战役。

这几家报纸上全都是攻击阿兰的文章:一篇是艺术学博士写的题为《文字垃圾与文学骗局》,文章说:"热昏的梦呓,原始的情欲,故弄玄虚的涂抹,颠三倒四的叙述,成心不让人看懂的拙劣掩饰,构成了阿兰的所谓诗歌的特色。我们的文学界理所当然地拒绝了阿兰的骗局,我们的读者理所当然地拒绝了阿兰的呓语。让这样的诗人得奖,这是对于人类头脑的污辱,这是对于人类文明的污辱,这是地道的文学丑闻!"

另一篇戈斯勒的文章题为《你要爆炸什么?》,文章说:"阿兰口口声声要爆炸,他爆炸了什么,或者究竟要爆炸什么呢? 二十年前,圣路易街白昼抢劫杀人案,阿兰是在场的见证人之一。听见枪声后,他怎么样了呢? 他趴在地上瑟瑟发抖,直到抢匪逃遁了二十分钟,警察已经占领了现场,我们的诗人还在那里发抖不止。他见义勇为了吗? 没有。他奋不顾身了吗? 没有。他向着歹徒爆炸了吗? 没有。他究竟较个什么劲呢? 原来,他的爆炸只是一种诗歌讹诈,一种广告策略,一种大吹大擂的刺激效应,一种彻头彻尾的自我推销而已。"

另一家小报上的文章十分惊人,因为不知道他们从哪里发掘出来的材料:他们发表了多年前阿兰一个女友、莉莎的第三个前任的访问记。那个该死的女人竟然说阿兰有一次在超级市场拿了一瓶粗粒花生酱没有付钱。访问记还说,阿兰是世界上最虚伪的人之一,他见到女人总是彬彬有礼绅士风度,然而背后,从来都是用最下流的畜生语言议论异性,脏话满口,不堪入耳。访问记又说,阿兰实际上生性吝啬,遇到买两件享受八折优惠的衣服,他总是先买两件,过几天再去退一件,这样,只买一件却减价百分之二十。访问记最后说,阿兰虽然满口爆炸,实际上根本算不上男人,孱弱可笑,丢人现眼……阿兰的前女友郑重地告知大家,特别是正告热爱文学的青年女性,不要上阿兰的当!

《激烈报》一见,傻了眼,本来指望迪克为阿兰得奖事助威,将快乐享福党的军,谁承想迪克系统的报纸如此恶毒攻击阿兰,莫非同行是冤家,老迪克竟然嫉妒开了小小的阿兰?

知情人告诉报社总编辑,迪克是绝对不会对阿兰采取这种态度的。问题是迪克已经年迈,很少过问什么文事,但是迪克老人的儿媳妇咪咪是一个活跃人物,她与一批青年诗人青年评论家过往密切,眉来眼去,而且她自己也一心要成为诗人,也发表过一些诗,因而越发乖张起来。她联络的那些年轻人,个个自命不凡,眼高手低,不把任何人看到眼里,肯定是他们左右了这几家报纸小报的言论倾向。

《激烈报》马上派人去采访迪克,以显著地位发表了迪克的专访。迪克说,不论是谁,有一个厄根厄里作家获得戈尔登文学大奖,那是一件好事,他愿向这位可能的幸运者预致热烈的祝贺。他说,按照惯例,这个奖是不在事先透露资讯的,因此,也可能本年度的得主不是厄国人,那也没有什么了不起。他的看法是,得了奖很好,没有得奖也不必在意,无法想象一个远方的学术机构能够了解全世界的作家与作品。例如,在某个国家,现在活着而得了这项奖的作家就有五六位,从来没有听说过他们国家对此有多大反应,希望我们这里不要少见多怪。当记者问到二百五十万美元的巨奖时,迪克哈哈大笑,他说,如果单纯从钱的观点来看,那么买彩票、做股票或房地产投机炒外汇,都可能赚比这更多的钱,只有穷透贪深的国家和人民才会听见一个"巨额"款项就发昏发蒙。当记者问到阿兰在厄国并非很有影响,由他获得此项大奖会不会引起一些不平衡的时候,老人笑着说,任何作家与评奖都不可能是十全十美的,同样,也不必求全责备。老人幽默地说,如果看着某项国际奖不够好,不如己意,与其去责备人家的奖搞得不好,不如自己搞一批基金,自己另设立一个奖。厄国有志之士,如果有兴趣,你可以设立一个奖金数额为五百万美元的厄根厄里大公奖嘛,一定会产生巨大的影响,搞得比戈尔登奖更红火也不是不可能。何必两只眼睛老盯着人家?

记者又问,您老人家对阿兰的诗怎么看?迪克承认,他没有看过阿兰的多少作品。但是他说,他相信厄国有许多富有文学才能的中年、青年人,他们完全有可能写出杰出的作品来。

记者最后表示,人们对伟大的老作家、著名的爱国者、正义的旗帜迪克充满敬意,记者本人衷心希望将来有一天迪克也能获奖。迪克说,他的写作只不过是尽一个厄国公民的义务,他对于任何奖都不感兴趣。而且,他的生命已经所余无几,他的文学活动已经属于历史。他活下来的唯一愿望是看到比他年轻的厄国作家获得出色的成绩,获得巨大的成功。他们的胜利就是他自己的最大欣慰。

《激烈报》套红发表了迪克的访问记。大字标题是:"春风化雨贺阿兰,胸怀博大掖后进",副标题是"所谓迪克不满阿兰获奖的谣言不攻自破"。

想不到的是这次访问记的发表反而受到了一些人的攻击。有一本发行量很大的名为《明星世界》的杂志,由于刊登过一位三级片演员的裸照而曾受到过罚款处分,但从而从滞销变得畅销起来。这次他们忽然对于从来不感兴趣的文学表示了不同寻常的兴趣。他们抓住此事大做文章,发表了一篇由华拉西化名里格楞写的文章,说是某位老迈无能的大人物葡萄酸了起来。他装模作样高高在上地发表意见,却又声称没有读过天才诗人阿兰的跨世纪杰作。他这样祝贺那样祝愿却回避了一个最根本的问题,那就是说,阿兰的才华是远远超过了他们那一代人和他本人的,不承认这一点,祝贺云云就是彻头彻尾的伪善。说什么可以另设一个五百万美元大奖,则暴露了此人的掉到钱眼里的真面目——这才是他的内心流露,他看到阿兰要得二百五十万他便做起五百万的梦来。已经成为过去时的作家竭力贬低戈尔登大奖的意义,说到底无非是由于他自己没有得上大奖,而一个比他年轻许多出色得更多得多的文学天才反而即将得到此项大奖。多么尴尬!这样的尴尬又如何是能够掩盖得住的呢?

阿兰读了这篇文章也觉得愕然,并批评华拉西太过分了。华拉西说,此时不扩大地盘取而代之,更待何时?该上不上,自取灭亡!

另一家靠企业资助的文学理论刊物则展开了关于戈尔登奖的大论战。一位评论家坚持百年之内厄根厄里作家将不可能赢得戈尔登奖。他讽刺地说,传播一位厄国作家将会得到戈尔登奖就和预测下一届世界足球锦标赛冠军是中国队一样,实在是世界文学运动与足球运动的一个噩梦。另一位文学评论家则断言上述言论具有二次世界大战中与 P 国占领军合作的厄奸气味。第三位评论家声言,阿兰的可能获奖预示着冷战格局结束后新的愤怒时代已经到来,文学已经走进了死胡同,不是爆炸,就是腐亡。第四位评论家则论述人类的困境表现为世界的荒谬化、人类的怪诞化,文学的神秘化与授奖的布朗化……

又过了几天,各大报报道厄国边疆省一位女学生读了阿兰的诗由于悲伤而坠楼身亡的消息。无独有偶,再一天又出现了另一位女生因为她最崇拜的年轻诗人棒克斯未能被提名戈尔登奖而她最厌恶的诗人阿兰却成了大奖候选人愤而投缳自尽。后一个女学生长得很美,为此各报发表了她的一系列照片。报载,棒克斯已决定为她举行诗祭与火炬葬礼。

十三

首相读了这些争论与报道后喜出望外,如此说来,他原来是大大地多虑了。戈尔登奖还没有确实消息,厄国的文学圈子已经混战成了一锅粥,嫉妒的发狂的尴尬的转向的找词的三年早知道的抗议的痛哭的大笑的自杀的热闹得如同疯人院一样了。这样的乌合之众,何足挂齿?他们对于他的政权能有什么威胁?

外交大臣送来了厄国驻 X 外交机构的密报,他们也证实,本年度戈尔登文学奖将由阿兰获得。与此同时,以《激烈报》为首,歌颂阿兰的舆论突然高涨起来,显然,这一派也与首相差不多同时获得了有关阿兰获奖事的最新情报。《激烈报》不怕再次被处罚,又发表了一次阿兰将要得奖的最新消息。

反间谍局报称,X 国大使为 X 国雕塑家访厄举行酒会招待厄国文化界人士,阿兰与他的情妇莉莎与密友华拉西出席了招待会。在酒会致词中,X 国大使表示对厄国的文学成就充满敬意,X 国大使断言厄国有世界上最优秀的作家诗人,他们理应获得著名的戈尔登奖。反间谍局报称,当大使说这个话的时候两眼始终盯着阿兰。当时全场掌声雷动,华拉西带头欢呼阿兰万岁。

首相稳坐钓鱼船。一想到自己的特里尼迪三合一对策他就笑得合不拢嘴。秘书已经回话,阿兰经过了一些忸怩作态接受了首相的邀请准备出席本周周末对他的宴请。首相轻蔑地一笑。但是事务局长提出,对于这一帮疯疯癫癫闹闹哄哄的作家切不可过于迁就。以首相之尊宴请一个无名小卒,宴请一名到底得的上得不上戈尔登奖还不一定的歪诗人,宴请一个忠诚系数不足百分之四十,而且天天扬言爆炸的思想危险分子,传出去反倒显得我们内阁轻举妄动,因此敬请首相三思。免得一帮神经质文人给鼻子上脸,得寸进尺,得到错误的资讯,益发不清醒,膨胀乃至爆炸大闹起来。

首相胸有成竹。到了周末晚上的约定时间七点,首相让女秘书先代表他出席宴会,自称他要晚一个小时到达。秘书更是感佩有加,深知政治之奥妙无穷。想不到阿兰也留了一手,到了晚七点,他自己没来,而是由与快乐享福党关系不错的华拉西勋爵先到一步,而他与莉莎在家等华拉西的电话。打着深紫色领结,身穿燕尾服的华拉西听首相秘书说了首相临时有要事到大公府去了之后,便知就里,立即用超小型大哥大给莉莎挂电话,让他们耐心守候,少安毋躁。他自己与女秘书面对面地喝白葡萄酒,不停地说笑调情,甚为得趣。他自称:"我本来是一个小人物,现在有了阿兰这样的大人物,我也就重要起来了。"秘书咯咯地笑,笑声行板如歌。

一小时十二分钟后首相来电话呼叫,说是十分钟后将会到达餐馆。于是华拉西立即向阿兰呼叫。十二分钟后,阿兰、莉莎到达,谁知首相本人仍然未到,到达的是首相事务局第六局长助理、助理的秘书与两位保镖。阿兰一怔,但已身不由己,在首相秘书的热情欢迎与局长助理的礼貌接待下,进入特等包间接受全面服务。

阿兰皱起眉头,莉莎倒谈笑自若,听了事务局局长助理的一两句笑话竟然咯咯咯地贱笑起来。而另一边,华拉西也正与首相女秘书说笑得温暖如春。

阿兰心想,一个真正的精英男人,只有完全摆脱开女人以后才能说到做到地达成绝对不媚俗的理想。世界上为什么有那么多俗,还不是因为有女人的关系,一面拥着女人睡觉,一面标榜不媚俗,实在是南辕北辙,缘木求鱼。他的嘴愈噘愈歪,呼吸愈来愈粗重,说话间他就要拂袖而去,只是考虑到莉莎的好处还在左右为难。一个女人伺候了自己半辈子,全面的服务,无微不至的服务呀!十五年了他不肯与人家结婚。最后人家发了火发了狠与一个退伍军人订了婚……最后还是回到了他的怀抱里。她决定回来的时候他还戴着"肝癌扩散"的帽子呀。这是多么感人的爱情,这是诗的伟大胜利呀!

这时首相姗姗而来,与阿诗人热烈握手长达数分钟。然后双方都撇了撇嘴,都掏出手帕擦了擦自己的手,都确认自己取得了胜利。

他们的晚宴在豪华包房进行,服务小姐是一位栗色皮肤的意大利玲珑美人,文静雅致,除了微笑不言不语,气质高贵,脱俗如漆黑郁金香。头盘分别要了鲜牡蛎、鹅肝、蜗牛、生菜蟹黄沙拉、大马哈与金枪生鱼片,配香槟与汉尼根黑啤。莉莎还加要了一客乡下浓汤。主盘他们分别要了龙虾、阿拉斯加王蟹、带血的牛排、小牛肉、天使头发和芦笋烧什锦海鲜。上了红白葡萄酒,十分讲究。后面的甜品琳琅满目,如花似锦,令人沉醉,令人叹为观止令人叹息。原来世上还有这等美味,如不坚持爆炸二十余年,你上哪里找这样的天赐美食去?

最后,阿兰要了爱尔兰咖啡兑酒,莉莎要了卡普琴诺,华拉西要了意大利小杯咖啡,首相那边的三个人则要了红茶加柠檬。首相问道:"阿兰先生对于今天的晚餐满意吗?"

对于这种具有某种施恩暗示的问话,阿兰老大不快,他悻悻地说:"满肚子的杂七杂八,满脑子的空空洞洞。我想自杀。"

于是首相带头鼓掌,赞叹诗人出口成章,妙语如珠,振聋发聩,醍醐灌顶。全体随之鼓掌。

午夜,阿兰与莉莎回到了自己的住处。莉莎问阿兰对首相的印象,阿兰回答说:"一头蠢猪!"

秘书与局长助理把首相送到了官邸,秘书问首相对阿兰的印象,首相叹了一口气说:"唉,我这一晚上好比是在耍一只猴子!"

助理说:"大人治国平天下还不就是耍猴子!"

十四

参加首相宴请诗人的晚宴的人数只有六人,事先阿兰一方并与首相一方讲好条件,此事不得透露给传媒,双方均不得在任何场合提起。除了气质良好的服务小姐,另有首相带来的五名保镖,助理带来的两名保镖,此外,谁也没有看见他们。除了吃东西与交谈,他们是什么也没有干。然而意想不到的是,第二天,一家纯粹商业性的报纸——《赛马与选美报》头版头条刊登了诗人与首相亲密握手的大幅照片。各晚报立即纷纷转载,成为轰动一时的新闻。阿兰大怒,命华拉西前往质问。首相说他也不明不白,问题不在于他们的君子协定,问题是那个晚上究竟谁进来给他们照了相呢?怎么他们六个人会毫无察觉呢?如果这样的场合可以被偷偷拍照,那么今后的军国大计还有什么能够保密呢?

阿兰盛怒之下打了莉莎一个耳光,接受首相的宴请当然并非诗人的初衷,而是莉莎做的主。莉莎毫不含糊,一头把阿兰撞倒在地,阿兰几经权衡,才没有当即爆炸,而是忍了下来。

首相府发言人在记者吹风会上回答了记者提出的有关政府与诗人阿兰的关系问题。发言人强调,首相与所有的知识精英都保持着良好关系,本届政府受到了各界人士,也包括诗人、作家、科学家、学者、宗教家、思想家、批评家、艺术家、道德家、候补旗手与各种当今生猛圣哲游水精华们的衷心爱戴。首相与爆炸派诗人的亲密关系,正是本届政府文化政策全面成功的一个标志。同时,发言人老练而颇有风度地指出,首相与诗人的握手正与首相与兵士、与病人、与特里尼迪大楼倒塌灾民、与外国元首、与艾滋病人、与内阁同僚、与反对党议员、与勇斗歹徒身受重伤的警员握手一样,这个握手的所指,并没有包含什么戏剧性的能指。

作为诗人的经纪人兼发言人,华拉西也召开了记者招待会。招待会请柬发了二百张,只来了十几个人,因为请柬上说明,参加招待会的记者要交费,所得费用将建立阿兰爆炸文学基金。

华拉西在回答不怀好意的记者的提问时胸有成竹,得心应手。他强调说,阿兰仍然坚持对一切现有体制不认同不合作不效力的既定方针,世界各国经验证明,只有坚持这样的方针,作家才能显示出自己的身价。首相宴请诗人是诗对于庸俗、缪斯对于权势、天才对于凡夫俗子的伟大胜利,一句话,由于阿兰的诗的天才和原则性立场,诗歌战胜了俗世,缪斯战胜了权力,形而上战胜了形而下,未来战胜了陈腐的教条,天才战胜了廉价的处世 ABC。

一个记者刁恶地问道:"请问诗人在宴会上是怎样搞爆炸的?"

勋爵说:"爆炸是一个形而上的观念,诗人的爆炸是精神上的爆炸,是灵魂里的起义,是终端的核裂变,是只对上帝负责的誓言和祷告,简言之,诗人的爆炸就是诗人一个人与上帝的对话或对抗。这根本不是俗人所能够望其项背的。"

记者问:"应该如何理解一个声称反体制的诗人成为内阁首相的座上客呢?"

华拉西回答:"诗人的最终目标是拯救人类,诗人为了人类可以背负各种各样的十字架。诗人虽然不承认任何体制,但是不等于诗人不承认现实,例如诗人驾车上了高速公路显然他必须熟悉和服从交通法规。天才是不受世俗的限制的,他不受内阁的限制也不受反对党的限制,不受舆论也不受陈腐的教条的限制。诗人只听命于自己的心,天马行空,随心所欲,得大自由,得大自在,再吃一百顿法式大菜也毫无变化。"

几名记者鼓掌。几名记者哗然,嘘嘘地吹起了口哨。

报纸对于这次宴请的报道千奇百怪。戈斯勒著文指出:"出卖与投降,阿兰暴露了自己待价而沽、邀宠求官的真面目。"这是一种说法。"挟戈尔登奖的先声,夺首相的威风,诗人阿兰大长了爆炸诗人的志气""高超的手腕,富有政治风度的晚餐"也是一种说法。此外还有"诗的进军,文学的战役""分久必合,对话与和解是当今世界的不可抗拒的潮流""谁能相信呢?首相与诗人握手言欢""荒谬的最合理,合理的最荒谬""别了诗人,别了诗的铮铮铁骨""光荣啊,从不妥协的诗"等等。

众说虽然纷纭,阿兰发现,这顿饭吃得还是得不偿失,总体上舆论对此事反映不佳。

阿兰在周末到他常去的堂吉诃德酒吧呆坐。奇怪的是,素常的一批老友见了他赶紧背过脸去,像躲避瘟疫一样躲避他。他抓住一位消防队员问人家为什么不理老相识。消防队员说:"对您太热乎了,也许会被认为是要向您借钱……"而一些他素不相识的戴着耳环的男青年与拉开了裤链的女青年,却缠着他要他签名,还向他提一些古怪的问题:"您写诗的时候嚼生蒜吗?""做爱以后,您需要多长时间的恢复才能进入写诗状态?""在我国与外国,您最痛恨的诗人是谁?""您是否认为有人正在等待您的猝死?"

"太卑鄙了!"诗人悲哀地摇一摇头。

十五

最最乱了阵脚的是双激党。起初,他们认定快乐党政府是对阿兰采取冷落乃至封杀态度的,因此,他们准备利用阿兰获奖事件向快乐党展开强大政治攻势。谁知事情一开始就全乱了套。首先,阿兰对该党影子大臣的拜访态度冷淡,完全没有认同该党之意。其次,属于迪克派的应该说是双激党的外围的几家报刊对阿兰展开了猛烈攻击,使阿兰与该党的关系大大恶化。接着《明星世界》竟放肆地攻击起迪克来,把阿兰与迪克放到了截然对立的地位。作为双激党的领导人,他们当然只能维护迪克,而不可能为讨好阿兰去伤害德高望重的本党招牌迪克同志。最后出现了首相宴请阿兰的事件,作为反对党,双激党就只有坚决打击阿兰一条路可以选择了。而根据前一段事态的发展,把阿兰搞臭显然比把他高高树立起来顺理成章得多,合乎民意得多,尤其是这样做才更符合厄国广大知识界的心愿——这个道理很明显,忽然给一个什么什么阿兰发二百五十万美元,这把整个厄国的知识分子置于何地!这就等于从心高眼大的厄国知识界人士每个人的口袋中掏去二百五十万啊!真是创巨痛深呀!双激党的知识分子党员比例比快乐党高得多,他们更有在知识分子中开展工作的经验。他们深深体察厄国知识分子的心态,不怕没有,就怕摆不平,不怕饥饿,就怕吃不均。幸福不在于自己得到什么,而在于不让旁人得到什么。人们是宁可永世一个也别得大奖,也不会同意让某一个他们并不服气的人把便宜得了去的。

于是双激党执行局决定紧急转弯,利用一切舆论展开对于阿兰与爆炸文学理论的抨击。

《激烈报》披露了一条消息,说是厄国教育部会同艺术院正在研究赠送给诗人阿兰一所房屋。迄今为止,阿兰一直住的是阁楼亭子间,这与一代爆炸诗人宗师的称号是太不匹配了。国营享福房地产公司对此事十分积极,表示如果是为诗人提供礼物,他们愿意以五折的最优惠价格玉成此事云云。

阿兰读之大喜,上次吃了一次首相请的饭,被传媒研究讨论奚落一番,一直使他十分憋气。这次机会来了,他立即命莉莎代他发表一个声明:诗人本着自己一贯做人的原则,将拒绝接受官方的一切馈赠,阿兰将高傲地拒绝传闻将向他赠送的房屋云云。

此消息一出,阿兰威信猛涨,到处是赞扬阿兰高风亮节的文字。

《激烈报》上立即以头版通栏地位发表了署名麦斯(群众)的文章,说是近日已经爆炸不起来的诗人阿兰再一次表演了自己的清高与伟大,因为他拒绝了一套房子。而在房价如此昂贵的厄根厄里大公国拒绝一套房子只有天父、如来佛、真主的使者与圣方济各才能做得到。让我们向表演了超凡入圣的品质的阿诗人致敬吧。他拒绝房子是因为这所房子本来就不存在。谁说过要给他房子呢？没有馈赠，你又拒绝个什么劲呢？如果他的拒绝能够成立，那么我可以声明，我将拒绝美国总统送给我的一百万亿美元。我们是不是比阿兰更伟大些？同时阿诗人表现了忠诚与认同、友好与殷勤、灵活与机会主义，因为他屁颠屁颠地去吃首相大人赏赐的虾尾巴，吃完了感觉良好，丝毫不必去找他已经翻脸不认的老朋友皮龙博士开治疗消化不良的药片——自从他获悉他将可能获得戈尔登大奖以后，他就与多年来为他免费诊断的老友，德国巴伐利亚州医科大学内科学博士皮龙断绝了友谊关系。很可能是首相已经给了他暗示，只要他向内阁摇尾乞怜悔过自新，他就能得到享受免费高级医疗服务的特权。从这些事态中我们可以得到一些什么启示呢？他是一个伪善者，是一个假绅士，是一个要多清高就多清高，要多随和就多随和，要爆炸就能爆炸，要卖乖就能卖乖，要什么就有什么的圣徒，一个毫无原则毫无立场只知道精细地计算自己的私利的会呼吸的 486 多功能变色大内存电子计算机！

阿兰读了此文大呼"气杀我也"，昏过去了。人虽然倒地，嘴里却念念有词：

> 嫉妒的黑箭雨点一样席卷，
> 丑恶的传染陡然上呕下蹿，
> 行刑的快感诱惑诗人的二尖，
> 爆炸的子弹是我永远的透穿！

阿兰一缕诗魂渐渐回体，他哭道："大奖还没有得上呢，何必那么恨我！"

华拉西赶紧把他的昏迷之作输入电脑，然后分析说："这篇中伤你的文章，从风格上看，是棒克斯的密友戈里东之作，应是棒克斯躲在幕后由戈里东出面冲杀。棒克斯为什么联手戈里东这样干，道理很简单,将要得大奖的是你不是他。我们觉得棒克斯乳臭未干,路还没有走稳。可他自己并不这样想,他认为他是天下第一,谁都不在话下,少年气盛,一口吃天。他们能不嫉妒你吗?你不是看过好莱坞大红大紫的影片《贴身保镖》吗?影片中的姐姐要谋杀妹妹,不就是因为妹妹拥有一切而姐姐一无所有吗?心理研究家称,在厄国,人们的嫉妒心比之于中国,起码要强烈二十倍。几百年来那么多诗人作家没有获得过这项人们垂涎三尺的大奖,现在,你就要得了,连已故的作家诗人九泉下也不能瞑目!请问哪个作家不是自命不凡,老子天下第一?哪个鼠辈小厮不想找机会插一腿捞一把?一个蚊子能有什么前途?如今它能把一头老虎叮一口,他能不自鸣得意吗?他们没有联合起来雇一个杀手来结果了你,就算是便宜你了呢!"

阿兰哭道:"我不要大奖了,我不要了!"

华拉西分析道:"有没有人嫉妒,是一个人——男人或女人是否成功的基本标志。嫉妒不嫉妒别人,是一个人——男人和女人是否失败的主要标志。您活了好几十年了,直到如今才受到了那么多人的嫉恨。您终于成为了被嫉妒的对象了,连我也跟着光荣呀!祝贺你,我亲爱的朋友!羡慕你,我亲爱的朋友!莉莎美人儿,你说,你是爱受人嫉妒的成功者呢,还是爱嫉妒旁人的失败者呢?"

莉莎搂着阿兰流泪:"我爱的是阿兰,是阿兰整个的灵魂和身体,至于他成功还是不成功,我都一样爱。"

于是阿兰与莉莎抱头痛哭。

阿兰叹道:"真是呀,生命诚可贵,爱情价更高,区区得奖故,二者岂能抛!"

又叹道:"若为生命故,大奖全可抛。若为爱情故,大奖如鸿毛!若为艺术故,大奖顶个鸟!"

继叹道:"公众如猕猴,传媒似跳蚤,天地一诗人,力挽狂澜倒!"

莉莎一把把阿兰推开,撒娇地说:"诗人旁边还有我呢!"

十六

厄国教育部发言人在回答记者提问的时候郑重声明,所谓教育部与国家艺术院联合赠送诗人阿兰一套房屋之说,纯系子虚乌有,他们对于双激党机关报公然造谣深感遗憾并保留追究其法律责任的权利。

双激党发言人立即回敬说:"本党机关报刊载的关于赠送诗人阿兰房屋一事报道,完全属实。现在,只是由于执政党的拉拢受到了诗人的假惺惺的拒绝,他们才出尔反尔,矢口否认。我们建议与快乐享福党联合举行听证会,当场面对面地对证。我们时刻准备着,你们敢吗?"

《快乐报》刊登该党发言人一则启事,说是身为执政党,他们关心的是国计民生的大事,他们不会接受诸如给阿兰赠房之类的无中生有的谣传的挑战,把公众的注意力转移到这种一文不值的、无聊的社会新闻上来。发言人反唇相讥,只有双激党,他们完全没有能力面对厄根厄里的社会发展诸问题,才会纠缠这些妇姑勃豀的屁事。

依例,每星期五下午十五点三十分至十六点十五分,举行议会例会,首相必定出席并当场回答议员对于内阁工作的质询。这次例会上,双激党议会党团正式向内阁提出:从冷淡、封杀,到拉拢、腐蚀,从不学无术一窍不通到盲目吹捧跟着起哄,阿兰事件充分说明了快乐享福党内阁是多么愚昧无知没有章法,说明政府的文化政策已经土崩瓦解,威信扫地,首相对待知识文化界的态度完全是机会主义实用主义跟着感觉走充满了随机性随意性唯意志论前言不搭后语东一榔头西一棒子忽冷忽热忽左忽右缺乏政治家的稳定性一贯性对国民全不负责是可忍孰不可忍,教育大臣应该引咎辞职,内阁首相应该做出深刻的检讨。

教育大臣的回答不足十秒钟。他说:"请双激党议员把刚才的话收回去,因为这些话正好用来责备贵党自己。"

执政党议员掌声雷动,齐声喝彩,气氛如在剧场观赏帕瓦罗蒂演出的意大利古典歌剧。

反对党议员则敲桌子吹口哨跺脚大骂:"狡猾!无耻!骗子!"

一位快乐党元老议员指着骂教育大臣的双激党议员说:"出口谩骂的议员不是议员,是驴子,是猪,是去了势的老克郎!"

骂架的双激党员立即表现激烈起来,他一步蹿过去,照着快乐党资深议员当胸就是一拳。想不到资深议员人老心不老,人老气势不减,立个门户,拨云见日,一麒麟送子,二毒蛇吐信,三倒先给了双激党徒一个迎面开花。立即全场大乱,全体议员大打出手,一片混战。好不容易才由维持议会秩序的警察把两党议员分开,脱离接触。

这次议会的恶斗引起了厄国新闻界评论界人文科学界思想界的普遍好评。他们说,这说明厄国已经牢牢实实地走在了议会民主的初级阶段上。世界各国的经验说明,起码要这样打斗二十年,一个国家的政治现代化才有了保障。试看那些极权主义国家,他们的议会那才叫秩序井然,有条不紊。然而民主呢?他们的民主在哪里?要民主就得暂时牺牲秩序,要秩序就得长期牺牲民主,要民主就一定伴随着闹剧,伴随着政治的粗鄙化与政治家的武功化。想要政治上的理想化高雅化民主化而拒绝粗鄙闹剧与功夫,就只能放弃民主的空谈与高调。事情只能是这样,难道能够不是这样吗?

一位拳师在各报大登广告,他准备组织议员专门训练班,免费教授议员防身反击拳术,以为祖国的进一步民主化做出贡献。

十七

《激烈报》以议会质询为基础,整理了一篇大文章,结合阿兰事件全面批评了快乐党的文化政策。

其他民间商业小报则是既骂双激党,更骂政府,有一家报纸还要求追究政府关于处理诗人阿兰可能获奖事件失当的责任。同时,各报进而更大骂阿兰,也骂以棒克斯为代表的反对阿兰的文学界人士。

而在《明星世界》带头后,各报开始出现了骂迪克的文章。再接着,各报刊互骂。然后又是《激烈报》带头,向戈尔登奖展开了猛烈的抨击,公布了戈尔登奖有史以来,有眼无珠、明珠暗投、种族偏见、宗教偏见、褒贬失当的无数事例,更公布了该学院院士的一大批性丑闻。《激烈报》此文的题目就很精彩,《呸,戈尔登,滚你妈的屁!》

读者一片喝彩,认为是大大地长了厄国国人的志气,大灭了帝国主义新老殖民主义霸权主义的威风。双激党在知识界连连得分,不可一世。

《快乐报》处变不惊。它首先用四十二版的篇幅公布了特里尼迪大楼倒塌事件的调查结论。调查证实,大楼倒塌主要是建筑材料的技术质量完全不合格,而建筑材料主要是热情建筑材料股份有限公司提供的。调查组专家在该公司所属的十三个分厂进行了产品强度考核,考核证明,该公司的产品的劣品率高达百分之七十九,劣质系数高达八十四个百分点,这是骇人听闻的数字。为此,检察院已经对于工程负责人,特里尼迪甲方代表奥林提起公诉,同时,热情公司的总经理与总工程师也已经被传讯。需要说明的是,奥林是双激党正式党员,而热情公司的股票的百分之三十六是掌握在双激党手中的。就是说,对于前后死伤数百人的严重事件,快乐党是无辜的,而双激党难辞其咎。

《快乐报》的文化版,刊登了一条消息,标题是:《众口铄金诗人失色,偶像蒙尘少女投缳》。继因阿兰事件自杀的两位女性之后,昨日又有一名少女自尽。说她是一位职业女校学生,素日喜爱爆炸派诗歌,她于读到麦斯攻击阿兰的文章后,留下一份遗书,声称:"摧毁我的偶像就是摧毁我的心,污辱我的诗人就是强暴我的身,再见了,丑恶的人间,再见吧,信口雌黄的报纸,再见吧,恶言伤人居心叵测的麦斯——群众……让我的死宣布这个丑恶的世界的末日吧。"

周末,特里尼迪事件受害者家属游行,向双激党索赔。一批学生家长与教师及大量男女学生游行,为三名因阿兰事件而丧生的女性志哀,并谴责麦斯是杀人犯,刽子手。另一批女生与家长及老师还有社会名流游行,指出真正的杀人者是诗人阿兰。他们在市中心广场点燃了象征阿兰其人的稻草人,并焚烧了一批爆炸派诗歌小册子,通过了一项要求政府禁止再发行阿兰诗作的决议,而后游行胜利结束。

内阁新闻公报上公布说,自打阿兰可能获奖消息传来后,厄国共举行游行十八起,五万八千人次;暴力事件七起,二百九十九人次;自杀事件七起,未遂四人次,身亡三人次;抗议集会十七起,一千二百六十六人次。新闻分析家认为,戈尔登奖正式公布后,暴力事件可能升级,各地公安内务部门应该有所准备。公报并希望,各界人士能够以大局为重,保持理性和冷静,慎勿做出危害社会、滋扰群体的事情来。

国家艺术院终身院长永久里夫人发起一项知识界的签名,声明他们这些富有尊严的厄国精英将永远拒绝戈尔登奖。他们指出,只是由于一些厄国无知小儿蹲下来并且吓成一团缩成一团仰面腆脸才把戈尔登奖闹得那样高高在上光芒万丈。而一旦他们改变视角,就恢复了厄根厄里的尊严、文学艺术的尊严、作家诗人的尊严,而视任何一个奖如无物。他们呼吁阿兰的崇拜者与反对者以及阿兰本人保持理性与镇静,切不可对戈奖垂涎三尺。参加签名的知名人士达二百余人。

身为国家艺术院名誉院长的迪克没有签名。

十八

在围绕着阿兰得奖事件各种斗争进入白热化阶段以后,莉莎安排了一次由美国老板主持的国际白血病人疗养院开幕仪式。由牡蛎石油公司出资,为弘扬人道主义精神和表达美国人对于厄根厄里人与全世界的友好情感,特在厄国首都滨海区修建了一个国际白血病患者疗养院,十分豪华考究。第一期从世界各个角落请来了六十名病人,从厄国本国找来了四十名白血病人,全部免费供养治疗。开幕式那天,以牡蛎石油公司驻厄分部总监名义邀请诗人阿兰充当开幕式嘉宾,并在仪式上由阿兰代表疗养院给大家发放疗养证、就餐证、就诊证三证,最后还要请阿兰给病人朗诵他的新作。

阿兰觉得十分无聊,他说:"亲爱的,你要求我做得太多了。自从华拉西吾友传来了将要给我一个什么鸟奖之后,你们简直把我变成了另一个人!多少年来,我看不起金钱、权势、名誉、地位、家庭、社会,我活在世界上只听从诗神缪斯的驱遣,只承认诗歌艺术的权威,只献身给全人类的文化精神!我甘于寂寞,我特立独行,我放弃俗世,我拒绝享受,我不希图承认,我不在乎饥寒,我与俗人们并不是生活在同一个层面里。我的诗是无价的,我的诗的体验是无价的,千金难买,万金难求!再了不起的奖总有个数字,总是可以用完,不久就会用光的。而我的诗如厄根厄里江水,奔腾澎湃,波涛汹涌,无尽无休,世世代代光照人间!庸俗的人读了我的诗会感奋起来,懦弱的人读了我的诗会勇敢起来,低下的人读了我的诗会高尚起来。与我的诗相比,那二百多万美元,我瞧不起,我瞧不起!我瞧不起!!"阿兰大喊大叫起来,义形于色,悲愤欲绝。

莉莎暂时不说话,只是紧紧地搂着他,再搂着他,恨不得把他溶化到自己的胸怀中。

阿兰抽噎得像一个孩子,他边哭边诉:"而自从你们主宰了我的生活,我一下子成了公众瞩目的中心。我每天被人议论,每天被人数落,我像一个动物园的红屁股猴子,你也来看,我也来瞧,他扔石子,你扔易拉罐,这个啐口痰,那个做个鬼脸……这是什么样的无聊的公众呀!一群人远远不如一群猴子可爱!尤其是,由于你们的软磨硬泡,硬是把我拉着去什么首相的宴会。首相与我有什么相干?我无意从政,而他老人家也写不出半句诗!我有什么必要去赴宴?"

阿兰继续说,他的诗不是造血药片,不是脊髓汁液,他同情白血症患者,然而他没有时间去管什么白血症。他对于这种假惺惺的上层人士的慈善活动从来不相信不感兴趣不以为然,美国的大石油公司,喝够了世界劳动人民的血,也不知道喝了多少厄根厄里人民的血,拿出一点残渣剩饭,分给几个病人做做样子,他才不去跟着摇旗呐喊呢!

"太降低我的身份了!太降低我的身份了!"阿兰痛不欲生地嘶喊着。

莉莎把阿兰推开,表演芭蕾舞般地原地转了十几个圈。她说:"我的诗人,我的天才,我的宝贝,我的婴儿!你知道我为你付出了多少代价!我本来可以嫁给一个大臣!我本来可以嫁给一个董事长!我本来可以嫁给一个美国山姆大叔!也许我可以嫁给大公本人!然而我始终等着你!像等待一株死树发芽一样地等待你!像等待一只公鸡下蛋一样地等待你!像等待一个婴儿长成一个能够娶我的男子汉一样地等待你!终于有了今天!终于有了希望!你写诗也许行,别的方面你纯粹是白痴!我为你张罗这次活动容易吗?为什么美国公司请你而没有请棒克斯?这不是说明世界上最强大最有威力的国家是支持你得奖的么?而不论什么国际活动,没有美国人的支持,没有美国人的背景,能够搞得成么?连这样的现代国际政治的起码常识都没有,你算什么诗人呀!你是一头中世纪的驴!你哪里知道现在的上流社会的精英们是怎么行事的!你不重视,我重视,你不在乎,我在乎。胜利了成功了才能爆炸!胜利了成功了一切细节都是佳话,胜利了成功了连你的肝癌也都好了,失败了完蛋了一切过程都是丑闻!我的可怜的小癞狗!你还不明白吗?"

她大叫一声,一头栽到了地上,四肢抽搐,口吐白沫,脸色铁青,一头冷汗。

阿兰见状大惊,再也不敢哭诉了。是的,与莉莎的情绪相比,他的情绪就是小巫见大巫了!

爱情的力量如同炸弹,

>   你炸碎我的头颅,我炸
>
>   裂你的睾丸,克如阿施(crash)!
>
>   拉稀不是泻肚,是——
>
>   爆炸,我亲爱的! 亲爱……(渐弱)

莉莎渐渐苏醒,醒过来便给阿兰的新作《爱情就是炸弹》谱了曲,她以超女低音唱起来,十分动人,阿兰也嘶哑地陪着她哼唱着,如同年轻了三十岁。

莉莎偷偷去酒吧演唱这首歌,大获成功。她激动于终于圆掉了二十年前的歌星梦。阿兰严禁她去歌厅唱歌以免庸俗。莉莎强调她的演唱是不收报酬的,因而不俗,极高尚优雅纯洁浪漫。阿兰说酒吧就俗。莉莎问:"那你为什么那样喜欢去酒吧?"莉莎并举例说,爱因斯坦与海明威,伯纳萧与福克纳,艾略特与海因里希·伯尔,都是酒吧的常客。阿兰为之语塞。

想到最俗的酒吧与最高级的大知识分子联系在一起,阿兰黯然神伤。

十九

……白血病患者疗养院的开幕式非常隆重,首相府事务局局长与双激党影子内阁国民保健大臣都参加了典礼。各大跨国公司、外国资本公司、各大银行、各保险公司、各对外贸易公司的代表云集首都滨海区,每人胸前佩戴着一朵用鲜花和绶带制作的嘉宾身份花。全部病人也都换上了疗养院免费提供的浅色西装,佩戴着紫色蝴蝶领结。又有二百名少女组织的体操队前来助兴,她们身穿比基尼服,发佩彩带,手腕上按厄根厄里古俗挂有多个手镯,肤色白里透红,红里透黑,以白为主,琳琳琅琅,叮叮当当,如一片风铃,如一锅豆腐脑儿,煞是好听好看。

开幕式前,少女们首先表演抛物操,她们将彩色皮球与金属叉纷纷洒洒地抛向天空,再有条不紊地接到手里,丰满袅娜,灵活苗壮,青春灿烂,如海如霞,如花似锦,全场喝彩。接着表演藤圈、彩带、徒手、叠罗汉、技巧……吹奏乐队指挥举起了戴着雪白的手套的双手,开始奏乐,然后是鸣礼炮,放气球,放白鸽……一片欢呼。

原来人间是这样美丽,原来还是活着好,阿兰叹息。看来没有讲实惠的女人也还是不行的。没有莉莎哪里有他今天的美好体验?莉莎,我亲爱的。

阿兰坐在主席台最突出的位置,左面是首相事务局局长,右面是双激党影子大臣。这个位置,这些场面,使阿兰晕晕乎乎,真是平步青云,扶摇直上。少女、鲜花、彩绸、白鸽、气球、贵宾身份、高人一等的位置,使阿兰的每一个细胞都那么熨帖、满足、舒展、自在……正如刚刚与世界第一美人做罢了爱,不是做爱,胜似做爱,幸福得那么实在,又那么轻飘,如一片洁白的羽毛。

"美死我了!"他呻吟道。

但是不,不,他的长久以来的爆炸性的诗魂在挣扎,在且战且退,且退且战。魔鬼呀,这些都是魔鬼的诱惑呀。

就让我接受一次魔鬼的诱惑吧,就让我实实在在地幸福一次吧,哪怕这样幸福完了立即堕入地狱!等我活完了,又上哪里去寻找我呢?

也许,本来是可能接受一套免费赠送的高等房子的,就让那些嫉妒者骂去好了,接受了高不可攀的戈尔登奖,不照样有人骂吗?

我为什么为什么不能与魔鬼共舞一次?我为什么不能生活不能快乐不能当一回俗人?谁他妈的规定了我只能做圣徒做傻帽做教主做自虐狂自恋狂自大狂做诗痴诗昏诗癫秃和尚脏牧师,fuck、fuck、fuck哟!

仪式上是各种阴阳怪气拉长了声音的讲话,而且全部用美式英语,让人觉得是一大堆淡红色的吃牛肉舔下体的舌头在口腔里翻滚作怪。过去这些都是令他愤恨得咬牙切齿的,现在,他照旧讨厌,但又觉得情有可原,这么多人来了,这么大的规模,这么隆重的仪式,花了这么多钱,不让各方面的人讲几句话又怎么让人知道来了些什么政客要人、大商富贾、独角怪兽、无头蛟龙呢?不讲美式英语又怎么能显示出水准与热乎劲来呢?人活一辈子,不就是自己给自己找乐,自己给自己找事吗?

到了阿兰与几位要人给病人发证件的时刻了,阿兰感到自己上了当。原来,莉莎告诉他是只有他一个人给他们发什么就餐证就诊证的,怎么现在又加上了局长大臣之类的浊物?与这一类浊物并驾齐驱,他本来应该视如奇耻大辱的……为什么眼下他却是美滋滋的呢?Fuck 呀!

到了他朗诵诗的时候了,这个节目总算是只属于他一个人了,那些俗坯污秽,让他们见识见识厄根厄里语的艺术吧!

> 每一粒白血球放射一颗达姆弹,
> 黑玫瑰爆炸绽开朵朵红艳艳,
> 让我的血就这样流干吧,毒……
> 毒,我的骄傲就是我的癌变!

莉莎在台下第一排就座,听了他的诗大惊失色,只以为他发昏胡诌闯了祸。台上本国贵宾们也面面相觑,莫知所措,如坐针毡。谁想到台下欢呼雀跃,喝彩声震天,全呆了。

事后,莉莎才弄明白,敢情本国休养员里有百分之七十是没有白血病的,他们是通过特殊关系混入这个高级疗养院开洋荤的。另外,一百个病人中的六十位来自国外,他们根本不懂厄根厄里语,他们的鼓掌首先是为了礼貌,更是为了对于美国公司的谢意。当然,阿兰的激动、煞有介事与厄根厄里语的古怪发音,也使他们颇感满足。

二十

内阁首相突然收到驻 X 国大使密报,说是经过大使的严正交涉,戈尔登学院院长已经正式向厄使馆传递口信:所谓给阿兰大奖一事纯系猜测不实之词,学院迄今并无此意云云。

首相松了一口气,便找了几个大臣商量。外交大臣强调说,此事是厄国外交工作的一个重大胜利,一次找麻烦的与别有用心的国际奖最后还是被我们打掉了。资讯与旅游大臣则报告了近日从厄国传媒看各方面对于阿兰获奖一事的反响。整个说来,是负面的反映多,正面的反映少,短短一些日子,阿兰的声名正在受到极大的损害,已经达到了声名狼藉的地步。这种形势对于内阁是十分有利的。因为尽管首相为了争取他给予了他特殊的礼遇,但是整个说来,阿兰时时不忘记强调自己是反体制的,是与内阁不合作的。特别是最近就赠房一说他表示的态度,实在恶劣极了。事虽属谣传,阿兰的态度却十分真实——简直是狼崽子一样的野性呀!靠喂养是喂不熟的,永远是吃谁的食咬谁的脚!形势尤其对我们有利的是,目前恰恰是双激党充当了攻击阿兰的急先锋,我们不会弄脏我们的手,坐享其成可也。

教育大臣老谋深算地提出怀疑:也许戈尔登学院讲的是真话,压根儿人家就没有给阿兰发奖之意;也许是该学院慑于我们的压力,不敢再向阿兰骚情,但他们为了保全面子,只好说是压根儿无此事。不论是真无假无,反正从宣传策略上说,我们按戈尔登的说法强调纯系谣传更对我们有利。事情已经做了,我们何必与戈尔登争功呢?

教育大臣素与外交大臣不睦,语带机关地敲打着。

首相对几位大臣的话不置可否,只是严厉强调,关于厄国驻外使节打掉阿兰的得奖机会一节要严格保守秘密,要与国防机密同等从严掌握。

首相借此机会沉痛郑重地告诉大家,日前大公殿下问起了107号事件,他一一向殿下做了禀报,殿下讲了许多语重心长的话,使他深受教益。大公说:"根据这一段情况的发展看来,联系历史经验,厄根厄里国的公众承受能力实在是太差了。五年前,只因在国际大赛中赢了一次桥牌，全厄国连夜火炬游行，挤踏群众死伤三十余人。两年前，在国际比赛中翻了一辆摩托，全国发生了二十多起焚烧汽车摩托车、砸坏商店玻璃、割断电话线事件。两天后，摩托赛手回国，运动员在自己家中被枪杀。看来，我们——特别是敏感的知识界，经受不住灾难挫折，也经受不住褒奖和胜利。我们见过的世面太少了，我们的自尊心又太强了，而我们的心胸又太狭隘了，厄根厄里也太穷太弱了。上帝对于各国人众是不公平的呀。我们的方针只能是多一事不如少一事，不光坏事而且好事，通通地要大事化小小事化了无事最好。现在的厄国，任何一个男人或女人或儿童获得国际大奖，都会引起巨大的不平衡，诱发派别斗争政治斗争，有人烧死有人气死有人妒死有人疯死有人乐死，那不是一场大动荡大混乱吗？那不是制造事件制造麻烦制造不稳定的局势吗？厄国的政治家们要记住，不论哪一个政党执政，我们不要国际奖，不要！"

资讯与旅游大臣哼哼唧唧地说："几百年来我们这里享有世界声誉的人实在太少了，多有几个人获得大奖也许就好了。"

首相厉声喝道："如果我国有好几名获得戈尔登大奖的人，那么，请想想，我们这里会不会发生分裂和内战？难道对我们自己的情况我们就是这样心中无数吗？难道我刚刚传达的大公殿下的钧旨，还不能让我们觉悟过来吗？"

资讯大臣赧然，俯首唯唯。众人端坐敛容，不敢怠慢。

首相引申说："我们的方针只能是拒绝戈尔登黄金奖。至少三十年内，让我们与戈尔登黄金奖绝缘吧。我还要补充，不但像阿兰这样的忠诚系数不及格的人不要得奖，就是忠诚状况看好的人也先不要得什么二百五十万吧。你认为他忠诚，还有人认为自己比他更忠诚呢，这不也是诱发次生的不平衡吗？少出事，先生们，我们的要点就是少出事！我并不是为了党派的私利，而是为了对历史对民族负责，才决定打掉阿兰的大奖的。今后三十年内，原则上这一类的奖统统打掉！"

内阁成员齐声称是。

教育大臣建议加强对于永久里夫人的报道,显然,永久里夫人还是站得高看得远,她的观点是十分可贵的。再说,永久里夫人已经身患绝症,再不多说一点她的好话,只怕赶不上趟了。

首相点点头。

从此,《快乐报》也再不说阿兰的好话了,而是酸溜溜地含沙射影地骂起阿兰来。

同时,《快乐报》连篇累牍地报道永久里夫人,称她为知识界的脊梁,厄根厄里的民族魂,当代活女西西弗斯与普罗米修斯,一代宗师,智慧的明灯等等。

双激党得知了事态的最新演变,双激党也及时改变政策——要支持阿兰,揭露内阁。《激烈报》率先公布了政府指示厄国外交代表打掉戈尔登奖的消息。《激烈报》社论指出,为什么美丽的厄根厄里大公国至今没有人得到过誉满全球的戈尔登奖?就是因为执政党不顾民族的荣耀,不考虑文化的兴衰,不理会诗歌的追求,总是做那些为了党派的私利而自掘墙脚的蠢事。快乐党再一次使美丽的厄根厄里失去了历史机遇,使厄国的优秀的作家诗人人文学者蒙羞,使厄国文化蒙羞,令人何其痛心疾首!《激烈报》还为前一段时间报纸的频频攻击阿兰做了辩解。他们说,那种批评是建立在阿兰必获大奖的前提上的,愈是获得国际性的大荣誉,我们本国人愈是要求严格,这才证明我们心高志大,不满足于一地一事的成就。同时,不要说是二百五十万的奖金,就是二十五亿的奖金也不能使批评的声音熄灭,不能使艺术的争论罢休。我们不能媚俗,我们不能媚奖,我们更不能取悦于二百五十万,二百五十亿也不行!至于在得不得奖的问题上我们是无条件的爱国主义者,我们当然希望厄国作家而不是别的国籍人得奖,我们更不会做自己害自己的蠢事。快乐享福党所作所为,太不像话了!

消息一发表全国舆论大哗,到处是骂快乐党误国的声音。华拉西爵士一面安慰阿兰并嘱咐莉莎照看好阿兰免生不测,一面趁着舆论的势头组织了保卫诗人声誉俱乐部,开展了声势浩大的声援阿兰获奖、声讨快乐党倒行逆施的活动。

快乐党事务局发言人声称,《激烈报》无中生有,造谣生事,制造混乱,危害社会,已经犯了诽谤罪、造谣罪、破坏国家利益罪等,严重地触犯了刑律,该党将建议检察院对其提起公诉,依法严惩不贷。

《激烈报》针锋相对,刊载双激党发言人声明说,他们欢迎将问题提到法庭上辩论,届时他们将提出关于内阁指示外交代表破坏阿兰得奖、出卖祖国利益的铁证,正是内阁而不是别人犯下了破坏国家利益罪。不到火候不揭锅,他们已做好准备到法庭去揭开快乐党的真面目。

《快乐报》则声明,那样的证据双激党没有也不可能有,相反,是快乐党掌握了大量关于双激党造谣惑众、颠倒黑白、欺骗舆论、愚弄人民、破坏秩序、中伤诗人的证据,届时,这些证据的全盘托出,将致双激党于死地云云。

原教旨主义拜火教福音派戈里东先生则再次以麦斯——群众名义出面,组织了一个"四批俱乐部",棒克斯改变旧衷,首次在俱乐部亮相。棒诗人讲演说,他是一批内阁误国无能胡作非为贻笑大方,二批X国人与戈尔登学院心怀叵测制造混乱敌视厄根厄里,三批阿兰装腔作势欺世盗名媚俗求宠,四批双激党出尔反尔浑水摸鱼成事不足败事有余。四样都批,四家都骂,全是虚伪,全是混蛋,全是白痴;屁屁屁,杀杀杀,斗斗斗,批批批,骂骂骂。一时喝彩声雷动,都认为棒克斯与戈里东斗争得最彻底,说出了大家心里的话。戈里东联手棒克斯抢时间出了一本叫做《四批檄文》的小册子,传诵一时,洛阳纸贵,创一个月内再版三次,每次印数翻一番的最佳畅销书纪录。

《明星世界》发表一篇妙文:《把四批改成六批如何?》。这篇署名戈斯勒的文章说,戈里东与棒克斯联手化名麦斯写的文章极好,那四样不成器的东西就是要批,就是要唾弃。但是棒克斯本身呢?他的嫉妒狡猾狭隘吵闹庸俗红眼疾患,他的拉拢小圈子小团体自吹自擂哄哄闹闹以及戈里东的愚昧偏执大话吓人,难道就不应该批一批吗?把"四批"改成"五批""六批"岂不更好?

《明星世界》的这一期刊物也是脍炙人口,发行三天后就又加印了二十万册。

于是各报刊纷纷评论报道阿兰事件的最新消息,新闻综述,热点透析,未来预测,揭开内幕,撷拾花絮……你骂我,我骂他,他骂她,连迪克也在辱骂之列,沸沸扬扬,叽叽呱呱,直如雨后的池塘,满塘的青蛙求偶,一片乱叫。此事件使一大批销路不佳难以为继的报刊获得了新的刺激,找回了经营和编辑的感觉,炒来炒去,故弄玄虚,妙不可言,咋咋唬唬,恶性哄闹,奇佳效益。

一大批濒临倒闭的报刊得以起死回生,收效比报道影视明星的婚变要好得多。报刊经营人衷心感谢阿兰事件的发生,赞颂上苍无绝人之路,只要肯伸手,大票小票滚滚走,红黄蓝白黑的无聊小报,一定能有滋有味地继续办下去。

一批法律报刊也是后来居上,他们纷纷预测快乐激烈二党的法庭诉讼前景,怎么说的都有。各报专栏评论家并以此预测厄国政局,立即影响到金融证券,一时股市忽起忽落,因炒股蚀本而跳楼的远远多于因阿兰的诗而自尽的。

几个月后,两党谁也没有诉诸法律。老百姓也就此健忘。反正报纸刊物已经蒙受其利。老百姓几个月也很有的关心,有的谈论,心无旁骛,减少了许多不必要的啰嗦。内务部统计,自阿兰事件成为公众关心热点以来,刑事犯罪率减少百分之三十一,民事纠纷诉诸法律者减少百分之四十四,总体说来,107号事件的发生可以说是皆大欢喜。民意测验机构公布说,近月来执政党的支持率稳中有升,双激党的看好率也有进展,阿兰不要说了,就是棒克斯文人的知名度也大有提高推广。只有无党派人士与一些矜持的文人及报纸威信下降,他们没有抓住机遇,自食其果。

乱乱哄哄之中，阿兰的收获实不算小，六家出版公司争相出版阿兰的诗集《爆炸》《炸爆》《爆爆爆》《炸炸炸》《爆炸爆》《炸爆炸》。内容大同小异，为此，又开始了一场旷日持久的版权官司。围绕版权著作权发行权问题，各报又足足地炒了一百多个回合。

二十一

这一年十一月，X国戈尔登学院公布了戈尔登奖获奖人选。不是阿兰，不是厄根厄里国籍人士，不是厄根厄里盟国也不是友好国家。恰恰是厄国的世仇，历史上四次占领过厄国的P国戏剧家W得了二十五万美元——不是二百五十万——大奖。

厄国公众是以对待国耻的心情来记住这一天的。特别是知识界，怒火中烧，口诛笔伐，重炮猛轰横扫，恨不得原子弹爆炸X国，将戈尔登学院夷为平地，干脆灭掉他们并重创P国才能出心中一口恶气。

包括那些压根儿就对戈尔登黄金文学大奖采取严厉批判态度或对阿兰采取一笔抹杀态度者，那些签名要求不要给厄根厄里人授奖的知名人士也都愤怒起来。他们说："戈尔登奖发给某个厄国人，是别有用心；不肯发给厄国人，则是对于厄国的歧视，也是别有用心！发给P国人，尤其是别有用心！他们是多么坏呀！他们居然把大奖给这个也给那个，就是不给我们的同胞，暴露了他们歧视敌视无视厄根厄里的狰狞面目。怎么样，我早就说过他们坏嘛。"

同时人们嘲笑责骂P国，P国的W的作品有什么好？还不如厄国的阿兰阿猫阿狗呢。不就是仗着他们有钱吗？他们为了给本国争取戈尔登奖进行了多少活动！太可耻了。戈尔登也太势利眼了。

在这种群情激愤的情况下，人们更感动于永久里夫人对戈尔登奖的排斥态度，到处是一片对于永久里夫人的致敬和赞美。一片赞美声中，永久里夫人溘然仙逝。仙逝后内阁决定为她举行国葬，降半旗,出纪念邮票,极尽哀荣。

永久里夫人尸骨未寒,一批新鲜学者转而批评起厄国作家来,他们认为前一段的激愤实际上是希腊的葡萄酸加中国式的阿Q,他们认为是厄国作家不争气,没有能真正起爆,写出富有最后意义的伟大作品,离国际标准不啻十万八千里,是他们,而不是X国与戈尔登学院老院士,更不是P国与W先生,才是厄根厄里国耻的根源。

"快乐"与"激烈"两报为厄国人没有获奖事互相指责了几十回合,但读者兴趣已大大减弱。

厄国人民是很通达的,既然没有得上奖,再发火埋怨也没有用,大家都明白这个道理,对此自然全无兴趣。

阿兰自杀三次,都被莉莎救起。华拉西无颜再在文场厮混,声明退出文坛,也自动取消他作为阿兰密友资格,放弃爵士身份,退回厄国自由撰稿人合作社,移民新西兰惠灵顿,隐姓埋名,开一家礼品小店,尔后不知所终。

(许多年后厄国一位畅销书作者写了一部"非虚构小说",题名《107事件档案》,小说断言华拉西才是事件的主要英雄,他是天使或撒旦或山魈或厄根厄里大公祖先的化身,他导演了这场滑稽戏,以警训厄根厄里。小说引起了关于什么是非虚构小说与非虚构小说能否汲取魔幻现实主义手法的争论。此是后后后话,不但后现代而且后未来。)

阿兰被救活后对莉莎恶言相加,认为自己上了莉莎与华拉西的当,一世英名竟毁在一个红发女人和一个酒徒手里。莉莎终于最后地无可挽回地离开了阿兰,另觅光明前途。分手前,莉莎希望有一次纪念性历史性温馨,被阿兰拒绝。于是莉莎哭了一整夜,她向阿兰讲了自己一生的情爱性爱史,抽抽搭搭,她说:"你是对的,我只是一个平凡的人,而你你确实是一个不平凡的人,一个平凡,一个不平凡,这就是我们的悲剧的所在。希望你不要怨天尤人。你好好想想,没有我们,你上哪里去寻找这几个月来的奇妙的感觉奇妙的体验?今年你没有得到大奖,完全是因为咱们厄根厄里太不争气,如果你是 P 国人,你已经得奖三次了。你获得大奖只是迟早的事。请记住,不论什么时候,我都祝福你。只要你最后能够得大奖,我宁愿受尽你的辱骂……别了,亲爱的,别了,我的最最最的天才!I love you, forever! 爱你到永远!"

永久里夫人去世后,厄根厄里国家文学院新任院长标榜多元化与宽容,经过五轮秘密投票,经过激烈的讨价还价,最后通过阿兰得到通讯院士身份,每月净得车马费十五万比索,阿兰搬入新居。

尾声 A

与永久里夫人坚决、透辟、御敌于国门之外的爱国主义与英雄主义相比,迪克对戈尔登奖的态度模糊、软弱、立场不确定、意见不彻底、没有力度。因此,据民意测验机构抽样统计,107 事件结束后,迪克的威望大有下降。

迪克肺气肿严重恶化,医治无效,死了。也举行了国葬,但没有降半旗,更没有发行纪念邮票。

葬礼后,他的儿媳咪咪公布了他的遗嘱,全文如下:

亲爱的国民们,亲爱的同行们,我就要离你们而去了,我有许多话想告诉你们。

我们的罪孽太大了。我们的罪孽还要一个?半个?四分之一个世纪才能罢休?

我们什么时候能够做一点反省而不是只会怒气冲冲地咒骂旁人呢?

什么,什么时候冷静和理性能够代替少见多怪一触即爆?

友好善意能够代替无名虚火与人为恶?

稳重耐心能够代替虚张声势?

切磋琢磨能够代替吵闹谩骂?

从容镇定能够代替狂躁不安?

费厄泼赖能够代替歇斯底里?

安详亲和能够代替乖张暴戾?

光明阔大宽容乐观能够代替阴晦褊狭多疑小气嫉妒——愤愤不平的咬牙切齿?

输得起也赢得起的大将风度能够代替输不起也赢不起的讹搅赖皮?

一种文明的规范、游戏的规则能够成为社会的共识,代替忽冷忽热的精神疟疾?

我的在天之灵注视着你们。

人们愕然,黯然,索然。

也有人愤愤然,骂说,迪克临死还放了一个……底下的话太粗鲁了,笔者实在是不好意思写下来。

尾声 B

那一年十一月,等到确知当年的戈尔登奖得主不是他以后,阿兰自杀未遂三次。他失眠了整整一个月。他发作歇斯底里住院治疗一个月。出院后以泪洗面一个月。暗自微笑一个月。无所事事一个月。仰天长啸一个月。坐禅——瑜伽功一个月。

七个多月过去,他似乎换了一个人。他觉得自己从来没有像现下这样开阔。

这几个月,关于人生的一切,他什么滋味没有尝到?真是一天等于一百年!这才是活着的滋味!这才是浓缩的高密度人生!这才是上天的垂青!他没有得到二百五十万美元,然而他的体会已经远胜了八百万美元!如果他阿兰是生活在例如美国,真得上三次大奖也未必领略得到近来领略了的无限风光!人每年要花费那么多金钱去饮酒,人冒着上绞刑架的危险去吸毒,人追求爆炸式的诗歌效应,不就是为了体会一下那种惊心动魄、神奇荒诞、甜蜜陶醉、腾云驾雾、如天使又如恶魔的味道么？不就是要突破一下患了硬皮病的生活现实,受用一下不可能的可能么？他不费吹灰之力地得到了命运能够为人类提供的一切与它们不能够提供的一切。万岁,阿兰！万岁,厄根厄里,我没有治了的母亲！

他知道自己并没有得到戈尔登黄金文学大奖,然而,他又觉得与得到那个大奖没有两样,要不就是更妙。假作真时真亦假,无为有处有还无！得奖的兴奋、喜悦、光荣、膨胀、升华（几个月来他只觉得自己的身高也增加了二十厘米）,直到疯狂以及一种卑劣的对社会和人群的报复感、压倒感、气死你们小丫挺的小人得志感,他不是经验了吗？得奖后成功者的无聊、空虚、疲倦、多疑、诸多不遂心不中意,变得更难伺候更难快意,他不是遭遇了吗？众人随之而来的羡慕、迎合、拉拢、投靠与泼污水、造谣诽谤、明枪暗箭,还有各种对他的得奖以及他本人的利用,在他身上做的文章,无中生有、忽有忽无、大起大落、大沉大浮、平步青云、倏忽沧桑、人心险恶、不测风云、世道坎坷、旦夕祸福、真真假假、是是非非、爱爱仇仇、疯疯傻傻……特别是那种顷刻间一个五颜六色的肥皂泡形成旋即幻灭的经验——那是人生至味啊！此外究竟还有什么他没有体会到经验到品尝到呢？真的得了奖,也就是多一张支票罢了——过几个月那张支票也就用完了,就像得奖的一切兴奋早该是已经受用毕了,往日的光荣只会徒然增加今日的寂寞而已。

随着时间流逝,阿兰越发从107号事件中获得了更多的感悟。是得而复失抑或是黄粱一梦？是爱丽丝的漫游还是比诺乔的奇遇、格里佛的游记？是从零到零还是从一到零？是一场闹剧或是一场庄严的启示？如果是的,那么请问,什么又不是得而再失、黄粱一梦、从零到零、从一到零？

似真似伪,亦实亦虚,如梦如幻,非烟非雾,且悲且喜,又哄又寂,到最后销声匿迹。

也就忘了。一幕盖过一幕。

假戏真做,真事假演,开幕闭幕,上来下去。

还有莉莎,曾经是那么火爆,那么实在,那么醉人,那么熨帖,那么让他温暖而且舒适的莉莎呀,如今你在哪里?如今又留下了什么痕迹?

还有肝癌与死神,它们倒是慢慢逼近了。阿兰越来越觉得它们亲切了。

107号事件之后,阿兰又感到了肝部的不适。他总算是又查出了一点肝病,他也终于与皮龙言归于好,接受着皮龙博士的良好的医疗服务。

他把他在这次的107号事件中的所见所闻所感所得朴素地写了一部纪实文学作品,题为《郑重的故事》,写完他感到从未有过的清明澄静。作品很好销,但评论界普遍反映不佳。人们认为这是阿兰转向的标志,爆炸的豪情、刺杀的辣气、旗手的壮志、教主的恢宏、青春的绚丽,都已经一去不复返了。岂有豪情似旧时,真真幻幻两由之。阿兰已经从一个特立独行的精神原子弹变成颓败委顿的爬行庸人了。阿兰的武器已经霉锈,阿兰的语言已经过时,阿兰的血液已经失去了体温,阿兰已经进入了文学史博物馆——这是往好听里说。而往难听里说呢,阿兰及其诗作,已经只属于文学的垃圾堆了。

阿兰在六十一岁那一年,以老病之躯获得了欧洲一个君主国家的文学奖,当然没有二百五十万,也没有二十五万,而是只有两万美元。颁奖致词时评奖委员会主席说给阿兰授奖是为了他的"善良的心肠与清明的智慧"。阿兰苦笑。

莉莎走后,得奖"诈和"后,阿兰再没有睡新的女友。

尾声C

棒克斯在所谓阿兰转向进入文学垃圾堆后,公认看好,他一反旧貌,诗风日趋暴烈,被论者认为是文学的最新旗手,精神的先驱,冲锋的战士,理想的具象,阿波罗的化身。棒克斯绞尽脑汁,给自己的文学活动命名为"棒喝文学",以与阿兰的爆炸诗歌相区分。棒克斯的代表作是《棒喝》:

你是粪便,是蛆虫蛔虫阿米巴,
你是疯狗,是毒蛇蝎子四脚龟,
你是白痴,是厄奸走狗叛国贼,
你是艾滋,是污垢肿瘤呕吐物……

你强暴了你的妹妹,
你出卖了你的母亲,
你充当列强的间谍,
你往村口井里投毒……

类似的痛骂的句子长达千行,朗诵的时候配着滚石乐,全场数千名观众如醉如痴,跟随着诗的节奏拍手跺脚,几乎震塌了房顶子。

不久,这些诗译成十几国文字,被一些天王巨星披头秃头非女非男歌手演唱,造成了巨大刺激,棒克斯得到了优厚的报酬。

在巴黎、纽约、马德里以及卡萨布兰卡,都有著名评论家指出:仅仅有性和暴力的刺激是不够的,现在公众更需要的刺激是棒喝,是劈头盖脸的既卷且骂,是满头污水。也有论者指出,棒喝其实是性虐待狂的一种表现,棒克斯不愧是一代宗师,开一代风气之先。

又一些年以后,全世界各国有二十万群众签名,要求给他——棒喝文学的始祖棒克(昵称,斯略)发戈尔登黄金大奖。

古罗与戈斯勒走访阿兰,请阿兰也参加这一签名。阿兰只是呆呆地笑,不置一词。二位伙计把此情告诉棒克斯,然后三人哈哈大笑,说是阿兰果然已经成为二十四开的白痴了。

那天晚上,他们一起喝得酩酊大醉。

尾声 D

莉莎离开阿兰后并没有嫁人。她的生活好冷清。一年后她得了乳腺癌,做大手术摘除了病乳房。

七年后另一只乳房也发生恶变,她并发心血管病,不能用麻药,没有再做手术,采取保守疗法。

这时她读到了《郑重的故事》,很感动。她给阿兰写了一封信,劝阿兰不要如此消极颓丧,还是要乐观一些。莉莎说,各种事太闹腾固然不好,看得太透了也不好,只要人还活着,就不能不透也不能太透。太透了也是一种不透,一种愚蠢,一种走火入魔。太透了就没了戏了,没有理想没有热情没有是非心了,连欲望与好奇心也没了,那样,也就活不下去了。太透了连做爱都不可能,人类也就没有了。你当初那样火爆,现在又是这样透心凉……还是振作起来,活得更好一些吧。

信写好放了几个月,她没有寄出。她怕阿兰知道了她的下落后来看她或叫她去,她不愿意以一个姿色尽褪的老病之躯再与阿兰相会。她希望阿兰保持对于她的美好印象,直到永远。

两年后她去世了。那是一个炎热的夏天,厄根厄里的首都有十几条狗因中暑而死。根据她的遗嘱,把她的久久未发出的信连同骨灰罐邮寄到了阿兰那里。此外,邮件里还包括她的一个缎面软包,内装她的一绺红发与一个蓝布发带,头发是她三十岁时候剪下来的。只有女人才有这样的细心与终极远识。

阿兰泣不成声。他把莉莎的骨灰罐放到自己的卧室,把莉莎的发带与头发放到自己的枕头底下。几年来,在他的卧室里与他做伴的是一窝耗子,耗子的吱吱声使他惊喜,他相信那是老鼠们的诗朗诵。莉莎的遗物来到以后,耗子就不见了。他常常在似睡非睡的时分听到莉莎的声息,如说如笑如喘如泣如嗲如媚,千般好处,万种风流,俱来心底。他毕竟是什么都经历过了,还能有什么呢?他从来没有像现在这样感到与莉莎永结同心,却已天人相隔。她的信上的每一个字都在他枕边活起,他再一次听到了莉莎的平平常常的话,这平平常常的声音其实往往比他的惊人之语还有道理。

他计划写一首爱情长诗,他觉得现在才是写诗的时候。终于没有写成。他搞了一辈子文学,老了老了才明白,真正的刻骨铭心的情感、真正深邃了悟的境界,不但不是文字能够表达的,而且也不是思想所能沾边的。作家艺术家以思想感情为业,真是太可悲也太可羞了。他们和另一种大家都看不起的职业一样——出卖自己,加工自己,而且常常以次充好。

说实话,凡是作为文学作品发表出来并从而得到了稿酬得到了名声的东西——"货色",难免没有一点点表演和工艺,一点驾轻就熟的巧思与饱经锤炼的自如,难免没有煽情和雄辩,难免不是纸上谈兵痴人说梦自我循环炫耀才华和神经,如果不是做作和伪饰——谁能正视这个文学的怪圈、深渊与软腹部呢?那些以特殊的诚实与惊人的袒露(比如动不动脱下裤子)著称的作家,焉知道不是为了促销自己的诚实与袒露,自己的脑子里与裤子里的那些平时见不得人的玩意呢?那些以伟大的孤独与智慧的痛苦著称的作家,又焉知有没有为文造情,乃至分不清何者为表演为商品何者为真实为山一样的沉重呢?

一个伟大演员演到了动情处,能分清何者为经验、技巧与天才的五光十色,何者为真情吗?没有真情,能够当演员吗?表演的真情,能算得上真情吗?

虽然确实有过对于黑暗的敏感和对于爆炸的渴望,毕竟,爆炸与模拟并推销爆炸不同。爆炸与爆炸的声名,与爆炸状的欢呼不同。真正的爆炸只有同归于尽的轰然一响与同步而来的寂然虚空。

圣人不死,大盗不止。为什么东方古代的哲人会提出这样古怪的命题来呢?

两千多年前中国的哲人就看穿了和否定了精神霸权,否定精神霸主与霸主们的钦羡者追随者被利用者受虐者大众的区别,不承认精神霸权的大旗大棒招牌与虎皮效用。他智慧地冷峻地反对那些追求、制造、吹捧、迷信、表演、争夺和利用精神霸权的人,他们的愚蠢、虚妄、矫情、偏执直至阴谋诡计的种种勾当早就被看穿了。

如果世人早一点领会这个,大一点说,就不会有希特勒法西斯,不会有麦卡锡——塔虎托法案与韩战越战,不会有(中国的)"文化大革命"。小一点说,就不会有人民圣殿教与奥姆真理教以及107号闹剧。

诗人不死,世上不会有真正的诗。小说家不死,人们将无法体会到真实的人生。

至味无言,至理无文,至情无歌,至性无心。

没有一个作家承认这个。承认到这一步差不多也就没有作家了。认识到这一步也还是要写,不写又怎么样呢?

知其不可而为之,这就是人生。有点悲壮吗?

阿兰摆脱不了他的新怪圈:绝对的、价值追求全部淘洗干净的真诚摆给他的是绝对的虚空。而一切价值,都可能被阴谋家、庸众尤其是被自大狂们所歪曲异化,成为人的也是本初的价值的对立物。这不是有点吓人吗?

他感谢也相信莉莎对他的忠告。然而一经开始,就不能不在反省的道路上走下去。他知道这个反省难免使一些心高志大而又初出茅庐的小子气急败坏。作家是一些挑剔的自高自幻自恋自艾并且善于发现旁人缺点的家伙,他们是人精人核,他们多半眼高口利性急气盛情切手低,他们常常耽于抒情与清议。他们能够看透人生,看透社会,他们能够看透一切人,他们嘲笑一切,君临一切,拯救一切。

他们什么时候能够看透文学,看透自身,什么时候能够多一点自知之明,什么时候能够学会一点自嘲呢?

是真老了。

是肝癌。不劳皮龙博士的进一步检查了。

亲爱的读者,对不起你们。

亲爱的莉莎,辜负了你。

亲爱的作家同行,我泄露了从而亵渎了我们自身的与我们制造的梦。如果你们都矢口否认,那么好,就让我一个不成器的承当文学的罪孽吧。

有反省才有超越,才有长进,才有光明,才有智慧,才有和平与哪怕是最初级的成熟。如果是陷入了新的怪圈,那就努力挣脱出来吧,反正比无知与发昏好。这是厄根厄里也是地球人能不能得救的关键。

于是,他不再写诗。他经公证留下一个遗嘱:

死后,请把我的骨灰与莉莎的骨灰混合在一起,放到同一个骨灰罐里。谢谢。

他在莉莎的骨灰罐外面,写了一行字:

万物皆无常,你我爱永存。

后来他觉得这两行字也太啰嗦了。他擦去两行字,只在骨灰罐外壳上刻了一个字:

爱

发表于《当代》1995年第6期